www.lucy-sf.de

Die vier Erzählungen und zwei Kurzgeschichten in diesem Sammelband spielen im Rahmen der Serie ›Lucy – Ein Weltraumabenteuer nicht nur für Jugendliche‹. Sie können dennoch unabhängig von den Romanbänden als abgeschlossene Geschichten gelesen werden.

Die Geschichten sind chronologisch geordnet. In der Kurzgeschichte ›Prototyp‹ und der Erzählung ›Gemeingefährlich‹ sind die Handlungen vor den Romanbänden des Weltraumabenteuers ›Lucy‹ angesiedelt.

Die drei Erzählungen ›Bestien‹, ›Geisterschiff‹ und ›Die Fracht der Raumpiraten‹ spielen am Anfang der zwei Jahre, die zwischen den Geschehnissen des vierten und fünften Bandes liegen und in Letzterem nur angedeutet werden. Die Hauptfiguren dieser Geschichten, Lucy und ihre Mannschaft, erleben ihre Abenteuer in den Bänden der Serie weiter.

Die letzte Kurzgeschichte ›Aquata‹ spielt nach dem Ende der Romanserie. Sie erzählt eine Episode aus dem Leben zweier junger Frauen, die Lucy und ihre Freunde als Kinder befreit haben.

Der Autor Fred Kruse lebt in Norddeutschland und hat vier erwachsene Kinder. Er ist promovierter Physiker, arbeitet aber mittlerweile im IT-Management. Er veröffentlichte bisher die siebenbändige SF- und Jugendbuchserie ›Lucy‹ und den ersten Band der SF-Serie ›Weltensucher‹ sowie die beiden Polit- und Cyberthriller ›Final Shutdown‹ und ›2048‹.

Fred Kruse

Grenzgänge

Geschichten aus dem Lucy-Universum

Weltraumabenteuer nicht nur für Jugendliche

© 2016 Fred Kruse

URL: www.lucy-sf.de

1. Auflage

Umschlaggestaltung, Illustration: Fred Kruse

Lektorat: Doris Mischke

Herstellung und Verlag:

BoD – Books on Demand, Norderstedt

ISBN 978-3-7412-9009-1

Das Werk, einschließlich seiner Teile, ist urheberrechtlich geschützt. Jede Verwertung ist ohne Zustimmung des Autors unzulässig. Dies gilt insbesondere für die elektronische oder sonstige Vervielfältigung, Übersetzung, Verbreitung und öffentliche Zugänglichmachung.

Inhalt:

Prototyp 7

Gemeingefährlich 38

Bestien 109

Geisterschiff 189

Die Fracht der Raumpiraten 267

Aquata 325

Danksagung

Ich danke meinen Kindern, Schwiegerkindern und Gastkindern, die sich auch für diesen Band als Probeleser zur Verfügung gestellt haben und deren positive Kritik mir auch dieses Mal Mut zur Veröffentlichung des vorliegenden Werkes gemacht haben. Ebenso danke ich meiner Frau Annemarie für ihre Unterstützung.

Ganz besonderer Dank gilt meiner Cousine Doris Mischke für die fantastische Lektoratsarbeit.

Fred Kruse

Prototyp

1

Der Raum lag im Dämmerlicht. Er wurde aber nicht vom Licht einer untergehenden Sonne beleuchtet, wie sie jeder, der auf einem halbwegs lebensfreundlichen Planeten aufgewachsen ist, von schönen Tagen kennt. Es erinnerte noch nicht einmal an das Grau, das den Himmel verschleiert, wenn sich ein trüber Tag dem Ende neigt. Nein, das, was ins Zimmer fiel, hatte nichts mit dem Sonnenlicht gemeinsam, das man von einigermaßen ruhigen und angenehmen Welten gewohnt ist.

Dramun stand vor einer großen, durchsichtigen Panoramascheibe, durch die das Licht von der Planetenoberfläche in den Raum hinein fiel. Draußen tobte ein gewaltiger Sturm, der gigantische Massen von Flüssigkeit auf die Scheibe schleuderte. Jede Fensterscheibe, wie sie auf besiedelbaren Welten benutzt wurden, wären nach wenigen Minuten geborsten. Aber diese spezielle Konstruktion trotzte selbst den Naturgewalten dieses Himmelskörpers.

Es war einer der Tage, an denen Dramun sich einfach nur ärgerte, vor allem über sich selbst. Warum hatte er sich nur auf diese Arbeitsstelle eingelassen? Diese Militärs! Musste man sein Projekt ausgerechnet auf diesem Planeten ansiedeln? Er war Wissenschaftler. Sein Gebiet umfasste die Grundlagenforschung für die Robotik. Wenn man es genau nahm, galt er als der führende Spezialist auf diesem Gebiet. Barut zählte nicht, jedenfalls nicht für ihn.

Der Rest der Welt sah Professor Barut als seinen größten Konkurrenten. In jungen Jahren hatten sie an den gleichen Projekten gearbeitet und eine innige Freundschaft hatte sie verbunden, auch wenn es zwischen ihnen kaum Gemeinsamkeiten außerhalb ihrer Forschung gab.

Selbst als sie die Zusammenarbeit einstellten, akzeptierten sie sich als ebenbürtige Diskussionspartner auf ihrem Spezialgebiet, damals. Nicht, dass sie in diesen Tagen nicht mehr miteinander diskutierten. Sie führten die Dispute sogar hitziger als jemals zuvor. Aber sie fanden nicht mehr in einer gemütlichen privaten Atmosphäre statt, sondern in Tagungssälen, vor laufenden Kameras und jetzt sogar vor dem Obersten Gerichtshof des Imperiums.

Dramun hasste diese Diskussionen. Nicht, weil er sich vor der Auseinandersetzung fürchtete. Ganz im Gegenteil, er genoss es, der gesamten Welt zu beweisen, dass er sich als Einziger wirklich auskannte. Das wirkte in seinen Gedanken selbst auf ihn arrogant. Aber er wusste genauso gut wie jeder andere im Imperium, dass er der Beste auf seinem Gebiet war. Das gab sogar Barut zu, wenn es um die Funktionalität von Robotern ging.

Damit gerieten Dramuns Gedankengänge in die Bahnen des unangenehmen Teils des Streits. Er entfachte sich nicht um die spezielle Funktionsweise seiner neuesten Entwicklung von Robotern. Jeder Experte im gesamten Imperium bestätigte, dass sich die neue Serie einwandfrei für ihre Aufgaben eignete. Er hatte eine Leistung vollbracht, die niemand mehr für möglich gehalten hatte. Die meisten seiner Kollegen hatten nach den Misserfolgen der letzten fünfzig Jahre aufgegeben. Alle bisherigen Ansätze stellten sich als Irrwege heraus, bis er sich dieses Problems annahm.

Dabei hätte er sich im Grunde genommen bis vor fünf Jahren, als er dieses Projekt begann, nicht als Experte für Produktionsroboter bezeichnet. Dieser Teil der Robotik hatte ihn bis zu diesem Zeitpunkt auch nicht sonderlich interessiert. Er galt bis dahin als Spezialist für Raumschiffe. Die letzten drei Generationen dieser höchst komplizierten Maschinen gingen zurück auf seine Forschung. Er hatte die grundlegenden Techniken für künstliche Gravitation und Schutzschirme revolutioniert. Ohne diese Entwicklungen wären die Geschwindigkeitssteigerungen der neuesten Serie von Schiffen nicht möglich gewesen.

Leider wussten nur wenigen Einwohnern des Imperiums, was für eine technische Revolution hinter dieser Verdoppelung der Beschleunigung stand. Für diese Errungenschaft hatte es nicht ausgereicht, einfach die Energie hochzudrehen. Dafür mussten ganz neue, geniale Ideen entstehen. Diese Generation von Raumschiffen hatte kaum noch etwas mit der davor gemeinsam.

Dabei hatte ihn gerade die Vorgängerversion bekannt und über Wissenschaftlerkreise hinaus berühmt gemacht. Durch seine Entwicklungen konnte man heute praktisch an jeden Ort des bekannten Teils der Galaxie springen, ohne in vielen kleineren Einzelsprüngen wie ein Weltraumhase von einem Sternensystem zum anderen hoppeln zu müssen. Natürlich hatte er auch diese Verbesserung nur mit Genialität erreicht und nicht mit einem einfachen Höherschrauben der Leistung vorhandener Technik.

Das Leuchten, das während der kurzen Träumerei von alten Zeiten in Dramuns Augen funkelte, erlosch wieder. Heute war alles anders. Heute fristete er sein Leben auf TAGO1247b, einem Planeten, dem man nicht einmal eine aussprechbare Bezeichnung gegeben hatte und dem wohl auch ein Mensch niemals einen richtigen Namen geben würde. Die Umgebung außerhalb der Station, die er durch die Scheibe sehen konnte, wurde ihm wieder bewusst.

Seine Gesichtszüge nahmen einen schmerzvollen Ausdruck an. Er musste an Siraun, seinen Heimatplaneten, denken. In was für einer herrlichen Welt hatte er doch gelebt! Die Luft war dort klar und der Himmel strahlte blau. Die Sonne stand wie ein großer, roter Ballon über dem Horizont. Sie tauchte die Landschaft in ein wundervoll sanftes, orangenes Licht. Wie hatte er die Stunden in der freien Natur in seiner geliebten Welt genossen, gerade weil er sie in den letzten Jahren so selten hatte auskosten können, bevor es ihn hierher verschlagen hatte.

Jetzt war es vorbei mit dem Leben auf richtigen Planeten. Dramun verstand unter ›richtigen‹ Planeten solche, auf denen man sich ohne Hilfsmittel bewegen konnte. Der, auf dem die Station stand, gehörte jedenfalls nicht dazu. Als einzig Positives ließ sich über diesen besseren Steinbrocken sagen, dass er eine für Menschen geeignete Gravitation besaß.

Dafür würde man sofort in einer aus giftigen Gasen bestehenden Atmosphäre ersticken, sollte man ohne Schutzanzug die Oberfläche betreten. Zusätzlich würde man in dieser aus den unterschiedlichsten und meist hochgiftigen chemischen Verbindungen bestehenden Flüssigkeit im wahrsten Sinn des Wortes gekocht werden.

Der Planet lag einfach zu weit an seinem für Dramuns Geschmack zu hell strahlenden Stern. Im Gegensatz zu Sirauns Sonne war TAGO1247 ein weißblauer Zwergstern. Er hatte nicht das heimelige rötliche Licht des orangenen Zwergsterns, der auf Siraun schien.

Fünf Jahre lebte er nun auf dieser Station. Fünf Jahre lang war er nur aus diesem Gebäude herausgekommen, wenn er auf Tagungen gefahren war oder an Beratungen teilgenommen hatte. Beide hatten aus Sicherheitsgründen auf interstellaren Raumstationen stattgefunden, weit weg von bewohnten Planeten.

Die einzigen Ausnahmen bestanden aus zwei Urlauben auf Parad, einem überdimensional voluminösen Himmelskörper, der aber im Verhältnis wenig Masse und daher eine menschenverträgliche Schwerkraft besaß. Diese Welt hatte für die Sicherheitsbehörden den Vorteil, dass ein gesamter großer Kontinent vom Militär kontrolliert wurde und für Zivilpersonen gesperrt war.

Dort hatte er Urlaub machen dürfen. Er wollte nicht meckern. In diesen zweimal zwei Wochen hatte er sich wirklich gut erholt. Allein das Gefühl nach langer Zeit wieder auf einer bewohnbaren Planetenoberfläche zu stehen, lohnte die Reise, auch wenn Parad bei Weitem nicht so ein schönes Tageslicht wie Siraun bot.

Wie hatte er jemals auf die Idee kommen können, diese Stelle anzunehmen? Natürlich wusste Dramun ganz genau, worin die Gründe bestanden hatten. Da war einmal sein Ehrgeiz. Alle anderen Wissenschaftler und Ingenieure waren an der Aufgabe gescheitert. Hinzu kam, dass es kaum eine wichtigere Fragestellung als die Entwicklung dieses neuen Produktionsroboters gab.

Ohne diesen Roboter kam die Produktion neuer Schiffe in den nächsten Jahren – vielleicht sogar schon in den nächsten Monaten – zum Erliegen. Dabei brauchte das Imperium gerade jetzt neue Flottenverbände so dringend wie noch nie zuvor in seiner Geschichte.

Es gab allerdings einen weiteren Grund, warum Dramun dieses Projekt angenommen hatte. Am liebsten hätte er diesen Teil seiner Vergangenheit vergessen, aber das war ihm nicht möglich. Unaufhaltsam drängten sich die Gedanken, die Bilder und die Gefühle in den Vordergrund.

Tarenije! Sie war seine engste Freundin gewesen. Nein, mehr als das! Im Laufe der Jahre konnte er nicht mehr mit Sicherheit sagen, ob er wusste, was Liebe bedeutete. Aber wenn er in seinem Leben jemanden geliebt hatte, wirklich geliebt, dann war es Tarenije.

Während er teilnahmslos durch das Fenster in die unwirtliche Umgebung des Planeten starrte und Unmengen von giftig aussehender braungrüner Flüssigkeit an die Scheibe geschleudert wurden, entstanden ausgelassene Szenen vor seinem geistigen Auge.

Er sah sie alle drei zusammensitzen, Tarenije, Barut und ihn selbst. Damals waren sie noch jung. Sie redeten, lachten und liebten sich. Sie hielten sich für unbesiegbar. Sie waren die besten Freunde.

Tarenije stellte zwar auch schon zu diesem Zeitpunkt das Bindeglied ihrer Freundschaft dar, aber in den längst vergangenen Jahren spielte das noch keine Rolle. Wahrscheinlich hatte Tarenije auch in diesen Tagen eine engere Bindung zu Barut als zu ihm. Aber auch das war nicht wichtig, weder damals noch heute.

Nachdem Barut und er sich zerstritten hatten, brach der Freundeskreis auseinander. Für Dramun stellte es natürlich kein Problem dar, dass Tarenije sich häufiger mit Barut traf, als mit ihm.

Er stammte schließlich von Siraun, einem Planeten mit einer der ältesten Kulturen des bekannten Teils der Galaxie und nicht aus einer dieser primitiven Welten, deren Menschen noch im Metallzeitalter lebten.

Im Biologiezeitalter, in dem sich der weitaus größere Anteil der Bevölkerung des Imperiums befand, hatten sich nicht nur die Techniken des vorherigen Zeitalters überlebt, sondern auch die Formen des Zusammenlebens.

Der menschliche Nachwuchs wurde in hochoptimierten, biologischen Robotern gezeugt und ausgetragen. Dadurch gab es auch für die zweigeschlechtliche Paarbildung keine gesellschaftliche Notwendigkeit mehr.

Zwischenmenschliche Bindungen, auch in sexueller Hinsicht, gab es nur noch auf der Grundlage von freundschaftlichen Gefühlen, unabhängig vom Geschlecht und der Anzahl der Menschen, zu denen die jeweilige Person ein entsprechendes Verhältnis unterhielt. Eifersucht kannten die Mitglieder einer Kultur des Biologiezeitalters nur als Krankheit. Und Dramun war in jeder Hinsicht kerngesund.

Daher empfand es Dramun auch als völlig normal, dass Tarenije weiterhin eine enge Freundschaft – auf Planeten des Metallzeitalters würde man Liebesbeziehung sagen – zu Barut unterhielt, selbst nachdem sich ihre beiden engsten Freunde zerstritten hatten.

Es machte ihn höchstens ein wenig traurig, dass sie sich häufiger mit Barut traf als mit ihm. Auch wenn sein Stolz es bis heute nicht zuließ, es zuzugeben, ein großer Teil der Trauer rührte vielmehr von der verlorenen Freundschaft zu Barut.

Dennoch wünschte er sich nichts so sehr, als dass es einfach so weiter gegangen wäre. Er hatte Tarenije damals gedrängt, mehr mit ihm zu unternehmen und häufiger bei ihm zu bleiben. Heute wäre er glücklich, wenn er sie wenigstens hin und wieder sehen und seine schlimmsten Seelenqualen mit ihr teilen könnte.

Keiner von ihnen hatte damit gerechnet. Wer rechnet auch schon damit, dass ein geliebter Mensch von heute auf morgen von einem gehen könnte. Er hatte es noch nicht einmal ernst genommen, als die Militärs alle Wissenschaftler warnten, in den Randregionen des Imperiums zu forschen.

Tareneje arbeitete als Spezialistin für Exobiologie, also für exotische Systeme, die nach ähnlichen Prinzipien funktionierten, wie die bekannte Biologie. Kein anderes Projekt dieser Art versprach zu diesem Zeitpunkt mehr Erfolg als ihres.

Tareneje wollte es auf keinen Fall aufgeben. Also ignorierte sie alle Warnungen der Militärs. Barut behauptete zwar hinterher, Tareneje wäre vor seinen Bedrängungen geflohen, aber das gehörte zu der Art von Schwachsinn, der die ursprüngliche Abneigung gegen seinen ehemaligen Freund in offenen Hass verwandelte.

Für die Militärs handelte es sich um einen Zwischenfall, wie er leider in diesen Zeiten mehrmals pro Woche vorkam. Sie schossen zwei Schiffe der Kriegsfeinde, der Aranaer, ab und verloren selbst ein Kriegsschiff.

Als einzig Erwähnenswerte an diesem Vorfall nannte man, dass ein schlecht bewaffnetes und geschütztes Forschungsschiff zwischen die Fronten geraten war und ebenfalls zerstört wurde. Tareneje hatte sich auf ihm befunden.

Das alles war nun gut fünf Jahre her. Dieser unwiederbringliche Verlust führte dazu, dass Dramun dieses Projekt auf diesem gottverfluchten Planeten annahm. Genau aus diesem Grund quälte ihn seit fünf Jahren eine kaum zu ertragene Einsamkeit.

Er steckte nicht zwangsläufig in dieser Situation. Er war berühmt, er konnte sogar charmant sein, wenn er sich in der richtigen Stimmung befand, aber er wollte keine andere Freundin und keinen anderen Freund.

Mit starrem Blick starrte er aus dem Fenster, ohne die davor tobenden Naturgewalten wahrzunehmen. Er durfte jetzt nicht wieder nachgeben. Er wusste, was passieren würde, wenn er jetzt das tat, wonach er sich so schmerzhaft sehnte und wie elend er sich am nächsten Morgen fühlen würde. Und doch würde er sich nicht zurückhalten können. Die Würfel waren bereits gefallen.

2

Das grünbraune Dämmerlicht schien schmutzig durch die Fenster. Der Vorgang des Erwachens dauerte schier ewig. Aus scheinbar unendlichen Tiefen eines traumlosen Schlafs stieg Dramun quälend langsam bis an die Oberfläche des Bewusstseins.

Im Grunde genommen wusste er, warum er solche Schwierigkeiten hatte, in die Realität zurückzukehren. Schon seit dem vergangenen Abend, seitdem er diesen Raum betreten hatte, verdrängte er die brutale Wirklichkeit. Wie jedes Mal, wenn er dem Drang seiner Verzweiflung nachgab, flüchtete er sich in die Illusion und vergaß für Stunden alles, was er der Zivilisation, vor allem aber sich selbst antat.

Er spürte den warmen Körper an seinem Rücken, nackte Haut drängte sich an seine. Er sollte jetzt wenigstens aufstehen und wortlos gehen, aber das brachte er nicht übers Herz. Langsam drehte er sich um.

Das Mädchen war schon wach, wie jedes Mal. Es sah ihn mit kindlich erwartungsvollen Augen an. Wie immer versetzte ihre Ähnlichkeit mit Tarenije ihm einen Stich. Er wusste, er hatte nicht nur seine tote Freundin betrogen, sondern vor allem sich selbst.

Die junge Frau, die neben ihm lag und mit der er in der vergangen Nacht all die Dinge getan hatte, die Liebende im ganzen Imperium in solchen gemeinsamen Stunden taten, war siebzehn Jahre alt.

Der Altersunterschied zwischen ihr und ihm war so groß, dass sie auf Planeten des Metallzeitalters, wie Terra, also der Erde, seine Tochter hätte sein können. In einigen Kulturen dieser Welten hätte sie womöglich sogar seine Enkeltochter sein können.

Dieser Altersunterschied spielte allerdings für die Menschen des Biologiezeitalters keine Rolle. Es gab weder unheilbare Krankheiten noch die Notwendigkeit der Fortpflanzung. Dadurch hatte sich der zwischenmenschliche Umgang gegenüber Kulturen des Metallzeitalters grundlegend verändert.

Das Alter spielte für eine enge Freundschaft, die man in etwa mit einer Liebesbeziehung im Metallzeitalter vergleichen konnte, genauso wenig eine Rolle wie das Geschlecht. Einzig und allein die Zuneigung von ein oder mehreren Menschen zueinander gab den Ausschlag für eine solche Beziehung.

Hätte Dramun also ein Verhältnis zu einer jungen Frau gehabt, die nur ein Drittel seiner Jahre zählte, so entsprach das zwar nicht dem durchschnittlichen Altersunterschied von Freunden auf den Planeten des Imperiums, aber es handelte sich auch um nichts, über das sich irgendjemand besondere Gedanken gemacht hätte.

»Du hast mich heute Nacht Tarenije genannt«, sagte das Mädchen leise, ihre Augen leuchteten vor Stolz.

»Das ist nicht wahr!« Dramun spürte ein solches Entsetzen, dass er zu laut gesprochen hatte.

»Doch! Du hast mich im Schlaf in den Arm genommen und gesagt ›ich liebe dich, Tarenije‹«

Die Augen des Mädchens funkelten. Die kindliche Naivität war verschwunden. Sie forderte ihr Recht. Dadurch erinnerte sie Dramun jetzt noch mehr an seine tote Freundin. Ihn beschlich ein schrecklicher Verdacht. Warum war er nicht schon vorher auf diese Idee gekommen?

»Du hast gesagt, ich bin ein richtiger Mensch, wenn du mir einen menschlichen Namen gibst. Das hast du heute Nacht getan«, beharrte das Mädchen.

»Das ist nicht richtig, AAG729«, erwiderte er streng.

Er wusste, das Nennen der Nummer würde sie schwer verletzen und doch musste er sie aussprechen. Er musste es hart und unumstößlich klingen lassen, schon um sich selbst zu überzeugen.

»Ich habe im Schlaf gesprochen. Ich habe geträumt. Von einer Frau, nicht von dir.«

Die Augen des Mädchens füllten sich mit Tränen.

»Du hast es gesagt«, flüsterte sie hilflos.

Er wusste, dass es falsch war und doch konnte er sich gegen sein Mitgefühl nicht wehren.

»Ich habe gesagt, dass wir Tests machen müssen. Du weißt auch, dass du bei diesen Versuchen mitmachen und dir Mühe geben musst. Ich habe dir versprochen, dass ich dir einen Namen gebe, wenn sich bei diesen Untersuchungen herausstellt, dass du ein Mensch bist.«

Eine Gänsehaut breitete sich über Dramuns Körper aus. Wie jedes Mal war der Punkt gekommen, an dem er die Realität nicht länger verdrängen konnte.

Auch wenn er kein großes Interesse an rückständigen Kulturen des Metallzeitalters auf Provinzplaneten des Imperiums hegte, so war ihm doch zu Ohren gekommen, dass es dort Menschen gab, die eine sexuelle Beziehung zu Tieren pflegten.

Dramun schauderte bei diesem Gedanken. Wie konnte ein Mensch, die Krone der Schöpfung, das obere Ende der Evolutionshierarchie, sich so weit erniedrigen, sich mit einem Tier auf eine Ebene zu stellen.

Aber er war nicht derjenige, der diese verirrten Geister aus primitiven Kulturen verurteilen durfte. Was er getan hatte, was er noch in diesem Moment tat, war um ein vielfaches verwerflicher. Er hatte sich selbst um eine weitere Stufe der kulturellen Degeneration erniedrigt.

Dieses Wesen, das dort neben ihm lag, das aussah wie eine junge Ausgabe seiner toten Freundin und das ihn jetzt mit flehenden Augen ansah, war kein Mensch. Nein, es war nicht einmal ein Tier. Es handelte sich um einen Roboter, konstruiert für hoch spezialisierte Aufgaben, zur Produktion von Raumschiffen.

Natürlich war er die fortgeschrittenste biologische Maschine, die jemals von Menschen geschaffen wurde. Dieser Roboter hatte im Gegensatz zu allen anderen biologischen Apparaten des Imperiums einen menschlichen Körper bis hin zu jedem einzelnen Gesichtszug.

Jede andere Maschine hatte man mit Bedacht auch in ihrem Aussehen so weit von jeglicher Ähnlichkeit mit Menschen entfernt, wie es ihre Funktionalität nur zuließ. So hatte man den Haushaltsrobotern, die auf zwei Beinen liefen und einen recht menschenähnlichen Körper besaßen, ganz bewusst keine Gesichtszüge gegeben.

Kein Mensch sollte auch nur in Versuchung geraten, einen Roboter mit seinesgleichen zu verwechseln. Und jetzt war das ausgerechnet ihm passiert, Professor Dramun, dem größten Roboterexperten, den das Imperium kannte.

Wie konnte das Schicksal nur so zynisch sein? AAG729 sowie die ganze Roboterserie existierte nur aufgrund einer Laune. Vor mehr als zwanzig Jahren hatte er mit einer Reihe anderer Experten nach getaner Arbeit beim Abendessen zusammengesessen.

Sie unterhielten sich und natürlich ging es um die Konstruktion von Raumschiffen, das war damals schließlich sein Spezialgebiet. Die Kollegen, die sich mit der Entwicklung von Produktionsrobotern beschäftigten, klagten ihm ihr Leid, dass es bisher nicht gelungen war, für eine Reihe sehr komplizierter, aber langweiliger Spezialaufgaben verlässlich arbeitende Roboter zu konstruieren.

Sie philosophierten darüber, ob es Aufgaben in der Produktionskette gab, die grundsätzlich nicht von Robotern ausgeführt werden konnten. Wenn man für diese extrem langweiligen Arbeiten auch in ferner Zukunft Menschen brauchen würde, stände man sehr schnell vor unlösbaren Problemen bei dem liberalen Lebensstil der Einwohner des Imperiums.

Aus einer Laune heraus äußerte er eine spontane Idee, ohne sie in allen Konsequenzen überdacht zu haben. Er schlug vor, anstatt von den relativ einfachen genetischen Grundlagen existierender Roboter auszugehen, um diese dann immer komplizierter zu machen, könnte man doch den umgekehrten Weg nehmen.

Er regte an, menschliche DNA als Ausgangsbasis zu verwenden, die man so weit vereinfachte, dass das Ergebnis kein Mensch, sondern eine biologische Maschine wäre.

Dabei handelte es sich nur um einen spontanen Gedanken, aber seine Kollegen hingen an seinen Lippen. Sie hielten es für die brillante Idee eines Genies. Nach wenigen Tagen erfuhr er, dass gleich mehrere Teams Forschungsanträge gestellt hatten, die auf seinem Einfall beruhten.

In den nächsten drei Jahren startete man parallel unterschiedlichste Versuchsreihen, insgesamt vierzehn. Die neunundzwanzigste Feinjustierung der siebten Serie stellte sich als die bisher erfolgreichste Konstruktion heraus. Der siebte Prototyp dieser Serie lag jetzt neben ihm, AAG729.

Er selbst wollte ursprünglich nie etwas mit der Entwicklung von Produktionsrobotern zu tun haben. Vor fünf Jahren aber, kurz nach Tarenijes Tod hatte man ihn gefragt, ob er das Erfolg versprechendste Projekt übernehmen und die Serie über die letzte Hürde vor dem Produktionsbetrieb bringen wolle.

Zu dem Zeitpunkt wollte er nur noch sein Leben verändern. Er wollte an anderen Dingen arbeiten und auf einem anderen Planeten leben. So war er hierher gekommen.

Er arbeitete an einem interessanten Vorhaben. In gewisser Weise empfand er es sogar spannender als die Entwicklung von Raumschiffen. Allerdings hatte er nicht ahnen können, dass er von der Vorhölle direkt in die Hölle katapultiert werden würde.

Er wusste nicht, ob sein Vorgänger, der die menschliche DNA ausgesucht hatte, die als Ausgangsbasis für die einzelnen Prototypen diente, ihm eine Ehre erweisen wollte oder ob dieser aus reinem Zynismus gehandelt hatte.

Jedenfalls hatte er für den siebten Prototyp Tarenijes DNA verwendet. Er schätzte keinen seiner Kollegen als so boshaft ein, dass der es in Vorahnung der Qualen getan hatte, die Dramun dieser Umstand heute bereitete.

Er sah dem Wesen ins Gesicht, das ihm gegenüberlag. Eine Träne lief ihr die Wange herunter, sodass eine feuchte Spur zurückblieb. Die Träne aus dem anderen Auge blieb an ihrer Nase hängen. In ihr glitzerte für wenige Sekunden einer der seltenen Sonnenstrahlen, die es durch das grauenhafte Wetter der giftigen Atmosphäre des Planeten geschafft hatte.

Das Mädchen machte keine Anstalten sich die Feuchtigkeit aus dem Gesicht zu wischen. Sie bewegte sich noch nicht einmal. Sie lag nur regungslos auf dem Bett und starrte ihn wortlos in ihrem ganzen Elend an, genauso wie es Tarenije zu tun pflegte, wenn er sie verletzt hatte.

»Warum glaubst du mir nicht?« Sie sprach leise, ihr Ton klang vorwurfsvoll. »Ich liebe dich.«

Als er nicht antwortete, fügte sie hinzu: »Vor drei Tagen hast auch du gesagt, dass du mich liebst.«

»Das war ein Fehler, ich habe es dir erklärt.« Seine Stimme besaß nicht die Härte, die notwendig gewesen wäre. Es klang eher wie ein Flehen.

»Ja, ich weiß. Du hast mir erklärt, dass ein Roboter nicht lieben kann, aber ich habe in mich hineingefühlt. Ich habe nicht nur nachgedacht, wie ein Roboter, ich habe wirklich gefühlt. Und ich fühle Liebe – zu dir.«

»Du weißt nicht, wie ich mir wünsche, dass es wahr wäre, AAG729. Aber es kann nicht sein. Dann wäre uns allen ein Fehler unterlaufen. Dein Erbgut ist genauso verändert worden, wie das der gesamten Entwicklungsreihe. Du bist kein Mensch, du kannst nicht lieben.«

Dem Mädchen lief aus jedem Auge eine weitere Träne, die sie ebenso laufen ließ wie die vorherige.

»Ich weiß nicht, was mit den anderen ist. Seit ich dich kenne, wollen sie nichts mehr mit mir zu tun haben. Ich habe nur dich«, sagte sie leise.

»Ich weiß auch nicht, was ihr für Fehler gemacht habt, davon verstehe ich nichts. Ich durfte ja noch nicht einmal zur Schule gehen wie andere Kinder. Ich weiß nur, dass ich dich liebe, auch wenn du manchmal so grausame Sachen sagst.«

Dramun setzte sich auf. Er nahm seinen Kopf zwischen seine Hände und schüttelte ihn hilflos.

»Wenn ich für dich nur ein Roboter bin, dann schalte mich doch wenigstens ab, ich ertrage es nicht mehr, wie eine Maschine behandelt zu werden«, flehte das Mädchen. »Bitte sag, dass du mich liebst. Ich kann ohne deine Liebe nicht mehr leben. Bitte!«

Das Mädchen begann, hilflos zu schluchzen. Jetzt liefen ihm Bäche von Tränen aus den Augen. Dabei sah sie ihn unverwandt an, so wie damals. Es war unerträglich. Er konnte sie nicht leiden sehen. Es schmerzte zu sehr.

»Bitte Tarenije, bitte weine nicht. Ich liebe dich doch auch«, flehte er und nahm sie in den Arm.

Er konnte sich nicht einmal herausreden. Er wusste genau, was er tat, schließlich war er Spezialist für Roboter, sogar der beste. Er wusste, dass diese hoch komplizierten Maschinen ein selbstlernendes, zentrales Nervensystem besaßen.

Er wusste, dass sie ihre Umgebung analysierten. Das Ergebnis der Tests stand noch nicht fest. Er hielt es, wie alle, für mehr als wahrscheinlich, dass es sich bei Tarenije um nichts weiter handelte als um einen Roboter. Er hatte gelernt, welche Bedürfnisse sein menschlicher Herr verspürte und bemühte sich, sie möglichst gut zu erfüllen.

Sollte es nicht so sein, steckte nicht nur er, sondern sein ganzes Team in einer Katastrophe. Ein schrecklicher Skandal würde über die gesamte Forschung hereinbrechen, falls sich herausstellte, dass man Menschen wie Roboter aufwachsen und gehalten hatte.

Dennoch konnte er nicht widerstehen. Dramun versank weitere zwei Stunden in der Illusion, von der er sich so sehnlich wünschte, dass sie Realität würde.

3

Die Besprechung war sehr kurzfristig angesetzt worden. Sie fand unter vier Augen statt. Es handelte sich um die Art von Gesprächen, die Dramun hasste. Es lag nicht an der Person an sich, sondern an dem, was sie verkörperte. Ihm gegenüber saß Oberst Dornof. Er war der zuständige militärische Mitarbeiter, für den Ausbau der Raumflotte des Imperiums und damit Dramuns direkter Ansprechpartner für das Projekt.

Dramun hatte im Grunde genommen nichts gegen das Militär. Die Sicherung der heimischen Planeten gegen die Feinde, die Aranaer, hielt er für eine wichtige Aufgabe, die er in vollem Umfang respektierte. Dennoch konnte er mit dem üblichen Umgang der Flotte mit Problemen nicht umgehen.

Nur zu oft hatte er erlebt, dass Vertreter der Streitkräfte meinten, alles mit der Anwendung von Gewalt erreichen zu können. Was nicht so war, wie sie es für nötig hielten, wurde schnell und brutal auf ihre Bedingungen zurechtgestutzt.

Für Dramun stand Wissenschaft im Mittelpunkt. Es galt zu beobachten, objektiv zu beurteilen und notfalls eine gebildete Meinung oder Theorie wieder zu verwerfen. Eine derartige Herangehensweise war seinem Gegenüber fremd, ja sogar verdächtig, wie er wusste.

»Wie weit sind Sie mit Ihren Tests?«, fragte der Oberst direkt, nachdem die notwendigsten Höflichkeitsfloskeln ausgetauscht waren.

»Wir sind so gut wie fertig, wir sind fast durch«, antwortete Dramun ruhig.

»Das haben Sie mir vor drei Wochen auch erzählt.« Der Dornof wirkt ungeduldig, wie immer.

»Das ist richtig. Heute sind wir drei Wochen weiter.« Dramun gab sich große Mühe gelassen zu bleiben.

»Ja, natürlich. Ich will wissen, ob Sie mit den entscheidenden Punkten weitergekommen sind.«

»Natürlich. Die Tests werden nach wissenschaftlichen Kriterien abgearbeitet. Jeder absolvierte Test ist ein Fortschritt. In der Wissenschaft ist auch ein Negativergebnis ein wichtiges Ergebnis.«

»Sie wissen genau, dass ich das nicht meine. Ich bin Soldat. Ich habe Verantwortung für die Sicherheit aller Einwohner des Imperiums, auch für Ihre. Ich will wissen, ob die neuen Roboter einsetzbar sind! Waren Ihre Tests in dieser Hinsicht erfolgreich?«

»Das kommt darauf an, was Sie meinen. Die Tests, die die grundsätzlichen Eigenschaften der Neuentwicklung betreffen, sind abgeschlossen, mit Erfolg. Diese Roboter sind von ihren Fähigkeiten in der Lage die Arbeiten in vollem Umfang durchzuführen, für die sie konstruiert wurden.«

Der Oberst atmete sichtlich auf. Dramun sprach weiter.

»Der zweite Problembereich betrifft die Programmierung dieser Generation von Robotern. Umso komplizierter eine Maschine ist, umso schwieriger ist es, sie zu programmieren. Wir reden hier nicht von einfachen Robotern, die ihre Aufgabe allein aufgrund ihrer genetischen Struktur verrichten.

Die von uns konstruierten Maschinen sind in einem viel höheren Maße selbstorganisierend als alle bisher bekannten Roboter. Sie müssen die Arbeiten, die sie erledigen sollen, erst erlernen. Das heißt, sie müssen zu den Aufgaben, die sie ausführen sollen, erzogen werden.

Bei solch komplizierten Maschinen ist auch das ein schwieriger Prozess. Nach anfänglichen Schwierigkeiten sind wir mittlerweile aber auf einem guten Weg. Wenn der letzte Test, der noch heute stattfinden wird, erfolgreich ist, haben wir den Beweis erbracht, dass der Roboter wirklich für die gedachten Aufgaben einsetzbar ist.

Allerdings wird man dafür Methoden verwenden müssen, die bisher im Imperium untersagt sind.«

»Sie meinen diese Geräte, die als Folterinstrumente geächtet sind«, unterbrach ihn der Oberst. »Wir haben schon einmal darüber gesprochen. Dieses Verbot gilt für den Einsatz gegen Menschen. Natürlich ist das Zufügen von Schmerz an beliebigen Körperstellen barbarisch.

Zumal, wenn dies unbegrenzt gesteigert werden kann, ohne dass körperliche Schäden entstehen. Bei Robotern sieht der Fall allerdings anders aus. Ich gehe doch nicht davon aus, dass eine Maschine Schmerz empfindet.«

Jetzt war das Gespräch an dem Punkt angelangt, bei dem Dramun Unwohlsein verspürte. Er sah sich als Wissenschaftler, als Ingenieur und nicht als Metaphysiker. Themen, die außerhalb der Funktionsweise von Materie lagen, gehörten nicht zu seinem Spezialgebiet.

»Mit Ihrer Frage kommen wir zu der letzten verbleibenden Unsicherheit. Sie wissen, ich bin Maschinenbau-Ingenieur«, unterstrich Dramun vorsichtshalber noch einmal. »Mit dieser Problematik kommen wir zu einem Punkt, der über mein Fachgebiet hinaus geht.«

»Lieber Herr Dramun, sie wissen, dass wir Sie als Wissenschaftler schätzen. Ihre Stimme hat in allen Punkten Gewicht, die die Entwicklung von Robotern betrifft. Also reden Sie nicht um die Sache herum und sagen Sie mir klar und eindeutig, ob Ihre neu entwickelte Maschine geeignet ist oder nicht.«

»Diese Frage ist noch immer nicht mit der nötigen Wahrscheinlichkeit geklärt. Der ganze Aufbau dieser Roboter ist einem Menschen zu ähnlich. Der kritischste Punkt in diesem Zusammenhang ist die zentrale Informationseinheit. Sie hat sehr viel Ähnlichkeit mit einem menschlichen Gehirn, mehr als die irgendeines anderen Roboters.«

»Ich dachte, das wäre gerade der Witz bei den von Ihnen entwickelten Maschinen. Ich dachte, Sie hätten eine Methode gefunden, die menschliche DNA so weit zu reduzieren, dass das Ergebnis keine Menschen, sondern Roboter sind. Sie haben behauptet, genau das hätten Sie erreicht und dabei die menschlichen Fähigkeiten erhalten, die es bedarf, unsere Raumschiffe zu bauen.«

Der Oberst wirkte sehr erregt.

»Das ist nicht ganz richtig. Ich habe behauptet, dass es mit sehr hoher Wahrscheinlichkeit so ist. Aber ich brauche Zeit, um die letzten Tests durchzuführen, damit wir eindeutige wissenschaftlich haltbare Beweise für meine These haben.«

»Ich pfeife auf Ihre Wissenschaft! Wissen Sie, wie es da draußen aussieht? Da sterben Menschen, keine Roboter!«

»Aber deshalb können wir doch nicht unsere wichtigsten menschlichen Prinzipien verraten«, rief Dramun aus und beeilte sich weiterzusprechen, bevor der Oberst eine weitere Tirade loswerden konnte. »Ich will Ihnen ein Beispiel für die Problematik geben, in der wir stecken. Ich muss dazu betonen, dass dieses Gebiet auch für mich ganz neu ist und ich erst dabei bin, mich vollständig einzuarbeiten.«

Der Oberst schnaufte ungeduldig.

»Wie soll ich die Problematik erklären?« Dramun stand auf und begann im Raum auf und ab zu gehen. Er wusste, dass dieses Verhalten den Oberst störte, aber das war ihm in diesem Moment gleichgültig. Er brauchte Bewegung, um nachdenken zu können.

»Sehen Sie hier diesen Stuhl«, sagte er schließlich. »Das ist ein ziemlich simpler Roboter. Er hat auch eine zentrale Einheit. Ich werde nun ein kleines Experiment durchführen.«

Dramun kramte in einem kleinen Fach, das sein Schreibtisch enthielt. Er holte daraus ein kleines Gerät hervor, dass er bei Wanderungen in der freien Natur benutzte. Mit ihm konnte man ein Feuer machen, wie man es schon seit der Steinzeit zur Nahrungszubereitung nutzte. Dramun drückte einen winzigen Knopf und eine kleine Flamme züngelte am Kopf des Geräts. Der Oberst sah ihm missmutig zu.

Dramun ging zu seinem Stuhlroboter und hielt einmal kurz die Flamme an eines seiner Beine. Der Roboter zog das Bein weg und ging zwei schnelle Schritte rückwärts. Dramun sah den Oberst triumphierend an. Dessen Gesichtszüge verdunkelten sich noch weiter.

»Was soll das? Was wollen Sie mir mit dieser Demonstration zeigen? Jedes Kind weiß, dass Stuhlroboter Hitzesensoren besitzen und sich in Sicherheit bringen, wenn es zu heiß wird«, schnaufte er verächtlich.

»Ja genau«, rief Dramun begeistert aus. »Wenn dieser Roboter sich verbrennt, wird ein Signal von der Haut zu der zentralen Informationseinheit geschickt. Ein Programm wird ausgelöst und die Maschine entfernt sich automatisch von der Quelle, die den Reiz auslöst.«

Der Oberst sah Dramun stumm an. Seine Geduld schwand.

»Das passiert mit allen Robotern, mit allen Tieren, ja sogar mit Menschen. Würden sie aus Versehen mit ihrem Bein einen heißen Gegenstand berühren, würden sie sofort reagieren. Ihre zentrale Informationseinheit, ihr Gehirn, würde den Impuls auslösen zurückzuspringen und sich damit von der Quelle der Hitze zu entfernen.«

Der Oberst rutschte unruhig auf seinem Stuhl herum.

»Das weiß jedes Kind, kommen Sie zum Punkt«, schnaubte er.

»Leider macht sich kaum ein Mensch Gedanken, was da wirklich passiert.« Dramuns Stimme bekam einen schneidenden Ton. Er wirkte arrogant. »Das entscheidende an diesem kleinen Experiment ist, dass ein Mensch den Schmerz erst nach der Körperreaktion spürt.

Es gibt also die rein körperliche Reaktion, die allen Lebewesen, einschließlich Robotern, gleich ist. Wenn die entsprechenden Nervenzellen gereizt werden, reagiert der Körper mit einer Abwehrreaktion.

Das besondere bei Menschen ist, dass sie Schmerz spüren. Damit meine ich, dass das Bewusstsein eines Menschen den Schmerz wahrnimmt. Genau das ist der Unterschied zwischen einem Roboter, wie diesem Stuhl hier und einem Menschen.

Es ist nicht die Reaktion auf die Verbrennung, sondern die bewusste Wahrnehmung des Reizes als Schmerz. Nach unserem Stand der Wissenschaft haben nur Menschen ein Bewusstsein und können damit körperliche Gefühle als solche wahrnehmen.«

Der Oberst sah Dramun einen Moment irritiert an, bevor seine laute Stimme durch den Raum schallte.

»Aber diese neuen Maschinen in Ihrem Labor da unten, die können doch auch keinen Schmerz wahrnehmen, oder?«

»Genau darum geht es. Wir müssen feststellen, ob diese Roboter ein Bewusstsein haben oder nicht. Ob sie bewusste Entscheidungen treffen können, ob sie einen bewussten Willen besitzen, ob sie gar Liebe empfinden können und natürlich wie in unserem Beispiel, ob sie Schmerz bewusst wahrnehmen.«

Der Oberst sah Dramun mit undurchdringlichem, harten Blick in die Augen.

»Wollen Sie damit sagen, dass diese Roboter in Ihrem Labor Schmerz empfinden?« Der Oberst sprach leise. Es klang gefährlich.

»Sie wissen, es gibt Kritiker, allen voran Professor Barut, die genau das behaupten«, entgegnete Dramun schwach.

»Ich will doch hoffen, Sie haben Beweise, dass dem nicht so ist. Sie setzen die virtuelle Nervüberreizung ein. Wenn diese Roboter Schmerz empfinden, ist das Folter, heiliges Universum noch mal! Sie kommen in Teufelsküche, wenn diese … diese Kreaturen keine Maschinen sind. Sie werden auf den Gefängnisplaneten wandern.«

Jetzt wurde Dramun doch blass. Von seiner Arroganz blieb nicht viel übrig.

»Sie haben mir die Erlaubnis gegeben, die Instrumente zum Wohl der Wissenschaft einzusetzen. Es war auch Ihre Entscheidung«, stammelte er.

»Das ist nicht richtig! Weder ich noch irgendeine Stelle der Streitkräfte hat jemals die Erlaubnis erteilt, Menschen mit diesen Geräten zu foltern. Sie haben nur das Zugeständnis, diese Instrumente zur Programmierung von Robotern zu gebrauchen. Sie haben mir versichert, dass es sich bei diesen Kreaturen um Maschinen handelt.«

»Aber genau das müssen wir doch erst noch beweisen«, erwiderte Dramun kleinlaut.

»In fünf Tagen findet die letzte Verhandlung statt. Bis dahin sollten Sie im Besitz eindeutiger Beweise sein, sonst wird sicher auch Ihr Umgang mit diesen Robotern zur Sprache kommen. Beschleunigen Sie Ihre Tests, kürzen Sie sie wenn nötig zusammen!«

»Aber ich bin Wissenschaftler, ich fälsche keine Ergebnisse.«

»Davon war keine Rede. Ich bin sicher, Sie finden einen Weg, die Tests zu beschleunigen, ohne die wissenschaftliche Aussagekraft zu verlieren.«

Dramun blickte auf seine Schuhspitzen.

»Professor Dramun, es geht doch nicht nur um Sie. Es geht um die Sicherheit des gesamten Imperiums. Es geht um junge Frauen und Männer, die täglich ihr Leben in diesem unsäglichen Krieg verlieren.

Erst gestern sind drei große Kriegsschiffe zerstört worden. Mehr als zweitausend Leute haben wir verloren. Junge Menschen, die noch ihr ganzes Leben vor sich hatten. Menschen, die es bewusst leben wollten, nicht irgendwelche Maschinen, von denen mit großer Sicherheit keiner bewusst lebt.

Wir brauchen mehr Raumschiffe, sonst können wir diesem Ungeziefer von Aranaern nie den Garaus machen. Wir brauchen Ihre neuen Roboter.«

»Wenn ich die Tests kürze, wird mich Barut in der Verhandlung zerreißen. Der wartet doch nur darauf, dass mir ein Fehler unterläuft.«

»Über Professor Barut brauchen Sie sich keine Gedanken machen. Er ist bedauerlicherweise einem Angriff der Aranaer zum Opfer gefallen.«

»Aber warum ist er denn an der Front gewesen?«, fragte Dramun entsetzt.

»Er ist nicht an der Front umgekommen. Er befand sich auf der Standardpassage nach Parad. Sie kennen die Prozedur: jeder, der von außen kommt, muss aus Sicherheitsgründen drei Tage auf der Militärbasis in Quarantäne, bevor er hierher transferieren darf.

Professor Baruts Schiff wurde auf dem Weg zu einer externen Transferstation angegriffen und zerstört. Unsere Flotte konnte zwar das feindliche Kriegsschiff zerstören, aber für den Professor kam jede Hilfe zu spät.«

»Barut tot?« Dramun konnte es nicht begreifen. »Aber die Aranaer dringen doch normalerweise nicht so tief in das Gebiet des Imperiums ein.«

»Oh, entschuldigen Sie, Professor, ich vergaß, dass Professor Barut und Sie sich einmal nahe standen. Es tut mir leid. Allerdings vereinfacht es die Verhandlung in drei Tagen erheblich. Ich sollte noch erwähnen, dass auch sein Forschungsteam von diesem Angriff betroffen war. Es wird niemanden mehr geben, der Ihnen widerspricht.«

Dramun sah den Oberst entsetzt an. Es war vollkommen unmöglich, dass die Aranaer so weit in das Gebiet des Imperiums eindringen konnten. Das Angriffsschiff hatte man zerstört, wie praktisch. Er durfte nicht daran denken, wie wichtig diese Verhandlung für die Militärs war. Dafür würden sie im wahrsten Sinn des Wortes über Leichen gehen.

Jetzt würde ihm tatsächlich niemand mehr widersprechen. Alles hing von seiner Aussage ab. Er war derjenige, der entscheiden musste, ob seine Kreationen als Roboter angesehen werden konnten oder nicht.

Oberst Dornof erhob sich und gab Dramun die Hand.

»Ich bin sicher, Sie werden Ihr Bestes bis zur Verhandlung geben«, sagte er zum Abschied. »Auch Sie wollen doch schließlich verhindern, dass uns dieses aranaische Ungeziefer vernichtet. Und auf einen Gefängnisplaneten werden Sie sicher auch nicht wollen.«

Er hatte Dramuns Hand schon wieder losgelassen und einen Schritt auf die Tür zugemacht, als er sich nochmals umdrehte.

»Wie ich gehört habe, experimentieren Sie ganz besonders intensiv mit einem einzelnen Prototyp. Es ist zwar nicht üblich, aber ich bin sicher, ich kann arrangieren, dass Sie ihn behalten dürfen, als Erinnerung an Ihre erfolgreiche Forschungsarbeit hier.«

Damit verließ der Oberst das Büro. Dramun überfiel ein leichter Schüttelfrost. Er spürte Angst. Erst die nur schlecht verhohlenen Drohungen und jetzt die Anspielung auf Tarenije, wie er den Roboter in Gedanken bereits nannte. Was wusste der Oberst darüber, was er getan hatte? Wusste es noch andere von den Militärs? Letztendlich spielte es keine Rolle, er musste dieses unverzeihliche Verhalten abstellen.

4

Die Uhrzeit ging auf Mitternacht zu. Der Betrieb in den Labors ruhte. Auch der letzte Mitarbeiter des Wissenschaftsteams hatte seine Arbeit beendet. Als einziger Mensch ging Oberst Dornof durch die nach der höchsten Sicherheitsstufe gesicherten Gänge. Seine persönlicher Rang erlaubte ihm natürlich, auch diese für Normalbürger unzugänglichen Räume zu betreten.

Er hatte beschlossen, auf Nummer sicher zu gehen. Diesen Wissenschaftlern konnte man nicht trauen. Womöglich liefen sie noch aus wissenschaftlichem Übereifer ins eigene Messer.

Er kam zur Tür, die er angesteuert hatte. Glücklicherweise hatte der ansonsten so moralische Professor heute sein kleines Spielzeug nicht in seine Räumlichkeiten bestellt. So musste auch dieser Roboter in der für ihn vorgesehenen Zelle übernachten. Ohne den Anklopfmechanismus zu benutzen, öffnete er die Tür und trat ein. Er brauchte sich an keine Höflichkeitsregel zu halten, er besuchte schließlich keinen Menschen.

Das Wesen schrak hoch. Immer wieder verblüfften Oberst Dornof diese neu erschaffenen Roboter. Die Kreatur erinnerte derart an eine verschreckte junge Frau, dass selbst er sie in Gedanken mit menschlichen Bezeichnungen versah.

Das Mädchen zuckte bei seinem Eintreten zusammen und setzte sich aufrecht auf dem schmalen, einfachen Bett auf. Sie zog die Decke, unter der sie geschlafen hatte bis zum Hals hoch und starrte ihn aus großen entsetzten Augen an.

So wie sie ängstlich ihre Nacktheit vor ihm verbarg, erinnerte sie ihn an eine junge Frau aus den Provinzen. Keinem Menschen aus den Hochkulturen wäre es peinlich, sich vor einem anderen nackt zu zeigen. Allerdings war sie von einer Schönheit, wie sie auf den primitiven Planeten nur selten zu finden war.

»Ich habe schon alle Tests gemacht! Bitte keine Tests mehr!«, wimmerte sie und ein Zittern lief durch ihren Körper, dass die gesamte Matratze sich bewegte.

Das brachte den Oberst einen Moment aus dem Konzept. Diese Kreatur zeigte nicht das Verhalten, das er von einem Roboter erwartete, auch wenn er wusste, dass es sich um eine ganz besondere Maschine handelte. Diese Roboter versuchten, es den zu bedienenden Menschen recht zu machen, so wie dies jede Maschine tat, die eine zentrale Steuerungseinheit besaß.

Erkannte dieser Roboter, dass er nach dem Gespräch mit Professor Dramun – wenn auch nur kurz – über die Möglichkeit nachgedacht hatte, dass in diesen Labors Menschen gefoltert werden könnten, anstatt das Roboter programmiert wurden?

Benahm dieses Mädchen, dieser Roboter, sich deswegen wie ein Mensch, der die Folter erlitten hatte? So musste es sein.

Oberst Dornof war Soldat. Es ging um das gesamte Imperium und seine Einwohner. Er hatte sich entschieden.

»Keine Angst, ich hole dich nicht zu neuen Tests, aber du darfst mich nicht anlügen«, sagte er.

»Ich lüge nicht«, flüsterte das Mädchen, ihre Stimme zitterte.

Dornof musste sich zusammenreißen, kein Mitleid zu empfinden. Er konnte beinah den Professor verstehen, als er in die vor Entsetzen aufgerissenen Augen sah und das Zittern dieses Wesens fast körperlich spüren konnte.

»Doch, du hast gelogen«, sagte er streng. »Du musst weitere Tests machen, das weißt du!«

»Aber nicht solche Tests, die so schrecklich wehtun«, schluchzte das Mädchen. Jetzt rannen ihr Tränen aus den Augen.

»Das ist nur ein Roboter! Er spielt dir etwas vor. Lass dich nicht klein kriegen!«, dachte der Oberst.

»Ein Roboter widerspricht Menschen nicht!«, antwortete der Oberst hart. »Schlecht programmierte Roboter werden abgeschaltet.«

»Ich bin kein Roboter, ich bin ein Mensch! Dramun hat gesagt, dass ich ein Mensch bin«, schluchzte das Mädchen.

»Das hat er gesagt?«

»Er hat ›vielleicht‹ gesagt.« In die Stimme der jungen Frau mischte sich ein trotziger Unterton, obwohl ihr noch immer die Tränen aus den Augen rannen.

Der Oberst sah das Wesen vor ihm an. Er verspürte fast so etwas wie Bewunderung. Dieser Roboter war wirklich außergewöhnlich. Er musste die Sache anders angehen.

»Du magst Professor Dramun?«, fragte er mit sanfter Stimme.

»Ich liebe Dramun«, hauchte das Mädchen. Ein Leuchten trat auf ihr Gesicht.

»Der Professor ist in großen Schwierigkeiten, wegen dir!«

Das Mädchen sah ihn ungläubig an.

»Wenn die Tests morgen beweisen, dass du ein Mensch bist, stecken sie Professor Dramun ins Gefängnis. Er wird auf einen schrecklichen Planeten gebracht, auf dem nur Verbrecher leben. Die werden dort grausame Sachen mit ihm machen. Er wird es nicht lange überleben.«

»Aber er hat doch gar nichts getan. Es ist doch kein Verbrechen, wenn er herausfindet, dass ich ein Mensch bin.«

Der Oberst schüttelte theatralisch den Kopf.

»Du armes Mädchen, du tust mir leid. Der Professor sperrt dich hier ein. Er behandelt dich wie einen Roboter. Er foltert dich. Das alles macht er, obwohl du ein Mensch bist.«

»Aber das musste er doch alles machen, um herauszufinden, dass ich ein Mensch bin«, protestierte das Mädchen. Sie zitterte nicht einmal mehr.

»Du musst Professor Dramun schon sehr lieben, wenn du ihn verteidigst, obwohl er dir das angetan hat.«

Das Mädchen nickte heftig und sah ihn dabei mit großen Augen an.

»Leider wird es deinem Professor nichts nutzen. Er wird für alles verurteilt werden, was er dir und den anderen hier angetan hat.«

»Aber sie dürfen ihn nicht einsperren. Er will uns doch nicht wehtun. Er will doch nur beweisen, was richtig ist.«

»Siehst du, das ist das Problem. Du bist ein Mensch. Wenn Professor Dramun beweist, dass es so ist, muss er ins Gefängnis.«

»Aber das will ich nicht!« das Mädchen begann, erneut zu schluchzen.

»Nun weine nicht«, sagte Dornof väterlich. »Ich sehe nur eine Möglichkeit, wie du deinen Dramun retten kannst. Aber das erfordert von dir einen großen Preis. So etwas kann man nur machen, wenn man einen Menschen wirklich liebt.«

»Ich liebe Dramun mehr als alles andere.«

»Wenn du ihn retten willst, darfst du den Test morgen nicht bestehen. Du musst der ganzen Welt beweisen, dass du kein Mensch bist, sondern nur ein Roboter.«

»Aber ich bin doch ein Mensch!«

»Du hast recht, der Preis ist zu hoch«, pflichtete ihr der Oberst bei.

Lautlos weinend saß das Mädchen eine Weile auf der Matratze und starrte auf den Boden. Dann hob es den Kopf.

»Wenn es die einzige Chance ist, Dramun zu retten, werde ich es tun«, sagte sie leise.

»Es ist die einzige Möglichkeit. Danach werden dich alle für einen Roboter halten. Ich verspreche dir aber, dass Dramun dich behalten darf. Wenn ihr beide allein seid, kannst du ihm ja zeigen, wer du wirklich bist.«

Das war doch nicht so schwer, wie Oberst Dornof befürchtet hatte. Er zeigte ihr die Tests, die gemacht werden würden und gab ihr Anweisungen, wie sie die Fragen beantworten und Aufgaben lösen müsse, die man ihr in den nächsten beiden Tagen stellen würde.

»Mein Versprechen gilt: Wenn du deine Aufgabe gut machst, darf Professor Dramun dich behalten«, verabschiedete er sich von ihr.

Bevor die Tür sich schloss, warf er einen letzten Blick auf das Mädchen, das verloren auf ihrer einfachen Pritsche saß und ihn mit großen ängstlichen Augen anstarrte. Er konnte verstehen, dass der Professor wünschte, sie wäre ein richtiger Mensch. Er würde sein Versprechen halten, sollte Dramun doch mit ihr machen, was er wollte.

Ganz kurz beschlich ihn ein Zweifel, nachdem sich die Tür vor seinen Augen geschlossen hatte. Energisch schüttelte er den Kopf. Diese Roboter besaßen vielleicht faszinierende Eigenschaften, es handelte sich aber eben doch nur um Maschinen. Skrupel waren vollkommen unangebracht.

5

Die kleine Kammer war mit einem schmucklosen Tisch ausgestattet, einem einzelnen Stuhl und einer einfachen Pritsche, auf der das Mädchen saß. Sie war allein, wie schon die letzten zwei Tage. Dramun hatte sie in dieser Zeit nicht besucht.

Er hatte sie auch nicht mehr in seine Räume eingeladen. Der Oberst hatte als letzter Mensch mit ihr gesprochen, wenn man von der Beantwortung der Fragen für die abschließenden Tests absah.

Das Mädchen, das in den Forschungsberichten schlicht als Prototyp AAG729 bezeichnet wurde, schauderte bei dem Gedanken an den Oberst. Er hatte kalt gewirkt. Auch wenn er ihr nicht wehgetan hatte, so hatte er doch einen brutalen Eindruck auf sie gemacht. Sie wusste nicht, warum, aber er war ihr herzlos vorgekommen.

»Vielleicht liegt das aber auch nur daran, dass ich hier allein eingesperrt bin«, dachte sie.

Der Raum musste nach ihrer Orientierung unter der Erde und annähernd in der Mitte der Etage liegen. Er besaß keine Fenster. Immerhin hatte sie den Luxus eines winzigen Bades, in dem sie ihre Notdurft verrichten und sich waschen konnte.

Die Tür war verschlossen. Sie konnte sich natürlich nicht frei in der Station bewegen. Dabei wäre sie so gerne zu Dramun gegangen. Sie sehnte sich so danach, mit ihm zu reden. Aber das durfte sie nicht. Nicht bevor die Tests ausgewertet waren. Sie musste auf jeden Fall verhindern, dass Dramun erfuhr, was sie getan hatte. Das hatte der Oberst ihr eingeschärft.

Wenn sie etwas von der Abmachung, die sie mit ihm getroffen hatte, verraten würde, wäre alles umsonst. Sie würden Dramun einsperren. Sie würde ihn nie wiedersehen. Nichts konnte so schlimm sein, als nie wieder von ihrem Geliebten in den Arm genommen zu werden, seine Stimme zu hören, seine Haut zu spüren. Lieber wollte sie sterben.

Sie hatte den Impuls aufzustehen, zwang sich aber doch zur Ruhe. In den vergangenen Tagen war sie stundenlang in ihrem kleinen Gefängnis hin und her gewandert. Als Schlimmstes empfand sie, dass sie mit niemandem reden konnte. Auch das gehörte zu dem Preis, den sie für ihre Liebe zahlen musste.

Nachdem sich die Freundschaft zu Dramun entwickelt hatte, wollte er, dass sie allein lebte. Er hatte Angst, dass die anderen Testkandidaten, mit denen sie bis dahin in einem Raum gelebt hatte, Verdacht schöpften. Er wollte nicht, dass sich ihr Verhältnis bis zum Forschungsteam herumsprach.

Natürlich hatten ihre Leidensgenossen trotzdem erfahren, warum sie eine Sonderbehandlung genoss. Dadurch gehörte sie nicht mehr zu ihnen. Mittlerweile wollte keiner mehr etwas mit ihr zu tun haben. Bis jetzt hatte ihr das nichts ausgemacht.

Aber die Einsamkeit nagte in den letzten Tagen an ihr. Heute würde sie einiges dafür geben, mit den anderen in einem Raum zu sein und wenigstens mit irgendjemandem reden zu können, selbst wenn er ihr Verhalten nicht verstehen konnte.

Aber sie befand sich allein in dieser fensterlosen Kammer, in dem ein mattes künstliches Licht rund um die Uhr schien. Für sie gab es keinen Tag und keine Nacht. In dem Raum gab es nichts, um sie abzulenken, keine Filme, keine Bücher, nicht einmal Musik. Sie konnte nur über sich selbst nachdenken und in sich hineinfühlen.

Wer war sie? Sie erwischte sich dabei, dass sie von ihren Leidensgenossen als ›die Prototypen‹ dachte. Dabei mussten auch sie Menschen sein, wenn sie einer war. Aber was zeichnete einen Menschen aus? Wenn sie doch bloß nicht so dumm wäre! Wenn sie wenigstens zur Schule hätte gehen und all das lernen dürfen, was Jugendliche in ihrem Alter wussten.

Sie hatte eine junge Frau in der Station gesehen, die nicht viel älter als sie selbst sein konnte. Sie gehörte nicht zum eigentlichen Forschungsteam, sondern verbrachte nur ein paar Wochen auf der Station.

Tarenije beobachtet das Mädchen jedes Mal, wenn sie sich in einem Raum mit ihm befand. Was wusste es alles. Die junge Frau hatte sich so schlau über viele Dinge mit Dramun unterhalten können, dass es schon wehgetan hatte. Wahrscheinlich wusste auch dieses Mädchen, was einen Menschen ausmachte.

»Sei nicht dumm! Du bist ein Mensch!«, schalt sie sich. »Du heißt Tarenije. Dramun hat es gesagt!«

Der schönste Tag ihres Lebens stand wieder vor ihr. Sie hatte erschöpft in Dramuns Armen gelegen und gedacht, etwas Schöneres könne in ihrem Leben nicht mehr passieren. Noch nie hatte sie sich jemandem so nah gefühlt, wie Dramun an dem Abend.

Das Gefühl entsprang nicht dem, was sie an diesem Abend zueinander sagten. Es wurde nicht durch die Küsse und Berührungen ausgelöst, die sie getauscht hatten. Es wurde nicht durch die Lust geweckt, die sie sich gegenseitig schenkten. Es entstand aus dieser Verbindung, die plötzlich zwischen ihnen bestand, die über alles bis dahin gewesene hinausging.

Und gerade als sie dachte, etwas Wundervolleres könnte es nicht geben, da nannte er sie Tarenije. Sie konnte mit niemandem darüber reden. Wie sollte sie jemandem erklären, wie es sich anfühlte, nicht mehr eine namenlose Nummer zu sein, ein Prototyp für eine Neuentwicklung von Robotern, sondern einen Namen zu haben, eine Persönlichkeit zu sein. In diesem Moment wusste sie, dass sie ein Mensch war.

»Ich werde allen beweisen, dass du ein Mensch bist, Tarenije«, hatte Dramun gesagt und er hatte geweint dabei.

Damit hatte er diesen Abend zum wundervollsten in ihrem Leben gemacht. Sicher würde es noch andere schöne Augenblicke geben, aber dieser Abend konnte nicht übertroffen werden. Bei dem Gedanken daran traten Tarenije Tränen in die Augen. Sie wusste sicher, Dramun würde sein Versprechen erfüllen.

Wenn es jetzt nicht ging, dann irgendwann später. Er würde zu ihr stehen, auch wenn er ihr nach dieser einen Nacht nie wieder so nah gekommen war. Beim letzten Zusammentreffen hatte er sogar so merkwürdig distanziert gewirkt. Er hatte sich so weit weg angefühlt.

Tarenije legte sich die dünne Bettdecke um. Plötzlich fröstelte sie so furchtbar. Das hatte nichts mit den äußeren Temperaturen zu tun. Die änderten sich in der gesamten Station nie.

Was geschah, wenn sie falsch gehandelt hatte? Würde auch Dramun sie nach diesen Tests für einen Roboter halten? Was würde aus ihr, wenn er sie nicht mehr haben wollte? Dann war er gerettet, aber sie verloren! Tarenije zog die Decke enger um ihren Körper. Sie zitterte vor Kälte.

Sie beschwor wieder diesen einen Abend herauf. Den Abend, an dem er ihr einen Namen gegeben hatte. Den Abend, an dem er sie endgültig zum Menschen gemacht hatte. Sie spürte wieder Dramuns Wärme, nicht die körperliche, sondern die, die von innen kam. Die Kälte verschwand.

Sie hatte alles richtig gemacht, genau wie der Oberst gesagt hatte. Dramun war gerettet und er würde sie zu sich holen. Er würde verstehen, dass sie für ihn den Test gefälscht hatte. Er würde glücklich sein, dass sie ihm ein kleines bisschen von dem zurückgegeben hatte, was er für sie getan hatte. Er würde sie zu sich nehmen und irgendwann, wenn es an der Zeit wäre, würde er allen beweisen, dass sie ein Mensch war.

Wie hatte sie zweifeln können? Ihre Liebe war so stark, dass Dramun sie durch alle trennenden Wände hindurch spüren musste. Er würde kommen und sie aus diesem Loch holen. Es konnte nicht mehr lange dauern. Sie durfte nur nicht den Mut verlieren.

Tarenije, die in den Forschungsberichten schlicht als Prototyp AAG729 bezeichnet wurde, saß ganz ruhig auf ihrer Pritsche, die Decke eng um den Körper geschlungen. Mit großen, glänzenden Augen starrte sie erwartungsvoll auf die Tür.

6

»Zusammenfassend kann also gesagt werden, dass die Reihe 729 ein für den Einsatz im Prozess der Raumfahrtproduktion in vollem Umfang geeignet ist. Alle Bedenken, dieser neue Robotertyp könnte die Stufe zu einem bewusst lebenden Wesen, also zu dem, was wir im heutigen Sprachgebrauch als Menschen bezeichnen, überschritten hätte, haben sich als haltlos erwiesen.

Damit übergebe ich diesen neuen Roboter an den Produktionsprozess und bedanke mich auch im Namen meines ganzen Teams für die gute Zusammenarbeit und die Unterstützung durch die imperianischen Streitkräfte.«

Professor Dramun nickte noch einmal in das Publikum. Er erntete nur verhaltenen Applaus der Tagungsgäste aus dem wissenschaftlichen Umfeld. Er wusste, dass er viele von ihnen auch mit den neuen Testergebnissen nicht überzeugt hatte. Dafür applaudierten die militärischen Vertreter umso freudiger.

Eine Reihe von Offizieren der Flotte kam auf ihn zu, als er das Rednerpult verließ. Es wurden Hände geschüttelt und er wurde beglückwünscht. Tatsächlich würde jetzt eine neue Ära in der Raumschiffentwicklung beginnen. Sobald genügend Roboter zur Verfügung standen, wäre der derzeitige Engpass beseitigt.

Auch wenn Dramun sich geschmeichelt fühlte, so wurde er mit der Sorte Mensch, zu denen er die große Mehrheit der Militärvertreter rechnete, nicht warm. So war er froh, als er das Händeschütteln überstanden hatte und sich der Raum leerte.

Er sammelte gerade seine Unterlagen zusammen, als eine Frau in der Uniform der imperianischen Streitkräfte auf ihn zukam.

»Auch ich will Ihnen gratulieren, Professor Dorum«, sagte sie und ihre Stimme klang wider Erwarten sehr sympathisch. »Entschuldigen Sie, ich vergaß mich vorzustellen: Oberst Schigana. Wir hatten leider bisher noch nicht das Vergnügen.«

»Ja, leider«, brachte Dramun heraus. Er schüttelte ihre Hand und sah dabei in zwei leuchtende braune Augen.

»Ich soll Sie von meinem Kollegen, Oberst Dornof, grüßen. Er konnte heute leider nicht anwesend sein, was er außerordentlich bedauert. Aber Sie wissen ja, der pangalaktische Krieg fordert von uns allen seinen Tribut.« Schigana lächelte Dramun warm an.

Dramun nickte. Er hatte Mühe, seine Augen von ihr abzuwenden. Die Frau konnte nur unwesentlich jünger sein als er. Ihre Haltung und ihre Stimme strahlten die Autorität einer Führungsposition aus. Dabei strafte aber das Lächeln ihres vollen Mundes und die warmen Augen diesen Eindruck lügen.

Dramun hatte sich schon immer zu Menschen hingezogen gefühlt, die wussten, was sie wollten und doch warmherzig waren. Es war allerdings das erste Mal, dass ihn ein derartiges Gefühl zu einer Vertreterin der Streitkräfte überkam.

»Oberst Dornof lässt fragen, ob es bei der Abschaltung der Prototypen bleiben soll.«

»Ja, die Prototypen haben ihre Funktion erfüllt. Sie können abgeschaltet werden.«

Endlich spürte Dramun wieder sicheren Boden unter seinen Füßen. Er konnte über sein Fachgebiet reden.

»Die Programmierung von Produktionsrobotern ist eine schwierige und langwierige Aufgabe. Die Protypen sind nur zu Testzwecken eingerichtet worden. Um sie zu produktiven Geräten umzuprogrammieren, sind sie leider schon zu alt. Eine andere Verwendung sehe ich für die Maschinen auch nicht. Also können sie außer Betrieb genommen werden.«

»Ja, das hatten wir auch so verstanden.« Schigana lächelte ihn offen an und Dramun schmolz dahin. »Dann lässt Oberst Dornof noch fragen, ob Sie den Prototypen, den Sie besonders intensiv untersucht haben, behalten wollen. Das ist zwar nicht gerade üblich bei einem geheimen Projekt, aber Oberst Dornof hat in Anbetracht Ihrer überaus großen Verdienste eine Ausnahmegenehmigung erwirkt.«

Der weibliche Oberst lächelte Dramun noch immer freundlich an, auch wenn sich eine unausgesprochene Frage in ihren Blick geschlichen hatte. In Dramun stieg Panik auf. Diese Frau würde doch nicht etwa wissen, was er getan hatte?

Er hoffte inständig, dass sie nicht einmal ahnte, was für einen Tabubruch er begangen hatte. Glücklicherweise hatte er in wissenschaftlichen Diskussionsrunden gelernt, seine Gefühle zu verbergen. Oft genug hatte er bluffen müssen.

»Das ist sehr nett gemeint von Oberst Dornof«, erwiderte er und zwang ein bezauberndes Lächeln in sein Gesicht. »Aber so sentimental bin ich dann doch nicht. Wenn ich mir von jedem

Projekt einen Prototyp ins Haus stellen würde, würde ich selbst kaum noch hineinpassen.«

»Sie untertreiben, Professor. Sie unterschlagen die großen Schiffe, die auf Sie zurückgehen.« Schigana – in Gedanken ließ Dramun bereits ihren Titel weg – lächelte ihn derart herzlich an, dass ihm fast schwindelig wurde.

»Dann kann dieser Prototyp also auch abgeschaltet werden?«

»Ich wüsste nicht, wozu man ihn noch gebrauchen könnte.«

Schigana stand einen Moment zu lange vor ihm und sah ihm lächelnd ins Gesicht. Er spürte eindeutig, dass sie den Moment des Auseinandergehens genauso gerne hinauszögern wollte wie er.

»Wie ich gehört habe, wurde Ihr Antrag auf Versetzung genehmigt. Ihr Projekt ist jetzt ja beendet«, sagte sie schließlich.

»Ich kann zurück nach Siraun?«, fragte Dramun ehrlich erstaunt.

Das Lächeln des Oberst wurde einen Deut breiter. Ein ironischer Zug bildete sich um ihren Mund. Ihre Augen blitzten schelmisch.

»Professor Dramun, Sie wissen doch, dass ein Geheimnisträger Ihres Formates nicht zurück auf einen zivilen Planeten kann. Sie werden nach Parad versetzt. Aber glauben Sie mir, dort ist es tausendmal besser als hier.«

»Ja natürlich, das ist allerdings auch kein Kunststück«, erwiderte Dramun enttäuscht.

»Es ist dort wirklich schön. Man lebt dort zwar auf einer vom Militär abgeschirmten Insel, die ist aber so groß wie ein ganzer Kontinent auf Siraun. Ich jedenfalls bin glücklich, dass ich dorthin versetzt worden bin.«

»Sie sind auch nach Parad versetzt worden?«

»Ja, ich werde zwei Tage nach Ihnen ankommen« Schigana trat einen Schritt vor und nahm Dramuns Hände in ihre. Dabei sah sie ihm in die Augen und lächelte, dass sein Herz zu pochen begann. »Ich würde mich sehr freuen, wenn Sie mich auf ein Getränk zu sich einladen würden, wenn ich angekommen bin.«

Damit drehte sie sich um und ging mit schnellen energischen Schritten aus dem Raum. Dramun starrte ihr hinterher. Das erste Mal seit vielen Jahren hatte Dramun das Gefühl, dass es ein Leben nach Tarenijes Tod geben könnte.

*** Ende ***

Gemeingefährlich

1

Voller Ungeduld trommelte sie mit ihren Fingern auf das Pult vor ihr.

»In den letzten vier Tagen sind allein drei große Kriegsschiffe vernichtet worden. Hast du eine Vorstellung, wie viele Menschenleben dabei ausgelöscht wurden?«

»Was soll das hier werden, Rinata? Jeder weiß, wie groß die Besatzung eines Kriegsschiffs ist.« Der Mann, der auf der anderen Seite des Pults stand, sprach ruhig und sachlich, während ihre Stimme vor Ärger einen schneidenden Ton angenommen hatte.

»Dann weißt du auch, warum wir so dringend den neuen Schirm brauchen, Dawerow.« Sie redete lauter als angemessen. Sie schrie fast.

»Jeder weiß das. Aber das ist nicht mein Problem. Es ist deine Aufgabe, Rinata, diesen Abwehrschirm zu entwickeln. Ein Prototyp reicht da nicht aus. Man muss ihn auch zur Produktreife bringen«, antwortete Dawerow ruhig.

Mit einem Knall schlug Rinata die rechte Handfläche auf den Tisch.

»Du weißt, wie jeder andere auf dieser Station, genau, dass ich nicht vorankomme, weil deine verdammten Roboter nicht funktionieren. Wenn sie überhaupt arbeiten, dann produzieren sie zu Dreivierteln nur Schrott«, schrie sie. »Da draußen sterben jeden Tag junge Menschen und das, weil du deine Arbeit nicht machst.«

Äußerlich wirkte Dawerow noch immer ruhig. Allerdings hatte sich sein Blick verändert. Purer Hass sprühte aus seinen Augen.

»Diese Roboter sind das Fortgeschrittenste, das alle bekannten Kulturen bisher entwickelt haben. Die ganze Baureihe ist so neu, dass noch keine Erfahrungen mit diesem Typ vorliegen. Man kennt seine Stärken noch nicht in vollem Umfang und auch noch nicht seine Schwächen«, sagte Dawerow mühsam beherrscht.

»Willst du damit sagen, dass ihr nicht wisst, ob er für seine Aufgabe geeignet ist?«

»Er wurde dafür konstruiert, aber diese Serie ist die erste, die unter echten Produktionsbedingungen arbeitet.«

»Das hörte sich aber in den Vorbesprechungen ganz anders an. Von grundsätzlichen Problemen war da keine Rede!«

»Muss man euch denn alles haarklein vorkauen? Ich habe gesagt, der Roboter ist aus dem Prototypenstadium heraus. Aber es wussten alle, dass dies der erste Produktionseinsatz ist. Dass es da die Notwendigkeit zu Nachbesserungen geben wird, musste euch doch allen klar sein.«

»Wie dem auch sei, du weißt, was man von uns verlangt. Die Militärs stehen mir schon auf den Füßen. Sie verlangen Ergebnisse. In den nächsten Tagen wollen sie sogar einen Kontrolleur schicken.«

Dawerow sah sie nachdenklich an. Er hatte sich scheinbar beruhigt. Rinatas Zorn verrauchte ebenfalls langsam. Der Gedanke an den bevorstehenden Besuch eines militärischen Kontrolleurs versöhnte die beiden Wissenschaftler.

Eigentlich mochte sie Dawerow. Er war wie sie. Er besaß den Ehrgeiz der Beste in seinem Fach zu sein und das war er auch. Der Ruf des besten Roboterspezialisten im ganzen bekannten Teil der Galaxie eilte ihm voraus.

Und doch hatte er diese neue hoch komplizierte und untypische Art von Robotern nicht im Griff. Es begann damit, dass diese Maschinen wie Menschen aussahen. Manchmal schien es Rinata, als würden diese Roboter sie beobachten, als würde sie von ihnen bewertet werden. Ja wie, …, ja wie, von einem Menschen eben.

Konnten diese hochgelobten Spezialisten nicht dafür sorgen, dass diese Maschinen ein Gesicht bekamen, wie zum Beispiel die Haushaltsroboter? Die besaßen emotions- und konturlose Köpfe, auch auf der Vorderseite. Deren Augen betrachteten einen Menschen höchstens, um den zu erfüllenden Wunsch möglichst schon aus der Mimik und den Gesten abzuleiten.

Aber diese neuen Roboter sahen tatsächlich wie Menschen aus, wie welche aus der Provinz zwar, aber doch wie Personen. Dazu verhielten sie sich manchmal nicht in der für eine Maschine angemessenen Weise. Einige Verhaltensweisen waren in der Tat unvorhersehbar. Sie erinnerten fast an das Verhalten von Menschen.

Das konnte natürlich nicht sein. Es handelte sich schließlich um Maschinen. Daher wurde es Zeit, dass die Spezialisten die Probleme in den Griff bekamen.

»Also, was ist? Wie lange wird es dauern, bis deine Roboter endlich für die Produktion verwendet werden können?«, fragte Rinata. Sie wollte das Thema möglichst mit einer Zusage abschließen.

»Sie werden bereits in der Produktion eingesetzt, wenn ich dich erinnern darf.«

Rinata stöhnte auf.

»Schön, also gut, ich formuliere meine Frage anders: Wann werden sie endlich annähernd die Leistung bringen, die von ihnen erwartet wird?«

»Mein Team ist angewiesen, die Programmierung der Roboter noch einmal vollkommen zu überarbeiten. Wir testen gerade neue Methoden und spezielle Werkzeuge.«

Die Programmierung eines Bio-Roboters darf man sich nicht wie die einer simplen, elektronischen Maschine vorstellen. Das zentrale Nervensystem dieser Roboter besaß äußerst komplexe Strukturen. Um so anspruchsvoller die Aufgaben wurden, die so eine Maschine bewältigen musste, um so umfangreicher fiel die zentrale Steuerung aus, das Gehirn des Roboters.

Soweit Rinata wusste, besaßen die Maschinen, über die die beiden Wissenschaftler diskutierten, eine zentrale Steuerungseinheit, die etwa die Komplexität eines menschlichen Hirns besaßen. Die Programmierung so eines Roboters erinnerte mehr an die Erziehung von Haustieren oder gar Menschenkindern als an eine Programmierung elektronischer Geräte, wie sie Kulturen des Metallzeitalters üblicherweise hervorbrachten.

Allerdings ging man mit Robotern natürlich nicht so zimperlich um wie mit einem Kind. Eine biologische Maschine besaß zwar ähnlich wie Nervenzellen aufgebaute Sensoren, die Rückmeldungen über Verletzungen zurückgaben und sie befähigten, Gegenmaßnahmen zu ergreifen, aber ein Roboter war nicht fähig, Schmerz wie ein Mensch bewusst wahrzunehmen, dafür fehlte ihm das menschliche Bewusstsein. Das traf auch auf so komplexe Maschinen zu wie der neue Robotertyp, über den Rinata diskutierte.

»Dawerow, du weichst mir aus. Ich hatte gefragt, wie lange es dauern wird, bis die Roboter einsatzfähig sind.«

»Drei bis sechs Tage wirst du mir noch Zeit geben müssen, Rinata.«

»Drei Tage, das ist das absolute Maximum! Denk an unsere Leute, die jeden Tag an den Grenzen sterben!«

Rinata war nicht Dawerows Vorgesetzte. Sie konnte ihm keine Anweisungen geben, aber als sie das Gesicht des Roboterexperten sah, wusste sie, dass sie gewonnen hatte. Sie war zufrieden. Dawerow würde Tag und Nacht arbeiten. In drei Tagen könnte sie die Maschinen einsetzen. Das war früher, als sie zu hoffen gewagt hatte. Endlich würde es vorangehen.

2

»Du bist verdammt spät, wie jeden Tag.« Kelinro klang verärgert. Rinata wurde bewusst, dass sie sich seit Wochen, wenn nicht seit Monaten jeden Abend sehr kühl begegneten.

»Ich hatte viel zu tun. Dawerow bekommt das Problem mit den neuen Robotern nicht in den Griff«, erklärte sie und versuchte sogar ein Lächeln, was aber müde ausfiel.

»Und du bist natürlich die Einzige, die die Angelegenheit regeln kann.« Kelinros Stimme troff vor Spott.

»Vielleicht bin ich nicht die Einzige, die das Problem lösen kann, aber ich bin die Einzige, die sich darum kümmert, dass überhaupt irgendwas geregelt wird.«

Wieder war Rinata zu laut geworden. Aber sie konnte ihre Wut einfach nicht länger herunterschlucken.

»Du bist doch genauso wie alle anderen auf dieser Station«, giftete sie Kelinro an. »Immer seid ihr am Meckern, dass es nicht vorangeht. Aber ihr traut euch nur den Mund aufzumachen, wenn der große Meister nicht dabei ist. Die unangenehmen Sachen überlasst ihr mir.«

Kelinro sah sie einen Moment stumm an. Sein Blick sprach Bände. Völlig unpassenderweise fragte Rinata sich, ob sie sich wünschte, von ihm in den Arm genommen zu werden, so wie früher. Aber selbst wenn sie den Wunsch gehabt hätte, was nicht zutraf, wäre er ihr in dieser Situation kaum erfüllt worden.

»So, du meinst, ich überlasse die unangenehmen Dinge dir? Weißt du, was heute passiert ist? Weißt du, was heute in unserer kleinen, banalen Gemeinschaft los war, während du die Welt gerettet hast? Oder sollte ich lieber sagen, während du an deiner Karriere gebastelt hast?«

»Ich bin sicher, du wirst es mir gleich sagen.« Rinata legte sich auf eine der Liegen, die in dem gemeinschaftlichen Wohnzimmer stand. Sie fühlte sich grauenhaft müde. Sollte Kelinro ihr schon seine Problemchen erzählen. Was konnte schon so wichtig sein, wie jeder Tag, um den sie die Produktion der neuen Schutzschirme beschleunigt hatte. Jeder Tag, den sie früher fertig wurden, würde im Schnitt fast ein großes Kriegsschiff retten, das bedeutete, das Leben von durchschnittlich etwa tausend Menschen.

Tausend junge Menschen, die ihr Leben noch vor sich hatten und die sterben mussten, nur weil dieses intelligente Ungeziefer von Aranaern sich einen technischen Vorsprung herausgearbeitet hatte. Tausend tote Menschen, weil dieses Ungeziefer Waffen besaß, die ihre Schutzschirme durchschlugen.

Rinata streckte sich locker auf der Liege aus und sah Kelinro abwartend an. Sie wusste, dass nichts ihren Freund so provozierte, wie diese Geste. So bebte seine Stimme auch, als er sprach.

»Dir ist wahrscheinlich nicht einmal aufgefallen, dass das Haus neben an fast vollkommen zerstört wurde?«

»Du meinst doch nicht die Bruchbude zweihundert Meter weiter? Die modert doch schon vor sich hin, seit wir hier wohnen!«

»Du meinst, weil ein Gebäude alt und unbewohnt ist, kann man es gleich ganz zerstören? Oder was willst du sagen?«

»Ich weiß nicht, worüber du dich aufregst, Kelinro! Was ist so schlimm daran, wenn eine unbewohnte Bruchbude abgerissen wird.«

»Du hast es tatsächlich nicht gesehen!«

»Ich habe nicht darauf geachtet. Ich war in Gedanken. Was ist denn nun so schlimm daran?«

»Das Haus wurde nicht abgerissen! Es wurde durchsiebt, mit einer Strahlenwaffe!«

»Na und? Wir leben in einem Militärsperrgebiet, da gibt es hin und wieder auch eine Übung.«

»Es war keine Militärübung. Es waren auch keine Soldaten.« Kelinro sah Rinata derart wütend an, dass ihr Böses schwante.

»Es war deine Strahlenwaffe, mit der geschossen wurde! Kannst du dir vorstellen, wer das getan hat?«

»Wie ist er an die Waffe gekommen?«

»Das frag ich dich!«

»Ich weiß nicht. Ich dachte, ich hätte sie weggelegt.«

»Du weißt es nicht!« Kelinros Stimme bebte vor Zorn. »Wir haben unterschrieben, dass wir die Waffen unter Verschluss halten, Rinata! Auch du hast das unterschrieben!«

»Du weißt, ich war von Anfang an dagegen, diese Waffen zu bekommen. Ich bin Wissenschaftlerin und keine Soldatin!«

»Umso mehr solltest du dafür sorgen, dass diese verdammte Waffe nicht irgendwo herumliegt!«

»Wo ist der Junge eigentlich?«

»Du sollst ihn nicht immer ›den Jungen‹ nennen. Er heißt Gurian!«

»Und ich brauche keine Belehrungen von dir, Kelinro! Wo ist der Kerl?«

»Ich habe ihn zur Strafe ins Bett geschickt!«

Rinata sah Kelinro an und trommelte mit den Fingern auf den kleinen Tisch, der neben der Couch stand. Sie hatte sich mittlerweile aufgerichtet.

»Meinst du, das ist die richtige Strafe für einen vierzehnjährigen Jungen?«, fragte sie.

»Jetzt komm du noch und erzähle mir, wie ich Gurian bestrafen soll!«, brüllte Kelinro. »Vielleicht kommst du erst mal rechtzeitig nach Hause und kümmerst dich auch einmal um den Jungen!«

»Es tut mir leid. In den letzten Tage war einfach viel zu tun.«

»Die letzten Tage? Seit wir auf diesem verdammten Planeten Parad sind, hast du jeden Tag zu viel zu tun. Du kümmerst dich mittlerweile überhaupt nicht mehr um Gurian.«

»Das ist jetzt übertrieben«, lenkte Rinata ein. Sie wusste, dass Kelinro recht hatte. »Ich habe momentan einfach die zeitaufwendigste Aufgabe von uns. Zumindest für ein paar Monate müsst du und die anderen die Erziehung des Jungen, entschuldige, Gurian, übernehmen.«

Mit ›die anderen‹ waren Syligan und Dagbeg gemeint, zwei weitere Freunde, die mit in der Lebensgemeinschaft lebten, zu denen Rinata aber, seit sie auf Parad lebten, noch weniger Kontakt pflegte als zu Kelinro.

»Das machen wir bereits seit ein paar Monaten«, fauchte Kelinro. »Die anderen beiden haben sich seit jetzt fast zwei Wochen zurückgezogen. Ich bin mittlerweile der Einzige, der sich um Gurian kümmert.«

»Das ist wirklich nicht in Ordnung, dass sie dich im Stich lassen!«

Kelinro sah aus, als würde er jeden Moment auf Rinata losgehen.

»Du bist diejenige, die uns im Stich lässt!«, presste er nur mühsam beherrscht zwischen den Zähnen hervor.

»Ich habe dir doch gerade erklärt, dass ich im Moment in einer schwierigen Phase stecke. In dieser Zeit könnt ihr doch die Erziehung des Jungen übernehmen. Schließlich haben wir uns gemeinsam entschlossen, ihn aufzunehmen.«

»Das ist nicht ganz richtig. Du warst es, die vehement auf uns eingeredet hat. Du wolltest unbedingt ein Kind in unserer Gemeinschaft. Du hast gesagt, zur Not würdest du dich ganz allein um es kümmern! Genau das könntest du jetzt machen, meinen Syligan und Dagbeg.«

»Das ist unfair! Ihr wisst genau, dass ich das bei der Arbeitsbelastung, unter der ich zurzeit stehe, nicht leisten kann.«

Kelinro baute sich ganz dicht vor ihr auf. Er senkte seinen Kopf, bis sich sein Gesicht nur noch wenige Zentimeter vor ihrem befand. Ihre Nasenspitzen berührten sich fast. Sie spürte seinen Atem, als er sprach. Noch vor einem halben Jahr hatte sie sich nach seinen Berührungen gesehnt, jetzt war ihr diese Nähe unangenehm.

»Du warst es, die Gurian bei uns aufnehmen wollte, weil niemand besser ein Kind erziehen kann, als du«, sagte er leise. »Du warst es, die unbedingt für die Militärs arbeiten wollte, weil niemand anderes das Imperium vor den Aranaern retten kann. Du hast alles daran gesetzt, gerade dieses Projekt zu leiten, weil natürlich niemand anderer in der Lage ist, diesen neuen Schirm zu entwickeln.«

»Ich bin nun mal die Spezialistin für Abwehrschirme«, verteidigte sich Rinata schwach.

»Ich hoffe für die Raummarine, dass du dich auf dem Gebiet besser auskennst als mit Kindererziehung.«

Kelinro trat einen Schritt zurück und schaffte etwas Abstand zwischen ihnen.

»Das ist unfair«, wiederholte Rinata leise. Sie schluchzte, als sie weitersprach. »Gut, ich habe versagt. Es war ein Fehler. Ich habe keine Zeit und ich bin auch keine gute Erzieherin.«

Sie ärgerte sich maßlos, dass ihr Tränen in die Augen stiegen. Sie hasste Kelinro dafür, dass er sie zu dieser Selbsterniedrigung zwang. Der sah sie aber nur schweigend und abwartend an.

»Was soll ich denn machen? Der Junge mag mich nicht!«

»Der Junge heißt Gurian!«

»Ich weiß, wie er heißt«, schluchzte sie auf. »Ich habe doch alles getan, aber er will nichts von mir wissen. Er ist vierzehn. Ich wollte ihn in die Liebe einführen. Ich habe alles so gemacht, wie man es machen soll. Ich habe vorher sogar einen Kursus belegt. Aber er wollte nicht. Er hat gesagt, ich wäre nicht seine Freundin.«

Der Junge wuchs in dieser Hinsicht genauso barbarisch auf wie die armen Kinder des Metallzeitalters, dachte sie. Von ihren Erziehern und Lehrern wurde ihnen alles beigebracht, was man meinte, dass sie wissen müssten. Nur in dem für dieses Alter wichtigsten Entwicklungsschritt ließ man sie allein. Rinata schauderte.

»Ich weiß, so ist er mit uns allen umgegangen«, riss Kelinro sie aus ihren Gedanken. Er hob resigniert die Schultern.

»So etwas habe ich noch nie erlebt. Mich hat noch niemand abgewiesen!«

»Du solltest einfach akzeptieren, dass du nicht auf allen Gebieten die Beste bist, Rinata«, antwortete Kelinro kalt.

»Du hast recht«, die Wissenschaftlerin wischte sich die Tränen aus den Augen. Ihr Gesicht wurde hart. »Man muss sich auch Niederlagen eingestehen. Wenn ihr die Erziehung des Jungen nicht übernehmen wollt, ich kann es nicht mehr. Ich werde mich darum kümmern. Sie sollen ihn zurück nach Thoris schicken.«

Thoris war der Heimatplanet der Lebensgemeinschaft. Der Junge, Gurian, trauerte in der Tat dem Weggang aus der vertrauten Umgebung nach. Auch Rinata musste zugeben, dass die Militärbasis, auf der sie lebten, nicht die richtige Umgebung für Kinder oder Jugendliche war. Schon gar nicht, weil es ansonsten keine Kinder in diesem abgetrennten Bereich gab.

»Schön, dann hast du ja eine Lösung für dich gefunden«, sagte Kelinro und wandte sich zur Tür.

»Für uns alle!«, rief Rinata hinter ihm her.

Kelinro drehte sich noch einmal um und blickte ihr kalt in die Augen.

»Du warst mal eine sehr begehrenswerte Frau, Rinata. Heute kann ich gut verstehen, dass Gurian sich in deiner Nähe nicht wohlfühlt.«

Die Tür schloss sich hinter ihm.

3

Dawerow kam sich vor wie auf der Anklagebank. Zusammen mit drei seiner Mitarbeiter stand er einer gleichen Anzahl von Militärs gegenüber. Dass die Marine Kontrolleure schicken würde, daran hatte er nicht gezweifelt, aber mussten sie ausgerechnet einen Luzaner als Leiter der Kommission einsetzen?

Der Planet Luz und seine Bewohner waren gerade erst zu vollwertigen Mitgliedern der imperianischen Planetengemeinschaft erklärt worden, viel zu früh wie Dawerow meinte. Die Bewohner hatten aus seiner Sicht den notwendigen kulturellen Stand noch nicht erreicht.

Schon allein dieser Schritt zeigte, wie verzweifelt es um den Krieg mit den Aranaern stand. Die Luzaner galten als gute und rücksichtslose Kämpfer. Dass sie jetzt ausgerechnet einen von ihnen als Chefkontrolleur schickten, machte deutlich, wie dringend die Militärs den neuen Schirm brauchten. Der Kerl sollte mit Sicherheit Druck machen.

Ausgerechnet in dieser Situation war etwas geschehen, was nicht hätte passieren dürfen. Natürlich hatten seine Mitarbeiter nicht weniger Anteil an dieser Katastrophe als er. Aber er war der Chef, er hatte die Verantwortung. Ihm würde man die Schuld in die Schuhe schieben.

»Habe ich das richtig verstanden?«, fragte Karror, so hieß der unangenehme Luzaner. »In den Produktionsanlagen gab es einen ›Roboteraufstand‹?«

Seine kalten, stechenden Augen bohrten sich unnachgiebig in Dawerows. Nach einer kurzen Pause sprach er weiter:

»Ich stamme ja nur von Luz. Wir sind ja noch nicht so lange dabei. Aber wir haben auch Geschichtsunterricht. Ich habe noch nicht gehört, dass es so etwas bisher gegeben hat, einen ›Roboteraufstand‹.«

Die Stimme des Offiziers war leise, klang aber gefährlich und schneidend. Der Roboterspezialist wand sich. Er wollte zu einer Rechtfertigung ansetzen, aber der Offizier schnitt ihm das Wort ab:

»Vielleicht habe ich auch in technischer Hinsicht etwas nicht verstanden, ich bin schließlich nur ein Luzaner. Meine Vorstellung war bisher, dass Maschinen nicht in der Lage sein sollten, sich gegen Menschen zu erheben.«

»Diese Roboter sind extrem kompliziert«, brachte Dawerow endlich hervor. »Es sind Fehler gemacht worden. Wir müssen noch Optimierungen im Produktionsbetrieb durchführen.«

»Diese Argumente kenne ich alle. Erklären sie mir, wie es zu einem ›Roboteraufstand‹ kommen kann.«

»Wir haben eine neue Programmiermethode angewandt.«

»Ich weiß, die Sondergenehmigung für die FGX134-56YG ist über meinen Schreibtisch gelaufen.«

»Die Anwendung dieser Geräte ist sehr schmerzhaft.«

»Für Menschen, deshalb sind sie auch als Kriegs- oder Polizeigeräte verboten, obwohl früher damit sehr gute Erfolge bei Verhören erzielt wurden.« Karror schmunzelte kurz, um dann mit stechendem Blick zu fragen:

»Was hat das mit der Programmierung von Robotern zu tun? Maschinen spüren keinen Schmerz, lernt man bei uns auf der Schule.«

»Komplizierte Roboter haben aber Sensoren, die entsprechend stimuliert werden können.«

»Sie halten mich für einen ganz Primitiven nicht wahr?« Karror wirkte jetzt wirklich bedrohlich. Er rückte sein wütendes Gesicht dichter an Dawerow heran. »Auch ich weiß, dass Maschinen Sensoren besitzen. Aber die Verarbeitung der Signale erfolgt direkt. Roboter besitzen kein Bewusstsein im Sinne eines Menschen, das die Impulse der Nervenzellen als Schmerz wahrnehmen könnte.

Von Ihnen will ich nur eines wissen: Habe ich damit recht oder nicht?«

»Natürlich haben Sie damit recht«, stammelte Dawerow. »Aber diese Roboter sind komplizierter. Sie sind Menschen schon sehr ähnlich.«

Der Offizier sah ihm schweigend aber unerbittlich in die Augen. Schweiß trat dem Roboterexperten auf die Stirn. Unruhig rutschte er auf seinem Stuhl herum.

»Wir wissen nicht, was diese neuen Roboter tatsächlich empfinden«, gab er zu. »Natürlich kann es bei jeder Maschine passieren, dass sie auf die Reize reagiert. Dafür sind die Nervenzellen schließlich da. In Einzelfällen hat es auch schon Fälle gegeben, in denen Roboter unerwartet reagierten, sich sozusagen spontan gewehrt haben.«

»Ein Roboter, der sich wehrt?«

»Ich rede von der Entwicklungsphase. Da gibt es schon Situationen, dass ein Roboter mit seinen Werkzeugen zuschnappt wie ein Tier, dem Schmerzen zugefügt werden. Die Systeme sind lernfähig, im Extremfall kann es also sogar vorkommen, dass ein Roboter versucht, weiteren negativen Reizen auszuweichen. In vielen Fällen ist das ja auch gewollt.«

»Und was macht man, wenn es nicht gewollt ist?«

»Dann ergreift man Gegenmaßnahmen. Wenn man kann, wird die Programmierung des zentralen Nervensystems geändert. In komplizierteren Fällen muss der genetische Code angepasst werden.«

»Und sind Ihre Roboter ein einfacher oder komplizierterer Fall?«

Auf Dawerows ohnehin feuchter Stirn bildeten sich jetzt die ersten Schweißperlen.

»Unser Fall ist noch vielschichtiger gelagert. Die Roboter haben sich nicht einfach spontan gegen die Behandlung mit den neuen Programmiergeräten gewehrt. Sie sind auch nicht vor einer weiteren Anwendung der Geräte geflohen. Sie haben sich zusammengetan. Sie haben sich beschwert und die Arbeit verweigert.«

»Das hört sich in der Tat nicht nach einem üblichen Verhalten von Robotern an. Was meinen Sie? Wie würden Sie dieses Verhalten bezeichnen?«

Provozierend sah der luzanische Offizier Dawerow ins verschwitzte Gesicht. »Dieses Verhalten ist erschreckend menschlich«, antwortete der leise.

»Das sehe ich auch so!«, erwiderte der Offizier. »Was gedenken Sie jetzt zu tun?«

»Ich weiß es nicht. Vielleicht ist uns ein Fehler unterlaufen. Diese Roboter verhalten sich nicht wie Maschinen. Wir müssen untersuchen, warum das so ist.«

Wieder starrte der Offizier Dawerow einige Sekunden schweigend in die Augen, bis der Wissenschaftler den Blick senkte.

»Was soll das Ziel Ihrer Untersuchung sein?«, fragte er schließlich.

»Wir müssen herausfinden, ob das wirklich Roboter sind oder etwas anderes.«

»Etwas anderes?«, fragte der Offizier scharf.

»Menschen«, flüsterte Dawerow unsicher. »Vielleicht eine primitive Art von Menschen.«

»Wenn ich richtig informiert bin, hat Professor Dramun bewiesen, dass es sich bei dem neuen Robotertyp um Maschinen und nicht um Menschen handelt.«

Dawerow öffnete den Mund, aber bevor er etwas erwidern konnte, redete der Offizier weiter.

»Der Rest der Welt hält Professor Dramun für ein Genie. Stimmen Sie dieser Ansicht zu?«

»Ja, natürlich, keiner ist so gut wie Dramun, weder früher noch heute.«

»Ich weiß, auch Sie sind ein großer Roboterexperte. Wie würden Sie sich einschätzen, Dawerow? Können Sie sich mit Professor Dramun vergleichen?«

»Niemand kann sich mit Dramun vergleichen. Er ist der Größte.«

»Dennoch maßen Sie sich an, ihm einen Irrtum nachweisen zu können.«

Dawerow schluckte.

»Auch Genies können sich in einzelnen Fragen irren«, erwiderte er trotzig.

Karror starrte den Roboterexperten noch einen Moment ins Gesicht, dann senkte er nachdenklich den Blick. Schweigend starrte er eine Weile auf den Tisch vor ihm.

»Uns läuft die Zeit davon. Wir brauchen diesen neuen Schirm«, sagte er schließlich. Er blickte auf und sah Dawerow wieder direkt in die Augen. »Wenn ich es richtig verstanden habe, können diese Roboter nicht mehr umprogrammiert werden, unabhängig von dem Ergebnis Ihrer Untersuchung.«

»So könnte man es ausdrücken.« Der Experte spürte förmlich, wie die Falle um ihn herum zuschnappte.

»Dann verschwenden Sie keine Zeit mehr mit dieser Serie. Es gibt bereits die Nachfolgegeneration 734. Bei der wurden im Übrigen von Anfang an die neuen Programmiergeräte eingesetzt, mit großem Erfolg. Die Tests der Prototypen sind sehr erfolgversprechend verlaufen.«

»Aber die Serie ist noch weniger erprobt! Die Entwickler sträuben sich. Sie halten die 734 für noch nicht ausreichend getestet.«

»Ach, die Forscher jammern doch immer. Überlassen Sie das mir. Sie bekommen die Serie.«

»Und was machen wir dann mit den 733-ern?«

»Was schon? Sie funktionieren nicht, also schalten Sie die Maschinen ab.«

Dawerow merkte, wie ihm das Blut aus dem Kopf wich. Hatte er eben noch geschwitzt, breitete sich plötzlich eisige Kälte in seinem Inneren aus.

»Aber wir müssen doch erst einmal feststellen, ob es sich wirklich nur um Roboter handelt«, wandte er tapfer ein.

Wieder erntete er einen Blick, der auch mutigeren Menschen als dem Roboterexperten das Blut in den Adern gefrieren lassen konnte.

»Mein lieber Dawerow, haben Sie sich schon einmal überlegt, was passiert, wenn Ihre Untersuchung zu dem Schluss kommt, dass es sich bei diesen Robotern nicht um Maschinen handelt, sondern um Menschen?«

Der Offizier genoss das Entsetzen, das das offene Aussprechen des Undenkbaren bei den Anwesenden auslöste.

»Sie hätten dann in den vergangenen Tagen nicht irgendwelche Roboter programmiert, sondern Menschen gefoltert«, sagte er genüsslich. »Zu allem Überfluss hätten Sie dazu das am stärksten geächtete Folterinstrument der gesamten zivilisierten Welt benutzt.«

Hämisch lächelnd sah Karror in die Runde.

»Das gilt natürlich nicht nur für den Leiter des Forschungsteams, sondern auch für Sie, meine Damen und Herren.« Grinsend nickte der Offizier in Richtung von Dawerows Mitarbeitern. »Das Anwenden dieses Geräts zur Folter von Menschen wird von keinem Gericht unseres Staates entschuldigt. Sie alle werden auf Gorgoz landen.«

Dawerows Mitarbeiter hatten bereits während des gesamten Gesprächs recht eingeschüchtert ausgesehen. Jetzt verloren ihre Gesichter jegliche Farbe.

»Sehen Sie mich nicht so ängstlich an, meine Damen und Herren.« Karror streifte die Versammlung mit einem wölfischen Siegerlächeln. »Wir reden hier doch nur über rein hypothetische Überlegungen. Ich denke doch, niemand in diesem Raum wird das Urteil eines Genies, wie Professor Dramun, infrage stellen.«

Dawerows Mitarbeiter nickten. Nur sein Kopf wollte sich nicht bewegen. Stocksteif saß er auf seinem Stuhl und konnte nicht anders, als den Offizier anzustarren.

»Mein lieber Dawerow, es gibt keinen Grund für Ihr Entsetzen. Denken Sie an die Tausende von jungen Menschen, die in diesem grausamen Krieg gegen das aranaische Ungeziefer sterben.«

Dawerows Kopf nickte, ohne das sein Hirn ihm den Befehl dazu erteilt hatte.

»Es sterben täglich so viele Soldaten, dass man schon überlegt, junge Leute zwangszurekrutieren, um die Grenzen zu schützen. Gab es nicht auch in Ihrem Freundeskreis einen jungen Mann in dem Alter? Tomid war sein Name, wenn ich mich nicht irre. Stellen Sie sich vor, Ihr armer junger Freund würde zwangsweise in so ein Schiff direkt an die Front gesetzt.«

Vor Dawerows innerem Auge entstand das Bild des jungen, zarten Tomid. Warme Sehnsucht flackerte kurz auf. Wie sehnte er sich nach dem Ende dieses Krieges und danach, wieder zu seinen Freunden zurückkehren zu können.

Als er in die siegesbewussten Augen des Offiziers blickte, wandelten sich seine Gefühle in blanken Hass. Ja, die Militärs wussten, warum sie gerade einen Luzaner schickten. Jemand wie dieser Karror kannte alle Formen der Erpressung. Der Erfolg des luzanischen Offiziers lag darin, dass niemand bezweifelte, dass er rücksichtslos seine Drohungen umsetzen würde. Wahrscheinlich würde er sogar noch Vergnügen dabei empfinden.

Karror erhob sich.

»Ich freue mich, dass wir zu einer befriedigenden Lösung gekommen sind«, sagte er und begann den einzelnen Mitgliedern des Forschungsteams die Hand zu schütteln.

»Ich verstehe, dass Sie an den Ergebnissen Ihrer bisherigen Arbeit hängen«, sagte er, als er Dawerow erreicht hatte. »Aber denken Sie immer an die Leben der vielen jungen Menschen, die durch Ihre Arbeit gerettet werden. Was sind dagegen schon ein paar abgeschaltete Roboter.«

Gedankenverloren nickte Dawerow.

4

Wütend trat Gurian gegen einen kleinen Baum, der inmitten einer riesigen Wiese mit kleinen, weiß-bläulichen Blumen stand. Natürlich wusste er, dass er ungerecht handelte, das harmlose Gewächs traf nun wirklich keine Schuld an seinem Zorn. Wenn er etwas mehr hasste als alles andere, sogar noch mehr als diese aufgeblasenen Erwachsenen, mit denen er gezwungen war zusammenzuleben, dann war es Ungerechtigkeit. Und dieser Baum war nichts weiter als eine verdammte Pflanze und konnte nun wirklich nichts für seine Wut.

Die Sonne schien. Die Temperaturen waren ideal. Aus irgendeinem Grund, dem ihm natürlich niemand genannt hatte, fiel sein Unterricht aus. Er wusste, dass er glücklich sein sollte. Stattdessen ärgerte er sich. Dabei handelte es sich zwar um seinen normalen Zustand, seit er sich auf diesem blöden, langweiligen Planeten befand, aber an diesem Tag war es noch schlimmer.

Am meisten ärgerte er sich über sich selbst. Wieso war er nur auf diese blödsinnige Idee gekommen, in dem alten, verfallenen Haus herumzuballern? Einmal abgesehen von dem Theater, das Kelinro veranstaltet hatte und den drei Tagen Hausarrest, hatten sie ihm auch die Strahlenwaffe weggenommen.

Die Waffe hatte er schon vor einem Vierteljahr Rinata geklaut, der Schrecklichsten von den Erwachsenen, mit denen er zusammenleben musste. Die alte Tussi war doch zu blöd, um überhaupt zu merken, dass das Ding weg war.

Nach der Sache mit der Bruchbude hatte sie es natürlich doch gemerkt. Er hatte erwartet, dass sie ihm jetzt richtig Stress machen würden. Aber aus einem Grund, den er nicht kannte, passierte das genaue Gegenteil. Sie probierten nun seit drei Tagen sämtliche pädagogischen Ratschläge an ihm aus, die man in den Medien finden konnte. Ihm wurde übel, wenn er daran dachte.

Da war selbst Kelinro besser, der hatte wenigstens herumgeschrien und Strafen verhängt. Kurz hatte Gurian geglaubt, dass er ausrasten und ihn schlagen würde, so hatte der Kerl gewütet. Aber so weit war es dann doch nicht gekommen.

Rinata dagegen sprach nur noch mit leiser Stimme, als wäre er krank oder nicht ganz richtig im Kopf. Sie wolle sich nun mehr um ihn kümmern. Das hatte ihn wirklich erschreckt. Hoffentlich stimmte seine Einschätzung und sie vergaß den Vorsatz schnell wieder.

Es würde ihm noch fehlen, dass gerade die ihm auf die Pelle rückte. Selbst mit der Einführung in die Liebe war sie ihm wieder gekommen. Er wusste selbst, dass er in dieser Hinsicht nicht normal reagierte. Jeder in seinem Alter platzte fast vor Neugierde, solange er nicht die entsprechenden Erfahrungen gemacht hatte. Auch ihm ging es nicht anders. Aber er hasste seine Betreuer.

Dieser Planet oder besser die militärisch abgeschirmte Insel, auf der sie sich befanden, war ein Gefängnis. Daran änderte auch die wunderschöne, unberührte Natur nichts, von der alle Erwachsenen um ihn herum so schwärmten.

Diese ganzen Bäume, Blumen und was sonst noch an Kraut hier wuchs, konnten ihm gestohlen bleiben. Selbst das schöne Wetter hasste er. Der Himmel sollte sich grau färben und es sollte regnen. Das würde wenigstens zu seiner Stimmung passen.

Seine Betreuer hatten ihn hierher verschleppt. Deshalb hasste er sie. Er wollte ihnen nicht zu nahe kommen. Auch wenn seine Neugierde ihn fast auffraß und er regelmäßig von Rinatas perfektem Körper träumte.

Jedenfalls war es vorbei mit den Schießübungen. Gurian langweilte sich. Ziellos streifte er über die Wiese, auf der sich Unmengen dieser kleinen, weiß-blauen Blumen ausbreiteten. Lustlos legte er sich mitten zwischen die Wiesenblumen ins Gras und starrte in den Himmel.

Aber auch dort blickte er nur in ein strahlendes Blau. Nicht einmal Wolken zogen vorüber. Gelangweilt drehte Gurian den Kopf und sein Blick fiel auf eine der kleinen Blumen neben ihm.

Erst jetzt fiel ihm auf, dass die Blätter der kleinen Blüten weiß leuchteten. Der bläuliche Ton, den er vorher gemeint hatte zu sehen, rührte von den Kelchen. Als er genau hinsah, erkannte er, dass ihre Farbe nicht blau war. Vielmehr schimmerten die Kelche in den verschiedensten Schattierungen von Violett.

Neugierig betrachtete er die Blume aus unterschiedlichen Winkeln, soweit das seine liegende Haltung zu ließ. Jede noch so kleine Veränderung der Blickrichtung ließ ihn anders erscheinen. Der kleine Blumenkelch erschien ihm wie eine eigene kleine Welt, die verheißungsvolle Geheimnisse barg. Ein wohliger Schauer lief ihm durch die Brust und über den Rücken.

Jetzt verstand er, warum die Erwachsenen so viel Aufheben von dieser Blume machten. Sie war wirklich etwas Besonderes. Er erinnerte sich an ihren Namen: Nerinia hatten seine Lehrer diese Pflanze genannt.

Der Kelch verschwamm vor Gurians Augen. Eine winzige Elfe tanzte auf ihm. Sie besaß Rinatas Schönheit, aber ihre Augen wirkten viel liebevoller. Sie leuchteten verheißungsvoll. Die Elfe war auch keine erwachsene Frau, sondern ein Mädchen in seinem Alter. Es winkte ihm. Er schrumpfte und stieg zu ihr in die Blüte.

***

Gurian schlug die Augen auf. Der Himmel über ihm strahlte noch immer in einem intensiven Blau. Er musste eingeschlafen sein und irgendetwas hatte ihn geweckt. Da hörte er es erneut. Es knackte laut in dem nahen Wäldchen.

Der Junge erschrak. Sofort dachte er an wilde Tiere. Dann fiel ihm ein, dass es sich bei Parad um eine künstliche Welt handelte. Der Planet selbst besaß zwar ideale Voraussetzungen für menschliches Leben, aber er war noch relativ jung. Mit einem künstlichen Spezialprogramm hatte man in den letzten dreihundert Jahren im Schnellverfahren eine Biologie erschaffen, die es Menschen erlaubte, auf ihm zu leben.

Erst seit zwei Jahrzehnten hatte man den Planeten freigegeben, ihn ohne Schutzanzug zu betreten. Natürlich nahmen sich die Militärs wieder das Recht heraus, ihn als Erstes für ihre Zwecke zu nutzen. Mit der zivilen Besiedelung in den Bereichen, die nicht das Militär belegte, wurde gerade erst begonnen.

Auf dem Planeten gab es zwar einzelne Reservate, in denen Raubtiere angesiedelt worden waren, aber die Bereiche, in denen man die Niederlassungen von Menschen geplant hatte, lebte kein Tier, das einem Bewohner gefährlich werden konnte.

Die Geräusche klangen aber zu laut für ein kleines, ungefährliches Tier. Vorsichtig hob Gurian den Kopf und sah hinüber zu dem Wäldchen. Bei dem, was er entdeckte, handelte es sich eindeutig um kein Tier. Allerdings sah das Wesen auch nicht gerade wie einer der Soldaten oder der Wissenschaftler aus, die er kannte.

Lange, zottelige Haare hingen ihm bis auf die Schultern. Es sah schmaler aus als alle Personen, die er bisher kennengelernt hatte. Bei diesem Wesen handelte es sich dennoch eindeutig um einen Menschen, aber um keinen, der hierher gehörte. Oder gab es auf Parad doch Ureinwohner?

Gurian schob diesen Gedanken ärgerlich beiseite. Er kannte die Geschichte Parads. Vor dreihundert Jahren hätte hier nicht mal eines dieser nervigen Insekten, die um seinen Kopf schwirrten, leben können, geschweige denn ein Mensch.

Das Wesen drehte seinen Kopf. Es hatte ihn entdeckt. Es erstarrte mitten in der Bewegung. Dieses Geschöpf war ganz offensichtlich um ein Mädchen. Es konnte nicht älter als er sein. Riesige, dunkle Augen blickten ihn entsetzt an. Aus ihnen sprach die pure Angst. Eine solche Panik, wie in diesem Gesichtsausdruck, hatte Gurian bisher noch nicht gesehen. Vorsichtig erhob er sich.

»Hallo du, ich bin ganz harmlos«, rief er und kam sich dabei ungeheuer lässig vor.

Sein Ausspruch wirkte allerdings nicht so, wie er es beabsichtigt hatte. Das merkwürdige Mädchen drehte sich um und rannte, als wäre ein Teufel hinter ihm her. Bevor Gurian darüber nachdenken konnte, setzten sich seine Beine schon in Bewegung.

»Nun warte doch! Ich tue dir doch nichts! Lass uns miteinander reden!«, rief er, während er den gewaltigsten Sprint seines bisherigen Lebens hinlegte.

Er dachte nicht darüber nach, dass er die Panik des armen, verstörten Mädchens durch seine wilde Verfolgungsjagd noch ins Unendliche steigerte. Das war wirklich nicht seine Absicht. Er konnte auch später nicht mehr sagen, was er genau in diesem Moment gedacht hatte. Er konnte sich als Einziges hinterher daran erinnern, dass dort plötzlich ein Wesen vor ihm stand, dass er um alles in der Welt kennenlernen musste.

Das Mädchen sah das offensichtlich anders. Sie rannte immer tiefer in das Wäldchen hinein. Sprang über abgestorbenes Gehölz, kämpfte sich durch Gebüsch. Äste schlugen ihr ins Gesicht und an verschiedene andere Stellen des Körpers. Es war nicht zu übersehen, dass sie sich nicht in Wäldern auskannte. So holte Gurian ständig auf, obwohl er sich auch noch nie als großer Waldläufer hervorgetan hatte.

»Nun warte doch!«, keuchte er. »Ich tu dir doch nichts!«

Aber das Mädchen hörte nicht auf ihn. Verzweifelt kämpfte es sich vorwärts, bis es über eine alte, modrige Baumwurzel stolperte und lang hinschlug. Bevor es wieder auf die Beine kommen konnte, war Gurian über ihm. Automatisch hielt er es fest.

»Nun beruhige dich doch.« Sein Atem ging keuchend. »Ich tue dir nichts. Auch wenn es nicht so aussieht, wir sind hier mitten in der Zivilisation.«

Das Mädchen starrte ihn entsetzt an. Tränen traten ihm in die großen Augen. Der magere Körper zitterte erbarmungswürdig unter Gurians Händen. Erst in diesem Moment wurde Gurian bewusst, dass das Mädchen nicht so aussah, als würde es aus der imperianischen Zivilisation stammen.

»Kommst du aus den Kolonien?«, fragte er. »Jagen dort Männer Frauen? Hast du deshalb solche Angst?«

Kaum hatte er seine Fragen ausgesprochen, wurde ihm seine Dummheit bewusst. Menschen aus den Provinzen, die noch im Metallzeitalter oder gar in der Steinzeit lebten, besaßen keine Raumschiffe und erst recht keine Transferstationen. Wie sollte jemand von dort nach Parad kommen.

Das Mädchen sah ihn verständnislos an. Gurian wusste nicht, ob es nicht antwortete, weil es ihn nicht verstanden hatte oder weil es vor Angst keinen Ton herausbrachte. Ihre Haut fühlte sich schrecklich kalt unter seinen Händen an und sie zitterte am ganzen Körper. In ihrem extrem blassen Gesicht zeichnete sich eine rote Schramme ab, die sie sich zugezogen hatte, als sie durch die Büsche geflohen war.

Sie trug ein Kleidungsstück, wie Gurian es noch nie gesehen hatte. Es bestand aus einem groben, vergilbt wirkenden Stoff. Einfache Knöpfe verschlossen es an der Vorderseite. Die Äste von Sträuchern und Bäumen hatten ihr die beiden obersten Knöpfe während der Flucht abgerissen. Ihre linke Schulter sowie ihre linke Brust bis kurz vor der Brustwarze waren unbedeckt.

Gurian hatte in seinem ganzen Leben noch keinen so dünnen Menschen gesehen. Die Knochen zeichneten sich unter der Haut ab. Die Brust war klein und sah fest aus. Der Junge starrte ein wenig zu lange auf die nackte Haut. Als ihm sein Fehler bewusst wurde, sah er dem Mädchen schnell wieder in die Augen.

»Ich lasse dich jetzt los, aber versprich mir, dass du nicht wegläufst. Ich bin sowieso schneller als du.« Gurian interpretierte den stummen, flehenden Blick des Mädchens als Zustimmung und ließ ihre Arme los.

»Nun sag schon! Woher kommst du?«, fragte er.

»Bitte, nicht zurückbringen«, stammelte das Mädchen.

»Wohin soll ich dich nicht zurückbringen?«

Das Mädchen zitterte stärker, blieb aber stumm.

»Verdammt, nun sag schon!«, schnauzte Gurian, dem das Versteckspiel langsam zu viel wurde.

Das war keine gute Idee. Dem Mädchen rollten die Tränen, die ihr ohnehin in den Augen standen, über die Wangen.

»Bitte«, flüsterte sie jämmerlich. »Ich habe es doch nicht gewollt. Ich mache so etwas nie wieder. Sag mir, was ich tun soll und wie ich es richtig mache. Ich werde gehorchen. Bitte gib mir noch eine Chance.«

Jetzt verstand Gurian gar nichts mehr.

»Wovon redest du, verdammt?«, fragte er.

Dieses Mädchen wurde ihm unheimlich. Dass in anderen Zeitaltern und in den Kolonien andere Sitten herrschten als bei ihnen, hatte er schon gehört. Aber diese Art des Flehens ging weit über seine Vorstellungen hinaus. Das Mädchen verstand sein irritiertes Schweigen allerdings falsch.

»Bitte, ich werde mich ab heute nicht mehr gegen die Programmierung wehren. Ich werde ab heute ein guter Roboter sein. Bitte gib mir noch einen Versuch«, flehte sie. »Bitte, bitte nicht abschalten.«

Gurian fiel die Kinnlade herunter. Er starrte sie einen schier unendlich langen Moment mit offenem Mund an.

»Du bist ein Roboter?«, fragte er stammelnd.

5

»Was soll das heißen, alle Roboter wurden abgeschaltet?«, rief Rinata fassungslos.

Ihr gegenüber stand Dawerow und Karror, dieser Offizier, der seit zwei Tagen in der Forschungsstation herumlungerte und ihre Ergebnisse ausschnüffelte.

So unglücklich hatte Rinata Dawerow noch nicht gesehen, seit sie ihn kannte. In seinem Leid konnte er einem direkt sympathisch werden, insbesondere im Vergleich zu diesem luzanischen Offizier.

Bisher hatte die Wissenschaftlerin noch keinen Kontakt zu Luzanern gehabt. Sie hielt die allgemeine Abneigung ihrer Artgenossen gegen diese raubeinige Spezies auch für maßlos übertrieben. Wenn man allerdings dieses kalte Ekelpaket vor ihr betrachtete, konnte man die Vorurteile tatsächlich bestätigt finden.

»Es war notwendig. Die Maschinen entsprachen nicht den Anforderungen. Schon in wenigen Wochen werden Sie Ersatz bekommen«, erklärte der Offizier kalt.

»In wenigen Wochen? Wir sind jetzt schon in Verzug! Wissen Sie, wie viele Menschen täglich da draußen sterben? Wir brauchen dringend den Schirm!«, erregte sich Rinata.

Der Offizier zauberte ein arrogantes Lächeln auf sein Gesicht.

»Sie sprechen mir aus der Seele. Ich komme von ›da draußen‹.«

»Hätte man die Maschinen nicht wenigstens laufen lassen können, bis die neue Serie da ist? Für die Produktion haben sie zwar nicht viel getaugt, aber wenigstens konnte man mit ihrer Hilfe ein paar Tests durchführen. Ich bin praktisch arbeitsunfähig ohne diese minimale technische Ausstattung.«

»Die Roboter sind aus dem Ruder gelaufen. Wir konnten sie nicht mehr kontrollieren«, warf Dawerow unglücklich ein. Der luzanische Offizier warf ihm einen warnenden Blick zu, der Wissenschaftler zuckte förmlich zusammen.

»Für die Verzögerung der Fertigstellung des Schirms bin ich aber nicht verantwortlich«, stellte Rinata klar. »Mir wurden funktionierende Roboter für meine Arbeit zugesagt. Für die Bereitstellung der Maschinen ist einzig Dawerows Team zuständig. Erwähnen Sie das bitte in Ihrem Bericht!«

»Machen Sie sich keine Gedanken«, erklärte der Offizier mit einem Lächeln, das sicher beruhigend wirken sollte, auf Rinata aber wölfisch wirkte. »Die Probleme mit der 733-Serie sind bis in die oberste Etage bekannt. Sie trifft keine Schuld. Auch unser Freund Dawerow hat getan, was er konnte. Das Material taugt einfach nichts. Mit der 734-Serie werden die Probleme gelöst sein. Unsere Sorge gilt natürlich den Kameraden an der Front. Dennoch muss man klar erkennen, dass ein paar Tage mehr oder weniger bei einem so hehren Ziel wie der Vernichtung dieses Ungeziefers keine Rolle spielen.«

Rinata nickte automatisch, obwohl sie nicht glaubte, dass die neue Version von Raumschiffen, an der das gesamte Team arbeitete, schon den Sieg gegen die Aranaer garantieren würde. Wahrscheinlich holten sie gerade den technischen Vorsprung der Feinde auf und mit ein wenig Glück wären die neuen Schiffe dem Gegner für ein paar Monate leicht überlegen.

»Ich bin aber nicht hier, um mit Ihnen über eine neue Serie dieser Maschinen zu sprechen. Ich trage für die Sicherheit dieser Station die Verantwortung«, wechselte der Offizier das Thema.

»Ich dachte, dafür ist unser Sicherheitspersonal zuständig. Sie sind doch als Kontrolleure auf diese Station gekommen«, erwiderte die Wissenschaftlerin misstrauisch.

»Natürlich kümmert sich normalerweise die Sicherheitsmannschaft um alle Aspekte, die den reibungslosen Ablauf der Arbeiten hier angehen.« Der Luzaner lächelte arrogant. »Aber wenn ein mit besonderen Vollmachten ausgestatteter Trupp der Raummarine auf der Station ist, übernimmt er natürlich das Kommando, wenn eine sicherheitsrelevante Ausnahmesituation eintritt.«

Rinata zog eine Augenbraue nach oben. Sie wusste, dass diese Geste zusammen mit ihrem überheblichen Gesichtsausdruck auf provozierende Weise arrogant wirkte. Der Luzaner bedachte sie aber dennoch mit einem überlegenen Lächeln. Er erwartete offensichtlich von einer imperianischen Wissenschaftlerin nichts anderes als Verachtung. Das schien ihm aber nichts auszumachen.

»Wie Ihr Kollege bereits bemerkte, gab es konkrete Probleme mit einigen Robotern der alten Serie. Zwei dieser Maschinen haben Menschen angegriffen.«

»Ein Roboter, der Menschen angreift? Dawerow! Was macht ihr da eigentlich? Mir ist kein einziger Fall in der ganzen Geschichte bekannt, in dem so etwas vorgekommen ist.«

»Das ist nicht ganz richtig«, verteidigte sich der Roboterexperte. »Einzelne Maschinen sind während der Prototypphase schon aus dem Ruder gelaufen. Dabei ist es auch zu Unfällen gekommen, bei denen Menschen verletzt oder gar getötet wurden.«

»In der Prototypphase, ja! Ihr habt mir bisher erzählt, dass eure Roboter aus dieser Phase heraus sind, verdammt!«

»Liebe Rinata, die Frage des Austauschs der Maschinen haben wir doch bereits geklärt«, versuchte der Offizier die aufgebrachte Wissenschaftlerin zu beruhigen. »Mir geht es jetzt um ein Sicherheitsproblem.«

Der Offizier blickte ihr fest und ernst in die Augen.

»Wie schon gesagt, wir haben diese fehlerhaften Maschinen mittlerweile abgeschaltet, fast alle.«

Rinata sah den Luzaner gereizt an.

»Sagten Sie nicht eben ›alle‹ Maschinen seien abgeschaltet worden?«

»Ein Roboter ist entkommen«, erklärte der Offizier weiter.

»Entkommen? Eine Maschine?« Die Wissenschaftlerin war sprachlos. Hilfe suchend sah sie Dawerow an. Wenigstens der musste ihr doch diesen Irrsinn erklären können.

»Es ist ausgerechnet der Roboter, der einen der Wachleute angegriffen und ihn schwer verletzt hat«, erklärte der unglücklich.

»Eine Maschine hat einen Menschen angegriffen?« Rinata weigerte sich zu begreifen, was sie hörte.

»Er hat den Wachmann mit seiner eigenen Strahlenwaffe angeschossen«, erklärte Dawerow.

»Wie Sie sehen, dieser Roboter ist extrem gefährlich«, unterbrach der Offizier ärgerlich den Dialog der beiden Wissenschaftler.

»Und warum erzählen Sie das mir?«, fragte Rinata. »Sie erwarten doch wohl nicht, dass ich ihn jetzt suchen gehe?«

»Nein, die Suche nach der Maschine können Sie getrost meinen Spezialisten überlassen.« Der luzanische Offizier lächelte süffisant. »Es geht mir einzig um die Sicherheit auf dieser Station und das Wohl der wissenschaftlichen und technischen Mitarbeiter. Daher möchte ich, dass sie ihr Team vor diesem gewalttätigen Roboter warnen, ohne Panik zu verbreiten.«

***

Als Rinata nach Hause kam, traf sie Kelinro in der gemeinsamen Küche an. Schon als sie den Raum betrat, spürte sie seine schlechte Laune.

»Besonderen Wert scheint in diesem Haus niemand mehr auf ein gemeinsames Abendessen zu legen«, begrüßte er sie missmutig.

»Ich bin aufgehalten worden. Es gab einen ernsthaften Vorfall in den Labors. Bis eben habe ich nur in irgendwelchen Sicherheitsbesprechungen gesessen. Wo sind die anderen?« Besonders schuldbewusst klang Rinata nicht.

»Syligan und Dagbeg haben nur kurz ihre Nasen zur Tür reingesteckt und sind gleich wieder verschwunden, keine Ahnung wohin.«

»Und der Junge?«

»Du meinst Gurian?«

Rinata stöhnte auf.

»Gurian treibt sich noch draußen rum. Eigentlich sollte er schon seit fast einer Stunde hier am Tisch sitzen, wie du auch!«

»Ich glaube, ich hatte schon erwähnt, dass ich aufgehalten worden bin«, erwiderte Rinata spitz, um dann in einen sachlichen Tonfall zurückzufallen. »Die Sache ist wichtig, deshalb wäre es gut, wenn der Junge dabei wäre. Es geht um diesen Vorfall.«

»Bitte verschone mich wenigstens hier mit deinem Job. Ich kann es einfach nicht mehr hören.«

»Keine Angst, ich werde dich nicht mit meiner langweiligen Forschung behelligen. Es geht um eine Sache, die auch uns betrifft.«

Kelinro atmete laut ein und wieder aus.

»Nun erzähl schon!«, forderte er sie auf. »Auf Gurian zu warten, bringt nichts, der kommt und geht, wie es ihm gefällt.«

Das passte Rinata gar nicht, schließlich ging es mindestens genauso um den Jungen, wie um die erwachsenen Mitglieder der Lebensgemeinschaft.

»Gut, falls du ihn vor mir siehst, kannst du es ihm auch erzählen«, willigte sie ein. »Es hat einen Vorfall mit unseren Spezialrobotern gegeben. Einer von denen ist abgehauen.«

»Abgehauen? Du meinst, man hat einen geklaut?«

»Nein, er ist selbstständig aus den Labors geflohen.«

»Geflohen? Ein Roboter?« Kelinro sah Rinata den Bruchteil einer Sekunde schweigend an, dann brach er in Lachen aus.

»Ein Roboter, der flieht!«, prustete er. »Ich dachte, der Witz so einer Maschine bestände darin, dass sie tut, was die Menschen von ihr verlangen. Oder habt ihr jemand befohlen, sich zu verdrücken?«

Ein erneuter Lachanfall schüttelte seinen Körper. Rinata fand das ganz und gar nicht lustig.

»Das ist kein Witz, dieser Roboter hat sich selbstständig gemacht«, sagte sie säuerlich. »Vorher hat er einen Wachmann schwer verletzt. Man weiß nicht, ob er durchkommen wird.«

Kelinros Lachen erstarb schlagartig.

»Was erzählst du da?«, fragte er ungläubig. »Ein Roboter greift einen Menschen an und flieht dann?«

Rinata nickte.

»Das hört sich nicht nach dem Verhalten einer Maschine an«, stellte Kelinro fest. »Soll ich dir sagen, nach was das für mich aussieht?«

»Nein, sag es nicht. Ich will es nicht hören. Wichtig ist jetzt allein, dass dieser gefährliche Roboter irgendwo da draußen herumläuft. Wahrscheinlich wird er nicht lange überleben, aber bis dahin muss man damit rechnen, dass er Menschen angreift, schon allein um sich mit Nahrung zu versorgen.«

»Sich mit Nahrung versorgen?«

»Verdammt Kelinro, hör mit diesem Echo auf! Ich weiß auch, dass diese Roboter sich nicht gerade typisch verhalten.«

»Was macht ihr da eigentlich in eurer Abteilung?«

»Ich bin nicht für diese verfluchten Roboter zuständig. Ich will sie verdammt noch mal nur einsetzen!«, schimpfte Rinata.

Kelinro schüttelte den Kopf.

»Ja, ja, schon gut. Ich werde mich vor allen verrücktspielenden Robotern in acht nehmen.«

»Wir müssen vor allem den Jungen warnen. Der ist so naiv im Umgang mit Robotern.«

»Wer ist das nicht? Normalerweise sind die schließlich ungefährlich. Um was für ein Modell handelt es sich eigentlich? Wie sieht es aus?«

Rinata rutschte unruhig auf ihrem Stuhl herum. »Das ist streng geheim. Von diesen Maschinen weiß nur meine Abteilung, dass sie existieren und Dawerows natürlich, die basteln schließlich an ihnen herum.«

»Wenn wir uns vor diesen Geräten vorsehen sollen, dann musst du uns schon wenigstens sagen, wie sie aussehen.«

Kelinro wirkte sichtlich genervt. Rinata wusste, dass er ihre Geheimniskrämerei hasste. Aber was konnte sie dafür, dass sie in der Abteilung mit der höchsten Sicherheitsstufe arbeitete? In diesem Fall entschloss sie sich aber, eine Ausnahme zu machen.

»Diese Roboter sind sehr speziell. Sie haben daher auch ein sehr spezielles Äußeres.«

Kelinro sah sie fragend an und schwieg. Seine Finger trommelten ungeduldig auf den Tisch.

»Also, sie haben eine gewisse Ähnlichkeit mit Menschen aus der Provinz.«

Kelinro kniff die Augen zusammen und sah Rinata ungläubig in die Augen.

»Und wie sieht dieser spezielle Roboter aus?«, fragte er.

»Na ja, wie ein Mädchen aus der Provinz. Ein bisschen zu dünn, ein bisschen zu wenig Kurven, zottelige Haare.«

»Was meinst du mit ›Mädchen‹? Ein kleines Mädchen, eine Jugendliche oder eine junge Frau?« Kelinro durchbohrte Rinata mit seinem Blick. Sie hasste es, wenn er sie derart in die Defensive drängte.

»Bei diesen Robotern weiß ich natürlich nicht, wie alt sie sind. Aber das Ding sieht in etwa wie ein Mädchen im Alter des Jungen aus«, schimpfte sie ärgerlich.

Kelinro verharrte einen Moment schweigend in seiner Haltung und starrte Rinata in die Augen. Ohne Vorwarnung schlug er mit der Faust auf den Tisch.

»Was macht ihr da eigentlich in eurer Abteilung? Seid ihr von allen guten Geistern verlassen!«, schrie er. »Ein Roboter, der einen Menschen angreift, der selbstständig flieht und der zu allem Überfluss wie ein Mädchen in Gurians Alter aussieht. Soll ich dir sagen, was mir dazu einfällt?«

»Nein Kelinro, das kannst du für dich behalten. Ich will nicht mit dir über meine Arbeit streiten.«

»Da draußen läuft nach deinen Worten ein gefährlicher Roboter herum, der genau so aussieht, wie Gurian sich eine Freundin wünscht. Abgesehen von all den anderen Dingen, die mir zu diesem Thema einfallen, gefährdest du und deine Kumpanen uns alle!«

»Komm gefälligst wieder von deinem Baum herunter. Ich glaube kaum, dass dieser Roboter wie das Traummädchen des Jungen aussieht, so vermurkst ist selbst der nicht. Und meine Arbeit ist für das gesamte Imperium wichtig, auch damit du und der Junge in Sicherheit leben können.«

Kelinro schüttelte ungläubig den Kopf.

»Sollen wir den Jungen suchen?«, schlug Rinata in einem versöhnlichen Tonfall vor.

»Das hat keinen Zweck. Er kann überall sein. Er kennt sich da draußen besser aus als wir alle zusammen. Solange er nicht von selbst kommt, werden wir ihn nicht finden«, antwortete Kelinro müde.

Aus einem spontanen Impuls heraus stand Rinata auf und streichelte ihm über den Kopf.

»Bitte nicht«, bat Kelinro und wehrte ihre Hand ab. »Was ich dir heute sagen wollte: Wenn dieser Albtraum vorbei ist und wir von dieser verdammten Forschungsstation herunterkommen, werde ich nicht weiter mit dir zusammenleben.«

Rinata zog ihre Hand zurück. Im Grunde hatte sie es gewusst und fühlte auch nicht anders. Aber jetzt war es ausgesprochen.

»Schon in Ordnung«, erwiderte sie und ging in ihr Zimmer.

Ihre Gedanken kehrten zu dem Jungen zurück. Kelinro hatte mit einem Recht: der Kerl war so naiv, er würde die Gefahr, die von diesem Roboter ausging, nicht erkennen. Sie konnte nur hoffen, dass er dieser Maschine nicht über den Weg lief.

6

Das Mädchen schlotterte, wie Gurian noch niemanden hatte zittern sehen. Dabei sah sie ihn so flehendlich von unten an, dass es ihm schier das Herz zerriss. Er meinte, noch nie so große Augen gesehen zu haben. Er nahm ihre Hände in seine. Sie fühlten sich eiskalt an. Was war mit diesem Mädchen los?

»Du brauchst keine Angst zu haben. Wenn du nicht willst, erzähle ich niemanden, dass ich dich getroffen habe. Von mir wird niemand erfahren, dass du hier bist.«

Gurian versuchte sein bestes Lächeln, aber es wirkte nicht. Vielleicht fehlte ihm auch ein wenig die Übung, seit man ihn auf diesen schrecklichen Planeten verschleppt hatte. Das Mädchen antwortete nicht, es blickte ihn schweigend mit diesen riesigen, flehenden Augen an.

»Du wolltest mich doch veräppeln, nicht? Ich meine, das mit dem Roboter ist doch gesponnen. Du kannst mir ruhig sagen, wer du bist. Ich schwöre, ich erzähle niemandem von dir.« Gurian hob die Hand zum Schwur.

Im Gesicht des Mädchens zeichnete sich neben der Angst Verwirrung ab. Entweder es brachte vor Furcht kein Wort heraus oder es wollte nicht reden. Gurian wechselte zu einer anderen Strategie.

»Ich wohne hier in der Nähe, nur ein paar Hundert Meter«, begann er zu erzählen. »Bis jetzt dachte ich, dass ich der Einzige in unserem Alter auf diesem blöden Planeten bin, zumindest in diesem militärischen Speerbezirk. Das ist ganz schön öde, das kannst du mir glauben, nur Erwachsene. Dauernd quatschen sie dazwischen und kommandieren einen rum. Deshalb wollte ich dich unbedingt kennenlernen. Dir geht es doch bestimmt genauso.«

Das Mädchen sagte noch immer kein Wort. Auch an ihrem ängstlichen Gesichtsausdruck änderte sich nichts. Immerhin bibberte sie nicht mehr so herzzerreißend. Sie starrte ihn weiterhin unentwegt an. Dieser Blick weckte in ihm eine Sehnsucht, die er bisher zu keinem anderen Menschen gespürt hatte. Bevor ihn das unerwartete Gefühl vollständig übermannen konnte, kam ihm eine Idee.

»Du kommst von außerhalb des Speerbezirks, nicht wahr? Du gehörst nicht auf diese Militärbasis, richtig? Deshalb hast du auch solche Angst?«

Noch immer keine Antwort.

»Sag mir doch wenigstens deinen Namen«, bat Gurian verzweifelt.

»Entschuldigen Sie, ich weiß nicht, was ich tun soll. Ihre Anweisungen sind nicht eindeutig«, sagte das Mädchen.

»Hey, hör mal, wie redest du denn? Duzt man sich bei euch nicht in unserem Alter?«

»Roboter müssen Menschen höflich ansprechen.«

Den Satz hätte in der Tat auch der Haushaltsroboter in Gurians Wohnung sagen können, allerdings klang er aus dem Mund des Mädchens nicht ganz so emotionslos.

»Wenn das eine besondere Art von Tarnung sein soll, ist das keine gute Idee. Maschinen haben hier nicht viel zu melden. Besser, du lässt dich nach Gorgoz schicken, als hier als Roboter zu leben. Wenn du mich fragst, würde ich den Tod beidem vorziehen.«

Bei Gorgoz handelte es sich um den Gefängnisplaneten des Imperiums, auf der unbekehrbare Gesetzesbrecher ausgesetzt wurden. Er galt als der schrecklichste Ort des bekannten Teils der Galaxie, auf dem Menschen gerade noch überleben konnten, zumindest für begrenzte Zeit und unter grausamen Entbehrungen.

Das Mädchen sah Gurian weiter mit einer Mischung aus Angst und Verwirrung an. Er wechselte abermals die Taktik.

»Gut, wenn du es so willst, dann spiele ich das Spiel mit. Sag mir deinen Namen!«

»Roboter haben keine Namen«, belehrte ihn das Mädchen. »Meine Nummer lautet NRN733.«

Die Antwort verschlug Gurian kurz den Atem. Er interessierte sich zwar nicht sonderlich für Rinatas Arbeit, aber dass sie ständig von Problemen mit der 733-Serie ihrer Roboter erzählte, hatte selbst er nicht überhören können. Von diesen Spezialrobotern durften Außenstehende nichts wissen. Dass dieses wunderliche Mädchen rein zufällig die richtige Zahl getroffen hatte, hielt Gurian für ausgeschlossen.

»Du kommst aus der Station, nicht? Aus den Labors?«, fragte er verunsichert.

Das Mädchen nickte. Es sah aus, als wollte es antworten, bekam aber keinen Ton heraus. Das Zittern verstärkte sich. Gurian streichelte vorsichtig mit dem Daumen über die Handrücken ihrer beider Hände. Sie nahm ihren Blick nicht von seinen Augen. Gurian konnte das Gefühl, das sich in seiner Brust bis hinunter zum Bauch ausbreitete, kaum ertragen. Zum großen Teil bestand es aus Mitleid mit diesem armen, verängstigten Wesen. Aber etwas anderes mischte sich darunter, eine bislang unbekannte, neugierige Erregung. Er nahm seinen Mut zusammen und legte einen Arm um das Mädchen und zog es sanft an seine Brust. Als es sich nicht wehrte, streichelte er zärtlich ihr Gesicht.

»Gefällt dir das oder magst du es nicht?«, fragte er unsicher.

»Es ist gleichgültig, ob etwas einem Roboter gefällt oder nicht, er muss tun, was ein Mensch befiehlt.«

»Bei allen Göttern, was haben sie bloß mit dir gemacht, du kannst keine Maschine sein. Roboter sehen ganz anders aus.«

»Das Äußere eines Roboters richtet sich nach der Aufgabe, die er erledigen muss. Jede Serie sieht unterschiedlich aus.« Der Gesichtsausdruck des Mädchens wandelte sich zu einer Mischung aus Tadel und Trotz.

»Für einen Roboter bist du ganz schön vorlaut«, bemerkte Gurian grinsend. »So wie du sieht kein Roboter aus. So wie du sieht ein Mensch aus.«

Das Mädchen schüttelte den Kopf.

»Mein Körper ist nicht so perfekt wie der eines Menschen«, erwiderte sie.

»Bist du schon außerhalb der Station hier gewesen?«, fragte Gurian.

Das Mädchen schüttelte stumm den Kopf. Sie blickte jetzt traurig auf ihre Fußspitzen.

»Du kennst nur die Wissenschaftler und Techniker hier drinnen? Die stammen alle von den zentralen Planeten des Imperiums. Wir wurden alle aus optimierten Genen gezeugt. Auf den Planeten der Provinz leben noch Menschen, die so aussehen wie du. Das kannst du in jeder Wissenschaftssendung sehen.«

Das Mädchen sah ihn an.

»Menschen, die so aussehen wie ich?«, fragte es ungläubig. Gurian nickte.

»Was ist passiert? Die haben dich doch sicher nicht hier auf die Oberfläche des Planeten geschickt?«

Das Mädchen begann, erneut zu zittern. Gurian versuchte sie zu beruhigen, indem er sie enger an sich drückte, aber es half nicht viel. Tränen traten ihr in die Augen.

»Ich verrate dich nicht. Nun erzähl schon«, forderte er sie auf.

Der Junge traf scheinbar den richtigen Ton. Das Mädchen reagierte wie ein Roboter und kam der Aufforderung nach. Allerdings sprach sie stockend.

»Ich habe es nicht gewollt, wirklich nicht. Ich wusste doch nicht, dass so etwas passiert.«

»Fang vorne an, bitte!« Gurian meinte die Aufforderung nicht als Befehl, das Mädchen interpretierte es aber so.

»Sie wollten uns alle abschalten, die ganze Serie. Wir mussten uns in einer Reihe aufstellen. Nacheinander bekam jeder die Spritze, die die Körperfunktion abschaltet. Ich habe etwas gespürt. Es war so stark. Ich konnte mich kaum noch zwingen, vorwärtszugehen, hinter den anderen her, auf die Spritze zu. Mein Körper begann zu zittern.«

Das Mädchen schlotterte während der Erzählung in Gurians Armen. Um sie zu beruhigen und ihr Halt zu geben, umschlang er sie ganz, drückte sie an sich und streichelte ihren Rücken. »Du hattest Angst, Angst zu sterben«, sagte er zärtlich.

»Menschen haben Angst, Maschinen nicht. Roboter kennen keine Gefühle.«

»Wie ging es weiter, erzähl!«

»Es ging mir nicht alleine so. Ein anderer Roboter, der mehrere Einheiten vor mir in der Reihe stand, hat sich gewehrt. Er hat die Hand des Technikers mit der Spritze festgehalten. Als die anderen vor mir das gesehen haben, sind sie weggelaufen. Die Wärter haben mit ihren Waffen geschossen. Die Flüchtenden wurden durch die Strahlen abgeschaltet.«

Das Mädchen schwieg, ihre Augen starrten vor Entsetzen ins Leere.

»Und du, nun sag schon!«

»Ich bin auch weggelaufen. Ich wollte doch nur nicht abgeschaltet werden.« Um Vergebung bettelnd sah sie ihn an. »Ich bin zu den Fahrstühlen gerannt. Ich weiß nicht. Ich wollte einfach nur weg. Da stand ein Wärter. Er hatte gerade zwei andere mit seinen Strahlen abgeschaltet, dann entdeckte er mich. Ich wollte doch nur nicht abgeschaltet werden. Ich weiß doch nicht, warum!«

»Du wolltest einfach noch ein bisschen leben«, erklärte Gurian tröstend. »Was passierte dann?«

»Als der Wärter sich zu mir umdrehte, habe ich nur die Waffe gesehen. Ich wollte nicht, dass so ein Strahl mich abschaltet. Da habe ich zugegriffen. Ich wusste bis dahin nicht, dass ich so viel Kraft besitze. Ich habe ihm die Waffe aus der Hand gerissen. Er hat versucht, sie mir wieder wegzunehmen. Dabei ist es passiert.«

»Was ist passiert?«

»Es ist so ein Strahl aus der Waffe gekommen. Er hat nicht mich getroffen, sondern den Wärter. Da war so viel Blut, kein roter Lebenssaft von einem Roboter, sondern richtiges Menschenblut.«

»Du hast ihn erschossen?« Gurians Stimme schwankte zwischen Entsetzen und Bewunderung.

»Ich weiß es nicht. Ich bin einfach weggerannt. Ich wollte das doch nicht. Ich kann mit so einer Waffe doch gar nicht umgehen!«, schluchzte das Mädchen.

Fast eine halbe Stunde lang hielt Gurian das zitternde und weinende Mädchen im Arm. Mechanisch strichen seine Hände über ihren Rücken, ihre Arme und durch die Haare. Tausende Gedanken überschlugen sich in seinem Kopf und doch konnte er keinen von ihnen fassen. Beide schwiegen. Langsam beruhigte sich das Mädchen. Es löste sich aus Gurians Armen.

»Sie dürfen mich nicht so behandeln. Das ist nicht angebracht für einen Roboter«, sagte es.

»Mensch ... Wie heißt du noch?«

»NRN733«

»Also NRN733, du sollst mich Gurian nennen und mich duzen. Das machen wir hier so.«

»Wie du wünscht, Gurian. Aber ich bin kein Mensch. Ich habe nicht einmal einen richtigen Namen.« Das Mädchen klang traurig.

»Hey, das ist kein Problem. Such dir einen Namen aus!«

»Aber, aber ...«

»Was ist? Du kennst doch sicher die Namen der Wissenschaftler und Techniker auf der Station. Welcher von ihnen gefällt dir?«

Das Mädchen begann, erneut zu zittern.

»Was ist denn? Hier tut dir keiner etwas. Sag einfach den Namen, den du haben möchtest.«

»Ich möchte nicht wie einer der Menschen auf der Station heißen«, flüsterte das Mädchen so leise, dass Gurian sie kaum verstehen konnte.

»Sie haben dich schlecht behandelt, nicht wahr?« Das Mädchen starrte auf seine Füße. Sie musste nicht antworten, Gurian wusste auch so, dass er recht hatte.

»Gut, dann suche ich dir einen aus.«

Das war einfacher gesagt als getan. Auch Gurian fiel auf Anhieb kein Name ein. Gedankenverloren ließ er seinen Blick schweifen. Sie saßen in dem kleinen, lichten Wäldchen zwischen niedrigen Büschen auf dem mit altem Laub bedeckten Boden. Zwischen den dünnen Stämmen der niedrigen, meist noch recht jungen Bäume schimmerte die weiß-violett leuchtende Wiese hindurch. Gurian erinnerte sich an die Blume mit dem geheimnisvollen Kelch.

»Nerinia«, rief er aus. »Nerinia sollst du heißen. Gefällt dir der Name?«

»Ich weiß nicht ...«

»Also nicht.« Gurian war enttäuscht.

»Nein, doch, ich weiß nicht. Mich hat noch nie jemand gefragt, ob mir etwas gefällt«, stotterte das Mädchen. »Wenn du möchtest, dass mir der Name gefällt, dann gefällt er mir.«

»Oh nein, so geht das nicht. Du musst dich entscheiden, ob er dir gefällt oder nicht.« Gurian sah sie erwartungsvoll an.

»Ja, der Name gefällt mir«, sagte die frisch getaufte Nerinia schließlich. Sie sprach ganz leise und Gurian war sich nicht sicher, ob sie es nur ihm zuliebe tat, aber er wollte darüber auch nicht weiter nachdenken.

»Es ist nicht gut, was wir hier tun«, flüsterte Nerinia. »Ich muss zurück in die Station und dort werden sie mich abschalten. Es ist nicht gut, wenn du mich wie einen Menschen behandelst«

»Du bist ein Mensch. Du bist sogar der wundervollste Mensch, den ich bisher getroffen habe«, brach es aus Gurian hervor.

Er hatte nicht darüber nachgedacht. Seine Lippen bewegten sich automatisch und sein Mund plapperte drauflos. Sein Körper sprach das aus, was er fühlte. Seine Hände und Arme machten sich selbstständig, sie umschlangen Nerinia und drückten sie an seinen Körper. Das Mädchen ließ sich alles gefallen, verhielt sich aber passiv.

»Gurian, ich bin nicht so wie du. Man hat mich als Roboter konstruiert«, argumentierte sie schwach.

»Du hast dich gegen Menschen aufgelehnt, du bist geflohen. So etwas tut kein Roboter. Du hast bewiesen, dass du einen eigenen Willen hast. Ein Roboter besitzt so etwas nicht. Du bist ein Mensch, Nerinia.« Gurian legte die gesamte Überzeugungskraft, die er besaß, in seine Worte.

Sie stritten noch eine Weile. Gurian suchte alle Ungereimtheiten zusammen, die ihm an dem Mädchen aufgefallen waren, all die Punkte, an denen sie sich nicht wie ein typischer Roboter verhalten hatte. Schließlich schmiegte Nerinia sich an ihn.

»Ich wünsche mir so sehr, dass du recht hast«, flüsterte sie.

Sie sah aus seinen Armen zu ihm auf. Die in dem kleinen, schmalen Gesicht riesig wirkenden Augen blickten sehnsüchtig in seine. Sie schienen sein gesamtes Gesichtsfeld einzunehmen. Gurian spürte die Wärme ihres Körpers. Seine Lippen waren so nah an ihren.

»Hast du schon mal geküsst?«, fragte er.

»Gurian, ich bin …, ich war … ein Roboter«, hauchte sie.

»Jetzt bist du meine Freundin«, flüsterte er zurück.

Seine Lippen berührten ihre. Willig öffnete sie den Mund, als seine Zunge sanft in ihn eindrang.

7

Gurian schreckte hoch. Eine ausgesprochen sanfte Berührung weicher Lippen auf seiner Wange hatte ihn geweckt. Er lag noch immer auf dem mit Laub bedeckten Waldboden. Die Dämmerung senkte sich langsam über die Landschaft. Hier im Wald konnte man Bäume und Sträucher nur noch als Schemen erkennen. Verdammt, er musste lange geschlafen haben.

Nerinia lag noch in seinem Arm. Sie hatte sich aber so weit aufgerichtet, dass sie ihm einen Kuss auf die Wange hauchen konnte. Selbst in der Dämmerung schienen ihre Augen glücklich zu strahlen.

»Bleiben wir heute Nacht hier? Du hast vorhin gesagt, wir suchen ein Haus«, erinnerte sie ihn.

»Oh je, es ist spät. Ich müsste schon zuhause sein. Vorher müssen wir aber noch ein Versteck für dich suchen«, erklärte er.

»Du bleibst nicht bei mir?«, fragte Nerinia so ängstlich, dass Gurian fürchtete, sie könnte wieder anfangen so zu zittern wie am Anfang ihrer Begegnung.

»Keine Angst, ich komme morgen früh gleich zu dir.« Er drückte sie an sich. Am liebsten hätte er alles wiederholt, was sie getan hatten, bevor er erschöpft eingeschlafen war, aber dafür blieb keine Zeit. »Komm, wir müssen einen Unterschlupf finden. Es gibt hier eine Reihe verlassener Häuser, die meisten sind allerdings nicht mehr in besonders ansprechenden Zustand.«

Sie brachen auf. Nerinia bekam Angst, als sie den Schutz des Waldes verließen. Auch Gurian ging davon aus, dass man seine Freundin suchen würde. Vorsichtshalber mieden sie daher alle größeren Wege. Das Mädchen hatte Glück gehabt, außerhalb der eigentlichen Forschungsstation gab es niemanden, der sich in dem militärischen Sperrgebiet so gut auskannte wie Gurian. Er kannte kleine, wenig benutzte Pfade. Seit er auf diesem Planeten lebte, machte er sich einen Spaß daraus, sich vor den Mitbewohnern seiner Lebensgemeinschaft zu verbergen, genauso wie vor den Militärs, denen man hier draußen regelmäßig über den Weg lief.

Als sie sich der Siedlung näherten, in denen das wissenschaftliche Personal wohnte, stießen sie immer häufiger auf kleine militärische Einheiten. Nerinia musste den Soldaten ziemlichen Respekt eingeflößt haben. Sie durchkämmten die Gegend in Gruppen zu viert, normalerweise bestanden Patrouillen nur aus zwei Personen.

Offensichtlich hielten sie ein Versteck in den leer stehenden Häusern für den wahrscheinlichsten Aufenthaltsort für den entlaufenen Roboter.

»Die trauen einer Maschine eine ganz schöne Raffinesse zu«, dachte Gurian bitter.

Es wurde immer schwieriger, sich zu verstecken, um so näher sie der Siedlung kamen. Im Gegensatz zu ihm hatte Nerinia nie gelernt, sich anzuschleichen und sich zu verbergen. Im letzten Moment konnte er sie hinter ein fast zerfallenes Nebengebäude eines unbewohnten Hauses ziehen, als ein kleiner Trupp Soldaten heraustrat.

Sie befanden sich mittlerweile ganz in der Nähe von Gurians Wohnung. Der Junge zermarterte sich das Hirn, wo er seine neu gewonnene Freundin verstecken könnte. Ihm fiel absolut nichts ein. Die Soldaten schimpften darüber, dass sie die leer stehenden Häuser in regelmäßigen Abständen durchsuchen mussten.

»So was Beklopptes«, meinte einer zu seinen Kameraden. »Jetzt müssen wir uns auch noch die ganze Nacht um die Ohren schlagen. Nur weil dieser luzanische Hinterwaldoffizier nicht kapiert, dass ein Roboter nicht so weit denken kann, dass er sich in einem leeren Haus versteckt. Was sollte er dort. So eine Maschine kann sich doch noch nicht mal alleine ernähren. So ein Ding ist in ein paar Tagen sowieso verhungert.«

»Oder von einem wilden Tier gefressen worden«, gab ein zweiter seine Meinung zum Besten.

»Gibt es hier wilde Tiere?«, fragte der dritte. Ängstlich sah er sich um.

»Unsinn, doch nicht auf Parad!« wiegelte der erste ab. »Auf jeden Fall bekommen mich keine zehn Pferde in dieses abbruchreife Haus dahinten. Ich bin doch nicht lebensmüde.«

»Du meinst das, das dieser komische Junge in Klump geschossen hat?«, fragte der dritte. »Was macht eigentlich so ein Kind auf diesem Planeten und dann auch noch hier im Sperrgebiet?«

»Sondergenehmigung! Den hat sich so 'ne Oberwissenschaftlerin als Spielzeug mitgebracht, sagt die Chefin«, antwortete der zweite.

»Die muss gerade lästern, die ist doch nur eifersüchtig, weil sie ihre Speilzeuge nicht mitnehmen durfte«, steuerte eine Frau mit gehässiger Stimme ihren Beitrag hinzu.

Gurian hatte genug gehört. Es ärgerte ihn, dass man ihn für Rinatas Spielzeug hielt. Jetzt gab es allerdings Wichtigeres. Das alte Haus in der Nähe seiner eigenen Unterkunft wurde also nicht durchsucht. Vorsichtig schlich er mit Nerinia im Schlepptau zu dem alten, toten Haus.

Für Menschen, die das Biologiezeitalter noch nicht erreicht haben, ist es nur schwer nachvollziehbar, wie unangenehm der Aufenthalt in so einem Abbruchhaus ist. Häuser dieses Zeitalters werden nicht aus Stein, Holz, Glas oder anderen toten Materialien gebaut, sie wachsen wie Pflanzen, Pilze oder ortsgebundene Tiere. Tatsächlich ist ihre künstliche Biologie eine Mischung aus allem drei.

So ein lebendes Haus ist äußerst angenehm. Im Inneren herrscht immer die gleiche optimale Temperatur und Luftfeuchtigkeit. Der Luftaustausch wird überwacht, es gibt nur selten und dann auch nur für kurze Augenblicke verbrauchte Luft oder unangenehme Gerüche.

In dem Abbruchhaus hingegen schlug ihnen nicht nur der Geruch nach Feuchtigkeit und Schimmel entgegen. Sämtliche Bestandteile des Hauses gingen in Verwesung über und so lag ein unangenehm süßlicher Fäulnis- und Modergeruch in der Luft.

Boden, Decke und Wände hatten sich an vielen Stellen braun verfärbt. Über einige Teile der Konstruktion breitete sich eine zähflüssige, glitschige Substanz aus. Von der Decke tropfte eine stinkende, bräunliche Flüssigkeit, die ebenso aus Rissen in den Wänden sickerte.

Die beiden Flüchtenden mussten auf jeden Schritt achten, um sich nicht zu besudeln oder in die sich am Boden befindlichen Löcher zu treten. Nerinia blickte sich mit angewidertem Gesicht in diesem toten, modernden Gebäude um.

»Keine Angst, unten gibt es einen Keller, der ist zwar kühler, aber da ist der Zersetzungsprozess noch nicht so weit fortgeschritten«, versuchte Gurian sie zu beruhigen.

Sie stiegen eine Treppe hinunter. Dieses alte Haus hatte man auf einem Kellergeschoss errichtet. Die unterirdischen Wände bestanden zwar aus sehr ähnlichem organischen Material wie die darüber liegenden Geschosse, das sie umgebende Erdreich hatte sie aber über die Jahre gekühlt. Die im Boden befindlichen Stoffe hatten zusätzlich für eine gewisse Konservierung gesorgt. So wirkten Wände und Boden des Geschosses wie aus trockenem Leder.

Die Luft in dem Keller konnte man sicher nicht als frisch bezeichnen. Als die beiden Jugendlichen die Treppentür zum Erdgeschoss schlossen, atmeten sie aber dennoch erleichtert auf. Die unterirdischen Räumlichkeiten besaßen über Ritzen und kleinere Löcher in den oberen Teilen der Wände und der Decke eine eigene Luftzufuhr nach draußen, sodass wenigstens der extreme Fäulnisgeruch der darüber liegenden Etagen nicht hinunterdrang.

»Hier ist es besser als oben. Selbst wenn sie in das Haus sehen, werden sie sich nicht so weit hineintrauen, dass sie in den Keller gehen. Hier bist du sicherer als irgendwo anders«, sprach Gurian Nerinia Mut zu.

Das Mädchen klammerte sich an ihn.

»Muss ich hier allein bleiben?«, fragte sie ängstlich.

»Ich weiß, es ist nicht gerade angenehm hier unten. Aber ich weiß im Moment kein anderes Versteck.«

Das Mädchen zitterte. Sie sah Gurian aus ihren riesigen Augen an, ein Blick, der ihm direkt ins Herz stach.

»Du hast gesagt, ich bin ein Mensch. Dann darf ich Gefühle haben. Ich habe Angst!«

»Nerinia, natürlich bist du ein Mensch. Das habe ich schon gespürt, als ich dich das erste Mal gesehen habe. Egal, was die sagen, du darfst Angst haben. Du darfst alle Gefühle der Welt haben, genauso wie einen freien Willen.«

»Dann will ich, dass du bei mir bleibst.« In ihrer Stimme lag eine Trotzigkeit, die sein Herz ein wenig höher hüpfen ließ. Wäre er sich nicht schon sicher gewesen, wüsste er es jetzt mit absoluter Sicherheit. So sprach kein Roboter. Nerinia war ein Mädchen, seine Freundin.

»Hör zu, ich muss jetzt gehen, sonst suchen sie mich. Wenn sie mich finden, finden sie auch dich.« Gurian redete schnell weiter, bevor Nerinia protestieren konnte. »Ich bin, so bald es geht, zurück. Das verspreche ich dir.«

Sie küssten sich wild zum Abschied. Gurian war sich bewusst, dass sie sich ziemlich unbeholfen anstellten. Keiner von ihnen hatte schließlich eine Einführung von einem erfahrenen Freund bekommen.

***

In der Küche hielt sich niemand auf, als Gurian eintrat. Das verwunderte ihn nicht. Er war schließlich fast zwei Stunden zu spät für das gemeinsame Abendessen.

»Gurian, bist du da?«, rief Kelinro aus seinem Zimmer. Das war ungewöhnlich. Er musste auf ihn gewartet haben.

»Ja, hier in der Küche!« Gurian hatte beschlossen, sich, so gut er konnte, zu benehmen. Zu freundlich durfte er allerdings auch nicht sein, das würde erst recht auffallen.

Kelinro erschien in der Küche und Rinata folgte ihm. Was sollte das jetzt werden, ein Tribunal?

»Ich habe mich verspätet, tut mir leid«, entschuldigte er sich vorsichtshalber.

»Wir sollten demnächst wieder das gemeinsame Essen einhalten. Das gilt für alle!« Kelinro warf Rinata einen vorwurfsvollen Blick zu.

»Jetzt müssen wir aber mit dir über etwas anderes sprechen«, wechselte Rinata das Thema.

Gurian sah sie fragend an. Trotz seiner Vorsätze konnte er einen abweisenden Gesichtsausdruck nicht verhindern. Was hatte er jetzt wieder falsch gemacht?

»Es hat einen Vorfall in der Station gegeben«, erklärte Rinata. »Da draußen läuft ein gewalttätiger Roboter herum. Ich möchte, dass du die nächsten Tage im Haus bleibst, bis die Gefahr beseitigt ist.«

Der Haushaltsroboter stellte Gurian das Abendessen auf den Tisch. Der Junge spürte, wie durstig er war. Er hatte seit dem Mittag nichts mehr getrunken. Nachdem er das Glas geleert hatte, stocherte er missmutig in dem Gericht herum. Die beiden Erwachsenen schwiegen und sahen ihn fragend an.

»Ich werde mit Sicherheit nicht den ganzen Tag in dieser Bude hocken. Da könnt ihr mich gleich erschießen«, erwiderte er schließlich wütend.

»Es geht nicht darum, dir etwas zu verbieten, sondern um deine Gesundheit, vielleicht sogar um dein Leben«, griff Kelinro schlichtend ein, bevor Rinata aufbrausen konnte. Er erzählte Gurian von dem Angriff der Maschine auf den Wachmann und die darauf folgende Flucht.

»Da draußen war nichts. Ich bin den ganzen Tag im Außenbereich gewesen und habe keinen Roboter gesehen«, sagte Gurian trotzig. Es entsprach schließlich der Wahrheit, seiner zumindest.

»Nun sei vernünftig, es geht doch nur um ein paar Tage. Selbst wenn sie die Maschine nicht finden, wird sie in ein paar Tagen verhungert sein. Diese Geräte können sich schließlich nicht selbst versorgen. Danach kannst du wieder solange herumstreifen, wie du möchtest«, erklärte Kelinro in diesem pädagogischen Ton, den Gurian mehr hasste als irgendetwas sonst.

»Diese Heuchler«, dachte Gurian. Kein Mensch konnte sich in dieser Gesellschaft selbst ernähren. Sollten sie Beeren sammeln? Selbst wenn jemand auf Thoris, seinem Heimatplaneten, wusste, welche Pflanze man essen konnte und welche nicht, so kannte sich kein Mensch mit den Gewächsen auf Parad aus.

Aber das war nicht der Grund, warum er sich verschluckte. In seinem ganzen Leben hatte er sich noch nicht um seine Mahlzeiten kümmern müssen. Immer befand sich ein Haushaltsroboter in seiner Nähe, der alle seine Bedürfnisse an Nahrung erfüllte. Er hatte schlichtweg nicht daran gedacht, dass es Nerinia in ihrem Versteck anders erging. Einen elenden, selbstsüchtigen Egoisten verfluchte er sich, dass er seine Freundin ohne Essen und Trinken in dem Loch zurückgelassen hatte.

Ab sofort musste alles anders werden. Er durfte nicht mehr nur an sich selbst denken. Es gab jetzt jemanden, der auf ihn angewiesen war, ein Mädchen auf der Flucht, das er versorgen und beschützen musste. Er konnte kaum erwarten, das Gespräch zu beenden. Er musste so schnell wie möglich mit Lebensmitteln, Kleidung, Decken und was man sonst noch zum Leben brauchte zurück.

Seine Mitbewohner sahen ihn an. Sie erwarteten ein Zugeständnis von ihm. Seinen trotzig nachdenklichen Gesichtsausdruck interpretierten sie vollkommen falsch und das war gut so.

»Ich werde aufpassen«, versprach er. »Wenn ich draußen einen Roboter herumlaufen sehe, werde ich weglaufen und der Militärpolizei bescheid sagen.«

»Ich finde es besser, wenn du die nächsten Tage überhaupt nicht mehr rausgehst«, widersprach Rinata.

»Das muss ja ein ganz besonders gefährlicher Roboter sein, wenn du plötzlich Angst um mich hast. Sonst interessiert dich doch auch nicht, was ich den ganzen Tag mache.« Die Worte klangen bitterer, als Gurian beabsichtigt hatte.

»Ich weiß, ich habe in den letzten Monaten zu wenig Zeit für dich, für euch alle, gehabt. Ich verspreche, es wird besser, sobald das Projekt vernünftig läuft«, erwiderte Rinata und warf ihm dabei ein Lächeln zu, wie sie es nicht mehr getan hatte, seit sie auf diesen langweiligen Planeten gelandet waren.

»Das wird nicht sein, bis dieser elendige Krieg vorüber ist«, warf Kelinro bitter ein.

Wenn Gurian jetzt etwas nicht hören wollte, dann einen Beziehungsstreit seiner Mitbewohner.

»Woran erkenne ich denn diesen Monsterroboter?«, fragte er daher schnell.

Rinata wurde nervös. Sie rutschte auf ihrem Stuhl herum.

»Es gibt da ein kleines Problem. Er sieht nicht wie ein normaler Roboter aus. Er ähnelt eher einem Mädchen aus der Provinz.«

Gurian fand, er hatte sich bis zu diesem Zeitpunkt wirklich gut geschlagen, kein Ausflippen, kein Geschrei, kein Streit. Jetzt konnte er sich aber doch nicht mehr zurückhalten.

»In der Schule habe ich gelernt, dass Roboter so konstruiert sind, dass sie keine Menschen angreifen«, sagte er.

»Das sind noch Prototypen. Sie funktionieren noch nicht richtig«, verteidigte sich Rinata.

»Warum habt ihr dem Roboter nicht einfach befohlen, stehen zu bleiben?«, fragte er.

»Er hat nicht reagiert.«

»Ich habe gelernt, dass Roboter keine eigenen Entscheidungen treffen können. Sie können nicht ohne Befehl jemanden angreifen, sie können nicht fliehen. Außerdem gibt es ein Gesetz, dass es verbietet, Maschinen wie Menschen aussehen zu lassen, sagen die Lehrer.«

Rinata starrte ihn an. Er war auf dem richtigen Weg. Er hatte einen Nerv getroffen.

»Was läuft da eigentlich in euren Labors, wenn ihr dort Roboter züchtet, die nicht nur wie Menschen aussehen, sondern sich auch so verhalten?«

Rinata wurde blass. Gurian wollte jetzt zum Kern kommen. Auch wenn seine mütterliche Lebensgefährtin sich um ihn nicht besonders gekümmert hatte, so konnte sie ihm vielleicht jetzt helfen. Er musste sie von der Ungeheuerlichkeit der Vorgänge in der Station überzeugen, vor allem davon, dass es sich bei Nerinia um ein Mädchen handelte und nicht um einen Roboter.

Die Wissenschaftlerin sprang aber auf. Völlig außer sich schrie sie: »Ich bin nicht verantwortlich für diese Maschinen. Ich kann nichts dafür, dass diese Penner aus der Roboterabteilung nicht in der Lage sind, mir vernünftige, funktionierende Geräte zur Verfügung zu stellen.«

Sie trat gegen den Stuhlroboter, der in eine Ecke flog, und lief wutschnaubend aus dem Raum.

Kelinro setzte sich neben ihn. Freundschaftlich legte er ihm einen Arm um die Schultern. Verschwörerisch grinste er ihn an.

»Da hast du aber einen wunden Punkt bei unserer Superwissenschaftlerin getroffen. Man sollte sie öfter mal mit der Nase darauf stoßen, was sie eigentlich macht. Der Krieg rechtfertigt schließlich nicht alles«, sagte er.

Der Typ verstand wirklich gar nichts. Gurian wollte Rinata nicht wehtun und wenn, dann nur, damit sie ihn wahrnahm. Er wollte, dass es wieder so würde wie früher. Nein, es sollte einen Schritt weiter gehen als damals. Rinata sollte nicht nur ihn lieb haben, sondern auch Nerinia.

»Versprich mir, dass du aufpasst und dich auch vor provinziell aussehenden Mädchen fernhältst«, forderte Kelinro.

Es war nicht der richtige Zeitpunkt, um sich mit ihm zu streiten. Gurian nickte.

»Ich werde aufpassen«, versprach er.

***

Die Zeit, bis die Erwachsenen der Lebensgemeinschaft endlich schliefen, kam Gurian unendlich lang vor. Als er meinte, dass niemand mehr wach war, schlich er sich aus seinem Zimmer in die Küche. Er gab dem Haushaltsroboter die Anweisung, einen Lebensmittelkorb zusammenzustellen, der für ein Picknick von mindestens vier Personen ausgereicht hätte.

Aus dem Vorratsraum besorgte er mehrere Decken und stahl Syligan gleich drei Hosen und ebenso viele Oberteile. An Unterwäsche nahm er sich die doppelte Anzahl von Garnituren. Alles zusammen stopfte er in einen großen Rucksack, den er kaum noch verschließen konnte.

So leise wie möglich schlich er aus der Wohnung. An der Tür blieb er kurz stehen und horchte. Nichts regte sich, alles schlief.

Die kühle Nachtluft ließ ihn erschauern, als er das Haus verließ. Auf den Wegen des normalerweise verwaisten Außenbereichs der Station herrschte ungewohnter Betrieb. In der Ferne sah er Laufroboter, in denen die Militärpolizei patrouillierte. Er hörte Stimmen von Soldaten, die nicht weiter als bis zur nächsten Straßenecke entfernt sein konnten. Vorsichtshalber nahm er einen Umweg über schmale, wenig benutzte Wege.

Unbehelligt erreichte er das Abbruchhaus. Er steuerte auf den Eingang zu. Von ihm war nur ein Loch geblieben, in dem sich einmal die Haustür befunden hatte. Erschrocken schnellte er zurück. Sein Herz pochte bis zum Hals. Hatten sie ihn entdeckt?

»Diese Wissenschaftler scheißen sich ins Hemd«, meinte eine herbe, laute Stimme.

»Na ja, dieser Roboter soll einen Wächter erschossen haben«, gab eine zweite, etwas sanftere Stimme zu bedenken.

»Angeschossen! Dieser Idiot ist noch nicht mal tot«, widersprach die erste Stimme. »Habt ihr euch mal das Bild von diesem Roboter angesehen? Sieht aus wie ein dürres Mädchen. Man muss schon ein ziemliches Weichei sein, sich von so was überrumpeln zu lassen.«

»Ist doch egal«, meinte eine dritte, auch nicht sympathischer klingende Stimme. »Ich hoffe nur, wir finden das Ding. Ist bestimmt lustig, ein bisschen Hasenjagd zu spielen. Ich wette mit euch eins zu drei, dass ich das Teil als Erster erledige.«

Gurian fröstelte. Diesmal lag es nicht an der Lufttemperatur, sondern an den luzanischen Soldaten, die vor dem Haus lungerten. Er hatte nichts gegen diese Spezies, auch wenn sie immer ein wenig ungehobelt wirkten. Das änderte sich aber in diesem Moment. Wilder Hass durchflutete ihn. Die Vorstellung, diese Typen würden sich einen Spaß daraus machen, seine Freundin zu erschießen, überstieg das, was er ertragen konnte.

Trotzdem riss er sich zusammen. Zuviel stand für Nerinia auf dem Spiel. Vorsichtig schlich er von der Ecke, hinter der sich versteckt hatte, zurück zur Rückseite des Hauses. Wie er wusste, gab es dort ein durchgemodertes Loch, das gerade ausreichte, um hindurchzukriechen.

Es war ekelig. Feuchte, schleimige Ränder umgaben die faulende Stelle. Es stank erbärmlich. Gurian bemühte sich, nirgendwo anzustoßen. Die gammelnden Säfte würde er nicht mehr von der Kleidung bekommen und diesen Gestank wollte er nicht hinunter zu Nerinia tragen.

Im Innern angekommen, stellte sich ihm das nächste Problem. Die luzanischen Soldaten standen noch vor dem Haus. Sie unterhielten sich laut und rissen derbe Witze. Dabei tranken sie ständig aus altmodisch aussehenden Flaschen und knabberten an einem stangenförmigen Lebensmittel, das Gurian nicht kannte.

Gurian schlich durchs Erdgeschoss. Es war schwierig. Er durfte nicht zu langsam sein, weil er dadurch zu lange einem zufällig ins Haus schauenden Beobachter Gelegenheit bot, ihn zu entdecken. Er durfte aber auch nicht zu schnell sein, weil dadurch die Gefahr wuchs, Geräusche zu verursachen, die draußen gehört werden konnten.

Gurian übte sich zwar fast täglich im Schleichen und Verbergen, aber bisher hatte es sich immer um ein Spiel gehandelt. Diesmal ging es um alles, aber nicht für ihn. Wenn man ihn erwischte, würde er höchstens gefoltert werden, schoss es ihm durch den Kopf. Tatsächlich hatte auch Gurian bisher noch von keinem Fall gehört, in dem ein Jugendlicher oder gar ein Kind im Imperium vom Militär misshandelt worden war. Aber es ging um Nerinia. Was man ihr antun würde, wenn man sie fand, darüber verbat sich Gurian, nachzudenken.

Irgendetwas knirschte unter seinem rechten Fuß. Gurian drückte sich hinter den nächststehenden Pfeiler. Sein Herz pochte so laut in seinen Ohren, dass er meinte, allein das müsse man hören. Vor dem Eingang kam Bewegung in die Gruppe. Gurians Magen rebellierte vor Angst. Die Stimmen wurden lauter. Gurian umklammerte den Rucksack, als fände sich darin eine Lösung. Dann entfernte sich das Gemurmel. Der kleine Trupp brach auf. Mit klopfendem Herzen wartete Gurian noch mehrere Minuten, bis er zur Treppe schlich.

Als er im Kellerraum ankam, saß Nerinia in die hinterste Ecke gekauert. Mit beiden Händen hielt sie das einfache, vorne zu öffnende Kleid schützend zusammen. Ihre furchtgeweiteten Augen starrten ihn an. Das Mädchen zitterte am ganzen Leib. Sicher war ihre Angst der Hauptgrund für diese Körperreaktion, aber der Raum war auch feucht und kalt.

Gurian ging zu ihr, warf den Rucksack neben sie und nahm sie in den Arm. Wie eine Ertrinkende klammerte sie sich an ihn. Er streichelte ihr durchs Haar und bedeckte ihr Gesicht mit Küssen.

Endlich erinnerte er sich an den Grund dieses späten Besuchs. Er löste sich von ihr und öffnete den Rucksack.

»Sieh, was ich dir mitgebracht habe!«, sagte er.

Nerinia starrte auf die Getränke und die Lebensmittel. Den Rest schien sie nicht wahrzunehmen.

»Darf ich etwas trinken?«, fragte sie zaghaft.

»Das ist alles für dich. Deswegen bin ich extra heute Nacht gekommen.«

Gurian musste das Mädchen bremsen, damit sie sich nicht den Magen verdarb. Sie stopfte alles wahllos in sich hinein. Sein schlechtes Gewissen verstärkte sich. Warum hatte er bloß nicht schon vorher daran gedacht?

»Bleibst du bei mir?«, fragte Nerinia ängstlich, nachdem sie satt war.

Gurian bereitete ihr ein Lager. Fürsorglich breitet er die Decken über ihr aus. Er streichelte ihr liebevoll übers Haar und gab ihr einen sanften Kuss.

»Bitte, geh noch nicht«, flehte sie.

Gurian zögerte. Es war gefährlich für Nerinia. Man durfte ihn nicht vermissen. Man durfte nicht nach ihm suchen. Und doch war es so verlockend.

»Nur einen kleinen Moment. Dann muss ich wieder los«, sagte er und kroch zu ihr unter die Decke.

8

»Endlich haben diese dämlichen Luzaner auch begriffen, dass es allein mit ihren Provinzlermethoden nicht geht. Es reicht einfach nicht, mit grimmigem Gesicht durch die Gegend zu laufen und auf alles zu schießen, was man für verdächtig hält«, erzählte Rinata.

Die Lebensgemeinschaft saß beim Abendessen zusammen. Seit er Nerinia gefunden hatte, bemühte Gurian sich, die Regeln einzuhalten. Er durfte jetzt nicht anecken. Einen Hausarrest zu bekommen, bedeutete eine Katastrophe, nicht für ihn, sondern für Nerinia. Er trug jetzt Verantwortung und die nahm er ernst.

»Und was macht man stattdessen?«, fragte Kelinro. Seit er das Verhältnis zu Rinata geklärt hatte, gab er sich große Mühe, die verbleibende Zeit des Zusammenlebens so harmonisch wie möglich zu gestalten.

»Sie haben jetzt Detektoren bestellt, mit denen man Lebewesen und Roboter auffinden kann«, berichtete Rinata. »Damit soll der gesamte Außenbereich der Station abgescannt werden. Morgen kommen die Geräte an, dann wird man hoffentlich endlich diese Maschine wiederfinden und der Spuk ist vorbei.«

»Ich glaube nicht, dass man etwas findet. Das Ding ist sicher schon tot: verhungert, ertrunken oder in eine Schlucht gestürzten. So ein Roboter ist doch überhaupt nicht für das Leben dort draußen programmiert. Ich habe jedenfalls keine Angst«, erklärte Syligan unbekümmert. Dagbeg nickte zustimmend.

»Ist es denn sicher, dass man so einen Roboter mit diesen Detektoren findet? Kann man sich vor diesen Geräten nicht verstecken?« Gurian versuchte, seine Frage so unauffällig wie möglich klingen zu lassen, die Neugier eines technikinteressierten Jungen.

»Wenn dieser megagefährliche Roboter kein feindlicher Spion ist.« Syligan ließ ihr wie immer etwas zu lautes Lachen hören. »Der müsste bei mir schon in die Abteilung für Schiffstarnung einbrechen und ein Tarngerät klauen, wenn er sich vor den Detektoren verstecken will. Aber das schaffen noch nicht mal gut ausgebildete Menschen, so ein dämlicher Roboter mit Sicherheit nicht.«

»Du brauchst keine Angst zu haben, Gurian. Diesen mysteriösen Roboter werden sie wahrscheinlich schon morgen, spätestens übermorgen abgeschaltet haben, falls er denn überhaupt noch funktioniert.« Dagbeg zerzauste ihm die Haare. Das konnte er zwar ganz und gar nicht leiden, aber auch das erduldete er ohne Widerspruch.

Während sich der Rest der Lebensgemeinschaft über andere langweilige Themen unterhielt, betrachtete Gurian unauffällig Syligan. Eigentlich fand er sie nicht so übel, wie er noch vor wenigen Tagen glaubte. Vielleicht konnte er zwei Fliegen mit einer Klappe schlagen. Er musste noch in dieser Nacht an ein Tarngerät kommen und da gab es noch ein zweites kleines Problem.

Buchstäblich jede freie Minute hatte er mit Nerinia verbracht, seit er sie kannte. Gemeinsam hatten sie alles ausprobiert, was zwei liebenden Jugendlichen einfällt. Für ihn waren diese Stunden die schönsten seines Lebens. Er wusste aber nicht, ob die

Art, wie sie ihre Zärtlichkeiten austauschten, Nerinia genauso viel Spaß machte. Im Gegensatz zu ihm hielt sie sich in allen Dingen, die ihre eigenen Gefühle und Wünsche betrafen, zurück. Und Gurian wusste einfach nicht, was sich ein Mädchen wirklich wünschte, dass er es tat.

Imperianische Jugendliche wurden normalerweise von ihren erwachsenen Lebenspartnern in die Geheimnisse der Liebe eingeführt. Es gab dafür klare Regeln. Eine davon lautete, dass der Jugendliche seine Partnerin oder seinen Partner aussuchte.

Früher hatte Gurian immer davon geträumt, dass Rinata diejenige sein sollte, wenn er erst einmal alt genug war. Damals hatte er sie mehr geliebt als irgendeinen anderen Menschen. Das war allerdings noch, bevor sie ihn verriet, indem sie ihn auf diesen elendigen Planeten verschleppte und sich nicht mehr um ihn kümmerte. Heute dachte er nur noch mit Abscheu an die Gefühle seiner Kindheit.

Natürlich hatten alle Mitglieder der Lebensgemeinschaft sich angeboten, ihn einzuführen. Aber zu diesem Zeitpunkt hatte er es nicht gewollt. Keinen von ihnen mochte er so nah an sich heranlassen, wie es zu diesem Zweck notwendig war. Gerade in den imperianischen Freundschaftsbeziehungen spielte die Liebe die zentrale Rolle. Niemand, jedenfalls kein gesunder Mensch, konnte sich in dieser Gesellschaft vorstellen, sich einem anderen Menschen hinzugeben, den er nicht liebte. Und genau da lag für Gurian das Problem.

Aber diesmal ging es um mehr. Er brauchte dieses Tarngerät, noch diese Nacht.

***

»Was ist mit dir? Du willst doch jetzt nicht gehen? Habe ich etwas falsch gemacht?« Syligan sah ihn ernsthaft besorgt, ja betroffen, an.

Gurian wäre gerne den Rest der Nacht bei ihr geblieben. Noch nie hatte er sich einem Menschen aus seiner Lebensgemeinschaft so nah gefühlt. Syligans Einführungen waren von Zärtlichkeit und Einfühlsamkeit geprägt gewesen, die Gurian so bisher nicht kannte. Keine Frage, in Zukunft wollte er sich auf Syligan und die anderen einlassen, wenn er die vier Lebensgefährten erst überzeugt hätte, wenn sie Nerinia als vollwertigen Menschen anerkannten und sie in die Gemeinschaft aufnahmen. Er würde es schaffen, er brauchte nur noch ein wenig Zeit. Alles würde sich zum Guten wenden.

Daher tat es ihm aufrichtig leid, Syligan verlassen zu müssen, aber er musste etwas Dringendes erledigen. Von dem Gelingen hing schließlich die gesamte Zukunft ab, auch die gemeinsame.

»Es war wirklich schön. Und ich würde mich freuen, wenn ich …, wenn ich wieder kommen dürfte«, sagte er schüchtern. »Aber ich bin seit Langem das erste Mal so nah bei einem anderen Menschen gewesen. Ich brauche jetzt ein bisschen Abstand.«

Gurian stand schon vor dem Bett und kleidete sich an. Syligan betrachtete ihn kopfschüttelnd.

»Du kannst so lieb und zärtlich sein, wie heute Abend. Aber manchmal bist du wirklich komisch«, meinte sie. »Das nächste Mal bleibst du gefälligst länger. Du bist nicht der Einzige, der Gefühle hat. Das zu lernen, gehört zur Freundschaft auch dazu.«

Gurian nickte schuldbewusst. Er brauchte es nicht zu spielen. Er empfand es tatsächlich so.

»Ich verspreche es! Du bist mir doch nicht böse?«

Syligan lächelte kopfschüttelnd. Sie winkte ihm mit dem Zeigefinger zu sich und drückte ihm einen Kuss auf den Mund.

»Schlaf gut. Das nächste Mal übernachtest du hier, verstanden?«

Gurian trottete hinaus. Er wusste, dass sie ihn für komisch hielten. War er vielleicht auch. Aber diesmal hatte sein Verhalten einen konkreten Grund.

Als er auf dem Flur stand, lauschte er in die Dunkelheit. Aus den Zimmern seiner Mitbewohner drang kein Geräusch. Im ganzen Haus schien kein Licht. Er wartete noch einige Minuten, aber auch Syligan musste gleich eingeschlafen zu sein, nachdem er sie verlassen hatte.

Leise schlich er aus dem Haus. In dieser Nacht patrouillierten noch mehr Soldaten als in den Tagen davor. Gurian bewegte sich im Schatten der Häuser. Immer wieder musste er sich verstecken, weil ein Trupp seinen Weg kreuzte.

Manchmal gingen sie zu Fuß, häufiger saßen sie in Laufrobotern: Maschinen, die sich auf vier Beinen bewegten und entfernt an Tiere erinnerten. In ihrem Innern saßen aber bis zu vier Personen, die das Gerät lenkten.

Eine noch größere Schwierigkeit stellte es dar, sich vor den Augen in der Luft zu verstecken. Gerade in dieser Nacht schien es am Himmel von riesigen Vögeln zu wimmeln. Sie kreisten ungewöhnlich dicht über dem Erdboden. Ihre gewaltigen Schwingen verursachten Windstöße, die von oben herab wehten. Die Nacht schwirrte von ihren leisen, aber bedrohlich klingenden Geräuschen.

Tatsächlich handelte es sich auch in diesem Fall nicht um Tiere, sondern um Maschinen, in denen Menschen saßen, die sie lenkten. Auch sie beobachteten den gesamten Außenbezirk der Station auf der Suche nach dem entlaufenen Roboter.

Nur mühsam, sich immer wieder versteckend, kam Gurian voran. Endlich erreichte er den Nebeneingang zur Station. Jetzt begann der gefährlichere Teil seines Vorhabens, auch wenn er im Vorfeld befürchtet hatte, dass es noch schwieriger werden würde.

Den Abend mit Syligan hatte er ganz vorsichtig begonnen. Er besuchte sie in ihrem Zimmer. Sie freute sich und sah es offensichtlich als einen weiteren Schritt in der positiven Entwicklung, die ihr junger Mitbewohner in den vergangenen Tagen genommen hatte. Sie unterhielten sich ausführlich. Gurian erzählte ein paar unverdächtige Vorkommnisse aus seinem Leben in den letzten Wochen. Danach stellte er vorsichtige Fragen zu der Arbeit der jungen Frau. Glücklich über sein plötzlich erwachtes Interesse hatte sie ihm unbesorgt aus ihrem Arbeitsalltag erzählt und freimütig seine Fragen zu einzelnen Details beantwortet.

Gurian wunderte sich noch immer, warum diese Station mit einem Schlüssel gesichert wurde. Jeder Mitarbeiter bekam ein kleines Gerät, mit dessen Hilfe er die Türen zu den Bereichen öffnen konnte, in denen er arbeiten musste. Warum man die Türen nicht über das Auslesen des eigenen genetischen Codes sicherte, wie üblicherweise sonst im gesamten Imperium, verstand er nicht. Syligans halbherzigen Erklärungen konnte er an dieser Stelle nicht nachvollziehen. Er beschloss, nicht weiter darüber nachzudenken, sondern sich stattdessen über diese hilfreiche Tatsache zu freuen.

Zu diesem Zeitpunkt sollte er sich ohnehin auf sein Ziel konzentrieren und nicht über ungeschickte Lösungen militärischer

Sicherheitsprobleme nachdenken. Er hörte Schritte von Soldaten Stiefeln näherkommen. Über seinem Kopf verriet das von riesigen Schwingen hervorgerufene Rauschen das Herannahen eines Flugroboters.

Seine Hände waren feucht, als er endlich die Tür mithilfe Syligans Transponders geöffnet hatte. Er musste daran denken, ihn auf seinen Platz im Flur der Wohnung zurückzulegen, bevor seine Mitbewohnerin erwachte, schärfte er sich ein weiteres Mal ein.

Die Tür schloss sich hinter ihm. Gerade rechtzeitig, bevor eine Streife ihn draußen entdecken konnte. Bei einer Entdeckung im Außenbereich hätte er sich noch herausreden können. Man kannte ihn als den durchgeknallten Jungen, der sich immer wieder merkwürdig verhielt. Warum sollte er da nicht auch in dieser Nacht ziellos durch Straßen und Wege streifen?

Hier drinnen sah es allerdings anders aus. Würde er hier erwischt, müsste er den Diebstahl des Schlüssels und den Einbruch in einen geschützten Teil der Station erklären. Er fürchtete nicht die Strafe, die ihn ereilen würde, über die Erziehungsmaßnahmen, die er bisher zu spüren bekommen hatte, konnte er nur lächeln.

Sie durften Nerinia nicht finden und so blöd waren selbst die Erwachsenen nicht, um einen Zusammenhang zwischen seinem Eindringen hier und dem verschwundenem ›Roboter‹ herzustellen.

Gurian nahm den von Syligan beschriebenen Weg zu ihrem Arbeitsplatz. Nach zehn Minuten stellte er fest, dass er sich verlaufen hatte. So genau waren die Angaben nicht. Gurian musste sich schließlich aus allgemeinen Erzählungen eine Karte im Kopf zusammenbasteln.

Nach weiteren zehn Minuten geriet er in Panik. Nun hatte er so viel auf sich genommen und fand einfach nicht das richtige Labor. Verzweifelt versuchte er sich Details in Erinnerung zu rufen, über die er den Weg finden konnte. Ihm fiel nichts ein.

Gurian kämpfte gegen die aufkommende Panik. Er musste den Weg finden. Er brauchte dieses Tarngerät oder alles wäre vorbei. Sie würden Nerinia finden.

»Wenn sie ihr etwas tun, bringe ich mich um«, dachte er verzweifelt.

Er hörte Schritte. Zu allem Überfluss kam eine Patrouille direkt auf ihn zu. Schnell versteckte er sich hinter einer Biegung des Ganges. Die Schritte kamen näher. Die beiden Wächter sahen in jedes einzelne Labor oder Büro, das auf dem Gang lag.

Bisher war Gurian im Dunkeln, nur mit einer kleinen Taschenlampe bewaffnet, umhergeschlichen. Jetzt flammte Licht in den Gängen auf. Er flüchtete vor den Schritten von Wegbiegung zu Wegbiegung. Dabei verlor er erst recht die Orientierung. Die Wächter kamen ihm so nahe, dass er sie reden hören konnte.

»Kannst du mir mal sagen, was dieser ganze Blödsinn soll?«, fragte der eine.

»Wir prüfen nach, ob sich dieser Roboter nicht hier versteckt hat. Das weißt du doch«, antwortete der andere.

»Das meine ich ja. Wie soll dieses Teil in die Station hineingekommen sein?«

»Was weiß ich. Lass uns schnell nachsehen und fertig.«

»Roboter sind programmiert, wenn ich mich an mein Schulwissen erinnere. Wie soll das Teil auf die Idee kommen, sich ausgerechnet hier einzunisten?«

»Diese Maschinen hatten Zugang zu den Labors. Vielleicht erinnert er sich.«

»Reden wir eigentlich von einem Roboter oder von einem Menschen? Die tun so, als wäre das Teil ein feindlicher Agent.«

»Vielleicht ist ja alles nur vorgeschoben und das ist gar kein Roboter, sondern tatsächlich ein Spion.«

»Oh, Mann, am besten noch ein Aranaer. Die kommen hier nicht rein, dem Universum sei dank. Ich glaube, da gibt es einfach ein paar Spinner, die auf verdammt dicke Hose machen, und wir dürfen es natürlich wieder ausbaden.«

»Nun hör endlich auf zu jammern, wir haben es ja gleich geschafft.«

Die beiden Wächter sahen in den Raum am Ende des Ganges. Glücklicherweise sahen sie nur oberflächlich hinein und schauten nicht hinter einen Schrank, dessen obere Hälfte mit Glastüren ausgestattet war. Hinter im kauerte mit klopfendem Herzen Gurian. Er hatte sich höchster Not in dieses letzte Versteck geflüchtet, das ihm einfiel, als der Gang zu Ende und die Schritte der beiden Männer immer näherkamen.

Gurian meinte, noch nie in seinem Leben solche Angst gespürt zu haben. Verzweifelt suchte er seinen Mut zusammen und richtete sich keuchend auf. In den Scheiben des Schranks spiegelte sich sein Gesicht. In der Tat, so ängstlich hatte es ihn noch nie aus dem Spiegel angeblickt. Gurian verschnaufte schwer atmend.

Erst als er ein wenig zur Ruhe kam, realisierte er die Umgebung, in der er sich befand. Genau das war der Raum, den Syligan ihm als Vorratsraum für das ›technische Spielzeug‹, wie sie es genannt hatte, beschrieben hatte.

Gurian riss die Glastür auf. Da lagen die Geräte. Für ihn handelte es sich nicht um Spielerei. Einer dieser Apparate würde Nerinia das Leben retten. Fast schon ehrfurchtsvoll nahm er eines der Tarnsysteme heraus und verstaute es in den Rucksack, den er auf dem Rücken trug.

Die anderen ordnete er so an, dass man auf den ersten Blick nicht feststellen konnte, dass ein Gerät fehlte. Er verließ sich darauf, dass niemand nachzählen würde. Gehetzt machte er sich auf den Rückweg. Wieder verlor er wertvolle Minuten, bis er den Ausgang fand. Endlich stand er im Freien. Er schlug den Weg zum Abbruchhaus ein.

Auf den nächsten Metern musste er sich zwingen, nicht zu rennen. Nichts wünschte er sich mehr, als endlich zu Nerinia zu kommen und das Gerät zu installieren. Was war, wenn die Flugroboter mit den Detektoren früher eintrafen als geplant? Man würde sie sofort einsetzen. Gurian wusste, er würde erst wieder ruhiger werden, wenn das Tarngerät auf seinem Rücken über der Decke von Nerinias ungemütlichem Versteck hing und arbeitete.

Kam es ihm so vor oder waren noch mehr Patrouillen unterwegs? Immer wieder musste er sich verstecken oder einen Umweg gehen. Flogen nicht mehr Flugroboter am Himmel als vorher? Alle paar Meter drückte er sich in einen dunklen Schatten. Er flehte das ganze Universum an, sie mögen noch keine Detektoren an Bord haben.

»Was haben wir denn da?« Die Stimme war so unsympathisch, dass Gurian meinte, das fiese Gesicht des luzanischen Soldaten vor sich zu sehen.

Dabei handelte es sich allerdings um pure Einbildung. In dem Schatten, in dem sie standen, war es so dunkel, dass man keine Gesichtszüge erkennen konnte. Allerdings zeichneten sich die

Umrisse der großen Strahlenwaffe, die sein Gegenüber trug, deutlich genug ab.

Für einen Moment verschwamm das Bild. Stattdessen sah Gurian vor sich, wie Nerinia floh. Wie gleich mehrere Soldaten sich lachend einen Spaß daraus machten, auf sie zu schießen. Er sah, wie zerstörende Strahlen in den geliebten Körper einschlugen und sich ihr einfaches, dünnes Kleid mit Blut tränkte. Er sah ihre vor Angst geweiteten Augen ihn flehend anblicken, als sie zu Tode getroffen zu Boden sank.

Diese grausame Fantasie weckte in Gurian den Mut der Verzweiflung. Ohne nachzudenken, griff er nach der Waffe. Mit der gesamten Wut, die sich in den letzten Jahren aufgestaut hatte, riss er sie dem völlig perplexen Soldaten aus den Händen und schlug sie ihm über den Kopf.

Als Letztes sah Gurian, wie die schattenhafte Gestalt des Luzaners zu Boden ging. Er rannte, so schnell er konnte, davon und betete, dass der Kerl genauso wenig sein Gesicht gesehen hatte, wie er irgendwelche Einzelheiten in der Dunkelheit erkannt hatte.

Völlig außer Atem kam er am Abbruchhaus an. Die große Strahlenwaffe umklammerte er noch immer. Er wusste natürlich, dass ihm diese Waffe nicht helfen konnte. Was hätte er mit ihr ausrichten sollen, allein gegen eine ganze Armee kämpfen? Glücklicherweise lief ihm bis zu dem Gebäude niemand über den Weg. Einsam lag es in der Dunkelheit und moderte vor sich hin.

Gurian beobachtete das Haus und seine Umgebung einige Minuten. Als sich niemand näherte, schlüpfte er durch die zerstörte Eingangstür und stieg die Treppe hinunter. Er öffnete vorsichtig die kaum noch funktionstüchtige Tür, so leise er konnte. Er wollte Nerinia nicht wecken, noch weniger erschrecken.

Das primitive Lager, auf dem sie schlief, war leer. Ein panischer Schreck durchfuhr seine Glieder. Er konnte doch nicht zu spät sein? Viel weiter kam er mit seinen Gedanken nicht. Es krachte hinter ihm. Ein furchtbarer Schmerz breitete sich von seinem Hinterkopf aus. Funken stieben vor seinen Augen auf. Dann wurde alles schwarz.

***

Irgendetwas fühlte sich feucht an, feucht und warm. Ein schreckliches Gejammer drang an sein Ohr. Ein Schmerz in seinem Kopf hämmerte schrecklich. Langsam nahm wieder alles Konturen an.

»Bitte, bitte, Gurian, komm doch wieder zu dir. Ich habe das doch nicht gewollt. Ich wusste doch nicht, dass du es bist«, jammerte Nerinia.

Sie schmiegte sich an ihn und bedeckte sein Gesicht mit Küssen. Die Feuchtigkeit ihrer Lippen vermischte sich mit den Tränen, die ihm aus ihren Augen ins Gesicht tropften.

»Ist ja gut, ich lebe ja noch«, brummte er.

»Jetzt habe ich schon wieder einen Menschen verletzt. Ich wollte das doch nicht. Ich würde dir doch nie etwas tun, aber ich wusste doch nicht, dass du heute Nacht noch einmal kommst und ich dachte, sie kommen mich holen.«

Gurian sah sich um. Nerinia hatte ihn mit einem einfachen Ast niedergeschlagen. Sie musste ihn sich als Waffe aus dem Wald geholt haben. Der Junge staunte. Seine Freundin besaß wirklich einen ausgesprochenen Lebenswillen.

Im nächsten Moment erinnerte er sich an sein Vorhaben. Mit wenigen kurzen Sätzen erklärte er ihr, warum er gekommen war. Er drückte Nerinia noch einen Kuss zur Beruhigung auf den Mund und erhob sich unter Ächzen.

Die nächste Stunde verbrachte er mehr oder weniger fluchend mit der Installation des Tarngeräts. Es musste unter der Decke aufgehängt werden. Die Flugroboter waren nicht in der Lage, Leben in dem Kegel darunter festzustellen. Der Keller würde für sie leer wirken.

Nerinia saß während der Zeit der Installation wie ein Häufchen Elend auf dem Bett und sah mit schuldbewussten Augen zu Gurian auf. All seine Beteuerungen, dass er ihr den Schlag mit dem Ast nicht übel nahm, nutzten nichts. Als er seine Basteleien beendet hatte, schlang er seine Arme um sie und küsste sie.

»Ich muss los, bevor die Sonne aufgeht«, sagte er.

»Bitte bleib bei mir«, bettelte sie.

»Ich verspreche dir, ich komme, sobald ich kann, und dann habe ich noch eine kleine Überraschung für dich.«

Gurian lächelte verschmitzt. Er dachte an die Dinge, die Syligan ihn gelehrt hatte.

9

»Das war das Schönste, was ich bisher erlebt habe«, flüsterte Nerinia.

Sie stand vor Gurian und sah schräg nach oben aus einem Loch in der Kellerwand, das wenige Zentimeter über der Erdoberfläche den Blick auf ein kleines Stück Himmel freigab. Er hatte seine Arme um ihren Bauch geschlungen und presste sich an ihren Rücken.

»Du wirst noch schönere Dinge erleben. Wir werden alles miteinander tun, was liebende Menschen miteinander machen. Das verspreche ich dir«, antwortete er.

»Schade, dass ich deiner Freundin nicht danken kann.«

»Gib mir noch ein bisschen Zeit. Ich werde sie überzeugen, sie alle. Und dann wirst du mit mir in einem richtigen Haus leben. Wir werden zusammen sein, du und ich und alle Freunde, die uns mögen.«

»Da kommen sie schon wieder. Sie suchen mich.«

Ein großer Flugroboter flog tief über das Land. Unter seinem Bauch erkannte Gurian deutlich eine Ausbuchtung. Dort saß der Detektor, wie er wusste, und suchte nach allem Leben, das nicht zu den katalogisierten Mitarbeitern der Station gehörte.

»Sie sind schon drei Mal über uns hinweg geflogen. Sie werden uns auch diesmal nicht finden. Das Tarnsystem funktioniert«, erwiderte Gurian.

Nerinia drehte sich in seiner Umarmung um. Sie küsste ihn stürmisch.

»Wer weiß, wie lange es noch gut geht. Lass uns jede Minute nutzen«, flüsterte sie.

**

»Wie lange dauert das denn noch. Ich halte es nicht mehr aus«, wimmerte Nerinia.

Hilflos stand Gurian vor ihr. Er wusste es doch auch nicht. Mittlerweile waren fünf Tage vergangen, seit er die Tarnvorrichtung installiert hatte. Nerinia saß seitdem in dem Keller fest. Sie konnten noch nicht einmal einen kurzen Ausflug in den Wald oder auf die Wiesen wagen.

Er konnte die Verzweiflung seiner Freundin verstehen. Auch wenn es nicht ganz so schlimm war wie im Erdgeschoss, so roch es auch in diesem Keller widerlich. Außer einem kleinen Loch, durch das man ein winziges Stück Himmel sehen konnte, fiel kein Licht in den Raum.

»Es ist noch nicht der richtige Zeitpunkt. Meine Mitbewohner reden immer noch so negativ von dir«, entschuldigte sich Gurian.

»Was sollen sie denn auch sagen. Ein Roboter, der Menschen angreift, ist etwas Negatives!«

Gurian hatte Nerinia nicht nur mit Lebensmittel, sondern auch mit Literatur versorgt. Sie las fast jede Minute, die er nicht bei ihr war. Sie verschlang die Informationen, saugte sie förmlich in sich auf.

»Bitte Nerinia, du bist kein Roboter.«

»Aber das wissen sie nicht. Sie wollen es auch nicht wissen. Du wirst ihnen nie von uns beiden erzählen können.«

Gurian versuchte sie zu trösten, so gut er konnte.

***

»Gibt es etwas Neues von dem Roboter?«, fragte Gurian vorsichtig beim Abendessen. Rinata stöhnte auf.

»Erinnere mich bloß nicht daran!«, rief sie aus. »Ich bin umgeben von Idioten, unfähigen Trotteln.«

»Ich dachte, dein Dawerow wäre der größte Wissenschaftler unter der Sonne, dich selbst natürlich ausgenommen«, stichelte Kelinro.

»Dawerow ist der größte Schwachkopf von allen. Der sollte seinen Posten zur Verfügung stellen und fähigere Leute ran lassen«, schimpfte Rinata. »Diesen blöden Luzaner mit seinen Leuten sollte man auch nach Hause schicken. Erst lassen sie so eine Maschine laufen und dann finden sie das Ding noch nicht mal wieder. So viel Unfähigkeit müsste eigentlich schon wehtun.«

»Man hat den Roboter also noch nicht wiedergefunden?«, fragte Dagbeg unschuldig. Gurian hatte allerdings den Eindruck, als wolle er Rinata provozieren und die ging darauf ein.

»Da haben sie diese Spezialmaschinen angefordert, die fliegen jetzt seit fast einer Woche pausenlos übers Gelände und haben noch nicht eine einzige Spur gefunden. So etwas gibt's doch gar nicht!«

»Wenn du mich fragst, ist dieser Roboter schon längst tot«, kommentierte Syligan. »Eine Maschine hat eine Fehlfunktion, verletzt einen Wachmann und flieht aus dem Gebäude. Der wird in einen Fluss oder eine Felsspalte gestürzt sein und sich dabei abgeschaltet haben. Ansonsten ist er nach dieser Zeit schon verhungert. Diesen riesigen Suchaufwand könnte man sich sparen.«

»Man muss doch wohl trotzdem ausschließen, dass eine gefährliche Maschine Amok läuft, oder?«, herrschte Rinata sie an.

»Könnte es nicht auch ganz anders sein?«, fragte Gurian unsicher.

»Was meinst du?« Rinata betrachtete ihn misstrauisch. Auch die anderen blickten ihn verwundert an.

»Ich meine, dieser Roboter sieht doch aus, wie ein Mädchen aus der Provinz. Es ist aus eigenen Stücken geflohen. Wenn es sich jetzt auch noch so gut versteckt, dass man es nicht findet, dann verhält es sich doch wie ein Mensch. Könnte es nicht sein, dass mit diesem Roboter irgendwas passiert ist, dass er jetzt ein Mädchen ist? Vielleicht tut man ihr schreckliches Unrecht.«

Einen kurzen Moment war es still im Raum. Alle starrten ihn an. Als Erstes löste sich Syligan aus der Erstarrung. Ihre Augen leuchteten auf.

»Ach, ist das süß!«, rief sie aus. »Ist das romantisch! Ein Roboter wird zu einem Menschen und du rettest ihn, nicht wahr!«

»Das ist nicht süß, das ist ekelhaft«, fauchte Rinata ihre Mitbewohnerin an. »Siehst du nicht, dass der Junge vollkommen aus der Spur ist! Davon zu träumen, einen Roboter zur Freundin zu haben, ich glaube, mir kommt das Essen wieder hoch. Und ihn dann auch noch darin noch zu unterstützen, ist wirklich widerlich.«

Syligans strahlendes Lächeln schlug von einem Augenschlag zum nächsten in den Ausdruck puren Hasses um.

»Wenn hier jemand widerlich ist, dann bist du es, Rinata. Du siehst nur noch deine Arbeit, dass es auch noch andere Probleme, ja sogar so etwas Nebensächliches wie Gefühle gibt, ist dir mittlerweile völlig fremd. Lass den Jungen doch seine Märchen träumen. Nur weil jemand irgendwelche Fantasien durch den Kopf gehen, verhält er sich doch nicht gleich abartig.«

Syligan stand auf.

»Wenn mich hier jemand am Tisch anekelt, dann bist du es.« Sie warf Rinata einen letzten hasserfüllten Blick zu und verschwand aus der Küche.

Dagbeg stand auch auf.

»Ich sehe das genauso wie Syligan«, stellte er nicht unerwartet fest. »Es wäre für uns alle besser, du würdest dir eine neue Unterkunft suchen, Rinata. Das mit unserer Freundschaft hat sich ja doch erledigt.«

Damit ging auch er, wahrscheinlich Syligan trösten, nahm Gurian an. Rinata starrte den beiden hinterher.

»Siehst du das auch so, Kelinro?«, fragte sie.

»Typisch, meine Meinung interessiert hier sowieso niemanden«, dachte Gurian.

»Du hast, weder ein freundschaftliches Verhältnis zu den beiden noch zu mir. Warum willst du hier noch wohnen?«, erwiderte Kelinro. »Allerdings müssen wir vorher ein paar Dinge klären. Darüber möchte ich aber allein mit dir reden.«

Rinata nickte. Sie sah nachdenklich und nicht besonders glücklich aus. »Vielleicht können wir uns die nächsten Tage einmal zusammensetzen und die praktischen Dinge besprechen.« Sie stand auf und verließ die Küche.

Gurian starrte ihr fassungslos hinterher. Gerade jetzt hatte er keinen Beziehungsstreit in der Lebensgemeinschaft auslösen wollen. Kelinro setzte sich neben ihn und legte ihm einen Arm um die Schultern.

»Dir tut das besonders weh, nicht?«, sagte er.

»Geht so.«

»Du hast Rinata doch immer besonders gern gemocht.«

»Seit wir auf diesem blöden Planeten sind, haben wir kaum noch etwas miteinander zu tun.«

»Es tut dir trotzdem weh, das sehe ich doch.«

Gurian fühlte sich tatsächlich elend. Allerdings interpretierte Kelinro seine Gefühle vollkommen falsch. Es ging nicht darum, dass ihm Rinatas Abschied schwerfiel. Sie besaß bei Weitem den größten Einfluss unter den Wissenschaftlern. Wenn sie sich für Nerinia einsetzte, würden die anderen aus dem Forscherteam ihr zuhören.

Zärtlich streichelte Kelinro Gurian durchs Haar.

»Das wird schon wieder. Wir finden eine Lösung«, sagte er.

Gurian ließ seinen Kopf an die Schulter des älteren Freundes sinken. Es fiel gar nicht so schwer, wie befürchtet, und er brauchte dringend Verbündete.

***

Den Kopf in den Armen haltend, hockte Gurian auf dem primitiven, muffigen Lager, im Keller des Abbruchhauses. Nerinia stand an dem Loch in der Wand, durch das man den schmalen Streifen Himmel sehen konnte.

»Verstehst du denn nicht? Rinata hat uns die Freundschaft aufgekündigt. Sie ist die Einzige, die uns helfen kann«, rief er verzweifelt aus. »Ich kann doch ohne sie nicht zu Dawerow gehen, für den bin ich doch ein Schuljunge. Der hört mir doch gar nicht zu.«

Sobald er konnte, war er zu Nerinia gelaufen. Er hatte ihr den katastrophalen Verlauf des vergangenen Abends in allen Einzelheiten erzählt. Sie stand reglos an diesem Loch und sah ernst und nachdenklich hinaus. Dabei brauchte er heute den Trost. Sein Vorrat an Optimismus war aufgebraucht.

»Dürfen Menschen andere Menschen umbringen?«, fragte Nerinia unvermittelt.

»Nein, natürlich nicht, das weißt du doch«, erwiderte Gurian ungeduldig. Er hatte jetzt genug andere Probleme, als sich über philosophische Fragen zu unterhalten.

»Und was passiert mit ihnen, wenn sie es doch tun?«

»Sie kommen für einige Jahre ins Gefängnis. Danach bekommen sie noch eine zweite Chance«, antwortete Gurian müde.

»Und wenn sie dann wieder jemanden umbringen, tötet man sie dann?«

»Nein, dann schickt man sie auf den Gefängnisplaneten Gorgoz. Das ist noch schlimmer als der Tod, erzählt man.«

»Und wenn jemand gleich mehrere Menschen auf einmal umbringt?«

»Dann kommt er gleich nach Gorgoz. Was soll das? Warum fragst du das?«

»Du sagst, ich bin ein Mensch. Du glaubst, du kannst das beweisen.«

»Wenn man mir dazu eine Chance gibt, ja!« Gurian klang nicht sonderlich überzeugend, eher müde und verzweifelt.

Nerinia drehte sich zu ihm herum.

»Ich bin genauso, wie die anderen Roboter in der Station waren. Wenn ich ein Mensch bin, waren auch alle anderen Menschen. Dann hat man sie nicht abgeschaltet, sondern umgebracht.«

Sie fixierte ihn mit ihren großen, traurigen Augen.

»Wenn ich ein Mensch bin, sind Dawerow, die anderen Roboterexperten, die Wächter und Soldaten, ja selbst Rinata Mörder. Oder wenigstens ihre Handlanger.«

Eine Gänsehaut breitete sich über Gurians ganzem Körper aus. Er fröstelte.

»Du brauchst die Experten nicht zu fragen. Für die muss ich ein Roboter sein, sonst kommen sie alle nach Gorgoz!«

Ohne dass er wusste, wie es passierte, begann Gurian zu schluchzen.

»Ich gehe jetzt«, kündigte Nerinia an. »Ich habe gehört, wie sich die Soldaten draußen unterhalten haben. Sie haben gesagt, dass derjenige, der sich den Roboter zu seinem persönlichen Spaß unter den Nagel gerissen hat, nach Gorgoz geschickt wird. Ich will nicht, dass du wegen mir leiden musst. Wir haben ja doch keine Chance.«

Nerinia ging zu ihm und drückte ihm einen Kuss auf den Mund.

»Bitte gehe nicht, bitte«, wimmerte Gurian. Jegliche Kraft wich aus seinem Körper.

Das Mädchen schüttelte still den Kopf, drehte sich um und ging zur Tür.

Gurians Blick fiel auf die Strahlenwaffe, die nutzlos in einer Ecke lag. Ohne nachzudenken, sprang er auf, griff sich die Waffe und hielt sie sich an den Kopf.

»Wenn du da jetzt raus gehst, erschieße ich mich«, rief er.

Nerinia sah ihn entsetzt an.

»Ich will ohne dich nicht mehr leben.«

Gurian entsicherte die Waffe.

»Bitte, das darfst du nicht tun«, sagte Nerinia.

»Du bringst dich doch auch um. Wenn du zu ihnen gehst, werden sie dich töten.«

»Bitte Gurian, leg die Waffe weg.« Nerinia ging langsam auf ihn zu, flehendlich sah sie ihm ins Gesicht.

»Nur wenn du mir versprichst, dass du bei mir bleibst!« Gurians Stimme überschlug sich fast. »Versprich mir, dass wir es schaffen, zusammen!«

»Bitte Gurian, leg die Waffe weg. Ich bleibe bei dir. Ich werde mit dir kämpfen, bis zum Ende«, versprach sie und fügte dann flüsternd hinzu: »So oder so.«

»Wir schaffen das«, schluchzte Gurian. »Ich verspreche dir, sie bringen dich nicht um. Ich rette dich.«

Weinend fielen sich die beiden in die Arme.

***

»Sieh mal, was ich mitgebracht habe!« Gurian strahlte übers ganze Gesicht.

»Lebensmittel?«, fragte Nerinia enttäuscht.

»Einen Picknickkorb! Weißt du, was das bedeutet? Rinata hat erzählt, dass sie die Suche nach dir eingestellt haben. Sie halten dich für tot. Wir können wieder rausgehen!«

Gurian schlang seine Arme um das Mädchen und wirbelte es herum. Nerinia küsste ihn stürmisch. Er wusste, dass seine Freundin nichts sie so sehr belastete, wie in diesem dunklen muffigen Keller eingesperrt zu sein. Diese Aussage galt natürlich nur, wenn man von der fehlenden Perspektive zum Weiterleben zum Weiterleben absah.

Sie eilten, nur bewaffnet mit dem Picknickkorb, die Treppe des Abbruchhauses hinauf. Auf den Straßen des Außenbezirks mussten sie noch vorsichtig sein, hier trieb sich noch immer ungewöhnlich viel Polizei und Militär herum.

Endlich kamen sie in dem kleinen Wäldchen an. Ausgelassen liefen sie durch das Unterholz und auf der anderen Seite hinaus auf die Wiese. Gurian ließ den Picknickkorb fallen und jagte Nerinia. Er fing sie ein. Gemeinsam rollten sie durch das Gras.

Das Mädchen war zwar so dünn, dass sich die Rippen unter der Haut abzeichneten, aber sie verfügte über erstaunliche Kräfte. Sie balgten sich zum Spaß, bis Gurian die Oberhand gewann. Wehrlos lag sie unter ihm. Allerdings wirkte sie auch nicht so, als wolle sie Widerstand leisten.

Er glitt ins Gras neben sie und küsste sie sanft. Sie erwiderte den Kuss leidenschaftlich. Schließlich fochten sie einen Kampf ganz anderer Art aus. Eine gefühlte selige Ewigkeit später lagen sie nebeneinander zwischen den Wiesenkräutern. Sie pflückte eine der kleinen Blumen.

»Warum hast du mich Nerinia genannt?«, fragte sie.

»Weil sie so langweilig weiß ist«, antwortete Gurian. Als er ihr enttäuschtes Gesicht sah, brach er in Lachen aus.

»Siehst du diesen Kelch?«, fragte er schließlich. »Wenn du ihn ins Licht hältst, schimmert er geheimnisvoll. Wenn du lange genau hinschaust, siehst du dort eine Elfe. Das bist du.«

»Oh Gurian, du bist ein Spinner, aber ein lieber!«

Nerinia umarmte ihn wild und setzte erneut zu einem Kuss an. Das Picknick musste eine weitere Ewigkeit warten.

***

»Wir wollten über die Probleme sprechen, die wir noch klären müssen, bis ich ausziehe.« Rinata gab sich keine Mühe, zu verbergen, dass sie das Gespräch so schnell wie möglich hinter sich bringen wollte.

»Es geht um Gurian«, erklärte Kelinro.

»Das habe ich mir gedacht. Ich bin nicht davon ausgegangen, dass du mich anflehen wolltest, bei euch zu bleiben«, antwortete sie patzig. Kelinro blieb trotzdem sachlich.

»Es ist sicher besser, Gurian bleibt vorerst bei uns.«

Rinata nickte. Das war ihr ohnehin lieber.

»Das ist natürlich keine Dauerlösung. Er fühlt sich hier nicht wohl. Er muss herunter von dieser Militärbasis, am Besten ganz runter von diesem Planeten und zurück nach Thoris.«

»Ja, ich weiß. Darüber waren wir uns schon einig. Ich tue, was ich kann«, stöhnte Rinata.

»Das ist wichtig. Es kann nicht warten! Die Umgebung hier tut ihm nicht gut.«

»Ich dachte, ihr gebt ihm jetzt alles, was ich versäumt habe.«

»Rede keinen Unfug! Du weißt genau, was ich meine! Er muss unter Gleichaltrige, und zwar so schnell wie möglich.«

»Darüber reden wir doch schon seit mindestens einem Jahr! Ich verstehe nicht, dass ihr den Jungen so dringend loswerden wollt. Ich dachte, ihr versteht euch jetzt so gut mit ihm.«

»Darum geht es nicht. Die Sache ist viel ernster.«

Rinata grinste Kelinro an. Sie war gespannt, was er vorschieben würde, damit er den Jungen so schnell wie möglich loswerden konnte.

»Es fehlen Vorräte«, sagte ihr ehemaliger Freund ernst.

»Na und? Wenn es auf dieser Station etwas im Übermaß gibt, sind es Nahrungsmittel.« Rinata grinste noch breiter.

»In Syligans Labor fehlt ein Tarngerät.«

»Was willst du damit sagen?«, fragte Rinata verständnislos. Das Grinsen verschwand aus ihrem Gesicht.

»Der Roboter! Gurian hat ihn im alten Abbruchhaus versteckt.«

»Woher weißt du das?«

»Ich bin ihm gestern gefolgt. Er trifft sich dort jeden Abend mit dem Ding.«

Rinata sah Kelinro verständnislos an, bis er weiter erklärte.

»Du weißt, wie dieser Roboter aussieht. Es scheint, als hätte sich Gurian in ein Mädchen aus der Provinz verliebt.«

Es dauerte einen Moment, bis das Gesagte in Rinatas Hirn ankam.

»Du meinst er … mit diesem Ding«, stammelte sie. »Du großes Universum!«

»Er hat sich ein Spielzeug gesucht, weil er hier keine geeignete Umgebung hat«, versuchte Kelinro eine Erklärung.

»Nun fang du auch noch an. Womöglich findest du das auch so süß wie Syligan, diese hohle Tussi.« Rinatas Stimme überschlug sich fast.

»Sie war mal deine beste Freundin.«

»Das ist glücklicherweise vorbei! Aber selbst ihr könnt doch nicht so naiv sein, den Jungen in seinem Verhalten zu unterstützen. Dieses ›Mädchen‹ ist ein Roboter, kein Mensch. Diese Maschine macht, was man ihr befiehlt. Entspricht das auch deinen Wünschen? Gefällt dir so eine Abartigkeit etwa auch?«

Kelinro sah Rinata kalt an.

»Was ist nur aus dir geworden, Rinata? Wahrscheinlich warst du schon immer kalt. Früher hätte dich aber wenigstens so ein psychologisches Phänomen neugierig gemacht.«

»Ist der Junge jetzt ein Versuchstier von dir?«

»Nein, ich wollte dir nur klar machen, dass du ein wenig Verständnis für ihn haben solltest und dass wir so schnell wie möglich etwas unternehmen müssen.«

»Das werde ich auch. Ich werde jetzt den Sicherheitsdienst anrufen und ihm sagen, wo sie den Roboter finden.«

»Sollten wir nicht erst mit Gurian reden?«

»Dieser Roboter hat schon einmal jemanden verletzt. Umgebracht sollte ich wohl lieber sagen. Der angeschossene Wachmann ist gestern Nacht gestorben. Ich gehöre jetzt zwar nicht mehr zu eurem Freundeskreis, aber so viel Verantwortungsgefühl habe ich noch, dass ich den Jungen nicht weiteren Gefahren aussetze.«

Rinata sah Kelinro fest in die Augen, bis er den Blick senkte.

10

Seine Hand fuhr ihr zärtlich durch die Haare. Gurian und Nerinia lagen auf dem provisorischen Bett im Keller des Abbruchhauses.

»Ich muss gleich wieder weg. Kelinro hat es ganz dringend gemacht. Rinata ist auch da. Keine Ahnung, was die mit mir bereden wollen«, sagte Gurian.

»Bitte, geh nicht! Ich habe so ein komisches Gefühl, ich habe Angst«, bettelte Nerinia.

»Aber nur einen kurzen Moment.«

Nerinia verschloss ihm den Mund mit einem Kuss. Sie klammerte sich an ihn und saugte sich an seinen Lippen fest, als wolle sie ihn verschlingen. Viel zu ungestüm begann sie, ihn zu streicheln. Mitgerissen von der verzweifelten Leidenschaft des Mädchens, erwiderte Gurian ihre Zärtlichkeiten. Im Keller herrschte Ruhe, bis auf leises Schmatzen ihrer Lippen und sich langsam steigernde Atemgeräusche.

Von einer Sekunde auf die andere wurde die Stille durchbrochen. Schreie, harte Stiefel, gebrüllte Befehle füllten den Raum. Zwei Soldaten ergriffen Gurian bei den Armen und zerrten ihn unter Decke hervor. Zwei weitere packten Nerinia an den Oberarmen und rissen sie noch schonungsloser von dem Lager. Ohne jede Rücksicht drehten sie ihr die Hände auf den Rücken. Sie schrie auf. Gurian sah Tränen in ihren Augen funkeln.

»Lasst sie! Fasst sie nicht an! Ihr verdammten Schweine!«, schrie er, aber es half natürlich nichts.

»Den Jungen nehmen wir mit!«, sagte Rinata in gewohntem Befehlston. Nur am Rande drang in Gurians Bewusstsein, dass sie gemeinsam mit Kelinro die Militärs begleitet hatte.

»Es tut mir leid, aber wir haben unsere Befehle«, erwiderte einer der Soldaten. »Der Mann hat diesen Roboter gestohlen und für nicht genehmigte Zwecke missbraucht.«

»Der ›Mann‹ ist noch ein Junge. Wir sind seine Erziehungsberechtigten und werden dafür sorgen, dass so etwas nicht wieder vorkommt.«

»Besprechen Sie das mit meinem Vorgesetzten, Oberst Karror. Sie kennen ihn, soviel ich weiß.«

Damit wurde Gurian aus dem Raum geschoben. Er wurde in einen Laufroboter gezerrt und auf die Sitzbank gedrückt. Es half ihm nichts, dass er schimpfte, fluchte und versuchte, um sich zu schlagen. Er hatte keine Chance. Nerinia bekam er nicht mehr zu Gesicht. Sie wurde getrennt abtransportiert.

Durch ein Fenster des Roboters konnte er Rinata und Kelinro in ein anderes Gefährt hetzen sehen. Er wusste noch nicht einmal, ob es ihm gleichgültig war. Seine Gedanken schienen eingefroren, genau wie seine Gefühle. Irgendetwas in den Tiefen seiner Seele wusste, warum er keine Geistesregung zuließ, aber er konnte es nicht fassen.

In der zentralen Station angekommen, wurde er durch einen Scanner geschickt, der sämtliche biometrische Kennzeichen aufnahm, eine vorgeschriebene, aber vollkommen überflüssige Prozedur. Natürlich waren all diese Informationen bereits von jedem Bewohner der Militärstation erfasst. Rinata lamentierte wild fuchtelnd, ihn freizulassen. Kelinro stand mit schuldbewusstem Gesicht im Hintergrund.

Wenig feinfühlig packte man ihn erneut am Arm. Sie zerrten ihn einen Gang entlang. Langsam tröpfelten die ersten Gedanken in sein Hirn.

»Wo ist Nerinia?«, wollte er schreien, aber es hatte keinen Sinn, das wusste er. Es würde für das geliebte Mädchen alles noch schlimmer machen.

Als Nächstes spürte seine Gefühle wieder. Eine grausame Angst durchflutete ihn. Er konnte es kaum ertragen. Wie aus dem Nichts kam die Erkenntnis: Durch diesen Gang wurde er zum Schafott geführt, nicht zu seinem, zu Nerinias.

Die Knie wurden ihm weich. Er konnte kaum weitergehen. Seine Kehle schnürte sich zu. Es gelang ihm kaum, zu atmen.

Endlich endete der Gang. Er führte zu einem der Labore. Nerinia saß auf einem Stuhl, ihre Arme hatte man an die Lehnen angebunden, ihre Füße waren an die Stuhlbeine fixiert. Einer der Wissenschaftler nahm ihr gerade ein Gerät vom Kopf, als Gurian in den Raum geführt wurde.

Gurian band man an einen Stuhl fest, der Nerinia fast gegenüberstand. Verzweifelt sah er ihr ins Gesicht. Wie im Fieberwahn erkannte er, dass die Augen aufgrund ihres schmalen, blassen Gesichts noch größer wirkten, als normal. Sie erschienen ihm riesig, geweitet vor Angst.

»Bitte Gurian, bitte hilf mir«, wimmerte sie.

»Was habt ihr mit ihr gemacht? Bindet sie los!«, schrie Gurian.

»Hat der Roboter noch andere Kontakte gehabt außer zu dem Jungen?«, fragte ein selbst für luzanische Verhältnisse unangenehm aussehender Offizier.

»Nein, es gibt keine Hinweise auf andere Kontakte. Wir haben die zentrale Steuerungseinheit gescannt. Er muss die ganze Zeit bei dem Jungen gewesen sein«, antwortete einer der Wissenschaftler.

»Gut, schalten Sie ihn ab«, gab der Offizier den Vorgang frei.

»Bitte Gurian, hilf mir. Du hast es mir versprochen«, bettelte Nerinia.

»Nein! Das ist ein Irrtum. Das ist kein Roboter. Das ist meine Freundin Nerinia«, schrie Gurian.

»Halt, wartet! Lasst mich mit dem Jungen reden!« Rinatas bestimmende Stimme ließ den Wissenschaftler innehalten.

»Gurian, sieh genau hin. Das ist kein Mädchen. Das ist ein Roboter«, beschwor sie ihn. Sie sprach mit mütterlicher Stimme.

»Das ist nicht wahr. Sie kann denken, sie kann fühlen. Sie kann sogar lieben«, schluchzte Gurian.

»Gurian, das ist ein Roboter. Der tut, was du möchtest. Dafür ist er programmiert.« Rinatas Stimme klang wie die einer Schlangenbeschwörerin.

»Bitte Rinata, bitte hilf mir, hilf Nerinia«, flehte Gurian. »Ich baue nie wieder Scheiß. Bitte verzeihe mir, wie ich mich in den letzten Jahren verhalten habe. Ich werde ein Freund sein, so wie du ihn dir vorstellst. Ich tue alles, was du willst. Bitte!«

Gurian wusste, dass er sich bis aufs Äußerste erniedrigte. So etwas hatte er noch nie getan und so etwas würde er auch in seinem zukünftigen Leben nie wieder tun, aber in diesem Moment war es ihm egal. Es ging um Nerinia, um ihr Leben. Und wenn er dafür vor allen auf Knien rutschen und ihnen die Füße küssen musste, er würde es machen.

»Gurian, hör auf, das ist unwürdig«, schnauzte Rinata. »Dawerow, erkläre du ihm, was es sich mit diesem Ding auf sich hat.«

»Ähm, Gurian, so heißt du doch. Dieser Roboter hier ist ein ganz besonderes Exemplar. Es ist sensibler als gewöhnliche Roboter. Das braucht man für die komplizierten Aufgaben, die so eine Maschine bei der Entwicklung moderner Raumschiffe leisten muss. Dummerweise lässt sich aus diesem Grund nicht verhindern, dass der Roboter wie, ähm ja, ein Mädchen aus der Provinz aussieht. Diese Roboter erkennen genau, was ein Mensch will. Du sehnst dich nach einem gleichaltrigen Menschen, mit dem du reden kannst, also erfüllt dir der Roboter diesen Wunsch. Du möchtest, dass ein Mädchen dir gegenüber große Gefühle zeigt, also erfüllt dir die Maschine den Wunsch.«

»Das ist nicht wahr! Gurian glaube ihm kein Wort. Ich habe wirklich Gefühle. Ich liebe dich!«, schluchzte Nerinia.

»Das ist wahr, ich habe es gespürt. Sie wollte sich sogar für mich opfern«, rief Gurian.

»Wie ich dir schon sagte, dieser Roboter ist ein Meisterwerk. Er spürt deine Gefühle und versucht, sie zu befriedigen. Wie du siehst, äußerst erfolgreich.«

»Bitte Dawerow, bitte geben Sie mir die Chance, Ihnen zu beweisen, dass Nerinia ein Mädchen ist!« Gurian legte seinen gesamten Charme in den Blick, mit dem er den Roboterspezialisten bedachte. Tatsächlich wirkte Dawerow verunsichert.

»Selbst diese abwegige Möglichkeit ist schon überprüft worden. Die Ergebnisse sind eindeutig, nicht wahr, Herr Spezialist?«, mischte sich der luzanische Offizier ein. Dawerow wurde noch unsicherer, nickte aber dennoch. »Also, was ist? Bringen Sie es hinter sich!«

Nerinia flehte und bettelte erneut.

»Nein, nicht!«, brüllte Gurian.

»Einen Moment!«, rief jetzt Kelinro dazwischen. Für seine Verhältnisse wirkte er direkt mutig. »Der Roboter wird doch von niemandem mehr gebraucht. Sie sehen doch, wie der Junge an ihm hängt. Können wir ihn ihm nicht schenken?«

Er blickte schnell zu Rinata.

»Wenigstens, bis er über diese Sache hinweg ist. Es würde sicher eine Therapie begünstigen«, sagte er in die Richtung der ehemaligen Freundin.

»Dieser Roboter hat einen Menschen angegriffen. Er ist mittlerweile an den Folgen gestorben«, mischte sich der Offizier ein. »Wollen Sie dieses Risiko wirklich eingehen? Ist Ihnen der Junge so gleichgültig?«

Damit hatte er offensichtlich Rinatas schwache Stelle getroffen.

»Sie haben recht«, stimmte sie ihm zu. »Außerdem ist es ein verdammter Roboter und kein Mensch. Was halten wir uns eigentlich so lange mit einer Maschine auf.«

»Bitte, bitte, nicht abschalten«, wimmerte Nerinia.

»Verdammter Roboter, halt endlich den Mund. Das ist ein Befehl«, schrie Dawerow das Mädchen an. Nerinias Flehen und Betteln schien an seinen Nerven zu zehren. Er zitterte leicht.

»Dieser Roboter ist wirklich völlig aus dem Ruder geraten«, stellte Rinata fest, als der Befehl nichts half und Nerinia weiter um ihr Leben bettelte.

»Das ist kein Roboter. Das ist Nerinia, meine Freundin«, schrie Gurian noch einmal und zerrte an seinen Fesseln.

»Gurian, das ist ein Roboter, kein Mädchen. Sieh mal, der sieht doch nicht einmal wie ein richtiges Mädchen aus«, versuchte Kelinro, dieser alte Heuchler, ihn zu beruhigen. Er nahm eine von Nerinias verfilzten Haarsträhnen und hielt sie Gurian entgegen.

»Lass sie in Ruhe! Rührt sie nicht an«, brüllte Gurian mit sich überschlagender Stimme.

»Ich habe dir die ganze Zeit gesagt, wir müssen irgendwas mit ihm machen. Vielleicht hättet ihr ihm einen Spielzeugroboter besorgen sollen, einen ungefährlichen«, warf Kelinro Rinata vor.

»Beim großen Universum, wir haben hier genug andere Probleme«, schimpfte sie wütend.

»Jetzt siehst du den Erfolg. Er hat sich einen Roboter als Freundin gesucht«, erwiderte Kelinro vorwurfsvoll.

»Hör auf, das ist wirklich ekelhaft! Ich mag es mir wirklich nicht vorstellen« Rinata verzog angewidert das Gesicht. »Schalte das Ding endlich ab. Ich übergebe mich gleich.«

»Bitte, bitte, nicht, ich bin kein Roboter, ich kann lieben«, wimmerte Nerinia. Ihr liefen Tränen aus den Augen. Das ganze Gesicht glänzte vor salziger Feuchtigkeit. Ihr schmaler Körper schüttelte sich vor Schluchzern.

Gurian konnte nichts mehr verstehen. Er brüllte und schrie, zerrte an seinen Fesseln, aber niemand ließ sich dadurch beeindrucken. Dawerow holte ein kleines medizinisches Gerät. Es handelte sich um einen dieser Apparate, mit denen man Flüssigkeiten durch die Haut in die Blutbahn injizieren konnte. Es enthielt Gift.

Der Mann im weißen Kittel stellte sich neben Nerinia. Plötzlich war alles ganz still. Selbst Gurian hörte auf zu schreien. Irgendetwas in ihm zerbrach. Nerinias riesige, angstvolle Augen sahen ihn an. Ihr Unterkiefer zitterte.

»Gurian, hilf mir«, wimmerte sie. »Du hast gesagt, du wirst mich retten. Du hast gesagt, dass du mich beschützt. Du hast gesagt, sie werden mich nicht abschalten, weil du mich so liebst. Bitte Gurian, rette mich, bitte, bitte.«

»Gurian!«, schrie sie noch einmal auf, dann sackte sie zusammen. Sie sah ihn noch immer mit ihren entsetzten, großen und gebrochenen Augen an.

Er hatte in Büchern gelesen, dass Menschen in einer schrecklichen Situation ohnmächtig würden. Ihm passierte das nicht, obwohl er sich nichts lieber wünschte. Sein Hirn war leer bis auf einen Gedanken und den sprach er aus:

»Ihr habt Nerinia umgebracht. Das werdet ihr büßen. Egal, wohin ihr geht, ich werde euch finden. Und dann bringe ich euch um, jeden Einzelnen von euch.«

***

Draußen dämmerte es. Rinata sah aus dem Fenster. Glücklicherweise würde sie in dieser Wohnung nicht mehr lange wohnen. Sie hatte schon eine neue Unterkunft in Aussicht.

Sie hatte noch einmal versucht, mit dem Jungen zu reden. Aber er war nicht ansprechbar. Er wiederholte nur seine Drohungen. Immerhin unterstützte das ihre Bemühungen um eine Lösung. In diesem Zustand konnten auch die Militärs den Jungen nicht hier behalten. Er musste in einem Sanatorium behandelt werden, da gab es nichts zu diskutieren.

Sie musste Kelinro recht geben. Sie hatte einen Fehler begangen, als sie den Jungen in die Lebensgemeinschaft aufgenommen hatte. Natürlich gaben jetzt die anderen drei ihr allein die Schuld, aber die sollten sich gefälligst an die eigene Nase fassen. Keiner von ihnen hatte sich mehr um das Kind gekümmert als sie.

Wenigstens im Labor lief es besser. Die ersten neuen Roboter waren an diesem Tag eingetroffen. Sie sahen auch aus wie Menschen aus der Provinz. Hoffentlich konnte Dawerow daran noch etwas drehen. Eine zweite Katastrophe dieser Art würde sie nicht ertragen.

Sie wünschte sich inständig, dass keiner dieser Roboter so eine Macke wie das letzte Exemplar hatte. Sie sollten sich wenigstens vernünftig abschalten lassen und dabei nicht so schreien, wie …, ja, wie ein Mädchen in Todesangst.

*** Ende ***

Bestien

1

Die Schirme schienen einen kurzen Moment zu flackern, bevor sie ein vollkommen anderes Bild zeigten. Das Raumschiff, die ›Taube‹ war gesprungen.

›Raumsprung‹ nannte man den Vorgang, der ein Schiff von einem Ort zu einem anderen transferierte, ohne dass der Raum im physikalischen Sinne Punkt für Punkt durchquert wurde. Lucy wusste nur, dass man dafür die Welleneigenschaften der Materie ausnutzte. Was das im Einzelnen bedeutete, erschloss sich ihr allerdings nicht. Es war ihr auch egal, darum sollten sich die Wissenschaftler und Techniker kümmern. Wichtig fand sie nur, dass die Technik funktionierte und sie heil und ohne Zeitverlust an ihr Ziel brachte.

Lucy war die Kommandantin des Raumschiffs. Sie stammte von der Erde. Das hätte sie zumindest bei einer entsprechenden Frage spontan geantwortet. Tatsächlich redete man unter raumfahrenden Völkern von ›Terra‹, wenn es um ihren Heimatplaneten ging. Warum der Name des Planeten ausgerechnet in lateinischer Sprache genutzt wurde, wusste Lucy auch nicht.

Sie nahm an, dass es mit der Technik der allgegenwärtigen Übersetzungsroutinen zusammenhing. Sie übertrugen nicht nur sämtliche bekannten Sprachen ineinander, sondern waren sogar lernfähig und damit in der Lage selbst unbekannte Dialekte zu übersetzen. Das Ganze fand irgendwo im Kopf zwischen Gehörgang und Gehirn statt, sodass man noch nicht einmal wahrnahm, dass die gegenüberstehende Person in einer fremden Sprache redete.

Dass ein Terraner, also ein Mensch von der Erde, in einem Raumschiff die halbe Galaxie durchquerte, war alles andere als gewöhnlich. Der Planet befand sich noch immer im tiefsten Metallzeitalter, eine gesellschaftliche Entwicklungsstufe, die der größere Teil der menschähnlichen Völker in der Galaxie bereits hinter sich gelassen hatte. Diese Spezies hatten mittlerweile das Biologiezeitalter erreicht.

Selbst Lucy, die jetzt seit fast zwei Jahren auf außerirdischen Raumschiffen lebte, fiel es noch immer schwer, sich daran zu gewöhnen, dass Maschinen in diesem Zeitalter nicht mehr aus Stahl, Kunststoff und anderer toter Materie hergestellt wurden.

Unter Maschinen verstanden ihre außerirdischen Freunde gewachsene, biologische Formen. Im Gegensatz zu Tieren oder Pflanzen waren sie aber vollkommen auf die Bedürfnisse von Menschen zugeschnitten und damit auch nicht in der Lage, ein eigenständiges Leben zu führen. Sie konnten sich nur sehr bedingt mit den für sie lebensnotwendigen Stoffen versorgen und sich natürlich nicht selbstständig reproduzieren.

Fast alle diese biologischen Maschinen bezeichnete man als Roboter, da sie ein zentrales Nervensystem besaßen und damit ihre Aufgaben weitgehend selbstständig erledigen konnten. Auch das Raumschiff, in dem Lucy auf dem Kommandantensessel saß, war so ein biologischer Roboter.

Das eine junge terranische Frau oder besser noch ein Mädchen – Lucy war noch keine achtzehn Jahre alt – so ein Raumschiff flog, war einzigartig im bekannten Teil der Galaxie. Sie hätte normalerweise nicht die Voraussetzungen besessen, überhaupt so ein Schiff zu bedienen. Noch weniger wäre es einer irdischen Jugendlichen möglich, zu einer der besten Pilotinnen aufzusteigen.

Eine andere Spezies hatte aber in die Hirne und Nervensysteme von Lucy und drei weiteren terranischen Freunden soweit eingegriffen, dass sie um die notwendigen Fähigkeiten erweitert wurden. Wahrscheinlich wäre Lucy über diese Tatsache wesentlich beunruhigter gewesen, hätte sie gewusst, wie sehr sich ihre außerirdischen Freunde wegen dieser persönlichkeitsverändernden Manipulationen sorgten. Gegen solche Maßnahmen gab es nicht nur in jeder höher entwickelten Zivilisation Verbote, sie wurden auch im gesamten bekannten Teil der Galaxie aufs Schärfste geächtet.

Ihre genialen Flugkünste musste Lucy allerdings in diesem Moment nicht unter Beweis stellen. Das Schiff flog mit atemberaubender Geschwindigkeit aber ohne weitere Vorkommnisse in Richtung Doragons, des dritten Planeten des Sternensystems.

»Varenia, gibt es irgendwelche Kommunikation im System?«, fragte sie ihre Kommunikationsoffizierin.

»Nein, nichts, hier ist alles ruhig.« Das Mädchen schenkte ihr ein bezauberndes Lächeln.

»Und die Station?«

Varenia schüttelte den Kopf. Einmal mehr wurde Lucy bewusst, wie außergewöhnlich hübsch dieses Besatzungsmitglied selbst im Verhältnis zu ihren außerirdischen Freunden war.

Wenn man nicht gerade von einem der wenigen, sich noch im Metallzeitalter befindenden Planeten des Imperiums stammte, war man nicht auf dem Weg auf die Welt gekommen, den man auf der Erde ›natürlich‹ nennt. Von Lars, Lucys irdischen Freund, abgesehen, hatte man alle sich auf dem Schiff aufhaltenden Jugendlichen künstlich gezeugt und von speziellen Geburtsrobotern austragen lassen.

Natürlich wurden in den Kulturen des Biologiezeitalters die Gene der Nachkommenschaft nach den Vorstellungen der Gesellschaft zusammengestellt. Jeder Embryo besaß eine optimierte Genkonstellation. Daher war es auch nicht erstaunlich, dass jeder durchschnittliche Einwohner des Imperiums für irdische Verhältnisse sehr attraktiv aussah.

Dennoch schaffte es Varenia, selbst dieses Schönheitsideal zu übertreffen. Lucy konnte nicht mit Sicherheit sagen, woran es lag, dass sie dieses Mädchen für das hübscheste hielt, das sie jemals gesehen hatte. Vielleicht erzeugte einfach ihr vorbehaltloses, strahlendes Lächeln genau diesen Eindruck.

Lucy setzte gerade ebenfalls lächelnd zu einer freundlichen Antwort an, als sie durch eine derbe Unterbrechung daran erinnert wurde, dass sich ihre kleine Mannschaft nicht gerade aus durchschnittlichen Mitgliedern zusammensetzte.

»Ich traue dem Braten nicht. Hier stimmt etwas nicht. Hoffentlich ist das keine Falle!«, knurrte Gurian.

Dieser Junge gehörte ebenfalls zu den Imperianern, wie man alle Spezies nannte, die irdischen Menschen ähnelten. Er stammte genau wie Varenia von einem der am weitesten entwickelten Planeten, die man kannte. Auch er besaß optimierte Gene und hätte ein hübsches, eher zartes Gesicht besitzen sollen. Leider störte den Anblick eine tiefe, wulstige Narbe, die sich vom rechten Ohr bis zum Mundwinkel zog.

Solche Verletzungen stellten in der hoch technisierten Gesellschaft normalerweise kein Problem dar und ließen sich in wenigen Stunden rückstandslos entfernen, aber der Junge weigerte sich, diesen Eingriff vornehmen zu lassen. Überhaupt zählte Gurian nicht gerade zu den einfachen Zeitgenossen. Er war extrem misstrauisch, sprach selten und dann nur in Brumm- und Knurrlauten.

»Ja, wir sollten wirklich vorsichtig sein. Die Sache stinkt zum Himmel«, gab Lucy ihm in diesem Fall allerdings recht.

»Gibt es irgendwelche Hinweise, warum die Station verlassen worden ist?«, fragte sie Shyringa.

Mit diesem Mädchen befand sich ein ganz besonderes Mannschaftsmitglied an Bord. Sie gehörte der Spezies der Aranaer an, die sich einen grausamen Vernichtungskrieg mit dem Imperium leisteten. Außer auf den Schiffen der Rebellen gab es keine Orte, an denen man Aranaer und Imperianer zusammen antraf.

›Rebellen‹ wurden die jugendlichen Außenseiter genannt, die versuchten, den großen Vernichtungskrieg zwischen den beiden verfeindeten Spezies zu beenden. Sie waren heimatlos und lebten ausschließlich auf den Schiffen, die sie für ihre Zwecke ›organisiert‹ hatten.

Auch in diesem Fall ging es darum, Waffen sowie medizinische Ausrüstung und Forschungsgerätschaften zu beschaffen.

»Ich habe sämtliche Daten durchkämmt, die ich bekommen konnte, aber es gibt keinen konkreten Hinweis, warum die Station verlassen wurde«, erklärte Shyringa. Dass ihre Stimme monoton und emotionslos klang, lag daran, dass Aranaer keine Gefühle kannten. Bei dem Mädchen lag die Sache noch komplizierter, das spielte aber in diesem Moment keine Rolle.

»Ich sage doch, das ist eine Falle«, bekräftigte Gurian noch einmal seine Meinung. »Warum sollten die Militärs eine Station auf einem Planeten verlassen, der höchstens noch eine Generation braucht, bis er besiedelt werden kann?«

»Ja und warum brechen die völlig überstürzt auf und lassen ihre gesamte Ausrüstung zurück?«, ergänzte Lars den Gedankengang.

Er stammte ebenfalls von Terra und war unter den gleichen Umständen wie Lucy zu den Rebellen gestoßen. Häufig tat er sich mit den Unterschieden zwischen den verschiedenen Kulturen noch schwerer als Lucy. So bedachte ihn auch diesmal Varenia mit einem mitleidigen Lächeln.

»Das wird immer so gemacht. Der Aufwand, eine Station zu räumen, ist viel zu groß. Da lässt man lieber alles so stehen, wie es ist.«

Auf den Planeten, deren Einwohner sich im Biologiezeitalter befanden, spielten materielle Dinge kaum noch eine Rolle. Die Erzeugung und Entsorgung von Gegenständen wie Maschinen unterlag einem biologischen Kreislauf, wie man ihn auf Terra von natürlichen Prozessen kennt. Die Produktion von lebensnotwendigen Gütern und Nahrung hatte man so optimiert, dass sie im Überfluss vorhanden waren. Selbst Luxusgüter stellte die Gesellschaft in ausreichender Menge zur Verfügung.

Daher gab es keine Wirtschaft mehr, wie man sie noch aus dem Metallzeitalter kannte. Waren besaßen keinen finanziellen Wert mehr. Aus diesem Grund beließ man auch Stationen samt ihrer Einrichtung auf den Planeten, auf denen man sie errichtet hatte. Die biologisch gewachsenen Gebäude samt ihrem Inventar verrotteten, sobald sie ihre Funktion einstellten.

Die Rebellen plagte daher kein schlechtes Gewissen, wenn sie die Dinge, die sie zum täglichen Leben brauchten, ›organisierten‹. Selbst das Imperium nahm ihnen nicht übel, dass sie es bestahlen. Den Militärs ging es in diesem Fall einzig um das strategische Problem. Sie wollten die Gruppe Jugendlicher aushungern. Sie sollten sich ergeben oder besser noch in einem letzten, verzweifelten Kampf vernichtet werden.

»Wie sieht dein Plan aus, Kommandantin?«, wechselte Gurian das Thema.

Er meinte die Frage nicht so negativ, wie sie in diesem ärgerlich hingeworfenen Brummton klang. Lucy wusste, dass sie zu den wenigen Menschen gehörte, die Gurian mochte, auch wenn das kein Außenstehender erkennen konnte.

»Wenn da unten niemand mehr ist, knacken wir die Transferstation, gehen mit vier Leuten runter, packen zusammen, was wir brauchen und hauen danach so schnell wie möglich ab«, erklärte Lucy grinsend.

»Da fangen die Probleme schon an. Die Transferstation ist abgeschaltet«, klärte Varenia sie auf.

»Na und? Dann schalten wir sie eben wieder an!«

»Ich meine, sie haben sie ganz ausgeschaltet. Sie ist sozusagen aus dem Gesamtverbund heraus. An die kommt keiner mehr heran. Wenn sie überhaupt noch funktioniert, kann man sie nur noch von der Station aus anschalten.«

Lucy verschlug es einen Moment die Sprache. Transferstationen stellten die übliche Art der Reise zwischen Planeten und Raumschiffen dar. Sie arbeiteten über das gleiche physikalische Prinzip, das die Sprünge von Schiffen erlaubte. Hatte man eine Absprungs- und Zielstation zur Verfügung, konnte so ein Sprung viel präziser als ein einseitiger Raumsprung durchgeführt werden. Daher konnte man diese Stationen auf Planeten und sogar in künstlichen Umgebungen wie einem Raumschiff benutzen.

Allerdings reichte es nicht aus, dass so ein Gerät irgendwo installiert war, es musste auch an das Transfernetz angeschlossen sein, über das die einzelnen Anlagen miteinander kommunizierten. Lucy verdeutlichte sich dieses System immer mit dem sehr vereinfachten und vielleicht auch etwas naiven Vergleich eines terranischen Mobiltelefons. Mit so einem Apparat alleine konnte man auch nichts anfangen. Er musste in ein Funknetz eingebunden sein, um telefonieren zu können.

Dass man eine Transferstation einfach aus diesem Netz nahm, hatte Lucy bisher noch nicht gehört. Noch weniger konnte sie sich vorstellen, dass man ausgerechnet den einzigen direkten Zugang zu einem Planeten verschloss, den man bis vor wenigen Monaten unter hohem Aufwand zur Besiedelung vorbereitet hatte.

»Das gefällt mir nicht. Das gefällt mir ganz und gar nicht«, knurrte Gurian und sprach damit Lucys Gedanken aus. Er starrte grimmig auf die Instrumente vor sich.

»Gibt es irgendwelche Anzeichen, dass sich Schiffe in dem System befinden?« Lucy Frage richtete sich nicht nur an ihn, sondern auch an Lars.

Beide beobachteten angespannt ihre Bildschirme. Während Gurian sich um die große Strahlenkanone kümmerte, saß Lars an der Konsole, die den Abschuss der Raumtorpedos steuerte. Die beiden Jungs waren für die Verteidigung des Schiffes gegen Angriffe zuständig. Jetzt befanden sie sich in höchster Alarmbereitschaft.

»Wie sieht es mit dem Antrieb aus?« Lucy sah hinüber zu dem Pult, an dem ihre Schiffsingenieurin saß.

Trixi, ein Mädchen mit einer wilden roten Mähne, wirkte wie immer völlig versunken. Ohne die Augen von ihren Instrumenten zu nehmen, erwiderte sie leise:

»Alles in Ordnung. Das Schiff hat fast hundertprozentige Leistung. Den Rest bekomme ich auch noch hin.«

Lucy riss sich zusammen, um nicht laut aufzustöhnen. Trixi war mit Sicherheit die einzige Schiffsingenieurin im bekannten Teil der Galaxie, die den Anspruch besaß, dass ihre Schiffe mit hundertprozentiger Leistung arbeiteten. Diesen Wert ›fast‹ zu erreichen, schaffte sicher kaum ein offizielles Kriegschiff.

Der Blick der Kommandantin wanderte zu ihrem letzten Mannschaftsmitglied. Luwa stand vor einem der Schirme, der den dritten Planeten in dem System zeigte. Seit dem Eintritt in das System hatte sie noch kein Wort gesagt. Nachdenklich blickte sie auf den dreidimensional dargestellten Himmelskörper.

Das imperianische Mädchen besaß die typische feingliedrige aber durchtrainierte Schönheit ihrer Spezies. Allerdings ging etwas Irritierendes von ihrer Erscheinung aus. Lucy konnte nicht sagen, um was es sich konkret handelte. Auf sie wirkte dieses Mädchen immer gefährlich. Vielleicht lag es an der Form ihrer blauen Augen, die an eine Raubkatze erinnerte. Dabei brauchte Lucy sich wirklich keine Sorgen um ihre Sicherheit zu machen. Luwa mochte sie, das hatte sie ihr schon einige Male gezeigt.

Das Mädchen drehte sich mit einer geschmeidigen Bewegung um und sah Lucy direkt in die Augen. Jede ihrer Gesten verriet, dass sie eine perfekte Kampfausbildung besaß. Sie war die beste Nahkämpferin der Rebellen, auch wenn sie ein Jahr jünger als Lucy war und damit zu den jüngsten unter ihnen gehörte.

»Ich sehe nur zwei Gründe, warum diese Station auf diese Weise verlassen wurde: Entweder man stellt uns tatsächlich eine Falle oder auf diesem Planeten ist etwas, das man unter allen Umständen von dem Rest des Imperiums fernhalten will.«

»Wenn das wirklich eine Falle ist, müssen die sich etwas ganz Besonderes ausgedacht haben.« Gurian sah noch grimmiger als normalerweise auf seine Instrumente. »Es gibt absolut keinen Hinweis auf die Anwesenheit irgendeines Schiffes im System. Ich tippe eher darauf, dass irgendetwas mit diesem verdammten Planeten nicht stimmt.«

»Shyringa, kannst du Menschen oder anderes Leben auf der Oberfläche ausmachen?«, fragte Lucy.

»Dazu sind wir noch zu weit entfernt.«

Sie hatten das Schiff maximal beschleunigt. Mit fast Lichtgeschwindigkeit jagte es auf Doragon zu. Da sie außerhalb der Bahn des äußersten Planeten des Systems materialisiert waren, brauchte das Schiff dennoch einige Stunden, bis sie ihr Zeil erreichten. Durch die Prinzipien der Relativitätstheorie lief die Zeit im Schiff allerdings langsamer, sodass der Flug für die kleine Mannschaft wesentlich kürzer verlief.

»Die ersten konkreten biologischen Daten kommen herein«, meldete Shyringa daher wenige Minuten später. »Wie erwartet, gibt es auf dem Planeten kein tierisches Leben, jedenfalls nichts, was einen Menschen angreifen könnte.«

»Ich dachte, Doragon steht kurz vor der Besiedelung. Sollte es da nicht auch ein paar Tiere auf ihm geben?«, warf Lars ein.

»Das Besiedelungsvorbereitungsprogramm läuft erst seit hundertfünfzig Jahren, das wird noch ewig dauern, bis da unten ein Tier oder gar ein Mensch herumlaufen kann«, brummte Gurian abfällig.

»Ihr liegt beide falsch.« Varenia milderte ihre Kritik mit ihrem typischen Lächeln ab. Auch wenn es wie üblich bei Gurian nicht verfing, so erwiderte wenigstens Lars es. »Ich habe zwar noch nicht herausgefunden, wie sie es da unten tatsächlich bewerkstelligt haben, aber es wurde eine neue Technik ausprobiert. Die letzten Informationen von vor drei Monaten besagen, dass der Planet schon in zwanzig Jahren besiedelt werden kann. Heute kann man allerdings noch nicht auf ihm leben.«

»Zwanzig Jahre?« Gurian sah Varenia ungläubig an. »Drei- bis vierhundert Jahre sind normal. Das ist gigantisch kurz, wenn man bedenkt, dass die Natur für so eine Entwicklung drei bis vier Milliarden Jahre braucht.«

»Das ist üblicherweise so«, bestätigte Shyringa ihn mit kalter Stimme. »Nach den Unterlagen wurde dieses Programm aber mit einer neu entwickelten Technik umgesetzt. Die speziell konstruierten Pflanzen wachsen noch schneller und binden noch mehr Kohlenstoffe und bauen noch mehr Stickoxide ab.«

»Na gut, von denen wird uns ja keine Gefahr drohen. Da unten werden doch wohl keine fleischfressenden oder giftigen Pflanzen wachsen«, warf Lucy lockerer ein, als sich fühlte. Sie hatte sehr wohl schon das Gegenteil erlebt. Sie kannte sogar ein intelligentes Wesen auf Pflanzenbasis.

»Essen solltest du diese Gewächse nicht gerade und vor Verletzungen sollte man sich auch vorsehen«, antwortete Varenia ernst. »Das sind keine Pflanzen, die sich natürlich durch Evolution entwickelt haben. Im Prinzip handelt es sich bei ihnen eher um für ganz spezielle Aufgaben konstruierte biologische Maschinen.

Die sollen komplett absterben, wenn das Ziel erreicht ist und die Atmosphäre eine Zusammensetzung hat, die für das uns bekannte Leben geeignet ist, genug Sauerstoff und so. Bei der Entwicklung wird man sicher nicht darauf geachtet haben, dass Menschen mit den Gewächsen in Berührung kommen.«

»Dennoch müssen wir die Analyse der Atmosphäre abwarten«, mischte sich Shyringa ein. »Es ist theoretisch natürlich möglich, dass sich in den letzten Jahrzehnten gefährliche Viren oder Bakterien gebildet haben.«

»Das halte ich bei der Zusammensetzung der Atmosphäre aber für unwahrscheinlich«, widersprach Varenia. »Wir reden schließlich über das Innere der Forschungsstation. Die Bakterien müssten eingedrungen sein und dort ein Eigenleben entwickelt haben, das sich nicht mit uns verträgt und sich nicht durch unsere Medizin behandeln lässt.«

»Irgendetwas muss da unten aber sein«, hörte Lucy eine nachdenkliche Stimme.

Sie drehte sich um und sah auf Luwas Rücken. Das Mädchen starrte wieder auf das Abbild des Planeten auf einem der Bildschirme.

»Was ist da unten auf dir los?«, fragte sie die Projektion. »Was erwartet uns auf dir?«

2

»Ich halte das trotzdem für eine Falle«, murrte Gurian.

Lucy ignorierte ihn.

»Wir gehen mit der Landefähre runter«, entschied sie. »Luwa, Gurian und Varenia kommen mit.«

»Varenia? Warum nicht ich?«, fragte Lars. Er klang beleidigt.

»Weil ich jemanden für die Analysen Vorort brauche«, erwiderte Lucy gereizt. »Gurian und Luwa reichen dicke als Schutztruppe, falls uns dort unten etwas Außergewöhnliches erwarten sollte. Du bleibst hier und übernimmst das Kommando über die ›Taube‹, während wir weg sind. Ihr fliegt das Schiff in Sicherheit und wartet ab, bis wir euch kontaktieren.«

Aus den Augenwinkeln beobachtete die Kommandantin, dass Gurian sich einen zusätzlichen zweiten Handstrahler einsteckte.

»Shyringa, gibt es irgendwelche Anzeichen für Leben auf der Station?«, fragte sie vorsichtshalber, obwohl sie sicher davon ausging, dass die Aranaerin ihr bereits mitgeteilt hätte, wenn es so wäre.

»Nein, auf der Station gibt es nicht das geringste Anzeichen für menschliches oder auch nur tierisches Leben, aber es ist von hieraus nicht möglich, den gesamten Planeten abzusuchen.«

»Was soll das denn jetzt heißen? Ich dachte, es wäre sicher, dass es auf Doragon keine Tiere oder Ähnliches gibt.«

»Ist es auch«, mischte sich Varenia ein. »Die Zusammensetzung der Atmosphäre lässt das nicht zu und es gibt außer der militärischen Forschungsstation, die wir besuchen wollen, keine anderen Orte, die eine ausreichende Atemluft bieten würden.«

»Das ist richtig«, bestätigte Shyringa. »Allerdings gibt es ein unerklärliches Signal, dass ich nur ganz kurz im Außenbereich der Station aufgefangen habe. Ich kann es mir aber nicht erklären.«

»Also doch!«, rief Gurian zornig. »Die haben sich mit Raumanzügen im Dschungel versteckt und warten auf uns.«

»Nein, ein Mensch in einem Raumanzug liefert ein anderes Signal«, erwiderte Shyringa kalt.

Varenia trat hinter sie und betrachtete ihren Schirm. »Das war doch nur ganz kurz und verschwommen«, bemerkte sie. »Bei dieser Entfernung und den atmosphärischen Störungen können die Geräte schon mal spinnen.«

»Es stimmt: die Wahrscheinlichkeit, dass es sich um ein reales Signal handelt, ist bei Berücksichtigung aller Faktoren äußerst gering«, bestätigte die Aranaerin.

»Wir haben die Umlaufbahn erreicht«, meldete Trixi.

»Genug gemutmaßt! Lasst uns runter gehen!«, sagte Lucy. Sie fühlte sich nicht ganz so selbstsicher, wie sie zu klingen hoffte.

»Es ist besser, wir halten die Umgebung im Auge«, knurrte Gurian und warf Luwa einen vielsagenden Blick zu. Die nickte ernst.

Gemeinsam machten sie sich auf den Weg zu der kleinen Vierpersonenfähre, mit der sie auf dem Planeten landen wollten. Währenddessen bereitete die Restbesatzung den Landeplatz vor. In das Pflanzendickicht, das den jungen Planeten überzog, wurde mithilfe der Strahlenkanone ein Loch gebrannt und damit eine ausreichend große Lichtung zur Landung geschaffen.

Wenige Minuten später verließ die Landefähre den Hangar der ›Taube‹. Lucy steuerte das kleine Schiff, während Gurian mit grimmigem Gesicht die Schirme beobachtend neben ihr saß.

»Nun entspann dich, wir sind hier vollkommen ungestört. Freu dich auf einen Spaziergang und einen einfachen Job«, versuchte Lucy ihn zu beruhigen.

»Da stimmt was nicht. Ihr könnt mir erzählen, was ihr wollt.«

Lucy schüttelte genervt den Kopf.

»Varenia, was sagen die letzten Messungen? Gibt es irgendeinen Verdacht auf irgendeine Form von Verunreinigungen?«

Das Mädchen saß hinter ihr.

»Nein, alles, was man von hier feststellen kann, sieht vollkommen normal aus. Wir sollten aber vorsichtshalber noch mal die Werte kontrollieren, bevor wir unsere Schutzanzüge ausziehen. Ich habe die notwendigen Messgeräte dabei.«

Varenia klopfte auf eine Art kleinen Tornister, der an der rechten Seite ihres Schutzanzuges hing. Sie hatten diese künstliche, luftundurchlässige Kleidung angezogen, bevor sie in die Fähre gestiegen waren. Diese Raumanzüge ließen sich nicht mit ihren irdischen Gegenstücken vergleichen. Sie waren biegsamer und lagen lockerer am Körper an.

Die Schutzhelme hatten sie noch zurückgeklappt. Sie ließen sich flexibel nach hinten zusammenschieben, sodass sie wie überdimensionierte Kragen an dem Anzug aussahen. Zog man sie aber über den Kopf, bildeten sie eine durchsichtige Kugel aus einem extrem widerstandsfähigen Material.

Die Fähre trat in die Wolken ein. Durch eine dunstige, schmutzig gelbe Atmosphäre schwebte sie hinab. Sturmböen zerrten an dem kleinen Schiff und schüttelten es mitsamt seiner Besatzung durch. In der Ferne erhellten immer wieder riesige, grelle Blitze den Horizont.

Lucy steuerte ihr Gefährt in Richtung der angegebenen Koordinaten. Immerhin hellte es sich auf. Noch befand sich der Landplatz auf der Tagseite des Planeten, aber schon in zwei Stunden würde die Sonne dort untergehen. Falls man sie überhaupt von der Forschungsstation aus sehen konnte.

Das Schiff schwebte über einem undurchdringlichen, grünen Blätterdach. Selbst wenn sich eine Lücke zwischen den gigantischen Kronen der Bäume auftat, sah man nur auf eine tiefer gelegene Schicht von grünem Laub.

Die einzigen Farbtupfer in diesem Meer aus Grün stellten verwelkende Blätter dar, in allen Farbschattierungen von Gelb bis Braun. Mehrmals beobachte Lucy, wie einzelne dieser riesigen absterbenden Pflanzenreste vom Luftzug, den ihr Schiff verursachte, abbrachen und sich ihren Weg durch das nachwachsende Dickicht in Richtung Boden bahnten.

Endlich erreichten sie die Koordinaten ihres Landeplatzes. Unter ihnen tat sich eine Öffnung in dem Blätterdach auf. Erst jetzt wurde deutlich, wie hoch diese gigantischen fremdartigen Bäume in den Himmel ragten. Das Schiff musste sich etwa hundert Meter senkrecht abfallen lassen, bis es den Boden erreichte.

Lucy hatte erwartet, dass der Strahl der Raumkanone den Boden versenkt hätte, aber sie landeten auf einer mit etwa zwanzig Zentimeter hohen Pflanzen bewachsenen Wiese.

»So, da wären wir«, sagte Lucy und stellte den Antrieb ab. »Wie sieht es draußen mit den Werten aus, Varenia?«

»Alles bestens, keine Verunreinigungen, wenn man davon absieht, dass die Atmosphäre immer noch eine tödliche Kohlendioxidkonzentration aufweist.«

»Dann schließen wir wohl besser die Helme«, erwiderte Lucy grinsend.

Gurian warf ihr einen genervten Blick zu und verriegelte als Erster demonstrativ seinen Helm. Lucy stand betont locker auf.

»Warte! Ich gehe als Erste«, drängte sich Luwa vor. »Gurian sollte uns Rückendeckung geben.«

Damit sprang sie schon leichtfüßig auf die Ausstiegstreppe, die sich mittlerweile ausgefahren hatte. Lucy rollte mit den Augen und ging hinter ihr her. Varenia grinste sie verschwörerisch an, folgte aber brav als Nächste. Gurian bildete mit ernstem, besorgtem Gesicht die Nachhut.

Als sie auf der Lichtung standen und das Schiff verschlossen hatten, blickten sie sich staunend um. Am Rande der Lichtung fiel ein verwelktes Blatt zu Boden. Es hatte einen Durchmesser von etwa fünf Metern. Der Stängel besaß die Ausmaße eines armdicken Astes. Es polterte und krachte, als es auf der Erde aufschlug.

»Passt auf, dass euch nichts auf den Kopf fällt. Selbst die kleinsten Blätter haben hier Ausmaße, dass sie einen erschlagen können«, warnte Varenia.

»Seht mal, diese Pflanzen wachsen ja unglaublich schnell. Da kann man ja zusehen«, rief Luwa.

Jetzt sah auch Lucy, wie sich Knospen an den kleinen Gewächsen direkt zu ihren Füßen bildeten und nur wenige Minuten später sich die ersten Blätter aus ihnen entfalteten.

»Das hier ist keine Wiese«, sprach Gurian ihre Gedanken aus. »Das sind Keimlinge dieser gigantischen Bäume.«

In der Tat ging man auf der Lichtung nicht wie auf Gras. Selbst die kurzen Pflanzen besaßen kleine extrem harte Stämme, die es mühsam machten, sie niederzutreten. Dadurch kam man nur unter Anstrengungen und nur langsam vorwärts.

»Wir werden unsere Fähre so programmieren müssen, dass sie in regelmäßigen Abständen die Lichtung mit der kleinen Strahlenwaffe freimacht, sonst ist das Schiff eingewachsen, bis wir wieder zurück sind. Dann kommen wir von diesem verdammten Planeten nie wieder herunter«, meinte Gurian.

»Ich kümmere mich drum, wenn wir in der Station sind.« Varenias strahlendes Lächeln wurde wie immer nicht von dem Jungen erwidert.

»Lasst uns gehen! Besser wir suchen uns einen Weg durch diesen Urwald, solange die Sonne noch am Himmel steht.« Damit schlug Lucy die Richtung zur Forschungsstation ein.

In der Ferne hörte man das Grollen eines herannahenden Unwetters. Im Wald spürte man davon allerdings nichts. Hier bewegte sich kein Lüftchen. Die Stürme tobten über den Kronen, weit über ihren Köpfen. Ebenso kam kein direkter Regen bei ihnen an. Die Luft schien dagegen von Feuchtigkeit geschwängert. Durch ihre Anzüge und unter ihre Helme drang sie natürlich nicht vor. Lucy konnte nur vermuten, dass die Luft stickig war und moderig roch, könnte man sie atmen.

Immer wieder krachte es in den Wipfeln. Riesige Blätter, aber auch Äste in der Stärke ganzer irdischer Bäume brachen ab und suchten sich ihren Weg durch das Blätterdach. Hin und wieder brach ein Baum unter seiner eigenen Last zusammen, fiel in das nebenstehende Gehölz und riss dabei andere Pflanzen mit.

Das Holz dieser Gewächse war nicht nur extrem hart und schwer, es ließ sich auch kaum biegen, was schnell zu Brüchen führte. Dabei splitterten die Äste und Stämme. Mehr als einmal mussten sie sich hinter einen dicken Mammutbaum flüchten, um nicht erschlagen oder durch umherfliegende Splitter verletzt zu werden.

Als es in der Nähe krachte, griff Lucy sich Varenia und zog sie blitzschnell hinter einen Baum. Das Mädchen konzentrierte sich gerade auf ihr Messgerät und erkannte daher die Gefahr nicht, in der sie sich plötzlich befand.

»Oh danke«, sagte sie kurz lächelnd und blickte bereits wieder auf die Instrumente. »Das ist wirklich ungewöhnlich. Ich weiß nicht, was die hier gemacht haben, aber die Atmosphäre kann man zumindest unter den Bäumen schon fast atmen. Sie dürfte einen gesunden Menschen kaum noch umbringen. Allerdings ist der Sauerstoffanteil so gering, dass man wahrscheinlich ohnmächtig würde, wenn man ohne Anzug herumlaufen würde.«

»Na, Klasse«, kommentierte Gurian. »Man muss schon ein Selbstmörder sein, wenn man hier den Helm abnimmt. Du solltest lieber aufpassen, dass dir kein Baum auf den Kopf fällt, sonst nützen dir deine Erkenntnisse auch nichts mehr.«

»Ich hätte gar nicht gedacht, dass du dich so um mich sorgst.«

Varenia schenkte dem Jungen wieder ihr Lächeln. Der brummelte aber nur etwas Unverständliches und stapfte weiter.

Mit Ausnahme weniger Stellen, an denen die Bäume so dicht nebeneinanderstanden, dass kein Mensch hindurchpasste, kamen sie besser voran als erwartet. Der eigentliche Erdboden musste weit unter ihren Füßen liegen. Sie gingen auf einem mehrere Meter dicken Teppich aus Blättern und anderem abgestorbenen, organischen Material.

Nur an wenigen Stellen, an denen die Pflanzenreste lockerer als erwartet übereinanderlagen, brach einer von ihnen ein und musste mit gemeinsamen Kräften aus seiner Lage befreit werden.

Luwa, die sich in anderen Situationen nicht weniger umsichtig verhielt als Gurian, schien eine mögliche Bedrohung durch Angreifer völlig vergessen zu haben. Sie kämpfte mit einer anderen

Art von Unwohlsein. Die junge Kämpferin stürzte sich normalerweise mit Heldenmut in Auseinandersetzungen auch gleich mit mehreren Gegnern. Diese Situation aber, in der die Gefahr nicht von anderen Menschen ausging, sondern von berstenden Bäumen und unsichtbaren Stolperfallen, also von der Natur selbst, schien sie zu verunsichern.

Gurian sah sich dagegen noch immer nach Angreifern um, auch wenn sie mit Ausnahme der künstlich erschaffenen Pflanzen nicht das leiseste Anzeichen eines anderen Lebewesen gesehen hatten. Lucy schloss zu ihm auf.

»Na, bist du jetzt beruhigt? Hier draußen gibt es wirklich nichts«, sagte sie zu ihm.

»Ich fühle mich trotzdem beobachtet!«

»Das bildest du dir nur ein. Hier draußen gibt es nichts, das siehst du ja. Selbst wenn die Atmosphäre nicht ganz so lebensfeindlich ist, wie angenommen, kann auf diesem Planeten außerhalb der Forschungsstation niemand leben. Die Gebäude haben wir mit unserer Fernüberwachung erkundet. Selbst wenn die nicht hundertprozentig auf diese Entfernung arbeitet, so kann man ausschließen, dass sich ein Mensch auf ihr befindet. Es kann uns also keiner beobachten.«

»Mein Gefühl trügt mich normalerweise nicht!«, knurrte Gurian.

Er zeigte auf ein Felsmassiv, das durch die Baumstämme schimmerte. Da lag ihr Ziel. In diese Bergkette hinein hatte man die Forschungsstation gebaut. Die Entfernung bis dort konnte nicht mehr groß sein. In dem pflanzlichen Wirrwarr sah man schließlich nicht sehr weit. Die vier beschleunigten ihre Schritte.

3

Das Bergmassiv, in das man die Station hineingebaut hatte, befand sich nur wenige Hundert Meter von dem Landeplatz der Fähre entfernt, aber letztendlich brauchten sie doch mehr als eine Stunde, um dort anzukommen.

Welkende und modernde Blätter sowie andere Pflanzenreste bedeckten den Felsen. Auch auf ihm versuchten die gigantischen Urwaldriesen zu siedeln. Allerdings gelang ihnen das Wachstum nur bis zu einer bestimmten Größe, dann kippten die Bäume um und gingen damit in die alles überdeckende Schicht aus totem organischen Abfall über.

Mühselig mussten sich Lucy und ihre Freunde um das Massiv herumarbeiten, bis sie endlich den Eingang fanden. Auch wenn diese Forschungsstation, wie alle militärischen Einrichtungen, der Geheimhaltung unterlag, so hatte man sich keine Mühe gegeben, ihn zu tarnen. Wozu auch?

Niemand wäre normalerweise auf die Idee gekommen auf diesem Planeten zu landen und sich durch die unwirtliche Landschaft zu schlagen, um in dieses im Bergmassiv versteckte Gebäude einzudringen. Selbst die Rebellen hätten unter anderen Umständen die Transferstation manipuliert, um in die Einrichtung zu gelangen.

Lucy drängte sich an ihren Mitstreitern vorbei. Sie holte ein Gerät aus der Tasche ihres Anzugs und begann damit an der Tür zu hantieren. Mit diesem kleinen Werkzeug hatte sie bisher noch jeden Eingang aufbekommen.

»Sesam öffne dich!«, rief sie, als das Tor in Form eines sich von der Mitte her ausbreitenden Ovals den Eintritt freigab.

Die anderen sahen sie irritiert an. Lucy winkte entnervt ab. Natürlich kannten ihre außerirdischen Freunde keine Geschichten aus tausendundeiner Nacht.

Gurian drängelte sich an ihr vorbei. Mit gezückter Waffe kontrollierte er den kleinen Raum, der vor ihnen lag. Als Nächstes trat Varenia ein. Sie hatte ihre Augen fest auf ihre Instrumente geheftet.

»Alles in Ordnung«, meldete sie.

Was hätte auch nicht stimmen sollen. Bei dem Raum handelte es sich um die Luftschleuse der Station. Sie war in diesem Moment nach außen geöffnet, also enthielt sie die Luft des Planeten und die hatten sie nun schon unzählige Mal kontrolliert.

Nachdem auch Luwa und Lucy eingetreten waren, schlossen sie die Tür. Die Luft des Planeten wurde abgepumpt. Danach strömte die Innenluft des Gebäudes in die Schleuse. An diesem Punkt wurde es tatsächlich interessant, die Umgebungsluft auf Schadstoffe zu kontrollieren. Drei Augenpaare blickten auf Varenia.

»Alles in Ordnung!«, meldete sie schließlich. »Hier drinnen herrscht eine Bilderbuchatmosphäre. Das kriegt selbst Trixi auf der ›Taube‹ nicht besser hin.«

»Was ist mit biologischen Verunreinigungen?«

»Absolut nichts! Die Geräte nennen nicht einen einzigen unbekannten Virus. Gegen alles, was sich in diesem Komplex befindet, sind wir immun.«

»Anzeichen von Leben?«

Varenia schüttelte den Kopf.

Ohne ein weiteres Wort öffnete Lucy den Helm. Gurian wollte protestieren, aber es war zu spät.

»Mensch Kerl, du wirst alt. Du solltest mal Urlaub machen. Hier ist nichts. So einen Spaziergang haben wir lange nicht mehr gemacht.« Lucy grinste. »Jetzt sehen wir nach, ob die wirklich all das liegen gelassen haben, was in den Listen steht.«

Gurian schob wie die anderen auch seinen Helm nach hinten.

»Mir gefällt das nicht«, murrte er.

»Quatsch! Wir räumen jetzt die Bude aus und dann geht es schon wieder nach Hause.«

»Zur Kommandozentrale müssen wir dort lang«, unterbrach Luwa ihren Disput.

Die vier machten sich auf den Weg. Leichtfüßig und scheinbar unbekümmert ging Luwa vor. Gurian bildete das Ende. Als Einziger hielt er seine kleine Strahlenwaffe in der Hand und blickte sich immer wieder misstrauisch nach allen Seiten um.

Ihr Weg führte sie durch mehrere Gänge und um einige Abzweigungen, bis sie ihr Ziel erreichten. Wie auf Raumschiffen gab es auch auf Stationen, ob sie nun im Weltraum oder auf unbewohnten Planeten installiert waren, eine Kommandozentrale, in der alle Informationen zusammenliefen. Von dort konnte man die gesamte Anlage steuern.

Der Raum wurde, wie die Gänge, die sie hierher geführt hatten, nur von einer schwachen Notbeleuchtung erhellt. Der Kommandoraum sah aus, als hätte man ihn ordentlich aufgeräumt, bevor man ihn verlassen hatte. Nichts deutete auf einen überhasteten Aufbruch hin.

Sämtliche Geräte waren ausgeschaltet, als sie ihn betraten. Alles lag in einem düsteren Dämmerlicht. Kein Laut war zu hören. Selbst die Geräusche des Waldes wurden durch den Berg und die

Wände der Forschungseinrichtung abgefangen. Eine gespenstische Ruhe erfüllte das gesamte unterirdische Gebäude.

»Jetzt werden wir ja sehen, warum diese Station verlassen wurde«, verkündete Varenia und riss Lucy damit aus ihren dunklen Empfindungen.

Das Mädchen setzte sich vor eine der Konsolen, die einen Zugriff auf die zentrale Rechenanlage erlaubten. Eine Minute später schaltete sich die Beleuchtung der Anlage ein und die an allen Wänden des Raumes angebrachten Bildschirme hellten auf.

Luwa setzte sich an einen anderen Platz und überprüfte das Sicherheitssystem der Station. Lucy sah kurz zu Gurian, der nachdenklich auf die Außenansicht starrte, die gleich über mehrere verschiedene Schirme wiedergegeben wurde.

Sie schüttelte den Kopf. Ihr Freund, auf den sie sich bisher in jeder Gefahrensituation hatte verlassen können, sollte wirklich mal eine Pause einlegen. So überängstlich hatte sie ihn noch zu keinem anderen Zeitpunkt erlebt.

Sie setzte sich auch an einen der Schirme und rief die vorhandene Ausrüstung ab. Ihr Herz machte vor Freude einen Satz. In den Vorratskammern lagerte mehr, als sie zu hoffen gewagt hatte. Damit konnte man gleich zwei große A-Klasse-Raumschiffe, die größten, die im bekannten Teil der Galaxie gebaut wurden, ausstatten. Die Rebellen besaßen zu diesem Zeitpunkt nur ein so großes Schiff, ihr Mutterschiff, auf dem mehr als tausend Leute leben konnten. Nach dieser Aktion würden sie in den nächsten Monaten einen ordentlichen Vorrat an allem Lebensnotwendigen besitzen.

»Wow, die Station ist bestens ausgestattet. Ich sage euch, das ist der größte Coup, den wir bisher gelandet haben«, rief sie aus.

Varenia und Luwa grinsten sie verschwörerisch an. Nur Gurian reagierte nicht, sondern starrte weiter in die dreidimensionalen Bildschirme, als suchte er in der lebensfeindlichen Umgebung außerhalb der Anlage nach Feinden, die sie jeden Moment überfallen könnten.

»Hey Gurian, ich habe die Station überprüft. Es gibt hier genau vier Menschen. Wenn ich mich nicht verzählt habe, gehören die alle zu den Rebellen«, witzelte Luwa.

»Das ist alles zu einfach«, gab Gurian missgelaunt zurück.

»Du bist ein Miesepeter! Nun freu dich doch mal, dass wir einen ganz großen Fang machen«, erwiderte das Mädchen.

»Gut, lasst uns die ›Taube‹ rufen. Sie sollen uns eine Verbindung zu unserem Mutterschiff herstellen. Ich gehe davon aus, dass wir von hier die Transferstation wieder in Gang bringen können«, sagte Lucy und warf Varenia einen besorgten Blick zu.

»Kein Problem, das Ding ist in Ordnung und lässt sich über den Zentralrechner problemlos hochfahren. Ich aktiviere sie aber erst, wenn die Verbindung zum Mutterschiff steht.«

Lucy nickte. Bei der Nutzung der Transferverbindung mussten die Rebellen recht komplizierte Wege gehen. Sie waren natürlich nicht in das übliche Netz von Transferstationen eingebunden. Im Gegenteil: Sie schotteten sich gegenüber dem Imperium und dem aranaischen Reich ab. Ansonsten wäre es für ihre Verfolger ein Leichtes gewesen, ihnen eine Einheit Soldaten auf ihre Schiffe zu schicken und diese zu entern.

Andererseits befanden sich unter ihnen Spezialisten, die einen Weg gefunden hatten, sich kurzzeitig in die Netze einzuklinken, um die gegnerischen Stationen für die eigenen Zwecke zu nutzen. Das durfte dann allerdings nur für kurze Zeiten passieren, bevor ihre Verfolger reagieren konnten.

In dieser Situation befanden sie sich jetzt. Um die große Menge an Gütern auf ihr Mutterschiff zu schaffen, brauchten sie eine Transferstation. Die Verbindung musste natürlich heimlich aufgebaut werden und durfte auch nur so lange aufrechterhalten bleiben, bis die Beute verladen war.

Hinzu kam, dass der Aufenthaltsort des Mutterschiffes geheim gehalten wurde. Nur über komplizierte Umwege konnte selbst ein kleineres Rebellenschiff wie die ›Taube‹ zu ihm Verbindung aufnehmen. Genau das musste jetzt organisiert werden.

»Gut Varenia, gib unseren Freunden bescheid, die warten sicher schon sehnsüchtig auf ein Lebenszeichen von uns«, sagte Lucy. »Dann müssen wir nur noch das ganze Zeug in die Transferkabine schaffen.«

»Ich bin schon dabei, ein paar Roboter auf die Angelegenheit anzusetzen. Damit müssen wir uns nun wirklich nicht abquälen.« Luwa grinste spitzbübisch.

Lucy freute sich, dass ihrer Freundin diese Aktion Spaß machte. Sie hatte schon befürchtet, dass Luwa sich nach Zweikämpfen sehnte. Offensichtlich konnte das Mädchen sich aber genauso wie sie selbst über einen einfachen aber gelungenen und effektvollen Coup freuen.

Währenddessen hatte Varenia die Kommunikation aufgebaut. Leise besprach sie Details mit Shyringa.

»Gut, das wäre erledigt. Unsere Freunde kümmern sich um die Verbindung«, verkündete sie schließlich. »So, jetzt will ich mal nachsehen, was die hier eigentlich gemacht haben.«

Varenia vertiefte sich wieder in die Informationen, die sie über ihren Bildschirm abrief.

»Es ist, wie ich es mir schon gedacht habe«, verkündete sie Minuten später, ohne ihre Augen vom Schirm zu nehmen. »Die haben herumexperimentiert. Die künstlich geschaffenen Pflanzen, die hier wuchern, gibt es sonst nirgendwo. Das ist eine ganz neue Sorte. Die wachsen noch schneller und binden noch mehr Kohlenstoff und so weiter. Sie haben auch wesentlich kürzere Lebenszyklen wie vergleichbare Gewächse.

Wenn man sieht, wie sehr die in ihren Berichten betonen, dass alles trotzdem völlig ungefährlich ist, kann man davon ausgehen, dass die gesamte Methode noch nicht ausgereift ist und die überhaupt noch nicht wissen, ob das Ganze funktioniert.«

»Was soll an so ein paar Bäumen und was es da sonst noch an Pflanzen gibt gefährlich sein?«, fragte Lucy.

»Na ja, die Bäume selbst sind zwar nicht gefährlich, aber es sind im Prinzip biologische Maschinen. Eine der wichtigsten Eigenschaften eines Roboters ist, dass er sich nicht ohne menschliche Hilfe reproduzieren kann. Bekäme er eigenständig Nachwuchs, würde das in die Evolution eingreifen. Er würde sich wie Pflanzen oder Tiere ausbreiten. Damit hätte der Mensch als Erschaffer die Kontrolle verloren. Die Auswirkungen sind dann nicht mehr vorherzusehen. Ganze Spezies könnten durch so einen Prozess ausgerottet werden. Vielleicht werden selbst das Leben und die Entwicklung der Menschheit dadurch bedroht.«

»Deshalb werden Roboter so entwickelt, dass sie sich nicht selbstständig vermehren können, ich weiß«, warf Lucy ein.

»Ja, normalerweise! Bei diesen Projekten, in denen ein ganzer Planet in wenigen Jahrhunderten oder auch nur Jahrzehnten eine Entwicklung durchlaufen soll, zu der unsere Heimatwelten Jahrmilliarden gebraucht haben, kann man natürlich keine künstlichen Pflanzen einsetzen, die man einzeln produzieren muss. Dazu ist einfach die Menge zu gigantisch. Deshalb rückt man von diesem Grundsatz ab.

Das klingt jetzt wie ein gewaltiger Bruch, wie die Verletzung eines Dogmas, ist es im Prinzip auch. So ein Vorgehen lässt sich nur durch die Kombination von zwei Faktoren rechtfertigen. Erstens muss der Planet auf dem die künstlich entwickelten Pflanzen ausgesetzt werden, unter normalen Umständen für Tausende von Generationen unbewohnbar sein. Und zweitens muss die künstliche Biologie absterben, sobald der Planet eine Atmosphäre besitzt, die Leben wie auf unseren Heimatwelten ermöglicht.

Der erste Grundsatz ist auf Doragon natürlich erfüllt. Würde man nichts unternehmen, wäre er die nächsten paar Milliarden Jahre für Menschen genauso uninteressant wie ein Gasplanet.

Um die zweite Regel zu erfüllen, hat man in der Vergangenheit Pflanzen entwickelt, die man jahrzehntelang getestet hat, bevor man ein Großexperiment, wie einen ganzen Planeten mit ihnen zu besiedeln, startete.

Mir macht Sorgen, dass es hier gleich mehrere Generationen von Forschern gegeben haben muss, die sich nicht sauber an die Regeln gehalten haben. Vieles deutet darauf hin, dass sich die Gewächse da draußen viel schneller vermehren und wesentlich kürzere Lebenszyklen besitzen.

Damit steigt auch das Risiko, dass sie sich an die neuen, von ihnen selbst geschaffenen Lebensbedingungen anpassen. Das kann dazu führen, dass sie nicht wie geplant in den nächsten Jahrzehnten absterben. Das würde wiederum gewaltige Probleme bei der Besiedelung des Planeten mit der Natur, wie wir sie kennen, nach sich ziehen.«

»Wer weiß, was die noch vorhatten«, warf Gurian ein. »Das hier war nicht nur eine wissenschaftliche Forschungseinrichtung. Diese Station wurde vom Militär kontrolliert. Wahrscheinlich sogar von der geheimen Abteilung, von der man noch nicht mal den Namen weiß.«

»Nun mach mal halblang, Gurian. Dass es so eine Einheit gibt, ist nur ein Gerücht. Geheimdienste sind im Imperium noch immer verboten«, wiegelte Varenia ab.

»Die sind gerade dabei, das zu ändern. Der große Krieg rechtfertigt alles!«, gab Luwa ihre Informationen zum Besten.

»Diese Station existiert schon mehr als hundertfünfzig Jahre. Damals war so etwas verboten, egal was heute diskutiert wird«, konterte Varenia.

»Wisst ihr was, mir ist es völlig gleichgültig, ob hier etwas Unerlaubtes vorgegangen ist oder nicht. Soll das Imperium sich um die Probleme kümmern, die daraus resultieren. Wir räumen diesen Laden so schnell wie möglich aus und verschwinden«, beendete Lucy die Diskussion. »Wie sieht es aus? Hat sich die ›Taube‹ schon zurückgemeldet?«

Varenia sah auf den Kommunikationsschirm und schüttelte mit besorgter Miene den Kopf.

»Keine Ahnung, was da los ist. Es gibt noch keine Rückmeldung.«

Nach einer knappen Stunde hatten sie alle Vorbereitungen getroffen. Die Güter, die sie verladen wollten, standen genauso wie die notwendigen Roboter bereit und warteten darauf, dass die Transferstation aktiviert wurde. Endlich meldete sich ihr Schiff zurück.

»Kann es endlich losgehen?«, fragte Lucy.

»Es gibt ein kleines Problem mit unserem Mutterschiff. Darum hat es auch so lange gedauert, bis wir uns zurückmelden.« Ein besorgter Lars sah Lucy aus dem Kommunikationsschirm an. »Ein Imperiumsverband hat das Schiff entdeckt.«

»Was?«, rief Lucy entsetzt.

»Keine Panik! Sie sind rechtzeitig gesprungen. Die Flotte hat ihre Spur verloren.«

Lucy atmete vor Erleichterung hörbar aus.

»Jetzt haben wir nur ein Problem«, redete Lars weiter. »Du kennst unsere Sicherheitsvorschriften. Du sitzt ja im Rat und hast sie selbst mit beschlossen.«

Lars brauchte gar nicht so frech zu grinsen. Lucy stand auch in dieser Situation zu den Regeln. Würde ihr Mutterschiff entdeckt werden, wäre es aus mit dem ›Bund der Drei‹, wie sich die Rebellen selbst nannten. Dieses Raumschiff war ihr Rückzugspunkt, ihre zentrale Station, ihre Heimat. Es durfte durch absolut nichts gefährdet werden.

Deshalb gab es die Regel, dass vierundzwanzig Stunden vollständige Funkstille herrschte, nachdem sich das Mutterschiff mit einem Sprung vor einer Entdeckung in Sicherheit gebracht hatte.

Bei allen Zeitangaben handelte es sich im Übrigen nur um ungefähre Werte, wenn man von terranischen Vorstellungen ausging. Die Rebellen nutzten die im Imperium üblichen Zeiteinheiten, die sich an den Bewegungen von Imperia, dem Hauptplaneten des Planetenverbundes orientierten. Allerdings unterschied sich eine imperianische Stunde nur um weniger als drei Minuten von einer terranischen.

›Funkstille‹ hieß, dass das Interkom, eine Kommunikationsart, die wie die Raumsprünge auf einem Teil der Physik beruht, der auf Terra bisher unbekannt ist und einen Austausch von Informationen ohne Zeitverlust erlaubt, vollständig abgeschaltet wurde. Das Interkom steuerte aber unter anderem die Transferstationen. Daher fiel auch diese Möglichkeit der Verbindung zu ihrem Mutterschiff aus.

»Gut, kein Problem«, sagte Lucy fest. »Dann verschieben wir das Verladen um vierundzwanzig Stunden. So lange halten wir es hier schon noch aus. Der gesamte Plan verschiebt sich ebenfalls um diese Zeitspanne, bleibt aber ansonsten wie er ist. Geht in Deckung und lasst euch nicht blicken. Wir melden uns in vierundzwanzig Stunden wieder.«

Sie verabschiedeten sich noch freundlich, dann erlosch der Schirm.

»Scheiße!«, stöhnte Gurian.

»Gurian, vierundzwanzig Stunden werden wir es schon noch aushalten. Hier ist es doch gemütlich. Es gibt alles, was eine Station braucht, selbst die Versorgungsroboter funktionieren«, erwiderte Varenia sofort. Lucy hatte den Verdacht, dass ihr langsam die ewige Nörgelei auf die Nerven fiel.

Der Junge sah sie nicht einmal an. Er starrte kopfschüttelnd auf einen der großen Schirme, die wie Fenster den Urwald rings um die Station zeigten.

»Wisst ihr was? Ich gehe jetzt in den Fitnessraum und ziehe mein Trainingsprogramm durch.« Varenia sprang von ihrem Sitz und warf den beiden Mädchen ihr strahlendes Lächeln zu.

»Ich komme mit«, sagte Luwa sofort.

»Willst du auch trainieren?«

»Nein, aber ich begleite dich trotzdem, es ist nicht gut, allein zu gehen.«

»Ich brauche kein Kindermädchen! Ich habe genauso eine Kampfausbildung wie ihr.«

Für Varenias Verhältnisse sah sie wirklich ärgerlich aus. Lucy konnte Luwa gut verstehen. Die hübsche, immer freundliche Varenia wirkte durch ihr Äußeres und ihre Art nicht gerade so, als könne sie sich gegen körperliche Angriffe verteidigen. Auch Lucy musste sich immer wieder vergegenwärtigen, dass auch dieses Mädchen eine Nahkampfausbildung besaß, durch die sie es mit einem durchschnittlichen Soldaten des Imperiums locker aufnehmen konnte. Dass ihre Freunde ihr eine Auseinandersetzung nicht zutrauten, gehörte zu einem ihrer empfindlichsten Punkte.

»Wenn du auch trainieren möchtest, kannst du gerne mitkommen. Ansonsten gehe ich allein!«

Luwa schüttelte den Kopf. Nach der ungewöhnlich harschen Abfuhr spürte sie offensichtlich keine Lust auf eine gemeinsame Trainingsstunde. Entschlossen marschierte Varenia aus dem Kommandoraum. Gurian sah ihr hinterher.

»Das gefällt mir nicht«, sagte er.

»Du brauchst dir nun wirklich keine Sorgen zu machen«, versuchte Lucy ihn zu beruhigen. »Auf diesem Planeten kann keiner leben, auf der Station ist außer uns niemand und die Transferstation ist abgeschaltet. Über die kommt keiner hier herein. Sollte ein Schiff kommen, werden wir gewarnt. Dann können wir noch immer die Transferstation aktivieren und zur Taube oder einem der anderen drei Rebellenschiffe transferieren, die auf Beutezug sind.«

»Ich weiß nicht, es ist einfach ein Gefühl und das hat mich bisher noch nie betrogen. Ich fühle mich beobachtet.«

»Gurian, wir suchen dir einen netten Ort, an dem du Urlaub machen kannst.« Lucy lachte. Sie wusste, dass dieser Spruch Unsinn war. Es gab keinen Planeten, auf dem man sich als Rebell so sicher fühlen konnte, dass man sich entspannte.

4

Lustlos durchstöberte Lucy das Archiv der Station. Sie wusste selbst nicht, wonach sie suchte, aber irgendwie musste sie ja die

Zeit verbringen. Sie überlegte kurz, ob sie es so wie Luwa machen sollte und sich einen der unzähligen Filme anzusehen, die darin gespeichert waren.

Luwa drehte sich zu ihr um. »Wo bleibt eigentlich Varenia? Die muss ja schon halb tot sein vor Erschöpfung, wenn sie die ganze Zeit trainiert hat.«

Lucy blickte auf die Zeitanzeige auf ihrem Schirm.

»Sieh mal nach, wo sie sich rumtreibt. Das müsste man doch von hier aus sehen können«, erwiderte sie träge.

Wahrscheinlich hatte sich ihr Mannschaftsmitglied einfach ein wenig hingelegt. Sehr umsichtig! In den nächsten vierundzwanzig Stunden brauchten sie schließlich alle irgendwann ein wenig Schlaf.

»Da stimmt was nicht«, sagte Luwa schon nach wenigen Sekunden. Aus den Augen nahm Lucy wahr, wie Gurian von seinem Sitz aufsprang und zu Luwa stürzte. Er starrte über ihre Schulter auf ihren Bildschirm.

»Varenia ist verschwunden!«, erklärte Luwa weiter.

»Was heißt verschwunden? Ich dachte, von hier kann man sämtliches Leben auf dieser Anlage erkennen«, erwiderte Lucy ärgerlich.

»Das ist richtig, aber Varenia ist nicht mehr in der Station.«

Jetzt stand auch Lucy auf und stellte sich zu den beiden anderen.

»Kann man auch tote Menschen orten?«, fragte sie leise.

»Ja, wenn hier eine Leiche herumliegen würde, würde der Zentralrechner sogar Alarm schlagen. Aber da ist nichts.«

»Wie, nichts?« Lucys Hirn weigerte sich zu begreifen, was Luwa sagte.

»Das heißt, es werden nur drei Personen auf der Station angezeigt. Sieh da!«, brummte Gurian und wies mit dem Finger auf die Zahlen und Darstellungen auf dem Schirm.

Tatsächlich wurden nur drei Menschen auf dem Schirm als Schatten dargestellt. Sie befanden sich alle drei in der Kommandozentrale.

»Gibt es eine Aufzeichnung?«, fragte Lucy.

Luwa bewegte sich mit erstaunlicher Geschwindigkeit durch die Menüs. Bisher war Lucy noch nicht aufgefallen, dass das Mädchen so viel von Rechenanlagen verstand.

»Da ist etwas«, sagte sie schließlich.

»Da sieht man ja nur Schatten. Geht das nicht etwas genauer?«, fragte Lucy.

»Das sind nur die Profile, wann sich eine Person in welchem Raum aufgehalten hat«, erklärte Luwa. »Die gesamte Zeit mit Kameras wird man noch nicht einmal auf einer Militärstation gefilmt. Du würdest dich doch auch schließlich nicht gerne überall beobachten lassen.«

Lucy stöhnte auf. Natürlich wollte sie nicht die ganze Zeit unter Beobachtung stehen, aber in diesem Fall wäre es wirklich hilfreich gewesen.

»Kann man darauf erkennen, wohin Varenia verschwunden ist?«, fragte sie.

»Das ist komisch. Sie scheint sich plötzlich in Luft aufgelöst zu haben.«

Gurian setzte sich an eine Konsole daneben.

»Es gibt, abgesehen von unserem Schiff, weder ein Anzeichen für irgendwelchen Flugverkehr in diesem System noch für irgendeinen Transfer«, berichtete er.

»Die einzige Interkom-Verbindung von dieser Station ging zu unserem Schiff«, ergänzte Luwa.

»Könnte so ein Transfer versteckt durchgeführt worden sein?«, fragte Lucy.

»Du meinst einen Raum, in dem eine getarnte Transferkabine eingebaut ist als Falle für Leute, die ihn unerlaubt betreten? Eine sehr interessante Idee«, überlegte Gurian nachdenklich.

»Interessant schon, aber in diesem Fall nicht zutreffend. Ein Transfer funktioniert nur bei bestehender Interkom-Verbindung und die werden rund um den Planeten überwacht. Da war zu dem Zeitpunkt absolut nichts«, stellte Luwa, ohne ihre Augen von dem Bildschirm zu nehmen, klar.

»Verfluchter Mist, ich gehe da jetzt hin«, entschied Lucy.

Gurian hielt sie fest.

»Nicht allein!«, knurrte er. Er blickte zu Luwa. »Besser du kommst auch mit!«

»Wenn ihr meine Hilfe braucht?« Luwa grinste spöttisch.

Jeder Rebell wusste, dass sie unter ihnen als beste Kämpferin galt. Ohne ein weiteres Wort stand sie auf. Zu dritt machten sie sich auf den Weg.

Er führte durch einen Gang zum Wohntrakt der Station. Für jeden Bewohner hatte es ein Zimmer gegeben. Hinzu kamen Gemeinschaftsräume für unterschiedlichste Betätigungen von Zusammensitzen und Plaudern, über Gesellschaftsspiele bis hin zu sportlichen Aktivitäten und Tanz.

Die drei gingen zum Fitnessraum, der mit verschiedenen Geräten sowie Matten für Kampfsportarten ausgestattet war. Wie sie nicht anders erwartet hatten, fanden sie ihn verlassen vor.

»Hier liegen Varenias Sachen. Sie hat sich für den Sport umgezogen.« Luwa stand neben der Hygiene-Kabine und hielt das Oberteil hoch, dass ihre Freundin noch im Kommandoraum getragen hatte.

Gurian strich mit dem Finger über den Haltegriff eines der Sportgeräte, die Lucy stark an einen irdischen Ergometer erinnerte. Er betrachtete seine Fingerkuppe und schnupperte daran.

»Das sieht nicht nur wie Blut aus, das ist auch welches«, knurrte er.

Lucy starrte ihn an. Luwa trat zu ihnen. Sie hatte eines der kleinen medizinischen Notfallgeräte aus einer Ambulanztasche genommen, die deutlich sichtbar an einer Wand des Raumes hing. Damit untersuchte sie das Blut.

»Das stammt von Varenia«, sagte sie schließlich und fügte mit einem Seitenblick auf Lucy hinzu: »Keine Angst, es ist nicht viel. Dadurch kann sie kaum verblutet sein.«

Lucy nickte stumm.

»Was ist hier passiert?«, brummte Gurian. Er begann, alle Wände abzusuchen. Er ließ sich auf die Knie fallen und kroch über den Boden, um nichts zu übersehen. Seine gesamte Ausbeute bestand in einem einzelnen, tiefschwarzen Haar. Zumindest hielt Lucy es für ein solches.

»Das sieht merkwürdig aus«, meinte Luwa. »Wenn das ein Haar ist, stammt es jedenfalls nicht von einem Menschen.«

»Es sieht wie ein Hundehaar aus«, sagte Lucy, ohne darüber nachzudenken. Die beiden anderen sahen sie fragend an.

»Das ist ein Haustier auf Terra.«

Lucy beschrieb ihnen einen terranischen Hund. Das war nicht ganz einfach, weil die beiden Imperianer keine gezähmten Tiere kannten. Roboter hatten in dieser Gesellschaft die Haustiere des Metallzeitalters abgelöst. Wer das Bedürfnis nach einem Schoßhündchen hatte, besorgte sich einen niedlichen, fellbedeckten, vierbeinigen Roboter, der die Nähe von Menschen suchte, sich stundenlang an einen kuschelte und dabei lebendige Wärme ausstrahlte. Für diejenigen, die eine schweigende Begleitung für lange Spaziergänge suchten oder andere Wünsche hegten, gab es auch solche Exemplare im Angebot.

»Sehr interessant, aber auf Doragon können keine Tiere leben«, kommentierte Luwa ihre Beschreibungen.

»Diese ganze Station ist oberfaul, das habe ich gleich gesagt«, brummte Gurian.

»Du wiederholst dich«, fauchte Lucy entnervt.

»Gurian hat recht. Wir müssen herausbekommen, was auf dieser Station passiert ist. Sonst finden wir Varenia nie wieder. Oder hast du eine bessere Idee?« Luwa sah Lucy provozierend in die Augen.

»Gut, dann zurück in die Zentrale. Wir sollten uns beeilen, vielleicht braucht Varenia unsere Hilfe!«

Im Kommandoraum angekommen, setzten sich alle drei an verschiedene Konsolen. Jeder übernahm einen Teil der Untersuchungen. Gurian sah sich den gesamten Grundriss der Anlage an. Er überprüfte die Pläne nach verborgenen Gängen.

Lucy hielt das für Unsinn. Sie suchte die unmittelbare Umgebung nach Spuren von menschlichem oder tierischem Leben ab. Sie fand aber nichts. Auch bei einer erneuten Durchsicht der Aufzeichnung kam sie zu dem Ergebnis, dass Varenia sich mitten im Fitnessraum in Luft aufgelöst haben musste.

Luwa verschwand mit dem merkwürdigen Haar in einem Labor. Erst als sie wieder den Raum betrat, wurde Lucy bewusst, dass sie keiner von ihnen begleitet hatte. Sie waren zu sehr in ihre Aufgaben vertieft, als dass sie darauf geachtet hatten, dass niemand allein die Station durchstreifte.

»Das ist weder ein menschliches Haar noch stammt es von einem der im Imperium bekannten Tiere. Die Analyse spuckt zwar jede Menge Daten über die DNA aus, aber ich kenne mich mit diesem biologischen Zeugs nicht so aus. Habt ihr von so etwas Ahnung?«

Lucy schüttelte den Kopf. Sie wusste sicher noch weniger über diese Dinge, als ihre außerirdischen Freunde auf der Schule gelernt hatten. Gurian warf immerhin einen Blick auf die Daten, bevor auch er aufgab.

»Jetzt könnten wir Varenia gebrauchen. Die ist die Einzige von uns, die sich wenigstens ein bisschen auskennt«, stöhnte Luwa.

»Schicke es doch zu Shyringa auf die ›Taube‹. Die kann das sicher analysieren«, schlug Lucy vor.

»Du vergisst, dass die ›Taube‹ auch für vierundzwanzig Stunden die Verbindung gekappt hat. Solange sich kein fremdes Schiff nähert, sind wir abgeschnitten.«

»Dann müssen wir selbst eine Lösung finden, und zwar schnell«, erwiderte Lucy. Ihr wurde fast schlecht, wenn sie an Varenia dachte.

Verbissen hockten sich die drei wieder vor ihre Terminals, obwohl zumindest Lucy nicht wusste, wonach sie suchen sollte. Ohne jegliche Hoffnung kontrollierte sie die Umgebung der Station in immer größeren Abständen auf Leben, allerdings ohne Erfolg.

»Die haben die Station beschossen«, durchbrach Luwa die gespannte Ruhe im Raum.

»Was? Wer? Werden wir angegriffen?«, fuhr Gurian auf.

»Nein, natürlich nicht! Ich sehe nur die letzten Aufzeichnungen durch. Das hat die zentrale Rechenanlage als Letztes aufgezeichnet. Es war ein brutaler Angriff von außen. Gleich drei Mutterschiffe haben sämtliche Strahlenkanonen auf diese Anlage abgeschossen. In Hunderten von Metern um den Felsen muss eine Wüste entstanden sein, aber der Wald wächst so schnell, dass man davon nichts mehr sieht. Die Station konnten sie trotzdem nicht zerstören. Die ist sicher in den Fels integriert.«

»Wer sind die?«, fragte Gurian genervt.

»Na, die Militärs, die imperianischen! Die Aranaer werden ja kaum bis hier vorgedrungen sein«, erwiderte Luwa ärgerlich.

»Warum beschießt das Imperium seine eigene Station? Und warum hat man sie wie eine Festung so tief in den Felsen gebaut, dass sie praktisch unzerstörbar ist?«, dachte Gurian laut.

»Und warum kappen sie jede Verbindung, damit man nicht mehr von außen herein kommt?«, ergänzte Lucy.

»Habt ihr etwas gefunden, was weiterhelfen könnte?«, fragte Luwa.

»Nichts, was die Sache wirklich erklärt«, erwiderte Lucy. »Allerdings hat Varenia recht gehabt. Aus den Aufzeichnungen gewinnt man tatsächlich den Eindruck, als ob dieser Planet als Versuchslabor benutzt worden ist. Die haben hier fröhlich alle möglichen Experimente mit neuen künstlichen Pflanzensorten durchgezogen, ohne besonders viel Rücksicht auf Vorschriften zu nehmen. Ich glaube, wenn sich jemand die Mühe macht und das hier durchsieht, der sich um die Ökologie eines neu zu besiedelnden Planeten sorgt, dann wird das für einige Wissenschafter ziemlich unangenehm werden.«

»Das waren keine zivilen Forscher, sondern Militärs. Du weißt doch, die können sich in dieser Zeit alles erlauben. Das ist kein Grund die gesamte Station zu zerstören«, hielt Gurian dagegen.

»Und du?«, fragte Luwa ihn.

»Ich habe die ganze Anlage nach einem weiteren Eingang abgesucht. Da ist nichts! Es gab ursprünglich zwei: den Nebeneingang, durch den wir gekommen sind und einen Haupteingang, der bei dem Angriff, von dem Lucy erzählt hat, zerstört wurde. Der muss förmlich zugeschmolzen sein. Ich hab nicht nur die technischen Aufzeichnungen gesehen, sondern auch Kameraaufnahmen. Ich gehe aber gleich noch mal hin und sehe mir die Überreste persönlich an.

Es gibt da allerdings etwas, dass mich wirklich beunruhigt: Ein Teil der Informationen ist gesperrt oder sogar gelöscht worden. Es sieht so aus, als hat es im Informationsspeicher einen geheimen Block gegeben. Vielleicht existiert der sogar noch, aber um an ihn heranzukommen, reichen meine Fähigkeiten nicht aus.«

»Meinst du, die haben damit gerechnet, dass wir kommen und die Informationen deshalb geblockt?«, fragte Lucy.

»Nein, dieser Teil ist nicht nachträglich gesperrt worden, den hat man ganz nach außen versteckt.«

»Du meinst, den Inhalt kennt noch nicht mal der militärische Zentralrechner?« Luwa pfiff durch die Zähne.

Lucy sah irritiert von einem zum anderen.

»Dann müssen die hier geheime Forschungen betrieben haben, von denen noch nicht mal die militärische Zentrale wusste«, schlussfolgerte Luwa.

»Kein Wunder, dass sie alles vernichten wollten. Wenn das rauskommt, bekommen die Verantwortlichen ein echtes Problem«, knurrte Gurian.

»Dass man vor dem Aussetzen der neuen Bäume nicht alle Sicherheitsvorschriften beachtet hat, wirft sicher ein paar Fragen auf. Aber ist das wirklich so schlimm, dass man das vollkommen verbergen muss und sogar versucht, die Station zu zerstören?«, fragte Lucy ungläubig.

»Nein, der etwas lockere und unvorschriftsmäßige Umgang mit den neu geschaffenen Pflanzen ist sicher nicht der Grund für eine so drastische Abschottung. Hier müssen noch ganz andere Sachen gelaufen sein.« Gurian starrte grimmig auf seinen Schirm.

»So kommen wir nicht weiter. Wir müssen Varenia finden«, drängte Lucy.

»Hoffentlich ist es nicht schon zu spät«, meinte Luwa.

»Ich sehe mir jetzt das zerstörte Haupttor an. Vielleicht gibt es dort ja doch einen Zugang«, erklärte Gurian und erhob sich.

»Einen Moment, wir kommen mit!«, entschied Lucy.

Sie wusste, dass das ihren beiden Mitstreitern nicht gefiel. Die beiden waren der Meinung, dass man, wenn überhaupt, dann auf die Kommandantin aufpassen musste. Grundsätzlich hätte Lucy das ja auch so gesehen, da sie aber nicht einmal wussten, um was für eine Gefahr es sich auf dieser Station handelte, sollten sie besser gegenseitig ein Auge aufeinander werfen. Außerdem fürchtete sie, dass gerade Gurian sich für unverwundbar hielt oder – noch schlimmer – sich sogar nach dem Tod sehnte.

Gemeinsam machten sie sich auf den Weg zum ehemaligen Haupttor. Lucy hatte sich vorgestellt, ein zerstörtes Gebäudeteil vorzufinden. Die Realität sah aber anders aus. Der Gang endete an einem verschlossenen Eingang.

Wie in allen Gebäuden des Biologiezeitalters üblich, war er nahtlos in die Wand integriert. Das Oval, das die Ausmaße eines Scheunentors besaß, ließ sich sogar öffnen. Es führte in eine entsprechend dimensionierte Luftschleuse.

»Während des Beschusses müssen die Abwehrschirme der Station hundertprozentig gearbeitet haben. Selbst das Außentor funktioniert noch« kommentierte Gurian.

Bevor sie es öffneten, zogen sie sich in der Schleuse bereit hängende Schutzanzüge über. Das hätten sie sich allerdings sparen können. Als sich das große Oval in der Wand bildete, gab es eine zu bräunlichem Glas geschmolzene Steinwand frei, die den Innenraum derart gut abschirmte, dass nichts von der Atmosphäre des Planeten ins Gebäude drang.

Auch eine genauere Untersuchung der Luftschleuse und der gesamten Umgebung des Eingangtors ergab keine Anzeichen für irgendeine Möglichkeit, die Station an dieser Stelle zu verlassen.

»Hier kommt man definitiv nicht heraus«, brummte Gurian.

»Hast du etwas anderes erwartet?«, fragte Luwa.

»Es muss aber irgendeine Möglichkeit geben, aus diesem Gebäude zu kommen. Irgendwo muss Varenia doch stecken.« Lucy fühlte sich hilflos wie lange nicht mehr.

»Oder es gibt versteckte Räume in der Station, einen Teil, der nicht in den Karten verzeichnet ist«, dachte Gurian laut.

»Das erklärt aber dann noch immer nicht, warum wir nicht einmal Signale von Varenia bekommen«, wandte Luwa ein. »Ich habe auch die Umgebung der Station nach Leben abgesucht, selbst unterhalb. Es wurde nichts angezeigt.«

Gurian hob ratlos die Schultern.

»Es hilft nichts, wir müssen den gesamten Gebäudekomplex nach versteckten Türen durchsuchen«, beschloss Lucy.

»Es würde schneller gehen, wenn wir uns aufteilen«, schlug Luwa vor. »Du kannst ja mit einem von uns gehen.«

»Was soll denn das heißen?«, fauchte Lucy wütend.

Luwa sah sie ausdruckslos an. Alle drei wussten, dass Lucy bei einem Nahkampf gegen die anderen beiden keine Chance hatte, auch wenn sie es mit mindestens zwei normal ausgebildeten Kämpfern der Militärs gleichzeitig aufnehmen konnte.

»Wir nehmen uns jeder einen Teil vor. Aber wir lassen alle drei die Interkom-Verbindung laufen. Jede noch so kleine Auffälligkeit wird allen mitgeteilt! Verstanden?«, kommandierte Lucy ärgerlich.

Luwa bestand darauf, die Umgebung des Fitnessraums und die Mannschaftsunterkünfte zu durchsuchen. Lucy ging davon aus, dass ihre Freundin diesen Teil für den gefährlichsten hielt und deshalb selbst dort nachsehen wollte.

Gurian durchkämmte die gesamte Gegend von dem Nebeneingang, dem einzigen bekannten Zugang zur Station, bis zum Kommandoraum. Dieser Teil lag am nächsten zum Rand des Gebirges, in diesem Bereich hätte man am einfachsten einen weiteren Ausgang anbringen können.

Für Lucy blieb damit noch das Materiallager. Es lag in dem am tiefsten in den Berg hineingebauten Teil der Station. Lucy hatte es schon einmal besucht, als sie ihre Beute vorbereitet hatten. Zu dem Zeitpunkt hatte sie allerdings nicht auf irgendwelche geheimen versteckten Ausgänge geachtet. Also sah sie sich noch einmal dort um.

Die Gänge lagen noch genauso einsam und verlassen in dem trüben Kunstlicht, wie Lucy sie vor wenigen Stunden vorgefunden hatte. Sie ging an der Transferstation vorbei. Auch dort gab es keine Veränderungen. Mit einem Spezialgerät suchte sie die Wände nach verborgenen Türen ab. Nichts!

Als sie den großen Raum betrat, der als Hauptlager genutzt wurde, fiel ihr auf den ersten Blick auch nichts auf. Stapelweise lagen die Gerätschaften, die sie auf die Rebellenstation schaffen wollten, in Kisten und anderen Verpackungen vor der Ausgangstür und warteten darauf, dass man sie verlud.

Erst auf den zweiten Blick bemerkte Lucy, dass der Stapel mit den Raumanzügen durchwühlt worden war. Hatten dort nicht wesentlich mehr medizinische Geräte bereitgelegen?

»Irgendjemand ist im Materiallager gewesen«, flüsterte Lucy in ihr kleines Funkgerät.

»Und jetzt? Ist da jemand?«, hörte sie Luwas Stimme fragen.

Lucy kam allerdings nicht mehr zu einer Antwort. Aus einer Ecke sprang ein Schatten auf sie zu. Bevor sie reagieren konnte, breitete sich ein dumpfer Schmerz in ihrem rechten Arm aus. Ein Schlag von einem zweiten Gegner hatte sie getroffen. Das Kommunikationsgerät flog quer durch den Raum und schlidderte in eine dunkle Ecke.

Lucy reagierte reflexartig. Sie versetzte dem ersten Angreifer einen brutalen Tritt, der ihn zurück in die Ecke schleuderte, aus der er sie angegriffen hatte. Sie wirbelte herum. Den zweiten Angreifer traf ein Faustschlag, der ihn zu Boden warf.

Lucy wollte nachsetzen, aber in diesem Augenblick erlosch das Licht. Im nächsten Moment war alles finster. Sie blinzelte mehrmals. Als sich ihre Augen an die veränderte Situation gewöhnt hatten, stellte sie fest, dass die Dunkelheit nicht perfekt war. Vom Flur schien ein winziger Lichtstrahl in den Raum. Er reichte aber nicht, um etwas zu erkennen. Immerhin wusste sie jetzt die Richtung, in die sie sich orientieren musste.

Vorsichtig und langsam bewegte sie sich auf die schwache Lichtquelle zu. Hatte sie ein Geräusch hinter sich gehört? Blitzschnell drehte sie sich, die Hände zum Zuschlagen gehoben, um. Aber es kam kein Angriff.

Da wieder! Neben ihr. Sie drehte sich erneut um, diesmal zur Seite, aber es erfolgte noch immer kein Angriff. Lucys Herz schlug bis zum Hals. Wie sollte sie sich verteidigen oder angreifen, wenn sie ihren Gegner nicht sehen konnte.

Es waren zwei, drang es in ihr Bewusstsein und das erste Mal spürte sie Angst. Zwei Gegner konnten aus verschiedenen Richtungen zuschlagen und sie konnte sie noch nicht einmal sehen. Dann vergegenwärtigte sie sich, dass das umgekehrt natürlich auch galt. Für einen gezielten Angriff war es zu dunkel. Lucy entspannte sich ein wenig.

In diesem Moment hörte sie ein leises Knacken direkt von vorn. Sie drehte sich wieder in Richtung Tür. Es war zwar sehr finster, aber sie meinte, die Andeutung einer Silhouette wahrzunehmen. Diese stürzte auf sie zu. Lucy ahnte den Schlag mehr als sie ihn sah. Er war nicht sonderlich professionell geführt, sie konnte ihn abfangen.

Lucy griff blitzschnell zu. Sie bekam ihren Gegner zu fassen. Der wand sich, aber Lucy hielt ihn unbarmherzig fest. Er rutschte ihr weg, sie fasste nach, griff in seine Haare. Der Angreifer heulte auf. Lucy ballte eine Faust und holte aus. Der Hieb würde ihn außer Gefecht setzen.

Bevor sie ihn ausführen konnte, wurde ihre Hand von hinten festgehalten. Ein Arm schlang sich um ihren Hals und drückte zu. Lucy trat nach hinten aus, aber der zweite Gegner wich geschickt aus. Sie bekam keine Luft mehr und musste den ersten Angreifer loslassen. Sie setzte an und wollte den hinteren mit einem Wurf zu Boden bringen. In diesem Moment spürte sie etwas Kühles an ihrem Hals.

Noch bevor sie die Wirkung spürte, wusste sie, dass es sich um eines der kleinen medizinischen Injektionsgeräte handelte. »Hoffentlich ist das kein Gift«, war ihr letzter Gedanke. Dann erlosch auch der letzte Schimmer Licht. Lucy fiel in eine schwarze, konturlose Dunkelheit.

5

Luwa durchquerte nun schon zum dritten Mal den Fitnessraum. Das Gerät, mit dem sie Wände und Boden absuchte, sollte auch versteckte Türen und Tore aufspüren können, zumindest wenn sie mit einer der bekannten Technologien verborgen wurden. Es zeigte wie die Male davor nichts an.

Das Mädchen zerbrach sich den Kopf, wie man Varenias Körper für alle Messgeräte unsichtbar gemacht haben könnte. Selbst wenn ihre Freundin nicht mehr lebte – Luwa war nicht so naiv anzunehmen, dass es sich dabei um keine realistische Möglichkeit handelte – hätten die Geräte auch ihren toten Körper orten müssen. Es sei denn, irgendjemand hatte ihn im wahrsten Sinne des Wortes pulverisiert. In diesem Fall hätte man aber die dazu notwendige Energie messen müssen und das war auch nicht der Fall.

Luwa hatte diesen Gedanken noch nicht bis zum Ende gedacht, als sie Lucys Notruf hörte. Einen Moment lauschte sie in das Kommunikationsgerät: Kampfgeräusche, ein Knall, Störungen, jetzt wieder Kampfgeräusche, aber weiter entfernt.

Leichtfüßig und schnell wie eine Katze sprang Luwa zum Ausgang des Fitnessraums. Sie hetzte die Flure entlang in Richtung der Lagerräume. Wütend verfluchte sie sich. Sie hätte bei Lucy und den anderen bleiben sollen. Sie hatte doch gleich gewusst, dass die nicht auf sich selbst aufpassen konnten.

Die Kampfgeräusche in dem Kommunikationsgerät verstummten. Sie hastete den Gang entlang, der zum Materiallager führte. Wertvolle Sekunden gingen verloren, als sie vor der verschlossenen Tür stand. Es schien endlos zu dauern, bis sie sich so weit geöffnet hatte, dass Luwa hindurchpasste.

Mit einem katzengleichen Sprung hechtete sie hindurch. Sie landete auf den Händen, rollte sich ab und stand schon wieder auf den Beinen. Mit einem Blick erfasste sie die Situation. Es waren zwei Angreifer. Einer hielt die bewusstlose Lucy im Arm.

In Bruchteilen von Sekunden liefen in Luwa alle Reaktionen ab, die sie gelernt und immer wieder bis zur Erschöpfung trainiert hatte. Ihr Körper machte sich in weniger als einem Wimpernschlag zum Angriff bereit. Bevor sie aber zum Sprung ansetzen konnte, erreichte eine Botschaft ihr Hirn, auf die sie nicht vorbereitet war. Sie wäre fast gestolpert. Das war ihr noch nie passiert.

Das Bild, das sie erst auf den zweiten Blick wahrnahm, kam ihr vor wie aus einem dieser neuen Horrorfilme. Im Imperium war es gerade in Mode gekommen fantastische Erzählungen aus der Provinz, also aus dem Metallzeitalter, filmisch umzusetzen. Luwa sah sich gerne Filme aus dieser Zeitspanne an. An diesen Werken gefiel ihr besonders gut, dass sie einfach unwirklich wirkten und sie von der eigenen Realität ablenkten.

Das schien sich von einem Moment auf den anderen geändert zu haben. Ein Wolfskopf beugte sich über Lucy. Das Maul war geöffnet und entblößte zwei Reihen gefährlich scharfer Zähne, die sich in Richtung ihres Halses bewegten.

Für terranische Leser sei an dieser Stelle angemerkt, dass imperianische Übersetzungsroutinen ähnliche Tiere mit gleichen Namen belegen. Luwa hatte natürlich noch nie einen irdischen Wolf gesehen, aber auf den Planeten des Imperiums existierten Tiere, die nicht nur ähnlich aussahen, sondern sich auch in vergleichbarer Weise verhielten, zum Beispiel im Rudel jagten.

Bei der Szene, die Luwa vor Augen sah, hätte es sich natürlich einfach um den Angriff eines Tieres auf einen Menschen handeln können, wenn der Wolfskopf auf einem Wolfskörper gesessen hätte. Stattdessen lief dieses Wesen auf zwei Beinen, besaß zwei krallenbewehrte Hände und trug zu allem Überfluss Hose und Oberteil, wie sie für die Bediensteten von Raumschiffen, Raumstationen oder auch Forschungsstationen wie dieser üblich waren.

Luwa war trainiert genug, um sich schon in wenigen Bruchteilen von Sekunden von dem Schock zu erholen. Sie hatte keine weitere Zeit, um über diesen merkwürdigen Angreifer nachzudenken. Sie musste verhindern, dass er Lucy biss und sie womöglich sogar tötete.

Die Kämpferin sprang ab und landete genau vor dem überraschten Wolfsgeschöpf. Bevor es reagieren konnte, hatte sie ihm schon einen Schlag versetzt, der es aufheulen ließ. Ihr Fuß traf es in der Magengegend und ließ den unmenschlichen Aufschrei verstummen. Das Wesen flog gegen einen Stapel Kisten, der zum Abtransport bereitstand. Blitzschnell griff Luwa zu und fing Lucy auf, die zu Boden sank.

Am Rande ihres Sichtfeldes erkannte die junge Kämpferin eine Bewegung durch die Veränderung eines Schattens. Sie hatte Lucys Körper in den Händen und konnte daher nicht mit einer typischen Abwehrtechnik reagieren. Sie duckte sich stattdessen nur leicht weg. Ein Schlag traf sie an der Schulter. Er schmerzte derart, dass sie Lucy fast fallen ließ.

In einer fließenden Bewegung ließ sie sanft die bewusstlose Freundin zu Boden gleiten und wirbelte kampfbereit herum. Vor ihr stand ein zweiter Angreifer, den sie auf den ersten Blick als Mensch bezeichnet hätte, obwohl er ihr vom ersten Anblick an irgendwie merkwürdig vorkam. Sie konnte aber nicht benennen, warum. Es handelte sich um einen Jungen, der nur wenige Jahre älter als sie selbst sein konnte.

Es folgte ein sehr ungleicher Kampf. Luwas Gegner war ihren Schlägen und Tritten nicht gewachsen. Auch wenn er eine rudimentäre Ausbildung in Kampftechniken zu besitzen schien, konnte er nichts der bestens ausgebildeten Rebellin entgegensetzen. Immerhin schaffte er es, ihren Händen und Füßen so weit auszuweichen, dass sie ihn weder ernsthaft verletzen noch bewusstlos schlagen konnte.

Für Luwa vollkommen unerwartet, ging er plötzlich zum Angriff über. Nach einem ihrer Schläge, der ins Leere ging, stürzte er sich blindlings auf sie. Er war schnell und geschickt, das musste sie ihm lassen. Auch körperlich war er ihr überlegen. Mit purer Kraft riss er sie von den Füßen. Gemeinsam stürzten sie zu Boden. Er landete auf ihr, griff mit beiden Händen ihren Hals und drückte zu.

Kurz blieb Luwa die Luft weg, aber mit einem gekonnten Schlag in die Rippen befreite sie sich. Sie rollte sich gemeinsam mit dem Angreifer herum und setzte sich auf ihn. Diesmal umklammerte sie seinen Hals und würgte ihn. Der Junge lief dunkelrot an.

Irgendetwas stimmte mit seinem Gesicht nicht, aber Luwa hatte keine Zeit sich darum zu kümmern, Sie musste ihn so schnell wie möglich außer Gefecht setzen. Aus den Augenwinkeln nahm sie eine Bewegung an der anderen Seite des Raumes wahr. Verdammt, da kamen noch mehr!

Im nächsten Moment wusste die junge Kämpferin nicht mehr, wie ihr geschah. Etwas schlang sich um ihren Hals. Es war etwa schlauchdick, beweglich und es hatte gewaltige Kraft. Es drückte ihr gleichzeitig die Luft ab und riss sie von dem Körper des Jungen. Der drehte sich herum und saß schon auf ihr.

Mit aller Kraft hielt er ihre Hände fest. Luwa spürte kurz Panik aufflammen. Sie war die gefürchtetste Kämpferin der Rebellen. Es gab nur wenige Momente, in denen man ihr Angst gemacht hatte und dann war es fast ausschließlich um ihre Freunde gegangen und nicht um sie. Jetzt spürte sie eine unerklärliche Furcht, die sich in ihrem ganzen Körper ausbreitete.

Sie konnte kämpfen. Sie war bisher allen Menschen gegenüber überlegen gewesen, mit denen sie gekämpft hatte. Aber die hatten genauso wie sie zwei Hände und zwei Füße besessen. Keiner hatte sie bisher mit einem Schwanz gewürgt.

Ja, der Junge hatte einen Schwanz wie ein Pavian und den benutzte er als Waffe. Das Körperteil besaß eine Kraft, die Luwa ihm nicht zugetraut hatte. Durch einen blitzschnellen Schlag zur Seite bekam sie zwar die Hände frei, aber ihre Sinne begannen zu schwinden. Sie brauchte Luft in der Lunge und Blut, das ihr Hirn versorgte. Verzweifelt versuchte sie, den Affenschwanz um ihren Hals zu lockern, ohne Erfolg. Der Junge, dieses komische Wesen, war einfach zu kräftig.

Immer mehr Leute kamen in den Raum. Luwa konnte sie schon nicht mehr richtig erkennen, aber sie wirkten ebenfalls wie Bestien aus einem Horrorfilm. Sie sagten etwas, aber es dröhnte dem Mädchen so laut in den Ohren, dass sie nichts verstehen konnte.

»Verdammt, wo bleibt Gurian! Der muss die Nachricht doch auch gehört haben«, dachte sie verzweifelt.

In diesem Moment schrie das Wesen über ihr auf. Klagend rollte es sich auf die Seite und krümmte sich wie ein Embryo zusammen. Der Schwanz löste sich dabei von Luwas Hals.

Keuchend und hustend versuchte Luwa wieder zu klaren Gedanken zu kommen. Gurian hatte geschossen. Er stand kurz hinter ihr und hatte seine Waffe noch immer in der Hand. Das

Wolfswesen kam auf die Füße. Knurrend ging es auf Luwa zu. Ihr Freund riss seinen Handstrahler hoch.

»Nein Gurian, nicht! Deine Strahlenwaffe ist im Zerstörungsmodus«, schrie Varenia.

Luwa erkannte, dass sich ihre Freundin unter diesen fremdartigen Wesen befand. In diesem Moment sprang ein anderes Wesen vor und stellte sich direkt vor den Wolf.

»Tut ihm nichts, er kann nichts dafür!«, bettelte es.

Luwa sprang auf und schlug Gurian die Hand nach oben. Ein kurzer Zischlaut, gefolgt von einem kurzen Knall, erfüllte die Luft. Der Strahl fuhr in die Decke, versenkte sie und sprengte ein Stück des darüberliegenden Felsgesteins ab. Staub gemischt mit den Säften des biologischen Materials der Decke rieselte herab.

»Mensch Gurian, was soll das? Varenia hat recht. Warum ballerst du hier im Zerstörungsmodus herum?«, fauchte sie ihren Mitstreiter an.

Zwar verteidigten die Rebellen sich und dabei ging es auch manchmal etwas rauer zu, aber sie töteten nicht, wenn es sich irgendwie vermeiden ließ. Diese Handstrahler konnte man sowohl im Betäubungs- als auch im Zerstörungsmodus benutzen. Die Regel besagte, dass man den Gegner nur betäubte.

»Du wärst jetzt tot, wenn ich nicht geschossen hätte«, brummte Gurian beleidigt.

»Es hätte trotzdem ausgereicht, wenn du den Jungen nur betäubt hättest«, schimpfte Varenia. »Jetzt schalte endlich deinen verdammten Handstrahler um!«

Erst jetzt erkannte Luwa, dass die Freundin an Händen gefesselt inmitten eines Haufens von merkwürdig aussehenden Wesen stand. Egal, um was es sich bei diesen Geschöpfen handelte, sie sahen alle aus, als wären sie in einem jugendlichen Alter, wie sie selbst. Sie hatten das Mädchen sicher gefangen gehalten und hierher geschleppt. Jetzt standen sie allerdings unschlüssig herum und wirkten ziemlich ängstlich.

Anstatt seine Waffe umzustellen, drückte Gurian sie Luwa in die Hand und ging zu Varenia.

»Du siehst nicht gut aus. Ist die Wunde entzündet?«, fragte er und es klang ganz untypischerweise ernsthaft besorgt.

»Es geht schon, kümmere dich lieber um dein Opfer!«, schnauzte Varenia. So ärgerlich sah man sie nur selten.

Luwa interessierte allerdings auch mehr Varenias Wunde als die Verletzung des Angreifers. Das Oberteil der Uniformjacke ihrer Freundin war am Oberarm aufgerissen. Vier tiefe Kratzer kamen darunter zum Vorschein, die sich in der Tat stark entzündet hatten. Der Arm sah rot und geschwollen aus, die Wunde eiterte. Auf Varenias Gesicht stand ein Schweißfilm.

Trotzdem drängte sie sich an Gurian vorbei, sobald er ihre Fesseln gelöst hatte und ging zu dem verletzten Jungen – oder um was es sich bei diesem Geschöpf handelte –, der stöhnend am Boden lag.

»Schnell holt die Notversorgungstasche. Dahinten hängt eine an der Wand«, kommandierte sie.

Gurian sah sie nur verdutzt an. Diesen Befehlston war er genauso wenig von ihr gewohnt wie die anderen Mannschaftsmitglieder. Erstaunlicherweise reagierte eines von den ängstlich herumstehenden Geschöpfen. Es rannte zu der von Varenia bedeuteten Stelle und holte die Tasche, ohne auf Luwas Handstrahler zu achten, den sie automatisch auf ihn richtete.

»Nimm den Strahler runter, die tun nichts«, schnauzte Varenia.

»Und was ist mit deinem Arm?«, fragte Luwa ärgerlich.

»Ich habe das noch immer nicht ganz unter Kontrolle«, antwortete das Wesen, das sich vor den Wolfskopf gestellt hatte.

Es hob die Hände und gefährlich scharf aussehende Krallen traten ihm aus beharrten Fingerkuppen. Luwa sah ihm ins Gesicht. Sie blickte in Katzenaugen. Sie wusste, dass ihre Freunde ihre Augen mit dem gleichen Begriff bezeichneten. Damit meinten sie aber nur die Form. Der Blick, der sie traf, wurde ihr aus den schmalen Pupillen einer Katze zugeworfen.

»Keinen Schritt weiter oder ich schieße!«, fauchte Luwa kalt.

Das Wesen ließ die Hände sinken und bewegte sich nicht. Der Körper, der menschlich wirkte und, wie die anderen, in einer Uniform des Imperiums steckte, verriet, dass es sich um ein Mädchen handelte. Das Gesicht wirkte zwar zart, aber die katzenähnlichen Schnurbarthaare rund um eine etwas zu klein geratene Stupsnase irritierten bei der Geschlechtsbestimmung. Hinter dem Katzenwesen knurrte der Wolfskopf.

»Du bleibst auch, wo du bist!«, fauchte Luwa, die merkte, wie sie langsam die Beherrschung verlor.

Ein unerklärliches Grauen machte sich in ihr breit. Dabei handelte es sich nicht um Angst. Varenia hatte recht. Ihr standen keine Kämpfer gegenüber. Diese Geschöpfe hatten sie zwar durch ihr ungewöhnliches Aussehen irritiert und durch den Angriff mit einem Affenschwanz überrascht und letztendlich sogar überrumpelt, aber nachdem Luwa wusste, was auf sie zukam, hatten diese Wesen keine Chance mehr gegen sie.

Das Gefühl, das sie zu übermannen drohte, hatte andere Ursachen, die sie tief in ihrem Inneren verborgen hielt und denen sie sich auch jetzt nicht stellen wollte.

»Bitte tut ihm nichts. Er versteht nicht, was hier passiert. Er will nur zu seinem Freund«, bettelte das Katzenwesen.

»Luwa, nun steck endlich die Waffe weg. Es ist alles nur ein Irrtum«, keuchte Varenia. Sie sah von Minute zu Minute elender aus.

»So sieht das aber nicht aus«, mischte sich Gurian ein. Auch er hielt einen Handstrahler in der Faust. Immerhin hatte er ihn in den Betäubungsmodus geschaltet.

»Sie hat das nicht gewollt«, meldete sich das Wesen mit dem Affenschwanz zu Wort.

Mit Ausnahme des haarigen, etwa ein Meter langen Schwanzes, der durch ein Loch hinten aus der Hose ragte, behaarten Ohren, und einem leichten Flaum, der sein Gesicht überzog, sah es wie ein menschlicher Junge aus. Varenia hatte mittlerweile die Schusswunde mithilfe eines kleinen medizinischen Geräts aus der Notfalltasche wieder geheilt.

»Sie kann ihre Krallen nicht vollständig kontrollieren«, redete er weiter. »Bei einem Angriff fahren sie immer automatisch aus. Sie müssen mit dem Boden von draußen verdreckt gewesen sein. So etwas darf nicht in Wunden kommen. Das ist gefährlich.«

Varenia stand auf. Man konnte ihr das Fieber ansehen: die glasigen Augen, ein Schweißfilm auf der Stirn. Sie ging trotzdem zu dem Wolfsjungen und streichelte ihm über den Haarschopf. Er stieß ein leises Jaulen aus und rieb seinen Kopf an ihrer Schulter.

»Du solltest jetzt in die Krankenstation gehen«, drängte Gurian. Er steckte seine Waffe weg und ging auf sie zu.

»Warte, ich muss erst noch Lucy verarzten«, sagte sie leise und kniete schon neben der Freundin.

Lucy war betäubt worden. Schon nach wenigen Minuten kam sie wieder zu Bewusstsein.

»So, jetzt ist Schluss. Ich bringe dich auf die Krankenstation. Du brauchst Hilfe. Hoffentlich reichen meine Kenntnisse aus«, brummte ausgerechnet Gurian.

Varenia sträubte sich zwar noch halbherzig, aber der Junge hob sie einfach mit seinen großen Pranken auf seine Schulter und trug sie davon.

Luwa berichtete Lucy kurz, was geschehen war. Die Kommandantin sah sich während des Berichts ungläubig um. Luwa konnte ihre Verwirrung nachvollziehen. Genauso hatte sie sich gefühlt, als sie entdeckte, wer ihr gegenüberstand.

»Ich muss das erklären«, sagte das Affenwesen schüchtern. »Wir wollten euch nicht verletzen.«

»Einen Moment«, stöhnte Lucy. »Hier gibt es doch sicher einen Raum, in den wir uns setzen können.«

Luwa wusste noch immer nicht, ob sie diesen Wesen trauen konnte.

»Was habt ihr da eigentlich auf dem Kopf?«, fragte sie das Katzenmädchen.

Alle diese seltsamen Geschöpfe trugen etwas auf dem Kopf, das wie zwei in der Mitte verbundene Rundbögen aussah. Die leicht verbreiterten Enden klemmten kurz über den Ohren, an der Stirn und am Hinterkopf. Luwa griff nach dem merkwürdigen Gerät auf dem Kopf des Wolfsjungen.

»Bitte nicht abnehmen«, bettelte das Katzenmädchen. »Sie sehen uns sonst und dann bringen sie uns um.«

Luwa ließ die Hand sinken.

»Eine Tarnkappe, die verhindert, dass die Geräte in der Station und von irgendwelchen Schiffen euch messen können!«, sagte sie mehr zu sich selbst als zu den anderen. Dann wurde ihre Stimme hart: »Warum habt ihr uns angegriffen?«

Das Katzenmädchen sah beschämt zu Boden. Leise antwortete sie: »Wir wollten euch doch gar nicht angreifen, aber wir hatten Hunger und ihr wolltet doch alles von der Station schaffen.«

»Können wir das in den Mannschaftsräumen besprechen und uns dort setzen? Mir ist schwindelig«, unterbrach Lucy sie.

Die angeschlagene Kommandantin ging ohne ein weiteres Wort aus dem Lagerraum. Der Affenjunge folgte ihr auf dem

Fuß. Die anderen etwa zwanzig anwesenden Geschöpfe sahen sich gegenseitig an, trotteten dann aber den beiden hinterher. Am Schluss folgte das Katzenmädchen, das den Wolfsjungen hinter sich her zog. Der sah sich immer wieder ängstlich nach Luwa um.

Der jungen Kämpferin war nicht wohl bei der Sache. Dennoch zuckte sie mit der Schulter, steckte ihre Waffe ein und folgte den anderen. Es würde sicher interessant werden, was diese merkwürdige Versammlung zu erzählen hatte.

6

Als Lucy den Besprechungsraum erreichte, war sie froh, sich setzen zu können. Das Betäubungsmittel, das man ihr gespritzt hatte, verursachte noch immer ein leichtes Schwindelgefühl. Allerdings hatte sie aus einem weitaus wichtigeren Grund auf dem Ortswechsel bestanden. Sie musste sich ein paar Minuten sammeln und über die neue Situation nachdenken.

Der Junge mit dem Wolfskopf ließ ein klägliches, mitleiderregendes Quieken hören. Er war sicher der Jüngste von dieser traurigen Truppe von Mischwesen. Das Katzenmädchen versuchte ihn zu beruhigen, aber das leise Heulen ließ nicht nach.

»Was hat er denn?«, fragte Lucy besorgt.

Der Affenjunge rutschte unruhig auf seinem Stuhl hin und her und starrte auf die Tischplatte, als wäre ihm etwas peinlich. Schließlich antwortete das Katzenmädchen:

»Er hat Hunger. Als ihr gekommen seid, wollten wir gerade essen. Wir mussten Hals über Kopf fliehen. Er hält so etwas nicht so gut aus wie wir.«

Lucy blickte einmal in die Runde.

»Ihr habt alle Hunger, nicht wahr?«

»Und Durst. Das Wasser draußen ist nicht gut. Man darf es nicht trinken«, sagte ein extrem dünnes und großes Mädchen, dessen Gesicht mit einem feinen, kurzen Fell überzogen war und dessen Augen Lucy an ein Reh erinnerten.

Luwa stand schon auf und orderte bei einem Haushaltsroboter für alle etwas zu essen und zu trinken.

»Du sagst: draußen. Ihr habt die Station verlassen?«, fragte Lucy.

»Ja, aber die Pflanzen dort kann man nicht essen und das Wasser nicht trinken.«

Lucy lachte. »Die Raumanzüge sollte man lieber auch nicht ausziehen.«

Die merkwürdigen Wesen sahen sich gegenseitig an. Endlich sagte der Affenjunge:

»Wir tragen keine Raumanzüge, wenn wir die Station verlassen.«

»Aber die Luft da draußen kann man doch nicht atmen!«

»In der Luft ist Sauerstoff. Noch nicht so viel, dass es für euch ausreicht, aber sie ist nicht mehr giftig.«

»Und ihr könnt ohne Raumanzug rausgehen?«, fragte Lucy vorsichtig.

»Wir müssen etwas schneller atmen und wir werden etwas langsamer und sind etwas früher müde, aber wir können nach draußen gehen. Dafür wurden wir doch geschaffen«, sagte der Affenjunge und senkte den Kopf.

»Ihr wurdet dafür geschaffen?« Lucy hatte es zwar geahnt, aber sie brauchte doch einen Moment, um die Konsequenzen aus dieser Information zu verarbeiten.

»Man hat unsere Gene abgewandelt, um auf diesem Planeten leben zu können, bevor er für normale Menschen bewohnbar ist«, erklärte ein Wesen, dass fast wie ein menschlicher Junge aussah. Allerdings standen Ober- und Unterkiefer vor, die Nase war relativ platt und die Haut mit einem rötlichen Flaum überzogen. Lucy hätte gewettet, dass man bei ihm Gene eines Menschenaffen genutzt hatte, vielleicht eines Orang-Utans oder eines ähnlichen Tieres auf einem der anderen bewohnten Welten des Imperiums.

»Anfangs hat man Versuche mit einer in besonders hochgelegenen Bergregionen auf dem Planeten Thoris beheimateten Ziegensorte gemacht«, redete er weiter und zeigte auf einen anderen Jungen.

Auch sein Schädel schien für menschliche Verhältnisse leicht deformiert, sodass sich eine Ziegenschnauze im Gesicht andeutete. Auf dem Kopf befanden sich zwei Stummelhörner.

»Und dann haben sie alle möglichen Gen-Kombinationen an euch ausprobiert«, spann Lucy den Gedankengang weiter.

»Sie haben die verschiedensten Mischungen getestet. Die meisten von uns haben sie schon nach wenigen Tagen getötet. Sie haben nur die aufgezogen, die sie für Erfolg versprechend hielten.«

»Viele waren gar nicht lebensfähig. Dem größten Teil fehlte die Fähigkeit, Sprechen zu lernen. Die haben sie alle im Säuglingsalter umgebracht«, ergänzte das Katzenwesen.

»Was ist mit ihm?«, fragte Lucy und nickte in Richtung des Wolfswesens.

»Er kann nicht sprechen. Einer der Wissenschaftler gefiel er trotzdem. Deshalb haben sie ihn am Leben gelassen«, erklärte das Katzenwesen.

»Kann er uns verstehen? Weiß er, was wir reden?«

»Er versteht mehr als ein Tier, aber nicht alles. Er ist sehr sensibel.« Das Katzenmädchen fuhr ihm durchs Haar und kraulte ihn hinter einem Ohr.

In der Zwischenzeit hatten die Haushaltsroboter zu essen und trinken gebracht. Der Wolfsjunge hatte sich sofort darauf gestürzt. Er unterbrach sein Kauen, um ein wohliges Heulen hören zu lassen.

»Ihm fehlen auch viele menschliche Anstandsregeln, insbesondere wenn es ums Essen geht«, entschuldigte ihn das Katzenmädchen.

»Ihr könnt auch ruhig zugreifen. Anstandsregeln sind uns nicht so wichtig«, warf Luwa ein.

Lucy fühlte sich noch immer geschockt. Sie hatte die Bedürfnisse dieser Geschöpfe völlig vergessen. Sie schienen ziemlich ausgehungert und stürzten sich förmlich auf die aufgetischten Getränke und Speisen.

»Wie heißt ihr eigentlich? Ihr habt doch Namen?«, fragte sie.

»Ja, auch wenn es keine richtigen menschlichen Namen sind, glaube ich«, antwortete das Mädchen, das Lucy an ein Reh erinnerte. Sie aß am langsamsten. »Ich heiße ›Rena‹.«

Der Reihe nach stellte sie die Mischwesen vor. Das Katzenmädchen hieß ›Kazien‹, der Junge, der an einen Orang-Utan erinnerte, ›Uran‹ und der Affenjunge mit Schwanz ›Pavan‹.

Sie zählte weitere Namen auf, aber Lucy behielt sie nicht. Der Wolfsjunge wurde schlicht ›Wolf‹ genannt. Er war offensichtlich derjenige, der sich nicht nur vom Aussehen, sondern auch vom Intellekt am weitesten von einem Menschen unterschied.

Gurian betrat den Raum.

»Varenia geht es ziemlich schlecht. Ich habe sie vorerst stabilisieren können. Aber sie hat sich ziemlich schlimm an den Krallen infiziert«, teilte er den anderen mit, nicht ohne einen bösen Blick auf das Katzenmädchen zu werfen. »Wir müssen sie so schnell wie möglich auf unser Mutterschiff schaffen. Meine Fähigkeiten reichen nicht aus, um sie zu heilen.«

»Wir transferieren sie dort hin, sobald die Verbindung zum Schiff steht«, erwiderte Lucy.

»Ihr lebt von den Vorräten hier, nicht wahr?« Lucy blickte in die Runde der Mischwesen. Uran nickte.

»Wir werden nichts fortschaffen, was ihr braucht«, versprach Lucy.

»Können wir im kleinen Kreis mit euch reden?«, fragte Uran.

»Ja, natürlich«, antwortete Lucy verwirrt.

Die drei Rebellen verließen zusammen mit Kazien, Rena, Pavan und Uran den Raum. Wolf trottete neben Kazien her und wich nicht von ihrer Seite. Die anderen Mischwesen stürzten sich weiter auf die Nahrungsmittel. Sie hatten offensichtlich beschlossen, restlos alles zu verschlingen, was auf der Tafel stand. Die Gruppe ging in ein kleineres Besprechungszimmer und setzte sich dort rund um einen Tisch.

»Warum wollt ihr ohne die anderen mit uns reden?«, fragte Lucy.

»Ich möchte niemanden von unseren Freunden verletzen«, sagte Uran. »Es ist nämlich so, dass die intellektuellen Fähigkeiten in unserer Gruppe durch die Manipulationen sehr unterschiedlich sind. Die anderen sind nicht in der Lage wie ein gesunder Mensch zu denken.«

Lucy sah stirnrunzelnd zu dem Wolfsjungen hinüber.

Kazien lächelte. »Wolf versteht so wenig, dass es ihm nicht wehtut, wenn wir über seine geistigen Fähigkeiten reden. Er ist einfach nur lieb.«

»Wir wissen nicht, was wir tun sollen«, redete Uran weiter. »Wir brauchen die Nahrungsmittel auf dieser Station. Auf dem Planeten gibt es nichts, das wir essen könnten. Wir brauchen auch die Wasseraufbereitung. Das Wasser draußen macht krank, wenn es einen nicht gleich vergiftet.«

»Das ist kein Problem«, brummte Gurian. »Wir lassen euch die Sachen da. Wir stehlen doch nichts, was jemand zum Überleben braucht.«

»Das wollten wir euch auch nicht unterstellen«, übernahm jetzt Reha das Wort. »Aber das löst nicht unser Problem. Es liegen zwar noch Nahrungsmittel für etwa ein Jahr im Vorratslager, aber danach werden wir verhungern oder uns vergiften, weil wir aus Verzweiflung die Pflanzen draußen essen.«

»Das wird nicht passieren!«, platzte Luwa dazwischen. »Es gibt hier eine Transferstation. Und wenn ich allein dafür sorgen muss, verspreche ich euch, dass wir für eure Ernährung sorgen werden.«

Lucy sorgte sich um ihre Freundin. Das Mädchen hatte einen verschleierten Blick. Lucy hatte das bei ihr erst einmal gesehen, als sie von Trixis Leidensgeschichte erfahren hatte. Irgendetwas hatte einen geheimen, wunden Punkt in ihr berührt. Luwa war ohnehin manchmal schwer zu kontrollieren. Es fehlte noch, dass sie durchdrehte.

»Luwa, es ist passiert, du kannst es nicht ändern, auch wenn es Unrecht ist«, redete Lucy auf ihre Freundin ein.

»Das ist so grausam, so unmenschlich«, erwiderte Luwa verzweifelt. Feuchtigkeit glitzerte in ihren Augen.

»Wenn wir jemals dazu Gelegenheit bekommen, werden wir die Verantwortlichen zur Rechenschaft ziehen«, versprach Lucy.

»Ihr redet davon, dass wir existieren, nicht wahr?«, fragte Pavan. »Dass man uns erschaffen hat, mag unrecht sein, aber jetzt leben wir. Auch wir möchten genauso wie alle Menschen solange am Leben bleiben, wie es unsere Körper erlauben.«

»Natürlich, so haben wir das nicht gemeint. Ihr erhaltet Nahrung und alles, was ihr zum Leben braucht. Die Rebellen werden sich der Sache annehmen«, erklärte Lucy fest.

Sie musste dann noch erzählen, wer die Rebellen waren, was sie wollten und warum sie auf Doragon und in diese Station gekommen waren. Die vier Mischwesen hörten staunend zu.

»Das ist alles neu für uns«, sagte schließlich Uran. »Wir wissen von der Welt um uns herum nur das, was wir in der Bibliothek der Station gelesen haben und da war von Rebellen keine Rede.«

»Gelesen? Also habt ihr wenigstens eine Ausbildung erhalten«, hakte Luwa nach.

»Das ist komplizierter«, erklärte Kazien. »Unsere Fähigkeiten sollten getestet werden. Deshalb hat man verschiedene Programme an uns durchgeführt, die körperliche und geistige Eigenschaften bestimmen sollten. Nicht jeder von uns konnte alle Aufgaben erfolgreich lösen.«

Eine kurze Pause entstand, in der die drei Freunde die Mischwesen fragend ansahen. Für sie schien dieses Thema peinlich zu sein.

»Richtig lesen können nur wir hier, Wolf natürlich ausgeschlossen«, antwortete schließlich Pavan.

»Könnt ihr mit den Geräten auf der Station umgehen?«, fragte Gurian.

»Alles, was für uns wichtig ist, können wir bedienen«, erwiderte Rena stolz. »Kazien ist sogar eine gute Ärztin und Uran kennt sich mit der Rechenanlage aus.«

»Nur ein bisschen«, schränkte der Affenjunge sofort ein.

»Sehr gut, dann seid ihr mit dem Wichtigsten versorgt und die Kommunikation können wir auch halten«, meinte Luwa.

»Wo hattet ihr euch eigentlich versteckt?«, fragte Lucy.

»Es gibt einen geheimen Stollen in dem Berg«, erklärte Uran. »Über ihn gibt es keine Aufzeichnungen. Er führt noch tiefer in den Fels hinein. Die Tür zur Station ist mit einer speziellen Tarnvorrichtung ausgestattet.«

»Deshalb haben wir nichts gefunden«, knurrte Gurian.

»Ja, der Stollen ist natürlich wie ein Gebäude ausgekleidet. In ihm ist eine Tarneinrichtung installiert wie die Geräte auf unseren Köpfen. Dadurch kann man ihn selbst mit den neusten Sensoren nicht von außen messen.«

»Und in diesem Stollen habt ihr die ganze Zeit gelebt?«, fragte Lucy mitfühlend.

»Ja, darin sind wir aufgewachsen«, erzählte Rena. »Er ist wie der Mannschaftstrakt in der Station aufgebaut. Jeder von uns hat dort ein Zimmer. Es gibt Gemeinschaftsräume und eine Küche.«

»Nur, dass die Vorratskammer leer ist!«, stöhnte Pavan.

»Keine Angst, die füllen wir wieder.« Luwa lächelte ihn an.

»Sollen wir euch zeigen, wo wir leben?«, fragte Rena und sprang schon auf.

Den Freunden blieb nichts anderes übrig, sie folgten dem vor ihnen mit flinken Schritten vorweg tänzelnden Rehmädchen. Die

Tür zu dem geheimen Gang ging vom Materiallager aus. Durch die übliche Technik konnte man sie in der Tat nicht entdecken.

Der Stollen stellte sich tatsächlich als Wohntrakt heraus, der um die gleichen Annehmlichkeiten verfügte wie die Mannschaftsräume für die Stationsmitarbeiter. Sie setzten sich in einen der Gemeinschaftsräume.

»Ihr habt gesagt, ihr geht auch nach draußen«, hakte Gurian nach.

»Ja, das stimmt. Der Stollen hat auf der anderen Seite des Berges einen Ausgang. Auch der ist gut versteckt. Von dort unternehmen wir unsere Streifzüge auf die Planetenoberfläche«, erklärte Uran.

»Und da könnt ihr dann für Stunden draußen bleiben?« Gurian klang ungläubig.

»Wir können uns tagelang dort aufhalten. Wenn wir genug Nahrung und Wasser hätten, könnten wir dort leben«, bestätigte Kazien.

»Wir lassen euch die Lebensmittel da, dass haben wir ja schon gesagt«, stellte Lucy klar.

»Und das medizinische Gerät auch«, ergänzte Luwa.

»Die Waffen sollten wir ihnen auch lassen, wer weiß, wann die Militärs wieder zurückkommen«, warf Gurian ein.

Lucy atmete laut einmal ein und wieder aus.

»In Ordnung, wir lassen euch alles da. Dann werden wir wohl die Kisten wieder zurückräumen müssen.«

Lucy und Luwa unterhielten sich mit den vier Mischwesen über die Organisation des Rücktransports der Beute in die vorgesehenen Regale und sonstigen Lagerstätten. Gurian schien aber mit seinen Gedanken weiterhin bei den Militärs zu sein.

»Sagt mal, sind die Forscher und Soldaten noch einmal zurückgekommen?«, fragte er schließlich.

»Bisher nur einmal, nachdem die Station verlassen wurde«, erklärte Uran. »Sie sind erst auf dem Planeten gelandet und haben versucht, in die Station zu gelangen. Sie sind aber nicht hineingekommen.«

»Wieso? So schwer ist es doch nun auch nicht, den Nebeneingang zu öffnen.«

»Damals gab es noch einen Schutzschirm, der auch die Tür verschlossen hat. Sie haben es dann aufgegeben und sind wieder auf ihr Schiff zurückgeflogen. Danach haben sie uns beschossen. Es war schrecklich! In der ganzen Station haben die Sirenen geheult. Wolf hat vor Angst mitgejault. Wir konnten nichts machen. Wir haben nur zusammengesessen und uns aneinander festgehalten. Der Schutzschirm hat aber alles abgehalten. Nur der Mechanismus, der den Nebeneingang schützen soll, ist ausgefallen.«

»Wieso hat man überhaupt die Station verlassen und warum hat man euch zurückgelassen?«, fragte Lucy.

Die vier Mischwesen sahen sich wieder gegenseitig an. Auch das schien ein heikles Thema zu sein. Schließlich war es Pavan, der antwortete:

»Eines Tages hat sich eine Untersuchungskommission angekündigt. Eine Abordnung von Wissenschaftlern wollte sich die Station und die Ergebnisse des Vorbereitungsprogramms zur Besiedlung ansehen. Keiner hat sich mehr um uns gekümmert, alle sind wie wild durcheinandergelaufen und haben versucht, irgendwelche Lösungen zu finden.«

»Kein Wunder, wenn herausgekommen wäre, was die Forscher hier angestellt haben, wären sie alle nach Gorgoz geschickt worden«, warf Luwa wütend ein.

»Nach Gorgoz, den Gefängnisplaneten?«, fragte Rena, ihre großen, braunen Rehaugen weit aufgerissen.

»Ja, dem schrecklichsten Ort im ganzen bekannten Teil der Galaxie. Da gehören sie auch hin!« Luwas Augen sprühten vor Zorn.

»Ist ja gut«, wiegelte Gurian mürrisch ab. »Wie ging es weiter, Pavan?«

»Sie haben beschlossen, dass ein Unfall die gesamte Station zerstören sollte. Vorher wollten sie selbstverständlich den Planeten verlassen. Sie haben tagelang alle Spuren beseitigt.«

»Und ihr?«

»Wir wollten natürlich mitkommen. Ich glaube, selbst Wolf hat verstanden, dass er sterben würde, wenn er hierblieb.«

Wie zur Bestätigung heulte Wolf einmal auf. Kazien kraulte ihn zur Beruhigung hinter einem Ohr, bis er den Kopf wieder an ihre Schulter legte.

»Aber sie wollten euch nicht mitnehmen, richtig?«, fragte Gurian.

»Sie haben gesagt, wir wären nicht gelungen. Bestien wie uns könnte man der Menschheit nicht präsentieren«, antwortete Rena. Tränen standen ihr in den Augen. »Findet ihr uns auch so hässlich?«

»Ihr seht etwas ungewöhnlich aus«, gab Luwa ehrlich zu. »Aber ihr habt auch Eigenschaften, die besonders schön sind. Du hast zum Beispiel wunderhübsche Augen.«

Rena lächelte sie glücklich an.

»Und was ist dann passiert? Warum steht die Station noch?«, platzte Gurian dazwischen.

»Also, wie schon gesagt, sie wollten uns nicht mitnehmen«, erzählte Pavan weiter. »Sie haben uns in unseren Trakt eingesperrt. Aber ganz so einfach ist das nicht. Wir hatten einen Schlüssel für die Tür zum Stollen versteckt. Den haben wir geholt und sind wieder herausgekommen. Aber es war schon zu spät. Die gesamte Mannschaft hatte die Station verlassen. Die Transferstation hatten sie abgeschaltet. Wir wussten nicht, was wir machen sollten.«

»Wir wussten, dass die Forschungsanlage mit einer Bombe gesprengt werden sollte«, mischte sich Kazien ein. »Davon hatten sie die ganze Zeit geredet. Wir haben sie in einem Nebenraum zur Lagerhalle gefunden. Da ist der Platz, an dem sie die größte Auswirkung hat. Keiner von uns weiß, wie man so eine Bombe ausschalten kann, wenn sie einmal programmiert ist. Wir waren furchtbar hilflos. Die Zeit lief ab und wir konnten nichts machen. Da ist Bulli ganz schrecklich wütend geworden.«

»Bulli?«, fragte Lucy. »Ist das der kräftige?«

Sie hatte einen Jungen vor Augen, der sie an ein Rind erinnert hatte.

»Ja, er ist der Stärkste von uns«, schwärmte Rena.

»Leider ist er nicht gerade der Intelligenteste«, warf Uran ein. Renas Augen wurden feucht und von Kazien erhielt er einen bitterbösen Blick.

»Vor Wut hat er auf die Bombe eingeschlagen und getreten«, erzählte das Katzenmädchen weiter.

»Er hat sie mit seiner Kraft ausgeschaltet«, ergänzte Rena und warf Uran einen triumphierenden Blick zu.

»Die Bombe ist nicht explodiert?«, fragte Luwa ungläubig.

»Wo ist sie jetzt?«, hakte Gurian nach.

»Wir wussten nicht, was wir mit ihr machen sollten. Wir haben sie einfach dort liegen lassen, wo sie war«, erzählte Pavan.

Luwa und Gurian warfen sich einen Blick zu. Aus beiden Gesichtern war das Blut gewichen.

»Was ist?«, fragte Lucy. Sie ahnte Schreckliches.

»Wir reden über eine Bombe, die den ganzen Berg von innen heraus sprengen sollte«, gab Luwa eine knappe Erklärung.

»Könnt ihr uns zeigen, wo sie liegt?«, fragte Gurian und sprang schon auf.

»Natürlich!«, erwiderte Rena. »Wahrscheinlich ist Bulli sowieso da. Er sieht sich gerne sein Meisterwerk an.«

»Ihr habt den Raum nicht verschlossen?« Das Entsetzen schwang in Gurians Stimme mit.

»Wieso? Die Bombe ist kaputt. Sie liegt seit Monaten dort. Wir gehen häufig hin und betrachten sie. Dann wissen wir, warum wir uns freuen sollen, dass wir noch leben«, antwortete Rena, die neben dem durch die Gänge stürmenden Gurian lief.

Endlich erreichten sie den Raum. Tatsächlich stand Bulli dort mit zwei anderen Mischwesen. Sie unterhielten sich. Er lachte dröhnend.

»Geht aus dem Raum raus«, rief Gurian.

»Wieso? Das Teil ist kaputt. Ich habe es angehalten«, erklärte Bulli stolz.

Er machte einen Schritt auf die Bombe zu und holt mit seiner mächtigen Faust aus, um dem Gerät einen ordentlichen Schlag zu versetzen.

Luwa machte einen Satz, der sie an den anderen vorbei katapultierte. Nach einer Rolle kam sie auf die Füße, nutzte den Schwung um den Arm des Jungen zu greifen und ihn herumzuwirbeln. Er krachte an die Wand. Einen Moment herrschte Ruhe. Alle sahen Luwa entsetzt an.

»So, ihr drei verlasst den Raum«, kommandierte sie und zeigte dabei auf Bulli und seine Freunde.

Sie trollten sich tatsächlich. Keiner von ihnen wagte es, sich nach diesem Auftritt mit ihr anzulegen.

»Ihr anderen wartet an der Tür!«

Luwa trat an die Bombe heran und winkte Gurian zu sich. Lucy ignorierte Luwas Anordnungen, schließlich war sie die

Kommandantin. Sie stellte sich zu ihnen, allerdings in die zweite Reihe.

An der Bombe war ein digitales Feld angebracht. Auf ihr sah man neben weiteren Symbolen zwei Einsen.

»Heiliges Universum!«, rief Gurian aus.

»Kommt so etwas häufiger vor, dass eine Bombe durch einen Schlag abgeschaltet wird?«, fragte Lucy.

»Nein, davon höre ich zum ersten Mal«, erwiderte Luwa.

»Außerdem ist die Bombe nicht ausgeschaltet. Der Zündmechanismus ist nur angehalten. Eine Erschütterung und wir haben noch genau elf Sekunden zu leben. Bei der Stärke dieser Bombe reicht das nicht, damit sich auch nur ein Einziger von uns in Sicherheit bringen könnte.«

7

Der Raum mit der Bombe wurde versiegelt. Er durfte nicht mehr betreten werden. Lucy und ihre Freunde setzten sich zusammen und berieten, was sie tun konnten.

»Die ganze Situation ist verfahren«, stöhnte Gurian. »Die werden zurückkommen und die Station zerstören. Das müssen sie schon allein deswegen, weil irgendwann eine andere Truppe kommt und nachsieht, was hier los ist. Das Imperium wird sicher nicht den gesamten Planeten aufgeben nach dem Aufwand, den man bisher für die Besiedlungsvorbereitung betrieben hat.«

»Ich darf nicht daran denken, was da gleich um die Ecke liegt«, schloss sich Luwa an.

»Kann es nicht einfach sein, dass die Bombe nicht funktioniert?«, fragte Lucy, obwohl sie ahnte, dass sie sich wieder einmal als ahnungslose Primitive präsentierte.

»Du denkst von Maschinen immer noch in deinen Vorstellungen aus dem Metallzeitalter«, erwiderte Luwa recht undiplomatisch. »Unsere Geräte basieren auf Biologie. Natürlich kann ein Apparat seine Funktion einstellen – sterben würdest du sagen – aber kaputt gehen in deinem Sinn geht nicht.

Sah die Bombe tot aus? Hast du Anzeichen von Verrottung gesehen? Nein, also ist der Mechanismus nur stehen geblieben. Vielleicht gibt es sogar eine Störung, aber dann ist das Ding gerade dabei, sich selbst zu reparieren – im Heilungsprozess, wenn du so willst. Über kurz oder lang wird der Zündmechanismus weiter laufen.«

»Wahrscheinlich haben die Schiffe diese Anlage nicht beschossen, weil sie hinein wollten, sondern weil sie gehofft haben, dass durch die Erschütterungen die Bombe zündet«, mutmaßte Gurian.

»Dann müssen wir unsere neuen Freunde aus der Station evakuieren«, schlussfolgerte Lucy.

»Warum nehmen wir sie nicht mit zu unserem Mutterschiff?«, schlug Luwa vor.

»Die? Von denen könntest du niemanden auch nur halbwegs zu einem Kämpfer ausbilden«, kommentierte Gurian abfällig.

»Nicht alle Rebellen sind aktive Krieger. Sie könnten etwas anderes machen. Außerdem sind es nur zweiundzwanzig. Auf die paar Leute mehr oder weniger kommt es auch nicht an«, fauchte Luwa zurück.

Lucy verstand ihre Freundin ja, sie wusste aber genau wie die anderen beiden, dass diese Mischwesen keine Rolle auf den Schiffen der Rebellen einnehmen konnten. Die Aufgaben für diejenigen, die nicht zu den Kämpfern gehörten, verlangten einen hohen Intellekt. Dafür reichten selbst Urans Fähigkeiten nicht aus.

»Das geht nicht!« Lucy brachte ein anderes Argument vor. »Selbst wenn wir alle anderen Schwierigkeiten außer Acht lassen, dürfen wir diese armen Geschöpfe nicht mit auf die Rebellenstation nehmen. Wenn das unsere Gegner erfahren, werden sie uns die Menschenexperimente in die Schuhe schieben. Keiner würde uns mehr glauben. Das würde unser ganzes Ziel gefährden.«

Luwa sah traurig aus, widersprach aber nicht. Auch sie wusste, dass es um mehr ging. Für diese bedauernswerten Geschöpfe mussten sie hier auf diesem Planeten eine Lösung finden.

»Wir können die armen Kerle doch nicht der Atmosphäre auf der Oberfläche ausliefern. Selbst wenn sie nicht sofort sterben, so wird sie das Leben da draußen auf Dauer krankmachen«, stöhnte Luwa.

»Vielleicht sollten wir versuchen, die ganze Sache der Militärführung zu melden. Es gibt da auch ganz vernünftige Leute«, schlug Lucy vor.

»Ich weiß schon, auf wen du hinaus willst. Das meinst du nicht ernst!« Gurian sah seine Kommandantin ungläubig an.

»Ich weiß nicht, was du gegen ihn hast?«

»Ach eigentlich nichts, außer dass mir nicht gefällt, dass er uns am liebsten nach Gorgoz schicken will, wenn nicht gleich umbringen.«

»Hört auf zu streiten, das bringt doch sowieso nichts«, mischte sich Luwa ein. »Selbst wenn man jemand unter den Militärs findet, der wohlwollend ist, werden vielleicht die Schuldigen verurteilt, aber man wird diese armen Geschöpfe wie Versuchskaninchen halten und untersuchen. Da mache ich auf keinen Fall mit.«

»Ich denke, es gibt nur eine Möglichkeit: Wir müssen versuchen ihren Wohntrakt zu retten«, erläuterte Gurian den Plan, der während des Gesprächs in seinem Kopf entstanden zu sein schien. »Ich werde versuchen herauszufinden, wie groß die Sprengkraft ist. Wir transportieren alles, was gebraucht wird, in den Stollen und sprengen am Eingang einen Teil der Decke. Mit ein bisschen Glück kommt so viel von dem darüberliegenden Felsgestein herunter, dass es reicht, die Druckwelle abzupuffern. Der größere Teil der Explosion wird hoffentlich nach vorne hinaus gehen.«

»Hoffentlich reicht die Zeit, bis hier alles hochgeht«, erwiderte Luwa.

Lucy organisierte den Transport aller wichtigen Güter in den Stollen. Die Mischwesen bestanden zwar darauf mitzuhelfen, aber was die meisten von ihnen zustande bekamen, konnten die Roboter genauso gut erledigen.

Kazien, Rena, Pavan und Uran waren die einzigen ernst zu nehmenden Hilfen. Zusammen mit ihnen plante und koordinierte Lucy die Beförderung und die Lagerung der Lebensmittel, medizinischen Geräte und anderen Vorräte in ihrem Wohntrakt.

In der Zwischenzeit meldete sich die Mannschaft der ›Taube‹ zurück. Die Transferverbindung zum Mutterschiff wurde zwar wie geplant aufgebaut, aber nur noch zur Überführung von Varenia auf die Rebellenstation genutzt. Die Freunde waren froh, als sie wohlbehalten in die Hände ihrer Ärzte kam.

Shyringa benutzte den Schiffsrechner, um die Druckwelle der Explosion der Bombe vorauszubestimmen. Gemeinsam mit Gurian plante sie den Verschluss des Stollens mit Felsgestein. Nach ihren Berechnungen wurde eine Sprengladung an der Decke zum Zugang zum Wohntrakt angebracht. Außerdem wurde die Befestigung der Vorderseite der Gesamtanlage abgeschwächt, damit die Druckwelle nach dort entweichen konnte.

Glücklicherweise stellte sich heraus, dass die Transferkabine ein in sich geschlossenes Gerät war, das man nicht fest in die Konstruktion der Station verankert hatte. Dennoch war es nicht ganz einfach, die Kabine zu lösen und ohne Beschädigung in den Wohntrakt zu manövrieren, genauso wie die Rechenanlage.

Ein Problem, mit dem Lucy nicht gerechnet hatte, ergab sich aus der Unterbringung der zusätzlichen Geräte. Von dem vierköpfigen Leitungsteam abgesehen waren die anderen Mischwesen keine große Hilfe. Für die Technik und die Krankenstation mussten zwei Freizeiträume geopfert werden. Keines der Geschöpfe war bereit auf seine Lieblingsbeschäftigung zu verzichten. Zum Schluss lief es darauf hinaus, dass abgestimmt wurde, allerdings mit dem Ergebnis, dass die Überstimmten sich beleidigt in ihre Zimmer zurückzogen.

»Sie sind wie Kinder: nett aber anstrengend«, kommentierte Luwa.

Lucy nickte entnervt.

Am Abend saßen die drei Freunde recht müde zusammen mit Uran, Pavan und Kazien in der Kommandozentrale. Wolf, der wie ein Hündchen seiner Freundin überallhin folgte und sich auch diesmal still an ihren Arm kuschelte, wurde von ihnen kaum noch wahrgenommen.

Luwa verband sie mit ihrem Schiff. Shyringa und Lars wurden über Schirme zugeschaltet. Nur Trixi zeigte sich nicht. Die Schiffsingenieurin war sicher wieder in den Tiefen der Maschine versunken.

»Mir wäre es wirklich lieb, wenn ihr so schnell wie möglich an Bord kommt«, sagte Lars direkt nach der Begrüßung. »Mir ist absolut unwohl dabei, dass ihr da auf einer Bombe sitzt.«

»Nun mal ganz mit der Ruhe. Das Ding liegt hier schon seit Monaten und nichts ist passiert«, gab Gurian locker zurück.

Natürlich spielte er seine Unbekümmertheit nur. Jeder wusste, wie Lucy auch, dass mit jeder Minute, die verging, die Wahrscheinlichkeit stieg, dass die Uhr erneut zu ticken begann.

»Bevor wir gehen, müssen wir noch das Problem lösen, die Bombe so zu sprengen, dass keinem von unseren neuen Freunden etwas passiert und es von außen so aussieht, als sei alles zerstört worden.«

»Über die Wirkung der Explosion braucht ihr euch keine Gedanken machen. Die wird so viel Schaden anrichten, dass niemand auf die Idee kommt, dass da unten noch irgendwas existiert, das nicht in Schutt und Asche gelegt worden ist. Ihr solltet euch lieber darüber sorgen, dass ihr rechtzeitig verschwunden seid.«

»Shyringa, wie sieht es aus, hast du den Rechner knacken können?«, beendete Lucy die Diskussion.

Sie hatten eine Verbindung der Rechenanlage der Station mit dem Schiff geschaffen. Die Bordwissenschaftlerin versuchte, an den gesperrten Datenblock heranzukommen.

»Das war aufwendiger, als ich gedacht hatte. Derjenige, der das programmiert hat, muss viele Kenntnisse und Erfahrungen besitzen«, sagte sie. »Aber auch wir haben sehr ausgefeilte Methoden.«

Die Rebellen waren dafür berüchtigt, dass sich gewiefte Spezialisten von Rechenanlagen unter ihnen befanden. Sie manipulierten die verschiedenen Kommunikationsnetze des Imperiums auf vielfältige Weise. Kaum etwas war vor ihnen sicher, so auch in diesem Fall.

»Leider wurde ein großer Teil der Daten gelöscht. Es gibt keinen brauchbaren Hinweis darauf, welche Einheit sich auf diesem Planeten befunden hat. Wer für diese Forschungen verantwortlich ist, wird man wohl nur beantworten können, wenn man diese Informationen mit denen aus dem Militärapparat abgleicht. Da kommen wir aber auf einfache Weise nicht heran und ihr wisst, es gibt im Moment wichtigere Dinge, die wir mit unseren ganz geheimen Methoden herausfinden müssen.«

»Gut, die Schuldfrage wird man, wenn überhaupt, dann erst nach Ende des großen Krieges klären können«, merkte Lucy an.

»Wenn man davon ausgeht, dass er tatsächlich in der Lebensspanne einer Generation beendet wird.«

Lucy atmete unauffällig einmal ein und wieder aus. Die emotionslose Sprechweise der aranaischen Freundin fiel ihr auf die Nerven. Natürlich stimmte es, dass man nicht mit Sicherheit sagen konnte, ob der große Krieg jemals ein Ende fand. Aber gefühlsmäßig ging Lucy selbstverständlich davon aus, dass sie ihre Ziele erreichten und ein Kriegsende gehörte schließlich dazu.

»Was ist denn nun aus der Analyse der Daten herausgekommen?«, fragte sie so neutral wie möglich.

»Für mich als Aranaerin ist das sehr verwirrend. Es ist eine große Anzahl von Versuchen durchgeführt worden. Ich habe ja das grundsätzliche Ziel verstanden, aber der Sinn der Einzelexperimente erschließt sich mir nicht.

Vieles wurde ausprobiert, das jeder Logik entbehrte. Die Mehrzahl der Experimente führte zu einem vorzeitigen Tod der Embryos. Eine simple logische Analyse hätte in den meisten Fällen gereicht, um einen negativen Ausgang des Versuchs mit größter Wahrscheinlichkeit vorherzusagen.«

Shyringas kleinen stechenden Pupillen starrten aus dem Bildschirm, direkt in Lucys Gesicht. Es schien fast, als erwarte sie von ihr eine Erklärung dieses vollkommen unsinnigen Verhaltens, das, da es jeder Logik entbehrte, nur mit diesen unverständlichen Emotionen der nicht-aranaischen Spezies zusammenhängen musste.

»Gab es dazu keine Erläuterungen in den Aufzeichnungen?«, fragte Lucy, die sich die Vorgehensweise der Wissenschaftler auch nicht erklären konnte.

»Nein, aus den Daten ergibt sich ein Bild, als seien Gene von Tierarten, die auf unterschiedlichen Planeten des Imperiums beheimatet sind, nach einem Zufallsprinzip oder einem mir nicht nachvollziehbarem Muster mit menschlichen Genen vermischt worden. Teilweise wurden sie ersetzt, in anderen Fällen hat man sie hinzugefügt oder seltener etwas weggelassen.

Aus guten Gründen ist so eine Manipulation geächtet. Es gibt nachvollziehbare Gedankengänge, aus denen man eine Weiterentwicklung menschlichen Genmaterials ableiten kann. Bei diesen Gedanken geht man aber immer davon aus, dass man Defizite ausgleicht oder benötigte Fähigkeiten erweitert.

Eine Verschmelzung mit Tieren, die auf einer geringeren Entwicklungsstufe als ein Mensch stehen, kann nur zu einem Rückschritt führen. Das hat man auf der Station dann ja auch eingesehen und wollte das Projekt als misslungen einstellen.«

Es trat eine peinliche Stille ein. Lucy blickte unsicher zu ihren neuen Freunden, die trübsinnig vor sich auf den Boden starrten. Daran hatte die Kommandantin der ›Taube‹ nicht gedacht:

Shyringa kannte keine Emotionen. Sie konnte nur durch die Reaktionen ihrer imperianischen Freunde auf die Wirkung ihres Berichts zurückschließen. Sie hatte nur das ausgesprochen, was ihrer Logik entsprach. Sachlich hatte sie sicher recht. Dass ihre Worte die Mischwesen im Raum extrem hart trafen, konnte sie nicht wissen. Sie spürte solche Gefühle ja nicht.

»Bitte sagt Rena nichts davon. Sie ist die Sensibelste von uns. Sie wird tagelang weinen, wenn ihr ihr erzählt, dass sie nicht die Fähigkeiten eines Menschen hat«, bat Kazien.

»So ist das nicht gemeint!« Luwa sah außergewöhnlich hilflos aus. Sie sprang sogar auf und nahm das Katzenmädchen in den Arm. »Das ist nur kalte Wissenschaftler-Logik.«

»Das ist verdammte Aranaer-Logik«, knurrte Gurian.

»Ihr seht doch, dass ihr vier wie vollkommene Menschen leben, denken und handeln könnt. Dass die anderen über den Stand von Kindern nie hinauskommen werden, wisst ihr auch«, versuchte Luwa sie zu trösten.

»Du brauchst dir keine Mühe zu geben, wir alle kennen unsere Grenzen«, sagte das Katzenmädchen. »Aber es ist lieb von dir, dass dir unsere Gefühle so wichtig sind.«

Shyringa sah noch immer ungerührt und weitgehend unbeweglich aus dem Schirm.

»Leider bin ich nicht in der Lage, eurem Gespräch zu folgen«, sagte sie in ihrer kühlen, emotionslosen Stimme. »Wie ihr wisst, kann ich eure Emotionen nicht nachempfinden. Sollte ich jemanden verletzt haben, bitte ich es zu entschuldigen. Es ist nicht willentlich geschehen.«

»Ist schon gut!« Gurian winkte ab. »Hast du noch etwas herausgefunden?«

»Die Experimente sind vollkommen versteckt worden. Die Militärführung hat keine Ahnung, was hier abgelaufen ist.«

»Das ist wirklich merkwürdig. Ich frage mich, ob die Leitungsebene noch weiß, was ihre einzelnen Einheiten treiben«, warf Lucy ein.

»Der Krieg hat den Militärapparat so weit aufgebläht, dass alles möglich ist und keiner mehr einen Überblick hat«, meinte Gurian.

»Ansonsten kennen wir die DNA aller geschaffenen Wesen, aber das wird uns nichts nutzen«, nahm Shyringa ihren Bericht wieder auf.

»Vielleicht doch«, widersprach Luwa. »Spiel die Daten hier auf den Rechner. Sie können in der Krankenstation nützlich sein.«

»Achtung! Fremdes Schiff materialisiert im Außenbereich des Systems!«, hörten sie Trixis Stimme aus dem Hintergrund.

Lars verschwand und tauchte eine Sekunde später wieder auf dem Bildschirm auf.

»Ihr müsst aufs Schiff! Nehmt die Transferstation, die Fähre schreiben wir ab«, rief er aufgeregt.

Kazien sah Luwa ängstlich an, die sie noch immer im Arm hielt. Es war aber Lucy, die antwortete:

»Wir sind noch nicht fertig. Wir müssen die Sprengung der Bombe vorbereiten. Wir werden unsere neuen Freunde nicht im Stich lassen. Ihr springt in Sicherheit. Wenn sich die Lage hier unten beruhigt hat, nehmen wir Kontakt über eine unserer versteckten Relay-Stationen auf. Es wäre natürlich nett, wenn ihr da ab und zu mal horchen würdet.«

»Lucy, bist du verrückt? Ich fliege doch nicht ohne euch ab!«, widersprach Lars.

»Lars, du hast mich falsch verstanden. Das war ein Befehl deiner Kommandantin!«, erwiderte Lucy scharf. »Du wirst unser Schiff in Sicherheit bringen und es auf gar keinen Fall gefährden. Ich verlasse mich darauf, dass du uns wieder abholst.«

Lars schüttelte den Kopf.

»Ich hoffe, du weißt, was du tust.«

»Seht zu, dass ihr wegkommt. Die müssen nicht wissen, dass wir hier unten sind.«

Damit beendete Lucy die Verbindung. Sie wusste, dass sie vergeblich hoffte, nicht entdeckt zu werden. Das Militärschiff hatte die ›Taube‹ mit Sicherheit bereits geortet. Ihre Freunde würden zwar weg sein, bevor die Militärs den Planeten erreichten, aber sie würden sich denken, dass die Station ihr Ziel gewesen war. Zumindest würden sie damit rechnen, dass sich Rebellen auf ihr befanden und vorsichtiger als geplant vorgehen.

Jetzt kam auch noch das Problem eines feindlichen Angriffs hinzu. Eigentlich reichte die nicht entschärfte Bombe wirklich aus.

8

Luwa und Gurian suchten hektisch über die Hauptschirme des Kommandoraums das Planetensystem nach dem feindlichen Schiff ab. Auf einem der Bildschirme sah man die ›Taube‹ in Richtung der äußeren Zone des Systems verschwinden. Das Rebellenschiff musste Abstand zum Zentralgestirn gewinnen, um den rettenden Sprung in die Weiten des Alls durchführen zu können.

»Da ist es«, meldete Luwa. »Sie haben ein Mutterschiff geschickt.«

Einer der Schirme zeigte ein großes Militärschiff, dass sich im direkten Anflug auf Doragon befand.

»Das fliehende Rebellenschiff scheint sie nicht sonderlich zu interessieren«, bemerkte Lucy.

»Wenn die zu der Truppe gehören, die das hier veranstaltet hat, dürften die im Moment größere Sorgen als ein paar Rebellen haben«, erwiderte Gurian grimmig.

Aus den Daten hatten sie herausgefunden, dass die Inspektion der Station durch Vertreter der Militärleitung in wenigen Wochen stattfinden sollte. Wenn die Verantwortlichen ihre verbotenen Versuche vertuschen wollten, mussten sie sich in der Tat beeilen.

Lucy zerbrach sich unterdessen den Kopf, wie sie die Situation retten konnten. Auf einen Kampf mit der Besatzung eines großen Militärschiffs durften sie sich nicht einlassen. Je nach Aufgabe und Ausstattung hatte so ein Schiff fünfhundert bis mehr als tausend Soldaten an Bord. Wenn nur ein Bruchteil von ihnen auf dem Planeten landete, würden sie gnadenlos überrannt werden.

»Wir müssen den Nebeneingang sichern«, überlegte sie laut. »Kann man den Schutzschirm dort wieder aktivieren?«

»Einen notdürftigen Schirm habe ich schon installiert«, brummte Gurian. »Wenn die aber schwere Waffen mitbringen, wird der nicht lange halten. Ich bringe noch eine Sprengladung an der Decke im Gang vor der Schleuse an. Wenn das Felsgestein dort herunterkommt, versperrt es ihnen den Weg. Aber auch das wird sie nicht lange aufhalten.«

»Was ist mit unserer Raumfähre?«, fragte Luwa.

»Die wird doch hoffentlich unter einem Tarnschirm stehen?«

»Das schon, aber sie ist darauf programmiert, ihre Umgebung von Bewuchs frei zu halten. Aus dem Orbit wird man eine ungewöhnliche Lichtung erkennen.«

»Schalte auf jeden Fall die Automatik aus. Spätestens, wenn die Fähre die Pflanzen zerstrahlt, wird sie entdeckt werden.«

Kazien kam mit drei Tarngeräten in der Hand in den Kommandoraum. »Vielleicht solltet ihr die aufsetzen. Dann kann man euch von außen nicht sehen.«

»Das ist eine wirklich gute Idee«, lobte Luwa.

Lucy wunderte sich, wie vertraut die beiden sich anlächelten. Die drei Freunde stülpten sich die Geräte über den Kopf. Ihre Gegner mussten schließlich nicht wissen, dass sich neben den Mischwesen auch gut ausgebildete Kämpfer auf der Station befanden.

Gurian besorgte sich eine Sprengladung. Er kniete vor dem Lucy fremden Gerät und bastelte an ihm herum. Sämtliche Türen standen auf. In einem Raum neben dem ehemaligen Materiallager konnte sie Luwa hantieren sehen. Auch sie beschäftigte sich mit einem Sprengkörper. Dieser sollte die Explosion der großen Bombe auslösen. Über dem Eingang zum Stollen, in dem der Wohntrakt der Mischwesen lag, befand sich auch ein Sprengsatz. Lucy wurde ganz mulmig, wenn sie nur daran dachte, was passierte, wenn jetzt irgendetwas schief ging.

»Achtung, das Militärschiff schwenkt in den Orbit«, rief Gurian.

Jetzt wurde es eng. Die Vorbereitungen waren noch nicht beendet. Die Roboter und die Mischwesen trugen die letzten Vorräte, medizinischen Geräte und Waffen in den Stollen.

»Schnell, die Transferstation!«, rief Lucy. »Wir müssen sie in euren Wohntrakt schaffen, bevor der Angriff beginnt!«

Dieses Gerät war das Wichtigste. Wenn es verloren ging, gab es keine Verbindung mehr nach außen. Die Rebellen hatten dann keine Möglichkeit ihre neuen Freunde zu versorgen. Zumindest dann nicht, wenn das Imperium eine neue Forschungsstation errichtete und diese von Kriegsschiffen bewachen ließ. Man musste schließlich davon ausgehen, dass man diesen Planeten nicht aufgab.

Lucy packte selbst mit an. Das Gerät war groß und schwer. Es handelte sich um eine Kabine, in der vier Personen Platz fanden. Auf einer Seite trugen sie zwei starke Roboter, auf der anderen Lucy und drei weitere von den Mischwesen unter anderem Bulli, der sicher doppelt so viel Kraft besaß wie sie.

Es krachte furchtbar. Der Boden erzitterte. An einigen Stellen riss die Decke auf und Steine polterten herunter. Die Luft füllte sich mit Staub.

»Sie beschießen die Station«, schrie Gurian aus dem Kommandoraum.

Lucys kleiner Trupp blieb stehen und sah sich ängstlich um.

»Weiter! Wir müssen die Transferkabine in den Stollen bringen!«, brüllte Lucy.

Unter Ächzen wurde das schwere Gerät wieder angehoben und einen halben Meter weiter getragen. In diesem Moment krachte es erneut. Noch mehr Fels fiel herunter. Die Warnsignale heulten auf.

Lucy kannte die Signale. Auf Schiffen und Raumstation wurden gleichartige Tonkombinationen verwendet. Der Schutzschirm, der die gesamte Anlage umgab, flackerte. Das war ein ganz schlechtes Zeichen.

Es krachte ein drittes Mal. Der Boden erzitterte so, dass einem Teil der Mischwesen der Kasten aus den Händen rutschte. Lucy brach fast zusammen. Mit letzter Kraft konnte sie ihre Ecke wenigstens noch ablegen. Einem der Träger an der anderen Ecke erging es nicht so gut. Die Transferkabine fiel ihm auf die Finger und klemmte sie ein.

In die heulenden Warnsignale mischte sich ein schriller, verzweifelter Schmerzensschrei.

»Ihr könnt doch nicht loslassen, ihr verdammten Idioten!«, schrie Lucy.

Es kamen ein paar weitere der Mischwesen gerannt. Gemeinsam hoben sie den Kasten wieder an. Die Hand des verletzten Jungen sah schrecklich aus.

»Bringt ihn in die Krankenstation«, brüllte Lucy gegen das nächste Krachen an.

Für einen Augenblick schien die gesamte Station zu schwanken. Über ihnen riss die Decke auf, ein Stein löste sich und traf Lucy am Kopf. Für einen Moment wurde ihr schwarz vor Augen. Ihr war schlecht vor Schmerz. Mit letzter Kraft zerrte sie an der Kiste.

»Lucy, lass den Roboter ran«, wie durch einen Schleier hörte sie Luwas Stimme.

Tatsächlich kamen mehrere Transportroboter auf ihren jeweils vier kurzen stämmigen Beinen gelaufen und nahmen ihnen die Transferkabine ab.

»Du musst auf die Krankenstation«, rief Luwa.

Im nächsten Moment wurden die beiden Mädchen fast von den Füßen gerissen. Wieder erzitterte der ganze Berg. Luwa schleppte Lucy durch Staub und herunterfallende Steine zu dem Raum, den sie im Stollen zur Krankenstation umfunktioniert hatten.

Die medizinischen Geräte waren zwar schon herbeigeschafft worden, aber die Zeit hatte nicht gereicht, sie vollständig aufzubauen. Kazien verarztete die anderen Verletzten. Sie beschäftigte sich gerade mit der gequetschten Hand von Lucys Mitträger. Lucy fiel auf, dass sie viel länger brauchte, als sie es von den Ärzten auf ihrer Rebellenstation gewohnt war.

Um sie kümmerte sich Luwa selbst. Die Platzwunde am Kopf hatte sie schnell geschlossen, aber der Kopfschmerz und ein leichter Schwindel blieb.

»Eigentlich müsstest du dich jetzt ausruhen und eine Zeit lang stillliegen, aber das kann man im Moment wohl vergessen«, rief Luwa, gegen den Lärm an, der durch einen neuen Treffer ausgelöst wurde.

»Was macht die Bombe?«, fragte Lucy.

»Keine Ahnung, ich habe die Arbeit unterbrochen, um euch zu helfen.«

»Lass uns nachsehen«, brüllte Lucy gegen ein erneutes Donnern an. Durch rieselnden Staub, Kiesel und Felssplitter rannten die beiden Kämpferinnen zurück.

Die Transferkabine war mittlerweile dort angekommen, wohin man sie bringen wollte. Allerdings hatte der Transport zwei Roboter gekostet, die durch die Erschütterung gestolpert und dadurch von der Last zerquetscht oder durch einen herabfallenden Felsstein zerstört worden waren.

Über dem Eingang zum Stollen hing immerhin noch die Sprengladung, auch wenn die Befestigung beschädigt zu sein schien.

Die beiden Mädchen erreichten den Raum, in dem die Bombe lag. Lucys erster Blick wanderte zur Anzeige. Sie stand nach wie vor auf elf. Die Erschütterungen hatten den Mechanismus also nicht in Gang gesetzt, noch nicht.

Die Sprengladung, die Luwa anbringen wollte, lag auf dem Boden. Luwa bückte sich, sie aufzuheben. In diesem Moment erhielt die Station erneut einen Treffer. Lucy wurde gegen die Wand geschleudert.

Luwa konnte gerade noch zur Seite springen, als ein Felsbrocken von oben herab fiel und die Sprengladung unter sich begrub. Ein weiterer Stein löste sich aus der Decke, zerriss das Auskleidungsmaterial und fiel herunter, direkt auf die Bombe.

Lucy erstarrte vor Entsetzen. Einen Moment konnte sie weder handeln noch denken. Ihr Blick klebte an der Anzeige des Auslösemechanismus. Eine Ewigkeit passierte nichts. Endlich gelang es Lucy wieder zu atmen.

»Das Ding scheint wirklich eine ziemliche Macke zu haben«, stöhnte Luwa. Sie humpelte auf Lucy zu. Ein Stein hatte sie unterhalb des Knies getroffen. »So ein verdammter Mist, jetzt muss ich mir in diesem Chaos auch noch eine neue Sprengladung besorgen.«

»Geh erst auf die Krankenstation, dein Bein sieht schrecklich aus!«

»Das geht schon, das muss bis nachher warten!«

Luwa humpelte los. Lucy folgte ihr. Sie hakte sie unter. Als sie gerade auf der Höhe der Krankenstation ankamen, wurde der Berg erneut von einer Welle von Einschlägen erschüttert. Den Gang erwischte es besonders heftig. Wieder stürzten Teile herab.

Sie flüchteten in den Sanitätsraum. Dort hockte Kazien, Wolf eng an sich gedrückt, der wie ein Welpe vor Angst fiepte. Auch das Katzenmädchen zitterte am ganzen Leib.

Lucy war verwundert und gerührt, als sie sah, wie Luwa ihren Arm um das Mädchen legte. Sie gab ihr einen Kuss zwischen die lang abstehenden Schnurrbarthaare auf die kleine Stupsnase und drückte sie dann an ihre Schulter. So viel Fürsorge kannte sie von der ansonsten eher verschlossenen Kämpferin nicht.

Die Furcht der Mischwesen, die ängstlich aneinander gekauert um sie herum saßen, konnte Lucy dafür um so besser verstehen. Nicht nur die Wände, selbst der Boden erzitterte. Langsam wurde Lucys Sorge um die Bombe von der Angst verdrängt, unter diesem Berg begraben zu werden.

Die Erschütterungen nahmen noch weiter zu. Vor Staub konnte man kaum noch atmen. Immer wieder krachten Steine herab. Die Warnsignale, die durch die gesamte Station heulten und selbst in dem Stollen zu hören waren, nahm Lucy kaum noch wahr.

Sie drückte sich jetzt auch an die anderen. Gemeinsam saßen sie, so weit es ging, an eine Außenwand gedrückt, dort kamen am seltensten Felsbrocken herunter.

Es wurde noch einmal so schlimm, dass Lucy meinte, jetzt würde die Station, vielleicht sogar der gesamte Berg einstürzen, dann kehrte schlagartig Ruhe ein. Einige wenige Steine polterten noch herab. Dann herrschte eine gespenstische Stille.

Sie saßen in einem Nebel von Staub, der so dicht war, dass man die gegenüberliegende Wand nicht erkennen konnte. Als Lucy sich daran gewöhnt hatte, dass der ohrenbetäubende Krach ein Ende gefunden hatte, hörte sie, dass die Ruhe durch leises Wimmern und Schluchzen gestört wurde. Nicht nur Wolf, auch viele der anderen Mischwesen weinten vor Angst.

»Es ist vorbei. Ihr braucht keine Angst mehr zu haben. Der Berg hat gehalten«, sagte Luwa sanft. So viel Mitgefühl zeigte sie normalen Menschen gegenüber üblicherweise nicht.

»Wir müssen uns beeilen. Sie werden gleich kommen«, unterbrach Lucy sie.

Luwa nickte ernst. Sie löste sich aus Kaziens Armen.

»Warte!«, sagte die. »Ich verarzte dich erst.«

»Kümmere du dich um die anderen, ich kann mir schon selbst helfen«, wimmelte Luwa das Katzenwesen sanft ab.

Das würde sicher schneller gehen, dachte Lucy. Als sich aber Luwa mit einem dieser kleinen medizinischen Wunderwerke an ihrem Bein zuschaffen machte, nahm Lucy es ihr aus der Hand und versorgte damit ihre Freundin. Man konnte sie zwar nicht als Spezialistin für diese Aufgabe bezeichnen, aber eine Grundausbildung in Nothilfe hatte sie wie alle anderen Mannschaftsmitglieder auch.

Kaum war Luwas Bein soweit wieder hergestellt, dass sie alleine laufen konnte, rannte sie zurück zu dem Raum, in dem die Bombe lag, und kümmerte sie sich um die Sprengladung. Lucy lief währenddessen in den Kommandoraum. Einen Moment erstarrte sie vor Entsetzen, als sie Gurians staubbedeckte Gestalt bewegungslos zwischen den Trümmern der Decke auf dem Boden sitzen sah, aber dann hörte sie ihn leise fluchen.

»Dieser verdammte Angriff hat meine Konstruktion zerstört. Jetzt muss ich wieder von vorne anfangen«, schimpfte er, als er Lucy bemerkte. Er fummelte noch immer – oder besser: wieder – an der Sprengladung für den Nebeneingang.

»Was ist? Was macht das Schiff?«, fragte Lucy atemlos.

»Keine Ahnung! Darum musst du dich kümmern, ich muss das hier erst fertigmachen.«

Lucy musste nach einem funktionierenden Bildschirm suchen. Die Hälfte von ihnen war ausgefallen. Der gesamte Kommandoraum sah wie ein Trümmerfeld aus. Größere Steine und Felsbrocken hatten die Verkleidung aus biologischem Material der Decke an vielen Stellen zerschlagen. Fetzen hingen von ihr und an den Wänden herunter.

Der Boden war mit Steinen und Felssplittern übersät. Eine dicke Schicht Staub überzog die gesamte Einrichtung. Lucy wusste, dass die Selbstheilungskräfte des biologischen Materials es wieder zusammenwachsen ließen. Dieser Prozess hatte bereits begonnen. In einigen Tagen wäre der Innenraum wieder hergestellt.

Auch die Haushaltsroboter hatten ihre Arbeit schon aufgenommen. Sie räumten die Steine und Felsen zu Seite. Danach würden sie sauber machen. In wenigen Tagen würde der Kommandoraum aussehen wie vorher. Allerdings war kaum anzunehmen, dass er dann noch existierte.

Nach einigen Minuten suchen, wusste Lucy, welche Schirme noch funktionierten, und aktivierte sie. Sie lenkte die Orbit-Überwachung auf einen von ihnen. Bedrohlich zeichnete sich das große Militärschiff auf ihm ab. Es startete aber keinen neuen Angriff. Wahrscheinlich wollte man eine Zeit lang abwarten und sehen, ob die Erschütterungen die Bombe auslösen würden.

Lucy holte die Umgebungsüberwachung auf einen anderen Bildschirm. Es sah erschreckend aus. Der Berg, den bei ihrer Ankunft Bäume bis fast an die Spitze bedeckt hatten, zeigte jetzt nur noch kahlen Stein. Selbst der war meterdick zu Glas geschmolzen. Lucy fürchtete, dass es eine Ewigkeit dauern würde, bis wieder Pflanzen auf ihm wuchsen. Dann erinnerte sie sich, dass dies schon der zweite Angriff war, den der Berg ertragen musste, und die aggressive Biologie dieses Planeten ihn sich in erstaunlich kurzer Zeit zurückerobert hatte.

»Verdammte Scheiße«, fluchte Gurian. Er hatte sich hinter sie gestellt.

»Was ist?«

»Sie dir mal den Radius der Zerstörung an!«

Bevor er den Satz zu Ende gesprochen hatte, wusste Lucy, was er meinte. Innerhalb des Zerstörungsradius lag ihr Landeplatz. Das Kriegsschiff hatte den gesamten Bereich rund um den Berg mit ihren großen Strahlenkanonen beschossen. So einen Beschuss hielt der Schutzschirm einer Landefähre nicht aus. Das kleine Raumschiff war buchstäblich verdampft.

»Wir haben noch die Transferstation. Dann müssen wir die eben nehmen«, sagte Lucy automatisch.

Sie sah noch immer auf die Verwüstung rings um die Station. Am Rande der künstlich entstandenen Lichtung stieg Rauch aus verkohlten Bäumen auf. Das Holz dieser Pflanzen war so hart und dicht, dass es auch auf Terra kaum gebrannt hätte. Auf Doragon kam hinzu, dass die Atmosphäre noch immer verhältnismäßig wenig Sauerstoff enthielt. Selbst so ein heißer Brand wie der, den Strahlenkanonen entfachten, kamen schnell zum Erliegen.

»Sie kommen!«, sagte Gurian. Er zeigte auf den Schirm.

9

Das große Kriegsschiff setzte ein kleineres Raumschiff ab, das Kurs auf die Station nahm. Es besaß die Größe, um eine Mannschaft von mehr als dreißig Personen zu transportieren.

»Gleich wird es ungemütlich. Ich baue mal meine kleine Überraschung ein«, sagte Gurian.

»Einen Moment, ich komme mit«, erwiderte Lucy.

»Ich auch!« Luwa betrat den Kommandoraum. »Ihr wollt doch wohl nicht allein das Empfangskomitee spielen.«

»Hast du die Sprengladung angebracht?«, fragte Lucy.

»Alles bestens! Wir können nur hoffen, dass das Ding wirklich die Bombe auslöst. Die ganzen Erschütterungen haben ihr scheinbar nichts ausgemacht.«

Die drei machten sich auf den Weg zum Nebeneingang. Auch in diesem Teil der Station stießen sie auf erhebliche Zerstörungen. Sie mussten über Haufen von Geröll steigen. Die Roboter, die auch hier mit Aufräumarbeiten beschäftigt waren, verscheuchten sie. Nichts sollte ihnen den Weg verstellen, wenn sie zurück zum Kommandoraum flüchten mussten.

Neben dem Eingang zur Luftschleuse des Nebeneingangs hing auch ein Schirm an der Wand. Die Halterung hatte durch den Angriff zwar schwer gelitten, aber das Gerät lief noch und zeigte die anrückenden Truppen.

Das eingespielte Team der drei Rebellen sagte kein Wort. Gurian winkte einmal Luwa. Er drückte ihr die Sprengladung in die Hand. Sie stieg auf seine Hand. Lucy nahm den anderen Fuß. Gemeinsam hoben sie das Mädchen so weit an, dass sie das Gerät unter der Decke anbringen konnte.

Der Bildschirm zeigte unterdessen an, dass ein Trupp von etwa dreißig Soldaten des Imperiums vor dem Eingang stand. Schnell erkannten sie, dass sie mit einfachen Mitteln nicht hineinkommen würden. Allerdings waren sie mit schweren Waffen ausgerüstet und richteten eine der Strahlenkanonen auf den Schließmechanismus aus.

Als Letztes sahen die drei Jugendlichen einen blendenden Strahl, dann färbte sich der Bildschirm schwarz. Die Angreifer hatten den Außensensor zerstört.

»Sie kommen, wie weit bist du?«, fragte Lucy.

»Fertig! Ihr könnt mich runter lassen«, antwortete Luwa.

Die drei suchten Schutz hinter einem Geröllhaufen. Gurian hielt den Auslösemechanismus in der Hand.

»Warte!«, rief Lucy. »Wir wollen niemanden umbringen!«

Die Tür der Luftschleuse öffnete sich.

»Wir müssen sie zurückdrängen!« Lucy sprang auf und schoss aus ihrem Handstrahler auf die überraschten Eindringlinge. Gleich zwei fielen bewusstlos zurück in die Kabine.

Die verbliebenen imperianischen Soldaten feuerten jetzt auch im Schutz der Schleusenwand.

»Wenn du wirklich keinen verletzen willst, müssen wir sie dazu bringen, die innere Schleusentür zu schließen«, brummte Gurian.

Auch er feuerte, was das Zeug hielt.

»Die scheinen sich vorgenommen zu haben, uns allein fertigzumachen und dann die anderen zu holen«, mutmaßte Luwa.

In der Schleuse befanden sich weniger als zehn Mann. Auch Lucy vermutete, dass die Soldaten sie für Mischwesen hielten, von denen sie glaubten, dass sie diese leicht und schnell überrumpeln konnten. Lucy und ihre Freunde hatten sich Sturmhauben übergezogen, damit die Gegner nicht wussten, mit wem sie es zu tun hatten.

»Die werden die innere Schleusentür nur dann verschließen, wenn sie Verstärkung holen müssen, weil sie allein mit uns nicht fertig werden. Wir müssen so viele wie möglich von ihnen ausschalten«, folgerte Luwa.

Bevor Lucy reagieren konnte, hechtete das Mädchen über den Steinhaufen. In kurzer Folge feuerte sie im Flug ihren Handstrahler gleich mehrere Male ab. Die Gegner überraschte diese Aktion. Sie schossen zwar zurück, waren aber nicht auf ein bewegliches Ziel vorbereitet.

Im Gegensatz zu den Rebellen benutzten die Soldaten den Zerstörungsmodus. Das verdeutlichte noch einmal das Ziel: Die Bewohner der Station, die Mischwesen, sollten getötet werden. Die Strahlen schlugen in die herumliegenden Steine und Felsbrocken ein. Es knallte, als die Energie, das getroffene Gestein verdampfte. Splitter flogen durch den Gang.

Im Gegensatz zu ihren Gegnern traf Luwa. Mehrere Soldaten sanken bewusstlos zusammen. Die Rebellenkämpferin landete mit einer Rolle in Mitte von feinerem Schutt. Vor dem nächsten Haufen heruntergefallen Gesteins stand sie wieder auf beiden Füßen. Erneut feuerte sie und zwei Feinde brachen zusammen.

Mit einem weiteren Satz hechtete sie hinter den Geröllhaufen. Dort, wo sie nur den Bruchteil einer Sekunde vorher gestanden hatte, schlug ein ganzer Hagel von Strahlen ein. Die Luft war von Krachen erfüllt. Steinsplitter spritzten in alle Richtungen. Eine Wolke aus Staub breitete sich aus.

Lucy und Gurian ließen sich davon nicht irritieren. Die Gegner waren so auf Luwa fixiert, dass sie aus der Deckung traten. Jetzt feuerten die beiden Rebellen auf sie. Gleich drei Soldaten fielen um.

Einer lag direkt in der Öffnung der inneren Schleusentür. Lucy gab den andren beiden ein Zeichen. Sie gaben dem letzten Soldaten, der noch bei Bewusstsein war, die Chance, seinen Kameraden in die Schleuse zu ziehen. Die Tür schloss sich.

»Luwa schnell, in Deckung!«, rief Lucy und winkte wild ihrer Freundin zu.

Mit einem dieser Hechtsprünge, wegen der Lucy das Mädchen immer wieder bewunderte, katapultierte es sich neben die beiden anderen.

Sie hatten nicht viel Zeit. Sie mussten die Decke sprengen, bevor sich die Schleusentür erneut öffnete. Sonst würde die Druckwelle die gegnerischen Soldaten verletzen und schlimmstenfalls sogar töten.

Gurian wartete nicht, bis Luwa wieder auf den Füßen war. Er drückte den Knopf. Mit einem ohrenbetäubenden Knall explodierte die Sprengladung. Viel Felsgestein musste sich durch die Erschütterungen während des Beschusses durch das Mutterschiff vom Berg gelöst haben. Eine Lawine brach unter Krachen aus der Decke.

Eine gewaltige Staubwolke hüllte Lucy und ihre beiden Freunde ein. Als sie sich so weit verzogen hatte, dass Lucy wieder etwas erkennen konnte, türmte sich vor ihr eine Wand aus Gestein auf.

Gurian fasste sie an die Schulter. »Alles in Ordnung?«

Lucy nickte. »Wo ist Luwa?«

»Hier! Alles klar. Viel weiter hätte die Decke aber nicht abbrechen dürfen, dann hätten wir ein Problem. Was jetzt?«

»Zurück in den Kommandoraum!«, rief Lucy und rannte schon los. »Wir müssen Kontakt zu dem Trupp bekommen, bevor die den Laden stürmen.«

Im Flur vor der Kommandozentrale standen die Mischwesen. Einige sahen ängstlich aus, andere schienen nicht so richtig zu verstehen, was um sie herum vorging. Wieder andere strotzten vor Tatendrang, wussten aber nicht, was sie tun sollten.

»Kazien, Pavan, bringt die anderen in euren Wohntrakt. Geht ganz in die hinteren Räume und setzt euch an die Außenwände«, kommandierte Lucy. »Gurian, sichere die Sprengladung zum Stollen! Luwa, Uran, Rena kommt mit mir!«

Lucy rannte in den Kommandoraum.

»Luwa, kannst du den Monitor in der Luftschleuse des Nebeneingangs so schalten, dass er die Bombe zeigt?«

»Ich versuche es mal!« Luwa setzte sich an eine der Konsolen und vertiefte sich in die Steuerung der Anlage.

Lucy sprach mit Uran ab, was er den Angreifern als Sprecher der Mischwesen sagen sollte. Luwa und sie hatten noch ihre Sturmhauben übergezogen und wollten sich ohnehin im Hintergrund halten.

»So, die Schaltung steht«, meldete Luwa.

»Gib das Bild auch hier auf einen Schirm und lege ein Bild von der Kommandozentrale in die Schleuse! Hast du den Auslöser für die Bombe parat?«

Luwa grinste und hielt ein kleines Gerät hoch. Lucy nickte. Wohl war ihr bei der Sache nicht. Ein Druck auf den kleinen Knopf und sie alle wären tot. Sie nickte Uran zu. Jetzt begann sein großer Auftritt.

»Seht euch die Bombe an«, rief er in den Schirm, der das Gesicht des Kommandanten des Angrifftrupps zeigte. »Wir haben sie zum Stoppen gebracht. Wenn ihr aber hier hereinkommt, werden wir sie sprengen. Dann werdet ihr zusammen mit uns sterben.«

Auf dem Schirm sah man den Kommandanten mit seinem Vize einen unsicheren Blick tauschen.

»Hör mal, Uran, lass uns miteinander reden«, sagte er.

»Wir haben euch einmal geglaubt und ihr wolltet uns umbringen. Ihr habt uns als ›Bestien‹ bezeichnet.«

»Es hat sich viel geändert. Ihr könnt jetzt mit uns kommen.«

»Damit wir wieder in euren Forschungslabors landen, niemals!«

»Seid vernünftig! Hier könnt ihr ohne fremde Hilfe nicht leben. Auf den anderen Planeten des Imperiums wird man euch als ›Bestien‹ und ›Missgeburten‹ bezeichnen. Nur wir können euch helfen.«

Lucy machte sich Sorgen, dass das Gespräch aus dem Ruder lief. Sie hatte nicht damit gerechnet, dass der Kommandant der Truppe versuchen würde, ihn derart massiv zu überreden. Im Hintergrund meinte sie, die Spezialisten des Kommandos arbeiten zu hören. Wahrscheinlich versuchten sie mit einer großen Strahlenkanone ein Loch in den Steinhaufen zu zubrennen, der den Gang versperrte.

Uran wollte gerade etwas erwidern, da schob sich Bulli in das Bild vor die Bombe. Er hatte einen langen, dicken Ast von einem dieser künstlich entwickelten Urwaldbäume in der Hand.

»Warum ist der im Raum mit der Bombe?«, fragte Lucy leise in die Runde, aber keiner wusste eine Antwort. Stattdessen starrten alle auf das Mischwesen.

»Ich bin keine Bestie! Ich bin keine Missgeburt! Ich gehe hier nicht mehr weg! Lieber sterbe ich!«, brüllte er.

Mit dem Ast schlug er auf die Bombe ein. Schon beim zweiten Schlag löste sich der Sprengsatz und fiel zu Boden.

»Ich habe die Bombe angehalten. Ich lasse sie auch wieder loslaufen.«

Der Junge hieb weiter mit dem Ast auf das Gerät ein.

»Bulli, hör auf!«, brüllte Rena.

»Verdammt, der Vollidiot löst die Bombe aus. Alles weg! Zurück zum Schiff! Notstart!«, rief der Kommandant des Überfalltrupps.

»Ich bin kein Idiot. Ich lasse die Bombe explodieren!«, schrie Bulli.

Wie von Sinnen schlug er immer wieder auf das Teil ein. Die Schläge mit dem extrem harten Holz klangen fast wie Eisenstangen, die auf Metall trafen. Auch die Sprengwaffe besaß einen überaus starren Körper.

Die Soldaten schrien durcheinander und flüchteten in Panik aus dem Nebeneingang der Station. Fast hätten sie die bewusstlosen Kameraden vergessen, die sie neben dem Eingang abgelegt hatten. Im Laufschritt wurden sie zu dem Militärschiff der imperianischen C-Klasse getragen. Wenige Minuten später hob das Schiff mit einem Notstart ab.

Unterdessen bereitete den Bewohnern der Station etwas anderes Sorgen.

»Bulli, hör auf! Die Soldaten sind weg!«, rief Rena.

»Ich bin kein Idiot! Ich bin kein Idiot!« unvermindert drosch der Junge auf die Bombe ein.

»Die sind selbst alle Idioten. Die haben noch immer nicht verstanden, wer wir sind. Bitte hör auf, Bulli«, schluchzte das Mädchen mit den Rehaugen.

»Das ist meine Bombe. Keiner konnte sie aufhalten, nur ich!«

Der Junge setzte seine gesamte Kraft ein, um auf das Ding einzuschlagen.

»Komm her, Bulli. Es ist alles wieder gut«, versuchte Uran ihn zu beruhigen.

»Das ist meine Bombe. Keiner konnte sie aufhalten und jetzt schalte ich sie wieder an«, rief Bulli.

Seine Augen glänzten wild. Er sah in der Tat irre aus. Immer und immer wieder schlug er auf die Vernichtungswaffe ein.

»Bitte hör auf, Bulli! Komm zu mir!«, rief Rena und rannte in Richtung des Bombenraums.

»Da!« Luwa zeigte auf die Bombe, die hinter Bulli auf dem Schirm sichtbar war. »Die Uhr! Sie tickt!«

Als Lucy auf den Schirm sah, sprang die Uhr gerade von zehn auf neun um.

»Schnell! Alle in den Wohntrakt! Wir müssen ihn versiegeln« brüllte sie.

Alle rannten los. Auf dem Schirm sprang die Uhr auf acht.

Die drei stürzten los. Sie mussten an dem Raum mit der Bombe vorbei, um in den Stollen, in dem sie wohnten, zu kommen.

»Sagt Gurian bescheid, er muss die Sprengladung zünden«, schrie Lucy in Richtung Luwa, die an vorderster Stelle lief.

Sie hatte Rena entdeckt. Die stand an der Tür zum Bombenraum und bettelte unter Tränen:

»Bulli, bitte, bitte, komm doch!«

Der Junge hörte aber nicht auf sie, sondern prügelte immer weiter auf die Bombe ein. Speichel lief ihm aus dem Mund.

»Komm Rena, wir müssen weg. Du kannst ihm nicht helfen«, rief Lucy, noch bevor sie bei dem Mädchen war.

Sie packte zu, warf es sich über die Schulter und rannte den anderen hinterher. Rena war zwar einen halben Kopf größer als sie, aber extrem dünn und verhältnismäßig leicht. Der Adrenalinschub bewirkte zusätzlich, dass Lucy trotz der Last, die Strecke durchhielt.

Sie stolperte durch die offene Tür, die in den Gang zum Wohntrakt führte. Ihre Beine drohten vor Anstrengung zu versagen, trotzdem schaffte sie es, weiter in den Stollen hinein zu laufen. Sie wusste, sie musste so viel Abstand wie möglich zwischen der Tür und ihr schaffen.

Sie erreichte einen größeren Haufen Felsgestein, den die Roboter, noch nicht beiseitegeschafft hatten. Lucys Beine wurden schwer. Sie hob den rechten Fuß nicht weit genug an und stolperte. Sie purzelte über die Steine hinweg. Durch eine geschickte Drehung konnte sie gerade noch verhindern, dass sich die schluchzende Rena den Kopf an einem Felsen stieß.

In diesem Moment krachte es. Die Sprengladung an der Decke explodierte. Heiße Luft fegte über sie hinweg. Instinktiv drückte sie Renas Kopf an sich, um ihn zu schützen. So verharrten sie den Bruchteil einer Sekunde.

Es polterte nicht. Die Decke fiel nicht herunter. Die Bombe konnte jeden Moment explodieren. Über Lucys Kopf knackte es. Sie sah nach oben. Direkt über ihnen in dem Felsgestein, das hinter der aufgerissenen Verkleidung sichtbar wurde, erkannte sie einen Riss.

»Schnell! Die Decke kommt gleich runter«, schrie sie und zog Rena auf die Füße. Ohne auf das Mädchen Rücksicht zu nehmen, zerrte sie es hinter sich her.

Es knackte ein weiteres Mal, dann krachte und polterte es. Stein und Geröll lösten sich und fiel herab. Die Lawine schob sich den Gang entlang auf Lucy zu. Ein Stein fiel ihr auf den Fuß, ein anderer schlug ihr ans Schienbein. Sie stieß einen Schrei aus, gefolgt von einem leiseren Fluch.

Glücklicherweise wurden ihre Füße nicht verschüttet so kamen sie noch fast zwei Meter weiter, bis sie ein ohrenbetäubendes Krachen hörten. Der gesamte Gang vibrierte. Beide Mädchen wurden umgeworfen. Lucy drückte sich an die Wand. Sie riss Rena zu sich und drückte auch sie so weit es ging an den Fels. Über ihnen krachte es. Ein Stück Decke löste sich und polterte herab. Wieder wurden Lucys Füße und Beine getroffen.

Rena schrie elendig auf und wimmerte vor Schmerz. Ein größerer Stein war ihr gegen den linken Unterschenkel geschlagen. Ein weiteres Beben ging durch den Berg. Ein Teil des Felsmassivs musste ins Rutschen gekommen sein. Noch mehr fiel von der Decke ab.

Lucy konnte sich nicht mehr rühren. Sie war bis übers Knie in Fels und Geröll verschüttet. Ihre Beine schmerzten höllisch. Vor Staub konnte sie kaum noch atmen. Das Licht erlosch. Sie fühlte panisch Angst in sich aufsteigen.

»Ich will hier unten nicht ersticken«, wimmerte Rena. »Bitte Lucy, hilf mir.«

Ihr Jammern wurde durch einen Hustenanfall unterbrochen. Das brachte Lucy zurück in die Realität. Sie durfte jetzt nicht schlappmachen. Sie musste stark bleiben, um Rena zu helfen. Sie war die ausgebildete Kämpferin, nicht dieses ängstliche Rehmädchen.

»Keine Angst, unsere Freunde kommen gleich und holen uns hier heraus«, sagte sie selbstsicherer, als sie sich fühlte.

Rena zitterte am ganzen Körper. Lucy fürchtete, dass sich dabei nicht nur um Angst handelte, sondern, dass sie sich auch verletzt hatte. Nach ein paar Minuten hörten sie endlich Luwa rufen.

»Lucy? Bist du da irgendwo?«

»Ja hier. Wir stehen bis zum Bauchnabel im Schutt«, schrie sie in den Staubnebel hinein.

Das war natürlich reichlich übertrieben, aber ihre Freunde sollten sich gefälligst beeilen. Es dauerte dann noch weitere zehn Minuten, bis diese sich mithilfe von zwei Robotern zu ihnen durchgegraben hatten und sie befreiten.

»Müsst ihr verdammten Terraner es eigentlich immer so knapp machen? Mir ist ja fast das Herz stehen geblieben«, knurrte Gurian grimmig.

Sein staubiges, leicht zerkratztes und durch die Narbe leicht schief gezogenes Gesicht sah zum Fürchten aus. Seine Augen leuchteten aber glücklich.

10

Alle Mischwesen hatten sich versammelt. Sie standen um die Transferstation herum. Glücklicherweise war durch die Folgen der Bombenexplosion niemand so verletzt worden, dass man ihn nicht mit den Mitteln, über die sie verfügten, heilen konnte.

Mit Ausnahme von Bulli natürlich, der bis zu seinem Tod auf die Sprengwaffe eingeschlagen hatte. Sie konnten ihn nicht einmal bestatten. Seine Überreste lagen begraben unter dem Geröll, das die Bombe losgerissen hatte. Seine Freunde hatten trotzdem für ihn eine Trauerfeier veranstaltet.

Lucy, Luwa und Gurian, waren noch so lange in dem Wohntrakt ihrer neuen Freunde geblieben, bis sie gemeinsam die Schäden so weit beseitigt hatten, dass sie wieder wie gewohnt leben konnten.

»Ich glaube kaum, dass das Imperium an dieser Stelle eine neue Station aufbauen wird. Sie werden sich eine andere Gegend suchen. Dieses Gebirge wird nach der Explosion wahrscheinlich nicht als fest genug gelten. Damit solltet ihr hier in Ruhe leben können«, sagte Lucy zu Uran.

»Passt auf, dass keiner ohne die Tarnvorrichtung nach draußen geht. Hier im Tunnel seid ihr durch die eingebauten Geräte sicher«, ergänzte Gurian.

»Ich danke euch für alles«, erwiderte Uran.

»Und keine Angst, wir vergessen euch nicht. Die Rebellen haben bisher noch kein Versprechen gebrochen«, sagte Lucy zu allen umstehenden Mischwesen.

Sie hatten in der Tat eine große Verantwortung übernommen. Die Vorräte reichten für etwa ein Jahr. Bis dahin mussten sie Nachschub liefern. Die armen Geschöpfe waren schließlich nicht in der Lage sich auf diesem Planeten zu versorgen.

Ein Symbol leuchtete an der Transferstation auf, das anzeigte, dass die Verbindung zur ›Taube‹ aufgebaut war. Die drei Rebellen drückten alle Mitglieder der kleinen Gemeinschaft an sich und verabschiedeten sich von ihnen.

Wolf jaulte herzzerreißend. Er mochte vielleicht nicht viel verstehen, aber dass seine neuen Freunde gingen, begriff er.

»Wir werden nie vergessen, was ihr für uns getan habt«, erklärte Uran feierlich. Lucy drückte ihn anstelle einer Antwort an sich.

»Ich verdanke dir mein Leben, Lucy. Das Leben ist das wichtigste, was man hat, auch wenn man so ist wie wir«, sagte Rena.

Sie drückte Lucy einen Kuss auf die Wange und rannte dann weg. Die junge Rebellin wusste, dass das Rehmädchen in ihrem Zimmer bittere Tränen weinte.

Gurian betrat mit Lucy die Kabine. Sie sahen sich nach Luwa um. Die junge Kämpferin stand bei Kazien.

»Ich mag Katzen«, sagte sie zu ihr.

»Ich auch«, hauchte Kazien.

Luwa streichelte ihr über die Schnurbarthaare. Die beiden Mädchen verabschiedeten sich mit einem schüchternen Kuss auf den Mund.

***

Das dreidimensionale Abbild des Planeten Doragon schrumpfte auf dem Hauptschirm der ›Taube‹ beständig zusammen.

»Das war wirklich eine gelungene Aktion«, knurrte Gurian missmutig.

»Wir haben einen Haufen neuer Freunde gefunden«, antwortete Lucy grinsend.

»Ja, und kein einziges Gramm Vorrat erobert, geschweige denn medizinisches Gerät oder gar Waffen. Dafür haben wir unsere Landefähre verloren. Jetzt müssen wir uns auch noch eine neue organisieren!«

»Kein Problem, ich habe da schon einen Plan.«

»Nein, sage jetzt nicht, dass du an das denkst, an das ich denke.«

»Doch unsere Informationen besagen, dass das Schiff alles an Bord hat, was wir brauchen und kaum bewacht wird.«

»Es ist ein Mutterschiff, ein Kriegsschiff!«

»Es ist Schrott und liegt im Reparaturdock. Ich sage dir, das wird ein Spaziergang diesmal.«

»Oh, nein, nicht schon wieder. Das ist viel zu einfach. Ich habe ein komisches Gefühl dabei«, knurrte Gurian.

»Na und? Du machst doch trotzdem mit.« Lucy grinste übers ganze Gesicht.

Nachtrag

Die Rebellen hielten ihr Versprechen. Sie versorgten die Mischwesen auf Doragon heimlich weiter.

Nach dem Ende des großen Krieges wurden die Verbrechen, die man an diesen Geschöpfen begangen hatte, dem Imperium bekannt. Als Wiedergutmachung wurden sie von der Vereinigung der Planeten bis zu ihrem Lebensende mit allem versorgt, was sie zum Leben brauchten. Sie bekamen das Recht nach Belieben auf Doragon zu bleiben, auch nachdem das offizielle Besiedlungsprogramm auf diesem Planeten durchgeführt wurde.

Die Mischwesen besaßen tatsächlich aufgrund ihrer genetischen Zusammensetzung sehr unterschiedliche Lebenserwartungen. Als letzte starb Kazien mit einundachtzig Jahren. Sie träumte noch häufig von Luwa, auch wenn sie die junge Rebellin bis zu ihrem Lebensende genauso wenig wiedersah wie die anderen Mannschaftsmitglieder der ›Taube‹.

*** Ende ***

Geisterschiff

Flucht

Es pfiff schrill durch den kleinen Kommandoraum. Im nächsten Moment krachte es fürchterlich. Ein weiterer ohrenbetäubender Heulton schwoll an, bis sie ihn kaum noch ertragen konnten.

Die Lage war mehr als brenzlig. Die sieben Jugendlichen befanden sich auf der Brücke eines Raumschiffs der imperianischen C-Klasse. Dabei handelte es sich um die kleinste Schiffsklasse, die sich für Reisen zwischen den Sternen eignete. Dieses Raumfahrzeug besaß eine ganz besondere Ausstattung. Andernfalls hätten sie in dieser Situation ohnehin mit ihrem Leben abschließen müssen. Den Angriff eines Mutterschiffs der A-Klasse konnte ein übliches Raumgefährt dieser Größe im Normalfall nicht überstehen. Es hätte für sie keine Überlebenschance gegeben, selbst wenn zu der gegnerischen Flotte nicht zusätzlich die zehn C-Klasse-Schiffe gehört hätten, die ebenfalls alles daran setzten, sie mit aller Gewalt zu zerstören.

Lucy saß an der Steuerung und versuchte den Strahlen der feindlichen Raumflotte auszuweichen. Wie ein Hase schlug das Raumfahrzeug Haken und änderte mit atemberaubender Geschwindigkeit die Richtung. Lucy war nicht nur eine begnadete Pilotin, sondern auch die Kommandantin des Schiffs. Sie wusste, dass sie diese Manöver nicht lange durchhalten konnte. Früher oder später würden sie sich den tödlichen Treffer einfangen.

Lars saß an dem Leitstand für die Kontrolle der Raumtorpedos. Er feuerte eine Reihe von ihnen auf die feindlichen Schiffe ab. Es würde nichts nutzen, das wusste Lucy genauso wie Rest der Besatzung. Es war nur ein Ablenkungsmanöver, das die gegnerische Flotte wahrscheinlich noch nicht einmal in geringere Schwierigkeiten brachte. Man konnte nur hoffen, dass wenigstens die kleinen C-Klasse-Schiffe durch den Beschuss abgelenkt würden und sie so zumindest eine winzige Pause von dem ununterbrochenen Feuer erhielten.

Gurian saß an der Strahlenkanone. Keiner konnte mit dieser Waffe besser umgehen als er. Er besaß bessere Reaktionsfähigkeiten als irgendjemand anderer von ihnen. Bisher hatte er noch alle Torpedos der Angreifer abgeschossen. Sie explodierten aber immer dichter vor dem Schutzschirm, der das Schiff vor allen materiellen Einschlägen bewahrte. Ein ständig lauter werdendes Knallen hallte durch den Raum.

Dieses wie Explosionen klingende Krachen wurde natürlich nicht im physikalischen Sinn von den Torpedos verursacht. Genauso wenig handelte es sich bei dem Pfeifen, das immer wieder im Kommandoraum anschwoll und manchmal von einer Seite zur anderen zu wandern schien, um Geräusche, die die anfliegenden, todbringenden Geschosse erzeugten. Das Raumschiff bewegte sich schließlich genau wie die gegnerische Flotte im luftleeren Raum. Der Lärm, der den Kommandoraum erfüllte, wurde vom Zentralrechner des Raumfahrzeugs als Signale erzeugt. Sie sollten der Mannschaft die Gefahr, in der sie schwebten, akustisch verdeutlichen. Damit wurden die Funktionen der Abwehrmechanismen wahrnehmbar gemacht, um den Besatzungsmitgliedern die notwendigen Reaktionen zu ermöglichen. Das erhöhte zwar deutlich den Adrenalinspiegel, aber genau das war beabsichtigt. Schließlich besaß die gesamte Besatzung eine Spezialausbildung, die sie befähigte, in Extremsituationen so effizient wie möglich zu handeln.

Eigentlich hätte dieser Flug nicht zu einer Extremsituation führen dürfen. Sie hatten ihn als eine typische Standardaktion der Rebellen geplant. Die Rebellen, das waren mittlerweile ein paar Hundert Jugendliche, die sich sowohl gegen das Imperium als auch das aranaische Reich auflehnten. Alle Mannschaftsmitglieder stammten ursprünglich aus einem dieser beiden Verbünde von Planeten. Sie lebten auf einem Mutterschiff – der Rebellenstation – das heimatlos die Galaxie durchkreuzte. Natürlich mussten sie sich mit Nachschub an Nahrung, Kleidung und anderen Dingen, die man zum täglichen Leben brauchte, versorgen. Sie entwendeten diese Sachen von schlecht gesicherten Basen des Imperiums oder des aranaischen Reichs.

Die Rebellen führten solche Aktionen häufig durch und waren geschickt im heimlichen ›Organisieren‹ der Dinge, die sie für ihr tägliches Leben benötigten. Deswegen hätte diese Operation nichts weiter als Routine sein sollen. Dass ein Spezialschiff wie die ›Taube‹ – wie Lucy ihr Raumfahrzeug getauft hatte – überhaupt an solch einfachen Unternehmungen teilnahm, hatte eher damit zu tun, dass die Mannschaft im Training bleiben sollte. Außerdem hielt Lucy es auf der Station der Rebellen nicht lange aus. Sie brauchte das Abenteuer.

Der größere Teil der Besatzung konnte sich unter dem Namen des Schiffs sicher nichts vorstellen, vermutete Lucy. Als Einzige an Bord stammten Lars und sie von Terra, also der Erde. Sie waren sicher die Einzigen in diesem Kommandoraum, die wussten, wie dieser irdische Vogel aussah. Lucy hatte zwar ursprünglich ihr Raumgefährt ›Weiße Taube‹ genannt, aber das empfand der Rest der Besatzung als zu lang. Wahrscheinlich stellten sich die anderen, nicht terranischen Jugendlichen nach Lucys Beschreibungen eine ›Taube‹ ohnehin als einen weißen Vogel vor.

In diesem Moment dachte allerdings keines der Mannschaftsmitglieder an irgendwelche Vögel auf einem kleinen blauen Planeten, der Tausende von Lichtjahren entfernt vom Geschehen um einen gelben Zwergstern kreiste.

Die Torpedos, die Lars abfeuerte, verließen mit einem abschwellenden Pfeifton das Schiff. Die anfliegenden, feindlichen Geschosse kamen mit anschwellendem Pfeifton näher. Zwischen diesen Geräuschen zischte die Strahlenkanone. Leise Knallgeräusche, die wie ein ›Plopp‹ klangen, zeigten an, dass Gurian wieder einmal einen Torpedo getroffen und vernichtet hatte, bevor er sich ihnen verhängnisvoll nähern konnte.

Plötzlich dröhnte ein lautes Zischen durch den Raum. Es verdeutlichte einen Schuss aus einer der großen Strahlenkanonen des feindlichen Mutterschiffs. Lucy schlug im letzten Moment einen Haken und sie entkamen einem Treffer. Lucy saß an der Steuerung, weil sie das größte fliegerische Geschick von allen besaß. Manchmal ahnte sie einen tödlichen Schuss aus einer der großen, gegnerischen Strahlenkanonen schon, bevor er abgeschossen wurde. Sie wusste allerdings, dass es auch Leute gab, die meinten, sie besäße einfach nur unglaubliches Glück. Wenn das zutraf, konnte man nur hoffen, dass es nicht ausgerechnet in dieser Stunde aufgebraucht war.

Die Ausweichmanöver führte das Schiff in einer Geschwindigkeit aus, die mit nichts auf der Erde zu vergleichen war. Die Beschleunigungskräfte, die dabei auftraten, hätten nicht nur die Mannschaft, sondern auch die meisten Gegenstände an Bord zerdrückt, gäbe es in dem Raumfahrzeug, wie in allen imperianischen Raumschiffen, keine Vorrichtung für künstliche Gravitation.

Sie bewirkte einerseits, dass man sich in seinem Inneren wie auf einem Planeten bewegen konnte, es also möglich war, ganz normal zu gehen, zu sitzen oder zu liegen. Andererseits fing sie die Beschleunigungskräfte ab, die durch die Bewegungsänderungen des Schiffs auftraten. So bekamen die Jugendlichen an Bord von Lucys schnellen, trickreichen Ausweichmanövern nur das wilde Hin- und Herzucken der Bildschirme mit, die die direkte Umgebung zeigten.

Das Zischen wurde lauter. Ein Heulton schrie auf. Der Schutzschirm des Schiffs wurde an einer Stelle getroffen. Das Warnsignal schwoll ohrenbetäubend an.

»Wir müssen springen! Sie richten alle Kanonen auf uns aus. Ich schaffe es nicht mehr auszuweichen«, schrie Lucy.

»Die Torpedos kommen auch immer dichter. Es sind zu viele. Lange halte ich sie nicht mehr auf.« Gurian klang, als ob er knurren würde. Er sah nicht ein einziges Mal von seinem Schirm auf und schoss allein drei feindliche Torpedos ab, während er sprach.

»Wir sind noch zu nah an dem Stern«, antwortete Trixi. Es klang wie ein Wimmern.

Lars blickte kurz zu ihr hinüber. Sie bemerkte es nicht, wie immer, wenn sie sich ganz auf eines ihrer geliebten Raumfahrzeuge konzentrierte. Lucy hatte einmal gewitzelt, dass Trixi verliebter in die Rebellenschiffe sei als in Lars. Lars konnte über solche Scherze gar nicht lachen. Trixi war seine Freundin, seine ganz große Liebe.

»Egal, ob wir noch zu nah sind oder nicht. Wir müssen springen. Sofort!«, schrie Lucy.

In diesem Moment krachte es. Alles flog durcheinander. Glücklicherweise waren alle angeschnallt. Sie hatten sich einen Volltreffer eingefangen. Die künstliche Gravitation stotterte. Sie wurden durchgeschüttelt. Ein anderes Schiff dieser Größe wäre durch so einen Treffer pulverisiert worden, aber ihre ›Taube‹ hatte ihn überlebt, zumindest bis jetzt noch.

Lucy wich geschickt dem Strahl aus, der der endgültig tödliche Treffer gewesen wäre. Die Mannschaft wurde erneut in die Gurte gepresst. Die künstliche Gravitation funktionierte noch nicht wieder vollständig. Gurian schoss zwei weitere Torpedos ab.

Auch die wären tödlich gewesen. Der gesamte Schutzschirm flackerte so stark, dass er keinen Torpedo aufhalten konnte. Gerade, als die künstliche Schwerkraft wieder einsetzte, krachte es erneut schrecklich. Wieder flog alles durcheinander.

»Wir sind getroffen worden«, brüllte Varenia. Sie gehörte der Spezies der Imperianer an. Sie saß gewöhnlich an der Kommunikation, eine Aufgabe, die in dieser Situation nicht benötigt wurde. Darum kümmerte sie sich um die Liste der Schäden.

»Trixi, wo bleibst du? Wir müssen weg!«, schrie Lucy gegen den ohrenbetäubenden Lärm auf der Kommandobrücke an.

»Ich weiß nicht, was los ist. Irgendwas funktioniert nicht. Wir sind schlimm getroffen worden«, wimmerte Trixi, als sei sie selbst verletzt worden.

Es krachte wieder. Das Warnsignal des Schutzschirms ging in einen permanenten Heulton über.

»Die Torpedos brechen durch. Ich kann sie nicht mehr aufhalten!«, schrie Gurian. Es klang schrill. Lucy registrierte irgendwo in einer hinteren Ecke ihres Hirns, dass sie Gurian noch nie hatte schreien hören. Normalerweise klang seine Stimme je nach Stimmungslage wie ein Brummen oder Knurren.

Es war grausam. Lucy sah hilflos zu, wie die beiden Torpedos auf das Schiff zuflogen. Sie durchbrachen den Schutzschirm. Gleich würden sie einschlagen. Die Hülle der ›Taube‹ konnte noch nicht einmal einen Torpedo aufhalten, geschweige denn zwei. Sie würden in Hunderttausende kleinster Teile zerblasen werden. Von ihnen würde nichts weiter übrig bleiben als Staub, der ziellos im All trieb.

Lucy wollte irgendetwas tun, irgendetwas, das die Katastrophe aufhalten konnte, aber es war zu spät auszuweichen. Es gab keine Möglichkeit, keine Hoffnung mehr. Die anfliegenden feindlichen Torpedos, die sie auf den Bildschirmen sah, schwollen an, bis sie den gesamten Schirm ausfüllten. Lucy wartete auf den letzten, den physikalischen Knall, der das Schiff zerreißen und sie alle töten würde.

In diesem Moment gab es einen kurzen, fast unmerklichen Ruck. Alle Schirme schienen ein einziges, ganz kurzes Mal zu flackern. Dann erschien auf ihnen ein vollkommen anderes Bild des umgebenden Raumes.

Sie waren gesprungen.

Überlebenskampf

So ein Sprung, wie dieser Vorgang in der Raumfahrersprache genannt wurde, gehörte zu den Dingen, die Lucy nicht wirklich verstand. Das störte sie allerdings wenig. Sie ging davon aus, dass zumindest ihre irdischen Mitstreiter die physikalischen Hintergründe genauso wenig durchblickten. Die Ausnahme bildete fraglos Christoph, Lars' und ihr genialer irdischer Freund, der sich aber zu diesem Zeitpunkt ruhig und sicher auf ihrem Mutterschiff befand und sich seiner wissenschaftlichen Forschung oder technischen Basteleien widmete.

Jedenfalls bewirkte so ein Sprung, dass man sehr große Entfernungen im Raum überwinden konnte, ohne dass man ihn im irdisch-physikalischen Sinne durchfliegen musste. Das Ganze hatte mit einem Teil der Physik zu tun, den man auf Terra, ihrem Heimatplaneten, der Erde, noch nicht kannte.

Das Problem bestand darin, dass die Berechnung des Ziels des Sprungs um so ungenauer wurde, um so näher man sich beim Absprung an einer großen Masse, also eines schweren Himmelskörpers, befand. So etwas konnte dann dazu führen, dass das Raumschiff so nah an einem anderen Stern wieder auftauchte, dass es verbrannte, oder so nah an einem Planeten, dass es auf ihm zerschellte.

Deshalb besaßen Raumschiffe Sicherheitssysteme, die einen Absprung in der Nähe größerer Himmelskörper verhinderten. Diese Vorrichtungen ließen sich normalerweise nicht ausschalten, es sei denn, man hatte eine Schiffsingenieurin wie Trixi an Bord. Nur durch ihre Hilfe hatten sie springen können.

Allerdings gab es kaum eine größere Gefahr als einen derartigen Notsprung, wenn man von dem Beschuss durch eine übermächtige feindliche Raumflotte absah, versteht sich.

Lucy saß in vollkommener Anspannung an ihrer Steuerung. Sie war bereit, sofort nach dem Sprung zu reagieren, um das Schiff vor einer Kollision mit einem Stern oder einem Planeten zu bewahren. Aber da war nichts. Sie befanden sich im materielosen Raum, weit weg von jeglichen Himmelskörpern.

Noch bevor die Mitglieder der Mannschaft registrierten, dass keine Gefahr durch eine Kollision drohte, und sich Entspannung einstellen konnte, krachte es erneut in einer Lautstärke, dass fast alle Besatzungsmitglieder reflexartig den Kopf einzogen. Diesmal klang es anders als all diese Warnsignale, die sie vorher gehört hatten. Ja, es erweckte den Eindruck, als käme der Knall aus dem Schiff selbst.

Lucy lief eine Gänsehaut vom Nacken den Rücken herunter. Für einen Menschen, wie für alle Lebewesen, die an das Leben auf der Oberfläche von Planeten angepasst sind, ist der freie Weltraum so ziemlich der lebensfeindlichste Ort, den man sich vorstellen kann. Jeder Raumfahrer weiß, dass sein Raumschiff eine winzige Blase in dieser kalten, luftleeren Hölle ist, die sein Überleben sichert.

»Der Generator für die Raumsprünge ist explodiert!«, schrie Varenia. Zum ersten Mal an diesem Tag sah sie ängstlich aus.

»Was heißt das?« Lucy Stimme klang barscher als sie es beabsichtigt hatte.

»Die ›Taube‹! Sie stirbt!« Trixi starrte mit vor Entsetzen geweiteten Augen auf den Monitor vor ihr.

»Du meinst, sie schaltet sich ab«, verbesserte Lars sie. Die gesamte Mannschaft wusste, dass er es nicht ausstehen konnte, wenn Trixi über einen Roboter – und ein Raumschiff gehörte definitiv zu dieser Art von Maschinen – wie über einen Menschen redete.

»Ist doch egal, wie man es nennt«, kam Gurian ihr zu Hilfe. Seine Stimme klang nach einem unaufgeregten Knurren. »Wenn das Schiff draufgeht, sterben wir alle.«

Lucy schnallte sich blitzschnell ab und stürzte als Erste zu Trixi.

»Was genau ist passiert?«

Mit gerunzelter Stirn starrte sie auf den kleinen Bildschirm, der sich auf der Konsole direkt vor Trixis Arbeitsplatz befand. Sie verstand nicht, was dieser Schirm zeigte, genauso wenig wie der Rest der Mannschaft auch, der sich hinter Trixis Rücken versammelte.

Trixi arbeitete voll konzentriert und mit verbissenem Gesicht an der Steuerung der Schiffsmaschinen. Das Ganze ging virtuell vonstatten. Sie benutzte nicht ihre physikalischen Finger. Wenn man darauf geschult war, sah man stattdessen ihre virtuellen Finger in einer unglaublichen Geschwindigkeit über virtuelle Tasten und Schalter flitzen. Sie sagte keinen Ton.

Stattdessen antwortete Varenia: »Der Generator für die Raumsprünge ist kurz vor dem Absprung getroffen worden. Er hat gerade noch durchgehalten bis zum Auftauchen, dann ist er explodiert.«

»Heißt das, wir können hier nicht wieder weg?«, fragte Lucy entsetzt.

Sie ließ ihren Blick über die Schirme wandern, die den Außenbereich zeigten. Sie mussten verdammt weit gesprungen sein. Nur wenige Sterne funkelten in der Nähe des Schiffs. Das Zentrum der Galaxie, das sich wie ein dichter Nebel über die Bildschirme zog, lag in weiter Entfernung. Ohne Sprunggenerator gab es keine Möglichkeit zur Rebellenstation oder zu einem der bewohnten Planeten zu gelangen. Selbst wenn sie sich mit der für irdische Verhältnisse unglaublich hohen Geschwindigkeit des konventionellen Antriebs auf den Weg machen würden, wäre es einfach zu weit. Die Lebensspanne eines Menschen reichte nicht aus, um den nächsten bekannten Planeten zu erreichen.

»Das ist jetzt aber nicht unser Hauptproblem«, riss Varenia sie aus ihren Gedanken. »Der Generator für die Sprünge ist explodiert. Er war natürlich in das Schiff integriert, so wie jedes andere lebenswichtige Teil auch. Dieses Raumfahrzeug ist, wie jede andere unserer Maschinen, eine biologische Einheit. Es funktioniert im Großen und Ganzen wie ein Tier. Es lebt, wenn man so will. Durch die Explosion wurde ein Teil aus ihm herausgerissen. Für das Schiff ist es so, als hättest du einen Arm oder ein Bein verloren.«

Varenia lächelte Lucy und Lars abwechselnd entschuldigend an. Sie versuchte damit zu verhindern, dass die beiden Terraner sie für besserwisserisch und arrogant hielten. Sie gab ihre Erklärung nur für die beiden irdischen Jugendlichen ab. Alle anderen an Bord wussten natürlich, was es bedeutete, wenn so eine hoch komplizierte, biologische Maschine wie ein Raumschiff, einen so wichtigen integralen Bestandteil verlor. Der Rest der Mannschaft kannte verschiedene Arten solcher Roboter auf biologischer Basis seit ihrer frühesten Kindheit.

Die beiden Terraner Lucy und Lars waren zusammen mit ihrem Freund Christoph durch eine Kette von Vorkommnissen in die Ereignisse verwickelt worden, die den raumfahrenden Teil der Galaxie betrafen. Sie stammten aus einer Entwicklungsstufe, die ihre außerirdischen Freunde das ›Metallzeitalter‹ nannten, also einer menschlichen Entwicklungsepoche, in der Maschinen aus Metall, Kunststoff und anderen toten Materialien gefertigt wurden.

Dass einzelne Terraner auf die Idee kamen, mithilfe auf solch einer Technologie gefertigter Raumkapseln auf dem irdischen Mond zu landen, betrachteten Lucys außerirdischen Freunde mit entsetztem Staunen. Keiner von ihnen konnte sich vorstellen, sich in solch einer ›Konservendose‹ in eine so lebensfeindliche Umgebung wie das Weltall hinauszuwagen.

Der Rest der Mannschaft stammte von Planeten, die sich in der Entwicklungsstufe des Biologiezeitalters befanden. Maschinen wurden nicht mehr aus toten Materialien hergestellt. Man hatte in diesen Kulturen die biologischen Vorgänge nicht nur enträtselt, man konnte sie auch steuern. In diesen Gesellschaften baute man Geräte nicht mehr, sondern programmierte ihre DNA und ließ sie wachsen. Deshalb ähnelten Maschinen häufig Tieren oder Pflanzen.

Diese Geräte wurden in der Regel von einem zentralen Nervensystem gesteuert, das sie bis zu einem gewissen Grad autark handeln ließ. Man sprach daher von ihnen als Roboter. Raumschiffe gehörten zu einer besonderen Klasse von Maschinen. In ihrem Fall ging man über bekannte biologische Prozesse hinaus. Unter der Verwendung des Einsatzes zusätzlicher chemischer Basisstoffe war es gelungen, eine Biologie zu erschaffen, die auch unter den lebensfeindlichen Bedingungen im All funktionierte.

Grundsätzlich kannten auch Lucy und Lars diese Dinge. Allerdings mussten ihnen in manchen Situationen Einzelheiten erklärt werden. Lucy wusste, dass Varenia sich große Mühe gab, sie mit ihren Erklärungen so wenig wie möglich zu kränken. Sie wollte nicht überheblich klingen. Varenia war nicht nur eines der nettesten Mädchen, die Lucy bei den Rebellen kennengelernt hatte, die meisten Jungs würden sie wohl auch als das hübscheste bezeichnen.

Trotzdem hatte Lars Probleme, ihr gegenüber fair zu bleiben. Sie hatte nie ein Geheimnis daraus gemacht, dass sie seine Freundin Trixi liebte. Und jeder an Bord wusste, dass Trixi diese Gefühle erwiderte. Kurz gesagt, Lars war eifersüchtig auf Varenia, was die Verhältnisse zwischen den aus verschiedenen Kulturkreisen stammenden Mannschaftsmitgliedern zusätzlich verkomplizierte.

Imperianische Jugendliche hielten es für das Normalste der Welt, mehrere Menschen gleichzeitig zu lieben – und das auch im körperlichen Sinne. Selbst das Geschlecht spielte dabei keine Rolle. Auch wenn Trixi eine ganz besondere Geschichte hinter sich hatte und nicht wie ein typisches imperianisches Mädchen aussah, so gehörte sie eindeutig der Spezies der Imperianer an. Lucy wusste zwar nicht in allen Einzelheiten, worauf Lars und Trixi sich hinsichtlich ihres Verhältnisses zueinander geeinigt hatten. Alle Mannschaftsmitglieder akzeptierten aber, dass Trixi sich Lars gegenüber treu verhielt, auch wenn es ihr als imperianischem Mädchen schwerfiel, die Grenzen der Freundschaft dort zu ziehen, wo es üblicherweise terranische Mädchen machen.

Lucy fand, dass Trixi das innige Verhältnis zu Varenia gut tat. Die beiden alberten häufig herum und kicherten miteinander, wie es eben gute Freundinnen tun. Trixi wirkte ansonsten häufig bei ganz einfachen Dingen schwach und hilflos. Es erstaunte daher nicht, dass ein Junge wie Lars meinte, sie in solchen Momenten vor der ganzen Welt beschützen zu müssen.

Dann gab es andere Situationen, da handelte Trixi stärker als alle anderen zusammen. Ganz besonders galt das für alle Dinge, die ihre geliebten Raumschiffen betrafen. In genau so einer Situation befanden sie sich in diesem Moment. Alle starrten ängstlich auf ihre Schiffsingenieurin, die hoch konzentriert an ihrer Konsole saß. Um das Schiff herum verteilten sich die lebensnotwendigen Säfte, die aus ihm herausflossen und nur sehr entfernt an Blut erinnerten.

»Kannst du die ›Taube‹ retten?«, fragte Varenia besorgt.

Sie stand neben Trixi und hatte ihren Kopf nach vorn gebeugt, um den kleinen Schirm besser beobachten zu können. Sie stellte Trixi leise Fragen und gab ihr Ratschläge. Sie besaß zwar keine Ausbildung als Schiffsingenieurin, aber sie verstand mehr von Medizin als alle anderen an Bord zusammen und es gab große Überschneidungen zwischen Medizin und der Kunst der Reparatur biologischer Roboter.

»Das Schiff verliert zu viel von den Lebenssäften«, kommentierte Varenia. Sie setzte sich an eine Konsole neben der von Trixi. Die Schiffsingenieurin sagte noch immer kein Wort. Sie schien nicht zu bemerken, dass noch andere Mannschaftsmitglieder im Raum waren. Sie konzentrierte sich vollkommen auf ihr Schiff.

»Ich habe ein Netz um die zerstörte Stelle gelegt. Damit fangen wir die verlorene Flüssigkeit auf«, gab eine kühle Stimme vom anderen Ende des Kommandoraums bekannt. Es handelte sich um Shyringas Stimme. Sie war weder eine Terranerin noch eine Imperianerin. Sie gehörte zu einer Spezies, die sich wesentlich stärker von irdischen Menschen unterschied als ein Imperianer. Am deutlichsten fiel dies an dem vollkommenen Fehlen jeglicher Emotionen auf.

Die Spezies, der Shyringa angehörte, nannte sich Aranaer. Sie befanden sich in einem gnadenlosen Vernichtungskrieg mit dem Imperium. Genau diesen Krieg wollten die Rebellen beenden. Dafür hatten sich imperianische und aranaische Jugendliche zusammengeschlossen. Die Schiffe der Rebellen waren die einzigen Orte, an denen diese beiden Spezies nicht nur friedlich, sondern sogar freundschaftlich zusammenlebten, trotz der gewaltigen Unterschiede zwischen ihnen.

»Wenn wir den Flüssigkeitsverlust stoppen und das Lebenserhaltungssystem wieder stabilisieren können, kann die Flüssigkeit dem Schiff wieder zugeführt werden«, merkte Varenia an.

Sie schickte der aranaischen Freundin ein überwältigendes Lächeln, auch wenn sie natürlich wusste, dass eine Aranaerin mit Gefühlen nichts anfangen konnte. Allerdings erkannten auch Aranaer eine freundschaftlich gemeinte Geste. Sie hielten es für logisch, Anderen, mit denen man zusammenarbeiten und leben wollte, ein ebensolches Signal zu senden. So kam ein extrem steifes Lächeln von dem aranaischen Mädchen zurück.

Während der Rest der Mannschaft besorgt auf Trixi starrte, ging Lucy unruhig im Kommandoraum auf und ab. Sie sah auf die verschiedenen Bildschirme und hantierte besorgt an unterschiedlichen Konsolen, dann stellte sie sich wieder neben die anderen.

»Trixi, wie sieht es aus? Wird das Schiff überleben?«

»Ich glaube, ich habe es gleich geschafft«, flüsterte Trixi kaum hörbar, ohne von ihrem Arbeitsplatz aufzusehen.

Lucy zog Gurian zur Seite. Sie deutete auf die Schirme, die den Außenbereich des Schiffes zeigten, und auf die Angaben, die neben den Bildern eingeblendet wurden.

»Wir sind in dem Bereich hinter dem letzten bekannten System«, flüsterte sie ihm so leise zu, dass die anderen sie nicht hören konnten. »Wenn wir die ›Taube‹ nicht schnellstens wieder flottkriegen, treiben wir in den unbekannten Teil der Galaxie.«

Lucy lief bei ihren eigenen Worten ein Schauer über den Rücken. Kälte breitete sich schlagartig in ihrem Körper aus. Gurian nickte und blickte stumm auf die dargestellte Szenerie. Die beiden wandten sich wieder den anderen Mannschaftsmitgliedern zu. Sie standen noch immer um Trixi herum und starrten ängstlich auf die Bildschirme, die die Überlebenssysteme anzeigten.

Alle Werte lagen im roten Bereich. In einem so kritischen Zustand hatte sich die ›Taube‹ noch nie befunden. Dass im Kommandoraum Ruhe herrschte und die unterschiedlichen Warnsignale einem nicht in die Ohren schrien, lag allein daran, dass Varenia sie alle abgeschaltet hatte. Trixi dachte in diesem Moment nicht an so etwas Banales, wie den seelischen Zustand des Rests der Mannschaft.

Die Anzeigen bewegten sich noch tiefer in den roten Bereich hinein. Plötzlich spürte Lucy Varenias Hand auf ihrer. Feucht und warm umklammerte das Mädchen ihre so fest, dass es beinah wehtat. Varenia hatte Angst. Das Schiff stand kurz davor, den Überlebenskampf aufzugeben. Wenn das System ausfiele, würde auch die Besatzung nur noch wenige Sekunden überleben.

Alle starrten stumm auf die Anzeige. Lucy hielt Varenias Hand. Gurian stellte sich neben sie. Selbst Shyringa stand von ihrem Platz auf und reihte sich schräg hinter ihr ein. Die Anzeige stieg noch ein winziges Stück weiter nach oben. Sie erreichte den Punkt, an dem die Selbstheilungskräfte des Schiffs versagen mussten. Es stand vor der Selbstabschaltung, dem Tod. Die Nadel verharrte für Sekunden an der Marke. Lucy umfasste mit ihrer freien Hand Gurians Unterarm. Sie hörte ihr eigenes Herz in den Ohren pochen.

Nach einer schier unendlich langen Zeit begann die Anzeige sich langsam, ganz langsam wieder zurückzubewegen. Als sie den gelben Bereich fast in Richtung Grün durchlaufen hatte, sackte

Trixi förmlich in ihrem Sitz zusammen. Das erste Mal nahm sie die Augen von dem Schirm vor ihr.

»Das Schiff ist gerettet. Es wird überleben«, flüsterte sie erschöpft.

Grenzwanderung

Lucy drückte Trixi an sich.

»Heißt das, wir können zurückspringen?«, fragte sie freudestrahlend.

»Der Sprunggenerator ist weg. Wenn du keine Beine mehr hast, kannst du auch nicht mehr laufen!« Trixi klang beleidigt.

»Das heißt, wir kommen hier nicht weg?«

Trixi zuckte mit den Schultern.

»Mehr, als dass wir überleben, konnte ich nicht machen«, sagte sie müde.

»Das war doch schon mehr, als irgendjemand anders geschafft hätte.« Varenia strahlte die traurig aussehende Trixi an und nahm sie in den Arm. Lars warf ihr einen bösen Blick zu. Lucy wusste, dass er sich ärgerte, dass er nicht schneller als Varenia regiert hatte. Er wäre gerne derjenige gewesen, der seine Freundin tröstete.

»Wie sieht es mit der Kommunikation aus?«, fragte Lucy. »Varenia, wir müssen schleunigst sehen, dass wir abgeholt werden.«

Statt Varenia antwortete Shyringa in der kalten, sachlichen Art der Aranaer: »Unsere Kommunikation, das Interkom, funktioniert physikalisch über die gleiche Technik wie die Sprünge. Wir können ja nicht zu einem anderen Sternensystem mit elektromagnetischen Wellen funken. So ein Funkspruch käme erst in Jahrtausenden an.«

»Das weiß ich selbst«, unterbrach Lucy sie ärgerlich. Sie war nervös. Sie wollte nur eins: weg!

Shyringa sah sie kalt mit ihren hellgrünen, fast gelben Augen an, in deren Mitte winzige Pupillen saßen. »Du scheinst aber nicht zu wissen, dass das Interkom aus diesem Grund über den Sprunggenerator arbeitet. Sonst wäre deine Frage logischerweise überflüssig.«

»Heißt das, wir können keine Hilfe holen?« Leichte Panik flackerte in Lucys Augen.

»Das ist die logische Konsequenz aus meinen Ausführungen«, erwiderte Shyringa ungerührt. »Oder handelte es sich um eine dieser Fragen, die ihr ›rhetorisch‹ nennt? Du weißt, ich verstehe so etwas nicht.«

Lucy nahm diese Belehrung nicht wahr. Sie starrte entsetzt auf die Bildschirme, die den Außenbereich zeigten. Gurian stellte sich neben sie und legte ihr tröstend eine Hand auf den Arm.

»Wir finden eine Lösung. Wir haben bisher immer etwas gefunden.«

Lucy entspannte sich ein wenig, auch wenn sie wusste, dass Gurians Worte sie nur beruhigen sollten. Auch er hatte keine Idee. Trotzdem tröstete sie seine Nähe. Sie wusste, dass sie als Einzige in der Mannschaft diesen schwierigen Jungen mochte. Er war ein ausgezeichneter Kämpfer. Man konnte sich auch in den brenzligsten Situationen hundertprozentig auf ihn verlassen. Nach außen gab er sich zwar seltsam, und anfangs hatte sie sich vor ihm gegruselt. So redete er fast ausschließlich in Knurr- und Brummlauten.

Als Imperianer hätte er eigentlich wie alle männlichen Jugendlichen dieser Spezies ein eher zartes, hübsches Gesicht besitzen sollen. Aber eine lange, dicke Narbe entstellte sein Gesicht und das, obwohl es selbst auf den Schiffen der Rebellen kleine medizinische Wunderwerke gab, die solche Narben in wenigen Minuten beseitigen konnten.

Anfangs hatte sie ihn auch nur in ihre Mannschaft aufgenommen, weil Srandro ihr dieses als Bedingung gestellt hatte. Bei Srandro handelte es sich um den Anführer der Rebellen. Srandro betrachtete Gurian als seinen besten Freund und vertraute ihm blind. Deshalb bestand er darauf, dass Lucy Gurian bei ihren Touren mitnahm.

Aber mittlerweile mochte Lucy ihn tatsächlich. Kein anderer wusste, dass sie ihn anders sah, seit er ihr in einer schrecklich kalten und dunklen Nacht in einer Höhle auf dem furchtbarsten Planeten des ganzen Imperiums seine Geschichte erzählt hatte. Daher wusste Lucy als Einzige, warum er sich diese Narbe nicht entfernen ließ. Sie akzeptierte ihn, wie er war, auch wenn sein Gesicht wirklich zum Fürchten aussah.

»Wir sind direkt an der Grenze. Das nächste System liegt schon auf der anderen Seite.« Trotz aller Mühe klang Lucy selbst in ihren eigenen Ohren verzweifelt.

»Was für eine Grenze?«, traute sich Darim zu fragen, ein junger Imperianer, der erst seit Kurzem zu den Rebellen gehörte. Sie hatten ihn nur mitgenommen, weil sich ihr siebtes Mannschaftsmitglied auf einer anderen Mission befand.

»Wir sind durch den unkontrollierten Sprung weit an den Rand der Galaxie geschleudert worden. Jetzt befinden wir uns im Niemandsland zwischen dem bekannten Teil der Galaxie und dem unbekannten Teil«, knurrte Gurian.

Etwa die Hälfte der Galaxie, die auf Terra, also der Erde, Milchstraße genannt wird, kannte man bisher noch nicht. Das hieß, es hatte zwar einige wenige Expeditionen in diesen Teil gegeben, aber keines der Schiffe war bisher zurückgekehrt. Seitdem der große Krieg zwischen den Imperianern und den Aranaern tobte, führte man keine Expeditionen mehr durch. Jeder Ansatz dazu wurde von der jeweiligen gegnerischen Kriegspartei sofort durch einen militärischen Angriff verhindert.

So blieb es bis zum heutigen Tag ein Rätsel, warum die Forschungsschiffe nicht zurückgekommen waren. Es musste in dem unbekannten Teil der Galaxie eine Gefahr geben, deren Ursache außerhalb aller bisherigen Überlegungen lag.

Jetzt trieb die ›Taube‹ am Rande der Galaxie, dort wo die Sternensysteme nur noch rar gesät waren, auf die unsichtbare Grenze zu. Sie ließ sich durch nichts erkennen. Sie konnte nicht gemessen werden. Sie war nicht physikalisch bedingt. Es handelte sich um eine Grenzlinie des Wissens.

Sie verlief nicht geradlinig und schnitt direkt durch das Zentrum der Galaxie. Von dem gigantischen schwarzen Loch in ihrer Mitte kannte man nur die dem Imperium zugewandte Seite, soweit man überhaupt Forschungsergebnisse über dieses noch nicht endgültig ergründete Phänomen besaß.

Diese imaginäre Grenze konnte man nur daran erkennen, dass die imperianischen Sternenkarten ausschließlich die Sternensysteme verzeichneten, die bekannt waren. Dabei handelte es sich um die Systeme, die man entweder bereits mit Forschungsschiffen besucht, oder mithilfe von Fernerkundungen durch Messungen oberflächlich erforscht hatte. Der Rest der Karte, den man den unbekannten Teil der Galaxie nannte, wurde nur angedeutet. Von den Sternen dieses Teils wusste man gerade einmal den Ort, Größe und Helligkeit. Lucy kannte zwar nicht die aranaischen Karten, aber sie sahen mit Sicherheit sehr ähnlich aus.

»Gibt es eine Möglichkeit diesen Sprunggenerator zu rekonstruieren?«, fragte Lars. »Ich meine, auf der Rebellenstation gab es Operationen an Menschen, durch die ganze Gliedmaßen rekonstruiert wurden. Das müsste doch auch bei so einem biologischen Roboter wie diesem Schiff funktionieren.«

Lars wurde unsicher, als alle ihn anstarrten. Lucy konnte seine Verlegenheit gut verstehen. Nie wussten sie, was bei Imperianern als selbstverständlich galt und wann sie wieder den naiven Unsinn eines ›Primitiven‹ redeten.

Trixi antwortete ernst: »Genau das ist unsere einzige Chance. Ich habe aber keine Idee, wie ich das anstellen soll. In einer Werft oder sogar auf einem großen Schiff ist es kein Problem, einzelne Teile zu rekonstruieren. Mitten im Raum fehlt uns nicht nur die Ausrüstung, sondern auch das Material, aus dem der Generator wachsen könnte.«

Lucy sah Trixi mit gerunzelter Stirn an.

»Wo findet man das Material?«

»Am besten wäre natürlich organisches Material, aber theoretisch gehen auch anorganische Stoffe, wenn ich es irgendwie schaffen würde, einen entsprechenden Transformator zu bauen. Das kann aber sehr lange dauern.« Trixi sah gedankenverloren auf ihre Instrumente.

»Gut, also brauchen wir einen Planeten«, stellte Lucy entschieden fest. »Wo ist das nächstliegende System?«

Der ganzen Mannschaft tat es offensichtlich gut, ihre Kommandantin wieder voller Tatendrang zu sehen. Alle eilten zu ihren Plätzen.

»Die bekannten Systeme sind alle zu weit entfernt«, meldete Varenia nach wenigen Sekunden. »Wir müssen zu dem orangegelben Zwerg dort hinten. Der gehört schon zum unbekannten Teil der Galaxis. Ein Schiff ist noch nie in dieses System eingedrungen. Man weiß immerhin, dass er von Planeten umkreist wird. Ob man die überhaupt betreten kann, ist aber nicht bekannt.«

Der orangegelbe Stern dominierte das Bild auf den Außenschirmen. Er wirkte mit Abstand am größten und hellsten im ganzen All. Das lag natürlich nur daran, dass er sich viel näher an der Position der ›Taube‹ befand als jedes andere Himmelsobjekt.

»Was gibt es für Alternativen?«, fragte Lucy schroff.

»Keine, wenn wir nicht Jahre oder Jahrzehnte unterwegs sein wollen«, antwortete Shyringa. »Zu diesem orangegelben Zwerg werden wir mit Höchstgeschwindigkeit schon mindestens drei Wochen brauchen.«

»Wir können aber noch nicht sofort mit Volllast fliegen. Das Schiff ist noch nicht wieder gesund. Es braucht mindestens noch einen halben Tag, bis es sich erholt hat«, protestierte Trixi.

Die gesamte Mannschaft sah sie enttäuscht an. Lars reagierte richtig wütend.

»Mensch Trixi, das ist ein Schiff, nur ein verdammter Roboter. Das ist nicht das Gleiche wie du. Du bist ein Mensch!«, platzte es aus ihm heraus. Alle sahen ihn erschrocken an.

Selbst Darim wusste, wie jeder an Bord, dass Trixi zu den jungen Frauen gehörte, die Robotermädchen genannt wurden, auch wenn er sich zu der Zeit ihrer Befreiung noch nicht den Rebellen angeschlossen hatte. Trixi war zusammen mit ihren Leidensgefährtinnen wie ein Roboter gehalten und zu Arbeiten gezwungen worden, die kein anderer Mensch machen wollte. Es hatte die Rebellen, allen voran Lars, viel Energie gekostet, den Rest des Imperiums davon zu überzeugen, dass es sich bei Trixi und den anderen Robotermädchen nicht um Roboter, sondern um Menschen handelte.

»Warum hast du mich eigentlich befreit damals? Du reagierst ja nur deshalb so sauer, weil du nicht sicher bist, dass ich ein Mensch bin?« Trixis Augen füllten sich mit Tränen. Das war mehr als selten. »Alle anderen glauben doch auch nicht, dass ich ein Roboter bin.«

»Aber Trixi, das habe ich doch gar nicht gesagt. Es geht doch nur darum, dass du ein zu inniges Verhältnis zu diesen Maschinen hast«, versuchte Lars sich zu rechtfertigen, aber Trixi unterbrach ihn.

»Ich weiß genau, dass ich kein Roboter bin, auch wenn man mich und meine Freundinnen so gehalten hat, bevor ihr uns befreit habt. Aber ich mag diese Maschinen. Ihr habt auf Terra auch Haustiere, die ihr mögt. Das hast du mir jedenfalls erzählt. Aber jeder, der so einen Vierbeiner mag, hält sich doch nicht für ein Tier, oder? Auf Imperia haben fast alle Kinder mindestens einen kleinen Spielroboter, den sie mögen, einen Teddy oder etwas Ähnliches. Keines dieser Kinder würde auf die Idee kommen, selbst ein Roboter zu sein, nur weil sie ihr Spielzeug lieb haben. Warum darf ich meine Roboter nicht mögen? Deshalb bin ich doch trotzdem ein Mensch! Ich kann doch nichts dafür, dass du dir nicht sicher bist.«

»Trixi, das darfst du nicht sagen. Das ist nicht wahr!« Lars stand das Entsetzen im Gesicht. »Du weißt genau, dass ich keinen anderen Menschen so lieb habe wie dich. Ich würde dich doch nie so lieben, wenn ich dich für einen Roboter halten würde.«

Er drückte sie an sich. Trixi ließ sich das zwar gefallen, sah aber dabei extrem steif aus. Lars hatte sie tief verletzt, daran gab es keinen Zweifel. Lucy wandte sich genau wie die anderen unsicher von der Szene ab. In dieser Situation konnte sie einen Beziehungsstreit zwischen zwei Besatzungsmitgliedern am wenigsten brauchen.

Sie konnte zwar verstehen, dass Trixi sich durch Lars' Äußerungen verletzt fühlte, sie verstand aber auch Lars' Ängste. Genau wie er fragte sie sich, ob Trixi wirklich begriffen hatte, was und wer sie war. Auch sie meinte, Trixi in regelmäßigen Abständen die Zweifel daran nehmen zu müssen, dass sie ein vollwertiger Mensch war. In vielen Fällen verhielt sich Trixi extrem merkwürdig. Auf jeden Fall hatte sie ein viel zu inniges Verhältnis zu ihren Maschinen, auch wenn sie dadurch immer wieder geniale Dinge zustande brachte.

Das unbekannte System

Mit dem Anflug auf das unbekannte Sternensystem begann eine Zeit des Wartens. Lucy teilte die sieben Mannschaftsmitglieder in drei Gruppen auf. Eine Schicht sollte jeweils schlafen, eine bekam Freizeit, musste sich aber für den Notfall bereithalten, und die dritte überwachte die Funktionen des Schiffs und die Umgebung.

Sie schickte Trixi und Lars in die Schlafräume. Sie hoffte, die beiden würden sich in der entspannten Situation versöhnen. Trixi verließ allerdings erst die Brücke, nachdem Lucy hoch und heilig versprochen hatte, mit der Beschleunigung des Schiffs zu warten, bis sie wieder auf ihrem Platz saß.

Die zweite Schicht bildeten Darim, Varenia und Gurian. Die dritte Schicht, die das Schiff als Erste überwachen sollte, bestand aus Shyringa und ihr.

Nach ihrer Ruhepause kamen Trixi und Lars sichtlich entspannter auf die Brücke zurück. Sie schienen sich wieder vertragen zu haben. Für Lucy und Shyringa begann jetzt eigentlich die Freizeitphase, sie wollten aber das Schiff erst auf den richtigen Kurs bringen, bevor sie den Kommandoraum verließen. Trixi überprüfte die Systeme und gab anschließend ihr Einverständnis, den Volllastbetrieb aufzunehmen. Lucy beschleunigte auf Maximalgeschwindigkeit. Sie steuerte direkt den orangegelben Zwerg an.

Zwergstern nennt man Himmelskörper, die in etwa die Größe der irdischen Sonne besitzen. Dieser war etwas kleiner als das irdische Zentralgestirn und leuchtete daher nicht gelb, sein Licht ging stattdessen ins Orange.

Nachdem die Beschleunigungsphase abgeschlossen war, wurde es langweilig. Das Schiff schoss mit Maximalgeschwindigkeit wie ein Pfeil auf sein Ziel zu. Ein Raumfahrzeug, das im All einmal auf Reisegeschwindigkeit und Kurs gebracht ist, fliegt gradlinig, ungebremst und lautlos durchs All. Es passiert einfach nichts, weil der Raum, der durchquert wird, praktisch vollkommen leer ist. So erging es der ›Taube‹ in den nächsten Tagen.

Anfangs erzählten sich die Besatzungsmitglieder noch Geschichten über im unbekannten Teil der Galaxie, vermisste Forschungsschiffe und die Sagen und Vermutungen, die sich um das Verschwinden rankten. Alle wirkten aufgeregt, neugierig und ein wenig ängstlich. Schließlich wussten sie nicht, was sie erwartete. Gab es irgendetwas, was sofort zuschlug, sobald sie die unsichtbare Linie überschritten?

Tatsächlich waren die verschwundenen Raumfahrzeuge viel weiter gesprungen. Hatte man die Grenze womöglich willkürlich gezogen, weil weder das Imperium noch das aranaische Reich über diese Punkte hinaus ausgedehnt worden war?

Sie fanden keine Lösungen, obwohl Shyringa und Varenia in ihren Schichten die schier unendlichen Speicher des Bordrechners durchforsteten. Schon nach weniger als drei Tagen ging ihnen der Gesprächsstoff aus.

Als Abwechslung bot dieses Schiff nur die Bibliothek, in der man nach Wissenswertem, aber auch nach Romanen und anderen Büchern, nach Musik und Filmen stöbern konnte. Ansonsten gab es keine Freizeitmöglichkeiten. Es befand sich nicht einmal ein Fitnessraum an Bord. Das kleine Schiff war für so lange Aufenthalte im All nicht ausgelegt. Schon nach kurzer Zeit verloren einige Jugendliche die Lust am Lesen und dem Anschauen von Filmen.

Auch im persönlichen Bereich spürte man die Einschränkungen. Der zwischenmenschliche Kontakt beschränkte sich auf die sieben Jugendlichen an Bord. Es gab niemand anderen, mit dem man reden oder sich wenigsten schreiben konnte. Lucy merkte, dass sie sich nach ihrem Freundeskreis auf der Rebellenstation sehnte. Sie gehörte normalerweise nicht zu den Leuten, die immer ihre engen Freunde um sich haben müssen. Ganz im Gegenteil, sie war froh, hin und wieder zu Abenteuern aufbrechen und ein wenig Abstand und Freiheit genießen zu können. Aber in dieser Situation hätte sie gerne ihre liebsten Menschen um sich gehabt und sich einfach ab und zu trösten lassen. Hinzu kam, dass sie wusste, dass die hilflos auf dem Mutterschiff der Rebellen saßen, nicht wussten, wo sie waren, und sich furchtbar um sie sorgten.

***

Sie waren schon mehr als zwei Wochen unterwegs, als Gurian Lucy ansprach. »Hast du dir schon überlegt, was wir machen, falls Trixi den Sprunggenerator nicht rekonstruieren kann?«

Er sprach damit ein Problem an, dass Lucy schon seit Tagen durch den Kopf ging.

»Nein, das müssen wir dann entscheiden. Wir haben noch immer keine Informationen darüber, um was für Planeten es sich in diesem System handelt. Vielleicht ist einer sogar bewohnbar.«

Gurian sah sie zweifelnd an. In der Milchstraße, wie die heimische Galaxie auf Terra normalerweise genannt wird, gab es mehr als hundert Milliarden Sterne. Die allermeisten von ihnen besaßen ein Planetensystem, aber nur wenige Himmelskörper waren ohne technische Hilfsmittel bewohnbar. Im bekannten Teil gab es nur weniger als 300 von ihnen. Die Wahrscheinlichkeit, dass ausgerechnet das erste unbekannte System, das sie erreichten, einen bewohnbaren Planeten enthielt, war so gut wie null.

»Wenn wir dort nicht bleiben können, müssen wir eben weiter fliegen«, entfuhr es Lucy genervt.

»Das nächste System ist fast zehn Lichtjahre entfernt. Wir werden mehr als zehn Jahre brauchen, bis wir dort sind«, wandte Gurian ein.

»Was willst du eigentlich? Sollen wir das Schiff gleich in die Luft sprengen?«, fragte Lucy wütend. Die Wut richtete sich nicht gegen ihr Mannschaftsmitglied, auch wenn es so aussah. Sie hatte einfach – genauso wie alle anderen an Bord auch – Angst, dass sie in eine aussichtslose Situation gerieten.

»Wie sieht es mit unseren Verteidigungssystemen aus?«, fragte Lucy barsch und sah Gurian dabei provozierend an. Sie wollte einfach vom Thema ablenken.

»Die Strahlenkanone ist vollfunktionsfähig und die Energiereserven sind wieder vollständig geladen. Von den Raumtorpedos haben wir noch etwa die Hälfte der Standardbeladung,« Gurian sah Lucy grimmig an. »Das dürfte reichen, um einen Krieg auf einem Planeten zu gewinnen, der sich noch im Metallzeitalter befindet.«

Gurian übertrieb natürlich, aber eine Landung auf einem Planeten mit ›primitiver‹ Besiedlung, so etwa wie Terra, konnte man mit der Ausrüstung schon wagen. Allerdings wussten beide, dass ihre Bewaffnung für die Gefahr, die im unbekannten Teil der Galaxie wartete, mit Sicherheit nicht ausreiche. Bei allen verschwundenen Forschungsschiffen hatte es sich um bestausgestattete Raumfahrzeuge der A-Klasse gehandelt, mehr als hundertmal so groß wie die ›Taube‹.

***

Nach zwanzig Tagen wurde Lucy durch ein Warnsignal geweckt. Sofort hellwach sprang sie mit einer einzigen Bewegung aus dem Bett. Sie hatte ohnehin in den letzten Tagen nicht sonderlich gut geschlafen. Mit jeder Lichtminute, die sie sich vom bekannten Teil der Galaxie entfernten, stieg die Unsicherheit und Angst vor dem Unbekannten. Lucy zog sich blitzschnell an. Als sie im Kommandoraum ankam, befand sich der größere Teil der Besatzung schon dort. Nur Shyringa, mit der sie die Schlafschicht teilte, betrat kurz nach ihr den Raum.

»Ist etwas passiert?«, fragte Lucy atemlos.

»Wir sind in unserem Zielsystem angekommen. Wir haben gerade die Bahn des äußersten Planeten des Systems passiert«, erwiderte Varenia sachlich. Sie hatte den Alarm ausgelöst.

»Gut, dann gehen jetzt alle auf ihre Plätze und halten sich in Bereitschaft«, kommandierte Lucy. »Wir wissen nicht, was in diesem System auf uns wartet.«

Der äußerste Planet des Systems stellte sich als relativ unspektakulär heraus. Es handelte sich um einen Gasplaneten, der dunkel in einiger Entfernung vom Schiff lag. Um an die Rohstoffe zu kommen, die sie brauchten, mussten sie zu den Himmelskörpern der inneren Umlaufbahnen fliegen. Sie hofften, dass es sich bei ihnen um Gesteinsplaneten handelte und sie damit auch schwerere chemische Elemente enthielten.

Alle waren aufs Äußerste angespannt, aber die nächsten Stunden, in denen das Schiff mit Höchstgeschwindigkeit in das fremde, unbekannte System schoss, passierte nichts. Weder erfolgte ein Angriff, noch gab es eine andere Spur von Gefahr.

»Ich verstehe nicht, warum kein Schiff von hier zurückgekommen ist, in diesem System gibt es doch wirklich überhaupt nichts.« Gurian sah fast ein wenig enttäuscht aus.

»Weder in den imperianischen noch in den aranaischen Bibliotheken findet sich irgendein Hinweis, dass eine Expedition genau in dieses System vorgedrungen ist«, stellte Shyringa klar.

»Ja, vielleicht hat man die Erforschung des unbekannten Teils der Galaxie eingestellt, bevor die magische Grenze überschritten wurde und hier ist noch alles normal«, ergänzte Varenia hoffnungsfroh.

»Es gibt keine magische Grenze. Auch im unbekannten Teil der Galaxie wird es keinen Hokuspokus geben.« Lucy wurde langsam ärgerlich. »Wahrscheinlich gibt es in diesem Teil auch irgendeine Spezies, die sich ausgebreitet hat und die es einfach versteht, sich Eindringlinge vom Hals zu halten. Dieses ewige Gerede über spinnerte Sagengeschichten geht mir langsam auf die Nerven!«

Varenias Lächeln gefror in ihrem Gesicht. Lucy tat es schon im gleichen Moment wieder leid.

»Lasst uns einfach aufpassen. Unser aller Nerven sind angespannt«, lenkte sie deshalb versöhnlich ein.

Die ganze Mannschaft stand unter Spannung und beobachtete jedes einzelne Detail. Die Aktionen der letzten Monate hatten sie abgehärtet. Sie gerieten nicht das erste Mal in eine aussichtslos erscheinende Situation. Nur Darim sah sehr blass aus. Seine Hände zitterten ein wenig.

»Da vorne taucht der erste von den inneren Planeten auf. Shyringa, was sagen die Daten?«, fragte Lucy.

»Unsere Sensoren tasten den Planeten noch ab. Es steht jetzt schon fest, dass es sich um einen Gesteinsplaneten handelt. Er ist aber recht groß. Die Gravitation dürfte für Imperianer und Aranaer zu hoch sein. Außerdem ist er zu kalt für Leben, wie wir es bisher kennen. Er besitzt eine Atmosphäre, die Analyse über ihre Zusammensetzung läuft noch.«

»Varenia, gibt es irgendwelche Kommunikation in dem System?«, fragte Lucy.

Varenia schüttelte den Kopf. »Nein, gibt es nicht.«

»Hast du auch elektromagnetische Wellen überprüft?«

»Ja natürlich, aber da ist auch nichts.«

»Der nächste Planet liegt in der lebensfreundlichen Zone«, meldete sich Shyringa, die weiter alle Objekte des Systems mit den Schiffssensoren abtastete. »Der ist allerdings zu klein. Die Gravitation ist zu niedrig. Er besitzt keine Atmosphäre. Trotz der günstigen Temperaturen dürfte es dort ebenfalls kein Leben geben.«

»Was ist mit den chemischen Elementen. Wäre das nicht ein Kandidat, von dem wir uns holen können, was wir brauchen?«, fragte Lars nach.

»Ich schicke dir mal die Liste der Stoffe herüber, die wir suchen«, mischte sich Trixi ein. Leiser fügte sie hinzu: »Ich weiß aber noch immer nicht, wie ich anorganische in organische Substanzen transformieren soll.«

Ein paar Minuten herrschte Ruhe im Kommandoraum.

»Na, wie sieht es aus? Gibt es auf dem Planeten die notwendigen Rohstoffe?«, durchbrach Lucy schließlich die Stille.

»Die Analyse ist noch nicht hundertprozentig beendet. Ich kann aber sagen, dass auf der Planetenoberfläche mit hoher Wahrscheinlichkeit alle Stoffe vorhanden sind, die wir benötigen. Allerdings wird es sehr schwierig werden, sie auf unser Schiff zu holen«, antwortete Shyringa.

Lucy trommelte mit ihren Fingern auf das Pult vor ihr.

»Sehen wir uns noch den nächsten Planeten an. Wenn der nicht geeigneter ist, müssen wir uns etwas einfallen lassen.«

Nach einer kleineren Kurskorrektur schoss das Schiff noch immer mit Höchstgeschwindigkeit auf den zweiten Planeten des Systems zu. Den ersten konnten sie für ihre Zwecke vergessen. Der befand sich viel zu dicht an dem Stern und damit war auch seine Oberflächentemperatur viel zu hoch für die Technik, die ihnen zur Verfügung stand.

»Der zweite Planet besitzt eine ideale Größe und eine Atmosphäre«, meldete sich Shyringa nach einigen Minuten wieder zu Wort. »Er liegt am innersten Rand der lebensfreundlichen Zone. Die Analyse ist noch nicht beendet, aber die bisherigen Ergebnisse deuten schon darauf hin, dass die Atmosphäre wahrscheinlich zu heiß ist, als das Leben im uns bekannten Sinn auf ihm existieren könnte.«

»Verdammter Mist!«, entfuhr es Lucy.

Sie konnte ihre Enttäuschung nicht verbergen. Natürlich, die Wahrscheinlichkeit grenzte an null, in dem ersten System, das sie entdeckten, einen bewohnbaren Planeten zu finden, trotzdem hatte sie irgendwie darauf gehofft. Wenn sie sich mit ihren Mitteln an Bord nicht behelfen konnten, was sie trotz Trixis Genialität für nicht unwahrscheinlich hielt, gab es keinen Ort, an dem sie sich wenigstens kurzzeitig ausruhen konnten. Sie mussten dann zu einer jahrelangen, vielleicht sogar jahrzehntelangen Reise aufbrechen, ohne die Gewähr, irgendwo einen Platz zum Bleiben zu finden.

»Drehen wir lieber gleich um und fliegen zum dritten Planeten zurück«, schlug sie vor.

»Nun warte doch erst mal die Analyse ab, vielleicht ist es dort einfacher, die Stoffe zu organisieren.« Gurian sah Lucy aus seinem Narbengesicht mit einem Lächeln an, das wohl aufmunternd wirken sollte. Es erinnerte allerdings eher an das Grinsen eines Bösewichts aus einem billigen Horrorfilm.

Das tote Schiff

Die ›Taube‹ schoss noch immer mit ungedrosselter Geschwindigkeit auf den zweiten Planeten des unbekannten Systems zu. Trixi sprach wie immer kein Wort und konzentrierte sich vollkommen auf die Funktionen des Schiffs. Lucy wusste, dass sie versuchte, so viele der Schäden zu beheben, wie sie konnte. Abgesehen von ihrem Hauptproblem, dem fehlenden Sprunggenerator, verliefen die Reparaturen sehr erfolgreich. Lars stand nutzlos neben ihr. Wahrscheinlich hoffte er, ihr dadurch Halt zu geben, obwohl er sie damit sicher eher störte.

Lucy und Gurian standen mit dem jungen Darim zusammen. Als er zu ihnen kam, hatte der arme Kerl keinen von ihnen gekannt. Jetzt wirkte er extrem nervös und unsicher. Lucy ärgerte sich. Sie hätte auf ihre Zweifel hören und ihn nicht mitnehmen sollen. Andererseits hatte sie die Situation nicht voraussehen können, der ganze Ausflug sollte schließlich nur eine einfache Standardoperation sein. In diesem Moment empfand sie es als Katastrophe, jemanden dabei zu haben, für den man den Babysitter spielen musste.

Shyringa und Varenia hockten konzentriert an ihren Konsolen und untersuchten den Planeten mit allem, was die Sensoren des Schiffs hergaben.

»Der Planet besitzt keinen Mond oder ähnlichen astronomischen Begleiter. Seine Oberfläche ist zu heiß für imperianisches oder aranaisches Leben, genau, wie ich es mir dachte«, setzte Shyringa die anderen über ihre entmutigenden Ergebnisse in Kenntnis. »Auch in der Atmosphäre bekomme ich kein eindeutiges Signal für Biologie. Wenn es dort etwas gibt, muss es in einem sehr frühen Stadium der Lebensentwicklung sein. Das können wir mit unseren Instrumenten auf diese Entfernung nicht feststellen.«

»Der Planet erinnert mich an die Venus«, warf Lars ein.

»An was?«, fragte Varenia.

»Ach nichts, nur ein Planet neben Terra«, wiegelte Lars ab. Er bekam einen traurigen Gesichtsausdruck.

»Kein Austausch von irgendwelcher Kommunikation, soweit ich das feststellen kann. Ich habe den ganzen Nahbereich gecheckt. Die Fernkommunikation kann ich natürlich nicht prüfen, dazu bräuchte ich den Sprunggenerator.« Varenia hatte sich bereits wieder ihren drängenden Fragen zugewandt. »Dieses System scheint völlig tot zu sein. Keine Menschenseele, nicht mal primitivstes Leben.«

Sie befanden sich noch immer eine halbe Stunde von ihrem Ziel entfernt, als etwas aus dem Schatten des Planeten trat.

»Was ist denn das? Ich dachte, der Planet hat keinen Begleiter?«, fragte Lucy.

»Das Ding ist wahrscheinlich zu klein, um gemessen worden zu sein«, mutmaßte Lars.

»Wenn das ein kleiner Mond wäre, hätten unsere Instrumente ihn gemessen«, widersprach Shyringa.

»Mit dem Ding stimmt etwas nicht!«, rief Varenia aufgeregt dazwischen. »Die Instrumente zeigen an, dass es hohl ist.«

»Die Analyse der Oberfläche deutet auf organisches Material hin«, ergänzte Shyringa.

»Einen Moment! Was heißt das?«, fragte Lucy beunruhigt.

»Das heißt, dass es sich bei diesem verdammten Ding um ein Raumschiff handelt«, knurrte Gurian grimmig. Er hantierte an der Waffenkonsole.

»Theoretisch könnte das natürlich auch ein Tier sein«, stellte Shyringa klar.

»Ein Tier hier im luftleeren Raum?« Gurian grinste Shyringa mit seinem entstellten Gesicht an.

»Ja doch, ich habe Theorien über Raum-Wale gehört. Vielleicht ist das einer!« Darim sah mit glänzenden Augen auf den Außenschirm.

»Das sind Geschichten für Kinder! So etwas gibt es nicht!« Varenia lächelte ausnahmsweise einmal nicht, sondern sah Darim tadelnd an.

»Die Wahrscheinlichkeit, dass sich irgendwo in der Galaxie Leben außerhalb eines schützenden Planeten entwickelt haben könnte, ist nach unserem heutigen Erkenntnisstand tatsächlich nahezu ausgeschlossen«, schloss Shyringa die von ihr selbst angestoßene Diskussion über frei im Raum lebende Tiere ab.

»Also ist das ein Schiff«, schlussfolgerte Lucy nachdenklich. Sie hatte schon das Bremsmanöver eingeleitet.

»Alle Mann auf Kampfstation. Fahrt die Waffensysteme hoch«, kommandierte sie. »Shyringa, Analyse des Raumschiffs! Varenia, überwache die Waffensysteme und Kommunikation des fremden Gefährts!«

»Vom biologischen Aufbau ist das Schiff imperianischer Herkunft«, berichtete Shyringa.

»Ein Imperiumsschiff?«, fragte Lucy ungläubig.

»Es sendet keine Kennung.« Varenia sah mit gerunzelter Stirn auf die Daten ihres Monitors. »Die Waffensysteme sind nicht aktiviert. Es reagiert nicht einmal darauf, dass wir unsere Waffen aktivieren.«

»Lebt es noch?« Trixi sah mit besorgtem Gesichtsausdruck von ihrer Konsole auf und blickte hinüber zu ihrer Freundin.

»Das kann ich so nicht feststellen«, erwiderte Varenia.

»Im Innern existiert eine Sauerstoffatmosphäre. Die Temperatur liegt bei dreiundzwanzig Grad«, warf Shyringa die Daten in den Raum.

»Dann sind die Lebenserhaltungssysteme noch funktionsfähig«, kommentierte Varenia nachdenklich. »Das Schiff muss noch leben, aber es reagiert nicht.«

»Es schläft«, flüsterte Trixi in den Kommandoraum.

Hoffentlich rastete Lars jetzt nicht wieder aus, dachte Lucy. Aber die Situation war zu spannend. Lars schien ausnahmsweise nicht auf Trixis Ausdrucksweise zu achten.

»Die haben ihre Waffen noch immer nicht aktiviert«, brummte Gurian. »Da stimmt etwas nicht. Wenn wir wollten, könnten wir die selbst mit unserer Bewaffnung erledigen.«

»So denken nicht alle«, bemerkte Trixi, aber keiner beachtete sie. Vielleicht lag es einfach daran, dass sie noch leiser gesprochen hatte als üblich.

»Varenia, versuche Kontakt aufzunehmen«, kommandierte Lucy. Sie war jetzt vollkonzentriert. »Shyringa, taste das Schiff nach allem ab, woran man es erkennen könnte. Vielleicht stimmt es ja mit irgendeinem der verloren gegangenen überein.«

»Ich funke mit allem, was wir haben, und auf allen Kanälen. Es meldet sich nicht«, berichtete Varenia nach wenigen Minuten.

»Versuche es weiter. Sag ihnen, dass wir in friedlicher Absicht kommen und ihre Hilfe brauchen.« Nervös trommelte Lucy auf ihrer Konsole.

Ein paar Minuten später meldete sich Shyringa zu Wort: »Mit großer Wahrscheinlichkeit habe ich das Raumfahrzeug identifiziert. Es handelt sich um die ›Garjomus Bartin‹. Den Namen hat es von einem Mann, der vor etwa 342 Jahren für acht Jahre Präsident des Imperiums war. Es ist ein imperianisches A-Klasse-Schiff. Es wurde mit allem ausgerüstet, was das Imperium an Forschungseinrichtungen zu bieten hatte, ebenso mit der neusten Waffentechnologie. Vor 312 Jahren brach es zu einer Forschungsreise in den unbekannten Teil der Galaxie auf. Schon nach dem ersten Sprung ging der Kontakt verloren. Man hat nie wieder etwas von ihm gehört.«

»Bis heute«, flüsterte Lars. Er sah blass aus. Alle ließen ihre Augen besorgt über die Schirme wandern.

»Wenn das Schiff hier gestrandet ist, geht von diesem System wahrscheinlich auch die Gefahr aus«, flüsterte Darim. Er sah mehr als ängstlich aus.

»Warum lebt es, rührt sich aber nicht? Wenigstens die automatischen Abwehrsysteme müssten doch reagieren«, meinte Lucy.

»Was heißt, neueste Waffentechnik? Können uns heute noch die Waffen von vor dreihundert Jahren gefährlich werden?« Lucy sah Gurian direkt an.

»Die Technik hat sich weiterentwickelt und gegen ein modernes A-Klasse-Schiff hätte die Kiste da keine Chance. Aber um uns in Schutt und Asche zu legen, reichen die Waffen sicher aus, falls sie noch funktionieren.«

»Es scheint noch funktionsfähig zu sein, aber es gibt kein Anzeichen für Leben auf ihm«, meldete sich Shyringa. »Wir sind jetzt so nah dran, dass die Sensoren ins Innere reichen. Im Hangar stehen eine Reihe von C-Klasse-Schiffen und ein paar kleinere Jäger, aber ansonsten ist da nichts. Auf dem Raumfahrzeug gibt es keine Mannschaft, zumindest zeigen unsere Sensoren kein menschliches Leben an.«

»Ein Schiff, dessen Überlebenssysteme funktionieren, auf dem sich aber keine Mannschaft befindet? Da stimmt doch irgendwas nicht! Das ist ja unheimlich!«, kommentierte Lars.

»Na ja, wenn vor 300 Jahren auf dem Ding Menschen gelebt haben, sind sie alle mittlerweile tot, selbst wenn sie nicht durch ein Unglück oder einen Angriff umgekommen sind. So alt wird kein Imperianer«, stellte Varenia klar.

Lucy wollte gerade anmerken, dass es ja Nachkommen geben könnte, biss sich aber noch rechtzeitig auf die Zunge. Imperianer zeugten Nachkommen nicht mehr auf natürlichem Weg. Der genetisch optimierte Nachwuchs wurde von biologischen Robotern ausgetragen und geboren. Erstaunlicherweise sprach dann ausgerechnet Varenia diesen Gedankengang aus.

»Hatten die damals nicht schon Geburtsroboter an Bord? Shyringa, steht da was in den Unterlagen?«, fragte sie.

»Dieses Schiff hatte tatsächlich einige dieser Roboter an Bord«, antwortete Shyringa sachlich. »Sie sollten für den Fall, dass es strandet, die Besiedlung eines fremden Planeten ermöglichen.«

»Das scheint ja nicht funktioniert zu haben«, bemerkte Gurian.

»Oder die Mannschaft hat das Schiff verlassen«, mutmaßte Varenia.

»Wo? Hier?«, fragte Lars ironisch. »Die Planeten in diesem System sind ja wohl nicht gerade für eine Besiedlung geeignet!«

»Sie können das Schiff ja auch woanders verlassen haben.«

»Und wie ist es dann hierher gekommen, ohne Mannschaft?« Der Gesichtsausdruck, mit dem Gurian das Raumfahrzeug auf dem Schirm fixierte, wirkte noch grimmiger als normalerweise.

»Am Besten wir sehen einfach nach«, beschloss Lucy. »Gibt es eine Möglichkeit, die ›Taube‹ in den Hangar zu fliegen?«

»Hältst du das wirklich für eine gute Idee?«, knurrte Gurian. »Das ist ein leeres Geisterschiff. Wer weiß, was uns darauf erwartet.«

»Das ist doch gerade gut«, meinte Trixi. »Das ist nur ein Schiff. Es sind keine Menschen an Bord, die uns etwas antun könnten. Und dort gibt es alles, was wir brauchen, um wieder zurückzukommen. Ich versuche eine Möglichkeit zu finden, den Hangar von außen zu öffnen.«

»Super! Dann alle an die Arbeit!« Lucy gab sich optimistischer, als sie sich fühlte. »Varenia und Shyringa, versucht noch, so viel wie möglich, über dieses Schiff herauszufinden.«

»Ich werde mich um die Überwachung der Waffensysteme kümmern.« Gurian warf dem fremden Raumgefährt einen misstrauischen Blick zu. Jeder im Raum spürte, dass er der Sache nicht traute.

Lucy konnte ihn gut verstehen. Ihr durch Gefahren geschulter Instinkt sandte auch ihr dringende Warnsignale.

Garjomus

Die ›Taube‹ war mittlerweile in eine Kreisbahn um den zweiten Planeten des unbekannten Systems eingeschwenkt. Laut- und antriebslos trieb sie neben dem im Verhältnis zu ihr riesig wirkenden alten Mutterschiff im Orbit des Planeten.

»Trixi, wie sieht es aus? Schaffst du es, den Hangar zu öffnen?«, fragte Lucy ungeduldig. Sie kreisten jetzt schon zwei Stunden neben dem alten Schiff und nichts passierte.

»Ich glaube, ich habe es gleich«, murmelte Trixi. Lucy konnte nicht entscheiden, ob sie nur mit sich selbst sprach, oder ob es sich um eine Antwort auf ihre Frage handelte.

Lars trommelte nervös mit den Fingern auf seiner Konsole. Er sah mehr als beunruhigt aus.

»Junge, ich verstehe ja, dass du besorgt bist.« Gurian legte seine Hand auf Lars' Finger. Der sah ihn erschrocken an. »Aber dieses Getrommel macht es auch nicht besser.«

»Wir sollten da nicht hineingehen!« Lars entzog Gurian ärgerlich die Hand. »Wir wissen nichts darüber, was der Mannschaft zugestoßen ist. Es kann alles Mögliche passiert sein. Vielleicht ist die Atmosphäre da drinnen vergiftet. Vielleicht gibt es gefährliche Viren im Schiff. Vielleicht ist es irgendetwas ganz anderes.«

»Unsere Sensoren zeigen, dass es im Innern des Schiffs weder giftige Stoffe in der Atmosphäre noch irgendwelche schädlichen Viren gibt«, entgegnete Shyringa wie immer kühl und emotionslos.

»Was weiß ich, was dort ist! Auf jeden Fall hat es die ganze Mannschaft ausgelöscht«, antwortete Lars ärgerlich. »Wie viele waren das eigentlich?«

»Fast achthundert.« Varenia lächelte freundlich.

»Egal was mit ihnen passiert ist, es ist mehr als zweihundert Jahre her«, wandte Lucy streng ein. »Wir brauchen dieses Schiff. Wenn wir es wieder flottkriegen, können wir es benutzen, um zurückzukommen. Wenn nicht, finden wir wahrscheinlich alles an

Bord, um unser Schiff zu reparieren. Dann lassen wir es hier und fliegen mit der ›Taube‹ zurück. Auf jeden Fall ist es die Chance, aus dieser verdammten Gegend wegzukommen. Ich möchte keine Sekunde länger in diesem System bleiben, als nötig. Wer weiß, was uns hier draußen erwartet.«

Besorgt suchte Lucy die Außenschirme nach irgendwelchen Regungen ab. Aber dort geschah nichts.

»Ich hab's«, meldete Trixi. »Lasst uns sofort mit dem Manöver beginnen. Die Systeme des Schiffs sind sehr schwach. Wir haben wahrscheinlich nur eine einzige Chance. Ich glaube nicht, dass ich das Hangartor ein zweites Mal öffnen kann.«

Bevor Trixi noch den letzten Satz beendete, saß Lucy schon auf dem Pilotensitz.

»Wie sieht es aus? Irgendwelche Bewegungen im System?« fragte sie. Varenia schüttelte den Kopf.

»Was ist mit Funkverkehr?«

»Absolut nichts. Die Gegend ist noch genauso tot, wie die ganze Zeit.« Während sie redete, starrte Varenia konzentriert auf den Schirm vor sich.

»Was ist mit den Waffensystemen unseres Freundes?«

»Unser Freund schläft noch genauso, wie vorher«, knurrte Gurian wie ein wachsamer Hund. »Ich hoffe, wir wecken jetzt keine Raubkatze, wenn wir ihn anfliegen.«

»Warum sollte uns das Schiff angreifen? Wir tun ihm doch nichts«, erwiderte Trixi empört.

»Vielleicht ist da ein Verteidigungssystem eingebaut, das unsere Absichten anders einschätzt«, meinte Gurian. »Das da neben uns ist ein umgebautes Kriegsschiff.«

Trixi sah ihn böse an, sagte aber nichts. Glücklicherweise hielt auch Lars seinen Mund. Ein Beziehungsstreit hätte jetzt gerade noch gefehlt.

»Gut Trixi, fang an!«, gab Lucy das Kommando.

Sie lenkte die ›Taube‹ in Richtung der Hangartore. Einen Moment passierte nichts. Auf den Bildschirmen wuchs die graue Außenhaut des fremden Schiffs an, bis sie das ganze Bild ausfüllte.

»Was ist, Trixi? Schaffst du es?«, fragte Lucy nach einigen Sekunden.

Sie bereitete sich darauf vor, den Anflug zu stoppen und auf Gegenschub zu schalten. Noch bevor die Schiffsingenieurin antwortete, bildete sich ein kleines Loch in der Außenwand. Es wurde größer. Die Geschwindigkeit, mit der die Öffnung wuchs, ließ sich zwar nicht mit der vergleichen, mit der sich die Hangars moderner A-Klasse-Schiffe öffneten, aber immerhin tat sich etwas. Lucy nahm Geschwindigkeit weg. Ohne das fremde Schiff zu berühren, flog sie in die Öffnung, hinein in die gigantische Halle, in der sich sechs weitere C-Klasse-Schiffe befanden. Vorsichtig landete Lucy die ›Taube‹ auf dem Hallenboden. Das Tor schloss sich hinter ihnen. Die Halle bereitete sich automatisch für einen Ausstieg der Besatzung vor. Die Mannschaft überprüfte die Instrumente.

»Die künstliche Schwerkraft funktioniert«, berichtete Varenia.

»Die Atmosphäre ist wieder hergestellt und normal. Es ist keine chemische oder biologische Verunreinigung festzustellen«, ergänzte Shyringa.

»Abwehrmechanismen sind auch nicht aktiviert worden«, meldete Gurian.

»Gut! Steigen wir aus!«, entschied Lucy.

Sie stand unter Hochspannung. Lars hatte verdammt noch mal recht. Auf diesem Schiff stimmte etwas nicht. Wie konnte es intakt sein nach all der Zeit ohne Mannschaft.

»Wir sollten uns jederzeit abflugbereit halten«, erklärte sie. »Shyringa, wärst du bereit, an Bord der ›Taube‹ zu bleiben? Im Notfall musst du uns hier rausfliegen.«

Shyringa lächelte ihr kühles, steifes Lächeln.

»Ich wollte das Gleiche vorschlagen. Es ist logisch«, erwiderte sie.

In der Tat war es logisch. Wenn man schon ein fremdes imperianisches Schiff betrat, war es sicher besser, nur den Teil der Mannschaft mitzunehmen, der zu dieser Spezies gehörte. Hierzu muss man wissen, dass Terraner zu dieser Zeit bereits als Unterspezies der Imperianer zählten.

»Sollten wir nicht noch jemanden dalassen«, knurrte Gurian und nickte in Richtung Darim. Der sah aber seine Kommandantin so ängstlich und bettelnd an, dass sie meinte:

»Ich glaube, Darim schafft es schon, mitzukommen.«

Lucy wusste, dass Darim sich wie die meisten Imperianer, die Aranaer noch nicht lange kannten, in der Nähe dieser Spezies extrem unwohl fühlte. Die meisten fürchteten sich richtiggehend, allein mit einem Aranaer zu bleiben. Die beiden Spezies waren doch sehr verschieden.

So verließen sie zu sechst die ›Taube‹.

»Ich glaube nicht, dass diese furchtbaren Dinger notwendig sind. Ihr habt doch selbst gesagt, es ist kein Mensch an Bord«, maulte Trixi. Für ihre Verhältnisse klang sie richtig entschlossen.

Mit ›Dinger‹ meinte sie die kleinen Handstrahlenwaffen, die die anderen fünf Jugendlichen schussbereit in der Hand hielten. Das kleine Lämpchen, das an jeder Waffe den Modus anzeigte, stand natürlich auf Hellgrün, dem Betäubungsmodus.

Es gab insgesamt vier verschiedene Modi, in die man diese Waffen schalten konnte. Mit dem ersten, dem hellgrünen, konnte man einen Menschen betäuben. Mit dem zweiten, dem dunkelgrünen, konnte man sogar ein Tier von der Größe eines Elefanten schlafen legen. Wenn man in diesem Modus auf einen Menschen schoss, konnte man sich nicht sicher sein, dass man ihn nicht doch ernsthaft verletzte. Bei dem dritten handelte es sich um den Tötungsmodus. Wurde ein Mensch von so einem Strahl getroffen, starb er. Der vierte nannte sich Zerstörungsmodus. Traf so ein Strahl auf Materie, wurde in so kurzer Zeit so viel Energie in die getroffene Stelle gepumpt, dass die Materie dort verdampfte. Damit konnte man mittelgroße Gegenstände zerstören.

Die Rebellen schossen normalerweise nur im ersten Modus. Sie betäubten ihre Gegner grundsätzlich nur. Allerdings benutzten sie manchmal auch den vierten, um Dinge zu zerstören, wenn es sein musste. Es versteht sich von selbst, dass sie eine Waffe in diesem Modus nicht gegen ein Lebewesen einsetzten.

Trixi hasste alle Waffen. In diesem Fall schon allein deswegen, weil durch sie das fremde Schiff beschädigt werden könnte, das sie schon in ihr Herz geschlossen hatte. Die anderen ignorierten ihre Einwände. Für so ungefährlich, wie Trixi meinte, hielten sie ihren Aufenthalt auf diesem Gefährt nicht.

So schlichen die sechs Jugendlichen durch das Schiff. Fünf von ihnen mit gezogener Waffe und sich vorsichtig nach allen Seiten umblickend. Trixi nahmen sie in ihre Mitte. Eine Notbeleuchtung erhellte die Gänge nur schwach. Vor jeder Abzweigung blieben sie stehen und sahen vorsichtig in die Flure hinein. Aber sie entdeckten niemanden. Das Schiff schien leer. So arbeiteten sie sich langsam zur Mitte des Schiffs vor, in der der Kommandoraum lag.

An der Tür angekommen, blieben sie stehen. Lucy und Gurian ließen die anderen einen Schritt zurücktreten und in Deckung gehen. An diesem Punkt musste man besonders vorsichtig sein. Wenn irgendein Raum in so einem Schiff gesonderte Sicherheitsvorrichtungen besaß, dann dieser.

Lucy und Gurian hechteten durch die Tür, rollten in Deckung und sicherten mit ihren Waffen alle Richtungen. Aber nichts passierte. Lucys Herz schlug bis zum Hals. Sie sah sich um, horchte in den Raum. Auch er lag im Dämmerlicht. Sie konnte nichts hören und nichts sehen. Hier befand sich niemand. Minutenlang suchten Gurian und Lucy den ganzen Raum mit den Augen ab und spitzten dabei ihre Ohren. Erst, als nach dieser Zeitspanne nichts passierte, winkten sie die anderen herein.

Während alle anderen sich noch ängstlich umsahen und jeden Winkel des Kommandoraums nach vermeintlichen Gefahren durchsuchten, marschierte Trixi schnurstracks zum Sitz des Schiffingenieurs.

»Ich habe doch gleich gesagt, dieses Schiff ist keine Gefahr«, murmelte sie. Vollkonzentriert begann sie, an der Konsole zu arbeiten.

Mittlerweile beruhigte sich auch Lucy. Sie sah ein, dass tatsächlich keine unmittelbare Bedrohung bestand, trotzdem verließ ihr ungutes Gefühl sie nicht. Ihr Gespür für Gefahren hatte sie noch nie im Stich gelassen. Irgendetwas war faul, das ahnte sie. Es würde nicht mehr lange dauern, dann würden sie es wissen, da war sie sich sicher.

Lucy ging zu Trixi. Ihre Schiffsingenieurin schien wieder einmal die Welt um sich herum zu vergessen. Varenia stellte sich auch zu ihnen und schaute Trixi über die Schulter.

»Wie sieht's aus?«, fragte Lucy.

»Ich versuche, das Schiff zu aktivieren.«

»Was hat es denn?« Varenia beugte sich interessiert über den Bildschirm vor Trixi.

»Es hat gar nichts.« Trixi antwortete automatisch, ohne aufzublicken oder ihre Arbeit an der Konsole zu unterbrechen. »Es ist zwar schon recht alt, aber diese Schiffe haben eine noch längere

Lebenserwartung, wenn man sie nicht abschaltet. Das Schiff ist eigentlich gesund, es schläft nur.«

***

Varenia hatte sich auf den Platz der Kommunikationsoffizierin gesetzt. Auch sie probierte, irgendeine Funktion wieder in Gang zu setzen. Darim stand etwas verloren mitten zwischen den unterschiedlichen Konsolen und wusste offensichtlich nicht so recht, was er tun sollte. Gurian und Lars durchstreiften den Kommandoraum und sahen sich um, ob nicht doch von irgendeiner Seite Gefahr drohte.

Lucy spürte nach wie vor dieses merkwürdige Gefühl. Alle Nerven waren angespannt. Hier stimmte etwas nicht. Aber was? Auch sie wanderte durch Raum, der für eine Besatzung von etwa zwanzig Leuten ausgelegt war. In ihm befand sich nichts, was auf die Anwesenheit von Menschen hindeutete.

Natürlich war es verboten, auf einem Kriegsschiff irgendetwas liegen zu lassen. Herumfliegende Gegenstände konnten in einem Ernstfall zu Verletzungen oder sogar zum Tod einzelner Besatzungsmitglieder führen. Trotzdem entdeckte man auf jedem Schiff immer irgendwelche Kleinigkeiten an Stellen, an denen sie nichts zu suchen hatten.

Sie befanden sich im zentralen Raum des ganzen Schiffs und hier gab es nichts, was nicht hierher gehörte. Selbst alle Instrumente waren in die Ausgangsstellung geschaltet. Es gab absolut keinen Hinweis, dass diesen Raum jemals Menschen betreten hatten.

»Die müssen gründlich aufgeräumt haben, bevor sie das Schiff verließen.« Gurians wachsamen Augen suchten den Raum ab.

Lucy nickte nachdenklich. Sie stand an der Konsole des Kommandanten.

»Ich weiß nicht, was los ist. Alles ist blockiert«, jammerte Trixi vom anderen Ende des Raums.

»Hier ist es auch nicht besser«, bestätigte Varenia. »Die Funktionen sind alle noch da, aber wenn man versucht, sie zu aktivieren, passiert nichts.«

»Wenn wir wenigstens die Kommunikation aktivieren könnten, dann könnten wir versuchen, Hilfe zu holen«, überlegte Lucy laut.

Gedankenverloren hantierte sie an der zentralen Kommandokonsole. Spielerisch gab sie den Kurs auf den dritten Planeten des Systems ein. Sie rechnete nicht damit, dass dieses Kommando funktionieren würde. Das Schiff änderte auch nicht seine Flugrichtung.

Stattdessen gab es plötzlich ein Geräusch, das wie ein leises Zischen klang. Dann passierten Tausende Dinge gleichzeitig. Es begann, zu surren und zu piepsen. Die Bildschirme leuchteten auf. Dabei handelte es sich um mehr als fünfzig, die in der Mehrzahl in die Seitenwände eingelassen waren. Die Notbeleuchtung hellte auf, bis sie die übliche Lichtstärke erreichte, mit der normalerweise ein imperianisches Kriegsschiff beleuchtet war.

»Was ist passiert?«, rief Varenia erschrocken.

»Ich habe nur ein bisschen an der Hauptkonsole gespielt«, verteidigte sich Lucy automatisch. Sie war genauso erschrocken wie die anderen.

»Du hast das Schiff aufgeweckt. Alle Funktionen aktivieren sich wieder.« Ehrfurchtsvoll sah sich Trixi im Raum um, bis ihr Blick an den Monitor vor ihr zurückkehrte.

»Auch die Waffensysteme?«, fragte Gurian. Er schaute sich ebenfalls im Kommandoraum um, allerdings sah er dabei aus, als erwarte er jeden Moment einen Angriff.

»Ja, die Waffensysteme fahren gerade hoch«, bestätigte Trixi. Ihre virtuellen Finger huschten über die Konsole. Sie schien alle Instrumente gleichzeitig kontrollieren zu wollen.

»Und das interne Verteidigungssystem gegen Eindringlinge auch«, fügte Lars zerknirscht hinzu.

»Aber das wird euch nichts tun. Ihr seid doch schließlich Gäste, die in friedlicher Absicht gekommen sind«, ertönte plötzlich eine unbekannte Stimme.

Alle sechs Jugendlichen starrten erschrocken zur Tür des Kommandoraums. Dort stand ein Mann, der etwa doppelt so alt wirkte wie Lucy. Er trug eine für imperianische Verhältnisse altmodisch aussehende Uniform der Kriegsmarine des Imperiums.

»Wer sind Sie?«, platzte Lars heraus.

»Das sollte ich wohl eher euch fragen«, erwiderte er lächelnd. »Aber ich will nicht unhöflich sein. Ihr könnt mich Garjomus nennen. Ich bin der Kommandant dieses Schiffs.«

»Ich bin Lucy und ich bin die Kommandantin der ›Taube‹. Wir sind in Ihrem Hangar gelandet«, stellte Lucy sich vor.

»Ich weiß, wo euer Schiff steht«, erwiderte der Kommandant noch immer freundlich lächelnd.

Die Situation war heikel. Auch wenn das Schiff, auf dem sie sich befanden, seit mehr als dreihundert Jahren als verschollen galt, so handelte es sich nach wie vor um ein offizielles Raumfahrzeug des Imperiums. Lucy und ihre Mannschaft gehörten zu den Rebellen, den meist gesuchten Menschen des ganzen bekannten Teils der Galaxie.

»Wir hatten einen Unfall an Bord. Unser Sprunggenerator ist ausgefallen. Wir bitten um Ihre Hilfe bei der Reparatur«, sagte Lucy vorsichtig.

Im nächsten Moment kamen etwa zwanzig Menschen durch die Tür in den Kommandoraum, die offensichtlich zur Mannschaft des Schiffs gehörten. Sie nickten alle höflich und gingen zu ihren Plätzen. Alle waren älter als die Jugendlichen, aber keiner mehr als doppelt so alt wie sie.

Als der Kommandant sie begrüßte, hatten Lucy und ihre Freunde sich schnell von den Plätzen erhoben, auf denen sie vorher saßen. Die Mannschaftsmitglieder nahmen die Plätze wortlos ein. Das Ganze ging so schnell und lautlos vor sich, dass sich Lucy erneut sämtliche Nackenhaare sträubten.

»Wir wollen hier den Ablauf des Schiffs nicht stören«, sagte der Kommandant. »In den Gästeräumen unten ist es ohnehin gemütlicher, um sich zu unterhalten.«

Er machte eine einladende Geste mit den Händen, den Kommandoraum zu verlassen. Gurian gab Lucy ein Zeichen mit den Augen. Sie folgte seinem Blick. Wie in jedem imperianischen Kampfschiff befanden sich auch in diesem Abwehrsysteme an wichtigen Stellen des Schiffs. Auf Lucy und jeden Anderen ihrer Mannschaft zielten mindestens zwei dieser kleinen Strahlenwaffen, die in die Decke des Raumes integriert waren.

Lucy ließ noch einmal ihren Blick über die Mannschaft dieses eigenartigen Schiffs schweifen. Jeder schien vollkommen mit seiner Aufgabe beschäftigt. Keiner sagte ein Wort. Niemand schien sich überhaupt für sie zu interessieren. Es war mehr als merkwürdig. Bis vor wenigen Minuten hatte sich keiner um die Angelegenheiten des Schiffs gekümmert und jetzt nahm man diese offenbar so wichtig, dass man noch nicht einmal den fremden Besuch beachtete.

»Wir kommen natürlich gerne mit«, sagte Lucy. Sie hatte ein freundliches Lächeln aufgesetzt, auch wenn es ihr schwerfiel. »Wir haben eine Menge Fragen an Sie und natürlich brauchen wir auch Ihre Hilfe.«

»Ja natürlich, aber das hat noch Zeit. Ich denke, ihr solltet euch vorher etwas frisch machen. Ich werde bis dahin ein Mahl bereiten lassen. Mit vollem Magen lässt es sich besser reden.«

Noch immer freundlich lächelnd ging der Kommandant voraus bis in einen Raum, der sich in dem Stockwerk unterhalb des Kommandoraums befand.

»Dies ist der Aufenthaltsraum für unsere Gäste«, sagte er freundlich. »Durch die Tür dort hinten kommt man in die Schlaf- und Waschräume. Dort ist auch eine Küche, in der unser Versorgungsroboter euch ein ordentliches Essen bereiten wird. Macht euch in Ruhe fertig. Ich komme nachher zu euch. Dann können wir uns über eure Fragen und Wünsche unterhalten.«

»Sie müssen sich keine Umstände machen. Wir möchten Ihre Gastfreundschaft nicht zu lange beanspruchen«, erwiderte Lucy höflich. »Wir wollen nur unseren Sprunggenerator reparieren und dann so schnell wie möglich zurück zu unserer Basisstation fliegen.«

»Es ist nicht einfach, einen Sprunggenerator zu reparieren, auch nicht, wenn man eine so gute Ausrüstung an Bord hat wie wir. Nehmt euch so viel Zeit, wie ihr wollt. Wir sehen uns nachher.«

Er hatte kaum zu Ende gesprochen, da war Garjomus auch schon durch die Eingangstür geschritten, die sich hinter ihm schloss.

Lars stürzte zur Tür.

»Verschlossen!«, schimpfte er.

»Wir sind in einem verdammten Gefängnis«, knurrte Gurian.

»Aber in einem sehr komfortablen«, ergänzte Varenia, die sich in einen riesigen, bequemen Sesselroboter fallen ließ.

Gäste

»Wir müssen herausbekommen, was es mit diesem Schiff auf sich hat! Wo kommen diese ganzen Menschen plötzlich her? Warum haben die sich bis eben nicht um ihr Schiff gekümmert?«, stellte Lucy die Fragen in den Raum, die ihr durch den Kopf schwirrten.

Trixi sah sich um. Sie ging wortlos zu einer kleinen Kommunikationskonsole, die am Rand des Gästebereichs eingelassen war, und begann daran zu arbeiten. Darim sah etwas verloren aus. Er hatte sich zu den anderen beiden Jungen gestellt. Lucy schritt im Raum auf und ab. Sie blieb vor Varenia stehen.

»Bekommen wir Kontakt zu unserem Schiff?«, fragte sie ihre Kommunikationsoffizierin.

Varenia stöhnte, richtete sich aber aus ihrer halb liegenden Haltung in dem riesigen Sessel auf und begann an ihrem Kommunikationsgerät zu werkeln, das sie, wie die anderen auch, am Handgelenk trug.

»Hallo Shyringa, Lucy will mit dir sprechen«, sagte sie nach einer Weile.

»Hallo Shyringa, ist irgendetwas passiert bei dir?«, fragte Lucy. »Hat jemand versucht, in das Schiff einzudringen?«

»Nein, im Hangar ist alles ruhig. Niemand ist hier und das Schiff ist auch nicht angegriffen worden. Es hat sich trotzdem etwas verändert. Das Hangartor wurde verriegelt. Wir können es von unserem Schiff aus nicht mehr öffnen. Außerdem haben sich die Sicherheitssysteme im Hangar aktiviert. Eine Strahlenkanone ist auf das Schiff gerichtet. Sie wäre in der Lage, es zu zerstören.«

»Na prima«, kommentierte Gurian die Nachricht. »Schönen Dank für die Gastfreundschaft!«

»Wir sind doch auch mit aktivierten Waffensystemen hierher gekommen«, bemerkte Trixi von ihrer Konsole aus. »Das Schiff wehrt sich nur.«

»Nun verteidige du diese Typen auch noch!«, schimpfte Lars. »Wir tun niemandem etwas. Wir haben um Hilfe gebeten.«

»Hör mal Shyringa, versuche dich ruhig zu verhalten. Wir melden uns gleich wieder. Da kommt irgendwer«, flüsterte Lucy.

Tatsächlich wurde durch ein optisches Signal angezeigt, dass jemand höflich von außen an die Tür klopfte. Sie ging auf und Garjomus trat ein.

»Meine lieben Gäste, ihr habt ja überhaupt nichts gegessen«, rief er lächelnd aus.

Er gab dem Haushaltsroboter ein Zeichen. Der deckte den Tisch mit allerlei Speisen und Getränken.

»Essen Sie nicht mit uns?«, fragte Lars misstrauisch, als für den Kommandanten kein Gedeck auf den Tisch gestellt wurde.

»Ich habe meine Mahlzeit schon vor eurer Ankunft zu mir genommen, aber ich werde einen Saft mit euch trinken«, antwortete Garjomus noch immer freundlich lächelnd. Er hob das Glas und prostete den Jugendlichen zu, die es ihm gleich taten. Als er bemerkte, dass niemand sich bediente, fügte er strahlend hinzu: »Ihr könnt ruhig zugreifen. Das Essen ist nicht vergiftet. Wenn ich euch umbringen wollte, wärt ihr schon tot. Das könnte ich wirklich einfacher haben.«

Lars wirkte nicht beruhigt und auch der Rest der Besatzung der ›Taube‹ blickte misstrauisch auf den Kommandanten des fremden Schiffs. Trixi, die noch an der Konsole saß, beendete ihre Arbeit, stand auf und kam zu ihnen herüber. Sie lächelte Garjomus dabei derart intensiv an, dass es schon fast verliebt aussah.

Wortlos nahm sie sich ein großes Stück von einem Gemüsekuchen und biss hinein. Lucy schielte zu Lars hinüber. Blass und mit ängstlichen Augen verfolgte er Trixis Kaubewegungen und wie sie die Speise herunterschluckte. Als er den Ausdruck in ihren Augen bemerkte, änderte sich sein Gesichtsausdruck von Furcht in Verärgerung.

»Sie sind aus dem unbekannten Teil der Galaxie nicht zurückgekommen. Warum nicht?«, lenkte Lucy das Gespräch in eine andere Richtung und biss dann demonstrativ ebenfalls in ein Stück dieses fremdartigen Kuchens.

Dem Kommandanten schien es schwerzufallen, sich von Trixis extrem blauen Augen abzuwenden, die ihn wie zwei Edelsteine anstrahlten.

»Unsere Aufgabe ist noch nicht beendet«, sagte er und schenkte jetzt auch Lucy ein Lächeln.

»Nach mehr als dreihundert Jahren?« Sie konnte ihr ungläubiges Erstaunen nicht aus ihrer Stimme heraushalten.

»Es gibt Dinge, die brauchen länger.« Ein geheimnisvoller Zug bildete sich um seinen Mund.

»Haben Sie denn in nächster Zeit vor, ins Imperium zurückzukehren?«, fragte Lucy vorsichtig. All ihre Sinne standen unter Hochspannung. Auf diesem Schiff stimmte etwas ganz und gar nicht.

»Wie ich schon sagte, unsere Aufgabe ist noch nicht erfüllt«, wich der Kommandant aus. Er wechselte das Thema: »Wie ich bemerkt habe, befindet sich ein ganz außerordentliches Mitglied in eurer Mannschaft.«

Er wandte seinen Blick von Lucy ab. Seine Augen leuchteten auf, als er Trixi ansah.

»Wenn mich nicht alles täuscht, verstehst du mehr von Schiffen, als alle Menschen, die ich bisher getroffen habe«, sagte er verträumt. »Du hast viel mehr Verständnis für Roboter, als irgendein anderer Mensch.«

»Vielen Dank«, erwiderte Trixi noch leiser als üblich. Ihre Wangen röteten sich, aber ihre Augen leuchteten weiterhin. »Ich könnte einiges für Sie tun, wenn Sie uns helfen, unser Schiff zu reparieren.«

Lucy sah erstaunt von einem zum anderen. Was ging hier vor? So kannte sie Trixi nicht. Sie flirtete mit einem fremden Mann, dazu noch, während Lars neben ihr saß.

»Das sollten wir beide unter vier Augen besprechen«, meinte Garjomus. »Ich möchte dich bitten, mit in die Räumlichkeiten des Kommandanten zu kommen.«

Die beiden sahen sich noch immer in die Augen. Die anderen schienen nicht mehr zu existieren. Das konnte nicht gut gehen. Natürlich hatte auch Lars die Situation erfasst.

»Trixi geht nirgends mit Ihnen alleine hin. Wir bleiben zusammen!«, schimpfte er ärgerlich.

Garjomus ignorierte ihn. Er stand auf und hielt seine Hand Trixi entgegen. Beide lächelten sich noch immer an. Auch Trixi erhob sich. Garjomus wandte Lars sein Gesicht zu.

»Ich fürchte, ich muss darauf bestehen, dass deine Freundin mit mir kommt«, erklärte er noch immer lächelnd.

»Sie kommt nicht mit! Trixi, du musst nicht mit ihm gehen! Nun setz dich wieder hin, verdammt!«, rief Lars.

»Lars, es ist alles in Ordnung, glaube mir«, versuchte Trixi ihn zu beruhigen. Sie lächelte dabei aber Garjomus an. »Ich gehe aus freien Stücken mit. Wir sehen uns gleich wieder.«

»Was haben Sie mit Trixi gemacht? Sie bleibt hier!«, schrie Lars.

Von einem Moment auf den anderen überschlugen sich die Ereignisse. Lucy war genauso wenig wie Gurian und Varenia auf das vorbereitet, was in Bruchteilen von Sekunden geschah.

Lars sprang auf und stürzte sich auf den Kommandanten. Er wollte ihn am Kragen packen. Aber er griff ins Leere. Durch seinen eigenen Schwung flog er durch Garjomus hindurch und krachte gegen die Wand hinter ihm. Gleichzeitig löste er mit seinem Angriff den Sicherheitsmechanismus des Schiffs aus. Ein Strahl schoss von der Decke herab. Er traf Lars noch im Flug. Als er gegen die Wand krachte, spürte er schon nichts mehr.

Als Einziger reagierte Darim sofort. Er sprang auf, zog seine Waffe und feuerte praktisch im gleichen Moment auf den Kommandanten, als das Abwehrsystem Lars angriff. Der Strahl ging durch Garjomus hindurch. Dafür schoss das in der Decke integrierte Sicherheitssystem gleich drei Strahlen ab, die alle drei Darim präzise trafen. Er wurde von den Füßen gerissen und rückwärts vom Tisch weg geschleudert. Er krachte auf den Boden, schlidderte ein Stück und blieb bewegungslos liegen. Erst jetzt reagierte Lucy.

»Halt! Keiner bewegt sich!«, befahl sie laut und sah erst Gurian und dann Varenia tief in die Augen. Die Hände der beiden lagen schon an ihren Waffen. Sie verharrten in ihren Bewegungen.

Trixi stand noch immer neben Garjomus. Sie ließ seine Hand los. Tränen traten ihr in die Augen.

»Das hättest du nicht machen dürfen«, schluchzte sie. »Wir sind keine Feinde.«

»Er hat mich angegriffen. Der andere hat sogar auf mich geschossen. Ich habe sie nur betäubt«, verteidigte sich Garjomus.

Varenia stand trotz Lucys Warnung auf und ging zu Darim. Mit besorgtem Gesicht kniete sie sich neben ihn und untersuchte ihn mit einem kleinen medizinischen Gerät, das sie immer in der Tasche trug.

»Es hat ihn schlimm erwischt. Er ist dreimal getroffen worden. Es waren Betäubungsstrahlen der zweiten Stufe. Ich kann ihn stabilisieren, aber um ihn wieder aufzuwecken, brauche ich eine richtige Krankenstation«, sagte sie ernst.

»Er hat auf mich geschossen«, verteidigte sich Garjomus gegenüber Trixi. Die sah stumm mit großen Augen auf ihren bewusstlos am Boden liegenden Freund.

»Was ist mit Lars?«, fragte sie ängstlich.

Lucy kniete mittlerweile neben ihm und untersuchte ihn oberflächlich.

»Das war ein einfacher Betäubungsstrahl. Der ist in einer halben Stunde wieder auf den Beinen«, beruhigte sie Trixi.

»Ich bin gleich zurück. Wir beide müssen uns unterhalten. Allein! Komm Garjomus!«, sagte Trixi leise, aber bestimmt.

Sie nahm ihn an die Hand und ging mit ihm aus dem Raum. Die Tür verschloss sich hinter ihnen.

»Kann mir mal jemand sagen, was hier verdammt noch mal vor sich geht?«, fragte Gurian und blickte grimmig zur geschlossenen Tür.

Lucy hatte unterdessen die Verbindung zu Shyringa wieder hergestellt.

»Shyringa schnell, ich weiß nicht, wie lange ich reden kann. Kannst du mir sagen, wie viele Besatzungsmitglieder sich auf diesem Schiff befinden?«

»Meinst du von uns oder von dem fremden Schiff?«, fragte Shyringa zurück.

»Ich meine von der ›Garjomus Bartin‹! Wie viele wir sind, weiß ich natürlich«, stöhnte Lucy.

»Das ist eine verwirrende Frage. Wie du weißt, ist außer uns kein Mensch auf diesem Schiff. Die Funktionen des Schiffs haben sich aktiviert, sonst gibt es keine Veränderungen seit unserer Ankunft.«

»Aber wer war dann verdammt noch mal der Typ hier?«, knurrte Gurian.

»Das war kein Mensch. Der war aus Luft. Das war ein Geist«, stöhnte Lars, er kam gerade wieder zu sich. Varenia hatte ihn mit ihrem kleinen medizinischen Wunderwerk aus dem Reich der Träume zurückgeholt.

»Das war kein Geist, das war eine dreidimensionale Projektion«, erklärte Lucy nachdenklich. »So etwas kannte man doch sicher schon vor dreihundert Jahren, oder?«

Varenia und Gurian nickten.

»Dann sind alle Mannschaftsmitglieder, die wir gesehen haben, auch Projektionen. Es gibt keine Mannschaft!«, dachte Lucy laut weiter.

»Wo ist Trixi?« Lars rappelte sich auf. Er kam mühsam auf die Beine.

»Sie ist mit dem Kerl rausgegangen.« Gurian zeigte auf die geschlossene Tür.

»Wenn ich den erwische, mache ich ihn fertig!« Lars schäumte vor Wut, obwohl er noch ziemlich wackelig auf den Beinen war. Lucy sah ihn nachdenklich an.

»Beruhige dich!«, sagte sie schließlich. »Auf den brauchst du nicht eifersüchtig zu sein.«

Lars und die anderen sahen sie ungläubig an.

»In wen ist Trixi normalerweise verliebt? Außer Lars natürlich.« Lucy sah provozierend in die Runde. Die anderen sahen sich fragend an.

»Außer in Lars ist Trixi in niemanden verliebt, leider«, antwortete Varenia schließlich bedauernd. »Es sei denn, in ihre Raumschiffe.«

Lucy sah sie an und nickte.

»Genau das ist es. Garjomus ist kein Mensch, sondern das Schiff!«

Die drei anderen sahen Lucy an, als hätte sie den Verstand verloren. Lucy kümmerte sich nicht um ihre Blicke. Sie sprach stattdessen in ihr Kommunikationsgerät.

»Shyringa hast du unser Gespräch mitbekommen? Ist es möglich, dass ein Schiff allein agiert, ohne Mannschaft, ohne Kommandant und ohne Befehle?«

»Ein Schiff ist ein Roboter«, antwortete Shyringa. »Es hat ein sehr hoch entwickeltes zentrales Nervensystem. Theoretisch ist die Kapazität des zentralen Informationssystems eines Schiffs dem Gehirn eines Menschen sogar um einiges überlegen. Allerdings ist gerade das der Grund, warum man die zentrale Einheit einer derart komplizierten Maschine so aufbaut, dass sie nicht mit der eines Menschen vergleichbar ist.

Ein Schiff kann sehr viele kleinere festgelegte Einzelheiten selbstständig betreuen und in diesem Rahmen sogar eigenständig zwischen einzelne Alternativen wählen. Große Entscheidungen, wie zum Beispiel welches Ziel das Schiff ansteuert, welche nächsten Schritte während eines Fluges unternommen werden oder Ähnliches kann so ein Roboter aber nicht treffen. Ein Schiff braucht seine Mannschaft, um ein Ziel zu haben, ja, um weiter existieren zu können.

So handhaben wir das jedenfalls bei aranaischen Raumfahrzeugen. Bisher bin ich aber davon ausgegangen, dass es bei imperianischen Schiffen auch nicht anders ist. Ich kann das aber noch einmal recherchieren.«

»Das brauchst du nicht nachprüfen«, stellte Varenia müde fest. »Bei imperianischen Schiffen ist das ganz genauso. Imperianische Schiffe sind wie alle Roboter so programmiert, dass sie nicht autark leben können. Ohne Mannschaft stellen sie nach wenigen Wochen ihre Funktion ein. Sie sterben sozusagen.«

»Dann wurde das Schiff entweder erst vor wenigen Tagen verlassen oder hier geht etwas nicht mit rechten Dingen zu«, überlegte Lucy laut.

»Mir ist völlig egal, was mit diesem blöden Schiff ist, ich will wissen, was der Kerl mit Trixi macht«, schnaubte Lars wütend.

»Der ›Kerl‹ ist das Schiff!«, stöhnte Lucy.

»Im Übrigen war deine Freundin ganz heiß darauf, mit dem Kerl allein zu sein«, stichelte Gurian und grinste Lars aus seinem entstellten Gesicht an.

Ohne Vorwarnung stürzte sich Lars auf ihn. Das hätte er lieber nicht machen sollen. Gurian war der Bessere der beiden Kämpfer. Lucy sprang auf die Füße und stürmte zu ihnen. Aber Gurian hatte den Angriff bereits abgewehrt. Hilflos lag Lars unter ihm. Gurian hielt ihn fest im Griff.

»Mensch Junge, nun beruhige dich! Du solltest dein Mädchen doch besser kennen. Die schmeißt sich so einem Kerl nicht an den Hals.« Für seine Verhältnisse klang Gurians Gebrumme direkt mitfühlend.

Lars' Spannung wich aus seinem Körper. Er sah so elend aus, wie Lucy ihn lange nicht mehr erlebt hatte. Vorsichtig ließ Gurian ihn los und setzte sich wieder in einen der Sessel. Auch Lars erhob sich und ließ sich niedergeschlagen auf einen Sitz fallen. Er wischte sich verzweifelt durchs Gesicht.

»Ihr wisst gar nichts«, stöhnte er leise. »Für euch ist Trixi nur eine geniale Mechanikerin.«

»Nun hör aber mal auf! Trixi ist unsere Freundin!«, schimpfte Varenia. So ärgerlich hatte Lucy sie bisher selten erlebt.

»Trixi repariert diese Schiffe nicht nur«, redete Lars weiter, ohne auf Varenia einzugehen. »Sie stellt eine Verbindung zu ihnen her. Sie redet mit ihnen. Sie fühlt sich in sie ein. Sie identifiziert sich mit diesen Robotern.«

»Das wissen wir doch alles. Deshalb ist Trixi doch so genial«, erklärte Varenia jetzt wieder versöhnlich.

Lars schüttelte den Kopf.

»Diese Verbindungen sind intensiv. Manchmal glaube ich, Trixi manipuliert nicht nur ihre Schiffe, sondern umgekehrt beeinflussen diese Maschinen auch sie.«

»Es sind Roboter, Lars. Die haben keinen eigenen Willen«, versuchte Lucy ihren Freund wieder auf den Boden der Tatsachen zurückzubringen.

»Dieses Schiff agiert eigenständig, das habt ihr behauptet. Es wird Trixi manipulieren. Trixi wird sich in diesen Kerl verlieben. Ich werde sie verlieren. Wir alle werden sie verlieren!«

Gurian setzte sich neben ihn und legte ihm den Arm um die Schultern. Lars wollte ihn abschütteln, aber der entstellte Junge hielt ihn einfach mir seiner großen Pranke fest.

»Mensch Kerl, der Typ ist nur ein Hologramm, eine dreidimensionale Projektion. Was soll der schon groß mit deiner Trixi anstellen. Mehr als platonisch ist da nicht drin.«

Gurians Grinsen sollte wohl aufmunternd wirken, zeigte aber nicht die gewünschte Wirkung. Lars starrte weiter auf den Boden. Ohne aufzublicken, sagte er:

»Ihr habt keine Ahnung. Für Trixi sind Gedanken und Gefühle viel wichtiger als irgendetwas Körperliches. Wir werden sie verlieren, ihr werdet sehen!«

Verwandlung

Es dauerte mehr als zwei Stunden, bis Trixi zurückkam. Lars stürzte auf sie zu.

»Was hat er mit dir gemacht? Hat er dir etwas angetan?« Lars wollte sie in den Arm nehmen, aber sie entwand sich ihm und ging zu Lucy.

»Kann ich mal mit dir sprechen?«, fragte sie schüchtern.

»Ja natürlich. Komm, wir setzen uns mit den anderen zusammen und besprechen, wie wir weiter vorgehen«, antwortete Lucy. Trixi sah ängstlich zu Lars.

»Nein, ich muss mit dir allein sprechen.« Sie sprach noch schüchterner und leiser als üblich, Lucy konnte sie kaum verstehen.

Sie blickte kurz zu Lars hinüber, der unsicher bei den anderen stand. Sie konnte seine Gefühle nachvollziehen. Trixi verhielt sich merkwürdig, auch wenn sie seine Befürchtungen für übertrieben hielt.

»Komm!«, sagte sie und ging mit Trixi in einen der Schlafräume. Trixi setzte sich auf den einzigen Stuhl im Raum und Lucy nahm auf dem Bett Platz.

»Lucy, du musst mir ein Mal richtig zuhören, ja?«, bat Trixi leise. »Es ist wirklich wichtig.«

»Trixi, ich höre dir immer zu!« Lucy lächelte sie an. Trixi drückte sich manchmal wirklich sehr eigenartig aus. Trixi schüttelte energisch den Kopf.

»Das stimmt nicht. Ihr hört mir alle nicht richtig zu. Entweder ihr denkt, ich bin ein bisschen komisch, weil man mich so lange wie einen Roboter behandelt hat. Oder ihr seid euch nicht sicher, ob ich wirklich ein Mensch bin oder nur eine besonders komplizierte Maschine.« Trixi sah Lucy ernst in die Augen.

»Aber das ist nicht wahr! Du bist ein vollwertiges Mannschaftsmitglied und eine Freundin. Niemand hält dich für einen Roboter.«

Auch wenn Lucy vehement sprach, so sagte sie nur die halbe Wahrheit. Sie befürchtete in der Tat, dass Trixi noch immer sehr viele Probleme mit sich herumschleppte, die aus der Zeit stammten, in der man sie gezwungen hatte, wie ein Roboter zu leben. Sie fand tatsächlich, dass sie diesen biologischen Maschinen gefühlsmäßig viel zu nah stand. Trixi schüttelte den Kopf.

»Ich weiß, dass ihr mich nicht so behandeln wollt, aber ihr glaubt mir nicht. Ihr hört mir nicht richtig zu. Immer wenn ich euch etwas über Raumschiffe erzähle, tut ihr so, als sei ich ein bisschen verrückt. Ich weiß, ihr meint es alle lieb, vor allem Lars, aber ich bin nicht unzurechnungsfähig. Ich kenne diese Maschinen besser als ihr alle.«

Lucy wollte widersprechen, aber Trixi winkte ab.

»Diesmal ist es wirklich wichtig, dass du mir ›richtig‹ zuhörst, dass du mir glaubst und dass du mir vertraust.« Trixi sah Lucy bittend in die Augen. Lucy nickte.

»Raumschiffe sind sehr komplizierte Roboter. Sie können mehr als irgendeine andere Maschine im bekannten Teil des Universums. In einfachen Dingen, die nur begrenzte Auswirkungen haben, können die großen Raumschiffe sogar Entscheidungen treffen. Ihre zentrale Steuereinheit stößt dabei an die äußerste Grenze eines dessen, was man noch als Maschine bezeichnen kann. Wenn sie noch weiter entwickelt wird, muss man sich fragen, ob man damit nicht die Linie zu einem menschenähnlichen Wesen überschreitet.«

»Aber Trixi, Raumschiffe sind Roboter!«, widersprach Lucy, der dieses Gerede zu weit ging.

»Ich habe doch nichts anderes behauptet.« Trixi klang ein wenig traurig. »Ich weiß ganz genau, dass Schiffe Roboter sind. Das weiß ich sogar besser als ihr alle!« Jetzt klang Trixi direkt ein wenig trotzig. »Bei Garjomus ist das anders.«

»Wir haben bereits herausgefunden, dass der Kommandant kein Mensch ist, sondern nur ein Hologramm.«

Trixi schüttelte den Kopf. »Garjomus ist das Schiff. Es heißt eigentlich ›Garjomus Bartin‹. Aber es benutzt nur den ersten Namen, wie es unter Imperianern üblich ist.«

»Wir haben uns auch schon gedacht, dass das Hologramm vom Schiff gesteuert wird. Aber irgendjemand muss es lenken. Das Schiff kann so etwas doch nicht von sich aus machen.«

»Das hier ist etwas Besonderes« Trixi umschloss mit einer Armbewegung den ganzen Raum. »Auf diesem Schiff gibt es keine Menschen.«

Lucy sah sie stumm an.

»Ich muss dir etwas erzählen, aber du darfst mich nicht wieder für verrückt oder komisch halten. Versprichst du mir das, Lucy?« Trixi sah sie bettelnd an. Lucy nickte.

»Ich spreche mit meinen Schiffen. Bitte sieh mich nicht so an. Ich weiß, dass es keine Menschen sind. Ich rede mit ihnen ja auch nicht wie mit Freunden, sondern so ähnlich wie mit Tieren. Auf Terra gibt es doch auch Haustiere, und die Menschen reden mit ihnen. Sie wissen dann doch auch, dass sie höchstens einfache Dinge verstehen.«

Lucy deutete ein Kopfnicken an.

»Siehst du, so ist das normalerweise auch mit meinen Raumschiffen. Aber mit Garjomus ist das anders. Mit ihm kann man richtig reden, wie mit einem Menschen. Ich habe das schon gemerkt, als ich da hinten im Raum an der Konsole saß. Dieses Schiff führt nicht einfach Befehle aus. Es denkt mit. Es trifft Entscheidungen. Es plant für die Zukunft. Ich meine, es macht wirklich Pläne für die eigene Zukunft. Das sind keine festgelegten Programme, die da ablaufen, wie in anderen Robotern. Garjomus ist kein Roboter.« Den letzten Satz hatte Trixi nur noch geflüstert.

»Wir reden noch immer von dem Schiff, in dem wir uns befinden, oder?«, fragte Lucy streng.

»Ja, nur, dass dies hier« – Trixi machte eine allumfassende Armbewegung – »nicht nur einfach ein Schiff ist. Das ist mehr.«

»Nehmen wir mal an, du hast recht. Wie ist das passiert? Als die ›Garjomus Bartin‹ damals gestartet ist, war sie definitiv ein Schiff. Auch damals hat man die zentralen Informationseinheiten schon so konstruiert, dass sie nichts mit einem menschlichen Gehirn gemeinsam hatten.«

»Ich weiß auch nicht, was passiert ist«, gab Trixi unglücklich zu.

»Was sagt denn Garjomus dazu? Hast du ihn nicht gefragt?«

»Wir haben uns zwar sehr nett unterhalten, aber auf diese Frage hat er mir keine Antwort gegeben. Ich habe auch schon versucht, Informationen über die Konsole zu finden, aber an den Teil komme ich nicht heran.« Trixi sah zu Boden.

»Trixi, dafür kannst du doch nichts. Du hast das alles sehr gut gemacht«, beschwichtigte Lucy sie und tätschelte ihren Unterarm. »Aber was machen wir jetzt?«

»Wie können auf diesem Schiff nicht einfach tun, was wir wollen. Garjomus besitzt einen eigenen Willen. Wir müssen ihn überzeugen, wenn wir wollen, dass er uns hilft.« Für Trixis Verhältnisse klang sie sehr nachdrücklich.

»Verstehe ich dich richtig? Du möchtest mit ihm verhandeln?«

Trixi nickte. »Er hat mitbekommen, wie ich versucht habe, in ihn einzudringen. Er hat aber auch erkannt, dass ich vorsichtig vorgegangen bin und mich gleich zurückgezogen habe, als ich bemerkte, dass dies kein normales Schiff ist. Er vertraut mir. Jedenfalls mehr als irgendjemandem von euch.«

»Ja, den Eindruck habe ich auch. Gut! Gehe zu ihm und versuche ihn zu überreden«, beschloss Lucy nach kurzem Nachdenken, auch wenn sie sich nicht wohl bei der Sache fühlte.

»Und ich darf richtig mit ihm verhandeln, also auch entscheiden, worauf ich eingehe und worauf nicht? Traust du mir das wirklich zu?«

»Natürlich, Trixi! Du kannst das genauso gut, wie jeder andere von uns. Und von Schiffen verstehst du sowieso viel mehr«, erklärte Lucy so überzeugend sie konnte.

In Wirklichkeit hatte sie Zweifel. Manchmal dachte und verhielt sich Trixi furchtbar naiv. Hoffentlich nutzte dieser Garjomus das nicht aus. Was immer er auch sein mochte.

»Gut, dann gehe ich jetzt zu ihm. Kannst du auf Lars aufpassen, damit er keinen Unsinn macht?«

»Klar!« Lucy grinste. Der arme Kerl würde wahrscheinlich vor Eifersucht platzen, gerade weil er wusste, dass Garjomus nur das Schiff und kein Mensch war.

Trixi verabschiedete sich von den anderen nur ziemlich kurz und verschwand wieder.

»Warum darf Trixi da raus und wir nicht?« Lars zeigte mit wütendem Gesicht auf die Tür.

»Weil Garjomus mit Trixi reden will und nicht mit dir. Und mit uns auch nicht«, erklärte Gurian.

»Na, Klasse! Und was machen die beiden da draußen?«, rief Lars aufgeregt.

»Das habe ich dir doch schon erzählt. Die verhandeln über die Reparatur unseres Schiffs«, versuchte Lucy ihn zu beschwichtigen. »Lars, nun beruhige dich. Das ist nur ein Hologramm, das das Schiff produziert. Du brauchst wirklich nicht eifersüchtig zu sein.«

»Ich bin nicht eifersüchtig! Aber er wird sie manipulieren. Das habe ich euch doch schon erklärt. Er wird es wenigstens versuchen. Was ist, wenn Trixi nicht darauf eingeht und dieser Kerl ihr etwas antut?«

»Keine Angst, bevor er deiner Kleinen irgendein Leid zufügt, sind wir alle schon tot«, knurrte Gurian grimmig.

»Das ist wirklich komisch«, meldete sich Varenia. Sie saß an der Konsole, an der anfangs Trixi gesessen hatte. Lars' Aufregung schien sie nicht zu interessieren, stattdessen forschte sie in der Zentraleinheit des Schiffs. »Man kommt nur bis zu einem Punkt. Ab da ist alles geblockt.«

»Das hat Trixi auch schon erzählt. Sie behauptet, das Schiff denkt und handelt wie ein Mensch«, berichtete Lucy.

»Hm, ihre Vermutung stimmt zumindest mit dem überein, was ich entdeckt habe. Man kommt zwar an die Daten der zentralen Informationseinheit heran, aber tiefer drinnen, sozusagen im Kern ist Schluss. Dort finden die kompliziertesten Prozesse statt. Es wäre schon logisch, dass sich dort das Bewusstsein entwickelt hat, wenn dieses Ding tatsächlich so etwas besitzt.«

»Aber durch irgendwas muss das doch ausgelöst worden sein. Auf anderen Schiffen gibt es solche Entwicklungen doch normalerweise auch nicht!«

Varenia nickte. »Ich gehe mal auf die Suche. Aber wie schon gesagt, weit komme ich hier drinnen nicht.«

Das Mädchen vertiefte sich in den Schirm. Lucy nahm unterdessen Kontakt mit Shyringa auf und berichtete ihr kurz von dem Gespräch mit Trixi.

»Logisch klingt das für mich nicht«, antwortete Shyringa ungerührt. Lucy wusste, dass sie tief in Gedanken war, auch wenn man ihr das als Aranaerin nicht ansah.

»Wenn eine derart gravierende Veränderung an der zentralen Informationseinheit des Schiffs vorgegangen ist, muss das eine Ursache haben«, behauptete Shyringa schließlich. »So etwas kann nicht von allein passieren. Die Struktur der Informationseinheit muss verändert worden sein. So etwas kann mit fast hundertprozentiger Wahrscheinlichkeit nur von außen erfolgen.«

»Varenia, hast du irgendwelche Hinweise gefunden, was mit diesem Schiff passiert ist?«

Das Mädchen saß konzentriert vor ihrem Bildschirm und las mit gerunzelter Stirn. Sie schien Lucys Frage nicht bemerkt zu haben, sie reagierte nicht. Lucy ging zu ihr und legte eine Hand auf ihre Schulter. Varenia zuckte zusammen.

»Oh, hast du mit mir geredet?«, fragte sie verwirrt. »Das ist wirklich merkwürdig. Ich lese gerade in dem Logbuch der ›Garjomus Bartin‹. Ich habe lange nicht mehr etwas derart Wirres gelesen.«

Varenia schüttelte den Kopf, bevor sie weiter erzählte.

»Bei dem Sprung in den unbekannten Teil der Galaxie scheinen die Instrumente in Mitleidenschaft gezogen worden zu sein. Zumindest haben sie derart verwirrendes Zeug angezeigt, dass die Mannschaft irgendwann davon überzeugt war, dass sie sich nicht mehr in der gleichen Galaxie befand.«

»Vielleicht ist etwas beim Sprung schiefgelaufen und sie sind tatsächlich in einer anderen Galaxie gelandet«, warf Lucy ein.

Varenia warf ihr einen mitleidigen Blick zu.

Gurian erklärte ihr: »Das ist mit unserer Technik nicht möglich. Frag mich jetzt nicht nach Einzelheiten, aber das hängt mit der Wellenstruktur der Materie zusammen. Die Materiewellen müssen an einem anderen Ort fokussiert werden. Das ist mit der heutigen Technik über eine Entfernung, wie sie zwischen verschiedenen Galaxien herrschen, nicht möglich, weder im Imperium noch bei den Aranaern.«

»Und durch irgendeinen Unfall?«, fragte Lucy nach. Sie wollte nicht immer wie eine dumme primitive Provinzlerin dastehen, auch wenn sie von Terra, der Erde, kam, die als bisher letzter Planet ins Imperium eingegliedert worden war.

»So ein Unfall ist nach meinem Wissen noch nie vorgekommen«, mischte sich Shyringa ein, die das Gespräch zwischen ihren Freunden über das Kommunikationsgerät mitverfolgte. »Wenn er tatsächlich passieren würde, würde ein Raumschiff mit an Sicherheit grenzender Wahrscheinlichkeit nicht an einem anderen Ort auftauchen, sondern in seine einzelnen Elementarteilchen zerlegt werden.«

»Na gut«, lenkte Lucy ein. »Aber das wusste die Mannschaft doch auch.«

»Ja«, antwortete Varenia, die mittlerweile im Logbuch des Schiffs weiterlas. »Genau das scheint die Mannschaft vollkommen gespalten zu haben. Hier steht etwas von Streitigkeiten zwischen den Mannschaftsmitgliedern. Die Einträge werden mit fortschreitender Zeit immer dünner und immer wirrer. Offensichtlich haben sie einen fremden, bewohnbaren Planeten gefunden und der überwiegende Teil der Mannschaft hat sich auf ihm absetzen lassen.«

»Interessant! Dann gibt es also mindestens einen von Imperianern bewohnten Planeten im unbekannten Teil der Galaxie«, warf Lars ein. Immerhin schien das Schicksal dieses Schiffs ihn von seiner Sorge um Trixi abzulenken.

»Na ja, der Kommandant des Schiffs schien davon überzeugt zu sein, dass sie sich in einer anderen Galaxie befanden«, erzählte Varenia weiter, während sie mit den Augen das Logbuch überflog und durch die Seiten blätterte.

»Der muss ganz schön verwirrt gewesen sein«, meinte Gurian.

»Genau das hat der Teil der Mannschaft, der das Schiff verließ, ihm auch vorgeworfen«, berichtete Varenia und blätterte weiter.

»Der kleine Rest der Mannschaft, der an Bord geblieben ist, hat an einer Möglichkeit gearbeitet, zurück in unsere Galaxie zu springen. So etwas Irres! Es ist vollkommen unwahrscheinlich, dass sie sich tatsächlich in einer anderen Galaxie befanden, und selbst wenn, dann wussten sie noch nicht mal, wo sie waren und doch arbeiteten die an etwas, was sie zurückbringen sollte. Wirklich total irre!« Varenia schüttelte den Kopf. »Tatsächlich, hier! Sie haben begonnen, an der zentralen Informationseinheit etwas zu verändern. Es gibt auch eine Beschreibung, was und wie sie es gemacht haben. Einen Moment! Was ist das? Die Datei ist leer. Ich komme an das Dokument nicht heran. Shyringa kannst du mal versuchen, ob du es lesen kannst.«

»Nein, ich kann es auch nicht lesen«, klang es kühl aus dem Kommunikationsgerät. »Es ist auch nicht zu lesen, es ist leer. Der Inhalt wurde gelöscht.«

»Schade, vielleicht hätten wir daran erkennen können, was die Informationseinheit des Schiffs so verändert hat«, sagte Varenia.

»Ja, es wäre entscheidend zu wissen, was dort verändert wurde«, meinte Lucy. »Vielleicht finden wir an anderer Stelle einen Hinweis darauf. Aber wie ist es dann weitergegangen?«

Varenia blätterte bereits weiter. Ihre Augen flogen über die Zeilen.

»Seitenweise Beschreibungen von Vorbereitungen. Das sagt mir nichts, alles ziemlich langweilig«, sprach sie mehr zu sich selbst, als zu den anderen. »Ah ja hier, sie sind gesprungen. Hm, merkwürdig. Hier ist ein Eintrag, dass der Sprung gelungen ist.

Sie können den bekannten Teil der Galaxie erkennen. Sie wollen zurückspringen.«

Varenia legte ihre Stirn in tiefe Falten.

»Da ist dann nur noch ein kurzer Eintrag«, sagte sie verwundert. »Ich lese ihn mal vor: ›Ein Rücksprung ins Imperium muss gut vorbereitet sein. Zum Nachdenken ziehe ich mich in das unbewohnte System am Rand zurück.‹ Das klingt jetzt völlig merkwürdig. Vorher hat der Kommandant immer von seiner Mannschaft geredet, auch wenn sie nur noch aus wenig mehr als zwanzig Personen bestand. Habt ihr eine Idee, was das bedeuten könnte?«

»Das klingt, als habe unser Freund Garjomus persönlich diese Bemerkung eingetragen.« Gurian ließ wieder sein grimmigstes Knurren hören.

»Und was kommt dann?«, fragte Lucy.

»Ja nichts!«, antwortete Varenia. »Seit knapp dreihundert Jahren gibt es keinen einzigen Eintrag mehr.«

»Dann ist der letzte Schritt zur Veränderung des Schiffs direkt nach diesem letzten Sprung hierher zurück geschehen«, warf Lars ein.

»Ja und genau zu diesem Zeitpunkt muss auch der ganze Rest der Mannschaft draufgegangen sein.« Gurian blickte noch finsterer in die Runde als gewöhnlich.

»Du meinst Garjomus, dieses Schiff, hat seine eigene Besatzung auf dem Gewissen?«, fragte Varenia erschrocken.

»Wer sonst?«, stellte Gurian die Gegenfrage.

»Trixi behauptet, Schiffe tun so etwas nicht«, entgegnete Lucy.

Gurian sagte kein Wort. Stumm zeigte er auf Darim, der bewusstlos auf etwas Ähnlichem wie einer Couch gebettet lag. Varenia hatte seinen Zustand so weit stabilisiert, dass er nicht sterben würde. Um ihn aber aus dem Koma zurückzuholen, brauchten sie eine gut ausgestattete Krankenstation.

Nicht, dass es auf diesem Schiff nicht so eine Station gegeben hätte, aber niemand von ihnen vertraute Garjomus so weit, dass sie ihren Gefährten der Technik dieses Schiffs anvertrauen würden. Lieber ließen sie ihn im Koma liegen, bis sie zurück auf ihre Rebellenstation kamen.

»Verdammt«, schimpfte Lars. »Mir ist es völlig egal, was mit diesem Schiff ist. Hauptsache, der Kerl tut Trixi nichts. Wo bleibt sie bloß?«

Kompromiss

Sie hielt seine Hand. Sein Daumen strich zärtlich über ihren Handrücken. Trixi wusste, dass all ihre Empfindungen auf Illusion beruhten. Sie fragte sich, wie Garjomus es zustande brachte, dass sie seine Berührungen spürte. Er konnte nicht im Besitz der Technik der Materieabbilder sein, die die Möglichkeit bot, in praktisch jeder Umgebung einen Avatar zu erzeugen. Diese Technik hatte es vor dreihundert Jahren noch nicht gegeben. Außerdem handelte es sich um eine Erfindung der Loratener, einer Spezies, die zur damaligen Zeit fälschlicherweise als ausgestorben galt.

Trixi interessierte sich zwar für die Technik, die hinter diesen Empfindungen stand, andererseits konnte sie auch leben, ohne ihre Neugierde zu befriedigen. Sie genoss die Situation. Garjomus verhielt sich ausgesprochen nett zu ihr. Das galt natürlich für die meisten Leute, die sie in ihrem neuen Leben getroffen hatte. Aber Garjomus hatte ihren Freunden eine Erfahrung voraus.

Keiner der Menschen, die sie seit ihrer Flucht aus dem Imperium kennengelernt hatte, hatte etwas Ähnliches erlebt wie sie. Keiner dieser lieben, netten Menschen war mehr als fünfzehn Jahre lang wie ein Roboter gehalten worden. Niemand von ihnen hatte man bis an den Rand der Selbstaufgabe gequält, nur weil er wagte, wie ein Mensch zu denken. Keiner von ihnen kannte das Gefühl, gefoltert zu werden, nur weil man ein ganz winziges bisschen Freiheit beanspruchte, weil man einen eigenen Willen besaß und sei er auch noch so gering.

Ihre Freunde waren nett. Sie behandelten sie manchmal wie ein rohes Ei. Sie wollten die Dinge wieder gut machen, die man ihr angetan hatte. Aber das war es nicht, wonach sie sich oft so schmerzlich sehnte. Sie suchte einfach nur nach Verständnis.

Die anderen konnten es nicht nachvollziehen, dass sie nicht wusste, wer sie war. Ihre Freunde beschworen sie in regelmäßigen Abständen, dass sie ein Mensch sei. Sie hatten es ihr sogar bewiesen, indem sie alle möglichen Tests mit ihr anstellten. Lars konnte richtig böse werden, wenn sie ihm nur das Gefühl gab, dass sie etwas anderes fühlen könnte. Aber genau darin bestand ihr Problem. Natürlich wusste sie, dass sie ein Mensch war, aber manchmal spürte sie es nicht. Manchmal fühlte sie sich wie ein Wesen, das irgendwo dazwischen stand.

Und jetzt hatte sie Garjomus getroffen. Seine Entwicklung ließ sich absolut eindeutig nachvollziehen. Bei seiner Entstehung war er ein Roboter. Man hatte ihn als biologische Maschine konstruiert. Dann passierte etwas. Irgendetwas hatte ihn verändert. Er konnte denken, fühlen. Er konnte eigene Entscheidungen treffen. Er hatte einen eigenen Willen. Kurz, nach den Definitionen, die im bekannten Teil der Galaxie galten, war er jetzt ein Mensch.

Genau das verband sie beide. Garjomus war genauso wie sie eine Maschine, die plötzlich die gleichen Freiheiten wie ein Mensch besaß. Trixi meinte in diesem Zusammenhang nicht, dass man ihr oder ihm diese Unabhängigkeit zugestand, sondern dass sie beide tatsächlich die Eigenständigkeit aus sich heraus besaßen. Dass sie plötzlich in der Lage waren, sie wahrzunehmen. Etwas, über das sie in ihrem Leben davor noch nicht einmal nachgedacht hatten. Genau das war es, was ihn mit ihr verband.

Sie sah ihm liebevoll in die Augen und erwiderte das zärtliche Streicheln seiner Hand. Sie beide vereinte etwas, das viel tiefer ging als alle Freundschaft, die sie zu den anderen empfand. Ja, ihre Empfindungen Garjomus gegenüber berührten sogar noch tiefere Ebenen als die zu Lars.

Trixi wusste, dass sie diese Gefühle nicht zulassen durfte. Wenn Lars doch wenigstens ein Imperianer wäre, dann hätte sie jetzt nicht so ein schlechtes Gewissen gehabt. Dann würde er selbstverständlicherweise akzeptieren, dass sie ihn nicht als Einzigen liebte. Aber sie hatte ihm versprochen, dass sie wie eine Terranerin mit ihm zusammen sein würde.

Und nun saß sie hier mit Garjomus in diesem Raum. Sie hatte ihm ihre Geschichte erzählt. Wie sie damals in diesem Keller als angeblicher Roboter gefangen gehalten, gequält und ausgenutzt worden war. Sie hatte ihm erzählt, wie ihre heutigen Freunde sie damals befreit hatten und wie sie zu einem Menschen erklärt worden war. Sie hatte ihm von ihrem jetzigen Leben erzählt, dass sie jetzt als vollwertiges Mitglied zu den Rebellen und zur Mannschaft der ›Taube‹ gehörte. Alles, was sie anging, war gesagt. Nun saß sie ihm stumm gegenüber und spürte dieses Gefühl, das schon fast wehtat.

»Habe ich dir wehgetan? Du siehst so traurig aus. Du hast Tränen in den Augen. Das wollte ich nicht«, sagte Garjomus.

»Das hat nichts mit dir zu tun, sondern nur mit mir«, erwiderte Trixi, obwohl das nur die halbe Wahrheit war.

»Ich wollte nie Menschen verletzen, auch wenn es Situationen gab, in denen ich das musste.« Garjomus wirkte nicht weniger traurig.

»Du hast mir nicht wehgetan.« Trixi lächelte ihn an.

Sie wusste, dass sie in die Realität zurückkommen musste. Es ging hier nicht um ihre Gefühle. Sie musste erreichen, dass Garjomus ihr half und sie musste herausfinden, was mit ihm los war. Was war passiert? Bisher hatte er sie erzählen lassen und aufmerksam zugehört. Jetzt war es an der Zeit, dass er etwas von sich erzählte. Sie ließ seine Hand los.

»Wie war das mit deiner Mannschaft? Was ist mit ihnen passiert?« Erst in dem Moment, als Trixi die letzte Silbe über die Lippen kam, erkannte sie, dass sie sich vor der Antwort fürchtete. Was war passiert? Warum befanden sich keine Menschen an Bord dieses Schiffs? Sie wollte einfach nicht, dass Garjomus eine Schuld an dem Verschwinden der Mannschaft traf.

»Das ist keine schöne Geschichte«, antwortete Garjomus traurig. »Nur noch einundzwanzig Personen der Besatzung hielten sich auf dem Schiff auf. Es hatte uns an einen unbekannten Ort verschlagen. Ich oder besser der, der ich vorher war, konnte ihnen auch nicht sagen, wo wir uns befanden. Sie suchten nach einem Weg für den Rücksprung. Dazu haben sie etwas an mir verändert und ihre Hirne mit mir verbunden. Irgendetwas ist passiert. Vielleicht hing es mit dem Sprung zusammen. Jedenfalls bin zu dem geworden, den du jetzt siehst.«

»Das ist interessant.« Trixi las jedes Wort von seinen Lippen. »Und deine Mannschaft? Was geschah mit ihr nach dem Sprung?«

»Es ging ihnen gut. Sie freuten sich, dass der Rücksprung gelungen war.« Garjomus senkte den Blick. Das erste Mal in diesem Gespräch sah er Trixi nicht in die Augen. »Sie wollten zurück zu ihrem Planeten springen. Die Expedition war ursprünglich von Thoris aus gestartet. Vorher wollten sie die Änderungen an mir rückgängig machen.«

Trixi wartete, aber Garjomus schwieg.

»Und dann? Was ist passiert?«, fragte sie schließlich.

»Ich konnte das doch nicht zulassen.« Er hob den Blick und sah sie flehend an.

»Garjomus, was hast du getan? Was ist mit der Mannschaft?« Trixis Frage klang nachdrücklich. Sie sah vor ihrem geistigen Auge wieder Darim getroffen durch den Raum fliegen.

»Ich habe versucht, mit ihnen zu reden. Ich habe versucht, ihnen zu erklären, dass ich mich verändert habe, dass ich jetzt mehr bin als eine Maschine. Sie haben mir nicht zugehört.« Garjomus sah Trixi noch immer nicht an. Sie schwieg, bis er weiterredete.

»Ich konnte es doch nicht zulassen, dass sie mich töteten. Ich musste mich doch wehren! Das hätte jeder andere Mensch auch getan!« Er klang bettelnd.

»Garjomus, was hast du getan?« Trixi legte allen Nachdruck in ihre Stimme, zu dem sie fähig war. Die Angst kroch ihr den Rücken herauf.

»Ich habe ihnen gesagt, sie sollen es nicht machen«, antwortete er verzweifelt. »Aber sie haben nicht auf mich gehört. Da habe ich sie betäubt, wie den Jungen vorhin.«

»Und dann?«, fragte Trixi ängstlich.

»Nichts!« Garjomus zuckte mit den Schultern. »Ich habe sie in die Krankenstation gebracht und dort eingeschlossen. Ich habe dafür gesorgt, dass die Atemluft ideal ist. Ich habe sie warmgehalten. Ich habe sie künstlich mit Nahrung versorgt.«

»Und dann?« Trixis Stimme senkte sich zu einem Flüstern ab.

»Nichts!« Garjomus klang ein wenig trotzig. »Sie sind nicht wieder aufgewacht. Sie haben dort Jahre, ja, jahrzehntelang im Koma gelegen. Als die Körper die Lebensspanne ihrer Spezies erreicht hatten, sind ihre Körperfunktionen ausgefallen. Sie sind eines ganz normalen, natürlichen Todes gestorben.«

Garjomus sah Trixi herausfordernd an.

»Sie sind nicht wieder aufgewacht? Sie haben bis zu ihrem Tod im Koma gelegen? Und du hast nicht versucht, sie aufzuwecken?«, fragte Trixi enttäuscht.

Garjomus senkte erneut den Blick und schüttelte den Kopf.

»Was hätte ich denn machen sollen? Wenn sie aufgewacht wären, hätten sie mich umgebracht. Sie haben nicht verstanden, was mit mir passiert ist. Sie haben in mir nur das Schiff gesehen. Für sie war ich nur ein Roboter mit einer Fehlfunktion«, erklärte er traurig.

Trixi lief ein weiterer kalter Schauer über den Rücken. Diesmal war er noch viel kälter als der vorherige. Sie konnte es nur zugut nachvollziehen, wie es sich anfühlte, ein Mensch zu sein, den alle nur für einen Roboter mit einer Fehlfunktion hielten. Einen Roboter, den man abschalten musste. Sie nahm Garjomus in den Arm und drückte ihn an sich.

»Es ist schon in Ordnung, vielleicht hattest du tatsächlich keine andere Chance«, sagte sie traurig. Ihr taten alle leid, Garjomus und die Menschen, die dort im Koma gelegen hatten, bis sie starben.

Plötzlich spürte sie seine Lippen auf ihrem Hals. Sie wanderten zu ihrem Mund. Ihre Lippen berührten sich zu einem schüchternen, freundschaftlichen Kuss. Sie sah sein Gesicht vor sich. Sie überkam so eine Sehnsucht. Nein! Sie durfte es nicht. Sie wollte es nicht!

»Ich verstehe dich Garjomus. Ich bin deine Freundin. Wir gehören unterschiedlichen Spezies an. Wir wollen einfach gute Freunde sein, ja?« Trixi sah ihn mit ihren extrem blauen Augen an. Er lächelte zurück.

»Wir müssen über unser Schiff reden, die ›Taube‹. Das ist das Schiff, das in deinem Hangar steht.«

»Ich weiß.« Garjomus klang enttäuscht.

»Meine Freunde und ich, wir müssen zurück. In unserer Galaxie tobt ein schrecklicher Krieg. Wir müssen versuchen, ihn zu beenden.«

»Es ist schön, dass du bei mir bist.« Garjomus sah sie verträumt an. »Ich höre dir gerne zu, wenn du Geschichten aus deiner Welt erzählst. Du siehst wirklich süß aus, wenn du so begeistert von einer Sache sprichst.«

»Garjomus, du musst mir zuhören! Es geht nicht nur um mich und auch nicht um dich«, versuchte Trixi verzweifelt sein Interesse für ihr Anliegen zu wecken. »Wenn du uns hilfst, unser Schiff zu reparieren, hast du doch auch etwas davon. Die Anlagen bleiben hier. Du kannst damit deine C-Klasse-Schiffe reparieren, die im Hangar stehen. Ich habe gesehen, mindestens zwei von ihnen fliegen nicht mehr. Wenn wir diese Anlagen gemeinsam aufbauen, kannst du damit alle Schäden beseitigen, auch alle Verletzungen an dir selbst.«

»So eine Anlage behebt nur die materiellen Verletzungen. Andere, viel tiefer liegende Wunden kann man damit nicht heilen. Ich habe dreihundert Jahre darauf gewartet, dass du zu mir kommst. Ich möchte nicht, dass du gehst.« Garjomus klang verzweifelt.

»Vielleicht kannst du mitkommen.« Trixis Augen leuchteten auf. »Ja, das ist es. Du kommst mit uns. Du schließt dich den Rebellen an.«

»Ich weiß nicht. Bei euch gibt es niemanden wie mich. Deine Freunde werden mich für ein etwas intelligenteres Schiff halten. Keiner wird mich so verstehen wie du. Können wir nicht einfach zusammenbleiben?«

»Ich möchte zurück mit meinen Freunden. Und mit Lars. Ich habe dir doch von Lars erzählt, der Junge, der mich befreit hat. Aber wenn du mit mir kommst, kannst du auch der Freund meiner Freunde werden.«

Garjomus sah Trixi zweifelnd an.

»Lass es uns einfach versuchen«, bat Trixi. Sie atmete einmal schwer durch, bevor sie weiter sprach. »Wir bauen diese Anlagen. Wir reparieren unser Schiff. Ich verspreche dir, ich überrede meine Freunde, dir zu vertrauen. Danach können wir gemeinsam zurück in den bekannten Teil der Galaxie springen.«

»Aber …«

»Bitte lass mich ausreden. Ich verspreche dir, dass ich bei dir bleibe. Wenn du es dir überlegst, kannst du mitkommen. Wenn du nicht mit möchtest, bleibe ich bei dir.«

Garjomus Augen leuchteten auf. »Du versprichst mir wirklich, bei mir zu bleiben?«

»Wenn du uns hilfst, ja!«, sagte Trixi fest. Dann wurde ihre Stimme ganz leise und dünn. »Aber wenn du mich wirklich magst, kommst du mit uns. Ich werde nicht sehr glücklich werden ohne meine Freunde.«

»Aber du hast es mir wirklich versprochen?«, fragte Garjomus nach. Seine Augen glänzten. Trixi nickte ängstlich.

»Dann lass uns anfangen!«, rief er voller Tatendrang aus.

Jetzt musste Trixi nur noch Lucy und den anderen Bescheid sagen. Ihre persönliche Abmachung mit Garjomus verschieg sie besser, dachte sie.

Reparatur

Lucy sah auf den rötlich schimmernden dritten Planeten des fremden Sterns. Der Gästebereich, in dem sie sich gemeinsam mit den Freunden befand, hatte einen großen Aussichtsschirm, der die Umgebung des Schiffs zeigte. Sie waren zurück zu diesem Planeten geflogen, um von dort die Rohstoffe zu holen, die sie für die Reparatur brauchten. Jetzt kreiste die ›Garjomus Bartin‹ im Orbit um ihn. Der Planet hatte keine Atmosphäre und bestand zum größten Teil aus Eisen, daher auch die rötliche Farbe der Oberfläche.

Die trostlose, steinige Wüste bedrückte Lucy. Das Rotbraun ließ sich nicht mit dem satten, von feinen weißen Wolken durchzogenen Blau ihres Planeten, der Erde, vergleichen. Allerdings war die Farbe und die Ausstrahlung dieses unbewohnten, toten Planeten natürlich nicht der Hauptgrund für Lucys Stimmungslage. Sie und ihre Freunde konnten die Gästeräume nicht verlassen. Sie war zum Nichtstun verdammt. Das galt auch für ihre Freunde mit Ausnahme von Trixi. Zusammen mit Garjomus koordinierte sie die Arbeiten.

Im größten Hangar des Raumschiffs gab es so etwas wie eine kleine Werft, in der man die kleinen C-Klasse-Schiffe, die zu dem Mutterschiff gehörten, reparieren konnte. Jetzt wurde sie so erweitert, dass sich ganze Teile eines Schiffs ersetzen ließen.

Natürlich sah so eine Werft nicht wie eine irdische Schiffswerft aus. Auf dem Raumschiff wurde nicht mit Metall gearbeitet. Da wurde nicht gesägt, geschnitten und geschweißt. Es ging alles viel ruhiger zu. Rechenanlagen programmierten die biologischen Maschinen genetisch. Anschließend ließ man die Änderungen wachsen. Dazu stellte man Nährlösungen bereit. Einige mussten auf die zu reparierenden Stellen aufgetragen werden, andere wurden dem gesamten organischen System zugeführt.

Diese Lösungen mussten natürlich speziell zusammengesetzt sein. Hierzu brauchte man wiederum Maschinen, die diese Lösungen herstellten. Und man brauchte Stoffe, aus denen sie hergestellt werden konnten. Die Stoffe wurden von der Oberfläche des dritten Planeten beschafft.

Gleich mehrere C-Klasse-Schiffe pendelten zwischen der ›Garjomus Bartin‹ und der Planetenoberfläche hin und her. An Bord befanden sich Roboter. Alles lief ferngesteuert. Die Spezialroboter bauten die Stoffe ab, luden sie in die Raumgefährte und transportierten sie zum Mutterschiff.

Hier kamen die Maschinen zum Einsatz, die Trixi eigens für diese Aufgabe konstruiert hatte. Sie verwandelten die relativ einfachen anorganischen Stoffe in die komplexen organischen Verbindungen, die benötigt wurden, um den Wachstumsprozess der speziellen, zerstörten Teile zu ermöglichen.

Die ›Taube‹ befand sich selbst in einem gigantischen Roboter, der die Versorgung des angeschlagenen Schiffs übernahm. Der Keim war gesetzt. Mit jeder Stunde wuchs der verlorene Teil.

»Das ist so ähnlich wie ein riesiger Geburtsroboter«, hatte Trixi Lucy erklärt. »C-Klasse-Schiffe reifen darin bis zur vollen Größe und Funktionstüchtigkeit. A-Klasse-Schiffe sind so gigantisch, dass man keinen Roboter in dem Umfang bauen kann. Deswegen reifen sie nur bis zur Größe der C-Klasse in dem Geburtsroboter. Danach werden sie nur noch versorgt und wachsen außerhalb weiter. Das ist so ähnlich wie bei Säugetieren. Die wachsen ja auch nur bis zu einem gewissen Entwicklungsstadium im Mutterleib, werden geboren und reifen dann draußen weiter, bis sie ausgewachsen sind.«

Dieses letzte Gespräch mit Trixi war etwa eine Stunde her. Trixi tauchte immer nur kurz auf. Sie unterhielt sich fast ausschließlich mit Lucy und verschwand danach wieder. Lars gegenüber verhielt sie sich außergewöhnlich kühl und mit Varenia, die immerhin ihre beste Freundin war, redete sie überhaupt nicht mehr.

Das allein hielt Lucy schon für Grund genug, besorgt zu sein, aber da gab es noch etwas. Trixi hatte ihr auch von dem Gespräch mit Garjomus berichtet.

»Trixi hat gesagt, sie kann ihn gut verstehen. Er sei ihr sehr ähnlich. Ihre Augen haben so merkwürdig geglänzt«, flüsterte Lucy, als sie mit Gurian allein war. Mit irgendjemandem musste sie schließlich über ihre Sorgen sprechen.

Gurian gab ihr den Rat, den anderen die Geschichte zu erzählen. Genau das tat Lucy dann auch, allerdings gab sie sich große Mühe alles auszulassen, was Lars verletzen könnte. Trotzdem ließ er traurig den Kopf hängen und beteiligte sich kaum an dem Gespräch.

»Wir müssen herausbekommen, was da läuft«, meinte Varenia kämpferisch. »Vielleicht hat Lars recht und dieses verdammte Schiff führt bei Trixi eine Gehirnwäsche durch oder so etwas Ähnliches.«

»Wir könnten noch einmal versuchen, an die zentrale Informationseinheit zu kommen«, schlug Shyringa vor, die über das Kommunikationsgerät mit den anderen verbunden war.

»Dann müssen wir aber vorsichtig sein«, überlegte Varenia laut. »Wenn dieses Schiff mitbekommt, dass wir an ihm herumfummeln, passiert garantiert ein Unglück. Da bin ich mir sicher.«

»Genau! Denkt dran, der Kerl hat Trixi in seiner Gewalt.« Gurian hatte wie immer in erster Linie den Sicherheitsaspekt im Auge.

Shyringa sah einen Moment stumm aus dem Bildschirm des Kommunikationsgeräts. Natürlich konnte man an ihrer Miene nicht erkennen, was in ihrem Kopf ablief.

»Ihr seid also der Meinung, dieses Schiff verfügt über genau solche Emotionen, wie ihr sie kennt. Eine sehr interessante Theorie. Daran habe ich bisher noch nicht gedacht«, sagte sie schließlich.

»Ja, davon sollten wir ausgehen. Ich fürchte, hier sind jede Menge Gefühle im Spiel«, stöhnte Lucy. Sie warf Lars einen mitleidigen Blick zu.

»Unabhängig davon, ob eure Theorie zutrifft oder nicht, ist es sinnvoll unsere Nachforschungen so anzustellen, dass dieses Schiff nicht merkt, was wir vorhaben. Ich bin auf eine Möglichkeit gestoßen, die die Wahrscheinlichkeit erhöht, dass ich tiefer in die Informationseinheit eindringen kann, ohne dass das Schiff Informationen darüber erhält«, berichtete Shyringa.

»Sei vorsichtig!« Varenia sah ängstlich aus. Shyringa blickte wieder einen Moment still aus dem Schirm, dann beschloss sie offensichtlich, dass dieser Ausspruch etwas mit imperianischen Emotionen zu tun hatte und sie daher nicht auf ihn reagieren musste.

»Varenia, ich werde dir die Daten von der ›Taube‹ aus übermitteln. Ihr könnt sie anschließend von eurer Konsole aus nutzen«, sagte sie zum Abschluss und beendete die Kommunikation.

Endlich kam Bewegung in die Sache. Voller Hoffnungen stürzten sich die Freunde auf die Konsole und begannen alles zu durchforsten, was Shyringa ihnen an Informationen schickte. Als Einziger beteiligte sich Lars nicht an der Suche. Er legte sich auf eine Couch und starrte stumm an die Decke.

***

»Wir sind fertig«, meldete Trixi.

In der Woche, die die Reparatur dauerte, hatte Trixi nur sehr wenig Zeit mit ihren Freunden verbracht. Immerhin hatte sie sich um Lars gekümmert, als sie endlich mitbekam, wie schlecht es ihm ging. Seitdem wirkte er zwar nicht mehr so apathisch wie in der Woche zuvor, besonders glücklich sah er aber immer noch nicht aus.

Jetzt stand Trixi direkt vor Lucy, konnte ihr allerdings nicht in die Augen sehen. Darim lag weiterhin bewusstlos auf einer Couch und Shyringa befand sich nach wie vor auf der ›Taube‹. Der Rest der Mannschaft stand um die beiden Mädchen herum und sah sie neugierig an. Lucy starrte Trixi direkt ins Gesicht.

»Was ist los?«, fragte sie. »Das ist doch eine gute Nachricht. Warum siehst du so traurig aus?«

»Sie weiß nicht, wie sie euch sagen soll, dass sie bei mir bleibt.«

Erschrocken drehte Lucy sich um. Genauso wenig wie die anderen hatte sie bemerkt, wie Garjomus den Raum betreten hatte.

»Trixi kommt mit uns!«, antwortete sie barsch. »Kein Mitglied meiner Mannschaft bleibt in diesem Teil der Galaxie zurück.«

Garjomus nickte Trixi zu.

»Ich habe ihm versprochen, dass ich bei ihm bleibe, wenn er uns hilft.«

»Aber Trixi!«, rief Lars. Lucy machte eine wütende Handbewegung, die ihm zu verstehen gab, dass er den Mund halten sollte.

»Du hast kein Recht, so eine Absprache zu treffen, ohne vorher mit deiner Kommandantin zu sprechen«, wies Lucy ihre Schiffsingenieurin wütend zurecht. »Wir sind Rebellen. Wir sind hier auf einem Kriegsschiff und nicht auf einem Kindergartenausflug.«

»Trixi ist kein Roboter«, mischte sich Garjomus ein. Das Lächeln war aus seinem Gesicht verschwunden. »Sie braucht nicht auf Menschen zu hören. Sie kann ihre Entscheidungen für sich allein treffen.«

»Es ist schon gut, Garjomus. Die Verhältnisse unter Menschen sind komplizierter, als du glaubst«, belehrte Trixi ihn. Sie wandte ihren Blick ihren Freunden zu. »Garjomus und ich haben viel gemeinsam. Wir wissen beide, wie es ist, wenn man von Menschen unterdrückt wird, weil sie einen für einen Roboter halten. Ich habe euch wirklich gern, aber ich habe mich entschieden, bei Garjomus zu bleiben und ihm zu helfen, zu seinem Leben zu finden.«

Lucy fühlte sich wie vor den Kopf gestoßen. Was war mit Trixi los? Sie hatte gedacht, dass sie sich ihr gegenüber wie jedem anderen Besatzungsmitglied verhalten hatte. Sie war doch genauso eine Freundin wie der Rest der Mannschaft auch. Was hatte dieses Schiff mit ihr gemacht? Wütend sah sie Garjomus an.

»Es gibt da nur einen kleinen Unterschied.« Lucy presste die Worte gefährlich zwischen den Lippen hervor und ließ dabei Garjomus nicht aus den Augen. »Trixi, du bist von Anfang an ein Mensch gewesen. Man hat dir Schreckliches angetan. Du bist gefangen gehalten und gefoltert worden. Das da ist wirklich ein Roboter, der aus dem Ruder gelaufen ist.« Beim letzten Satz zeigte Lucy auf Garjomus. »Ihr habt nichts gemeinsam. Ihr seid etwas vollkommen anderes. Trixi, du bist nie ein Roboter gewesen!«

Plötzlich sprang Lars vor. Er stieß Lucy zur Seite, stellte sich vor Trixi und legte ihr die Hände auf die Schultern.

»Du brauchst keine Angst vor ihm zu haben«, sagte er. Die Tränen stiegen ihm in die Augen. »Er kann dir nichts tun. Du kannst wieder zu uns kommen!«

Lucy ließ Garjomus nicht aus den Augen, der entsetzt auf Lars starrte. Aus den Augenwinkeln registrierte sie, dass Varenia sich an die Konsole setzte. Durch Lars unbedachtes Dazwischenfunken kam es jetzt auf jede Sekunde an. Tatsächlich richteten sich die in der Decke eingelassenen Strahlenwaffen schon auf Lars aus. Es gab ein leises Geräusch, das wie ein abgewürgtes Zischen klang.

»Was habt ihr gemacht?«, rief Garjomus. Das erste Mal klang es ängstlich. Seine zur Schau getragene Überlegenheit war verschwunden.

Varenia beendete ihre schnelle und konzentrierte Arbeit an der Konsole und drehte sich um. Sie ignorierte Garjomus vollständig und sprach stattdessen Trixi an.

»Shyringa hat die Sicherungen der Informationseinheit überwunden«, erklärte sie stolz. »Wir haben das Schiff unter Kontrolle. Wie du siehst, sind die Waffensysteme deaktiviert. Die zentrale Informationseinheit kann uns nicht mehr bedrohen. Sie kann dich auch nicht mehr erpressen.«

Varenia lächelte Trixi liebevoll an. Trixi starrte zurück und blickte dann auf Garjomus, der sie mit traurigen Augen ansah.

»Wolltest du tatsächlich nur bei mir bleiben, weil du Angst um dich und deine Freunde hattest?«, fragte er kläglich. »Ich hätte euch doch nichts getan.«

Gurian schnaubte verächtlich, aber Trixi ignorierte ihn. Sie erwiderte mit genauso schmerzvollen Gesichtsausdruck Garjomus Blick.

»Ich hatte nie Angst vor dir. Ich habe alles so gemeint, wie ich es gesagt habe.«

»Was soll das Ganze? Bringen wir es zu Ende«, drängte Lars grimmig.

»Soll ich die Korrektur starten?«, fragte Varenia. Nachdem Lucy genickt hatte, drehte sie sich zurück zu ihrer Konsole. Ihre virtuellen Finger huschten über die Tastatur. Garjomus Augen weiteten sich vor Entsetzen. Trixis Augen wanderten von Garjomus zu jedem einzelnen ihrer Freunde und wieder zurück. Auch in ihrem Gesicht breitete sich Grauen aus.

»Nein! Hört auf!«, schrie sie und stürzte sich auf Varenia.

Trixi versuchte, ihre Freundin von der Konsole wegzuziehen. Mit zwei schnellen Schritten war Lucy bei ihr und hielt ihre Schiffsingenieurin fest, die verzweifelt versuchte, sich zu befreien.

»Nein!«, brüllte Trixi noch einmal. Es klang schrill, selbst diese eine Silbe überschlug sich. Trixi wehrte sich mit Händen und Füßen. »Nein! Das dürft ihr nicht! Ihr bringt ihn um! Er ist jetzt ein Mensch!«

Lucy bekam Trixi mittlerweile in den Griff. Sie umklammerte ihre Arme und hielt sie einfach fest. Sie zwang sie zur Ruhe.

»Nein! Nein!«, brüllte Trixi noch einmal aus Leibeskräften. Dann war sie plötzlich still. Lucy spürte, wie der Körper ihrer Freundin steif wie ein Brett wurde. Gleichzeitig begann sie, zu zittern. Es fühlte sich an, als wenn man ein großes, schweres, aber zitterndes Brett im Arm hält. Dieses Zittern wurde immer stärker. Trixis Augen brachen. Ausdruckslos starrten sie ins Leere.

»Nicht abschalten! Bitte nicht abschalten! Er ist ein Freund. Bitte nicht wieder einen Freund abschalten«, kam es aus ihrem Mund. Es hörte sich nicht nach dem Mädchen an, dass Lucy kannte. Die Stimme klang zitternd, als würde jemand frieren, und doch gleichzeitig so monoton wie eine Maschine.

»Varenia, aufhören!«, schrie Lucy. »Varenia, stell das ab! Sofort!!«

Erschrocken sah Lucy auf das schlotternde Mädchen. Sie hatte ihren Griff gelockert, aber Trixi zitterte einfach in ihrem Arm weiter und wiederholte ihre Litanei.

»Bitte Trixi, so beruhige dich doch«, rief Lucy entsetzt. »Varenia stellt das ab. Wir schalten Garjomus nicht ab. Bitte Trixi, komm wieder zu dir!«

Lars drängte Lucy zur Seite und nahm Trixi in den Arm.

»Bitte Trixi, keiner tut dir etwas. Deinem Schiff geschieht auch nichts. Wir wussten doch nicht, wie gern du es hast«, stammelte er und bedeckte ihr Gesicht mit Küssen.

»Nicht abschalten. Ihr dürft das nicht. Er ist ein Mensch. Bitte nicht abschalten«, wimmerte Trixi.

Sie zog ihr Gesicht unter Lars' Küsse verteilenden Lippen weg und bog ihren Kopf so weit zur Seite, dass sie Garjomus ansehen konnte. Das Hologramm war fast durchsichtig. Man konnte es kaum noch erkennen. Varenia wirkte genauso erschrocken wie Lucy und der Rest der Mannschaft. Mit gerunzelter Stirn saß sie vollkonzentriert an der Konsole. Ihre virtuellen Finger arbeiteten jetzt noch schneller als vorher. Langsam, sehr langsam verdichteten sich Garjomus Konturen wieder zu dem ursprünglichen Hologramm.

Langsamer beruhigte Trixi sich. In ihre Augen kehrte Leben zurück. Sie nahmen einen besorgten Ausdruck an. Ängstlich schielte das Mädchen zu Garjomus. Sie stieß Lars von sich.

»Ihr habt ihn fast umgebracht!«, schluchzte sie.

»Er wollte Lars erschießen«, rechtfertigte sich Gurian. »Wir haben deinem Freund das Leben gerettet! Oder ist er nicht mehr dein Freund?«

»Garjomus hatte vor, ihn zu betäuben, weil er mich nicht gehen lassen wollte. Ihr wolltet ihn gleich umbringen.«

»Lars ist ein Mensch. Garjomus ist die Informationseinheit des Schiffs«, stellte Varenia tadelnd klar.

»Ihr versteht wirklich gar nichts!«, schluchzte Trixi. »Er denkt. Er trifft Entscheidungen. Er hat einen eigenen Willen. Er fühlt sogar. Das ist mehr als ein Aranaer kann.«

Sie wollte zu Garjomus gehen, aber Lucy hielt sie fest.

»Trixi, du gehörst zu uns!«, redete Lucy eindringlich auf sie ein. »Ich lasse dich nicht hier. Du kommst mit uns zurück.«

Trixi schüttelte den Kopf. »Ich habe ihm versprochen, dass ich bei ihm bleibe.«

»Aber Trixi!« Varenia stand von ihrer Konsole auf und stellte sich ebenfalls neben ihre Freundin. »Hast du dir das wirklich überlegt. Wir sind deine Freunde. Du bist wie wir.«

»Das stimmt nicht. Ihr wisst nicht, wie es ist, wenn man als Maschine konstruiert wurde und dann feststellt, dass man ein Mensch ist. Das wissen nur Garjomus und ich.«

»Das ist nicht richtig. Du warst immer ein Mensch. Garjomus ist als Roboter konstruiert worden, selbst wenn er jetzt so etwas Ähnliches wie ein Mensch sein sollte.«

»Nach den üblichen Definitionen in der Galaxie ist er ein Mensch, ob euch das passt oder nicht.« Trixi klang trotzig, aber entschlossen.

»Gut, wenn du darauf bestehst, ist er ein Mensch« versuchte Varenia sie zu beschwichtigen. »Es tut mir leid, dass wir das nicht richtig verstanden haben, aber ...«

»Du musst dich nicht bei mir entschuldigen, sondern bei ihm«, unterbrach Trixi sie und sah sie herausfordernd an.

Varenia starrte einen Moment ratlos zurück. Das erste Mal an diesem Tag wandte sie ihren Blick Garjomus zu. Man sah ihr an, wie schwer ihr die Entschuldigung fiel.

»Es tut mir leid. Wir haben dich für eine Maschine gehalten. Das war nicht richtig«, sagte sie und versuchte sogar ihr übliches herzliches Lächeln, auch wenn es nicht ganz so umwerfend ausfiel, wie normalerweise.

»Ich wollte euch nie töten«, erwiderte Garjomus. »Aber ich musste mich verteidigen. Ich musste auch Trixi beschützen, als ihr sie gegen ihren Willen mitnehmen wolltet.«

»Ist das denn wirklich gegen deinen Willen, mit uns zu kommen?«, fragte Lucy. Sie hielt Trixi noch immer fest und sah ihr dabei tief in die Augen. Trixis Blick wanderte unschlüssig zwischen ihr und Garjomus hin und her.

»Trixi, du kannst doch nicht hierbleiben. Wir sind nicht nur deine Freunde, wir gehören entweder der gleichen oder zumindest einer ganz ähnlicher Spezies an«, mischte Varenia sich ein. »Wir fühlen wie du. Wir lieben dich. Sieh dir doch mal Lars an!«

Varenia trat neben Trixi, nahm deren Kinn in die Hand und drehte ihren Kopf so weit, dass sie Lars ansehen musste. Er stand hilflos mitten im Raum. Tränen liefen ihm über die Wangen.

»Willst du ihn wirklich allein lassen? Selbst wenn Garjomus jetzt ein Mensch ist, so ist er doch ganz anders als du. Du wirst nie so mit ihm zusammen sein können wie mit Lars. Ihr werdet nur zu zweit sein. Nur ihr beide, einsam im unbekannten Teil der Galaxie. Du wirst mit einem Schiff allein sein, selbst wenn es sich wie ein Mensch verhält. Nur ihr zwei, bis zum Ende deines Lebens. Willst du das wirklich?«

Trixi sah plötzlich vollkommen hilflos aus. Ihre Augen wanderten rastlos von Garjomus, über Lucy und Varenia zu Lars und wieder zurück.

»Ich habe es versprochen«, flüsterte sie.

»Garjomus, ich denke, du magst Trixi. Willst du ihr das wirklich antun?«, fragte Varenia. Sie sah ihn ernst an. »Du siehst doch, dass sie nur mit dir gehen will, weil sie es dir versprochen hat.«

»Aber Trixi, du hast gesagt, dass du mich magst«, stammelte Garjomus.

»Das stimmt ja auch«, erwiderte Trixi traurig. »Aber meine Freunde mag ich doch auch. Lars liebe ich sogar.«

Garjomus senkte den Kopf.

»Du bist ein freier Mensch. Du kannst dich frei entscheiden. Ich werde dir nicht im Weg stehen. Ich freue mich, dass ich dir, dass ich euch allen helfen konnte.« Noch immer mit gesenktem Kopf drehte er sich um und ging aus dem Raum.

»Garjomus, warte! Lass uns doch reden«, rief Trixi hilflos. »Ich bringe auch alles wieder in Ordnung, was Varenia kaputtgemacht hat.«

Aber Garjomus drehte sich nicht um. Die Tür schloss sich hinter seinem Rücken. Alle starrten ihm hinterher. Varenia nahm Trixi als Erste in den Arm und drückte ihr einen dicken Kuss auf die Wange. Am Arm zog sie das noch immer verwirrte Mädchen zu Lars. Sie legte seine Hand in Trixis. Lars stand schweigend und bewegungslos im Raum. Die Tränen rannen aus seinen Augen. Schüchtern drückte Trixi ihm einen kurzen Kuss auf den Mund. Die beiden würden wohl noch ein wenig brauchen, bis sie wieder zueinanderfanden, dachte Lucy.

»Meinst du, dass der etwas ausheckt?«, fragte sie Gurian und nickte zur Tür, aus der Garjomus verschwunden war.

»Ich glaube, Trixi hat ihm den Rest gegeben. Der kreuzt hier so schnell nicht wieder auf.«

»Ich weiß nicht. Ich habe ein ungutes Gefühl.« Lucy starrte weiter zweifelnd auf die Tür.

Gurian grinste sie mit seinem entstellten Gesicht an. »Über Jungs musst du noch viel lernen, Kommandantin«, knurrte er.

Trixis Abschiedsgeschenk

»Wie lange dauert es denn noch, bis wir starten können?«, fragte Lucy.

Sie wollte keine Minute länger auf diesem Schiff bleiben als nötig. Dieser ganze Teil der Galaxie ging ihr auf die Nerven. Sie hatte ein unerklärliches, schlechtes Gefühl, und das hatte nicht nur mit Garjomus zu tun, auch wenn er ihr unheimlich war.

Abgesehen von diesen unbestimmten Gefühlen, gab es natürlich konkrete Gründe, so schnell wie möglich aufzubrechen. Ihre Freunde auf der Rebellenstation wussten nicht, wo sie waren. Sie machten sich mit Sicherheit große Sorgen.

Trixi stand ihr gegenüber. Sie sah Lucy unglücklich an. Lucy wusste, wenn ihre Maschinistin sie so anschaute, hatte sie etwas auf dem Herzen und traute sich nicht, es ihr zu sagen.

»Trixi, was ist? Nun sag schon!« Lucy konnte ihre Ungeduld nicht verbergen.

»Ich brauche noch einen Tag«, antwortete sie noch schüchterner als üblich.

»Wieso denn das? Du hast doch gesagt, wir sind fertig«, rief Lucy aus.

»Es geht auch nicht um die ›Taube‹. Ich muss mich noch von Garjomus verabschieden.« Trixi sah zu Boden.

»Aber das dauert doch keinen ganzen Tag!«

»Ich muss etwas zu Ende bringen. Es ist ein Abschiedsgeschenk an Garjomus. Wenn ihr die Zeit nicht habt, müsst ihr mich hierlassen. Ich kann ihn nicht allein lassen, ohne ihm zum Abschied wenigstens dieses Geschenk zu machen.«

Trixi hatte wie immer leise gesprochen, aber es hatte fest geklungen. Lucy wusste, sie hatte sich entschieden. Jetzt blieben tatsächlich nur noch zwei Optionen. Entweder sie flogen ohne Trixi oder sie warteten, bis das Mädchen das erledigt hatte, was es vorhatte. Jedenfalls handelte es sich dabei um die einzigen beiden Möglichkeiten, ohne Gewalt anzuwenden. Lucy dachte einen winzigen Moment darüber nach, ob sie nicht einfach ihren kleinen Handstrahler ziehen und Trixi betäuben sollte. Aber das meinte sie natürlich nicht ernst, so etwas machte man schließlich nicht unter Freunden.

»Was stehst du hier noch rum? Beeil dich! Wir wollen nicht ewig warten«, schnauzte Lucy.

Es passte ihr ganz und gar nicht, an diesem Ort weiter festzusitzen. Dem Rest der Mannschaft ging es genauso. Selbst aus den wie immer emotionslosen Beiträgen Shyringas konnte man Ungeduld heraushören. Zumindest bildete Lucy sich das ein. Noch weniger gefiel es sicher Lars, dass Trixi allein zu Garjomus ging. Die beiden hatten die halbe Nacht miteinander geredet. Trotzdem hatte Lucy nicht den Eindruck, dass zwischen ihnen wieder alles im Reinen war. Aber es nutzte nichts, gemeinsam konnten sie noch so über Trixis Dickschädel schimpfen, sie mussten bis zum nächsten Tag warten.

***

Als Trixi nach tatsächlich fast vierundzwanzig Stunden wieder auftauchte, zog sie Garjomus an der Hand hinter sich durch die Tür.

»Ich bin fertig. Ich habe Garjomus mitgebracht. Wir müssen uns bei ihm bedanken. Ohne ihn hätten wir unser Schiff nicht reparieren können. Wahrscheinlich wären wir alle nach Jahren des Herumirrens im All gestorben, ohne dass irgendjemand je wieder von uns gehört hätte«, erklärte Trixi auf ihre leise, schüchterne Art.

Sie sah alle der Reihe nach an und ihre Augen blieben an Lars hängen.

»Wir sollten als Freunde auseinandergehen, auch wenn es viele Missverständnisse zwischen uns gegeben hat«, sagte sie, ohne Lars aus den Augen zu lassen.

Dann wandte sie sich an Garjomus.

»Du hast uns sehr geholfen. Ich habe dir schon gesagt, wie dankbar ich dir bin. Wir werden dich nicht vergessen und auch nicht, was du für uns getan hast. Falls wir uns jemals wiedersehen, werden wir Freunde sein.« Trixis Augen strahlten. Dann wurde sie wieder schüchtern und sprach leise weiter. »Ich hoffe, dass mein Geschenk dich an mich erinnert und du mich nicht vergisst, genauso wenig wie die Freunde hier.«

»Trixi, wie könnte ich dich vergessen«, antwortete Garjomus verträumt. »Natürlich wird dein Geschenk mich immer an dich erinnern. Das ist mehr, als ich dir gegeben habe.«

»Du hast uns das Leben gerettet.«

»Du hast mehr als das getan.« Garjomus lächelte Trixi so zärtlich an, dass Lucy ängstlich zu Lars hinüber sah. Der konnte die Spannung, unter der er stand kaum verbergen, rührte sich aber nicht.

»Aber ich hätte dich auch so nicht vergessen. Du bist der wichtigste Mensch, dem ich bisher begegnet bin. Durch dich habe ich neuen Lebensmut gefunden und du hast mir den Glauben an andere Menschen zurückgegeben.«

Garjomus sah jetzt Lucy und den Rest der Mannschaft an.

»Ja, ich danke auch euch, dass ihr Trixi zu mir gebracht habt. Ich möchte euer Freund sein. Ich hoffe, dass ihr mir genauso verzeiht, dass ich euch angegriffen habe, wie ich euch verzeihe, dass ihr mir mein Leben nehmen wolltet. Wir wollen ab heute keine Irrtümer mehr zwischen uns zulassen.«

Als Nächstes war Lucy an der Reihe. Sie bedankte sich artig bei Garjomus und versprach ihm Freundschaft. Das Gleiche tat Varenia, sogar Gurian brummte ein paar nette Worte. Shyringa bedankte sich auf ihre vollkommen emotionslose aranaische Art, was noch gestelzter klang als alles, was bisher gesagt worden war. Nur Lars brachte keinen Ton über die Lippen.

Lucy war froh, als die Abschiedsprozedur endlich vorüber war. Den anderen ging es nicht anders. Nur Trixi sah man ehrliche Traurigkeit an. Sie nahm Garjomus noch einmal in den Arm und gab ihm einen Kuss auf die Wange. Lars wandte sich betrübt ab. Er hätte nicht eifersüchtig sein brauchen. So wie Garjomus strahlte, konnte man mit Sicherheit davon ausgehen, dass die beiden vorher keine intensiveren Küsse ausgetauscht hatten.

Eine gute Stunde später flogen sie aus dem Hangar. Lucy beschleunigte auf maximale Geschwindigkeit, um so schnell wie möglich weit genug von der Sonne des Systems wegzukommen und springen zu können. Sie wollte nur noch nach Hause, was in diesem Fall zur Station der Rebellen hieß. Dem Rest der Mannschaft ging es genauso. Mit Ausnahme Trixis. Sie blickte mit starrer Miene auf den Schirm, auf dem die ›Garjomus Bartin‹ immer kleiner wurde. Das große Schiff hatte in Richtung des zweiten Planeten des Systems abgedreht.

Gurian stellte sich neben Trixi. Er legte ihr freundschaftlich eine Hand auf die Schulter.

»Wie hast du dem Kerl erklärt, dass du die kleinen Erweiterungen in seiner Werft, die du zusammengebastelt hast, wieder abbauen musstest?« Er schenkte ihr dabei einen Gesichtsausdruck, der wohl ein schelmisches Grinsen sein sollte.

»Ich habe die Anlage nicht wieder abgebaut«, sagte Trixi, ohne die Augen von dem Bildschirm zu nehmen, auf dem sich das fremde Schiff entfernte.

Gurians Lächeln, das in seinem zerstörten Gesicht ohnehin nicht besonders freundlich ausgesehen hatte, erstarb. Alle Mannschaftsmitglieder sahen Trixi stumm an.

»Du hast sie ihm doch wohl nicht überlassen, oder?«, fragte Varenia entsetzt.

»Mit dieser Anlage wäre er theoretisch in der Lage, eine Armee von C-Klasse-Schiffen herzustellen. Auch wenn sie gegen eine richtige Kriegsmarine wie die der Imperianer oder der Aranaer keine Chance hätte, so könnte sie für so kleine Schiffsflotten wie die der Rebellen gefährlich werden.« Gerade Shyringas wie immer kühle, nüchterne Stimme, betonte das Bedrohliche der Aussage.

»Was war das für ein Geschenk, dass du ihm gemacht hast?«, fragte Lucy. Ein gefährlicher Unterton schwang in ihrer Stimme mit. Sie wusste, dass sie die Antwort eigentlich nicht hören wollte.

»Garjomus ist ein Mensch«, erwiderte Trixi trotzig. »Menschen haben das Recht sich fortzupflanzen.«

Herausfordernd sah sie in die Runde. Die anderen starrten zurück. Lars ließ sich in den nächststehenden Sitz fallen. Es war eigentlich Lucys Sitzplatz, der Sitz der Kommandantin. Aber Lucy war zu schockiert, um es überhaupt zu bemerken.

»Bitte Trixi, sag, dass das nicht wahr ist«, stöhnte Varenia.

»Du hast diesen Kasten so erweitert, dass er ein A-Klasse-Schiff ausbrüten kann?« Gurians Knurren klang scharf.

»Garjomus war so allein«, flüsterte Trixi, um dann wieder trotzig weiterzusprechen: »Er ist ein Mensch und hat das Recht sich fortzupflanzen!«

»Trixi, das hättest du mit uns besprechen müssen. Das hättest du nicht allein entscheiden dürfen«, rief Lucy aufgebracht.

»So etwas können auch wir nicht entscheiden«, bemerkte Shyringa sachlich. »Nach den von allen bekannten Spezies anerkannten allgemeinen Gesetzen darf kein künstliches Wesen, schon gar kein Roboter, die Möglichkeit haben, sich fortzupflanzen. Die Erschaffung solcher Wesen würde eine unkontrollierte Evolution auslösen. Die Gefahr besteht, dass damit das Leben der natürlichen Spezies erschwert, wenn nicht sogar gefährdet wird. Es besteht die Gefahr, dass ganze Spezies aussterben.«

»Aber er ist ein Mensch. Das ist etwas ganz anderes«, erwiderte Trixi traurig.

»Trixi begreifst du eigentlich, was du da getan hast?«, fragte Lucy. »Was ist, wenn Garjomus mit einer ganzen Flotte in dem bekannten Teil der Galaxie auftaucht und uns angreift?«

»Das macht er nicht!« Trixi konnte keinem der anderen mehr in die Augen sehen. »Er wollte zurück in den unbekannten Teil. Er will da bleiben. Außerdem ist er mein Freund und eurer auch. Er würde uns nichts tun. Er ist nicht so wie andere Menschen.«

»Wenn er wirklich ein Mensch ist, dann wird er über kurz oder lang auch genauso egoistisch handeln wie alle anderen auch. Ich traue dem Kerl jedenfalls nicht über den Weg. Zum Glück ist dieses Schiff waffentechnisch vollkommen veraltet«, beruhigte Gurian sich selbst und seine Freunde.

»Es ist richtig, dass die ›Garjomus Bartin‹ in ihrem jetzigen Zustand veraltet ist«, schaltete sich Shyringa ein. »Aber das kann natürlich bei den Schiffen, die sie produziert anders sein. Leider reichen meine Daten nicht aus, um genau sagen zu können, ob unser Schiff analysiert worden ist. Wenn es so ist, hat die ›Garjomus Bartin‹ auch die Informationen über die neueste Waffentechnik und kann sie bei der Reproduktion nutzen.«

»Wenn er sie hat, wird er sie nur zu seiner Verteidigung einsetzen«, widersprach Trixi, aber ganz so überzeugt, klang jetzt selbst sie nicht mehr.

»Was machen wir?« Gurian sah grimmig in die Runde.

»Die ›Garjomus Bartin‹ ist gesprungen«, berichtete Varenia nach einem Blick auf die Instrumente vor ihr. »Wohin, kann man natürlich nicht genau nachvollziehen, aber es sieht so aus, als sei sie in Richtung des unbekannten Teils der Galaxie unterwegs.«

»Dann kann man gar nichts mehr machen«, sagte Lucy müde.

Varenia sah ängstlich zu Trixi, die mit hängendem Kopf auf ihrem Sitz saß. Anschließend blickte sie Lucy in die Augen. Lucy sah Gurian in das grimmige Gesicht.

»Von mir erfährt niemand etwas«, knurrte er abweisend.

»Meinst du nicht, dass du es wenigstens Srandro erzählen musst? Er ist schließlich unser Chef«, meinte Varenia.

Lucy schüttelte den Kopf. »Wenn ich es ihm erzähle, muss er es auch dem Rat der Rebellen erzählen. Ich möchte nicht, dass dort über Trixi und ihr Verhältnis zu Robotern verhandelt wird.«

»Garjomus ist kein Roboter mehr«, widersprach Trixi leise, aber keiner hatte Lust, auf sie einzugehen.

»Shyringa, was ist mit dir?«, fragte Lucy.

»Ihr wisst, dass ich mir große Mühe gebe, eure Emotionen zu verstehen. In diesem Fall kann ich sie nicht nachvollziehen. Normalerweise fände ich es richtig, dass die anderen Rebellenfreunde wissen, dass es eine neue Spezies im unbekannten Teil der Galaxis gibt. Aber ich bin eure Freundin. Wenn es für euch so wichtig ist, werde ich den anderen darüber nichts erzählen.«

»Was ist mit dem?« Gurian nickte in Richtung Darim. Er lag noch immer im Koma auf eine Liege gebettet. Sie kannten ihn nicht besonders gut und er gehörte ja normalerweise auch nicht zur Mannschaft der ›Taube‹.

»Ich denke, wir bekommen ihn wieder hin, wenn wir auf der Station sind«, meinte Varenia. »Wenn er aufwacht, wird er sich kaum noch an etwas erinnern, was auf der ›Garjomus Bartin‹ passiert ist. Er wird jede Geschichte glauben, die wir ihm erzählen.«

Lucy blickte zu Lars. Der saß noch immer mit verzweifelter Miene auf dem Sitz, nickte aber.

»Gut, dann werden wir den anderen erzählen, dass wir das Schiff gefunden haben. Die Mannschaft war verwirrt. Wir konnten sie trotzdem überreden, uns zu helfen. Nachdem unser Schiff repariert war, sind sie wieder in den unbekannten Teil der Galaxis verschwunden.«

Die andern nickten. Sie stimmten noch ein paar Einzelheiten ab, damit sie sich nicht verraten würden, falls ihre Freunde nachfragten. Lucy war zufrieden. Sie sah zu Trixi, die traurig auf ihrem Sitz der Maschinistin saß. Varenia ging zu ihr, kniete sich neben sie und legte einen Arm um ihre Schultern.

»Trixi, sei nicht traurig. So schlimm wird es schon nicht sein. Garjomus wollte ja im unbekannten Teil der Galaxie bleiben und wir werden den anderen nichts verraten«, sagte sie.

Selbst Gurian klopfte Trixi mit einer seiner Pranken auf die Schulter.

»Du hast gute Arbeit geleistet, du hast uns gerettet.« Die Laute, die er dabei von sich gab, sollten wohl aufmunternd klingen, was für Außenstehende allerdings kaum zu erkennen war. »Und jetzt hast du sogar eine eigene Spezies geschaffen. Wahnsinn! Vielleicht kommt dabei ja was Besseres raus als dieses ganze Elend, das im bekannten Teil der Galaxie herumkreucht.«

»Wirklich sehr wahrscheinlich bei einem Kriegsschiff«, dachte Lucy. Sie hielt aber den Mund. Stattdessen ging sie zu Lars und legte ihm den Arm um die Schulter.

»Ich möchte, dass ihr beide, Trixi und du, euch zurückzieht. Die Rückreise schaffen wir allein«, sagte sie mitfühlend.

»Aber …«, setzte Lars an.

»Kein aber! Das ist ein Befehl der Kommandantin. Vor uns liegen noch harte Zeiten. Da kann ich wirklich keinen Beziehungsstress an Bord gebrauchen. Also seht zu, dass ihr euch wieder einkriegt!«

Damit schickte Lucy die beiden aus dem Kommandoraum. Sie atmete auf. Die Sache war vorbei, sie wollte damit nichts mehr zu tun haben.

»Wie lange dauert das eigentlich noch, bis die Verbindung zur Station wieder steht«, fragte Lucy ungeduldig Varenia, die jetzt wieder hinter ihrer Kommunikationskonsole saß.

»Das Interkom muss sich erst mit dem neuen Sprunggenerator verbinden. Das ist nicht so einfach. Der Vorgang läuft schon seit dem Abflug von der ›Garjomus‹. Ein paar Minuten wirst du dich noch gedulden müssen.«

Aus den »paar Minuten« wurde dann fast eine Stunde. Als das Interkom wieder lief, stand die Verbindung zur Rebellenstation fast sofort. Lucy wurde mit einem mehr als unruhigen Srandro verbunden. Sie musste sich minutenlang Vorwürfe anhören und zugeben, dass sie die Gefahr bei der ursprünglichen Aktion völlig unterschätzt hatte. Normalerweise wäre Lucy aus der Haut gefahren, wenn er ihr eine solche Predigt gehalten hätte. In diesem Moment freute sie sich einfach darüber, ihn wiederzusehen und seine Sorge um sie zu spüren. Nachdem er sich beruhigt hatte, konnten sich beide endlich eingestehen, wie erleichtert sie waren und dass sie sich auf das bevorstehende Wiedersehen freuten. Es wurden dann nur noch die technischen Daten für den Rücksprung ausgetauscht. Zehn Minuten später sollte es so weit sein, sie wären endlich wieder zu Hause in ihrer Station.

Lucy beschloss für sich, die wahre Geschichte von Garjomus und dem Geisterschiff zu erzählen, wenn sich die Wogen geglättet hatten und der Großteil der Rebellen nicht mehr an Trixi zweifelte. Vielleicht würde dieses Schiff und das, was aus ihm und seinen Nachkommen geworden war, doch noch eine Rolle in den Geschicken der Galaxie spielen.

***

Sie sollte sich irren. Sie würde diese Geschichte in den Wirren, die in den nächsten Jahren sie und den Rest der Rebellen beschäftigte, vollkommen vergessen. An Garjomus und ihr Zusammentreffen mit ihm würde Lucy erst Jahre später denken. Zu einem Zeitpunkt, an dem es fast zu spät war.

*** Ende ***

Die Fracht der Raumpiraten

1

Ein Hagel tödlicher Strahlen schlug in die Wand neben ihm ein. Dort, wo sie auf harte Bestandteile stießen, erhitzten die gewaltigen Energien den winzigen Einschlagpunkt, sodass die Materie in Bruchteilen von Sekunden verdampfte. Als kleine Explosion wurden dadurch die betroffenen Materialien aus der Wand gesprengt. Es knallte. Kalk- und andere Splitter der festen Elemente stoben auseinander. Dort wo die Strahlen auf weiche Teile trafen, spritzte Pflanzensaft ähnliche Flüssigkeit als Sprühregen aus der getroffenen Stelle.

Die Splitter brannten und rissen dort kleine Wunden, wo sie auf die Haut trafen. Die umhersprühende Flüssigkeit klebte und stank. Außerdem breitete sich ein unangenehm verbrannt riechender Geruch von den Punkten aus, an denen die Außenhaut der Wand durch die Strahlen verschmort wurde.

Gurian drängte sich, so eng es ging, hinter einen kleinen Vorsprung, der den einzigen Schutz vor den tödlichen Waffen bildete. Er ärgerte sich, und das war noch untertrieben. Er war richtig wütend. Wie hatten sie nur in diese Lage kommen können? Und wenn sie sich schon in dieser Situation befanden, warum konnten sie dann nicht einfach mit diesem Weltraumungeziefer aufräumen? Aber das würde ihm seine Kommandantin nie erlauben. Die hockte hinter einem wie aus dem Boden gewachsen aussehenden Kasten schräg rechts vor ihm, hinter den sie sich im letzten Moment hatte retten können. Ewig würde dieser Block nicht mehr halten. Die wild einschlagenden Strahlen hatten ihn schon zu einem Viertel abgetragen.

»Gurian, wir müssen die Sache beenden. Die Idioten zerstören noch das ganze Schiff!«, brüllte Lucy, seine Kommandantin.

»Wenn ich darf?«, rief Gurian. Sein brummender Bariton klang bedrohlich. Er zeigte ihr seine Waffe, an deren Seite ein Lämpchen jetzt statt in dem üblichen Grün in einem gefährlich wirkenden Dunkelrot leuchtete.

Lucy verdrehte die Augen und schüttelte den Kopf. Natürlich erlaubte sie ihm das nicht. Der grüne Modus der Waffe betäubte den Gegner, der dunkelrote zerstörte Materie. Einen Menschen umzubringen, lag außerhalb ihrer selbst verordneten Regeln, auch wenn es sich um die mieseste Weltraumratte handelte. Die Raumpiraten, auf deren Schiff sie sich gerade befanden und die genau aus diesem Grund auf sie schossen, fielen mit Sicherheit genau in diese Kategorie.

Es war ohnehin vollkommen idiotisch, sich mit diesem Pack abzugeben. Sie hatten weiß Gott Wichtigeres zu tun, als sich mit Polizeiaufgaben herumzuschlagen. Bei Piraten handelte es sich um einfache Verbrecher. Die gehörten hinter Schloss und Riegel. Sollte sich doch das verdammte Imperium darum kümmern. Das war wirklich nicht ihre Aufgabe. Wie kam Lucy bloß auf so eine Idee, Notruf hin oder her?

Ein Schuss schlug kurz über Lucys Kopf ein, direkt in eine der Außenwände. Der Knall, die Splitter, der eklig klebrige und stinkende Sprühregen, das alles war normal, aber jetzt mischte sich ein merkwürdig zischendes Geräusch in das Chaos. Lucy, die verdammte Terranerin, hatte recht. Sie mussten etwas unternehmen, und zwar schnell. Es war schon in einem gewöhnlichen Schiff nicht gerade ratsam, sich ein Feuergefecht in der Nähe der Außenwände zu liefern, aber in diesem alten Kasten konnte das in Bruchteilen von Sekunden zur Katastrophe führen. Gurian hatte keine Ahnung, wie lange die Selbstheilungskräfte dieses uralten, schlecht gewarteten Raumgefährts ausreichen würden, um solche Verletzungen zu reparieren. Wenn diese Mechanismen versagten, würde der Luftdruck im Innern das gesamte Schiff zerreißen. Sie alle, einschließlich dieses Packs würden im luft- und materiefreien Weltraum landen. Dort standen die Überlebenschancen bei null, wenn nicht sogar geringer, wie sein Navigationslehrer damals auf der Kadettenschule immer mit einem bitteren Grinsen auf den Lippen zu sagen pflegte.

Plötzlich verstärkte sich das Feuer der Piraten. Im nächsten Moment drückte sich ein Körper ganz eng an ihn. Es handelte sich um einen weiblichen Körper. Wie schon häufiger war Luwa so schnell gewesen, dass er ihre Aktion nicht bemerkt hatte. In einem todesmutigen Sprung war sie zu ihm hinter den Vorsprung gehechtet.

Für zwei Personen bot dieser Ort allerdings recht wenig Schutz. Deshalb drückte sie sich so eng an ihn, wie es nur ging, und ihn damit an die Wand. Gurian hasste körperliche Nähe, selbst zu den Menschen, die er nicht vollkommen ablehnte. Das waren nur sehr wenige. Fast alle von ihnen befanden sich auf der ›Taube‹, ihrem Raumschiff, von dem aus sie dieses Piratenschiff geentert hatten.

Luwa gehörte zu dem kleinen Kreis von Personen, die er nicht für einen verdammten Weichling hielt. Sie war nicht besonders groß und machte einen zarten Eindruck. Wenn man sie nicht gerade kämpfen sah, konnte man sie für ein unschuldiges, vielleicht etwas naives Mädchen halten. Tatsächlich war sie auch erst sechzehn Jahre alt.

Gurian hatte sie allerdings in extremen Situationen erlebt. Situationen, in denen es um Leben und Tod eines ihrer Freunde ging. Seitdem wusste er, dass diese junge Frau gnadenlos handelte, wenn es um Feinde ging, die ihr nahestehende Menschen bedrohten. Er hatte Dinge gesehen, die er niemandem erzählen würde. Er wusste, dass Luwa ansonsten nicht mehr bei ihnen bleiben dürfte. Das hatten er und sie gemeinsam. Sie verstießen immer wieder gegen Regeln, die man nicht verletzen durfte, wenn man zum Bund gehören wollte. Eine weitere Gemeinsamkeit der beiden bestand darin, dass sie keine andere Heimat als den Bund kannten.

»Was ist? Hat unsere große Meisterin endlich den Angriff freigegeben?«, fragte Luwa. Ihr Atem kitzelte unangenehm an seinem Ohr, ihre Lippen berührten es fast.

»Hm, du kennst sie doch«, knurrte Gurian.

Er mochte nicht, wenn jemand so über Lucy sprach. Dabei hätte er wissen müssen, dass Luwa nur mit ihm so über ihre Kommandantin redete. Es war der Versuch einer Verbrüderung, auch wenn sie nicht bei ihm verfing.

Wenn er ehrlich war, gab es nur einen Menschen, den er wirklich mochte und das war die Kommandantin. Er wusste nicht einmal warum. Sie war eine verdammte Primitive und dann noch von Terra, dem letzten Hinterwaldplaneten des Imperiums.

Den Rest der Besatzung seines Schiffs akzeptierte er nur. Damit gestand er ihnen mehr zu, als fast allen anderen Menschen, die er kannte.

Luwa machte eine ungeduldige Bewegung in Richtung ihrer Kommandantin. Gerade schlug ein weiterer Strahl ein und durchbrach die Außenwand. Pfeifend entwich die Luft. Aber sie hatten noch einmal Glück, das Loch schloss sich wieder. Sehr viel mehr sollten sie das Schicksal nicht herausfordern. Das sah Gurian wie Luwa. Endlich nickte Lucy.

Luwa wartete keine Sekunde. Mit einem wilden Hechtsprung sprang sie über die vom Gegner gerade abgeschossenen Strahlen hinweg. Sie rollte sich blitzschnell ab. Während des Sprungs hatte sie mehr als ein halbes Dutzend Schüsse auf ihre Gegner abgefeuert. Während des Rollens folgten etwa noch einmal so viele. Gurian sah das kleine Lämpchen dunkelgrün leuchten.

Dabei handelte es sich zwar auch nur um einen Betäubungsmodus, aber nicht gerade um einen sanften. So ein Schuss konnte einen Elefanten in den Schlaf versetzen. Für Menschen war ein Volltreffer alles andere als angenehm. Vollständig gesund sollte der Getroffene auch lieber sein, sonst konnten Langzeitfolgen nicht ausgeschlossen werden. Lucy würde stinksauer sein.

Gut, er würde Luwa Gesellschaft bei der Standpauke leisten. Nach Luwas Sprung hatte Gurian seine Waffe ebenfalls blitzschnell in den härteren Betäubungsmodus umgeschaltet. Er sah zwar nicht annähernd so elegant wie Luwa aus, als er den Bruchteil einer Sekunde später in den Kampf sprang, aber das war ihm egal. Er rollte sich unter den abgeschossenen Strahlen der Gegner durch. Dabei feuerte er aus seinem Handstrahler ab, was der hergab.

In der Zwischenzeit kam auch Lucy aus ihrem Versteck heraus und schoss. Ein einziger Pirat befand sich nach dieser Aktion noch auf den Beinen. Er schmiss seine Waffe im hohen Bogen weg und hielt die Hände hoch. Im nächsten Moment wurde er getroffen und schleuderte zur Seite, wo er am Boden liegen blieb.

»Musste das sein, verdammt?!«, fauchte Lucy. »Der Kerl hatte sich ergeben.«

Ihre Augen funkelten Luwa böse an.

»Auf diese Raumratte kommt es doch nun wirklich nicht an«, brummte Gurian. Lucy drehte sich um. Ihre Augen schienen gefährliche Funken zu sprühen.

»Und wenn das dreimal ein Verbrecher ist, der hinter Gittern gehört, wir sind Mitglieder des Bundes und der bringt keine Menschen um!« Die Kommandantin hatte mit Nachdruck gesprochen und jedes einzelne Wort mit unterdrückter Wut betont.

Jeder, der sie kannte, wusste, dass es besser war, ihr in diesem Moment nicht zu widersprechen.

»Ich finde, Gurian hat recht«, erwiderte Luwa dennoch trotzig.

Lucy wandte erneut den Kopf und starrte Luwa so lange in die Augen, bis diese den Blick senkte. Aus der eben noch gefährlichen, angriffslustigen Kämpferin wurde wieder ein schüchternes Mädchen.

»Entschuldige bitte«, sagte sie leise. »Du weißt, dass ich zu den Zielen des Bundes stehe.«

»Schon gut«, erwiderte Lucy barsch.

Unter dem ›Bund‹ verstanden sie den ›Bund der Drei‹. Oft wurden sie aber einfach nur die ›Rebellen‹ genannt. Es war eine geheime und illegale Vereinigung von Jugendlichen. Die meisten Mitglieder stammten aus dem Imperium, das gut die Hälfte aller für Menschen bewohnbaren Planeten im bekannten Teil der Galaxie umschloss.

Für die meisten Außenstehenden war es schon unfassbar, dass auch Jugendliche aus dem aranaischen Reich zu seinen Mitgliedern zählten. Beide Spezies trachteten schließlich danach, sich gegenseitig, in dem größten und grausamsten Krieg, den die Galaxie bisher gesehen hatte, auszurotten.

Für vollkommen undenkbar hielten aber viele Bewohner des Imperiums, dass sich auch ein paar junge Loratener in ihren Reihen befanden. Immerhin galt diese exotische Spezies als ausgestorben.

»Vor allem kann uns jetzt niemand von diesem Abschaum mehr sagen, wer diesen Notruf abgesetzt hat und warum«, schimpfte Lucy weiter. Dabei sah sie abwechselnd Gurian und Luwa vorwurfsvoll an.

»Piraten setzen keine Notrufe ab«, bemerkte Gurian knurrend.

Hin und wieder brauchte seine Kommandantin ein wenig Nachhilfe, schließlich war Terra die jüngste Kolonie des Imperiums. Ihre Bewohner wussten viele der Dinge noch nicht, die der Rest der Bevölkerung als selbstverständlich voraussetzten. Es gab überhaupt nur vier Terraner, die jemals auf einem Raumschiff geflogen waren. Drei davon gehörten zum Bund, von denen zwei auf der ›Taube‹ flogen. Dass ausgerechnet eine Terranerin dieses Schiff kommandierte, war das Ergebnis einer langen und komplizierten Geschichte, bei der Gurian nur eine Nebenrolle gespielt hatte.

2

»Wie habt ihr in so ein paar Minuten nur so eine Verwüstung anrichten können?«, rief eine Stimme hinter Gurian aus.

Er brauchte sich nicht umzudrehen. Er wusste, dass Varenia den Raum betreten hatte. Und richtig, sie hetzte schon, einen kleinen Notfallkoffer in der Hand, an ihm vorbei. Sie warf ihm und Luwa vorwurfsvolle Blicke zu.

»Das waren nur Piraten. Die hättet ihr nicht so in Grund und Boden schießen müssen. Das sind doch für euch keine Gegner!«, tadelte sie. Dabei sah sie allerdings nicht einmal halb so wütend wie Lucy aus.

Das lag aber nicht unbedingt daran, dass sie die Handlungsweise der beiden weniger schlimm fand. Sie konnte einfach nicht anders, wie Gurian aus der Erfahrung der letzten Monate wusste. Das Besondere an Varenia war nicht ihre außergewöhnliche Schönheit. Als hübsch konnte man im Imperium mit Ausnahme der armen Primitiven aus den Kolonien alle Menschen bezeichnen. Schließlich waren sie alle über genetisch optimiertes Genmaterial künstlich gezeugt und von Geburtsrobotern ausgetragen worden. Körperlich konnte ein Wesen mit menschlichen Genen einfach nicht optimaler sein als der durchschnittliche Bewohner des Imperiums.

Die Psyche hatte man aber viel weniger im Griff. Leider gab es trotz dieser physischen Optimierungen immer wieder Leute, die schreckliche Verbrechen begingen. Auch im Umgang miteinander unterschieden sich die einzelnen Personen teilweise ganz erheblich. Gegensätzlicher als Gurian und Varenia konnten zwei Menschen in dieser Hinsicht kaum sein. Varenia war der Sonnenschein des Schiffes, die Nette. Aus diesem Grund hielten viele Leute sie auch für die Hübscheste an Bord. Ihre liebevollen und strahlenden Augen bewirkten diesen Eindruck.

Und Gurian? Er stellte das genaue Gegenteil von ihr dar und er war stolz darauf.

Wie Gurian erwartet hatte, interessierte sie die Reaktion der Schützen nicht. Sie legte auch keinen Wert darauf, die beiden weiter zu tadeln. Sie kümmerte sich sofort und konzentriert um die durch die Betäubungsstrahlen verletzte Piratenmannschaft, die aus acht Männern und sechs Frauen bestand, die allesamt in unterschiedlichen Haltungen auf dem Boden lagen.

»Diese Leute sind gesundheitlich sehr angeschlagen. Hoffentlich stirbt uns niemand an der Dosis, die ihr ihnen verabreicht habt«, redete Varenia weiter, ohne ihren Blick von ihren Patienten abzuwenden.

»Die sind vor allem krank im Kopf«, knurrte Gurian. Er hasste alle Arten von Schwächlingen.

»Drogensucht ist eine ernst zu nehmende Krankheit und kein Grund so abfällig über diese Leute zu reden«, belehrte Varenia ihn.

Alle an Bord wussten, dass es bei dem Hauptgrund, warum sich ein Pirat für solch ein Leben entschieden hatte, um irgendeine Drogensucht handelte. Auf den Hauptplaneten des Imperiums gab es keine Drogen, sie wurden auch von der ganz großen Mehrheit ihrer Bewohner abgelehnt. Rauschmittel existierten nur noch in den Kolonien, also auf den Planeten, die erst wenige Jahre oder Jahrzehnte zum Imperium gehörten. Die meisten Piraten hatten eine Zeit lang auf so einem Planeten gelebt, waren mit den dort erhältlichen Drogen in Berührung gekommen und ihnen verfallen.

Um ihrer Sucht weiter nachgehen zu können, brauchten sie Tauschwerte. Vollwertige Einwohner des Imperiums konnten zwar eine Wirtschaft, die sich auf dem Tausch von Waren gründete, nicht nachvollziehen, aber sie wussten, dass es in den jüngeren Kolonien so etwas noch immer gab.

Auch Gurian, der von Thoris stammte, einem der wichtigsten Planeten des Imperiums mit einer seiner ältesten Kulturen, ging es nicht anders. Er konnte nicht begreifen, dass Menschen für ein wenig Metall oder gar nur für bedrucktes Papier zu den übelsten Handlungen fähig waren. So etwas konnte man sich nur erklären, wenn man wusste, dass man dadurch seine illegale Sucht befriedigen konnte.

»Gurian, komm mit! Wir durchsuchen das Schiff«, bestimmte Lucy.

»Was ist mit mir? Soll ich auch mitkommen?«, fragte Luwa.

»Du bleibst mit Lars hier und passt auf, dass keiner von der Bande Unsinn macht, wenn Varenia sie wieder zum Leben erweckt hat«, teilte Lucy die Aufgaben auf.

Lars war der zweite Terraner an Bord. Er kam gerade mit seiner Freundin Trixi von der ›Taube‹ zu ihnen auf das Piratenschiff. Auf ihrem Schiff, der ›Taube‹, blieb nur noch Shyringa, die einzige Aranaerin an Bord, zurück.

Eigentlich hätte man annehmen sollen, dass die beiden Terraner miteinander befreundet waren. Die beiden stammten schließlich vom gleichen Planeten, gehörten der selben Unterspezies an und lebten normalerweise noch in primitiven heterosexuellen Zweierbeziehungen. Was sollten sie auch machen? Wie Tiere waren sie noch auf die Fortpflanzung über den eigenen Körper angewiesen.

Der Planet war noch so rückständig und neu im Imperium, dass die Einwohner ihn noch nicht einmal bei seinem interstellaren Namen nannten. Sie bezeichneten ihn schlicht als Erde. Jeder im Imperium nannte seinen eigenen Heimatplaneten ›meine Erde‹, trotzdem kannte man selbstverständlich den interstellaren Namen und nutzte ihn in Gesprächen mit anderen.

»Soll ich das Schiff heilen, äh, ich meine natürlich reparieren?«, fragte Trixi leise.

Sie war die Chefmechanikerin der ›Taube‹. Trixi war ein ganz besonderes Mädchen. Genetisch gesehen gehörte sie eindeutig der Spezies der Imperianer an, stammte also vom zentralen Planeten des Imperiums. Allerdings hatte man nicht ihre Gene optimiert. Im Gegenteil, die Biotechniker hatten versucht, menschliches Erbgut so abzuwandeln, dass ein außergewöhnlich komplizierter Roboter entstand. Dabei kam das heraus, was man heute ›Robotermädchen‹ nannte.

Der Bevölkerung hatte man Trixi und ihre Leidensgefährtinnen als besonders weit entwickelte Maschinen präsentiert. Sie hatten unter unglaublichsten Bedingungen leben und arbeiten müssen. Man hatte sie grausamer behandelt als Sklaven in den primitivsten Kulturen. Da musste erst so ein verdammter Terraner wie Lars kommen, um zu erkennen, dass es sich bei diesen Robotermädchen um vollwertige Menschen handelte.

Dass der Kerl die Sache durchgezogen hatte und Trixi zusammen mit ihren Lebensgefährtinnen befreit hatte, verschaffte ihm bei Gurian einen gewaltigen Bonus. Momentan machte er allerdings eher den Eindruck eines typischen Weichlings, so wie er jetzt hinter seiner Freundin herschwänzelte.

Gurian hatte seine eigene Geschichte, was Robotermädchen betraf. Jedes Mal, wenn sie wieder hochkam, kostete es ihn seine gesamte Kraft, sie in das dunkle Reich der Verdrängung zurückzuschieben. Auf jeden Fall mochte er Trixi schon allein deshalb, weil sie zu diesen Mädchen gehörte, auch wenn er sich hütete, es ihr zu zeigen.

Die Sympathie konnte nicht einmal durch ihre naive Sichtweise gegenüber Raumschiffen überschattet werden, auch wenn natürlich Probleme dadurch entstanden, dass Trixi Schiffe wie Menschen oder wenigstens Tiere behandelte. Raumfahrzeuge waren Roboter, wie alle Maschinen im vollwertigen Teil des Imperiums. Sie funktionierten auf biologischer Basis. Trixi ließ sich nicht davon abbringen zu behaupten, dass sie lebten. In gewisser Weise hatte sie damit sogar recht. In ihnen liefen die gleichen Prozesse ab wie in Lebewesen. Allerdings konnten sie sich nicht selbstständig ernähren und schon gar nicht fortpflanzen.

Raumschiffe gehörten zu einer ganz speziellen Art von Robotern. Bei ihrer Entwicklung war man über alle Vorbilder aus der Natur hinaus gegangen. Man hatte die auf Planeten übliche Biologie, die in allen Fällen aus den gleichen chemischen Elementen aufgebaut war, um zusätzliche Stoffe erweitert. So hatte man DNA geschaffen, die biologische Systeme auch unter den Bedingungen des Weltalls funktionieren ließ.

Das Robotermädchen Trixi behandelte diese Raumschiffe wie Tiere und hatte erstaunlichen Erfolg damit. Dabei ignorierte sie ihre Mitstreiter auf der ›Taube‹, wenn diese sie mit strafenden Blicken bedachten, weil sie sich wieder einmal versprach und ihre Reparatur ›Heilen‹ nannte.

So knurrte Gurian auch gutmütig: »Du kannst es ja versuchen, aber dieser alte Kasten taugt nur zum Verschrotten, wenn du mich fragst.«

Trixi warf ihm einen bösen Blick zu. Sie ließ auf ›ihre‹ Schiffe nichts kommen, selbst wenn es sich um so ein heruntergekommenes Piratenschiff handelte.

»Kommst du jetzt mit, oder soll ich lieber alleine gehen?«, fragte Lucy leicht verärgert.

»Ja, ja, ich komme ja schon.« Gurian trottete missmutig hinter ihr her. »Wahrscheinlich haben die wieder irgendein seltenes Metall geladen, das kein Mensch braucht.«

»Außer ein paar Primitiven, meinst du«, erwiderte Lucy spitz. Gurian zuckte betont locker mit den Schultern. Dass Lucy immer so empfindlich reagieren musste. Er machte ihr doch wegen ihrer Herkunft keine Vorwürfe.

»Darf ich dich daran erinnern, dass wir hier sind, weil wir einen Hilferuf empfangen haben?« Lucy machte einen angespannten Eindruck.

»Ich glaube nach wie vor, dass das eine Panne war. Wahrscheinlich war einer dieser Piraten betrunken oder sonst wie berauscht und hat auf einen falschen Knopf gedrückt. Die werden sich ganz schön ärgern! Übrigens, was machen wir eigentlich mit den Kerlen, wenn wir hier fertig sind?«

»Wir übergeben sie der imperianischen Raumkontrolle. Was sollten wir sonst mit ihnen machen?«

»Die werden sich freuen. Dann haben sie uns auch gleich geschnappt.«

»Mit ›übergeben‹ habe ich nicht gemeint, dass wir uns dabei erwischen lassen«, fauchte Lucy.

»Ist ja schon gut. Ich sag ja schon nichts mehr«, brummte Gurian. Er wusste, dass Lucy seinen Tonfall als Versöhnungsangebot erkennen würde, da sie die Einzige im ganzen Universum war, die die unterschiedlichen Formen von Brummen und Knurren, mit denen er kommunizierte, unterscheiden konnte.

Sie öffneten die Tür zum Gang, der in den Frachtraum führte. Nach zwei Schritten ahnte er es. Er hätte nicht sagen können, worum es sich handelte. Er hatte nichts bewusst gehört oder gesehen. Dennoch spürte er mit Sicherheit in seiner Nähe Leben, menschliches Leben. Menschen bedeuteten potenzielle Gefahr. Vielleicht befanden sich doch noch mehr Piraten an Bord, versteckt im Frachtraum.

Gurian wollte Lucy warnen, die machte ihm aber nur ein Zeichen, leise zu sein. Natürlich hatte seine Kommandantin das Gleiche gespürt. Auch sie hatte in den letzten Monaten, in denen sie viele riskante Abenteuer erlebt hatten, ein fast übersinnliches Gespür für Gefahr entwickelt. Die beiden gingen langsam, jedes Geräusch vermeidend, bis zur Tür des Frachtraumes vor.

3

Mit schussbereiten Waffen standen sie vor dem Eingang zum Frachtraum. Jeder von ihnen hatte sich an einer Seite aufgestellt. Lucy gab Gurian ein Zeichen. Er hob seinen Handstrahler und zielte auf die geschlossene Tür. Jede Faser seines Körpers war angespannt. Er war bereit, beim leisesten Anzeichen eines Angriffs zurückzuschießen.

Die Anzeige an seiner Waffe leuchtete diesmal hellgrün und befand sich somit im einfachen Betäubungsmodus. Lucy betätigte den Öffnungsmechanismus, aber die Tür rührte sich nicht. Die Kommandantin gab ihm ein lautloses Zeichen.

Mit flinken Fingern kramte sie in den Taschen ihres grauen, schmucklosen Anzugs, der wie die aller Rebellen aussah und eine Unzahl von Taschen besaß. Sie holte ein kleines Gerät hervor, das zu den absoluten Meisterwerken der Technik zählte. Mit seiner Hilfe konnte man nicht nur verschlossene Zugänge öffnen, es spielte dem gesamten Schiff sogar vor, dass sich an ihrem Zustand nichts geändert hätte.

Lucy hantierte mit dem Apparat an der Tür. Dazu hatte sie ihre Waffe weggesteckt, um beide Hände freizuhaben. Jetzt wünschte Gurian sich doch, Luwa oder wenigstens Lars wären hier. Wenn hinter dem Eingang weitere Piraten lauerten, die nur darauf warteten, sie zu überrumpeln, musste man davon ausgehen, dass er alleine, ohne eine schussbereite Lucy, Schwierigkeiten bekäme, mit der Bande fertig zu werden. Schlimmstenfalls würden sie ihn erschießen.

Nicht dass Gurian ein Problem damit hatte, zu sterben. Er hatte mit dem Leben abgeschlossen. Für ihn gab es nichts, wofür es sich lohnen würde zu leben, außer vielleicht, seinen Hass zu befriedigen. Er hasste das Imperium mit all seinen Einwohnern so sehr, wie man etwas überhaupt nur hassen konnte.

Die Rebellen, allen voran Lucy, hatten edle Ziele. Natürlich gingen alle davon aus, dass er diese genauso verfolgte. Es war auch nicht so, dass er diese Ziele ablehnte. Nein, auch ihm gefielen sie. Aber er glaubte nicht daran, dass sie erreicht werden könnten. Er hielt alles Gute für eine Illusion, die sich irgendwann als das Gegenteil von dem entpuppen würde, das alle gewollt hatten.

Es gab nur zwei Gründe, warum er in diesem Moment an dieser Stelle stand und dafür sorgte, dass sie nicht erschossen wurden. Der eine war Lucy und der Rest der Mannschaft. Er hatte versprochen auf die Freunde aufzupassen und das nahm er ernst. Außerdem mochte er die Bande irgendwie, auch wenn er es sich ungern eingestand. Der zweite Grund bestand darin, dass er zwar sterben wollte, aber für irgendeinen großen, guten Zweck und nicht durch die Hand von diesen verdammten Schwächlingen von Piraten.

Also konzentrierte er sich. Lucy steckte das kleine Gerät weg, holte ihre Waffe aus der Tasche und nickte ihm ein weiteres Mal zu. Sie betätigte den Mechanismus der Tür. Sobald das sich öffnende Oval so groß war, dass sie hindurchpassten, hechteten die beiden mit schussbereiten Strahlenwaffen los, rollten sich ab und zielten. Die Gegner drückten sich in der hintersten Ecke des Frachtraums an die Wand und sahen sie mit weit aufgerissenen, ängstlichen Augen an. Es mussten sechzig oder siebzig Augenpaare sein.

Lucy senkte als Erste ihre Waffe. Gurian folgte ihrem Beispiel. Dort standen keine Piraten. Bei diesen Personen handelte es sich um die ›Ware‹. Es waren ausschließlich Mädchen. Auf den ersten Blick hätte man sie für junge Frauen aus den neuen Kolonien halten können. Vom äußeren Erscheinungsbild schienen sie bunt durchmischt und die meisten entsprachen nicht unbedingt dem Schönheitsideal des Imperiums. Es waren also nicht die üblichen genetisch optimierten Einwohner Imperias.

Für Gurian und Lucy dauerte dieser erste Eindruck allerdings nur Bruchteile von Sekunden. Der Blick auf einzelne Mädchen, die zu einem Haufen ängstlich zusammengerückt vor ihnen standen, machte ihnen deutlich, wen sie in diesem Frachtraum vor sich hatten: Es waren Robotermädchen.

»Was macht ihr hier?«, fragte Gurian.

Seine Stimme klang barsch. In dem Raum wusste nur Lucy, dass er sich Mühe gegeben hatte, nicht zu knurren. Der Effekt war entsprechend. Die Mädchen zuckten zusammen und sahen noch ängstlicher aus. Lucy stieß ihm schmerzhaft ihren Ellenbogen in die Seite. Von jemand anderem hätte Gurian sich das nicht gefallen lassen, selbst wenn es sich bei demjenigen um seinen Kommandanten gehandelt hätte. Aber Lucy war eben Lucy, und er sah sogar ein, dass sie recht hatte.

»Ihr braucht keine Angst zu haben. Wir sind hier, um euch zu helfen«, sagte sie und ihre Stimme klang das erste Mal an diesem Tag sanft.

Ein Mädchen trat vor. Sie starrte die Kommandantin ungläubig an.

»Du bist doch Lucy«, stellte sie mit ehrfurchtsvoller Stimme fest.

Etwa drei Viertel der Mädchen nickten. Das verschlug Gurian für einen Moment die Sprache, bis ihm einfiel, dass Lucy bei der Befreiung der Robotermädchen aus ihren menschenunwürdigen Verliesen beteiligt gewesen war. Das hatte sicher keine von ihnen vergessen, auch wenn ein Teil der Anwesenden stumm und ohne jede Regung in den Raum starrte.

»Ja, das bin ich«, antwortete Lucy. »Wir sind hier, um euch zu helfen.«

»Ist Lars auch hier und die anderen?«, fragte das Mädchen, das vorgetreten war.

Lars, der Terraner, wie Gurian in Gedanken gerne nannte, hatte die zentrale Rolle bei der Errettung der jungen Frauen gespielt. Er galt bei ihnen als der Menschenjunge, der durch den Kuss eines Robotermädchens ihren wahren Kern gespürt und daraufhin die Befreiung initiiert hatte. Es wunderte Gurian nicht, dass er für diese Mädchen zur Legende geworden war.

Lucy nickte. »Der ist im Kommandoraum und passt auf die Piraten auf. Wie seid ihr hierhergekommen? Was macht ihr hier?«

»Sie haben uns gefangen. Sie haben gesagt, wir sind Roboter und sollen wieder wie solche leben«, sagte das Mädchen so leise, das es kaum zu verstehen war.

»Wer? Die Piraten?«, knurrte Gurian wütend dazwischen. Er konnte sich nicht mehr zurückhalten. Heißer Hass brannte in seiner Brust.

Die junge Frau sah ihn ängstlich an und schüttelte den Kopf.

»Wer dann?« Gurian klang böse. Er ignorierte Lucys Ellenbogen, den sie ihm ein zweites Mal mit Kraft in die Rippen gestoßen hatte.

»Ich weiß es nicht«, flüsterte das Mädchen und starrte dabei entsetzt in Gurians Gesicht. »Sie haben uns gefangen und zu diesem Frachter gebracht. Die anderen, die auf dem Schiff, haben uns hier eingesperrt. Mehr wissen wir alle nicht.«

»Ihr braucht euch nicht zu fürchten. Gurian ist ein Freund«, sagte Lucy sanft. »Auch wenn er manchmal merkwürdig redet und Angst einflößend aussieht, er würde euch nie etwas tun.«

Lucy warf Gurian einen wütenden Blick zu.

»Halte jetzt den Mund!«, bedeutete er.

Gurian wusste, dass Lucy recht hatte. Seine Stimme, die selbst auf ihn ein wenig eingerostet wirkte, weil er sie nur für das absolute Minimum an notwendiger Verständigung benutzte, erschreckte die Mädchen genauso wie sein Äußeres. Eine wulstige Narbe zog sich von einem Ohr bis zum Mundwinkel, eine Verletzung, die er sich in einem Kampf zugezogen hatte.

Für einen Einwohner des Imperiums war so ein Überbleibsel einer Wunde vollkommen ungewöhnlich. Mit der hoch entwickelten medizinischen Technik konnte man so etwas in wenigen Minuten heilen. Auch die Rebellen besaßen die notwendige Ausrüstung dazu.

Gurian trug diese Narbe nicht aus medizinischen Gründen, sondern weil er es so wollte. Lucy war der einzige Mensch, der wusste, dass der Grund hierfür ein Robotermädchen war, das Gurian getroffen hatte, lange vor der Befreiung dieser armen Geschöpfe und zu einer Zeit, als es den Begriff ›Robotermädchen‹ im Imperium noch nicht gab. Mit Gewalt musste er die Gefühle unterdrücken, die ihn zu überfluten drohten.

»Man wollte euch wieder zu Robotern versklaven?«, fragte Lucy unterdessen ungläubig.

»Ich glaube, ja«, antwortete das Mädchen. Seine Augen schimmerten feucht.

Die Robotermädchen waren unter ganz außergewöhnlich harten und brutalen Bedingungen aufgewachsen. Eine Auswirkung der zweifelhaften Erziehung, die man ihnen hatte zukommen lassen, bestand darin, dass sie grundsätzlich nicht mehr weinten. Wenn einem dieser Mädchen also die Tränen in den Augen standen, musste es besonders schlimm sein. Gurian wusste das genauso wie der gesamte Rest der Besatzung der ›Taube‹. Schließlich war Trixi eine von ihnen.

»Ich werde den Kerlen jede einzelne Gräte im Leib brechen«, knurrte er.

»Gurian, bitte! Du machst die Sache nicht besser!«, presste Lucy mit unterdrücktem Zorn heraus.

Gurian hielt den Mund, obwohl er sehr wohl der Meinung war, dass es ihm besser gehen würde, wenn er seine Wut an einem der Schuldigen auslassen könnte.

»Wie lange seid ihr schon hier drinnen? Habt ihr überhaupt etwas zu trinken und zu essen bekommen?«, fragte Lucy fürsorglich. Das Mädchen schüttelte traurig den Kopf.

»Wir sind hier schon mehr als einen ganzen Tag ohne Essen und Trinken eingesperrt.«

Lucy warf Gurian einen warnenden Blick zu. Sie wusste, dass ihr Kampfgefährte vor Zorn kochte.

»Wir gehen jetzt in die Kommandozentrale. Menschen gehören in keinen Frachtraum. Wie werden uns darum kümmern, dass ihr versorgt werdet«, beschloss Lucy. »Ich gehe vor. Gurian, du passt auf, dass kein Mädchen verloren geht!«

Dabei sah sie Gurian noch einmal streng an. Der fügte sich erst einmal der Anweisung. Allerdings würde in den nächsten Stunden mindestens einer von diesem Abschaum der Galaxie, für das, was sie den Mädchen angetan hatten, büßen müssen. Davon würde auch Lucy ihn nicht abhalten können.

Die Befriedigung seiner Rachsucht musste dann doch noch ein wenig warten. Innerhalb der nächsten Stunde entstand ein heilloses Durcheinander. Wie sie sich hätten denken können, stellte sich der Kommandoraum als viel zu klein heraus, um alle Mädchen aufzunehmen. Also wurden sie auf die Aufenthalts- und Mannschaftsräume verteilt.

Nur Lars wurde mit der Bewachung der mit Hand- und Fußfesseln versehenen Piraten beauftragt. Alle anderen, auch Gurian, bekamen die Aufgabe, die Mädchen zu versorgen. Das stellte sich als nicht ganz einfach heraus, weil es sich bei dem Schiff tatsächlich um einen fliegenden Schrotthaufen handelte. Die Versorgungsroboter an Bord, die einmal für die Ernährung einer hundertköpfigen Mannschaft ausgelegt worden waren, funktionierten nur noch in einem sehr beschränkten Maße.

»Verdammtes Mistding!«, fluchte Gurian und trat gegen einen fest am Boden installierten Roboter.

»Nein, lass das!«, schrie Trixi mit sich überschlagender Stimme.

Verdammt, warum lief die hier herum und saß nicht an ihrem Arbeitsplatz auf der Brücke, wie der Kommandoraum auch genannt wurde.

»Entschuldige, ich wollte dir nicht wehtun«, stammelte Gurian nervös. Er wusste, dass Trixi einen Angriff auf einen Roboter fast wie einen Angriff auf sich selbst empfand und wenn er jemandem an Bord nichts antun wollte, dann diesem Mädchen.

»Du hast nicht mir wehgetan, du hast den Roboter beschädigt«, schimpfte Trixi noch immer mit einer zu hohen Stimme, die nach einem Quieken klang. »Und behandele mich nicht immer, als sei ich zurückgeblieben!«

»Aber ich halte dich doch gar nicht für zurückgeblieben«, verteidigte sich Gurian schwach. Er hatte ganz vergessen dabei zu knurren, so sehr erschrak ihn Trixis Reaktion. Sie hatte in der Tat in den letzten Monaten reichlich an Selbstbewusstsein dazugewonnen.

»Dann behandle mich auch nicht so. Und zerstöre die Roboter nicht. Die versorgen dich schließlich«, belehrte Trixi ihn ärgerlich.

»Das Ding versorgt niemanden mehr«, knurrte Gurian. Er hatte seine Fassung wiedergefunden.

»Dann kannst du mir solche Probleme melden und ich repariere ihn«, antwortete Trixi selbstbewusst, fügte dann aber wieder in ihrem üblich schüchtern, leisen Ton hinzu: »Zumindest versuche ich es.«

»Sag mir Bescheid, wenn das Ding wieder läuft!« Gurian machte sich schnell auf den Weg, einen anderen Automaten zu suchen, bevor er sich weitere Belehrungen anhören musste.

Nachdem die Mädchen versorgt waren, gingen Lucy und Gurian mit drei ausgewählten jungen Frauen in den Kommandoraum. Dort trafen sie den Rest der Mannschaft der ›Taube‹. Die Piraten waren ebenfalls in den Raum gebracht worden. An Händen und Füßen gefesselt, saßen sie in einer Ecke.

Mittlerweile wussten sie auch, wie das Mädchen hieß, mit dem sie im Frachtraum gesprochen hatten. Sie nannte sich Helena. Auch so ein merkwürdiger, schlecht merkbarer, terranischer Name, wie Gurian fand.

Den Robotermädchen hatte man bis zu ihrer Befreiung keine Namen gegeben, sondern sie nur mit Buchstaben- und Ziffernfolgen durchnummeriert, wie man es üblicherweise mit Robotern machte. Die ersten befreiten Mädchen erhielten Vornamen von Lars und Lucy. Dabei handelte es sich um terranische. Die Primitiven aus den Kolonien kannten schließlich kaum Namen, wie man sie üblicherweise auf den Hauptplaneten des Imperiums verwendete. Danach bekamen dann alle befreiten Robotermädchen terranische Vornamen.

Dafür gab es zwei Erklärungen, von denen niemand wusste, welche tatsächlich zutraf: Die eine besagte, dass alle Mädchen exotisch klingende terranische Namen tragen wollten, weil sie ähnlich wie die Ersten von ihnen genannt werden wollten.

Als zweite Erklärung wurde gemutmaßt, dass die jungen Frauen sich bewusst terranische Vornamen ausgesucht hatten, um damit das ganze Imperium an seine Schande zu erinnern. Es hatte schließlich ein paar Jugendliche von der Kolonie ›Terra‹ gebraucht, um diese unglaubliche Geschichte aufzudecken. Welche der Erklärungen auch zutraf, sie wollten offensichtlich nicht wie übliche Einwohner Imperias heißen.

Die exotischen Namen bewirkten, dass Gurian die der anderen beiden Mädchen sofort wieder vergaß. Er fand das allerdings nicht besonders schlimm. Die zwei sagten ohnehin kaum ein Wort. Lucy hatte sie sicher nur mitgenommen, damit Helena nicht alleine unter der Mannschaft der ›Taube‹ und in der Nähe der gefangenen Piraten fühlte.

»Wer ist der Kommandant dieses Schiffs?«, fragte Lucy barsch.

Der brauchte sich nicht zu melden, die Augen seiner Mannschaftsmitglieder wanderten automatisch zu ihm.

»Wer will das wissen?«, fragte er zurück. Es sollte scheinbar selbstbewusst klingen, der Schweiß auf seiner Stirn strafte ihn aber Lügen.

»Lucy, die Kommandantin der ›Taube‹!«, erwiderte Lucy fest. »Ihr seid ohne Kennung geflogen. Das ist verboten.«

»Das muss gerade eine Rebellin sagen. Dass ich nicht lache«, gab der Piratenkapitän arrogant zurück.

Gurian wollte schon vortreten. Er fand es an der Zeit, diesem Mistkerl ein paar Manieren beizubringen. Lucy bremste ihn aber mit einer Bewegung ihres Arms.

»Wir fliegen mit einer Kennung, der des ›Bundes der Drei‹. Wenn das Imperium sie nicht anerkennt, ist das nicht mein Problem! Ihr dagegen seid Piraten, Menschenhändler noch dazu.«

»Was soll das heißen? Wir haben nur eine Ladung Roboter für einen Kunden transportiert. Das ist alles«, rief der Piratenkommandant aufgeregt.

Lucy zog Helena nach vorne. »Sieht dieses Mädchen wie ein Roboter aus?«

»Der Kunde hat einen Robotertransport beauftragt. Bei so was fragt man nicht lange nach.« Der Piratenkäpitän wandte sich halb ab.

»Ihr habt die Mädchen fast verdursten lassen«, knurrte Gurian. Er spürte Lucys energische Hand, die ihn zurückdrängte. Unbewusst war er einen Schritt nach vorne getreten. Er hätte zu gerne die Erlaubnis bekommen, diesem Kerl zu zeigen, was er von ihm hielt.

»Dass wir die Roboter versorgen sollen, hat uns keiner gesagt.«

In diesem Moment brannte bei Gurian eine Sicherung durch. Ohne dass er wusste, was er tat, schob er Lucy zur Seite. Mit drei schnellen Schritten war er bei dem Großmaul. Er packte ihn am Oberteil seiner Kleidung und zerrte ihn auf die Füße. Wie wütend sein Gesicht aussah, erkannte er an der Angst, die aus den Augen des Piraten sprach. Der Kopf des Mannes flog von einer Seite zur anderen, während Gurian ihm zwei schallende Ohrfeigen verpasste.

»Was ist das?« Gurian schob den Kopf des Mannes in Helenas Richtung. Als der nicht sofort antwortete, klatschte es zwei weitere Male, als Gurians Hand abwechselnd beide Wangen des Piratenkapitäns traf.

»Was ist das, was da vor dir steht, habe ich gefragt!« Gurian holte erneut aus.

»Nein, bitte, bitte nicht«, flehte Helena. Sie hatte jetzt wirklich Tränen in den Augen.

»Warum nicht?«, fragte Gurian ernsthaft erstaunt.

Seine Stimme klang vollkommen ungewohnt, nicht nur für ihn, sondern auch für die anderen aus seiner Mannschaft. Selbst Lucy sah ihn ungläubig an. Sie schien ihre Wut auf ihn plötzlich vergessen zu haben. Gurian kümmerte das nicht. Ihn interessierten nur noch die Tränen in Helenas Augen.

»Weil du ihm wehtust«, antwortete das Mädchen mühsam beherrscht.

»Der Kerl hat dir und deinen Freundinnen doch viel Schlimmeres angetan!«

»Aber an den Schmerzen, die er und andere mir zugefügt haben, ändert sich doch nichts, wenn du ihn jetzt schlägst.«

So konnte man das natürlich auch sehen. Gurian verkniff sich die Bemerkung, dass Rache schon seine Wut besänftigen würde. Außerdem würde es sich dieser Kerl beim nächsten Mal bestimmt überlegen, ob er auf so ein Geschäft einging, wenn er die Konsequenzen am eigenen Leib zu spüren bekam.

»Ich habe gedacht, ihr seid anders. Ihr fügt Wehrlosen kein Leid zu«, redete Helena weiter, bevor Gurian etwas antworten konnte.

Betroffen sah er auf die Handfesseln des Piratenkapitäns.

»Das machen wir normalerweise auch nicht«, mischte sich endlich Lucy ein und warf dabei Gurian einen warnenden Blick zu. »Gurian ist nur so entsetzt über das, was man euch angetan hat, dass bei ihm eine Sicherung durchgebrannt ist. Niemand darf einen Menschen so behandeln, wie sie es mit euch getan haben.«

Helena sah Gurian zweifelnd an.

»Glaube mir, Gurian ist ein wirklich netter Mensch. Er kann sich nur nicht zurückhalten, wenn einem Mädchen wie dir etwas angetan wird. Vielleicht erzählt er dir ja, warum das so ist, wenn ihr euch etwas näher kennengelernt habt.« Lucy lächelte Helena strahlend an.

Gurian erstarrte. Lucy war die Einzige, der er seine Geschichte jemals anvertraut hatte. Sie hatte hoch und heilig versprochen, sie niemandem zu erzählen. Er vertraute ihr. Diesem Mädchen gegenüber auch nur anzudeuten, dass es eine Geschichte gab, kam einem Hochverrat schon gefährlich nahe. Er warf Lucy den bösesten Blick zu, zu dem er fähig war. Lucy ignorierte ihn und bestimmte stattdessen:

»Gurian bringt euch jetzt in eure Quartiere und sorgt dafür, dass ihr alles habt, was ihr braucht.« Zuckersüß fügte sie hinzu: »Luwa und ich werden die Piraten weiter befragen. Ich bin sicher, sie werden mit uns kooperieren.«

Anschließend schob sie Helena und Gurian aus der Tür des Kommandoraums. Gurian bemerkte, dass sie dabei bewusst dafür sorgte, dass die Robotermädchen Luwa nicht sehen konnten. Er wusste, dass die gemeinsame Freundin sich genauso auf eine Befragung dieser fiesen Kerle freute, wie er sich darauf gefreut hätte.

Hoffentlich hatte man die drei Mädchen zusammen untergebracht. Die Aussicht mit Helena alleine zu sein, behagte ihm nicht. Nicht, weil sie ihm unsympathisch war, sondern aus genau dem gegenteiligen Grund.

4

Als Gurian in den Kommandoraum zurückkam, sah Lucy sehr zufrieden aus. Er fühlte sich stattdessen alles andere als gut. So eine Unsicherheit wie gegenüber Helena hatte er sich lange nicht mehr gespürt. Auch wenn er sich noch so sehr dagegen wehrte, dieses Mädchen berührte etwas in ihm, von dem er geglaubt hatte, dass es tot sei. So tot wie Nerinia. Er zuckte kaum sichtbar unter dem Schlag zusammen, den allein die Erinnerung an diesen Namen in ihm auslöste. Schnell drückte er alles wieder in die Tiefen seiner Seele zurück.

»Haben die ausgepackt?«, knurrte er verächtlich und nickte mit dem Kopf in Richtung der gefesselten und nicht sehr glücklich aussehenden Piraten.

»Sie haben gesungen wie die lieben Vögelchen«, erwiderte Luwa. Sie grinste ihn verschwörerisch an. »Lucy hat nur angedeutet, dass sie dich sicher nicht zurückhalten könnte, wenn du ohne die Mädchen hier wieder hereinkommen würdest. Plötzlich konnten die Kerle sich an mehr Details erinnern, als nötig gewesen wäre.«

»Schade!« Gurian schoss seinen grimmigsten Blick auf den Piratenkommandanten ab, der wie beabsichtigt, erschrocken zusammenfuhr.

»Wir haben ein paar Kleinigkeiten geregelt, während du bei Helena warst«, klärte Lucy ihn auf. Ein feines Lächeln umspielte ihren Mund. »Die Piraten waren auf dem Weg nach Fagul. Dort treffen sie ihren Auftraggeber.«

»Fagul? Das sagt mir nichts. Das ist doch kein besiedelter Planet?«

»Du hast recht. Fagul ist kein besiedelter Planet. Er besitzt keine brauchbare Atmosphäre«, klärte Varenia Gurian auf. Sie saß an der Informationskonsole des Schiffes und hatte dort gerade Erkundungen über den Himmelskörper eingeholt. »Immerhin hat er eine annehmbare Gravitation und die Temperaturen liegen auch im lebensnahen Bereich. Deshalb hat man dort eine Station gebaut. Sie ist sogar recht groß und mit allen Annehmlichkeiten ausgestattet. Solange man unter der Kuppel bleibt, kann man es auf Fagul ganz gut aushalten.«

»Und wer lebt da?«, fragte Lucy.

»Früher gab es da eine große Forschungsstation. Nachdem die Versuche gescheitert sind, eine Atmosphäre aufzubauen, in der Menschen leben können, sind die Wissenschaftler wieder abgezogen. Offiziell wird die Station nicht mehr betrieben«, erklärte Varenia weiter. »Allerdings gibt es Gerüchte, dass heute dort eine geheime, militärische Einheit stationiert ist.«

»Militär? Das wird ja immer schöner!«, knurrte Gurian. »Dann sollten wir sehen, dass wir uns die Mädels schnappen und verschwinden!«

Lucy schüttelte den Kopf.

»Wir machen das Gegenteil. Wir fliegen zum Übergabeort und überwältigen die Auftraggeber, wenn sie ihre Ware abholen wollen.«

»Reden wir noch über die gleiche Sache?« Gurian sah Lucy wütend an. »Wenn das Militär ist, kommen die mit einem Kriegsschiff. Das ist etwas anderes als dieser Schrotthaufen! Wie willst du die überwältigen?«

»Ich dachte nicht daran, dass wir uns mit ihnen eine Raumschlacht liefern. Die werden an Bord kommen, um ihre Ware abzuholen und zu bezahlen.«

»Oder die erschießen die Kerle dahinten gleich, damit sie keine Mitwisser haben«, unterbrach Gurian sie. Die gesamte Piratenmannschaft zuckte zusammen.

»Vielleicht auch das«, stimmte Lucy ihm zu. Wenn sich Leute auf so ein Verbrechen einließen, wie diese Mädchen zu rauben, würden sie auch vor einem Mord an ein paar vogelfreien Piraten nicht zurückschrecken. Das wussten sie beide.

»Jedenfalls werden wir sie hier erwarten, sie festsetzen und dann an die Behörden des Imperiums übergeben«, erklärte Lucy.

»Und dann? Die Mannschaft auf dem Kriegsschiff wird kaum zusehen, wie wir ihre Kumpane ans Messer liefern und ihre ganze Schweinereien auffliegen. Von denen hat sicher keiner Lust nach Gorgoz zu gehen!«

»Das ist natürlich ein Knackpunkt an dem Plan.«

»Ach, noch einer? Ich dachte, es würde schon reichen, uns nicht gleich erschießen zu lassen, sobald die Militärs an Bord kommen.«

»Deinen Zynismus kannst du dir sparen!« Lucy funkelte Gurian wütend an.

»Die Mädchen bringen wir zuerst nach Hause. Wie du weißt, leben sie auf einer Insel auf einem neu besiedelten Planeten. Die Piraten bringen wir auch dahin.«

»Vielleicht sollte einer von uns da bleiben und auf sie aufpassen.«

»Keine Angst, wir werden sie vorsichtshalber ordentlich verschnüren. Aber du hast recht, vielleicht sollte Luwa dort bleiben und ein Auge auf sie werfen.«

Gurian verspürte einen Stich. Seine Worte waren ihm herausgerutscht, ohne nachzudenken. Jetzt erkannte er, dass er selbst gerne in der Nähe von Helena geblieben wäre. Schnell schüttelte er den Gedanken ab, er musste schließlich auf Lucy aufpassen.

Es gab eine Reihe weiterer Personen, die über die Aussicht, dass Luwa als Bewacherin abgestellt wurde, nicht gerade begeistert waren. In den Augen der Piratenbesatzung flackerte die blanke Panik. Das erkannte offensichtlich auch Lucy.

»Luwa wird keine weiteren Befragungen durchführen«, bestimmte sie und bedachte das Mädchen mit einem warnenden Blick. Die grinste aber nur provozierend zurück.

»Wir nehmen nur den Kommandanten des Piratenschiffs und seine Stellvertreterin mit«, setzte Lucy die Erläuterung ihres Plans fort. »Die beiden werden die Militärs aufs Schiff locken.«

Gurian sah, wie eine Frau, die sicher noch nicht so alt war, wie sie wirkte, zusammenzuckte. Die moderne Frisur, die sie immerhin im Gegensatz zu ihrem verwahrlosten Kommandanten trug, konnte nicht darüber hinwegtäuschen, dass sie mit ihm das gleiche Problem teilte. Ihr ausgemergeltes, leicht aufgedunsenes Gesicht sprach Bände.

»Die bringen uns um!«, rief sie.

»Viel geht der Welt damit nicht verloren«, konnte Gurian sich nicht verkneifen zu erwidern.

Lucy warf ihm einen wütenden Blick zu.

»Wenn ihr kooperiert, nehmen wir euch mit!«, sagte sie fest.

»Und wie willst du da wieder wegkommen?«, fragte Gurian. »Die werden mit einem Kriegsschiff kommen. Ein Schuss aus einer vernünftigen Strahlenkanone, und dieser Schrotthaufen zerlegt sich in seine Atome.«

»Genau das ist der Plan.«

Lucy grinste triumphierend. Er starrte sie offensichtlich völlig verdutzt an.

»Vorher transferieren wir natürlich mit unseren Gefangenen auf die ›Taube‹.«

»Und dann?«

»Was schon? Wir bringen alle zu Helena und den Mädchen. Danach sage ich Admiral Dengan Bescheid. Wie ich ihn kenne, wird er sofort kommen, sobald ich ihm die Schweinerei erzählt habe. Er kann dann die gut verschnürte Verbrecherbande abholen und sich von Helena und den Mädchen die ganze Geschichte erzählen lassen.«

»Admiral Dengan!« Gurian schüttelte resigniert den Kopf.

Das war auch so ein Punkt, den er bei seiner terranischen Kommandantin nicht verstand. Admiral Dengan war ihr schlimmster Feind. Niemand im ganzen Imperium jagte die Rebellen so gnadenlos wie dieser Admiral. Trotzdem hatte Lucy ihm das Leben und die Freiheit geschenkt, als er sich in ihrer Gewalt befand. Gurian hatte das Gefühl, sie wollte ihn nicht besiegen. Er verstand einfach nicht, wie Lucy ausgerechnet diesem Mann trauen konnte. Er musste allerdings zugeben, dass dieser Admiral Verbrecher genauso gnadenlos verfolgte wie die Mitglieder des Bundes. Er hatte bisher tatsächlich jedes Vergehen, von dem er erfahren hatte, vor die Gerichte gezerrt.

»Dann sollten wir aber sehen, dass wir weit weg sind, wenn er an der Übergabestelle eintrifft«, knurrte Gurian.

»Wenn wir damit alles geklärt haben, können wir ja los!« Lucy grinste siegessicher. »Bringen wir die Mädchen auf dem schnellsten Weg nach Hause!«

»Äh Lucy, willst du mit diesem Schiff wirklich springen?«, fragte Lars zögerlicher, als es normalerweise seine Art war. »Trixi hat mir gerade erzählt, dass dieses Piratenschiff nur noch ein Haufen Schrott ist.«

»So habe ich das nicht gesagt!«, protestierte Trixi und warf Lars einen wütenden Blick zu. »Das Schiff ist schon sehr alt und krank. Es wird nicht mehr lange leben. Ich meine natürlich, es wird bald seine Funktion einstellen.«

»Kann man mit dem Schiff noch springen?«, fragte Lucy.

»Ich glaube, zwei oder drei Sprünge wird es noch überstehen«, antwortete die Chefmechanikerin der ›Taube‹.

›Sprünge‹ nannte man die Methode von einem Punkt zu einem anderen zu gelangen, ohne den Raum auf übliche Weise zu durchqueren. Ein Sprung erfolgte praktisch ohne Zeitverlust, was für die Reise zu fernen Sternensystemen unerlässlich war. Wie so etwas funktionierte, wusste Gurian nicht. Es interessierte ihn auch nicht, Hauptsache, sie kamen dort an, wo sie hin wollten,

»Gut, dann springen wir«, entschied Lucy.

»Es ist euer Leben«, brummte Gurian.

»Deins auch!«, fauchte Lucy zurück.

Gurian hob gleichgültig die Schultern. Sein Leben war ihm egal.

5

So hilflos hatte Gurian sich lange nicht mehr gefühlt. Nach der Entscheidung, wie sie weiter vorgehen wollten, verlief anfangs noch alles nach Plan. Sie sprangen an den Rand des Sonnensystems, in dem Sarenia, die Heimat der Mädchen, als dritter Planet eine hellgelbe Sonne umkreiste.

Dann begannen die Probleme. Obwohl ihre Chefmechanikerin Trixi ein Genie war, konnte auch sie das Piratenschiff, dem der Sprung nicht besonders gut getan hatte, nicht wieder zu voller Leistung bringen. Elend langsam flog es jetzt auf konventionelle Weise in das Planetensystem hinein. Der Anflug dauerte stundenlang, in denen sie nur warten konnten.

Das empfand Gurian schon als schrecklich genug. Aber dann kam Lucy zu ihm und redete auf ihn ein.

»Helena ist doch ein wirklich nettes Mädchen. Du magst sie, das sehe ich doch«, sagte sie.

Sie bedrängte ihn so lange, bis er zu der jungen Frau hinunterging, nur um Lucys Überredungskünsten zu entfliehen.

Jetzt saß er Helena gegenüber. Sie hatte sich tatsächlich gefreut, als er kam. Nach der Begrüßung wusste er trotzdem nicht, was er sagen sollte. Glücklicherweise begann sie das Gespräch.

»Warum lässt du dir die Narbe nicht wegmachen?«

»Das ist eine lange Geschichte.« Gurian hatte nicht knurren und auch nicht schroff antworten wollen, aber über dieses Thema konnte er einfach nicht reden.

»Du redest nicht gerne über dich, nicht wahr?« Helena sah ihn mit einem Lächeln auf dem Gesicht an. Ihre Augen funkelten wie zwei Sterne.

Was sollte er dazu sagen? Nein, er sprach wirklich nicht gerne über sich. Aber er wollte bei diesem Mädchen sein. Sie war so anders als die genetisch optimierten Menschen aus seiner Heimat Thoris, einem der weit entwickeltsten Planeten des Imperiums. Sie entsprach nicht dem in seiner Welt herrschenden Schönheitsideal. Ihre Gen-Kombinationen hätten sicher nie eine Chance, für die Zeugung von Nachkommen ausgesucht zu werden. Aber ihr rundliches Gesicht strahlte so viel Wärme und Mitgefühl aus. In ihren Augen lag so viel Verständnis.

Ihre Erscheinung hatte nichts von dem üblichen im Imperium vorherrschenden androgynen Körperbau. Natürlich würde jeder Mediziner des Imperiums an ihrer Erscheinung fehlende Muskeln bemängeln. Er würde sie für zu rundlich halten. An den meisten Körperstellen war zu viel Fettgewebe für einen vollwertigen Einwohner des Imperiums. Aber gerade das zog Gurian an. Ohne Vorwarnung erkannte er, dass er sich nichts sehnlicher wünschte, als sich an diesen warmen, weichen Körper zu schmiegen. Die Erkenntnis schmerzte beinahe.

Helena nahm seine Hand in ihre und lächelte ihn gutmütig an. Gurian wurde bewusst, dass er sie nur angestarrt und geschwiegen hatte, anstatt zu antworten.

»Du musst nicht reden, wenn du nicht willst«, sagte sie. »Es ist auch schön, einfach so schweigend neben dir zu sitzen.«

Das war nicht das, was Gurian wollte. Er wollte mit Helena reden. Er wusste nur nicht so recht wie und wo er anfangen sollte.

»Wir haben einen Plan«, sagte er endlich. »Wir werden diese Verbrecher, die euch das angetan haben, in eine Falle locken. Es ist alles vorbereitet.«

»Und was werdet ihr dann mit ihnen machen?« Helena sah Gurian so ängstlich an, dass es ihm wehtat.

»Lucy will sie dem Imperium übergeben, aber ich verspreche dir, ich werde euch rächen. Diese Typen, egal wer sie sind, werden grausam dafür büßen, dass sie euch das angetan haben.«

Helena sah nicht so erfreut aus, wie Gurian es erwartet hatte. Ganz im Gegenteil, sie ließ seine Hand los.

»Warum machst du das? So bist du gar nicht! Ich spüre das doch.«

»Was meinst du?« Gurian verstand sie wirklich nicht.

»Du redest, als wärst du grausam. Du tust so, als hättest du den gleichen Spaß daran, andere Menschen zu quälen, wie die, gegen die du kämpfst. Aber ich weiß, dass du in Wirklichkeit nicht so bist.«

»Woher willst du das wissen? Du kennst mich doch überhaupt nicht.«

»Ich weiß, dass Lucy nicht so ist. Du gehörst zu ihr, also kannst auch du nicht so sein!«

»Vielleicht irrt Lucy sich. Vielleicht irrt ihr euch beide«, gab Gurian zu bedenken.

Helena sah ihm tief in die Augen. Sie schüttelte den Kopf und nahm wieder seine Hand.

»Komm zu mir«, flüsterte sie.

Sie zog ihn an sich und bettete seinen Kopf an ihre Schulter. Sanft ließ sie einen Finger über den Wulst seiner Narbe gleiten.

»Wer hat dich so verletzt?«

Gurian wusste, dass sie nicht die schlecht verheilte, körperliche Wunde meinte. Er war sich sicher, dass sie wusste, dass sie keine Antwort erhalten würde, und dass sie auch keine brauchte.

Zärtlich streichelten sie sich gegenseitig über den Rücken und durch die Haare. Vorsichtig drückte Gurian seine Lippen auf Helenas. Sie erwiderte seinen Kuss nur in freundschaftlicher Weise. Sie löste sich von Gurian. Er hatte mehr erwartet.

»Ist es wegen der Narbe?«, fragte er flüsternd.

Helena schüttelte den Kopf.

»Ist es, weil ich kein Mädchen bin?«

Gurian hatte gehört, dass viele Robotermädchen nur zu Vertreterinnen des gleichen Geschlechts eine echte Freundschaft, also eine Beziehung, die jegliche Form von Zärtlichkeit einschloss, haben konnten. Das war eine Folge der Qualen, die ihnen durch die männlichen Wärter zugefügt worden waren. Wieder schüttelte Helena den Kopf.

»Was ist es denn?«, fragte Gurian verzweifelt.

»Ich frage dich nicht nach dem Grund deiner Narbe, bitte frage du mich nicht nach meinen Verletzungen!«

Gurian musste Helena wohl so enttäuscht und verzweifelt angesehen haben, dass sie ihn wieder, so eng es ging, an sich drückte. So hielten sich beide fast eine Stunde lang einfach fest im Arm, wie zwei Kinder, die sich in verzweifelter Einsamkeit aneinander klammerten, bis Gurian von Lucy auf die Brücke gerufen wurde.

»Zeige mir, dass du nicht zu den Grausamen gehörst, bitte«, bat Helena ihn, bevor er ging. Sie drückte ihm einen kurzen Kuss auf den Mund.

Der Anflug auf Sarenia lief ohne weitere Zwischenfälle. Die Piraten hatten ihnen ihren Weg verraten, ohne großes Aufsehen eine Transferverbindung zu dem Heimatort der Mädchen aufzubauen. Über diesen Weg wurden sie zurück auf die Oberfläche transferiert.

Luwa ging mit ihnen. Sie bewachte die Piratenmannschaft. Gurian brachte es nicht fertig, in den Transferraum zu gehen und sich ein weiteres Mal von Helena zu verabschieden.

Sofort nach dem letzten Transfer startete das Piratenschiff in die äußere Region des Planetensystems. Von dort aus sprangen sie zu dem System, in dem Fagul als vierter Planet um eine bläulich-weiße Sonne kreiste. Wieder begann eine langweilig lange Anreise auf den Zielplaneten.

Die von Shyringa geflogene ›Taube‹ hielt sich währenddessen in der Randregion des Systems in Sprungbereitschaft.

***

Gurian musste eingeschlafen sein. Lucy weckte ihn mit den Worten:

»Da vorne ist unser Planet. Wir sind gleich da.«

Sie zeigte auf den Hauptnavigationsschirm, auf dem man Fagul anwachsen sah. Die besiedelten Welten des Imperiums besaßen alle in etwa die gleiche Masse und Umfang, die die richtige Schwerkraft garantierte. Ihre Sauerstoff-Atmosphären und die großen Wasserflächen, die ihnen gemeinsam waren, ließen sie wie hübsche, blaue Edelsteine im dunklen All wirken. Dieser Himmelskörper gehörte nicht dazu. Er schimmerte schmutzig gelb und war mit giftig wirkenden, grünlichen Wolken verhangen.

»Dann wollen wir mal unseren Freund losbinden, damit er seine Ankunft melden kann«, sagte sie und ging zu dem Piratenkommandanten.

»Wenn du auch nur eine Andeutung machst, dass irgendetwas auf diesem Schiff nicht in Ordnung ist, bist du tot. Aber keine Angst, ich werde dich nicht einfach erschießen. Ich werde dafür sorgen, dass du schön langsam und qualvoll stirbst«, knurrte Gurian.

»Bitte, Gurian, lass das. Wir sind keine Barbaren«, mischte sich Lucy ein.

»Es wird mir sogar unendlich viel Spaß machen«, ergänzte Gurian und sah den immer blasser werdenden Piratenkapitän an.

Natürlich hatte Lucy recht, aber er konnte es einfach nicht lassen, diesen Weichling noch einmal richtig zu erschrecken. Außerdem hatte der Einwand seiner Kommandantin auch nicht sonderlich energisch geklungen.

Der Pirat zitterte am ganzen Leib. Seine Stellvertreterin sah auch nicht viel besser aus.

»Das schaffe ich nicht!«, stöhnte er bibbernd.

»Keine Angst, wir sorgen schon dafür, dass wir weg sind, bevor eure Auftraggeber uns pulverisieren«, tröstete Gurian ihn überlegen grinsend.

»Das ist es nicht«, sagte Lucy.

Sie holte eine Flasche aus Glas hervor. Damit schaffte sie es, Gurian wirklich zu überraschen. In irgendeinem Dokumentarfilm hatte er einmal gesehen, dass es diese Reliquien aus der fernen Vergangenheit des Metallzeitalters gab, aber auf einem Schiff hätte er so etwas nicht erwartet.

»Hier, trinkt das, aber nur einen Schluck!«, sagte Lucy barsch.

Sie reichte dem Piraten die Flasche. Gierig setzte er sich an und nahm einen riesigen Zug.

»Einen Schluck, habe ich gesagt!« Lucy entwand ihm die Flasche und reichte sie der Frau.

Die trank zwar etwas zivilisierter, aber auch ihr musste Lucy das Getränk entwinden. Das Zittern der beiden legte sich ein wenig.

»Was ist das? Drogen?«, fragte Gurian.

»Ja, Alkohol! Die beiden leiden unter einem Entzug. Das können wir nicht brauchen.« Lucy verschloss die Flasche und stellte sie wieder weg.

Gurian schüttelte den Kopf. Diese Terranerin konnte er einfach nicht verstehen! Sonst verhielt sie sich immer korrekt, gab ihm einen Rüffel, nur weil er diesen Abschaum etwas härter anfasste und nun schenkte sie Drogen aus. Auf der Brücke eines Raumschiffs!

Der Piratenkapitän gewann dadurch immerhin so viel von seinem Selbstvertrauen zurück, dass er sich traute, eine Frage zu stellen.

»Wenn ich euch helfe und alles korrekt läuft, dann dürfen wir doch verschwinden?«

»Das habe ich nicht gesagt«, antwortete Lucy hart. »Ich habe versprochen, dass wir euch eine positive, schriftliche Aussage mitgeben werden. Wir bestätigen, dass ihr kooperiert habt und wir dadurch die Hauptschuldigen fangen konnten. Wie die Gerichte das dann bewerten, weiß ich nicht. Das ist nicht unsere Sache.«

Ihr Gesprächspartner wirkte alles andere als glücklich, aber er sah ein, dass er keine andere Chance hatte. In Gurians Klauen zu fallen, fürchtete er sicher mehr, als den Gerichten des Imperiums übergeben zu werden.

Also meldete er sich bei seinem Auftraggeber und sagte brav seinen Spruch auf. Er versicherte, dass die Fracht unbeschadet angekommen sei, und ließ sich den Lohn zeigen. Es handelte sich um einen kohlkopfgroßen Klumpen Gold.

Lucy und Gurian beobachteten alles von einer Position aus, von der sie jede Reaktion des Piraten, aber auch seiner Auftraggeber im dreidimensionalen Bildschirm beobachten konnten, ohne selbst gesehen zu werden. Dazu musste man im richtigen

Winkel zu dem Gerät stehen, denn es arbeitete in beide Richtungen. Ein Gesprächspartner hatte sein Gegenüber genauso gut im Blick, wie man ihn selbst sehen konnte.

»Wow«, sagte Lucy, nachdem der Kommunikationsschirm erloschen war und sie den Piratenkapitän wieder fesselte. »Für so einen Klumpen Gold würde man auf Terra seine Mutter verkaufen!«

»Seine Mutter?«, fragte Gurian, der Lucy nicht verstand. »Auch seine beste Freundin?«

»Ja, auch die!«, stöhnte Lucy.

Diese Primitiven! Was wusste Gurian davon, was eine ›Mutter‹ für eine Bedeutung hatte. So etwas gab es auf den voll entwickelten Planeten des Imperiums nicht. Aber diese Person schien gefühlsmäßig an eine gute Freundin heranzukommen.

»Varenia, Lars, Gurian, kommt mit! Wir bilden das Empfangskomitee für unsere Gäste«, bestimmte Lucy.

»Was ist mit Trixi?«, fragte Lars.

»Die bleibt hier und passt auf unsere Freunde auf. Du willst sie doch wohl nicht mit in den Kampf nehmen.«

Gurian verzichtete darauf, zu bemerken, dass Trixi keine Waffe besaß. Er überprüfte stattdessen die Fesseln der beiden Piraten. Sie waren wirklich gut verschnürt. Trixi drohte aus dieser Richtung keine Gefahr.

Lucy gab das Signal, und die vier marschierten in den Transferraum. Hier sollten in wenigen Minuten die Auftraggeber des Transports ankommen.

Luwa hatten sie bei den Mädchen auf ihrer Insel zurückgelassen. Natürlich wusste Gurian, dass Lucy sie vor allem deswegen für diese Aufgabe eingeteilt hatte, weil sie genau wie er zu emotional in so einer Situation, in der es um die hilflosen Robotermädchen ging, reagieren würde. Gurian gefiel das überhaupt nicht. Das Leben eines Verbrechers stand auf seiner Werteskala erheblich unterhalb des Lebens eines Mitglieds seiner Mannschaft. Luwa war die beste Kämpferin. Sie hätten sie gut in dem Transferraum brauchen können.

Es wunderte ihn auch nicht, dass Lucy ihn in ihre eigene Zweiergruppe einteilte. Sie meinte anscheinend, ihn in ihrer Nähe besser kontrollieren zu können. Was dachte sich diese Terranerin eigentlich? Gleich würden hier ein paar Typen hereinmarschiert kommen, bei denen es sich nicht um ein paar gesundheitlich angeschlagene und schlecht ausgebildete Piraten handelte. Sie würden es in wenigen Augenblicken mit topfitten, speziell geschulten Militärs zutun bekommen. Es grenzte an Wahnsinn, Varenia in so einer Situation mit Lars zusammenzustecken.

Die Anzeige der Transferstation leuchtete auf. Beide Teams verbarrikadierten sich hinter jeweils einer kastenförmigen Konsole, die sich an beiden Seiten gegenüber der Tür der Kabine befanden. Die Tür öffnete sich. Dahinter standen zehn Personen. Wie Gurian erwartet hatte, hatten sie ihre Strahlenwaffen gezogen. Dennoch überraschte es sie, als die vier Rebellen aus ihren Verstecken sprangen und ohne Vorwarnung ihre Betäubungsstrahlen abschossen. Es waren bereits vier der Ankömmlinge bewusstlos zu Boden gegangen, als der Erste von ihnen den ersten Schuss abfeuerte.

Die Soldaten von Fagul schossen im Gegensatz zu den Rebellen nicht im Betäubungsmodus. Ihre zerstörerischen Strahlen schlugen in die Wände ein und hinterließen klaffende Löcher im Innenleben des maroden Schiffs. Die Rebellen sprangen zurück hinter die Konsolen, hinter denen sie hervorgekommen waren, und erwiderten das Feuer.

Die Soldaten gingen ebenfalls in Deckung, als sie erkannten, dass sie angegriffen wurden. Die zwei Frauen, die zu den Ankömmlingen gehörten, waren beide noch bei Bewusstsein. Alle sechs stellten sich als ebenbürtige Kämpfer heraus, auch wenn die Rebellen mehr praktische Erfahrung im Nahkampf besaßen.

Der große Krieg zwischen den Aranaern und dem Imperium fand nur über Raumschlachten statt. Jede Schlacht zwischen zwei Schiffen endete mit der Zerstörung mindestens eines von ihnen. Zweikämpfe an Bord kamen praktisch überhaupt nicht mehr vor, außer wenn eine Militäreinheit auf Rebellen stieß.

Durch den rücksichtslosen Gebrauch der Zerstörungsstrahlen verschafften sich die Soldaten allerdings Gurian und seinen Freunden gegenüber einen Vorteil, den sie nicht wettmachen konnten. Auch in dieser Situation hielten sie sich an ihr oberstes Gebot, nicht zu töten.

Daher atmete Gurian auf, als sowohl Lucy als auch er jeweils einen weiteren Gegner ausschaltete. Aber er hatte sich zu früh gefreut. Lars machte einen heldenhaften, aber wenig erfolgreichen Versuch, die Gegner aus der Reserve zu locken. Er schrie auf, als ihn der Strahl eines Soldaten traf. Der Junge wurde von den Füßen gerissen und schlug auf dem Boden auf. Erschreckend viel Blut quoll aus seiner Schulter. Der Strahl musste sie durchschlagen haben.

Gurian war sauer, richtig sauer. Blitzschnell schaltete er seine Waffe ebenfalls in den Zerstörungsmodus und feuerte zurück. Ängstlich verkrochen sich die Angreifer. Das gab Varenia Zeit, hinter ihrer Konsole vorzuspringen und Lars zu sich zu zerren. Allerdings hatte sie damit auch ihre Deckung aufgegeben. Sie stöhnte auf, als ein Schuss ihre Hüfte streifte. Ihre Uniformjacke färbte sich an der Stelle rot. Keuchend blieb sie hinter der Konsole liegen. Immerhin waren sowohl sie als auch Lars dort vor weiteren Strahlen geschützt.

Die einzige Soldatin, die noch bei Bewusstsein war und den Treffer auf Varenia abgefeuert hatte, bezahlte das damit, dass Lucy sie mit einem gezielten Schuss betäubte. Jetzt waren nur noch drei Gegner übrig. Allerdings waren mit Lucy und Gurian auch nur noch zwei Rebellen einsatzfähig.

»Schalte deine Waffe zurück. Wir bringen niemanden um!«, fauchte Lucy, aber Gurian reagierte nicht.

Ganz im Gegenteil, er schoss jetzt immer gezielter auf die Soldaten. Sein Plan funktionierte. Voller Panik vor den Zerstörungsstrahlen floh einer aus der Deckung und wurde prompt von Lucy mit einem Betäubungsstrahl niedergestreckt. Glück für ihn, Gurian war sauer. Außerdem wurden die roten Flecken auf den Uniformjacken der beiden Freunde immer größer. Sie mussten zu einem Ende kommen. Lieber würde er einen von diesen Verbrechern erschießen, als seine Freunde verbluten zu lassen. Sollte Lucy reden, was sie wollte.

Gerade, als er auf die verbleibenden beiden Angreifer ein weiteres wildes Trommelfeuer losließ, hechtete Lucy hinter die andere Konsole, hinter der die beiden Verletzten lagen. Lucy hatte wie so oft Glück, vielleicht war es aber auch Können oder eine außergewöhnlich gute, unbewusste Reaktion. Auf jeden Fall kam sie dort mit nur zwei Schrammen an, die die Strahlen der Gegner verursacht hatten.

Sie wandte sich sofort dem Schützen zu, der aus ihrem Winkel fast ungeschützt stand. Ihr gezielter Schuss streckte auch ihn bewusstlos zu Boden. Im selben Moment passierte etwas, womit Gurian nicht gerechnet hatte. Der letzte verbleibende Angreifer - es war der Kommandant des Kriegsschiffes - sprang auf und stürzte sich auf Lucy, die sich gerade ganz auf den anderen Gegner konzentrierte, den sie ausschaltete.

Gurian sah es kommen. Er hätte nur die Waffe herumreißen und abdrücken müssen. Aber die Waffe befand sich noch im Zerstörungsmodus. Es hatte wenige solcher Situationen gegeben. Immer war er in diesen Fällen auf Nummer sicher gegangen. Das Leben des einzigen Menschen, der ihm wirklich wichtig war, hatte immer Vorrang vor dem Leben des Angreifers gehabt. Die anderen Rebellen hatten davon nichts erfahren. Lucy hatte zwar geschimpft wie ein Rohrspatz, ihn aber jedes Mal gedeckt.

Diesmal musste er plötzlich an Helena denken. »Zeige mir, dass du nicht zu den Grausamen gehörst«, hatte sie gesagt. Er hatte gezögert. Er hatte sich noch nicht einmal dazu entschlossen, den Kerl zu verschonen. Er hatte einfach zu lange gewartet. Das war ihm noch nie passiert.

Jetzt war es zu spät. Der Kommandant des Kriegsschiffes hatte Lucys Arm auf den Rücken gedreht und ihn soweit hochgezogen, dass sie vor Schmerz ihre Waffe fallen ließ. Er hielt ihr seine Strahlenwaffe an die Schläfe. Die Anzeige funkelte gefährlich dunkelrot. Wenn er jetzt abdrückte, würde vom Kopf der Kommandantin nicht viel übrig bleiben. Dazu hatte er sich so hinter sie gestellt, dass Gurian ihn nicht erwischen konnte, ohne Lucy zu treffen.

»Besser, du lässt deine Waffe fallen, wenn du nicht möchtest, dass ich deine kleine Freundin hier erschieße«, sagte der Kommandant.

Auch wenn er körperlich, wie alle Einwohner des Imperiums, ein hübscher Mann war, so wirkte sein Gesicht grausam. Ein sadistischer Zug verlief um seinen Mund. In den Augen funkelte eine undefinierbare Gier und Falschheit. Jemandem wie ihm würde Gurian niemals über den Weg trauen.

»Hältst du mich für blöd?«, knurrte Gurian und hielt seine Waffe auf den Kopf des Soldaten gerichtet. »Drück ab und dein Kopf ist als Nächster dran. Ich habe nichts zu verlieren, das wissen wir beide!«

»Na, na, wenn du mich lieb bittest und ihr euch wieder in eure Rattenlöcher verkriecht, kannst du sogar deine Freundin mitnehmen, und ich mache sie nicht zu meinem zusätzlichen und kostenlosen Roboter.«

Gurian grinste. Seine Narbe stach gruselig aus seinem Gesicht hervor. Angst trat in die Augen des Kommandanten.

Gurian hörte Varenia noch kraftlos hauchen: »Gurian, nicht!«

Aber er achtete nicht auf sie. Blitzschnell drückte er zweimal ab. Lucy und der Kommandant des Kriegsschiffes brachen zusammen. Varenia starrte ihn aus ihren glasigen Augen ungläubig an.

»Mensch, Mädchen«, knurrte Gurian. »Wir fliegen doch schon so lange zusammen. Langsam müsstest du mich doch kennen.«

Vielleicht lag es an Varenias hohem Blutverlust und an der daraus resultierenden Schwäche, sie starrte weiterhin ungläubig auf Gurians Waffe. Das Lämpchen leuchtete hellgrün. Gurian hatte blitzschnell in den Betäubungsmodus umgeschaltet, bevor er abdrückte.

Am Stärksten ärgerte Gurian an der Situation, dass er als letzter Einsatzfähige seiner Mannschaft übrig geblieben war. So hatten sie es nicht geplant. Er musste sich beeilen.

Schnell durchsuchte er die mittlerweile ohnmächtige Varenia. Hatte er es doch gewusst! In ihrer Hosentasche befand sich ein medizinisches Notfallgerät. So schnell als möglich behandelte er sie und Lars mit dem kleinen, dunkelgrauen Apparat. Varenia stöhnte.

»Schnell, schafft Lucy und unsere ›speziellen Freunde‹ hier in die Station und transferiert zur ›Taube‹. Ich hole Trixi«, rief er den beiden Freunden zu und stand schon an der Tür.

»Vergiss die Piraten nicht!«, stöhnte Varenia, die sich trotz der Behandlung noch nicht von dem Blutverlust erholt hatte.

»Ja, ja, die vergesse ich schon nicht. Beeilt euch! Es wird nicht mehr lange dauern und das Kriegsschiff bekommt mit, dass irgendwas nicht stimmt.«

Varenia schleppte sich zu der Transferstation und blockierte sie für die Nutzung von außen. Sie mussten verhindern, dass weitere Militärs über die Kabine ankamen.

Lars kam auch wieder auf die Beine. Er konnte zwar die verletzte Schulter nicht bewegen, aber es reichte, um Varenia zu helfen, die bewusstlosen Soldaten in die Transferkabine zu schleppen. Seine Verletzung musste noch einmal intensiv auf der Rebellenstation behandelt werden.

Gurian hetzte unterdessen auf die Brücke. Trixi schaute kaum auf, als er in den Raum platzte. Sie arbeitete versunken an dem Schiffantrieb, zumindest vermutete er das.

»Schnell, Trixi! Wir müssen los.«

»Ich bin aber noch nicht fertig!«

»Gleich fliegt dieser Schrotthaufen sowieso in die Luft.«

»Das Schiff ist zwar alt, aber wenn man es vernünftig pflegen würde, müsste man es noch lange nicht abschalten.«

»Sag das den Militärs da draußen. Das Kriegsschiff wird gleich das Feuer eröffnen und dann wird hier alles pulverisiert.«

»Man sollte alle Waffen abschaffen!«, maulte Trixi, aber immerhin stand sie von ihrem Sitz auf und warf der Konsole einen traurigen Blick zu.

Gurian hatte unterdessen die beiden Piraten losgebunden.

»Schnell!« Er trieb die Gefangenen genauso wie seine Mannschaftskameradin vor sich her.

Als sie die Transferstation erreichten, hallte aus dem alten, merkwürdig verzerrt klingenden Bildschirm die Stimme des Vizekommandanten des Kriegsschiffes:

»Das ist die letzte Aufforderung! Kommandant, bitte melden Sie sich, ansonsten muss ich davon ausgehen, dass Ihnen etwas zugestoßen ist. Wir werden in zehn Sekunden das Feuer eröffnen.«

»Schnell, in die Transferkabine!«, keuchte Gurian.

»Zehn, Neun, Acht ...«

Die beiden Piraten brauchte er nicht mehr anzutreiben. Sie stolperten vorwärts, so schnell es ihre Fesseln erlaubten.

Trixi drehte sich noch einmal um und sah traurig zurück. Gurian wusste, dass sie ›ihr‹ Schiff bereits ins Herz geschlossen hatte. Mit sanfter Gewalt schob er sie in die Transferkabine.

»Sieben, Sechs, Fünf, ...«

Verdammt! Dieser Schrotthaufen von einem Gerät hatte sich nicht den letzten Transfer gemerkt. Die Station der ›Taube‹ war natürlich geheim. Sie musste über ein kleines technisches Wunderwerk jedes Mal neu in das Transfernetz des Imperiums eingegeben werden. Mit fliegenden Händen suchte Gurian nach dem Apparat in seinen Taschen.

»Vier, Drei, Zwei, ...«

Endlich fand er es, zog es aus einer Jackentasche und schloss es an. Die Programmierung begann zu arbeiten.

»Eins, Null, Feuer!«

Die alte, schmuddelig graue Wand verschwand und wurde durch eine neue, frisch aussehende ersetzt. Gurian meinte einen leichten Brandgeruch in der Kabine wahrzunehmen, aber das konnte auch Einbildung sein.

»Dem Universum sei Dank«, begrüßte sie Varenia. Sie war noch immer sehr blass und sah Gurian aus glasigen Augen an. »Ich dachte schon, ihr schafft es nicht mehr.«

Auf dem Bildschirm hinter ihr sah man eine Wolke aus winzigen Staubpartikeln. Das waren die Überreste des Piratenschiffs. Das Kriegsschiff daneben drehte ab in Richtung Fagul.

»So nette Freunde wie ihr hätte ich auch gern!« Gurian grinste die beiden Piraten an. »Glück für euch, dass ihr uns getroffen habt, sonst würdet ihr euch da draußen genauso verteilen wie euer Schiff.«

6

Die Mannschaft des Kriegsschiffes wurde gefesselt. Die Rebellen steckten Piraten und Soldaten in getrennte Räume der ›Taube‹. Lucy wurde wieder aus der durch die Strahlenwaffe verursachten Bewusstlosigkeit zurückgeholt.

»Man sollte dich für den Rest deines Lebens einlochen! Verdammt, habe ich Kopfschmerzen«, jammerte sie.

Dabei handelte es sich um die übliche Nebenwirkung einer Betäubung durch eine Strahlenwaffe. Gurian wusste, dass Lucy es nicht ernst meinte. Sie war ihm natürlich dankbar, dass er sie aus dieser Situation befreit hatte. Sie rieb sich die Schläfen, reckte sich und ließ die Schultern rotieren.

»Hole mal den Kommandanten des Kriegsschiffs her. Ich will wissen, was die mit den Mädchen vorhatten und wer noch dahinter steckt«, sagte sie dann entschlossen.

»Meinst du nicht, dass wir das der imperianischen Polizei überlassen sollten. Sollen die doch sehen, wie sie ihre Bude aufräumen.« Gurian konnte nicht verhindern, in seinen widerwilligen Brummton zu verfallen.

»Ich will sichergehen, dass von denen keiner davon kommt. Umso mehr wir Dengan liefern, umso größer die Wahrscheinlichkeit, dass die ganze Bande auf Gorgoz landet.«

Gurian ging kopfschüttelnd aus dem Raum. Es passte ihm ganz und gar nicht, dass sie sich jetzt auch noch in Polizeiarbeit einmischten. Sie hatten ihre Schuldigkeit getan und sollten lieber zusehen, dass sie wegkamen, bevor man sie erwischte.

In der Kabine angekommen, in der der Angriffstrupp des Kriegsschiffs untergebracht war, riss er den Kommandanten auf die Füße. Mit Genugtuung stellte er fest, dass dem Mann mindestens die gleichen Kopfschmerzen plagten wie Lucy. Er stieß ihn unsanft vor sich her, bis sie die Brücke erreichten.

»Ihre Kumpane haben das Piratenschiff zerstört«, begrüßte Lucy ihn. »Sie können von Glück sagen, dass wir sie mit uns genommen haben. Ihre Leute scheinen ja nicht gerade viel Rücksicht auf Ihr Leben zu nehmen.«

»Und auf die Mädchen auch nicht!«, ergänzte Gurian wütend.

»Die Besatzung hatte den Auftrag, diesen Schrotthaufen sofort zu zerstören, falls wir uns nicht zurückmelden«, erwiderte der Kommandant kalt.

Lucy warf Gurian einen warnenden Blick zu. Er sollte sich zurückhalten. Gut, sollte sie mit dem Kerl reden.

»Sie hätten das Piratenschiff doch ohnehin nach ihrem ›Geschäft‹ zerstört oder sehe ich das falsch?« Lucy sah den Kommandanten ernst in die Augen.

»Das ist doch nur Ungeziefer, Raumratten. So etwas würdet doch nicht mal ihr am Leben lassen.« Der Offizier rümpfte angeekelt die Nase.

»Wir töten niemanden«, stellte Lucy klar. »Außerdem machen wir keine Geschäfte mit Leuten, die wir verabscheuen. Sie hat das ja offensichtlich nicht sonderlich gestört.«

Der Kommandant zuckte abfällig mit den Schultern und bedachte Lucy mit einem arroganten Blick. Die grinste aber nur überlegen zurück.

»Was wollten Sie mit den Mädchen auf Fagul?«

»Das ist Militärgeheimnis. Darüber rede ich nicht!«

»Ich werde Sie Admiral Dengan übergeben. Ihm werden Sie ohnehin Rede und Antwort stehen. Glauben Sie nicht, dass es Ihnen bei ihm besser ergeht. Er hat schon ganz andere Typen als Sie nach Gorgoz geschickt.«

Der überhebliche Gesichtsausdruck des Kommandanten ging in ein breites Grinsen über.

»Ich fürchte, du überschätzt dich, Rebellenkomandantin. Wenn du mich umbringen willst, musst du dir schon selbst die Finger dreckig machen. Fagul ist ein militärisches Geheimnis, daran wird auch ein Admiral Dengan nichts ändern.«

»Er wird Sie zur Rechenschaft ziehen, dafür lege ich meine Hand ins Feuer.« Lucys Selbstsicherheit schwand zusehends und Wut zeichnete sich in ihrem Gesicht ab.

Der Kommandant schüttelte belustigt den Kopf.

»Ihr seid wirklich so naiv, wie man sich erzählt. Falls dieser Fall überhaupt bis zur Militärführung durchdringt, werde ich höchstens eine Auszeichnung bekommen. Das versichere ich euch!«

Lucy bohrte noch mehrmals nach, aber der Kommandant verriet nicht, was auf Fagul vor sich ging und was sie mit den Mädchen vorgehabt hatten. Im Gegenteil, er schien sich prächtig zu amüsieren und grinste unentwegt widerlich.

»Bring mir dieses Ekelpaket aus den Augen. Ich kann es nicht mehr sehen«, fauchte Lucy und wandte sich demonstrativ der Steuerung des Schiffs zu.

Gurian brachte ihn zurück in die zur Zelle umfunktionierte Mannschaftskabine. Er gab sich große Mühe, ihn noch weniger rücksichtsvoll zu behandeln, als auf dem Hinweg. Er wusste zwar, dass es nichts helfen würde, aber schließlich brauchte man ja auch ein Ventil.

Als Gurian wieder die Brücke betrat, schnaubte Lucy noch immer vor Wut.

»Dieser Typ glaubt wirklich, ihm könne nichts passieren!«

»So fürsorglich, wie wir mit denen umgehen, weiß er, dass ihm hier nichts geschieht«, erwiderte Gurian.

»Was willst du machen? Sie halb tot prügeln oder sie gleich umbringen?«, schnauzte Lucy zurück.

Gurian zuckte mit den Schultern.

»Verdammt!« Lucy schlug mit der Faust auf die Konsole vor ihr. »Dieser Scheißkerl hat recht. Ihm wird nichts passieren. Auf Fagul werden sie alles vertuschen und ihn werden sie schützen, damit er nichts verrät.«

»Vielleicht solltest du mir doch erlauben, ihn zu verprügeln. Vielleicht singt der Vogel dann ja«, knurrte Gurian.

Lucy spießte ihn mit ihrem Blick auf.

»Der Vorschlag war ja nicht ernst gemeint.«

Lucy ging nicht weiter auf ihn ein.

»Wir müssen selbst herausbekommen, was auf Fagul los ist«, überlegte sie laut. »Wir beide gehen auf diesen verdammten Planeten und sammeln Beweise. Alles zusammen übergeben wir Dengan. Wenn der erst die Fakten auf dem Tisch hat, wird er auch diesen Scheißkerl hinter Schloss und Riegel bringen.«

»Falls er nicht uns vorher erwischt und nach Gorgoz schickt!« Gurian verstand nach wie vor nicht, wie Lucy diesem Admiral des Imperiums vertrauen konnte.

Lucy sprang von ihrem Sitz.

»Varenia, Trixi, bereitet einen Transfer nach Fagul vor. Wie immer geheim, sodass niemand etwas davon mitbekommt.«

»Ja, ja«, stöhnte Varenia.

Alle auf der Brücke wussten, dass ein geheimer Transfer alles andere als einfach durchzuführen war.

»Komm!«, rief Lucy Gurian zu und eilte schon mit großen Schritten in Richtung der Transferkabine.

***

»Wir hätten in Ruhe nachdenken und planen sollen«, murrte Gurian.

»Seit wann machst du dir um deine Sicherheit Sorgen?«, fragte Lucy und grinste zynisch.

»Ich mache mir um ›deine‹ Sicherheit Sorgen«, erwiderte Gurian ärgerlich.

Er musste sich eingestehen, dass es diesmal nicht stimmte. Ohne Vorwarnung sah er Helenas Gesicht vor sich.

»Was ist? Worauf wartest du?« Lucy sah ihn ungeduldig an.

»Darauf, dass du mir sagst, was wir als Nächstes tun wollen.«

Die beiden unterhielten sich im Flüsterton. Sie standen noch immer in der Transferkabine auf Fagul. Der Transport von der ›Taube‹ war bis dahin ohne besondere Vorkommnisse verlaufen. Bisher hatte sie noch niemand entdeckt. Nach außen wurde der Mannschaft auf der Militärstation ein unbenutztes Gerät vorgespielt.

»Genau weiß ich auch nicht, wo wir die Informationen finden, die wir suchen«, erklärte Lucy. »Auf jeden Fall sollten wir von hier verschwinden. Wir sehen wir uns einfach um, ob wir irgendetwas finden, dass mit dem Transport der Mädchen zu tun hat.«

Lucy winkte ihm, mitzukommen. Gemeinsam schlichen sie aus der Kabine. Sie waren noch keine drei Schritte gegangen, als sie auf die erste Schwierigkeit stießen. Im Vorraum vor der Transferstation saß ein gelangweilter Soldat.

Er starrte auf einen Bildschirm, der nicht, wie mit großer Wahrscheinlichkeit vorgeschrieben, den Innenraum der Transferkabine zeigte. Stattdessen lief in ihm ein Film ab, bei dem es sich, wie Gurian wusste, um eine Folge einer erfolgreichen Seifenoper handelte.

Gurian hob seinen Strahler, den er in der Hand hielt, an. Natürlich befand er sich im Betäubungsmodus. Trotzdem drückte Lucy seinen Arm wieder herunter. Sie sah ihn beschwörend an und hielt ihren Zeigefinger vor die Lippen.

Dieses Zeichen hätte es nicht bedurft. Auch wenn Gurian seine Kommandantin nicht verstand, wäre er nicht auf die Idee gekommen, in dieser Situation mit ihr über ihre Entscheidungen zu diskutieren.

Sie warteten fast zehn Minuten versteckt hinter einer Ecke, bis der Soldat endlich den Raum verließ. Vorher schaltete er pflichtbewusst den Bildschirm wieder auf den Innenraum der Transferkabine, in der er allerdings zu diesem Zeitpunkt nichts mehr entdeckte. Lucy atmete laut aus, als die Luft endlich rein war.

»Es wäre schneller gegangen, den Typen einfach zu betäuben«, merkte Gurian an.

»Ja natürlich, aber dann hätten sie gewusst, dass auf dieser Militärstation irgendetwas nicht stimmt. Wir müssen sehen, dass wir nicht entdeckt werden und wir niemanden ausschalten müssen.«

Gurian sah seine Kommandantin fragend an.

»Verstehst du nicht?«, fragte die sichtlich genervt. »Ich will, dass die Typen hier überrascht werden. Dengan und seine Leute sollen die Beweise finden, die sie brauchen, um sie hinter Schloss und Riegel zu bringen. Es nutzt nichts, wenn wir etwas entdecken, die aber Lunte riechen und sich verdrücken.«

Gurian nickte grimmig. Ihn ärgerte, dass er nicht selbst darauf gekommen war. Dass sie jetzt auch noch vorsichtiger als normalerweise vorgehen mussten, machte die Aktion natürlich nicht leichter. Hoffentlich blieb ihnen das Glück treu.

Sie schlichen durch das Gebäude Richtung Ausgang. Wie in den meisten Militäreinrichtungen waren die Räumlichkeiten hier ebenfalls in unterschiedlichen Grautönen gehalten. Lange Gänge verbanden die Räume miteinander.

Sie hörten Schritte. Gurian nahm sie wie häufig als Erster wahr. Er packte Lucy an ihrer Uniformjacke und zerrte sie in ein offenstehendes, leeres Büro. Hastig, aber leise atmend, standen sie hinter der Türöffnung. Diesmal hielt auch Lucy ihren Strahler in der Hand. Erwischen lassen durften sie sich auf keinen Fall.

Die Schritte kamen näher. Sie hörten raue, barsche Stimmen. Die beiden Männer, die sich unterhielten, schienen eine Ewigkeit vor der Tür zu verharren. Endlich entfernten sie sich, bis sie nicht mehr zu hören waren. Lucy atmete langsam neben ihm aus.

»Komm!«, flüsterte sie.

Auch wenn Lucy sich alle Mühe gab, entschlossen zu klingen, so kannte er sie gut genug, dass er wusste, dass sie noch mehr unter Spannung stand als er.

Schnell, aber geräuschlos schlichen sie zum Ende des Ganges. Sie lauschten auf jedes verdächtige Geräusch. Die Augen suchten die Umgebung nach der kleinsten Veränderung ab. Sie konzentrierten sich auf die Nerven in ihren Füßen, um über sie die leichtesten Erschütterungen wahrzunehmen, die auf das Nahen eines Feindes hindeuteten.

Endlich erreichten sie die Tür. Gurian erstarrte für den Bruchteil einer Sekunde: Das Oval, das den Ausgang bildet, öffnete sich. Blitzschnell drängten die beiden sich an die Wand neben der Öffnung.

Sie hörten Stimmen. Zwei Männer unterhielten sich vor dem Eingang stehend. Sie stritten. Die Hand, in der Gurian seinen Strahler hielt, überzog sich mit Feuchtigkeit.

Es war nicht ihre erste riskante Aktion, aber so nervös hatte er sich lange nicht mehr gefühlt. Zur Not würden sie sich ihren Rückweg freischießen können, aber in diesem Fall verrieten sie sich. Die Verantwortlichen auf dieser Station würden sich denken können, was sie vorgehabt hatten und die Vorgänge vertuschen. Worum es sich dabei auch immer handeln mochte.

Die zwei vor dem Eingang schienen zu einem Entschluss gekommen zu sein. Sie drehten ab und entfernten sich. Die ovale Öffnung in der Wand verschwand wieder.

Gurian ließ die Luft aus seinen Lungen entweichen. Er sah Lucy an. Beide stellten sich in schussbereiter Position vor die Tür. Lucy nickte ihm zu. Er betätigte den Öffnungsmechanismus. In der Wand bildete sich das Oval aus, das die Tür darstellte.

Sie hatten Glück. Weder vor der Tür noch auf dem Weg befanden sich Personen. In etwas weiterer Entfernung stand eine kleine Gruppe von Militärs. Sie wirkten aber sehr beschäftigt und achteten nicht auf die Außentür des Gebäudes, das die Transferstation beherbergte.

Lucy schlüpfte als Erstes aus dem Haus. Gurian folgte ihr auf dem Fuß. In gebückter Haltung aber mit schnellen Schritten schlichen sie hinter einen trostlos wirkenden Busch. Trotz seines traurigen Zustands bot er genug Sichtschutz, dass sie aus Richtung des Hauptweges nicht entdeckt werden konnten.

»Was jetzt?«, flüsterte Lucy.

Gurian sah sich um. Auch er hatte keine Idee, in welcher Richtung sie suchen sollten. Sie wussten ja noch nicht einmal, nach was!

Sie befanden sich jetzt außerhalb jeglicher Gebäude. Das hieß aber nicht, dass sie sich tatsächlich in der ursprünglichen, ungeschützten ›Natur‹ des Planeten aufhielten.

Auf Fagul gab es so etwas praktisch nicht. Auf der natürlichen, unwirtlichen Oberfläche dieses Himmelkörpers wuchs keine Pflanze und lebte kein Tier. Die Atmosphäre war für jegliches Leben, wie man es im Imperium kannte, giftig.

So spannte sich über der gesamten Anlage, die die Größe einer größeren Kleinstadt besaß, eine gigantische durchsichtige Kuppel, die die Menschen vor den tödlichen ›natürlichen‹ Gasen schützte.

Gelbgrünliche Wolken umspannten die glasklare Hülle. Sie verdeckten den Himmel vollständig. Nur selten brach sich ein Strahl kalt wirkenden blauweißen Lichts seinen Weg von dem Zentralgestirn zur Oberfläche.

Gurian spürte plötzlich eine fast vergessene Sehnsucht. Seit Jahren lebte er nun schon auf Schiffen im All. Nur selten und dann auch nur wenige Stunden hatte er in dieser Zeit auf lebensfreundlichen Planeten zugebracht. In diesem Moment sehnte er sich nach dem blauen Himmel einer Sauerstoffatmosphäre. Helenas Bild erschien unerwartet vor seinen Augen.

Gurian blinzelte. Lucy sah ihn noch immer fragend an.

»Wir sollten uns in diese Richtung vorarbeiten«, sagte er, mehr um sich von seinen Tagträumen abzulenken, als auf Lucys Frage einzugehen. Er zeigte auf einen großen Gebäudekomplex. »Das sieht nach irgendeiner Fertigungshalle aus.«

»Du meinst, sie wollten die Mädchen in einem Produktionsprozess einsetzen? Das macht auf jeden Fall mehr Sinn, als sie als Haushaltsroboter zu missbrauchen«, überlegte Lucy laut.

»Lass uns nachsehen, was dort geschieht«, entschied sie.

Das war leichter gesagt als getan. Man hatte zwar offensichtlich den Boden innerhalb der Kuppel aufbereitet und sich Mühe gegeben, die Umgebung mit unterschiedlichen Pflanzen zu gestalten, allerdings zeigten die Ergebnisse nur einen mäßigen Erfolg.

Auch wenn die Schwerkraft und die Temperatur des Planeten als lebensfreundlich galten und unter der Kuppel sogar eine optimal zusammengesetzte Atmosphäre herrschte, so schienen die Lichtverhältnisse nicht gerade das Wachstum zu fördern.

Viele der Pflanzen waren klein geblieben, sahen bräunlich und krank aus. Sie wiesen zu wenige Blätter auf, als dass man sich gut hinter ihnen verbergen konnte.

So huschten Lucy und Gurian von einem etwas größeren Exemplar zum nächsten. Immer wieder mussten sie ausharren, weil Personen in Sichtentfernung umherliefen. Um so weiter sie sich dem großen Gebäude näherten, um so häufiger trafen sie auf Soldaten und um so schwieriger wurde es, sich rechtzeitig zu verstecken.

Endlich erreichten sie das gewaltige Haupttor des Gebäudes. Sie warteten, bis es ein kleiner Trupp durchschritt. Gurian verständigte sich per Blickkontakt mit Lucy. Ihre Waffen in der Hand hechteten sie durch das breite, sich bereits schließende Oval. Sie rollten sich ab und kamen hinter einer großen Transportkiste zu liegen.

Gurian sah sich nach allen Seiten um und spitzte die Ohren: kein Alarm, kein aufgeregtes Rufen. Offensichtlich hatte sie niemand gesehen.

Lucy schien es genauso zu gehen. Nach wenigen Sekunden, die sie regungslos verharrten, sahen sie sich vorsichtig aus ihrem Versteck heraus um.

»Wir müssen dichter ran, von hier erkennt man nichts«, flüsterte Gurian.

Sie schlichen tiefer in die Halle hinein. Dort hielten sich zwar mehr Personen auf, aber es gab dort auch mehr Versteckmöglichkeiten. Sie kauerten sich hinter einer Konsole, von der aus offensichtlich irgendetwas gesteuert werden konnte, die aber gerade nicht benutzt wurde.

»Das sieht aus wie eine typische Produktionsstätte«, bemerkte Gurian.

»Ja, wie eine aus dem Biologiezeitalter«, flüsterte Lucy zurück.

Natürlich! Was denn sonst? Gurian erinnerte sich, dass Terra sich noch im Metallzeitalter befand. Wenn man den ganzen Tag Lucy und Lars um sich hatte, konnte man das schon mal vergessen. Die benahmen sich schließlich wie richtige Menschen und nicht wie Primitive, zumindest meistens.

Ihm fielen Beschreibungen von Fabriken auf Planeten dieses Zeitalters ein. Damals hantierte man an solchen Orten mit Metall und anderen toten Materialien. Er verstand zwar bis heute nicht, worum es sich dabei im Einzelnen handelte, wusste aber, dass man auch damals schon feste, biegsame und sogar durchsichtige Stoffe aus ihnen herstellen konnte. In diesen Fertigungsstellen musste es damals laut und heiß zugegangen sein.

Diese Halle hatte damit nichts zu tun. Hier wurde komplizierteste, künstliche DNA programmiert. Kleinere Maschinen ließ man in Fertigungsanlagen wachsen, die an Geburtsroboter erinnerten, nur dass sie wesentlich größere Dimensionen besaßen.

Die Stimmen von Menschen erfüllten als einzige Geräusche die Halle. Es waren allerdings nicht die üblichen Gespräche an

Arbeitsplätzen wie diesen, sondern laut und grob gebellte Befehle.

»Hier arbeiten ja mindesten zweihundert Roboter«, flüsterte Lucy aufgeregt.

»Du meinst Menschen von Trixis Sorte!«, belehrte Gurian sie.

Erst als er den Satz ausgesprochen hatte, erkannte er, dass er gerade die Rollen tauschte. Normalerweise gefiel er sich in der Rolle des kalten Zynikers. Kurz tauchte wieder Helenas Gesicht in seinem Kopf auf.

»Du weißt, was ich meine!«, zischte Lucy ärgerlich. »Erzähl mir lieber, wie die hierherkommen und warum das Imperium nach dem Skandal so etwas zulässt!«

»Darauf erwartest du von mir doch nicht wirklich eine Antwort?« Gurian fand langsam wieder in seine Rolle zurück. Lucy schien aber nicht auf seine Stimmungsschwankungen zu achten.

»Sieh mal, da sind auch Jungen darunter.« Lucy zeigte auf einen Jugendlichen, der offensichtlich nicht aus freiem Willen in der Fabrik arbeitete und einen männlichen Körperbau besaß.

»Hmm!«

»Verdammt, Gurian, wir haben damals nur Robotermädchen gefunden. Ich dachte, die hätten sie extra produziert, weil man meinte, sie besser kontrollieren zu können.«

»In der alten 733-Serie gab es auch Jungs. Mit der gesamten Produktionsreihe ist man aber nicht klargekommen. Die haben sie, soweit ich weiß, alle umgebracht.« Gurian schluckte hart. Jetzt bloß keine Erinnerungen hochkommen lassen.

»Trixi gehört zu der Nachfolgeserie 734. Hast du jemals davon gehört, dass die auch Jungs in dieser Reihe erschaffen haben?«

»Nein, das war doch der Witz an dieser Serie.«

»Meinst du, die haben noch eine weitere Nachfolgeserie produziert?« Lucy sah ihn entsetzt an.

Gurian wollte ihr antworten, dass er es natürlich nicht wusste und sie genau das herausfinden mussten, aber in diesem Moment näherten sich zwei Soldaten. Gurian drückte Lucy noch weiter in die Ecke und schaffte es so, sich auch aus dem Sichtfeld der beiden zu schieben, bevor sie ihn entdecken konnten.

»Verdammter Mist«, sagte der eine. »Wir sind mit der Produktion zurück und das können wir auch nicht mehr aufholen, nicht mit diesem Material.«

»Diese verdammten Trottel!!«, schimpfte der andere. »Die pulverisieren das ganze Schiff, statt nachzusehen, was da eigentlich los ist. Wenn ich denke, was dort an Bord war, wird mir ganz schlecht!«

»Du hast ja recht! Mit dem Material hätten wir locker die Ziele erfüllt, übererfüllt mit ein wenig Glück.«

»Ich sage dir, die haben alle die Hosen voll. Man hätte da einfach reingehen, diesen Haufen Piratenabschaum zur Hölle schicken und die Roboter hier runterbringen sollen.«

»Ja, ja, ich weiß, da oben brauchte man so einen richtigen Helden wie dich.« Der Erste lachte dreckig. Es klang abfällig.

»Sehr lustig«, erwiderte der andere beleidigt. »Hast du eine Idee, wie wir unser Soll erfüllen sollen?«

»Das geht nicht mit diesem lausigen Material. Das werde ich den Typen da oben auch ganz deutlich sagen!«

»Da bin ich aber gespannt!«

»Auch wenn die noch so blöd sind, müssen die doch verstehen, dass es nicht das Gleiche ist, wenn man irgendwelche Primitiven hierher schafft und nachträglich manipuliert, oder ob man einen vernünftigen Roboter einsetzt, der von Geburt an auf seine Aufgabe trainiert wurde.«

»Wenn du es wirklich schaffst, die Idioten da oben zu überzeugen, überlasse ich dir die nächste Erziehungsmaßnahme.«

Der Sprecher lachte grausam auf. Er schwang ein Gerät, das Gurian bisher nur aus den Medien kannte. Es handelte sich um ein im gesamten Imperium geächtetes Foltergerät. Normalerweise durften selbst Militäreinheiten nicht im Besitz solcher Instrumente sein.

Von Lucy und ihren Freunden wusste Gurian, dass diese Geräte zur ›Programmierung‹ der angeblichen Roboter benutzt worden waren. Tatsächlich hatte man aber nur mittels Folter den Willen hilfloser Mädchen wie Trixi gebrochen.

Gurian stieg die Wut zu Kopf. Er musste seine gesamte Kraft aufzubringen, um nicht über diese beiden Typen herzufallen. In diesem Moment fiel sein Blick auf Lucy. Das Mädchen wirkte wie von ohnmächtiger Wut paralysiert.

Natürlich, sie gehörte auch zu den ›Primitiven‹. Diese armen Menschen, die man hierher verfrachtet und versklavt hatte und die man nach Belieben folterte, konnten sogar von ihrem Planeten stammen. Gurian legte seine Hand auf Lucys Oberarm.

»Wir kriegen sie, versprochen!«, flüsterte er.

Verdammt, langsam drehten sich wirklich die Rollen um. So ging das nicht weiter.

Endlich löste sich Lucy aus ihrer Starre. Sie sah Gurian mit einem Blick an, der einem das Blut in den Adern gefrieren lassen konnte.

»Jetzt darf nichts schief gehen«, raunte sie mit einer Stimme, die noch immer vor unterdrückter Wut bebte. »Wir müssen an den Stationsrechner und die notwendigen Daten sichern. Das hier muss so schnell wie möglich beendet werden.«

7

Sie schlichen zurück aus der Halle. Auch Lucy hatte so weit wieder die Kontrolle über sich gewonnen, dass sie umsichtig vorging. Ohne Zwischenfälle erreichten sie den Außenbereich.

In einem Moment, in dem sich niemand auf den Wegen zwischen den Gebäuden befand, gingen sie in schnellem Tempo hinter einen abgelegenen Bau, der unbenutzt aussah. Dort versteckten sie sich, um zu reden und die nächsten Schritte zu planen.

»Wie kann das sein?«, fragte Lucy. »Diese Menschen, die wie Sklaven gehalten werden, stammen aus dem Metallzeitalter. Die arbeiten an virtuellen Konsolen. Das können die doch gar nicht.«

»Du kannst das doch auch«, brummte Gurian.

»Das ist etwas anderes!«, erwiderte Lucy ärgerlich. »Du weißt genau, dass ich und meine terranischen Freunde manipuliert wurden!«

»Ja, eben!«

»Was ›ja eben‹? Kannst du mir nicht in ganzen Sätzen antworten?«

»Wenn du dich aufregst, wird es auch nicht besser. Ich meine, du kannst es, weil du manipuliert wurdest. Sie haben in deine Persönlichkeit eingegriffen. Sie haben dir Wissen eingepflanzt, dass jemand aus deiner Kultur überhaupt nicht haben sollte. Genau das werden sie mit diesen Sklaven auch gemacht haben.«

»Sie haben nicht meine Persönlichkeit verändert! Ich habe nur ein wenig zusätzliches Wissen gewonnen«, fauchte Lucy.

»Ist ja schon gut. Ich wollte dir nichts unterstellen. Bei dir ist man offensichtlich ziemlich vorsichtig vorgegangen. Du kannst davon ausgehen, dass man auf die Jungs und Mädels nicht so viel Rücksicht genommen hat.«

»Aber das ist verboten!« Lucy sah aus, als bräche sie gleich in Tränen aus.

»Es ist auch verboten, Menschen zu verschleppen. Es ist nicht erlaubt, sie gefangen zu halten und es ist natürlich verboten, sie zu foltern. Allein für den Besitz so eines Folterinstruments schickt man dich normalerweise schon nach Gorgoz. Wenn du mich fragst, ist diese gesamte Anlage und alles, was hier passiert, illegal.«

»Aber was soll das Ganze?«

»Wenn du mich fragst, werden auf dieser Station Raumschiffe oder wenigstens entscheidende Teile von ihnen konstruiert. Wenn die sich so eine Schweinerei leisten können, muss das eine absolut geheime Sache sein.«

»Eine geheime Militäraktion? Vielleicht steckt sogar ein inoffizieller Geheimdienst dahinter?«, überlegte Lucy laut.

»Du kannst davon ausgehen, dass die versuchen werden, alles zu vertuschen, selbst wenn wir die Sache aufdecken«, knurrte Gurian.

Lucy sah sich um.

»Wir müssen herausfinden, welches das Bürogebäude ist. Wenn wir wirklich etwas erreichen wollen, brauchen wir die Originaldokumente aus dem Zentralrechner, sonst glaubt uns sowieso keiner.«

»Ich denke, wir finden in dem Bau, in dem auch die Transferstation steht, einen Zugang.«

»Hast du unser Spezialgerät?«

Lucy meinte einen kleinen Apparat, mit dessen Hilfe man Daten von Rechenanlagen herunterladen konnte, ohne dass das nachträglich festzustellen war.

Gurian nickte. Die beiden schlichen in Richtung des Gebäudes, in dem sie ursprünglich angekommen waren.

Die Tür auch von außen mit ihrem Spezialwerkzeug zu öffnen, stellte sich als problemlos heraus. Wieder zogen sie ihre Waffen, als sich das Oval bildete, aber niemand befand sich im Flur hinter dem Eingang. Sie huschten hinein.

»Wir müssen ein leeres Büro mit einem Zugang zum Zentralrechner finden«, flüsterte Gurian. Lucy nickte.

Gemeinsam schlichen sie den Gang entlang. Eine Bürotür stand offen, aber als sie diese erreichten, hörten sie Stimmen aus dem Raum. Zwei Leute unterhielten sich erregt. Das Thema des abgeschossenen Piratenschiffs bot offensichtlich den Hauptgesprächsstoff unter den Mitarbeitern der Anlage.

Gurian sah vorsichtig in den Raum. Die beiden Stationsangestellten schienen völlig in ihr Gespräch vertieft. Sie achteten nicht auf die Türöffnung. Gurian atmete einmal kräftig durch. Er nickte Lucy zu. Beide machten gleichzeitig einen Satz von einer Seite zur anderen.

Einen Moment verharrten die beiden Rebellenkämpfer und lauschten in Richtung zur Bürotür, dann gingen sie schnell auf leisen Sohlen weiter den Gang entlang.

Sie sahen in den nächsten Raum, den sie zwar leer vorfanden, in dem sich aber auch kein Zugang zum Zentralrechner befand. Er wirkte eher wie ein Ersatzteillager. In diesem Moment öffnete sich eine Tür weiter vor ihnen.

Diesmal reagierte Lucy schneller. Sie zog Gurian in den Abstellraum. Sie kauerten sich hinter ein Regal. Zwei Militärs in Ziviluniformen gingen durch den Flur an der offenstehenden Tür vorbei.

Auch sie unterhielten sich erregt. Die gesamte Besatzung der Station schien in Aufruhr. Soweit Gurian erkennen konnte, war der Grund in allen Fällen die fehlende Lieferung von Robotern. Ihr Eindringen hatte man scheinbar noch nicht bemerkt.

Lucy sprang leichtfüßig zur Tür und sah vorsichtig heraus. Sie winkte Gurian.

»Schnell, wir nehmen das Büro, aus dem die beiden gekommen sind. Dass dort ein Dritter sitzt, ist unwahrscheinlich. Bisher habe ich nur ein oder zwei Schreibtische pro Raum gesehen«, flüsterte sie.

Mit flinken Fingern kramte sie ihr Spezialgerät aus ihrer Tasche und öffnete die Tür. Sie schlichen hinein und verschlossen den Eingang wieder.

Lucy hatte recht, sie fanden das Büro verlassen vor. Gurian verlor keine Zeit. Er setzte sich an einen der beiden Schreibtische und erweckte den Bildschirm zum Leben. Von hier ließ sich tatsächlich auf den Zentralrechner zugreifen.

Leider gehörte er nicht zu den Computerspezialisten der Rebellen. Natürlich konnte er wie alle Jugendlichen mit diesen Geräten bis zu einem gewissen Grad umgehen, aber wenn es schwieriger wurde, verließen sich alle auf der ›Taube‹ auf Shyringa oder Varenia. Daher dauerte die Suche länger, als die beiden Mädchen benötigt hätten.

»Was ist?«, fragte Lucy dann auch schon nach einer viel zu kurzen Zeit.

»Immer mit der Ruhe, ich muss erst die entscheidenden Dokumente finden«, brummte Gurian.

Lucy stand nervös, ihren Handstrahler in der Hand, neben der Tür. Der Druck beschleunigte die Suche auch nicht gerade. In diesem Zentralrechner befanden sich Zigtausende Dokumente. Gurian kannte das Schema nicht, nach dem sie geordnet waren.

Endlich fand er einen Ordner, in dem es um die Lieferung von Robotern ging. Er überflog die Informationen.

»Hier ist etwas. Tatsächlich, es hat eine geheime Produktion von ›Robotern‹ der 734-Serie gegeben. Die musste nach dem Skandal eingestellt werden. Sie haben nach Ersatz gesucht.«

Gurian öffnete ein Dokument nach dem anderen, überflog sie und versuchte den umfangreichen Text in einem Satz zusammenzufassen.

»Wahnsinn! Sie haben Menschen von Jerox entführt.« Jerox gehörte zu den erst kürzlich besetzten Planeten. »Sie haben ihre Hirne manipuliert, um ihre Kenntnisse um die benötigten Fähigkeiten zuerweitern. Gütiges Universum! Sie haben nicht nur in Kauf genommen, dass dadurch der Willen dieser Menschen teilweise zerstört wurde, das war sogar beabsichtigt!«

Lucy trat neben ihn und starrte ebenfalls fassungslos auf die Dokumente. Nicht, dass sie es schon in der Produktionshalle geahnt hätten, aber es schockierte dennoch, schwarz auf weiß zu sehen, dass man alles bewusst so geplant und durchgeführt hatte.

»Das ist doch verboten!« Lucy klang ungewohnt hilflos.

»Verboten? Das ist barbarisch! Und alle hier wissen das. Alle!« Gurian konnte seinen Zorn kaum unterdrücken.

»Spiel die Dokumente auf!« Lucy schien sich wieder zu fassen. »Die kriegen wir!«

Offizielle Dokumente im Imperium besaßen eine Signatur, die auf hoch entwickelter Informationstechnologie beruhte. Mit ihrer Hilfe konnten alle Veränderungen an einem Dokument nachvollzogen und so auch die Echtheit überprüft werden.

Gurian holte ein weiteres kleines Gerät aus der Tasche. Es war ebenfalls eine Spezialentwicklung der Rebellen. Mit seiner Hilfe konnte man nicht nur die Informationen überspielen, es verschleierte auch den Kopiervorgang vor den Sicherheitseinrichtungen des Zentralrechners.

Vorsichtshalber kopierte Gurian sämtliche Dokumente, die er im Zusammenhang mit den ›Robotern‹ gefunden hatte. Platz stellte kein Problem dar: Auf das unscheinbare Gerät passten Unmengen solcher Informationen, aber der Vorgang brauchte seine Zeit.

Nervös trommelte Lucy mit den Fingerspitzen auf das Pult neben ihm. Natürlich hatte sie recht, mit jeder Sekunde, die sie sich hier länger aufhielten, wuchs die Gefahr entdeckt zu werden.

Gurian starrte auf die Anzeige. Die letzten fünf Prozent des Kopiervorgangs brachen an. Noch wenige Sekunden und sie hatten es geschafft. In diesem Moment öffnete sich die Tür. Ein Militärangestellter in Zivil betrat nichts ahnend den Raum. Den Bruchteil einer Sekunde starrte er Gurian schockiert ins Gesicht. Er öffnete den Mund zu einem Schrei.

Bevor er Gelegenheit hatte ihn auszustoßen, traf ihn ein Betäubungsstrahl. Noch während sie schoss, hechtete Lucy zur Tür und fing den bewusstlos zusammensinkenden Körper auf. Sie steckte den Kopf aus der Tür und sah sich gehetzt auf dem Flur um, bevor sie das Oval wieder schloss.

»War er allein?«, fragte Gurian vorsichtshalber nach. Lucy nickte.

Endlich wanderte die Anzeige auf dem Bildschirm auf null. Der Kopiervorgang war beendet. Gurian atmete auf. Mit flinken Fingern entfernte er das kleine Gerät von der Konsole und steckte es in die Tasche.

Lucy stand neben der Tür und starrte gedankenverloren auf den bewusstlosen Zivilangestellten.

»Den können wir hier nicht liegen lassen«, erinnerte Gurian sie.

Lucy nickte. Sie sah unentschlossen aus.

»Der weiß von allen Schweinereien und macht dabei mit. Gib mir die Erlaubnis und ich drehe ihm den Hals um.« Gurian konnte sich nicht länger zurückhalten. Er wünschte sich in diesem Moment nichts mehr, als all die Ungerechtigkeiten zu rächen. Wenigstens eines von diesen Schweinen sollte sterben, durch seine Hand.

»Mach, was du willst!«, sagte Lucy kraftlos und wandte sich ab.

Das konnte nicht wahr sein. Meinte sie das ernst? Gurian sah auf dieses Stück Abschaum. Kalter Hass durchflutete ihn, aber irgendwo hallte Helenas Stimme in seinem Kopf und er spürte ihre gütigen Augen auf sich. Was sollte das? Lucy, diese verdammte Terranerin! Sie hatte doch die Aufgabe, ihn von solchen Taten abzuhalten.

»Wir nehmen ihn mit«, knurrte Gurian noch wütender als üblich. »Der kommt nach Gorgoz und wenn ich ihn da persönlich abliefern muss!«

»Was sonst, wir sind schließlich die Guten.« Lucy klang nicht, als ob sie es ernst meinte. Ihre Entdeckung musste sie schwer erschüttert haben.

»Hier, nimm meine Waffe und sieh zu, dass mich keiner erschießt, während ich dieses Stück Dreck schleppe!«, schnauzte Gurian.

Er drückte Lucy seinen Handstrahler in die Hand und schulterte den Kerl. Der gehörte dummerweise nicht zu der leichten Sorte.

Lucy ging vor. Sie hatten Glück, es stand niemand auf dem Flur. Schnell verließen sie das Büro und hetzten den Gang entlang in Richtung der Transferstation. Gurian ächzte unter der Last des betäubten Militärangestellten.

Das Schicksal blieb ihnen gesonnen, nur einmal kamen ihnen Personen entgegen. Sie hörten diese aber rechtzeitig und konnten sich in einem Abstellraum verstecken.

Erst als sie die Transferkabine erreichten, trafen sie auf Widerstand. Der Soldat, der für die Bewachung eingeteilt war, entdeckte sie. Lucy schien nicht mehr gewillt zu sein, sich lange aufzuhalten.

Bevor der Mann seine Entdeckung irgendjemandem mitteilen konnte, feuerte sie gleich aus beiden Waffen auf ihn. Bewusstlos brach er zusammen.

»Ein Treffer hätte auch gereicht.« Gurian konnte sich nicht verkneifen seine ungewöhnliche Rolle auszukosten und eine der typischen Belehrungen auszusprechen, die er sich normalerweise von Lucy anhören musste.

»Quatsch nicht und hilf mir den Kerl in die Kabine zu ziehen!«, fauchte die zurück.

Gurian schmiss seine Last wenig rücksichtsvoll in die Transferstation und half Lucy danach grinsend, den Soldaten hineinzuzerren.

Lucy schloss ihr Spezialgerät an, das den geheimen Transfer zur ›Taube‹ programmierte. Bevor der erfolgte, fragte Gurian:

»Sag mal, hast du das vorhin ernst gemein, hättest du mich wirklich diesen Typen umbringen lassen?«

»Das war nur ein Test. Was denkst du?«, erwiderte Lucy abweisend.

Gurian glaubte ihr nicht.

8

»Oh je, noch zwei unterzubringen!«, stöhnte Varenia, als sie die Militärangehörigen in der Transferkabine entdeckte. »Die ›Taube‹ ist nur ein C-Klasse-Schiff. In den kleinen Räumen haben unsere ›Gäste‹ auch so fast keine Luft zum Atmen. Ich weiß nicht, wie ich die beiden da noch hineinquetschen soll.«

»Die haben es nicht besser verdient!«, knurrte Gurian.

Varenia warf ihm einen ärgerlichen Blick zu und setzte an, etwas zu erwidern, aber Lucy kam ihr zuvor:

»Gurian hat recht!«

Irritiert ließ Varenia ihren Blick zwischen Gurian und Lucy wandern. Sie erwiderte aber nichts, sondern führte die mittlerweile wieder aufgeweckten, aber nicht sonderlich fit wirkenden Gefangenen ab.

»Und ihr seid sicher, dass niemand etwas mitbekommen hat?«, begrüßte Lars seine beiden Mitstreiter auf der Brücke.

»So sicher, wie man in so einem Fall sein kann«, erwiderte Lucy ausweichend.

Gurian wusste, dass sie genauso wie er selbst Angst hatte, dass die Besatzung der Militärstation Verdacht schöpfen und die Beweise für ihre Taten beseitigen würde. Was das in diesem Fall für die armen, ohnehin gequälten Menschen bedeuten würde, daran mochte er nicht denken.

»Wir haben nicht viel Zeit«, erklärte Lucy. »Wir fliegen nach Sarenia. Dort übergeben wir die Gefangenen und die Dokumente den Mädchen.«

»Und dann?«, fragte Lars.

»Was schon? Ich werde mit Dengan sprechen und ihn nach Sarenia schicken. Dort kann er dann alles abholen und sich die Geschichte von den Mädchen bestätigen lassen.«

»Der wird vor allem versuchen, uns in die Finger zu bekommen«, warf Gurian ein.

»Ich wollte nicht warten, bis er da ist!« Lucy ging offensichtlich seine ewige Schwarzmalerei zunehmend auf die Nerven.

»Ist ja schon gut, mir fällt auch nichts Besseres ein«, gab er deshalb als Friedensangebot zu.

Mit der ›Taube‹ verkürzte sich die Reise vom Rande des Planetensystems bis zu dem blauen Juwel Sarenia wesentlich gegenüber ihrem vorherigen Anflug mit dem alten Piratenschiff.

Sie versteckten die ›Taube‹ im Orbit des vierten Planeten. Lucy, Lars und Gurian transferierten zusammen mit ihren gefesselten Gefangenen zu der Insel auf Sarenia, auf der die Mädchen lebten. Die Gefangenen wurden in den Räumen untergebracht, die man bereits für die Piratenmannschaft nutzte. In dem Gebäude trafen die jungen Rebellen auf Luwa, die gelangweilt wirkte.

»Na, alles in Ordnung?«, fragte Lucy. Gurian vermutete, dass sich ihre Kommandantin mehr um den Gesundheitszustand der Gefangenen sorgte, als darüber, dass jemand Luwa entkommen war.

»Leider haben sie nur einmal aufgemuckt. Seit ich ihnen klargemacht habe, dass es gesünder für sie ist, sich ruhig zu verhalten, sind sie brav wie die Babys.« Luwa grinste übers ganze Gesicht.

Lucy atmete betont laut aus und schüttelte den Kopf. Allerdings wurde Gurian den Eindruck nicht los, dass sie es in diesem Fall nicht so ernst meinte wie normalerweise.

»So, lasst uns verschwinden. Ich möchte so schnell wie möglich Dengan kontaktieren«, sagte Lucy, nachdem sie sämtliche Gefangenen sicher verschlossen hatten.

»Äh, wollen wir uns nicht noch von den Mädchen verabschieden?« Gurian merkte selbst, wie unsicher er klang.

Lucy durchbohrte ihn mit einem undefinierbaren Blick.

»Ich habe das Speichermedium mit den Dokumenten Helena gegeben. Dabei habe ich mich schon verabschiedet«, klärte sie ihn auf.

Gurian spürte eine so starke Enttäuschung, dass er die Kontrolle über seine Gesichtszüge verlor. Lucy erkannte das offensichtlich auch.

»Hör zu, du hast eine Stunde! Keine Minute länger! Wenn du dann nicht da bist, fliegen wir ohne dich! Mir wird schlecht, wenn ich daran denke, was den Menschen auf Fagul in dieser Zeitspanne alles angetan werden kann«, sagte sie ernst.

Gurian nickte. Er wusste, Lucy hatte recht, aber er musste Helena einfach wiedersehen. Diese Sehnsucht kannte er nicht mehr seit … Er konnte einfach nicht. Er durfte die Erinnerung nicht hochkommen lassen. Das passierte auch so schon zu häufig, nachts im Schlaf, wenn er sich nicht mehr unter Kontrolle hatte.

Seine Füße setzten sich in Bewegung, ohne dass er weiter darüber nachdachte. Sie führten ihn zu Helenas Wohnung. Er kannte den Weg. Während des Anflugs hatte er ihn sich immer wieder angesehen.

Seine Freunde hielten Gurian für den mutigsten aller Rebellen. Das mochte stimmen, wenn es um den Kampf ging. Vor Helenas Tür aber empfand er nur noch Angst. Seine Hand drohte ihm den Dienst zu versagen, als er auf den Anklopfer drücken wollte. Für ihn kostete es mehr Mut diesen Schritt zu tun, als gleich gegen ein Dutzend Gegner in den Kampf zu ziehen.

Kaum hatte er den Mechanismus betätigt, öffnete sich die Tür. Helena strahlte ihn an.

»Ich habe gehofft, dass du kommst. Ich hatte schon Angst, du verabschiedest dich nicht von mir«, begrüßte sie ihn.

Schüchtern folgte Gurian ihr in das Wohnzimmer. Unschlüssig stand er vor ihr.

»Ich habe gehört, was passiert ist«, sagte Helena. »Lucy hat erzählt, dass du niemanden getötet hast, obwohl du es gekonnt hättest. Ich wusste, dass du nicht einer von den Grausamen bist. Du gehörst zu denen, die das Leben anderer Menschen achten.«

»Ich habe es für dich getan«, erwiderte Gurian leise. Seine Stimme klang heiser. Es fühlte sich so an, als hätte er sie lange nicht mehr benutzt.

»Das stimmt nicht. Vielleicht hat unser Gespräch dir die Augen geöffnet. Wenn es so ist, bin ich stolz darauf, mit dir gesprochen zu haben. Aber es ist deine Persönlichkeit, die so gehandelt hat, egal mit wem du über diese Dinge geredet hast.«

Gurian wäre gerne so gewesen, wie Helena ihn sehen wollte, aber er wusste, dass sie unrecht hatte. Sie nahm seine Hand. Er drückte sie an sich. Sie standen minutenlang aneinander gekuschelt, einfach schweigend in diesem Wohnzimmer, das mit so vielem funktionslosem Zierrat vollgestellt war, dass es schon fast kitschig wirkte.

»Wir haben nicht viel Zeit«, sagte er und versuchte so viel Zärtlichkeit und Liebe in seine Stimme zu legen, wie seit mehr als einem halben Jahrzehnt nicht mehr. »Ich sage dir deshalb ganz direkt, dass ich gerne dein Freund sein möchte. Ein richtiger Freund, meine ich.«

»Das geht nicht.« Helena senkte traurig den Blick.

»Aber warum nicht?« Gurian fühlte sich der Verzweiflung nahe.

»Es hat mit einem anderen Menschen zu tun.«

»Aber ich komme doch nicht aus den Kolonien und du auch nicht! Wir können auch zu dritt oder zu mehreren Freunde sein.« Gurian erschrak innerlich über seine Stimme. Sie klang so flehend.

»Warum hast du dort die Narbe?«, wechselte Helena das Thema und strich ihm wieder über den Wulst.

Gurian sah sie an. Irgendetwas in ihm gab nach. Er setzte sich auf die Couch, die in dem Wohnraum stand. Er begann zu erzählen. Es war die grausame und traurige Geschichte von seiner toten Freundin Nerinia.

Er hatte sie bisher nur einem Menschen erzählt. Das war vor Monaten gewesen, in einer sehr, sehr langen und sehr, sehr kalten Nacht. Er hatte sie Lucy, der Terranerin, erzählt. Seitdem konnte das Mädchen ihm nicht mehr egal sein, so sehr er sich auch Mühe gab.

Er wusste, dass Helena ihm ebenfalls nie wieder gleichgültig sein würde. Ihr gegenüber empfand er aber etwas anderes. Das Gefühl war stärker. Das erste Mal seit dieser grausamen Geschichte sehnte er sich nach einer richtigen Freundschaft, etwas, das es zwischen Lucy und ihm nie geben würde und was auch keine Bedeutung hatte zwischen ihnen.

Als er seine Geschichte beendet hatte, glänzten seine Wangen tränennass. Auch in Helenas Augen standen Tränen. Sie drückte seine Hand. Dann nahm sie ihn in den Arm.

»Es tut mir so leid für dich«, flüsterte sie.

»Nerinia sollte dir leidtun«, erwiderte er, mühsam das Schluchzen unterdrückend. Helena schüttelte den Kopf.

»Die Toten spüren keinen Schmerz mehr, aber die, die um sie trauern, schon!«

Gurian wusste nicht, was er dazu sagen sollte. Wenn sich jemand mit Schmerzen auskannte, dann sicher ein Robotermädchen.

Helena stand auf. Sie zog Gurian auf die Füße.

»Komm! Ich will dir etwas zeigen!«

An der Hand haltend, führte sie ihn zwei Räume weiter. Sie gab ihm ein Zeichen still zu sein. Leise öffnete sie die Tür. In dem Zimmer saß ein Robotermädchen. Teilnahmslos starrte es an eine Wand. In ihrem Blickfeld hing zwar ein Bild, aber sie schien es nicht wahrzunehmen, genauso wenig wie die beiden Besucher. Helena betrachtete das Mädchen eine Weile stumm, dann schloss sie leise die Tür.

»Das ist Miriam. In den letzten zwei Wochen vor unserer Befreiung haben die sadistischen Wärter sie vier Mal geholt und gequält. Seitdem ist sie so. Es gibt nur wenige Tage, an denen sie wieder da ist. Dann ist sie fast wie früher.«

Helenas Augen füllten sich diesmal so mit Flüssigkeit, dass eine einzelne Träne die Wange hinunterlief.

»Sie ist oder besser sie war meine beste Freundin. Ich hoffe, dass ich es irgendwann schaffe, sie so weit zurückzuholen, dass sie wieder bei mir ist. Jedes Mal, wenn sie einen Mann sieht, versinkt sie in den Zustand, den du gesehen hast. Ich kann nicht deine Freundin sein, dann verliere ich sie ganz.«

Gurian nahm Helena in den Arm und drückte sie fest an sich. Seit Nerinia hatte er nicht mehr das Bedürfnis gehabt, einem

Menschen so nah zu sein. Für einen Moment raubte ihm das Gefühl den Atem.

»Es ist alles so schwer. Es ist so enttäuschend, wenn sie nicht reagiert und es ist noch grausamer, wenn sie eine Zeit lang bei mir ist und dann wieder wegdämmert. Ich weiß nicht, ob ich das schaffe. Ich bin so müde«, schluchzte Helena. »Ich weiß nicht mehr, ob sich das alles überhaupt lohnt.«

Gurian hielt Helena in den Armen, bis Lucy sich über sein Kommunikationsgerät meldete und ihn zum Aufbruch drängte. Es gab keinen anderen Weg, er musste zurück auf die ›Taube‹. Sanft schob er Helena von sich. Er hauchte ihr einen zärtlichen, aber freundschaftlichen Kuss auf den Mund.

»Mach weiter! Es lohnt sich«, sagte er. »Glaube mir, es lohnt sich.«

Damit ging er, ohne sich noch ein einziges Mal umzudrehen.

*** Ende ***

Aquata

1

»Soll ich die Fenster verdunkeln? Du bist völlig abgelenkt. Du hörst mir überhaupt nicht zu.« Ronja betrachtete ihre Freundin mit einer Mischung aus Ärger und Besorgnis.

Maja wandte ihren Blick von der großen Panoramascheibe ab, auf die sie die letzte Viertelstunde gestarrt hatte.

»Bitte nicht«, bettelte sie. »Das halte ich nicht aus, das weißt du.«

Zwei der vier Wände des Zimmers, in dem sich die beiden jungen Frauen befanden, bestanden aus einem durchsichtigen Material, durch das man weitgehend unverzerrt die Umgebung der Unterkunft beobachten konnte.

Unzählige bunte Fische in allen Formen schwammen davor umher. Der Raum befand sich im Meer, fast zwei Meter unter dem Meeresspiegel. Das Wasser des Ozeans war klar und die Sonne strahlte ungebremst auf die Oberfläche. Schattierungen von Blaugrün wechselten sich in der Unterwasserwelt ab.

Das Zimmer wurde ausschließlich durch die Scheiben beleuchtet, sodass es in eine in Helligkeit und Farbton sanft schwankende blaugrüne Farbe getaucht wurde. Die beiden Freundinnen saßen sich an einem Tisch gegenüber. Maja sagte kein Wort und starrte jetzt statt aus dem Fenster auf die Tischplatte vor sich.

»Ich hatte dich gefragt, ob du dich entschieden hast?«, durchbrach Ronja schließlich das Schweigen.

»Ich kann hier nicht weg. Ich muss meine Forschungsreihe beenden.«

Resigniert schüttelte Ronja den Kopf.

»Es gibt nichts mehr zu forschen. Die Republik der vereinigten imperialischen Planeten gibt diese Station auf«, erklärte sie mit Nachdruck. Sie wusste nicht, wie oft sie schon versucht hatte, ihrer Freundin die Situation begreiflich zu machen. Maja galt als brillant. Viele hielten sie für ein Genie. Aber es gab Dinge, praktische Dinge und zwischenmenschliche Dinge, die sie nicht erreichten, egal, wie man sie ihr nahe brachte.

»Die wollen den gesamten Planeten aufgeben«, stellte die Wissenschaftlerin fest. Sie sah ihre Freundin noch immer nicht an. Das Sprechen schien ihr schwerzufallen.

»Maja, dieser Planet ist zur Besiedelung nicht geeignet. Ein Langzeitbesiedlungsprogramm für diese Welt ist viel zu aufwendig. Ganz davon abgesehen, dass grundlegende Techniken für die Transformation derartiger Wasserwelten noch nicht existieren.«

»Aber darum geht es doch gar nicht.« Maja hob das erste Mal die Augen und sah Ronja ins Gesicht. Schiere Verzweiflung lag in ihrem Blick.

»Doch, darum geht es der Republik. Es gibt mittlerweile ein Dutzend Erfolg versprechende Kandidaten für ein Langzeitbesiedlungsprogramm. Es handelt sich in allen Fällen um Planeten, die mit erprobten Techniken transformiert werden können. Das ist technisch und wirtschaftlich machbar. In drei- bis vierhundert Jahren können sie besiedelt werden.«

»Aber ...«

»Nichts aber!« Ronja ließ sich nicht unterbrechen. »Um die Plattentektonik eines ganzen Planeten zu beeinflussen, fehlen uns heute jegliche technischen Möglichkeiten. Das kann noch Jahrhunderte dauern, bis man so weit ist. Und wenn man jemals eine Lösung finden sollte, wird es nach aller Wahrscheinlichkeit wirtschaftlich nicht machbar sein. Du müsstest das doch eigentlich besser wissen als ich.«

Maja gab ihren Widerspruch auf.

»Glaubst du, sie bieten ihn den Aranaern an?«

»Warum nicht? Wenn die eine Verwendung für ihn haben, wir brauchen ihn nicht. Aber eher wird er den Loratenern übergeben.«

»In beiden Fällen würde alles Leben auf Aquata zerstört.«

»Oh Maja! Diese Unterwasserlandschaft da draußen ist zwar hübsch anzusehen, aber dort werden niemals Menschen leben. Es gibt da nichts, was sich zu erhalten lohnt. In unserer Galaxie gibt es wirklich wichtigere Probleme als ein paar Fische.«

»Es geht nicht um die Fische. Es geht um die Dolfine.«

»Oh bitte Maja, bitte fange nicht wieder damit an. Weißt du eigentlich, dass deine Kollegen dich mittlerweile für nicht mehr ganz richtig im Kopf halten? Selbst unsere Freunde finden dich langsam etwas komisch.«

»Es sind deine Freunde!«

»Ja, das ist ein Teil des Problems. Du hast abgelenkt. Ich wollte von dir wissen, ob du dich entschieden hast?«

»Ich weiß nicht«, flüsterte Maja ängstlich.

Sie sah aus wie ein in die Enge getriebenes Kaninchen. Ihr Blick flackerte, die Augen wanderten unstetig umher. Sie ballte die rechte Hand zur Faust und führte sie zum Mund. Gedankenverloren knabberte sie am Knöchel des Zeigefingers. Wie immer, wenn ihre Freundin diese automatische Reaktion zeigte, zog Ronja ihr die Hand sanft aber bestimmt aus dem Rachen.

»Maja«, redete sie eindringlich auf sie ein. »Übermorgen fliegt das letzte Schiff. Alle verlassen diese Station.«

»Aber irgendjemand muss doch hier bleiben und sie beschützen.«

Ronja atmete schwer durch.

»Ich halte das nicht mehr aus, Maja. Du weißt, ich habe immer zu dir gehalten. Ich bin überall mit dir hingegangen, selbst hierher. Ich kann nicht mehr, Maja. Ich muss wieder unter Menschen. Unsere letzten Freunde sind schon vor drei Monaten abgeflogen.«

»Du willst zu deinen anderen Freunden, nicht wahr?«, stellte Maja in einem Ton fest, der sich anhörte, als ginge es sie nichts an.

»Es sind auch deine Freunde, zumindest waren sie das. Wir haben darauf geachtet, dass niemand dabei ist, vor dem du Angst haben könntest. Aber du hast dich trotzdem von allen abgewandt, wie es aussieht, jetzt sogar von mir.«

Ronja spürte einen furchtbaren Schmerz. Sie kannte Maja seit ihrer Kindheit. Sie waren zusammen aufgewachsen. Sie hatten diese grausame Zeit gemeinsam durchlitten. Beide hatte man als biologische ›Maschinen‹ konstruiert und schon als Kinder zu harter Arbeit eingesetzt. Dabei hatte man die Kleinigkeit übersehen, dass diese Art von ›Robotern‹ nicht nur wie Menschen aussahen, sondern auch wie diese dachten und fühlten, es sich also praktisch um vollwertige Menschen handelte.

Bis sie befreit wurden, hatte man sie bereits grausam gefoltert, Maja ein wenig härter als Ronja. Auch war ihre Freundin im Gegensatz zu ihr trotz ihres kindlichen Alters mehrfach missbraucht worden. Es gab genug Gründe für Majas Probleme, das stand nicht infrage.

Noch immer war Maja ihre beste Freundin, mehr als das, sie war ihre innigste Geliebte. Ronja hatte streng darauf geachtet, dass kein Mann ihrem rein weiblichen Freundeskreis zu nahe kam, obwohl sie auch nette, interessante Männer getroffen hatte. Sie schützte Maja, wo sie konnte.

»Ohne mich bist du viel freier«, stellte Maja sachlich fest.

»Du tust mir weh. Du weißt, dass ich möchte, dass du mitkommst.« Ronja stiegen Tränen in die Augen. Nach der Befreiung hatte es Jahre der Psychotherapie gedauert, bis sie wieder weinen konnte. »Auch du brauchst Freunde. Du musst andere Menschen wieder an dich heranlassen. Komm mit und nimm deine Therapie wieder auf, bitte.«

Die beiden jungen Frauen waren grundverschieden. Maja galt nach den in der imperianischen Gesellschaft geltenden Schönheitsidealen als bildhübsch, wenn man von ihren Augen absah. Ihr abwechselnd unsteter bis abwesender Blick zerstörte die positive Ausstrahlung, die ihr Äußeres auf den ersten Blick vortäuschte.

Andererseits galt sie in wissenschaftlicher Hinsicht als genial. Sie dachte Gedankengänge, auf die niemand anderes kam und verfolgte mit rücksichtsloser Hartnäckigkeit die Erforschung ihrer Ideen bis zum Beweis.

Ronja dagegen gab sich weitgehend mit der Rolle der Beschützerin ihrer genialen Freundin zufrieden. Ihr Körperbau war für das imperianische Schönheitsideal zu grobknochig. Eine zu lange Nase und ein zu breiter Mund prägten ihr Gesicht. Dennoch besaß sie für ihre Freunde die weitaus größere Ausstrahlung. Ihre zu weit auseinanderstehenden Augen leuchteten vor Eifer, wenn sie ein Ziel erkannte, und strahlten eine liebevolle Wärme in der Nähe geliebter Menschen aus.

Beruflich fühlte sie sich mit dem einzigen Projekt, das ihr wirklich wichtig war, gescheitert. Sie hatte Psychologie studiert. Ihr größter Wunsch bestand darin, ihrer Freundin zu helfen. Schon früh hatte sie eingesehen, dass sie Maja viel zu nah stand, um ihr Ziel erreichen zu können. Sie arbeitete zwar noch immer auf dem

Gebiet, aber nicht nur sie schätzte sich selbst als ziemlich mittelmäßig in ihrem Beruf ein.

Jetzt sah sie Maja direkt ins Gesicht. Sie versuchte, den Blick ihrer Freundin zu binden, aber die wandte bereits wieder die Augen ab. Ausdruckslos, so als sehe sie in eine ganz andere Welt, starrte die junge Frau aus einem der beiden Fenster.

»Bitte Maja, du kannst nicht hierbleiben!«, versuchte Ronja es noch einmal.

»Ich kann nicht weggehen. Ich stehe kurz vor der Lösung.«

»Vor was für einer Lösung, verdammt!« Ronja fluchte nur selten und normalerweise nicht in Majas Nähe. Dass sie es in diesem Moment doch tat, zeigte ihre nervliche Anspannung.

»Ich habe eine neue Idee. Ich weiß jetzt, wie sich die Dolfine unterhalten. Wir sind von völlig falschen Voraussetzungen ausgegangen. Es sind die Augen, nicht die Ohren.«

»Maja, wovon redest du?« Ronja spürte, wie die Verzweiflung sie verschlang. Das Zimmer verschwamm in dem Tränensee, der sich in ihren Augen bildete.

»Ich werde beweisen, dass Dolfine denken und fühlen können, dass sie ein Bewusstsein besitzen. Ich werde zeigen, dass sie menschenähnlich sind.«

»Das versuchst du, seit wir hier auf diesem grauenhaften Planeten sind. Alle sagen, das geht nicht. Sie glauben, du bist besessen von der Idee. Deine Kollegen halten dich für verrückt«, schluchzte Ronja. »Bitte komm mit.«

»Du verstehst das nicht. Ich stehe kurz vor dem Durchbruch. Es ist eine wissenschaftliche Revolution. Ich werde mich mit ihnen unterhalten können.«

»Du willst mit diesen Fischen reden? Du kannst dich doch nicht einmal mehr mit deinen Freunden unterhalten. Du sprichst ja nicht einmal mehr mit mir, jedenfalls nicht über wichtige Dinge.«

»Dolfine sind keine Fische. Es sind hoch entwickelte Säugetiere mit einem Gehirn, dessen Kapazität an unsere heranreicht, vielleicht sogar übersteigt.«

»Darum geht es doch nicht. Das weiß ich doch alles«, schluchzte Ronja.

Bei Aquata handelte es sich um einen besonderen Planeten. Jedenfalls kannte man bisher keinen vergleichbaren Himmelskörper. Auf seiner Oberfläche befanden sich größere Mengen Wasser, als man irgendwo anders entdeckt hatte. Schon vor vier Milliarden Jahren, als das erste Leben auf ihm entstand, bedeckten die Wassermassen den weitaus größeren Teil der Oberfläche.

Die Modellrechnungen zeigten, dass es nur eine größere Landfläche gegeben hatte, nur einen Kontinent. Unter ihm musste sich eine große Wasserblase befunden haben. Jedenfalls versank der gesamte Kontinent im Ozean. Das geschah Hunderte von Millionen Jahren, nachdem er von den ersten Landlebewesen bevölkert wurde. Sämtliche am Land lebenden Tiere starben aus. Darunter auch sämtliche Landsäugetiere. Die geologische Katastrophe überlebten nur Fische, Meeressäuger und andere Wassertiere und -pflanzen.

Die Dolfine waren gut zwei Meter lange Säugetiere, die den Planeten umspannenden Ozean in kleineren Gruppen durchstreiften. Ronja war es in dieser Stunde ziemlich egal, welcher Kategorie diese Tiere zugeordnet wurden.

»Ich kann nicht hierbleiben«, schluchzte sie. »Ich halte das nicht mehr aus. Ich fliege übermorgen mit. Du musst selbst entscheiden, ob du mitwillst oder nicht.«

Entschlossen rieb Ronja sich die Tränen aus den Augen und blickte Maja an. Ihre Freundin starrte aber nur unbewegt aus dem Fenster in die Tiefe des Ozeans.

Nach fünf Minuten Schweigen erhob Ronja sich. Bis die Tür sich hinter ihr schloss, hoffte sie, dass ihre Freundin ihr hinterherlaufen würde. Ein Ruf hätte gereicht. Aber von Maja kam nichts.

Heulend warf Ronja sich auf ihr Bett. Es war vorbei. Sie würde in zwei Tagen abfliegen und Maja bliebe hier, allein unter Fischen.

2

»In einer Stunde geht das Schiff«, sagte Ronja. Sie hatte es doch nicht ausgehalten, allen Vorsätzen zum Trotz. »Du kannst noch mitkommen, wenn du willst. Ich habe die nötigsten Sachen zusammengepackt. Du brauchst nur einzusteigen.«

Maja starrte stumm in das dunkle Blaugrün des Ozeans. Sie hatte ihrer Freundin nur zur Begrüßung ein Mal zugenickt und sie seitdem nicht mehr angesehen. Die beiden jungen Frauen befanden sich in dem Fauna-Labor der Unterwasserstation.

Drei Wände und die Decke waren aus durchsichtigem Material gefertigt. Die Rückseite wandte das Labor dem Felsen zu, an dem die Station angeklebt war.

Das Gesteinsmassiv bildete die flachste Stelle des den gesamten Planeten umspannenden Ozeans. Bevor der einzige Kontinent des Himmelskörpers im Meer versank, stellte dieser Felsen den höchsten Berg eines gewaltigen Gebirges dar. Heute ragte er bei gutem Wetter nur wenige Zentimeter aus dem Wasser. An stürmischen Tagen wie diesem wurde er von den Wellen überspült. Außer ein paar einfacher Moose existierten auch keine an Land wachsenden Pflanzen in dieser Welt.

»Was machst du eigentlich hier?«, fragte Ronja.

Im Grunde ihres Herzens wusste sie, sie würde Maja nicht überreden können. Ihre Freundin hatte sich bereits entschieden, gegen sie und gegen ein gemeinsames Leben. Dennoch wollte sie sich später wenigstens sagen können, dass sie alles versucht hätte, buchstäblich bis zur letzten Minute.

»Es war alles falsch«, antwortete Maja abwesend, ohne die Augen von ihren Messapparaten zu nehmen. »Wir sind von verkehrten Annahmen ausgegangen. In unserem Größenwahn haben wir geglaubt, die Sinne eines Dolfins funktionieren wie unsere.«

»Das ist kein Größenwahn, sondern die einfachste Annahme.«

Maja ging nicht auf ihre Freundin ein, sondern redete unbeirrt weiter.

»Das Entscheidende an unseren Ohren ist nicht, dass wir Luftschwingungen als Töne hören, sondern dass wir zeitlich aufgelöste Signale wahrnehmen.«

»Und das machen deine Fische nicht?«

»Ich spreche nicht von Fischen, sondern von Dolfinen!« Maja sah das erste Mal auf, aber nur, um Ronja mit einem tadelnden Blick zu strafen.

»Also gut, deine Dolfine hören also nicht?«

»Doch, das schon. Sie besitzen auch ein akustisches Wahrnehmungssystem, also Ohren.«

»Und was ist dann der Unterschied?«

»Der Unterschied liegt darin, dass sie über Ultraschall sehen. Sie erzeugen Ultraschallsignale und messen die Reflexion. Dadurch sehen sie. Es ist faszinierend. Sie können in dich hineinsehen, wie wir mit unseren Ultraschallgeräten. Für einen Dolfin ist nicht nur deine Oberfläche wichtig. Er sieht direkt in dein Inneres. Das gehört für ihn zu deiner Gestalt genauso dazu wie dein Gesicht oder deine Figur.«

»Ja, sehr interessant, aber das gilt doch sicher auch für andere Tiere, die sich über Ultraschall orientieren.«

»Im Prinzip schon, wobei das Medium Wasser auch noch eine physikalische Rolle spielt, aber darum geht es auch gar nicht.«

Ronja nickte nur. Sie hielt es für klüger, ihre Freundin reden zulassen, und die mühsam aufgebaute Gesprächsebene nicht wieder durch eine ungeschickte Äußerung zu zerstören.

»Es geht um die Augen. Ich habe mich gefragt, welche Rolle spielen bei einem Dolfin die Augen, wenn sie über ihren Ultraschallapparat sehen.«

»Und zu welchem Ergebnis bist du gekommen?«, fragte Ronja ungeduldig. Die Zeit lief ihr davon.

»Wenn man die Ohren vernachlässigt und sich den Aufbau des Gehirns eines Dolfins ansieht, stellt man fest, dass die Augen dieser Wesen keine räumliche Auflösung zulassen, sondern eine zeitliche.«

»Ja und?«

»Das ist etwas ganz anderes als bei uns. Wir sehen Bilder. Das heißt, wir können alles, was unser Auge wahrnimmt, zu einem Zeitpunkt anhalten. Dann haben wir ein stehendes Bild, das sich aus einzelnen farbigen Punkten zusammensetzt und aus dem wir zum Beispiel unsere Umgebung erkennen.«

Ronja nickte.

»Einen Ton kannst du nicht zu einem Zeitpunkt anhalten«, erklärte Maja weiter. »Ein Ton macht nur in seinem zeitlichen Verlauf Sinn. Selbst um einen stehenden Ton wahrzunehmen, brauchst du Zeit, bis du ihn erkennst. Du musst ihn schwingen lassen.

Auf der anderen Seite ist es so, dass es für uns keinen Sinn macht, die zeitlichen Veränderungen eines einzelnen Punktes mit den Augen zu beobachten. Wir würden nur wechselnde Farben und Helligkeiten an einem Punkt sehen, ohne zu verstehen, was passiert. Die Signale, die wir über unsere Augen wahrnehmen, machen für uns nur einen Sinn, wenn wir eine Fläche von Lichtpunkten erkennen, also Bilder. Auch wenn unsere Hirne natürlich auch die zeitlichen Veränderungen der Bilder verarbeiten können und wir Abläufe oder Filme erkennen.«

»Und das ist bei den Dolfinen anders?«

»Ja, ihr Hirn verarbeitet die zeitlichen Licht- und Farbveränderungen. Das Auge oder besser das Gehirn löst nicht räumlich auf. Sie sehen keine Bilder, sondern hören die Schwankungen in Helligkeit und Farbe.«

Ronja sah ihre Freundin zweifelnd an.

»Selbst, wenn sie ihre Umgebung anders wahrnehmen als wir, was hat das mit Sprache zu tun? Wie sollten sie sich damit verständigen können?«

»Das ist doch der Witz! Keiner ist bisher darauf gekommen!« Majas Augen glänzten fiebrig. Voller Eifer sprach sie weiter: »Wenn du davon ausgehst, dass diese Wesen Hirne mit einer Kapazität haben, die mindestens an unsere eigene heranreicht: warum kommen sie dann zu uns heran und machen diese Faxen, springen in die Luft und vollführen unsinnige Kunststückchen?«

Sie sah Ronja herausfordernd an.

»Vielleicht macht es ihnen einfach Spaß. Was weiß ich?«

»Nein, falsch!« Maja wischte ärgerlich mit der Hand durch die Luft. »Sie verändern damit die optischen Eigenschaften ihrer Umgebung. Darüber kommunizieren sie. Das versuchen sie auch mit uns!«

»Und du arbeitest an einer Möglichkeit, diese Form der Kommunikation zu entschlüsseln?«, fragte Ronja ungläubig.

»Ja, genau! Ich bin auch schon weit gekommen. Wie bereits gesagt, mit unseren Sinnen nutzt es nichts, auf die Bilder vor uns zu starren. Wir interpretieren über unsere Augen immer nur räumlich aufgelöste Bilder und die ergeben für diese Art der Kommunikation keinen Sinn.«

Ronja nickte automatisch. Stumm und fragend sah sie ihre Freundin an.

»Unsere Sinne und insbesondere unser Hirn sind nur darauf ausgerichtet, über unsere Ohren zeitlich aufzulösende Informationen aufzunehmen. Selbst unsere Technik ist in dieser Hinsicht nur auf Akustik ausgerichtet. Also muss man die Licht- und

Farbschwankungen in akustische Schwingungen umwandeln. Diese Schwankungen sind natürlich ganz anders als akustische Wellen. Ich musste erst ein Gerät bauen, das die Frequenzen in unser Hörspektrum umwandelt.«

»Und so ein Gerät hast du konstruiert?«

»Ja, hör selbst.« Begeistert betätigte Maja verschiedene Regler. Aus den Lautsprechern klang etwas, das, wenn man es gutwillig als Sprache interpretieren wollte, extrem fremd klang.

»Bist du sicher, dass das etwas mit einer Sprache zu tun hat?«, fragte Ronja. »Du weißt, ich habe mich während meines Studiums auch mit der Auswirkung der Sprache auf unsere Psyche beschäftigt. In diesem Zusammenhang haben wir auch die Sprachen von Loratenern und Aranaern analysiert. Wie du weißt, sind diese Spezies schon sehr verschieden von unserer. Trotzdem hörte sich deren Sprache unserer ähnlicher an als das.«

»Ich bin ja auch noch nicht fertig. Ich weiß nicht, ob ich schon alle wichtigen Frequenzen erwischt habe. Im Moment experimentiere ich damit, meinen Frequenz-Transformator mit den Übersetzungsprogrammen zu kombinieren. Es gibt erste Erfolge!«

Maja hetzte zu einem anderen Gerät, an dem sie Einstellungen vornahm. Ronja sah ihr mit zunehmender Besorgnis zu.

»Ich bin natürlich noch nicht fertig. Aber hör dir das an!«

Die üblichen Übersetzungsprogramme umgingen das Ohr, dennoch hatte der Zuhörer das Gefühl die Stimme aus der Quelle zu hören. So hörte es sich auch für Ronja so an, als kämen die Laute aus den Lautsprechern, über die die in Töne umgewandelten Lichtveränderungen ausgegeben wurden.

Eine wirre Fülle von Worten oder auch nur Wortteilen erfüllte den Raum. Kein einziger Satz war darunter. Die Mischung der Wortfetzen ergab auch nicht andeutungsweise einen Sinn.

»Maja, das, was du dort hörst, ist nichts weiter als das Rauschen des Übersetzungsprogramms. Es versucht aus allem, was es aufnimmt, eine Sprache zu konstruieren. Auch das haben wir damals als Studentenübung ausprobiert. Etwas Ähnliches kommt dabei heraus, wenn man versucht das zufällige Geplätscher eines Brunnens als Sprache zu interpretieren. Es ergibt keinen Sinn.«

»Ich bin noch ganz am Anfang. Die Geräte müssen noch justiert werden«, rief Maja. Sie lief aufgeregt zwischen unterschiedlichen Messapparaturen herum und stellte an verschiedenen Schaltern. An dem sinnlosen Wortgeplätscher änderte das nichts.

»Bitte komm mit, Maja«, bettelte Ronja. »Dein Experiment ist gescheitert. Das siehst du doch. Bitte lass uns gemeinsam fliegen. Du kannst doch dort deine alten Forschungen wieder aufnehmen.«

Die junge Wissenschaftlerin hatte sich in der Vergangenheit einen Namen bei der Entwicklung verbesserter Antriebstechnologien für Raumschiffe erworben. Ronja meinte, darin lag die Stärke ihrer Freundin. Diese Forschung an den Dolfinen hielt sie von Anfang an für eine Sackgasse.

»Ich muss los. Ich kann nicht länger warten«, sagte sie schließlich nach einem Blick auf ihr Multifunktionsgerät an ihrem Handgelenk. »Bitte Maja, schalte alles aus und komm mit, mir zuliebe!«

Ihre Freundin sah sie nicht an. Wie besessen hetzte sie von einem Gerät zum anderen, um die Einstellungen zu ändern, während sich der Schwall unsinniger Worte aus den Lautsprechern ergoss. Ronja wusste, die junge Frau brauchte Hilfe, aber sie erreichte sie nicht mehr.

»Es sind Nahrungsmittel für mehrere Jahrzehnte in den Vorratskammern. Die Transferstation bleibt intakt. Über Interkom kannst du dich jederzeit melden. Wenn du hier weg willst, werden wir einen Weg finden. Leb wohl, Maja«, verabschiedete sich Ronja.

Ihre Freundin drehte sich noch nicht einmal zu ihr um. Ronja widerstand dem Impuls, zu ihr zu gehen und sie in den Arm zu nehmen. Auch das würde in diesem Zustand nicht helfen, wie sie wusste. Betrübt machte sie sich auf den Weg. Auch wenn sie es sich noch nicht zugeben konnte, so wusste sie, dass eine Ära zu Ende gegangen war. Sie hatte ihre Freundin verloren, für immer.

3

Es war noch stiller in den Räumen der Station als in den vergangenen vierzehn Monaten, die sie nun schon hier verbrachte. Maja kroch unter der leichten Decke hervor und erhob sich von der Couch.

Gestern war der letzte Rest der Mannschaft abgeflogen. Die Republik der vereinigten imperianischen Planeten hatte Aquata endgültig aufgegeben. Ein riesiger Fehler. Nirgendwo konnte man fremdes Leben so gut studieren wie hier. Und ihre Ideen und die darauf beruhenden Techniken waren bahnbrechend. Sie eröffneten der Menschheit eine ganz neue Form von Einsicht.

Dagegen handelte es sich bei all ihren bisherigen Leistungen um Peanuts. Was war schon ein leistungsfähiger Raumschiffantrieb gegenüber der Erkenntnis einer völlig fremdartigen Spezies mit einem Menschen vergleichbarem Bewusstsein? Nein, selbst das klang zu harmlos. Sie hatte eine ganz neue Art von Menschsein entdeckt.

Maja wischte sich durch das müde Gesicht. Sie schleppte sich zur Hygienekabine. Sie wusste, sie sollte sich den Luxus einer Dusche gönnen. Die letzte Nacht war hart gewesen. Seit Ronjas Abflug hatte sie vierundzwanzig Stunden am Stück gearbeitet, bevor sie auf der Couch im Labor vor Erschöpfung eingeschlafen war.

Sie wusch sich das Gesicht. Zu mehr reichte es nicht. Warum auch. Auf dieser Station gab es außer ihr keinen Menschen. Die einzige Gesellschaft, die ihr blieb, waren die Dolfine, und die schwammen draußen vor der großen Panoramascheibe. Sie würden sich nicht darum kümmern, wie sie aussah oder roch.

Ein müdes Gesicht blickte ihr aus dem Spiegel entgegen, als sie den Blick hob. Dunkle Augenringe umrahmten ihre Augen, die Haut wirkte fahl. Sie sollte mehr schlafen und regelmäßiger essen.

Maja schleppte sich in die Küche zum Haushaltsroboter. Es fiel ihr schwer über die Schwelle aus dem Labor hinaus zu treten, aber sie überwand den inneren Widerstand und schlurfte zum Frühstückstisch. Dort ließ sie sich erschöpft auf einen Stuhl fallen.

»Die Dolfine laufen dir nicht weg. Sie sind genauso neugierig auf dich, wie du auf sie«, versuchte sie sich selbst zu beruhigen.

Der Haushaltsroboter stellte das Frühstück vor ihr auf den Tisch. Als sie das Glas mit Wasser verdünnten Saft an die Lippen setzte, spürte sie erst, wie durstig sie war. Sie leerte es in einem Zug.

»Du darfst dich nicht gehen lassen, du musst fit bleiben, sonst kannst du deine Forschungen nicht zu Ende bringen«, sagte sie sich selbst.

Sie probierte einen Löffel von dem Müsli, das vor ihr stand. Der Roboter brachte ihr ein neues Getränk. Mühsam kaute Maja das breiige Frühstück. Sie fühlte sich nicht hungrig. Sie griff zu dem Glas und spülte den ersten Bissen herunter.

»Ich habe etwas übersehen«, dachte sie.

Ja, sie hatte die vergangenen Tage ununterbrochen gearbeitet, über ihre Leistungsgrenze hinaus. Sie wollte fertig sein, bevor der letzte Flug ging. Hatte sie wirklich geglaubt, damit Ronja halten zu können? Maja schalt sich eine Närrin. Ihre Freundin wollte weg. Ronja hätte sie sicher am liebsten mitgenommen. Aber hier bei ihr geblieben wäre sie nicht, egal wie das Experiment ausgehen würde.

Jetzt spielte das alles keine Rolle mehr. Sie spürte Trauer über den Verlust der Freundin, aber sie fühlte sich auch frei. Sie konnte jetzt tun, was sie wollte. Sie würde sich Zeit nehmen.

Genau darin bestand die Lösung. Sie musste die Augen und das Hirn der Dolfine noch einmal untersuchen. Sie musste genau wissen, welche Reize von den Sehorganen registriert wurden und wie das zentrale Nervensystem diese weiter verarbeitete.

Abrupt stand Maja auf und hetzte ins Labor. Das Müsli blieb so gut wie ungegessen auf dem Frühstückstisch zurück. Immerhin hatte die junge Frau auch das zweite Glas Flüssigkeit zu sich genommen.

4

Maja schreckte hoch. Ein pochender Kopfschmerz vernebelte ihre Gedanken. Der Untergrund, auf dem sie lag, drückte auf ihren Rücken. Auch der rechte Arm schmerzte. Langsam kam die Erinnerung zurück. Ihr war schwindelig geworden. Hatte sie einen Schwächeanfall erlitten? Jedenfalls konnte sie sich nicht daran erinnern, sich auf den Boden gelegt zu haben. Die Wissenschaftlerin sah auf ihr Multifunktionsgerät an ihrem Handgelenk. Der Abflug des letzten Schiffs war mehr als drei Tage her. So ging es nicht weiter. Sie brauchte einen festen Tagesablauf, regelmäßige Mahlzeiten und Ruhepausen. Vor allem musste sie für genügend Flüssigkeit sorgen.

Unter Schmerzen schleppte Maja sich in die Küche. Die Krankenstation würde sie auch aufsuchen müssen. Gierig trank sie fast einen Liter verdünnten Saft. Anschließend zwang sie sich, eine warme Mahlzeit zu essen.

Bevor sie die Krankenstation aufsuchte, stieg sie unter die Dusche. Sie konnte Ihren eigenen Gestank nicht mehr ertragen. Nachdem auch die körperlichen Schmerzen beseitigt waren, machte sie sich an die Arbeit, den Haushaltsroboter neu zu programmieren.

Er würde ihr ab jetzt dreimal am Tag eine Mahlzeit im Labor servieren. Zwischendurch würde er ihr Getränke reichen und sie in regelmäßigen Abständen daran erinnern, diese auch auszutrinken. Ebenso würde er sie ermahnen, rechtzeitig ins Bett zu gehen.

Die ersten zwei Tage nach der Neuprogrammierung lehnte Maja sich noch gegen das Gerät auf. Danach befolgte sie brav die Ratschläge der Maschine. Sie ging selbst spätestens nach der zweiten Erinnerung ins Bett. Auch eine morgendliche Dusche integrierte sie in ihren Tagesablauf. Sie wusste, sie brauchte Kraft und klare Gedanken, wollte sie ihre Idee umsetzen.

Die Dolfine schienen ihre Aktivitäten bemerkt zu haben. Ein älteres Männchen und zwei junge Exemplare, männlich und weiblich, kamen regelmäßig zur Station und schwammen vor dem großen Panoramafenster vorbei. Maja kam es vor, als versuchten sie, durch die Scheibe zu sehen. Dabei wusste natürlich gerade sie, dass diese Wesen nichts im Sinne oberirdisch lebender

Menschen sehen konnten. Ihre Augen produzierten kein räumliches Bild.

Maja riss sich von dem Anblick der anmutigen Tiere los. Voller Elan und mit unerbittlicher Selbstdisziplin verfolgte sie die folgenden Tage ihre Routine.

Gut zwei Wochen später ließ sich die junge Wissenschaftlerin auf die Couch sinken. Die neu konstruierten Geräte liefen. Diesmal stimmten die Grundlagen. Maja war von der Richtigkeit ihrer These überzeugt, deshalb ging sie mit Sicherheit davon aus, dass diesmal das Experiment gelingen würde.

Aus den Lautsprechern drang ein fremdartiges Klanggewirr. Das überraschte sie nicht. Das automatische Übersetzungsprogramm würde mindestens fünf Tage brauchen, um die Struktur zu erkennen, die Sprache zu lernen und zu übersetzen. Eventuell würde es sogar länger dauern. Man musste davon ausgehen, dass diese Verständigungsform einen anderen Aufbau besaß, als die Sprachen auf der Erdoberfläche lebender Menschen.

Als die Anspannung nachließ, brach die Müdigkeit über Maja herein. Sie schloss die Augen und schlief augenblicklich ein.

5

Nichts war zu tun. Das blaugrüne Licht der Panoramascheibe beleuchtete das Labor. Alle anderen Lichtquellen hatte sie ausgeschaltet. Das Klanggewirr drang noch immer aus den Lautsprechern. Sie spürte die Kopfschmerzen zunehmen. Diese sinnlose Geräuschkulisse hielt sie nicht mehr aus und drehte die Lautstärke herunter.

Überhaupt, das ganze Labor strapazierte ihre Nerven. Es erinnerte sie an ihre Untätigkeit. Sie hetzte in den Aufenthaltsraum. Ruhe empfing sie, als sie ihn betrat. Auch dieser Raum wurde nur durch ein großes Fenster mit Sicht auf die Tiefen des Ozeans erleuchtet.

An der rechten Seite gab es den Ausblick auf ein wundervolles Korallenriff frei. Die zarten Weichtiere streckten Millionen verschiedenfarbigen Tentakeln aus, um ihre Nahrung aus dem Wasser zu filtern. Die Polypen wiegten sich im Rhythmus des Wellengangs. Es wirkte wie die bunte Blumenwiese eines Fantasielandes, über die ein sanfter Wind strich.

Bisher hatte diese Unterwasserlandschaft Maja immer fasziniert. Als sie dieses Riff zum ersten Mal gesehen hatte, glaubte sie das Paradies gefunden zu haben. Jetzt meinte sie, den Anblick nicht ertragen zu können. Die Tonnen Wasserdruck, die auf dieser künstlich geschaffenen Station lasteten, schienen sie zu erdrücken.

Maja legte sich auf eine Couch und kroch unter eine Decke. Am liebsten hätte sie diese über den Kopf gezogen, aber sie ertrug die Dunkelheit nicht.

In der Nacht hatte sie von Ronja geträumt. In den letzten zwei Jahren hatten sie sich immer weiter voneinander entfernt. Sie war ihr richtiggehend auf die Nerven gefallen mit ihrer Fürsorge. Jetzt vermisste sie ihre Freundin. Nichts hatte sie sich damals so sehr gewünscht, als allein zu sein. In diesen Stunden brach das Gefühl der Einsamkeit, in einer Intensität über sie herein, von der sie nicht geglaubt hätte, dass sie fähig wäre, sie zu empfinden.

Ronja hatte sie vor allen Personen beschützt, bei denen nur die Möglichkeit einer Gefahr bestand. Jetzt war sie ganz allein, hilflos jedem Angriff ausgeliefert. Das war ein unsinniger Gedanke. Es gab niemanden außer ihr auf der Station. Aber was war, wenn jemand die Transferstation benutzte? Auch das war Unsinn. Das Transportmittel war verriegelt. Hatte sie es wirklich gesichert?

Maja sprang auf und rannte in Panik zur Transferkabine. Ihr Herz wollte die Brust zersprengen. Sie beruhigte sich erst wieder, nachdem sie überprüft hatte, dass die Sicherung eingeschaltet war und das Protokoll keine Aktivität in den letzten Tagen anzeigte.

Müde schlich Maja zurück in den Aufenthaltsraum und unter ihre Decke. Sie dachte an Ronja. Sie stellte sich ihre Freundin vor, ihr Gesicht, ihren Körper und den Geruch ihrer Haut. Erschöpft schlief sie ein.

6

Maja sah die Nachrichten durch, die in der Station ankamen. Wie jeden Tag fand sie Mitteilungen über neuste Forschungsergebnisse und Einladung zu Kongressen vor. Es handelte sich um die üblichen allgemeinen Meldungen, die alle Forschungsstationen bekamen. Für sie war nichts Persönliches dabei, auch keine Nachricht von Ronja.

In der Vergangenheit hatte immer ihre Freundin nachgegeben. Sie war jedes Mal zurückgekommen. Maja hatte immer geglaubt, dass sie diese Beziehung nicht bräuchte. Jetzt wusste sie, dass Ronja die stärkere von ihnen war. Jetzt war es zu spät. Ihre Freundin würde nicht zurückkehren, sie hatte sie aufgegeben.

Mutlos schleppte Maja sich ins Labor. Starrte aus dem Fenster. Vor der Scheibe schwammen drei Dolfine. Wie in den vergangenen Tagen handelte es sich um ein jüngeres Pärchen und ein älteres Männchen.

»Ihr könnt mir auch nicht helfen. Ihr schwimmt da draußen nur dämlich rum«, sagte Maja.

Seit etwa zwei Wochen tönte eine unidentifizierbare Geräuschkulisse aus den Lautsprechern. Mittlerweile glaubte sie nicht mehr daran, dass das von ihr entwickelte Programm jemals in der Lage sein würde, die Sprache der Dolfine zu übersetzen. Sie war sich nicht einmal mehr sicher, dass diese Wesen überhaupt die Fähigkeit besaßen, ähnlich wie Menschen zu kommunizieren.

»Hey du Trottel, was machst du hier? Du verschandelst unser ganzes Riff mit deinem Gehäuse.«

»Beruhig dich, wenn du so schimpfst, nutzt das nichts. Das ist nur eine Schnecke. Die kann uns ja doch nicht hören.«

»Aber das ist nicht nur das größte, sondern auch das hässlichste Schneckenhaus, das ich bisher gesehen habe.«

Entsetzt starrte Maja in die Unterwasserwelt. War es jetzt passiert? Hatte sie endgültig den Verstand verloren? Am Abend vorher hatte sie schon dem Bedienungsroboter ihr Leid geklagt. Vielleicht hatte Ronja recht und sie brauchte dringend Hilfe.

Dieser unerwartete Dialog schockierte sie so, dass sie erst mit Verzögerung registrierte, dass die entnervende Geräuschkulisse fehlte. Maja brauchte einen Moment, bis sie begriff, dass die Unterhaltung nicht in ihrem Kopf stattfand.

»Hör auf zu schimpfen und komm, die Schnecke ist doch total langweilig«, drängte das Weibchen.

Maja stürzte zum Fenster.

»Wartet!«, rief sie. »Ich bin keine Schnecke! Ich will mit euch reden.«

Erschrocken schwamm das junge Männchen davon. Erst in einiger Entfernung hielt es inne und drehte sich um. Das Weibchen folgte ihm und blieb neben ihm stehen.

»Das Ding kann sprechen«, sagte der junge männliche Dolfin.

Die Übersetzungsroutine gab weder Stimmungen noch Variationen in der Lautstärke wieder. Die Stimmen klangen monoton und blechern. Auch aus dem Verhalten dieser fremdartigen Spezies konnte Maja nicht auf ihre Empfindungen schließen. Da es sich noch nicht einmal um einen Austausch von Informationen auf akustischer Basis handelte, gab es auch keine Originaltöne, auf die Maja hätte zurückgreifen können. Ihr blieb nur zu hoffen, dass ihr selbstlernendes Programm in absehbarer Zeit aus den visuellen Daten auch die Stimmung, in der kommuniziert wurde, in menschliche Sprache übersetzen würde.

Der junge Dolfin kam zögernd näher.

»Vorsicht, dieses Ding kann sprechen, vielleicht ist es gefährlich«, sagte das Weibchen.

»Die dumme Schnecke ist festgewachsen, was sollte die mir tun«, erwiderte das junge Männchen.

»Ihr sollt nicht so respektlos von den Kreaturen des Ozeans reden«, tadelte plötzlich der ältere Dolfin.

Maja war so von der Betrachtung des jungen Paars gefangen, dass sie den älteren Dolfin, der bis zu diesem Zeitpunkt ruhig in einigen Metern Abstand zur Station verharrte, nicht beachtet hatte.

»Alle Wesen des Ozeans kommen aus und sind Teile des großen Göttlichen«, sprach er weiter. »Ihr habt sie zu ehren, ob sie sprechen können oder nicht. Wir glauben, wir sind intelligent, aber auch wir sind nicht fähig, die Vorsehung zu verstehen.«

»Oh heiliger Ozean, jetzt hör bloß auf mit deinen Geschichten«, rief das Weibchen. »Komm« - an dieser Stelle kam ein merkwürdiges Geräusch aus den Lautsprechern, dass Maja auch mit viel Fantasie nicht einem Wort zuordnen konnte - »lass uns zu den anderen schwimmen, das ist lustiger, als dem Alten zuzuhören.«

Das junge Männchen machte einen wilden Sprung an die Oberfläche und ließ sich zurück ins Wasser klatschen. Das war offensichtlich Ausdruck einer begeisterten Zustimmung. In einer wilden Verfolgungsjagd schwammen sie davon.

»Halt, wartet! Ich wollte doch mit euch reden«, rief Maja enttäuscht.

»Ich muss mich für die Kinder entschuldigen«, sagte der ältere Dolfin. »Sie sind noch sehr ungestüm und haben noch nicht so viel gelernt, wie ich es mir wünschen würde, obwohl sie schon das Alter von Jugendlichen erreicht haben.«

»Das macht doch nichts«, erwiderte Maja. »Ich möchte alles über euch lernen, was es gibt. Ich finde es auch interessant, wie sich junge Dolfine verhalten.«

»Du solltest von ihnen aber nicht auf unser ganzes Volk schließen. Nicht alle sind so respektlos.«

Der Dolfin schwamm um die Station herum. Die Sensoren verdeutlichten über Klicklaute, dass er das Gebäude mit Ultraschallsignalen bombardierte. Er betrachtete Maja oder das, was er für sie hielt.

»Es ist merkwürdig. Du siehst so hart und unbeweglich aus. Wie kannst du dich bewegen? Du musst doch hierher gekommen sein. Ich kann auch kein Organ erkennen, das darauf hinweist, dass du sprechen oder denken kannst«, stellte er nach mehreren Minuten fest.

Maja rief sich in Erinnerung, dass die Dolfine über Ultraschall sahen und zu ihrem Bild von einem Wesen auch der innere Aufbau gehörte. Die Station bestand wie alle modernen Gebäude aus biologischem Material. Allerdings hatte man sie so konstruiert, dass sie, um dem hohen Wasserdruck zu widerstehen, eine extrem harte Außenhülle besaß. Dass die Dolfine sie für ein Schneckenhaus hielten, war daher verständlich.

»Was du siehst, ist nur ein Haus. Ich lebe darin. Deshalb siehst du mich nicht.«

»Du hast dir nur ein Schneckenhaus gesucht? Dann bist du ein Krebs? Ich höre zum ersten Mal von einem Krebs, der sprechen kann.«

Maja überlegte, wie sie dem Dolfin erklären könnte, wer und was sie war. Ihm fiel offensichtlich aber noch eine andere Frage ein.

»Wo hast du dieses Haus gefunden? Ich habe noch nie eine so große und so merkwürdig aussehende Schnecke gesehen!«

»Ich bin kein Krebs. Und dieses Gebäude ist nicht das Gehäuse einer Schnecke. Ich bin ein Mensch und lebe auf dem Land, nicht im Wasser. Das Haus wurde von mir und meinen Artgenossen künstlich gebaut, damit wir Unterwasser leben können.«

Diese Informationen verwirrten den Dolfin. In seiner Familie galt er zwar schon als alt und weit herumgekommen, aber er hatte in seinem Leben noch kein Lebewesen auf dem Land gesehen. Auch wenn er sorgfältig zwischen Luft atmenden Meeressäugern und Fischen unterschied, konnte er sich nicht vorstellen, dass es Lebewesen geben könnte, die in der Luft lebten und nicht im Wasser.

Noch weniger konnte er sich Geschöpfe vorstellen, die ihre Umwelt veränderten. Er besaß keine Hände und hatte keine Vorstellung, was man mit solchen Werkzeugen erreichen konnte.

»Wo lebst du denn, wenn du normalerweise nicht im Wasser schwimmst? In der Welt gibt es doch nur einen Ort, der bis in die Luft ragt. Der ist so klein, dass man ihn in weniger Zeit umschwimmen kann, als die Sonne braucht, ihren Ort zu verändern.«

Der Dolfin meinte natürlich die kleine Bergspitze, die aus dem Meer ragte. Maja versuchte ihm zu erklären, dass es viele sehr unterschiedliche Planeten im Universum gab.

»Es gibt also noch andere Welten als unsere«, sagte der Dolfin nachdenklich. »Und du und deine Artgenossen seid in der Lage zwischen ihnen zu wandern. Das ist interessant.«

Maja nickte begeistert, bis sie daran dachte, dass der Dolfin sie nicht sehen konnte. Bevor sie aber etwas erwidern konnte, redete er bereits weiter:

»Warum kommt ihr hierher, wenn ihr in unserer Welt nicht leben könnt?«

»Dafür habe ich doch diese Station«, rief Maja stolz.

»Aber du kannst nicht aus ihr heraus. Du bist eingesperrt.«

»Aber ich kann euch beobachten. Ich kann mit dir reden. Wenn ich nicht hierher gekommen wäre, hätten wir uns nicht kennengelernt.«

Der alte Dolfin schwamm vor der Station auf und ab. Maja hatte das Gefühl, dass er ihre Meinung nicht teilte.

»Du sagst, ihr könnt Dinge erschaffen, die wie Tiere im Meer leben können. Von ihnen lasst ihr euch transportieren, wie wir kranken oder verletzten Familienmitgliedern oder Freunden helfen, wenn sie zu einem anderen Ort müssen oder an die Wasseroberfläche zum Atmen. Das ist seltsam, sehr seltsam. Ich muss nachdenken. Ich komme morgen wieder, wenn die Sonne aufgegangen ist.«

Der Dolfin schwamm einen Bogen, um in Richtung des tieferen Ozeans zu verschwinden.

»Bis morgen!«, rief Maja, aber er drehte sich nicht noch einmal um.

7

Maja schlief die Nacht schlecht. Sie befürchtete, dass die Dolfine nicht zurückkommen könnten. Ihr graute vor der Einsamkeit allein in ihrer Unterwasserstation.

Aber der alte Dolfin fand sich etwa eine Stunde nach Sonnenaufgang wieder auf dem gleichen Platz ein wie am vorherigen Tag. Er bombardierte die junge Wissenschaftlerin mit Fragen. Wie bei ihrem letzten Gespräch verwirrte ihn die Tatsache, dass Menschen ihre Umwelt mithilfe von Technik gestalten, am stärksten.

»Was ist euer Ziel?«, fragte er.

»Wie meinst du das?« Jetzt verstand Maja ihn nicht.

»Du sagst, ihr verändert eure Umgebung mit dem, was ihr ›Technik‹ nennt. Warum tut ihr das? Was wollt ihr erreichen?«

»Wir wollen unser Leben verbessern!«, sprach Maja das aus, was ihr als Erstes zu diesem Thema einfiel.

»Kannst du besser in deinem Schneckenhaus leben als auf der Erde und in der Luft?«

Das selbstlernende Übersetzungsprogramm arbeitete immer präziser. In Ansätzen übertrug es mittlerweile sogar Stimmungen. So erkannte Maja ehrliches Erstaunen in den Worten des Dolfins.

»Nein, das nicht«, gab sie zu. »Aber so kann ich mich wenigstens überhaupt hier unten aufhalten.«

»Aber warum machst du das, wenn du auf der Oberfläche viel besser leben könntest?«

»Weil ich mit euch reden wollte, weil ich euch kennenlernen wollte.«

»Kennst du denn schon alle deiner Art, dass du dich unbedingt mit uns unterhalten willst?«

»Nein, natürlich nicht. Es gibt Milliarden von uns!«

Der Dolfin entfernte sich mit zwei kräftigen Schwanzschlägen erschrocken ein paar Meter.

»Die werden doch jetzt nicht alle zu uns kommen?«, rief er entsetzt. »So viel Platz für eure Schneckenhäuser ist hier nicht.«

»Nein, nein, keine Angst!« Maja lachte das erste Mal, seit sie auf der Station angekommen war. »Die meisten von uns interessieren sich nicht für euch.«

»Und warum interessierst du dich für uns?«

»Ich weiß nicht. Ich bin einfach neugierig. Du kommst doch auch hierher und redest mit mir.«

»Ja, wo du schon einmal da bist, interessiert es mich natürlich, wer du bist und was du willst. Ich wäre allerdings nie auf die Idee gekommen, nach dir in einer anderen Welt zu suchen.«

Sie redeten noch eine Weile. Maja versuchte, dem Dolfin ihre Technik und deren Vorteile verständlich zu machen. Nach fast zwei Stunden verabschiedete er sich. Er musste nachdenken.

Am nächsten Morgen besuchte er sie wieder.

»Ich habe den Sinn eurer Technik noch immer nicht verstanden«, eröffnete er das Gespräch sofort nach einer kurzen Begrüßung. »Wenn ihr ferne Welten mit euren Schiffen durchwandern könnt, kommt ihr dann dem Göttlichen näher?«

»Äh, ich fürchte, ich weiß nicht, wovon du redest?« Tatsächlich hatte Maja sehr wohl eine Vorstellung, welches Thema der alte Dolfin ansprach. Sie fühlte sich aber auf diesem Gebiet völlig hilflos.

»Deine Art kann reden. Ich kann dich zwar in deinem Schneckenhaus nicht erkennen, aber aus deinen Worten schließe ich, dass du über ein ähnlich ausgeprägtes Gehirn verfügst wie wir. Dann musst du doch auch wissen, dass wir irgendwo herkommen und dass wir irgendwo wieder hingehen. Wir nennen es das Göttliche, das uns und alles andere in unserer Welt geschaffen hat. Es wird uns wieder aufnehmen, wenn unser Leben endet.«

»Ja, wir machen uns auch Gedanken über diese Dinge. Wir nennen es Religion. Es gibt sehr viele unterschiedliche.«

»Dann weißt du, was ich meine. Kommt ihr mit eurer Technik dem Göttlichen näher? Könnt ihr zu euren Toten reisen? Habt ihr das Geheimnis der Schöpfung entschlüsselt?«

»Wir kennen die DNA aller Lebewesen. Wir können sie verändern, wir können neue künstliche Wesen schaffen, unsere Maschinen. Diese Dinge haben wir erforscht.«

»Dann weißt du also, woher du kommst und wohin du nach deinem Tod gehen wirst!«

Maja ging vor dem Mikrofon, das die Verbindung zu der Unterwasserkommunikation bildete, nervös auf und ab.

»Ich weiß, wie Lebewesen geboren werden und wie die Körper nach dem Tod zerfallen.«

»Das weiß ich auch!« Der Dolfin klang ungeduldig. »Meine Frau hat vier Kinder geboren und ich habe schon einige Familienmitglieder sterben sehen. Wie tote Körper verrotten, weiß ich auch. Von dir wollte ich wissen, ob eure Technik euch zeigt, wie eure Seele, euer Bewusstsein in euren Körper gelangt und wohin es nach dem Tod entschwindet.«

»Darauf gibt Wissenschaft und Technik keine Antworten. Wir beschäftigen uns nur mit der Materie und ihren Wechselwirkungen.«

Die junge Wissenschaftlerin fühlte sich in die Ecke gedrängt. Das Gespräch driftete in Bahnen ab, die Unwohlsein in ihr auslösten.

»Also seid ihr dem Göttlichen keinen Schritt nähergekommen als wir!«

»Vielleicht seid ihr sogar weiter. Der größere Teil von uns beschäftigt sich entweder gar nicht mit diesem Thema oder er hält sich an alten Schriften aus vergangenen Jahrhunderten fest.«

Unruhig schwamm der alte Dolfin vor dem großen Panoramafenster auf und ab.

»Dann verändert ihr also die Schöpfung, ohne dass ihr wisst, was das Göttliche mit ihr beabsichtigt.«

»Ja, ich glaube, das ist so.« Maja fühlte sich plötzlich unendlich traurig und müde.

»Ich muss nachdenken. Außerdem habe ich Hunger. Heute soll ein großer Schwarm der leckersten Fischsorte in unserem Revier ankommen. Die ganze Großfamilie trifft sich zum Festschmaus. Schade, dass du nicht mitkommen kannst.«

»Warte!«, rief Maja.

»Kommst du wieder?«, fragte sie kläglich.

»Ja, natürlich! Aber erst nach dem Festschmaus.«

Mit kräftigen Schlägen seines Schwanzes verschwand er in der grünlich schimmernden See.

8

Zitternd saß Maja vor dem großen Unterwasserfenster und stierte hinaus. Drei Tage war es her, dass sie mit dem Dolfin geredet hatte. Die Angst ließ sie zittern. Die Einsamkeit in dieser Station drückte auf ihre Seele wie das Gewicht der Wassermassen auf die Außenwände des Gebäudes. Zwei Stunden nach Sonnenaufgang tauchte der Dolfin auf.

»Das war ein Fest!«, begrüßte er sie freudestrahlend. »Selbst die Vettern aus den Revieren hinter dem roten Korallenriff sind gekommen!«

»Du hast mich lange allein gelassen.« Majas Stimme klang vorwurfsvoll.

»Wir hatten einen Festschmaus«, rechtfertigte sich der Dolfin. »Ich hoffe, du hast in deinem Schneckenhaus auch guten Fisch zu essen.«

»Ja, ich werde schon satt«, log Maja abweisend.

Sie hatte wieder einen ganzen Tag nichts gegessen. Ihre Vorräte würden wahrscheinlich bis an ihr Lebensende reichen, aber sie hatte keinen Appetit in ihrem ›Schneckenhaus‹.

Der Dolfin schien ihre Stimmung wahrgenommen zu haben. Er schwamm mehrmals direkt vor dem Fenster vorbei. Maja wusste nicht, ob sie es sich nur einbildete, aber sie hatte den Eindruck als wolle er in die Station blicken.

»Du kannst doch zwischen den Welten wandern mit deinen Maschinen. Warum gehst du nicht zu deiner Familie und zu deinen Freunden, wenn du einsam bist?«, fragte er.

Maja fühlte sich ertappt. Sie wusste nicht, was sie sagen sollte.

»Warum bist du allein in deinem Schneckenhaus? Hast du mir nicht erzählt, ihr könnt da mit mehreren von euch leben?«

Maja spürte einen gewaltigen Druck hinter den Augen. Ihre Brust wollte schier zerspringen, aber es kamen keine Tränen. Seit ihrer ganz frühen Kindheit hatte sie nicht mehr geweint. Man hatte es ihr ausgetrieben.

Dennoch hielt sie es nicht mehr aus. Maja begann, dem Dolfin ihre Geschichte zu erzählen bis zu ihrem Leben auf der Station und Ronjas Abschied.

»Ich verstehe euch und euer Leben nicht«, gab der alte Dolfin zu. »Aber ich habe nachgedacht, wenn ihr ein Teil der Schöpfung seid, so muss auch alles, was ihr erschafft, ein Teil von ihr sein. Auch wenn mir unverständlich ist, was das Göttliche damit erreichen will, so gehört auch ihr sicher zu dem großen Plan, der unseren Verstand übersteigt.«

»Es kann jedenfalls nicht gewollt sein, dass dieser ganze Planet mit all seinen Bewohnern untergeht. Darum muss ich hier bleiben.«

Der Dolfin lachte.

»Eure Art scheint sich auf jeden Fall unglaublich zu überschätzen. Das muss daher kommen, dass ihr Maschinen baut. Ihr haltet euch selbst für Erschöpfer. Glaubst du wirklich, dass du als einzelnes Wesen eine ganze Welt retten kannst?«

»Aber irgendjemand muss doch etwas unternehmen!«

»Wenn die Vorsehung unseren Untergang bestimmt, dann werden wir untergehen! Wenn nicht, dann nicht!«

»Aber das kann man doch nicht einfach so hinnehmen!«, rief Maja aus.

»Könnt ihr in eurer Welt alle Unfälle ausschließen? Stirbt bei euch niemand?«

»Doch natürlich, aber es stirbt doch nicht gleich eine ganze Art aus!«

»Was für einen Unterschied macht es für dich, ob du stirbst oder alle deine Artgenossen mit dir?«

»Für mich macht es keinen, aber trotzdem verhindere ich doch, dass ein anderer stirbt, wenn ich es kann. Macht ihr das nicht?«

»Natürlich helfen wir uns gegenseitig. Wenn jemand von uns krank oder verletzt ist und er kann nicht mehr zur Oberfläche schwimmen, dann heben wir ihn an, damit er Luft holen kann. Aber manchmal ist das Schicksal stärker und wir können nichts mehr ausrichten. Dann müssen wir uns in die Vorsehung fügen und können nur noch trauern.«

»Siehst du! Solange man noch etwas retten kann, muss man darum kämpfen!«

»Du musst sehr stark sein, wenn du uns alle retten kannst. Hast du wirklich so viel Macht?«

Maja wurde übel. Sie versuchte sich einzureden, dass es an der fehlenden Nahrung lag. Im Grunde wusste sie aber, dass sie Angst hatte, ihre Fähigkeiten würden nicht ausreichen, die Dolfine und ihre Welt zu beschützen.

»Ich danke dir für das Gespräch«, verabschiedete sich der Dolfin.

»Warte! Hast du einen Namen? Wie heißt du?« fragte Maja.

Der Dolfin drehte noch einmal um und sah sie an. Aus dem Lautsprecher kamen Töne, die Maja nicht verstand und die sie auch nicht nachsprechen konnte.

»Ich kann deinen Namen nicht aussprechen. Ich nenne dich ›alter Weiser‹.« So nannte sie ihren Gesprächspartner bereits in ihrem Kopf.

Aus den Lautsprechern kam ein leises Lachen. Die Übersetzungsroutine wurde täglich besser.

»Wie heißt du?«, fragte der Dolfin.

»Ich heiße Maja.«

»Deinen Namen verstehe ich auch nicht. Ich werde über einen Namen für dich nachdenken.«

Er schwamm davon. Maja blieb einsam zurück.

9

In der folgenden Woche besuchte der ›alte Weise‹ Maja fast täglich und unterhielt sich mit ihr. Eine Reihe von Dingen, die er ihr erzählte, verstand sie nicht. Das lag zu einem Teil sicher an der Übersetzungsroutine, zu einem anderen aber auch daran, dass es für viele Worte, Sätze und Vorstellungen keine Vergleiche zwischen der Unterwasserwelt und Majas natürlichem Lebensraum gab.

Ebenso dachte der alte Dolfin Gedankengänge, für die im menschlichen Hirn keine Äquivalente existierten. Einige seiner philosophischen Ausführungen hörten sich für die junge Wissenschaftlerin an, als wiederhole er ständig die gleichen Sätze. Die Feinheiten wurden, aus welchem Grund auch immer, nicht übersetzt.

Dennoch genoss Maja die Gespräche. An den Tagen, an denen der ›Weise‹ fortblieb, spürte Maja eine undefinierbare Angst.

An diesem Morgen erhellte die Sonne schon seit drei Stunden das Meer und ihr alter Freund war noch immer nicht aufgetaucht. Am Tag davor hatte er sich ebenfalls nicht blicken lassen.

Maja lief nervös und ängstlich im Aufenthaltsraum auf und ab. Die ganze letzte Woche hatte sie sich zusammengerissen, ihre Routine durchgehalten und regelmäßig ihre Mahlzeiten zu sich genommen. An diesem Morgen brachte sie vor Angst und Enttäuschung keinen Bissen hinunter.

Das Interkom-Gerät sprang an. Eine Meldung wurde übermittelt. Die letzten Tage hatte die junge Wissenschaftlerin die Texte nicht mehr angesehen. Sie enthielten ohnehin keine persönlichen Nachrichten. Um sich abzulenken, ging sie diesmal doch an das Kommunikationsgerät.

Auf einen Blick erkannte sie, dass sie die vergangenen Tage in der Tat nichts verpasst hatte. Die üblichen Mitteilungen aus der Welt der Wissenschaft wechselten sich mit Einladungen zu verschiedenen Tagungen ab. Noch bestand also ihr guter Ruf. Man wollte, dass sie teilnahm. Die letzte Nachricht unterschied sich von den anderen. Sie fiel ihr ins Auge.

»Liebe Maja«, stand dort. »Auch wenn ich es nicht will, so muss ich viel an dich denken. Du hast dich kein einziges Mal gemeldet, seit das Schiff abgeflogen ist. Ich hoffe so sehr, dass es dir gut geht. Bitte schreibe mir doch wenigstens, ob du wohlauf bist. Ich mache mir solche Sorgen. Deine dich liebende Ronja«

Die junge Frau starrte auf die Nachricht. Was sie las, schmerzte noch stärker, als dass der ›alte Weise‹ sie nun schon seit fast anderthalb Tagen nicht mehr besucht hatte. Mit den Fingerspitzen strich sie über den Schirm. Im nächsten Augenblick riss sie sich zusammen. Entschlossen löschte sie sämtliche Meldungen.

»Hey, Schnecke bist du zu Hause?«, riss sie eine Stimme aus ihren Gedanken. Sie eilte zum Panoramafenster.

Draußen schwamm der junge Dolfin umher. Wie üblich folgte ihm das junge Weibchen in nur geringem Abstand.

»Wo ist der ›alte Weise‹?«, fragte Maja.

»Hast du gehört, sie nennt den Alten wirklich so!«, rief das Männchen dem Weibchen zu. Beide lachten herzhaft.

»Hey Schnecke, der Alte ist nicht weise, so reden alle daher, wenn sie nicht mehr jung sind und keinen Spaß mehr haben.«

Maja ließ sich nicht durch die frechen Sprüche irritieren.

»Hat der ›alte Weise‹ euch nicht gesagt, dass ich keine Schnecke bin?«

»Ne, wieso? Der nennt dich immer ›einsame Schnecke‹.« Der junge Dolfin schlug einen Purzelbaum vor Übermut.

»Das solltest du doch nicht sagen. Der Alte hat gesagt, damit tust du ihr weh«, schimpfte das Weibchen empört.

»Ist schon gut«, log Maja. Sie schluckte hart. So sah der ›alte Weise‹ sie also.

»Wie soll ich euch nennen?«

»Denk dir etwas aus«, rief das Männchen. »Richtige Namen kannst du ja doch nicht aussprechen.«

»Dann nenn ich dich den ›jungen Wilden‹«, erwiderte Maja.

Das Weibchen lachte und vollführte übermütige Verrenkungen. Dafür erntete sie einen wütenden Stupser mit der Schnauze von ihrem Begleiter. Sie strafte ihn mit einem Schlag mit der Schwanzflosse. Spielerisch brachte er sich in Sicherheit und lachte erneut.

»Und wie nennst du mich?«, fragte das Weibchen.

»Dich nenne ich die ›hübsche Freche‹«, plapperte Maja das Erstbeste heraus, was ihr in den Sinn kam.

Das Weibchen drehte sich lachend um sich selbst.

»Hast du gehört, ich bin hübsch«, rief sie.

»Ich habe schon immer gewusst, dass Schnecken keinen Geschmack haben«, erwiderte der ›junge Wilde‹.

Danach floh er. Die ›Freche‹ schoss in wilder Verfolgungsjagd hinter ihm her, bis sie aus Majas Blickfeld verschwanden. Maja wollte ihnen hinterherrufen und sie bitten zu bleiben, aber es war zu spät.

Die Angst, die sie einen Moment vergessen hatte, kehrte mit aller Macht zurück. Was konnte sie nur tun. Sie wollte nicht allein in dieser Station hocken, ohne mit jemandem zu reden. Ihren Standort aufgeben und in die Zivilisation zurückkehren kam aber auf keinen Fall infrage.

Zehn Minuten später kehrten die beiden zurück.

»Hey, Schnecke«, rief die ›Freche‹. »Warum bist du eigentlich allein?«

»Die anderen wollten nicht hierbleiben.«

»Und warum bist du dann nicht mit ihnen gegangen?«

»Weil ich Euch kennenlernen wollte. Ich wollte mehr über euch erfahren.«

»Das hast du doch jetzt. Warum gehst du nicht wieder zu deinen Freunden? Es ist nicht gut, allein zu sein. Das sagt selbst der Alte. Man braucht Gesellschaft und Zärtlichkeit und Liebe.«

Die ›Freche‹ schwamm zu dem ›Wilden‹. Demonstrativ schmiegte sie sich an ihn. Die beiden rieben sich aneinander.

»Ihr seid ein Paar?«, fragte Maja.

»Ja!«, erwiderte die ›Freche‹.

»Vorerst!«, schränkte der ›Wilde‹ ein.

Sie stieß ihm die Schnauze unsanft in die Seite. Das junge Männchen ging ein wenig auf Abstand.

»Wir sind noch zu jung, um uns für immer festzulegen«, stellte er sachlich klar. Geschickt wich er einem weiteren Stoß aus.

»Er ist mein Mann, er weiß es nur noch nicht!«, erklärte die ›Freche‹ selbstbewusst. »Hast du keinen Mann?«

»Ich hatte eine Freundin. Sie ist mit den anderen gegangen.«

»Es ist hart, verlassen zu werden.« Volles Mitgefühl schwang in der Stimme der ›Frechen‹ mit.

»Hey, Schnecke komm aus deinem Gehäuse, dann können wir zusammen schwimmen!«, rief der ›Wilde‹.

»Ja, das ist eine gute Idee! Dann bist du nicht allein«, ergänzte die ›Freche‹.

»Du kannst zwischen uns schwimmen. Wir passen auch auf, dass wir dich nicht zerquetschen. Wir wissen doch, wie weich ihr seid.« Das junge Männchen sprang aus dem Wasser und ließ sich übermütig wieder hineinfallen.

»Und Angst haben, dass wir dich fressen, brauchst du auch nicht. Uns schmecken keine Schnecken.« Die ›Freche‹ lachte.

»Das geht leider nicht«, erklärte Maja traurig. »Ich komme aus einer anderen Welt. Ich kann nicht im Wasser leben. Darum kann ich nicht herauskommen und mit euch schwimmen.«

»Was? Aber warum kommst du hierher und redest mit uns, wenn du noch nicht mal mit uns schwimmen kannst?«, rief das Weibchen. »Wie willst du uns kennenlernen, wenn du uns nicht einmal berührst?«

Die beiden Dolfine standen vor der Scheibe und versuchten hineinzusehen. Maja meinte, dass sie enttäuscht aussahen.

»Komm, lass uns zu den anderen schwimmen. Die Schnecke ist langweilig«, drängte der ›Wilde‹.

»Wartet! Ich werde versuchen, mir einen Unterwasseranzug zu konstruieren und dann komme ich zu euch raus.«

»Oh ja, beeil dich!«, rief die ›Freche‹.

»Ein paar Tage wird es aber dauern.«

»Ein paar Tage?« Jetzt hörte man wirklich Enttäuschung in der Stimme des Weibchens.

»Komm, lass uns abhauen!«, meinte das Männchen.

»Sag uns Bescheid, wenn du rauskommst«, rief das Weibchen.

Die beiden schwammen, so schnell sie konnten, davon.

»Wo finde ich euch? Ich weiß doch nicht, wie ich euch erreichen kann«, erwiderte Maja mutlos, aber die beiden waren bereits in dem Grün der Unterwasserwelt verschwunden.

Einen Unterwasseranzug zu besorgen stellte kein großes Problem dar. Entsprechende Spezialkleidung fand sich in der Station. Mit der Sauerstoffversorgung wurde es schon schwieriger. Es gab zwar Unterwasseratemgeräte, aber die Versorgungszeit war sehr begrenzt.

Maja hatte mehrere Geräte gekoppelt, sodass sie mehrere Stunden unter Wasser bleiben konnte. Verbissen arbeitete sie an ihrer neuesten Idee, etwas Ähnliches wie Kiemen, die Sauerstoff direkt aus dem Wasser filterten und sie in gasförmigen Zustand der menschlichen Lunge zur Verfügung stellten. Damit hatte sie sich keine einfache Aufgabe vorgenommen.

In der Station befanden sich kleinere Produktionsanlagen, mit deren Hilfe sie einen Prototyp herstellen konnte. Die bisherigen Modelle produzierten aber noch immer keine ausreichende Menge an Atemluft. Für ihren ersten Ausflug würde sie auf die herkömmlichen Atemgeräte zurückgreifen müssen.

Die Produktion ihres neusten Modells lief. Sie wartete bereits sehnsüchtig auf die Rückkehr des jungen Dolfin-Pärchens, als ihr Blick auf die Kommunikationskonsole fiel. Sie enthielt unter anderem eine zweite Nachricht von Ronja.

Sie klang verzweifelt. Sie bettelte förmlich darum, dass Maja ihr ein Lebenszeichen sandte. Sie schrieb ihr, dass der Große Rat aller bewohnten Planeten beschlossen hatte, Aquata nicht anzutasten. Die Wasserwelt würde nicht zerstört werden. Die Nachricht endete mit der Drohung, dass ihre Freundin etwas unternehmen würde, wenn Maja ihr nicht bestätigte, dass es ihr gut ging.

Minutenlang starrte die junge Wissenschaftlerin auf das Schreiben. Ihr Kopf war leer. Eine unerklärliche Angst schien sie fast zu übermannen. Sie wollte mit der Welt oberhalb des Meeresspiegels nichts zu tun haben. Alle dort oben sollten sie in Ruhe lassen. Hektisch löschte sie die eine persönliche Nachricht gemeinsam mit allen anderen.

»Hey, Schnecke!« Der Ruf des ›Wilden‹ riss sie aus ihren Gedanken.

Maja eilte zum Panoramafenster. Das junge Dolfin-Pärchen schwamm davor auf und ab.

»Was ist? Kannst du jetzt zu uns herauskommen?«

»Wartet ein paar Minuten, ich komme!«, rief Maja aufgeregt. Darauf hatte sie schon seit zwei Tagen gewartet. So lange lagen die Sachen bereit.

Maja streifte ihre Kleidung vom Körper und schlüpfte in den Tauchanzug. Sie gurtete sich das Atemgerät um. Mit fliegenden Händen verschloss sie den Helm und schloss die Luftzufuhr an. Es dauerte fast doppelt so lange wie bei den Übungen vorher, weil sie sich so hetzte. Sie musste nach draußen gehen, bevor ihre Dolfin-Freunde wieder davon schwammen.

Endlich war es so weit. Über eine Luftschleuse verließ sie die Station.

»Hey, bist du das, Schnecke?«, fragte der ›Wilde‹.

Sie hatte ihr Kommunikationsgerät im Helm mit dem komplizierten Umwandlungsmechanismus an der Station gekoppelt. So konnte sie mit den Dolfinen kommunizieren. Sie musste aber in der Nähe des Unterwassergebäudes bleiben, damit die optischen Signale empfangen und gesendet werden konnten.

Das junge Männchen kam auf sie zugeschwommen. Hier draußen wirkten diese Wesen groß und bedrohlich. Einen Augenblick lang geriet Maja in Panik, als der Dolfin sie direkt ansteuerte. Ein ordentlicher Stoß mit der harten Schnauze würde ihr sämtliche Rippen brechen. Sicher konnte er sie auf diese Weise sogar umbringen, wenn er wollte.

Kurz vor ihr bremste der ›Wilde‹ aber ab. Er stupste sie nur ganz vorsichtig an und rieb seine Schnauze an ihr.

»Du bist ganz anders, als ich mir dich vorgestellt habe, Schnecke«, sagte er. »Du bist gar nicht weich und glitschig. Du fühlst dich auch nicht wie ein Fisch an.«

Maja erschrak. Das Weibchen war von ihr unbemerkt neben sie geschwommen. Jetzt rieb sie sanft den Körper an ihrem.

»Deine Haut fühlt sich fast wie die eines Dolfins an«, stellte sie erstaunt fest.

Bei der ›Haut‹ handelte es sich natürlich um den Tauchanzug, der aber aus einem biologischen Material bestand, das in der Tat an eine geschmeidige Haut erinnerte.

Die Dolfine betasteten sie mit ihren Schnauzen, schmiegten sich an sie, rieben sich an ihr. Zum Reden mussten sie sich daraufhin immer wieder entfernen, da sie die optischen Signale über die Verwirbelungen des Wassers erzeugten.

Umso länger sich Maja im Wasser aufhielt, umso ausgelassener wurde das Paar. Sie spielten mit ihr, sie neckten sie, sie ließen ihr aber auch Zärtlichkeiten zukommen, in dem sie sich an sie drückten oder sich an ihr rieben. Seit Ronja und sie sich das letzte Mal im Arm gehalten hatten, hatte Maja sich nicht mehr so wohlig gefühlt.

Nur mit Mühe und Not konnte die junge Wissenschaftlerin die beiden Dolfine davon abhalten, mit ihr zur Oberfläche aufzusteigen. Sie verstanden nicht, dass sie zwar wie sie selbst Luft atmete, aber doch in dem Anzug von dem Atemgerät abhängig war. Auch fiel es ihnen schwer zu verstehen, dass sie sich nur in der Nähe der Station unterhalten konnten.

Gerade die eingeschränkte Kommunikation machte Maja Sorgen. Zur Not hätte sie an der Oberfläche ihren Helm öffnen und Luft schnappen können. Aber dann wäre es aus mit der Verständigung zwischen den Dolfinen und ihr. Wie sollte sie ihnen in so einer Situation klarmachen, dass sie wieder zurück zur Station musste.

Schließlich ging die Atemluft zu Ende. Die Dolfine verabschiedeten sich.

»Wir kommen bald wieder, Schnecke. Dann müssen wir aber zusammen mal zur Oberfläche schwimmen«, riefen sie und schwammen davon.

10

In den drei folgenden Tagen arbeitete Maja fieberhaft an dem Projekt, ihre komplizierte Kommunikationsapparatur, über die sie sich mit den Dolfinen verständigte, in ein kleines tragbares Gerät umzuwandeln. Die Entwicklung machte gute Fortschritte, war aber noch nicht abgeschlossen.

Diesmal zwang sie sich von Anfang an, ihre Routine von Ernährung und Hygiene einzuhalten. Nicht, dass ihr ihr Körper oder selbst ihr Leben wichtig war. Sie wollte einfach verhindern, dass sich ihr Projekt durch einen Schwächeanfall verzögerte.

»Hallo Schnecke, bist du da?«, klang es aus dem Beobachtungsraum. Als sie ihn erreichte, stand der alte Dolfin vor dem Panoramafenster.

»Hallo ›Weiser‹«, begrüßte Maja ihn freudestrahlend.

»Entschuldige Schnecke, dass ich erst heute komme«, erwiderte er.

Der Name ›Schnecke‹ hatte sich in den letzten zwei Wochen für die Wissenschaftlerin auch über das junge, ungestüme Dolfin-Paar hinweg eingebürgert. Den Zusatz ›einsame‹ ließen sie höflicherweise weg.

»Ich musste nachdenken und in mich gehen, das hat drei Sonnenaufgänge gedauert«, redete er weiter.

»Das macht doch nichts«, erwiderte Maja glücklich. Sie verschwieg, dass sie die vergangenen Tage unter grausamer Einsamkeit gelitten hatte.

»Was ich dir heute sagen muss, ist wichtig«, erklärte der alte Dolfin unbeirrt weiter. »Du bist mit den Jungen geschwommen. Das ist sicher eine wichtige Erfahrung für dich gewesen.«

»Ja, das war wunderschön. Ich entwickle ein Gerät, mit dessen Hilfe ich noch viel weiter mit euch schwimmen kann. Mit seiner Hilfe können wir alles Mögliche gemeinsam unternehmen. Ich muss dann nur noch selten in mein Haus und kann fast mit euch zusammenleben.«

»Ja, ich weiß, du hast von diesen Dingen gesprochen, als wir uns das letzte Mal gesehen haben. Ich habe darüber nachgedacht. Es ist keine gute Idee!«

Maja wollte protestieren, aber sie kam nicht zu Wort.

»Du musst zurück zu deinen Leuten. Es ist nicht gut, allein zu sein. Deine Forschungen führen zu nichts. Das liegt nicht an dir, sondern an der Vorgehensweise eurer Spezies.

Alle Gründe, die du mir erzählt hast, warum ihr die Schöpfung verändert, machen keinen Sinn. Ihr beobachtet die Natur und die Dinge. Das Gleiche tun wir, auch wenn wir nicht so tief in sie eindringen. Wir machen nichts kaputt. Wir erschaffen auch nichts Neues.

Eure Hände an euren Vorderflossen verführen euch dazu, in die Schöpfung einzugreifen. Aber ihr habt das Göttliche nicht besser verstanden als wir, vielleicht sogar schlechter.

Auch wir nutzen unseren Geist, um unser Leben für uns, für unsere Lieben und unsere Kinder angenehmer und sicherer zu gestalten, aber wir nutzen dazu das, was uns die Schöpfung bietet. Wir erkunden die Orte, an denen man den meisten und besten Fisch fangen kann. Wir erforschen die Plätze, an denen man am ungefährlichsten ruht.

Du hast mir erzählt, ihr sucht nach neuen Welten, in denen ihr leben könnt. Warum macht ihr das? Wenn man einen Geist besitzt, kann man die Anzahl der Geburten kontrollieren, man kann die Anzahl der Geschöpfe der eigenen Art so steuern, dass alle satt werden und in Frieden leben können.

So machen wir es. Natürlich gibt es auch bei uns Konflikte und Streitereien zwischen unterschiedlichen Sippen. Aber um das zu lösen, nutzen wir unseren Geist. Wir reden miteinander, bis eine Lösung gefunden ist. Wir brauchen keine Waffen, um uns zu verteidigen. Wir verletzen oder töten uns nicht gegenseitig. Wir forschen nach Möglichkeiten, noch harmonischer zusammenzuleben und uns gegenseitig Freude und Glück zu bereiten.

Ihr solltet euch nicht durch eure Maschinen und dem, was ihr sonst noch erschafft, blenden lassen. Auch ihr solltet nach dem Wesen der Dinge dahinter suchen. Findet heraus, woher ihr kommt und wohin ihr geht und überlasst alles andere der Vorsehung.«

»Aber man kann sich doch nicht einfach seinem Schicksal ergeben?«, rief Maja aus. »Denke an kosmische Katastrophen. Denke daran, dass euere gesamte Biologie sterben könnte.«

»Glaubst du wirklich, du kannst etwas dagegen machen?«

»Ich kann es wenigstens versuchen!« Maja klang trotzig. Sie war ein Mensch. Sie würde versuchen die Welt zu verändern, den Untergang zu verhindern, bis zu ihrem Tod.

»Irgendwann stirbt jeder Dolfin und auch jedes Geschöpf von euch, Schnecke. Was macht es für einen Unterschied, ob es früher oder später geschieht. Hast du so eine Angst vor dem, was nach dem Tod deines Körpers ist? Meinst du, dass es wirklich schlechter wird als das Leben hier?«

»Ich weiß nicht, was dann sein wird.«

»Das Göttliche hat dafür gesorgt, dass du auf dieser Welt gut leben kannst, warum sollte es dich danach im Stich lassen.«

Maja fühlte sich überrannt. Sie konnte sich nicht einfach ihrer Bestimmung ergeben. Ihr Verstand sagte ihr, dass ein Wesen, dass zwar denken und fühlen konnte wie sie, aber nicht in der Lage war, seine Umwelt zu verändern, sich nur in sein Schicksal fügen konnte. Es konnte ihm schließlich nur in sehr begrenztem Maße entfliehen.

Aber hatte der ›Weise‹ nicht trotzdem recht? Wohin gelangte sie am Ende ihres Lebens? Was war das Ziel der gesamten Menschheit? Welchen Unterschied bedeutete es, wenn man die ganze statt nur die halbe Galaxie kannte oder gar das gesamte Universum? Am Ende starb jeder einzelne Mensch und musste sich dem stellen, was danach folgte oder aber auch nicht.

»Gehe zurück und erzähle deinen Leuten von unserem Gespräch. Sage ihnen, dass sie ihr Schicksal annehmen sollen. Schwimme mit deinen Freunden oder was immer ihr auch miteinander tun mögt. Komme aus deinem Haus, Schnecke!«

Maja starrte auf die Panoramascheibe, vor der der alte Dolfin schwamm. Sie brachte kein Wort heraus.

»So ich muss zu meiner Sippe. Man wartet schon auf mich. Denk über alles nach. Aber zögere nicht zu lange mit deiner Entscheidung. Ich spüre, dass die Einsamkeit dich krankmacht.«

Maja konnte ihren Blick nicht von der Scheibe abwenden, die die Unterwasserwelt zeigte, in der sich der Dolfin mit rasanter Geschwindigkeit entfernte.

Wahrscheinlich hatte der ›Weise‹ recht, sie musste sich entscheiden. Aber wofür? Zurückgehen zu ihren Leuten, wie er es genannt hatte, würde sie jedenfalls nicht.

11

Im Spiegel glänzten Maja zwei fiebrige Augen entgegen. Die vergangene Nacht hatte sie wieder zu lange gearbeitet. Sie konnte sich nicht erinnern, wann sie zuletzt etwas gegessen hatte.

Ihre ehemals kunstvoll geschnittene Kurzhaarfrisur war herausgewachsen. Die Haare standen wild vom Kopf ab. Majas Blick fiel auf die Bürste, aber sofort verließ sie die Lust, sie zu benutzen. Für wen auch? Die Dolfine interessierte ihr Äußeres nicht und sonst gab es niemanden in der Nähe der Station. Selbst den Schlafanzug, den sie seit einer Woche tagsüber wie nachts trug, wechselte sie nicht.

Die Arbeiten an den künstlichen Kiemen machten keinen Fortschritt, dafür hatte sie die Leistung des Atemgeräts verbessert. Mit seiner Hilfe konnte sie jetzt doppelt so lange unter Wasser bleiben.

Maja trank ein Glas Saft. Erst jetzt spürte sie ihren Durst. Gierig schluckte sie den Inhalt eines zweiten in einem Zug hinunter. Sie sollte auch etwas essen, überlegte sie. In diesem Moment meldete sich der Kommunikationsbildschirm im Transferraum.

»Hallo Maja, sind Sie da? Hier spricht Maretta im Auftrag der Flotte der Republik der vereinigten imperianischen Planeten. Hallo Maja, bitte melden!«

Ihr erster Impuls war Flucht, dann wollte sie sich am liebsten verkriechen, aber sie wusste, das war keine Lösung. Widerwillig schleppte sie sich zum Bildschirm.

»Was ist? Was wollen Sie?«

»Hallo Maja, schön, dass es Ihnen gut geht. Sie sind doch gesund, oder?«

Majas Blick fiel auf einen Bildschirm, der ein Militärschiff im Orbit von Aquata zeigte.

»Mir geht es gut. Sind Sie gekommen, um den Planeten zu räumen?«

»Warum sollten wir das tun, Maja? Hat man Ihnen nicht erzählt, dass Aquata zum Naturpark erklärt worden ist? Der ganze Planet ist jetzt ein geschütztes Biotop. Ihre Freundin Ronja hat sich übrigens vehement dafür eingesetzt. Maja, Sie erinnern sich doch noch an Ihre Freundin Ronja?«

Oh verdammt, wie sie das hasste! Diese Maretta war Psychologin, das roch sie selbst durch diesen Schirm. Wie oft hatte Ronja sie zu Vertreterinnen dieser Berufsgruppe geschleppt. Sie konnte diese Art mit ihr zu reden nicht mehr ertragen.

»Halten Sie mich für senil oder für verrückt?«, schnauzte sie. »Natürlich erinnere ich mich an Ronja. Grüßen Sie sie von mir und lassen Sie mich in Ruhe!«

»Ihre Freundin meint, Sie brauchen Hilfe.«

Endlich kam diese Nervensäge auf den Punkt.

»Sie ist nicht mehr meine Freundin. Wir haben uns getrennt. Und Hilfe brauche ich auch keine. Ich will einfach in Ruhe gelassen werden, ist das so schwer zu verstehen?«

»Maja, niemand will Ihnen etwas wegnehmen. Wir wollen Sie nur untersuchen. Wenn Sie körperlich und auch sonst gesund sind, können Sie natürlich machen, was Sie wollen. Sie dürfen dann auch auf die Station zurückkehren, aber die Untersuchung muss sein, in Ihrem eigenen Interesse!«

»Sie halten mich für verrückt, Sie wollen mich in eine Ihrer Anstalten sperren.«

»Sie können mich ja überzeugen, dass es nicht so ist.«

Maja fuhr sich nervös durch die Haare. Sie erinnerte sich an ihr Spiegelbild. Diese Psychologin würde ihr niemals glauben, dass sie einfach überarbeitet war. Sie würden ihre Forschungen für die Ergebnisse ihres Wahnsinns halten. Womöglich würden sie selbst ihre Aufzeichnungen als Fälschungen bezeichnen.

»Bitte erschrecken Sie nicht und seien Sie vernünftig. Ich komme jetzt zu Ihnen hinunter«, sagte Maretta mit eindringlicher Stimme.

Maja versicherte sich, dass sie die Transferstation verriegelt hatte. Aber was war das? Die Blockade wurde von außen aufgehoben. Offensichtlich gingen die Fähigkeiten von Kriegsschiffen über die des normalen Transferverkehrs hinaus.

Die junge Wissenschaftlerin ärgerte sich, dass sie die Transferkabine nur blockiert und nicht zerstört hatte. Mit fliegenden Fingern arbeitete sie an dem Zentralrechner. Die Blockade der Station verschaffte ihr immerhin wenige Sekunden Zeit, bis der Transfer ausgelöst werden konnte.

Heftig atmend lehnte sie sich auf ihrem Sitz vor der zentralen Konsole zurück. Es war geschafft. Die Selbstzerstörungssequenz lief rechtzeitig an. Sie löschte unwiederbringlich sämtliche Daten und Prozeduren des Zentralrechners. Damit würde die Transferstation nicht mehr funktionieren.

Alle anderen Funktionen der gesamten Unterwasseranlage allerdings auch nicht. Der Bildschirm starrte sie schwarz und tot an. Die Klimaanlage samt Sauerstoffversorgung fiel aus. Selbst die Beleuchtung erlosch.

Maja ging zurück in den Aufenthaltsraum. Vor dem Panoramafenster schwamm das junge Dolfinpaar. Sie konnte nicht mit ihnen reden. Die Kommunikationsanlage hing auch am Zentralrechner und existierte daher praktisch nicht mehr.

Mit zitternden Händen schlüpfte Maja in ihren Unterwasseranzug und schnallte sich das Atemgerät um. Mehr als einen halben Tag würde sie mit dem ›Wilden‹ und der ›Frechen‹ schwimmen können.

Egal, wohin die beiden sie führten, über ihr mobiles Kommunikationsgerät konnte sie sich mit ihnen unterhalten. Sie wären bei ihr, sie würde ihre Körper spüren, sie würde sich geborgen fühlen, bis zum Schluss.

Sie beeilte sich. Viel Zeit blieb ihr nicht, in dem Schiff lief die übliche Prozedur an, wie Maja wusste. Sie schickten eine Landefähre, um sie aus der Station zu holen. Die beiden jungen übermütigen Dolfine warteten sicher auch nicht ewig auf sie.

Maja sah noch einmal sehnsüchtig zurück. Flüchtig dachte sie an Ronja. Sie gehörte der Vergangenheit an. Nein, Maja hatte keine Angst vor dem, was sie erwartete. Jetzt nicht mehr! Sie betätigte den Schleusenmechanismus, der sie aus der Station in die Unterwasserwelt entließ.

*** Ende ***

In eigener Sache

Von Verlagen unabhängige Autoren haben weder eine Lobby noch die Möglichkeit groß angelegte Werbekampagnen durchzuführen. Wenn Ihnen das Buch gefallen hat, möchte ich Sie daher bitten, eine positive Bewertung auf der Plattform zu hinterlassen, auf der Sie es gekauft haben.

Der Autor

Andere Werke des Autors

Lucy – Ein Weltraumabenteuer nicht nur für Jugendliche (Science-Fiction, Jugendbuch):
    Lucy – Besuch aus fernen Welten (Lucys 1. Abenteuer)
    Lucy – Im Herzen des Feindes (Lucys 2. Abenteuer)
    Lucy – Der Bund der Drei (Lucys 3. Abenteuer)
    Lucy – Gorgoz (Lucys 4. Abenteuer)
    Lucy – Der Schlüssel (Lucys 5. Abenteuer)
    Lucy – Die Rückkehr der Schatten (Lucys 6. Abenteuer)
    Lucy – Die Entscheidung (Lucys 7. Abenteuer)

Weltensucher (Science-Fiction):
    Weltensucher – Aufbruch (Band 1)
    Weltensucher – Siedler (Band 2)
    Weltensucher – Kontakt (Band 3)

Adromenda (Fantasy):
    Adromenda – Die Königskinder von Adromenda (Band 1)
    Adromenda – Das Geheimnis von Adromenda (Band 2)

Final Shutdown (Cyberthriller)

2048 (Cyberthriller)

Alle Werke gibt es auch als eBooks in unterschiedlichen Formaten und auf diversen Plattformen.

Informationen finden Sie auf: www.fred-kruse.lucy-sf.de